花を奉る

石牟礼道子の時空

藤原書店編集部 編

藤原書店

石牟礼道子

家族・友人と

代用教員時代（右から２人目）（1943年）

左から時計回りに石牟礼弘の父、石牟礼道子、母・ハルノ、弟・勝己（後ろ）、一人おいて、亡弟・一、石牟礼弘、弟・満、父・亀太郎、息子・道生

夫・弘、長男・道生と（1952-53年頃）

サークル村・『苦海浄土』出版のころ（1950年代後半〜70年代）

『苦海浄土』出版記念会
左から石牟礼道子、長男・道生、上野英信・晴子夫妻（1969年／於・上野英信宅）

サークル村の人々（1958年）
左から谷川雁（子どもを抱いている）、森崎和江、一人おいて上野晴子、上野英信

マグサイサイ賞受賞のため赴いた
マニラにて（1973年）

1970 年代

画家・秀島由己男と
(1975 年頃/秀島の仕事場にて)

荒畑寒村米寿お祝いの会
(中央・瀬戸内寂聴、右・荒畑寒村)(1975年)

宇井純の公開自主講座「公害原論」にて
(1970年代)

渡辺京二と水俣湯の子にて(1973年頃)

1980年代

母・ハルノと
(1980年頃／水俣・自宅付近にて／撮影・色川大吉)

イバン・イリイチとの対話
(1986年12月8日／於・京都亀岡)

「水俣の図物語」制作現場で土本典昭と（1981年）

不知火海総合学術調査団解団式で鶴見和子らと（画面中央）(1983年7月9日／於・鶴見和子宅)

1990年代

上條恒彦と
（2003年3月／於・石牟礼道子宅）

志村ふくみと（1994年）

永六輔と
（1996年3月31日／於・山鹿八千代座）

白川静との対話
（2000年10月28日／於・京都桂稲荷山、白川静宅／撮影・市毛實）

新作能「不知火」奉納公演

（2004 年 8 月 28 日／於・水俣湾埋立地／撮影：芥川仁）

最近の石牟礼さん（2000 年代以降）

町田康・伊藤比呂美との鼎談「祈りと語り」
（2005 年 11 月 26 日／於・熊本市青年会館ホール）

米良美一と
（2010 年 10 月 13 日／於・石牟礼道子宅）

舞台公演『言魂　詩・歌・舞―石牟礼道子・多田富雄　深き魂の交歓』にて。左から米満公美子、石牟礼道子、藤原良雄、金大偉
（2011 年 12 月 14 日／於・熊本県立劇場）

（敬称略）

花を奉る　目次

序

花を奉る……石牟礼道子 16
魂だけになって……石牟礼道子 18
全集完結に寄せて……石牟礼道子 23

I 石牟礼道子を語る

同窓石牟礼夫妻……谷川道雄 27
教師・石牟礼道子さん……古川直司 30
心に残る人……朝長美代子 33

＊ ＊ ＊

「サークル村」のころ……河野信子 37
ぽつり、ぽつりと言葉が湧く……桑原史成 40
「越後瞽女口説」からの縁……松永伍一 44
最も暗い時季の仲間として……宇井 純 47
迎えにきてくれたのは……上野 朱 50

＊ ＊ ＊

すべての行文に宿るまなざし……原田奈翁雄 54
湯堂のちいさな入り江で……鎌田 慧 57
石牟礼道子奇行録……中村 健 61
異風な女子……島田真祐 64
石牟礼さんのある一面……豊田伸治 68
思い出すこと二つ三つ……前山光則 71
野呂邦暢さんと石牟礼さんのこと……久野啓介 74
石牟礼さんと塩トマト……角田豊子 78
「魂入れ式」……鶴見和子 81
手 紙……羽賀しげ子 84

＊ ＊ ＊

形見分け……新井豊美 89
顔……金刺潤平 92
またお供させて下さい……実川悠太 95
水俣・不知火の百年物語……緒方正人 99
石牟礼道子さんへのメッセージ……大倉正之助 102

ひめやかな言葉……安永蕗子 105
小さくて大きな……高橋睦郎 108
＊　＊　＊
人間の行く末について真剣に考えている人たち……加藤タケ子 112
想うということ……米満公美子 115
ライオンの吼え声……吉田優子 118
子狐の記……大津円 121

Ⅱ　石牟礼道子の文学と思想

〈石牟礼道子全集を推す〉

苦界の奥にさす光……五木寛之 127
現代の失楽園の作者……白川静 128
独創的な巫女文学……鶴見和子 129
不知火の鎮魂の詩劇……多田富雄 130
日本の良心の文学を……瀬戸内寂聴 131
世界を多重構造として見る目……大岡信 132

「自然」の言葉を語る人 …… 河合隼雄 133
あたたかいやわらかさ …… 志村ふくみ 134
「一堂に会す」歓び …… 筑紫哲也 135
芸術家の本質としての巫女性 …… 金石範 136

＊＊＊

そこで生きとおしている人の詩 …… 金時鐘 138
天の病む …… 水原紫苑 155
五〇年代サークル誌との共振性 …… 井上洋子 164
天地の間 …… 岩岡中正 167

＊＊＊

魂のメッセージ …… 河瀬直美 172
桜に寄せて …… 河瀬直美 178
海の底に陽がさして …… 吉増剛造 182
イザイホウのころ …… 色川大吉 187
一九七八年、沖縄でのこと …… 新川 明 190
心洗われる文章 …… 川那部浩哉 193

＊　＊　＊

可憐な作品群――荒ぶれた心 *bleakness* をこえて……三砂ちづる　198
故郷へ、母への想いは永遠に……米良美一　208
世界の根本に立っていた人……小池昌代　212
女は末席に……最首　悟　218

＊　＊　＊

なんと豊饒な音韻が！……沢井一恵　222
方言という表現……川村　湊　225
ことばの力……野田研一　228
『石牟礼道子全集』、その地域語の魅力……藤本憲信　231

＊　＊　＊

新たな石牟礼道子像を……渡辺京二　236
石牟礼さんへの最初で最後の手紙……荻久保和明　242
石牟礼さんの美しい日本語……ふじたあさや　245
海の宝子……平田オリザ　248
「水俣メモリアル」のこと……磯崎　新　251

花あかり……上條恒彦 255
原初の調べ……大倉正之助 259
形見の声……志村ふくみ 265

＊　＊　＊

「石牟礼道子」という想像力……金井景子 270
「悶えてなりと加勢せん」……山形健介 273
「もはやない」と「まだない」のあわい……伊藤洋典 276
石牟礼道子そして渡辺京二に導かれて……黒田杏子 279
不知火みっちん……髙山文彦 283

＊　＊　＊

立ち現われる世界……家中　茂 288
異世界へ、異世界から……伊藤比呂美 292
猫　嶽……町田　康 299
そこの浄化……松岡正剛 306

＊　＊　＊

ひとりで食べてもおいしくない……永　六輔・石牟礼道子 310

Ⅲ　作品とその周辺

『苦海浄土』

世界文学の作家としての石牟礼道子……池澤夏樹　335
揺るがぬ基準点……池澤夏樹　339
水俣病における文学と医学の接点……原田正純　352
石牟礼道子さんなかりせば、映画は?……土本典昭　355
「近代の毒」を問い続ける石牟礼さん……嘉田由紀子　358
「祈り」の時代に――石牟礼道子の世界とわたし……大石芳野　361
「苦海浄土」という問い……福元満治　364
石牟礼さんの世界とケア……佐藤登美　367
石牟礼さんの言葉を借りて（引用）石牟礼さんを語る……司　修　371
海への挽歌……桜井国俊　374
石牟礼さんとT君のこと……加々美光行　377
水俣から、福島の渚へ……赤坂憲雄　380
言葉の巫女……加藤登紀子　384

＊＊＊

『椿の海の記』

『椿の海の記』の巫女性と普遍性……金石範 396

石牟礼道子の歌声。……藤原新也 403

不知火はひかり凪……立川昭二 406

『西南役伝説』

近代の奈落と救済としての歴史……佐野眞一 410

至福の八年……赤藤了勇 421

救済としての歴史……阿部謹也 424

石牟礼道子管見……鶴見俊輔 427

『常世の樹』

蝶と樹々の回帰線……今福龍太 430

『あやとりの記』

私たちの間にいる古代人……鶴見俊輔 441

『おえん遊行』
聞き書きと私小説のあいだ……赤坂憲雄 449
『十六夜橋』
自分の内部に入りこんでしまった物語……志村ふくみ 460
『水はみどろの宮』
詩の発生に立ち会う……伊藤比呂美 472
『天湖』
不可能を可能にする魂……町田 康 488
『天湖』との出会い……ブルース・アレン 499
『春の城』
マリア観音様……河瀬直美 503
『最後の人』
詩の母系……臼井隆一郎 518

＊　＊　＊

新作能『不知火』

能を超えた能……多田富雄 531
舞いの手が出る――能『不知火』のこと……栗原 彬 534
石牟礼道子の能と内海のモラル……土屋恵一郎 538
『不知火』、それは猿楽の光……松岡心平 552
芸能の根源に立ち帰る――石牟礼作品のための演出ノート……笠井賢一 555
新作能『不知火』に想う……梅若六郎 558
不知火の海に牽かれて……櫻間金記 561
表現という希望……田口ランディ 564
秘蹟に立ち会う……紅野謙介 568
あの夜、ぼくは水俣の海辺へ加勢に行った……辻 信一 571
民主的癒し……ジョナ・サルズ 575

＊　＊　＊

〈石牟礼道子全集の舞台裏〉

石牟礼道子文学との「出会い直し」……能澤壽彦 579
はにかみと悶えが近代の闇を照らし出す……鈴木一策 582

文学としての映像空間――「石牟礼道子の世界」の映像制作 …………………… 金大偉 585
『石牟礼道子全集』の校正を担当して …………………………………… 高村美佐 588

編集後記 591
石牟礼道子 略年譜（1927–2013） 593
主要著書一覧 598
初出一覧 603
執筆者紹介 617

花を奉る

石牟礼道子の時空

題字　石牟礼道子
装丁　作間順子
本文写真　市毛　實

序

花を奉る

春風萠すといえども　われら人類の劫塵いまや累なりて　三界いわん方なく
昏し
まなこを沈めてわずかに日々を忍ぶに　なにに誘わるるにや　虚空はるか
に　一連の花　まさに咲かんとするを聴く
ひとひらの花弁　彼方に身じろぐを　まぼろしの如くに視れば　常世なる仄
明りを　花その懐に抱けり
常世の仄明りとは　あかつきの蓮沼にゆるる蕾のごとくして　世々の悲願を
あらわせり　かの一輪を拝受して　寄る辺なき今日の魂に奉らんとす
花や何　ひとそれぞれの　涙のしずくに洗われて咲きいずるなり

花やまた何　亡き人を偲ぶよすがを探さんとするに　声に出せぬ胸底の想い
あり　そをとりて花となし　み灯りにせんとや願う
灯らんとして消ゆる言の葉といえども　いずれ冥途の風の中にて　おのおの
ひとりゆくときの花あかりなるを　この世のえにしといい　無縁ともいう
その境界にありて　ただ夢のごとくなるも　花
かえりみれば　まなうらにあるものたちの御形　かりそめの姿なれど
も　おろそかならず
ゆえにわれら　この空しきを礼拝す
然して空しとは云わず　現世はいよいよ地獄とやいわん　虚無とやいわん
ただ滅亡の世せまるを待つのみか　ここにおいて　われらなお　地上にひら
く　一輪の花の力を念じて合掌す

二〇一一年四月二十日

石牟礼道子

魂だけになって

みなさま、こんばんは。よくいらしてくださいました。熱心にご準備して下さいました藤原書店の方々に、まず深くお礼を申し上げます。

私も、今度こそ出かけて、お礼を申し上げようと思っておりましたけれども、身体が思うにまかせず、この度も欠席をよぎなくされてしまいました。

どのように運命づけられていたのか。私の書くという仕事の最初の出合いが、こともあろうに水俣の問題でした。書き始めて四十年もかかりましたのは、職業作家としては世紀末的な職業の選び方だったと思います。

水俣病との出合いは、そもそもまず東京に行って、かんじん（非人）になろうという願望を持っていたからだと思います。実際、患者さんのお供をして、真冬の、東京チッソ本社前で、コンクリートの、道の上に寝て、こごえ死にしそうになったり、ふつうでない出発をしたのは、七〇年代前後の東京であったりして、乞食になるにはいい機会だったと思うのですが、その、日々のことを、あと一編の小説に書き残しておくつもりでございます。

言うまでもなく、二十一世紀という近代の、末期の様子を、この国の首都から、現代の水俣まで見ていなければならないのではないかと思うからでございます。

これは相当変わっているなと自分でも思います。


これが私の本質かもしれませんが、魂がいつもあるべきところにおらずに、抜け出すくせが身についていて、気がついたときは、見知らぬところにいる自分を発見することがしばしばでございます。

今日は、みなさま方のお導きで、この場所に無事に着くことができました。

身体は今、九州におりますけれども、魂はみなさまのところに行きついているかと思います。

お読み下さった方々は気がつかれていると思いますが、変な書きぐせをもっておりまして、書きます内容が子供の時代におぼえた「かぞえ歌」めいてしまうのはいなめません。わかりづらいと思います。たとえば、お手玉唄にありますように、

一かけ二かけて三かけて　四かけて五かけて橋をかけ
橋のらんかん腰を掛け　はるか向こうをながむれば
一七、八の姉さんが　花と線香を手に持って

姉さん姉さんどこゆくの　私は九州鹿児島の
西郷隆盛娘です　明治十年三月に
切腹なされし父上の　お墓参りにまいります
お墓の前で手を合わせ　なむあみだぶつと拝みます

と唄っていた、幼いときのかぞえ唄になってしまう。

世の中には心やさしい方々がいらっしゃって、こういう奇態な文章を意味づけてくださる方々もいて下さいます。おかげさまで何とか路頭に迷わず、生きてこれました。

水俣病のこと、どのような成り行きになりますことやら。福島のことをまず考え合わせ、これから先の世の中には、未来はないように思われます。私などが、ぐずぐずと、全集などを書きあぐねている間に、世界史は、とんでもない方向に向かって、動きはじめたようでございます。

このことは水俣という一地方の問題だけではなくて、人間の行く末をどう読めばよいか、私どもの地方では、いみじくも奇病と呼ばれて、最初の姿を現わしたように、病状の苛酷さから、患者さんたちは、希望のもてない一日をやっとやりすごしておられます。ある人たちは、親も子も亡くなられて、孫の世代が十代、それも毎日、容赦なく病状が深くなるという日常を生き延びているのが不思議です。

何よりもその日、その日の想いを、一口も人に伝えることができません。たとえば、好きな人ができても、「あなたを好き」と言えない。苦しいということも、うれしいということも、言えません。

どうか皆さん、胸のうちを語れないということが、どんなにさびしいか、つらいか、考えてみて下さい。朝起きて、ねるまで、たった一日でも。一時間でも。水俣病になったと念ってみて下さい。かわってみて下さい。そんな病人を助けて、一日暮らすことが、お互いにできるでしょうか。

私自身、とてもできそうにありません。水俣のことも、考えていただくということは、人間の行く末を考えることです。

第一、働けません。お前は、家の中でも、外でも、邪魔だから、どこかへ行け、と言われるかもしれません。言われなくとも、どこかへ行ってしまいたい。病人たちは、毎日毎日、思うのです。どこかに行ってしまおうにも、自分ではできません。そんなつらい日々のことを、思ってみて下さい。

私たちは、肉親たちからさえ、人間じゃなか姿や声をしとると言われますので、今日は魂だけになって、この会場にうかがいました。小さな虫になったり、やぶくらに咲いている草の花になったりして、おそばにこさせていただきました。

今、お互いに目が合いました。見つめあっています。おこころもちをいただいて、間もなく帰ります。

つい、患者さんたちのおこころもちを申し上げてしまいました。

いつも気持は、あの人たちといっしょにいるものですから、気分がうつってしまいました。

私たちに、何ができるでしょうか。

念って下さるだけでも、どんなにありがたいことでしょうか。

今日は、この会場に来て下さって、恐縮でございます。

心からお礼を申し上げます。

志村ふくみさまには、年に数日しか現われない不知火のさざ波を、全集のために織り出して下さいました。永久に保存して、大切にいたします。

二〇一三年二月八日

石牟礼道子

（講演と朗読の夕べ「石牟礼道子の世界V　生類の悲」へのメッセージ）

全集完結に寄せて

何かただならぬ気迫をたたえて、青年はほっそりと立っていた。それがどこであったのか思い出せない。

思い出せないけれども、彼の中にある純度の高い意志は炎立っていて、確実にわたしの中にも引火した。かつてのその青年、藤原良雄さんのおかげで、思いもかけず、ずっしりと重い全集が出来上った。片手で抱えてみて、あまりの重さに躰がかたむく。決してオーバーに言っているのではない。

実は、四年前の七月、この仕事部屋の入り口で転んでしまい、腰の骨と大腿骨を折ってしまった。あれが気絶というものなのか、床に倒れたとたんに記憶がなくなって、丸々三ヶ月どうやって現世にもどってきたのかを思い出せない。さらに途中の日々をどうやって暮らしていたのかさえも思い出せないのは不思議でならない。

戻って来たのは、毎日毎夜聴かされていた幻楽始終奏なる低い弦の音色のおかげであった。その音色が聴こえはじめると、わたしはうっとりとなり美の仙境に連れてゆかれていた。地上と天上をつないで往き来する妙音といってよかった。あの世に往っていたのだったら戻り道を忘れていただろう。わたしの腕も指も聴覚も幻奏に加わっていた。ゆかりのあった人々すべてに、奥深い弦のふるえを伝えたかった。この時程、かの音色を採譜したいという願望に胸絞られたことはなかった。

ともすれば魂が行方不明になる著者を現実に引き戻し綿密な解説をお書き頂いた方々に心よりお礼を申し上げます。

編集の皆様、読者の皆様、ありがとうございます。

全巻志村ふくみ様の装丁によってこの書が生まれたことはなんと幸福なことでしょう。

主治医の山本淑子先生がいらっしゃらなければこの仕事はできませんでした。感謝の気持ちでいっぱいでございます。

二〇一三年三月二十六日

石牟礼道子

I　石牟礼道子を語る

同窓石牟礼夫妻

谷川道雄

石牟礼さんご自身がどこかで書いておられたが、石牟礼さんは小学生の折、時々私の家に来て遊んでおられた。といっても、今の私にその鮮明な記憶はない。しかし三歳年下の妹の同級生に、勉強のよくできる吉田道子という女の子がいたことはよく覚えている。先日いただいた手紙の中には、妹と二人庭で遊んでいるのを、和服を着た母がきちんと縁側に坐って見ていたとあった。

石牟礼さんはわが家で初めてコーヒーなるものを飲んだと書いておられる。コーヒーといっても、粉末に砂糖が交ぜてあって、湯に溶かして飲む、子どもの好きな「コーヒー」である。虚弱体質ぞろいの私たち兄妹は、それに肝油の液体を垂らして毎朝飲まされた。勿論石牟礼さんに出した「コーヒー」は、肝油入りではなかったはずである。

水俣町立水俣小学校は、本校と新校の二つの校舎に分れていた。本校は水俣川のほとりに建っており、その傍に、徳富蘇峰・蘆花兄弟の父、一敬の建てた淇水文庫があった。この校区に城山があり、陣内という町があったことからも、本校の本校たる理由が分るだろう。

私たちが通学する新校の校区には、水俣駅がありチッソ（当時日本窒素肥料）がある。私たちの父親が眼科医として水俣に開業したのも、第一次大戦後の好況の波に乗って繁栄してゆくこの町に目をつけたのであろう。工場の終業時を知らせるサイレンが鳴りおわってしばらくすると、工員たちが点眼してもらいにやってくる。当時一番多かったのは、トラコーマや結膜炎だった。

五年生になると新校の生徒も本校に移り、本校生と合流する。その時のクラスメートの一人が石牟礼弘君である。彼の家は水俣川を河口に向って下っていった所にあった。この集落の生徒たちは、一年から六年まで団旗を先頭に列をなして、堤防の上を歩いて登校してくる。運動場から見ていると、粛々と行進する部隊のようなシルエットを作っていた。団旗を先頭に地域毎に集団登校するのは奨励されていたが、我々〝個人主義〟の商業地の子どもは永続きがしない。私はやや畏敬の念を抱いて彼らの足どりを眺めていたものである。

弘君自身についても、さわやかでしっかりとした少年の姿を見ていた。学科もできたが、海沿いの部落の共同体に育まれた彼には、それにプラスする何かが感じられた。甘やかされてひよわに育った自分の頼りなさが、小学五、六年にもなれば十分自覚されてくるのである。

道子さんが石牟礼姓を名のられることになったのを知ったのは、何時の頃か。とにかくその時、郷里が二人の腕にしっかりと支えられる感じをもった。この自分はと言えば、小学校を終えると、長い間故郷を離れてしまい、学校とか職場とかにしがみついて、そこに回帰することがなかった。私が水俣の出身であることを示す証拠は、石牟礼夫妻らごく少数の方たちに認知してもらえる以外には、水俣市役所民生課に保管された戸籍謄本しかない。戸籍が遠くにあると不便だが、この不便さだけが自分を水俣人として自覚させる唯一のものなのだ。

土から離れたもやしのような自分を、この人間世界の中に、ともかくもどう立たせてゆくか、それが水俣を去って以来、今日まで自分の課題だったといってよい。私が職業としてきたのは中国の歴史の研究だが、厖大な史料に引きずりまわされながら、ずっと机の前に坐りつづけてきた。そのような営みが果して自分を人間として支えてくれるものなのか、六十年間自問し続けてきたと言っても、過言ではないとおもう。歴史を単なる客観的事実の連鎖としてでなく、自分もその中にはいって共感するものとしてとらえたい。そこに世界と自分との関わりを求め続けてきたのだが、齢八十歳を超えた今も、なお暗中模索のさ中にある。

私がたどたどしくも一貫してとらえようとしてきたのは、中国民衆命運史ともいうべきものである。そしてその歴史の最先端には、現在の中国農民がある。八億といわれる中国農民の大方は、知られるように決してしあわせではない。その根源の一つは、官商勾結(かんしょうこうけつ)(行政と企業の結託)にある。例えば、都市化・工業化の進んだ地域では、行政によって半強制的に耕地を収用されて、農民は途方に暮れている。これを失地農民とよぶのだが、先祖伝来丹精こめて耕作してきた良田が、一夜のうちにブルドーザーで埋め立てられ、コンクリートが流され、砂漠のような工業団地に変身する。

これは、民と共にあった、静かで豊かな海の死を連想させるものではないだろうか。しかも、この失地農民をいけにえにして日系企業が立地の便宜を得ていないと、誰が断言できよう。今日の日本経済が中国依存で成り立っているとすれば、私たちは依然「水俣」の中に生きていることになるのだ。その暗然たる想いを石牟礼夫妻に伝えることができればと、いまささやかな仕事に取り組んでいる。

(たにがわ・みちお/京都大学名誉教授)

教師・石牟礼道子さん

古川直司

石牟礼道子さん、旧姓・吉田さんが教師として私たちの学校に赴任してきたのは昭和二十一（一九四六）年、私が十歳、四年生になった時であった。当時はお年を気にも留めなかったが、あとで調べれば九歳違いだから、十九歳の若さであったということになる。

六〇年近くも前のこととなると、三島由紀夫の小説、『天人五衰』の最終章で主人公の本田繁邦が奈良の月修寺に聡子門跡を訪ね、六〇年前の出来事について交わす言葉が浮かんでくる。どんなに確かな記憶と思っても、本当にあったのかどうかさえ定かではなくなってしまうということ。しかし、道子先生については今でも鮮明な記憶がいくつかある。

子供心にもどきりとする目を持った人であった。腕白（水俣地方の言葉で「おどっぱす」という）で、なかなか言うことを聞かない子供に対しても、道子先生は決して声を荒立てたり、棒で尻を叩いたりはしなかった。当時、いわば「軍国の精神」は小学校教育にも浸透し、子供が言うことを聞かなければ女の先生といえども容赦せず鞭を当てた。そんな中で、じっと生徒の目を見つめて穏やかに諭す道子先生の目には従わざるを得ない不思議な力があった。

国語の本を読むとき、先生は話すように読むことをひとりひとりの子供に繰り返し指導した。読み言葉に慣れた私にはきわめて新鮮であった。

日本という国の未曾有の転換が始まりかけていたあの年のある時、私たちは先生に「英語を教えて」としつこく迫った。困った顔をした道子さんは「あとでね」と言ってその時は引き下がり、何日か経って、畳んだ小さな紙を開きながら、ローマ字を黒板に書いてくれた。それが私たちがおねだりした「英語」であったのだから、私たちは大喜び。どこかで引き写してきたローマ字を見ながら、一字ずつ丁寧に書いてゆく先生の後ろ姿に拍手を送った私たちに、ローマ字を知らない先生を冷やかす気持ちは少しもなかった。私たちと一緒に「英語」を勉強している教壇の先生の後ろ姿に私達は強い共感を覚えたのであろう。

当時、片田舎の小学校の子供たちが誰に言われるでもなく、早くも「英語」を学びたいと言い出したのは何故であろう。まだ米軍も駐留して来てはいなかった。日本のどこかでは始まっていたかも知れない新しい時代の音がここにも遠い雷鳴のように響いていたということであろうか。

四年生の終業も間近い頃、先生は私を教室に残して「直司くんはおどっぱすだから、優等の賞状を与えるべきではなか、という先生もいるが、私は直司くんには良いところもあると思うから、賞状を与えることにした」と言った。一学年六〇人くらいの学校で四〜五名の生徒が賞状を貰うことができたが、その一人になれるかどうかは子供にとって一大関心事であった。その時、先生は「直司くんにこれをあげるから読んでごらんなさい」と言って、良寛さんについての絵本をプレゼントしてくれた。道子さんが自費で買ったのかどうかは知らない。その絵本はぼろぼろになるまで私の手元にとどまってくれた。「良寛さん」はいつの間にか「良寛」に変わって、私を玉島、永平寺、柏崎に案内し、屹立する漢詩の峯々を望み見せることになる。それを思うにつけても、人間の縁は不思議である。

道子さんは四年生の終了と共に、いなくなった。風の又三郎のようにさわやかな波紋を残して。再び会うのは十数年もあとのことである。

年経て、教育とは何であろうと考えるにつけ、思いはあの当時の道子さんにたどり着く。男の先生が戦争に取られて、いわばリリーフとして教壇に立ったかも知れない二十歳前の道子さん。南九州の草深い田舎の荒れ地で、枯死してしまってもおかしくない私という一個の種子が無事に育つことができたのは、道子さんがタイミングよく水を注いでくれたからであろう。学校の先生に年齢は関係ないと今も信じているが、二十歳前の道子さんが子供の心を開く鍵を何時、どこで入手し得たのか、今もって謎である。

ひたむきさ、謙虚さ、遠くを見つめる目。それは六〇年近くを経た今も少しも変わらない道子さんの姿・形である。

（ふるかわ・なおし／（財）日本燃焼機器検査協会理事長）

心に残る人

朝長美代子

粉雪がチラチラと舞う日であった。水俣市内を歩いて二十分程かかる牧ノ内から、丸島の私が間借りしている所へ石牟礼さんが訪ねて来て下さった。昭和三十六年正月過ぎのことである。その年の四月、結婚を控え家探しをしていた私に、隣の家が引越しされると教えに来て下さったのだ。

私達一家は、昭和二十年十一月韓国から引き揚げて来た時は、あばら屋ながら袋に一軒の家があったので、住宅に苦労することはなかった。親子三人細々と暮らしていたが、昭和三十年、父が慣れぬ商売に手を出して家屋敷とも人手に渡り、水俣市内を点々と間借りの生活をするようになった。

仕事のない父を見兼ねて、親類の者が全国の工事場で橋を作る組の仕事に誘ってくれた。父は東北の方へ出稼ぎに行き、母と二人の生活だった。父の仕送りで生活も安定しホッとした矢先、父は飯場の女性と親しくなってしまった。

母は悩み抜き、血圧も高かったせいか父に手紙を書きながら倒れてしまった。私はその頃、市立病院の薬局の助手として勤めていたが、給料は少なかった。

病身の母を抱える私と、長男で父と妹を抱えている夫、二人とも結核の前歴ありで結婚を迷っていたが、伯父達の助言もあり、田浦と水俣の別居のまま仕事は続けることにした。石牟礼道子さんはまだ無名の頃で、短歌会で同席することが多かった。と言ってもレベルの差は大きく、素晴らしい短歌を創られる石牟礼さんには深い憧憬を抱いていた。

その頃、市立の老人ホームは牧ノ内の小高い丘の上にあり、その丘の下の川沿いに小さな家が三軒並んでいた。第二次大戦中に疎開小屋として建てられたそうで、のどかな場所にあった。手前が石牟礼宅で、真ん中の家が新築されて引越しされるとのことだった。一戸建てであり、風呂屋も近く、石牟礼さんの隣であることが何よりも心強かった。

春には一面の麦畠の中に目のさめるような菜の花畠が続き、水俣川堤防の桜まで一望されたが、今では住宅が建てこんで様相は一変している。

夫も私も貧しかったので形式にこだわらず、結納はしないと話し合っていたが、新生活の出発点だから形だけでも整えるべきだと、伯父、叔母が挨拶に来てくれることになった。

現在のように仕出屋はなく、困り果てて石牟礼さんに相談したら、私で良かったらと料理を作って下さった。当日、病身の母と私だけなので、伯父達は気を遣い、食事をすませて来られたが、テーブルに並べられた数々の料理に驚いて帰って行かれた。

石牟礼さん宅も当時は狭い台所で、そこで見事な料理を作って下さったのには私も驚いた。魚のあんかけ、串焼きなど、「あなたが作ったことにして」と一切顔を出されなかったので、後で「Sは良か嫁さんを見つけた」という話があったという。それを聞いて、冷汗が出る思いだった。

結婚式には、石牟礼さん、秀島由己男さんも出席して下さった。

頭が良いということは、何をしても上手にできるものだとつくづく感心した。

初夏になる頃、「安売りの布地を買って来たのでカーテンを縫うの」と爽やかなグリーンの布地を見せられた。それから一時間も経たないうちに、「変身！　変身！」の声、グリーンのブラウスの石牟礼さんが入り口で笑っておられる。

「カーテンはまだもったいないのでブラウスにしたのよ」白い笑顔がひき立って素晴らしいブラウスになっている。

「早いですね。私にも型紙を貸して下さい」という私に、「型紙なしよ。布の上に古いブラウスを載せてジョキジョキと切っただけ。後は自分の身体に合わせてダーツとギャザーを取っただけよ」と笑っておられた。

昭和四十年頃、夫も水俣に転勤になり、母も元気になったので、夫と同居し、週一回母の所へ泊る生活になった。その間、ずい分と母の話し相手になって下さったが、まもなく石牟礼さんの実家の近くに新築されて引越して行かれ、淋しくなってしまった。

『苦海浄土』で日本の「石牟礼道子」になられ、お逢いすることも少なくなった。行きつけの美容院で「石牟礼さんがいま熊本へ行くといって出られた」と聞くと、残念でたまらぬが、忙しく活躍されている様子がうれしく、熊本日日新聞に連載されている「春の城」（後に『アニマの鳥』として刊行された）を毎日読んでは、秀島由己男さんの挿絵とともに楽しんでいた。

心やさしい石牟礼さん！　いつまでもお元気で活躍して欲しいと願っている。


（ともなが・みよこ／主婦）

「サークル村」のころ

河野信子

「うちの道子はどけ(何処に)いったろうか。何時(いっ)帰ってくるとやろうか」と、おつれあいの弘さん(サークル村会員でもあった)が言われると、中村きい子さん(『女と刀』の著者・故人)は私に話された。「家の呪縛を解こう」と心に決めていたサークル村の女会員たちも、これには「びっくり」させられた。中村きい子さんも「妻ですもの、炊事ぐらいはいたします」と常日頃語っていたのだから。

しばらくして、当の「道子」さんから電報がくる。「カネオクレ」と。弘氏は、慌てふためいて、電報為替で送金される。

まだ、多くの家に電話などはなかった、一九六〇年前後のことである。

サークル村の会員たちは、西日本全域に点在していた。北九州と南九州は、多くの会合を、それぞれに持っていた。にもかかわらず、この種の話は、よく伝わるのである。

この一見、閑日月の話題のように見える「電報」についても、石牟礼道子さんの「高放浪(たかされき)」の事態が見えるのである。魂への呼びかけが聞こえたとき、その場にむかって、身も心も移動させてしまう人なのだと、家族も、友人たちも納得するしかない。

高群逸枝の著作を図書館で読んで感銘を受けると、間もなく、東京世田谷の橋本憲三氏宅に滞在してしまう。

「よく道に迷う人だ」と同行していても迷子になる道子さんについて、上野英信氏は、よく語られた。それでいて、必要だと思った人には、独りでも会いに行く。東京の錯雑した交通網も平気なのである。私の職場にも案内人なしで、いきなり面会に見えた。

「大学とは、どんなところかと、ちょっとのぞいて見たくなった」とおっしゃる。一九六〇年前後は、「六〇年安保」の熱気もあって、学生も職員も、研究者も、教授も、三日にいち度は、デモンストレーションに出て行くので、雑然としているのか、鳴りをひそめているのか、外容からは、判じ難いところがあった。それでも敷地だけは、たっぷりととられているように見えて、五〇年代に訪れた高浜虚子は「樹の下に、教授助教授話しおり」と詠んだ。この句は実景ではなく、虚子の「アカデミア」幻想なのである。

その大樹のほうを石牟礼道子さんも見ていて、大正ロマンそのもののような曲線をもった石段の前面突出部に腰をかけて、受付係に呼び出された私を待っていた。普通訪問者たちは建物内部の廊下の椅子に坐ったり、立ったりして待っているものなのだが、どうしたわけか作家とか詩人とかといった人びとは、バルコニーの束ね柱を背にして、樹のほうを見て立って待つのである。

道子さんは、どのような情況のなかにあっても、「樹を見る」ことをやめない人なのだと、その時思ってしまった。後に、「海が生命の母であるのを物語っているのは樹々たちである」（『常世(とこよ)の樹』一九八二年）なる表現へと場所化される。「高放浪」のなかに、トポスとしての樹も組み込まれていたのであるろう。

このように書いてしまえば、陽性の外向きの人を印象づけてしまうが、サークル村の頃、一九五八年、熊本大学研究班の水俣病についての報告書を、赤崎覚さん（水俣市衛生課職員、サークル村会員）に見せられて、衝撃を受け、「うけ病み」状態になってしまわれた。「蒲団をかぶって、苦しそうに寝てるの。なんとかして起こさなければね」と、森崎和江さんは、話していた。

赤崎さんは、職務上知り得た患者さんたちの姿を石牟礼さんに伝える。この繰り返しによって、彼女はようやく患者さん宅を訪れるようになる。この頃赤崎さんは、職務上の必要から毎日のように患者さん宅を訪問していた。集団検診のときは、石牟礼さんも同行した。それで、はじめは、保健婦さんが来たと思われたりしている。

どうにかうけ病みを経て立ちあがり、『サークル村』一九六〇年一月号に、「奇病」と題して、水俣病について、書くことができた。

「高放浪」と「とじこもり」は、人が、思考の輪を廻しはじめるときに、なにがしかの体験を持つものではある。しかし、大方の人びとにとっては、「考えてばかりいると、日が暮れるぞ」といわれれば、逸（はや）る心も萎えるというものである。

石牟礼さんの場合は、「高放浪」も「閉じこもり」も、周辺を薙（な）ぎ倒すほどの力をもっている。従って、誰も前にまわって、足がらみをかけたり、衿首をつかんで引き倒そうなどと、無謀なことを考えるものはいない。

（こうの・のぶこ／女性史家）

ぽつり、ぽつりと言葉が湧く

桑原史成

水俣病の患者が多発した水俣市の湯堂や茂道の、かつての漁村を歩くと、時には「道子さんば、どげんしとるっしゃっと」とぼくに声をかけてくれる人がいる。道子さんの活躍ぶりは、著書や新聞記事で知っているのだが、もうぼくも十年余はお会いしていない。

道子さんに初めて会ったのは、一九六二年だったと思う。あれから五十年。ぼくの記憶もあやしい。ある日、水俣駅前のぼくの常宿、桐原旅館の玄関に、小柄な女性が立っていた。一見、天女いや巫女さんかと見紛った。髪の毛はうしろで束ねていたか、乱れていたようにも思う。ぼくより年長だが、どことなく可憐さも漂わせていた。彼女が宇井純との約束で面会に来た石牟礼道子さんだった。

実は、その二年前からぼくは写真の撮影に、宇井はデータの収集で別々に行動していた。六二年のある日、宇井に頼まれて新日本窒素（後のチッソ、現在はＪＮＣ）水俣工場附属病院の小嶋照和医師に会った。ここで宇井は千載一遇のデータを目撃する。秘かに工場廃液をネコに投与して水俣病を発症させた、という驚くべき最終確認実験を記したルーズ・リーフである。ぼくが接写したその記録フィルムを後に解読した宇井が、この事実の一端を合化労連の機関誌『月刊　合化』に載せてもらえたのは、それからほぼ五年後であった。

一方、道子さんは六〇年代中ごろには詩や小説を書いていた。しかし、水俣病のものについては、発表する場もほとんどなかった。道子さんの話し口は、まことに物静かで、ぽつり、ぽつり、ほどよい間を置いて発する。気品と重厚さが感じられた。その言葉の旋律に、ぼくは快感を覚えた。天性の語り部、その水俣弁は枯れることのない湧水のようだった。

水俣でぼくは、奇特な人と会う機会があった。道子さんに紹介された人に谷川雁がある。本名は巌（いわお）といい、水俣の出身で詩や評論などの執筆の他に、労働運動に思想的な影響を与えていた。水俣市内の一つの繁華街、夕やけ横丁の「しゃぶしゃぶ」に何度か集った。宇井とぼく、それに市役所の職員で個人的に水俣病患者とかかわっていた赤崎覚と、後に水俣病市民会議を立ち上げることになる松本勉とで、谷川と道子さんを囲んだこともある。

酔いも少しまわり始めたころ、谷川は宇井に声をかけた。「君、水俣で何が出来る。水俣は何色だ！」と。それは詰問のようにも聞えた。谷川の言葉は直截的で鋭く、刺激的であった。「栃木の農村で育ち、日本ゼオンに……」と言いかけて宇井は、口ごもった。そこで谷川は「水俣はスカイ・ブルーだ」と、高らかに吠えるように一喝したのをぼくは覚えている。水俣沖の不知火海を象徴する表現だと思った。

谷川は、東大きっての秀才だったといわれ、他方の宇井は、幼少時から新聞を読んだ神童といわれたようである。ぼくは、谷川と宇井の対決を、このときに見た思いがする。その後、宇井に谷川のことを聞くと「あのタイプは苦手でネ」と苦笑した。この二人は、六二年の初対面いらい再び顔を合せることはなかった。

谷川は、宇井の次に、ぼくに矛先を向けた。そこでぼくは、郷里での事を持ち出した。かつて〝赤い村〟といわれた共産党員の村長が出現して……などと切り出したところ、谷川は大きく頷き「俺も共産党員だった。道子さんもそうだ……」といい出した。すると彼の言葉をかき消すかのように、「離党しとるですばい」と、道子さんが急に声を張り上げたのである。「水俣の色は」から始まった話は、こうして道子さんの一声で凋んだ。能楽の女面で、孫次郎か小面に思えた道子さんの形相が、般若の面に豹変した瞬間を見受けた。彼女の内面に秘められた激しい主張の片鱗を垣間見た思いがした。お二人は、戦後の日本で日本共産党の文化活動に、ロシアの大地を重ねて壮大な夢を見て、やがて夢破れたのかも知れない。夕やけ横丁の一帯の敷地は、かつて谷川が生まれ育った宅地であったと聞いている。その谷川が、水俣の風土で足跡を残していないのは謎としか思えない。

さて道子さんが大海に出ることになった作品が、『苦海浄土』である。六九年に講談社から初版本が出る三カ月前に、編集部からぼくに連絡があった。道子さんの本に、ぼくが撮った水俣の写真を掲載したいというのである。文芸の本に記録写真の挿入とは訝しくも思えたが、写真使用料がぼくには魅力的だった。道子さんの顔写真の他に、追加して撮りたい水俣現地のカットもあったことから水俣を訪れた。その帰路に博多駅まで上野英信と一緒だった。上野は岩波新書で『追われゆく坑夫たち』を出版していて、ぼくも読んでいた。上野と道子さんとは、一九五八年に結成された炭坑の自立共同体「サークル村」以来の関係で、このグループには、他に前述の谷川、さらに森崎和江といった人たちがいた。

帰路の列車のことは、ぼくの手帳に記載が残る。六八年十二月九日、水俣発夕刻の六時四八分の特急「有明」の食堂車で、ぼくは食事をいただいた。上野は、戦後から九州の炭坑で就業していた頃の辛苦な体験の一端を語ってくれた。車窓から見える不知火海は陽がすでに落ちていた。ビールで杯を重ねながら上野は、「あれは、クカイジョウドに決めました」といった。その言葉が何を意味しているのか、ぼくには解せない。彼はテーブルのナプキンに『苦海浄土』と万年筆で丁寧に書いてくれた。なるほど、水俣の海を苦海、それは奥深く神秘さを覚えたものである。道子さんのつけた原題「空と海のあいだに」と響きあっていた。出版社との接触や書名の決定など上野の尽力が大きいことを知った。

この『苦海浄土』に掲載された写真で、胎児性の水俣病患者・半永一光がキャプションには「杢太郎少年」とあり、松田富次（小児性患者）は「山中九平少年」、川上タマノ（劇症成人患者）は「坂上ゆき」である。

彼女を育んだ文学的な環境にサークル村を中心にした谷川や上野の存在が小さくなかったように、ぼくは考える。そして、いま道子さんは先達たちを超えたように、ぼくには映る。

最後に後悔を一つ。ぼくは水俣病の現場フィルム約三万コマを持つが、酒場などでの出会いにはカメラを持ち込んでいない。宇井をはじめ、谷川、上野の写真は一枚もない。故人となった三人を撮り返すことは出来ない。写真の本道は記録であると説きながら、このことが悔まれてならない。

（くわばら・しせい／報道写真家）

「越後瞽女口説」からの縁

松永伍一

一九六二年二月、私は『日本読書新聞』に「流浪者と復讐」と題する論文を発表した。その当時の私の思想的基軸を明確に示したと言えるものであった。私はまだ『日本の子守唄』も『底辺の美学』も出していない、無名の、九州からの脱走者に過ぎなかった。その私へ、編集部に届いた石牟礼道子さんの一通の葉書が転送されてきた。「深い共感をもって読みました」と書かれ、文中に私が引用した「越後瞽女口説」の曲は聴けないものかとの問い合わせであった。私は水俣市の石牟礼さん宛に返事を出した。

面識はないが、私の詩友谷川雁・森崎和江さんらと『サークル村』を出している人であり、六〇年安保闘争のころ石牟礼さんの「奇病」というルポを読んで胸に五寸釘を打ち込まれたことがある。そういう仕事をつづけている女人を意識するだけで、三十二歳の私はちぢこまってしまった。

「越後瞽女口説」なるものは新潟県柏崎の関家に保存されていた『柏崎文庫』の中にあり、天保の飢饉のころ広く唄われていたらしい。しかし瞽女の数も激減した今日伝承されることもなく、私の能力では採譜できなかった旨、伝える他なかった。これが石牟礼さんへの最初の借りである。そうではあっても私たちは縁という糸をたがいの指先にからめはじめた、と思えてならなかった。

礼状でもあり近況報告となっていたその折の手紙は大切に保存しているが、「流浪者と復讐」への、いや副題の「村を逃亡した者にとって唄とはなにか」への石牟礼さんならではの回答であり、自己確認の文章であった。原稿用紙三枚に満ち満ちている息づかいや血のざわめき、その裏に隠された棘の光、しかしそこからたゆたってくる湖のような温りを、四十二年の歳月を経ていま私はなつかしく確めることができる。

「おかしくって唄など、それこそ、あなたがおっしゃるような意味で、うたえなどしませんし、呪術ともくぜつともつかぬものをぺっぺっと吐き散らしていた、気ちがいの私の祖母、それは妣たちといってもよいのですが、そんな〝女たちの原詩〟にたどりついた感じで、『日本読書新聞』の御文読みながら、異様なショックを受けました。私は「愛情論」を書きかけたままにしており、『サークル村』に女たちの恨みを引きつぐ闇の中の辻が、どうしても見えずにいましたので、この唄で、女が見えました。死者から引き渡されるものは、御詠歌などではない、と思っていましたので、まことに鮮烈な想いをいたしましたのです」という一章があった。

私は自分の書いたものが石牟礼さんの内部で発光することになった奇縁をよろこぶ他なかった。谷川雁さんは「東京へゆくな」という詩を書いた。その呪縛に苦しみつつも私は故郷を捨てた。谷川さんを裏切ったように石牟礼さんを裏切ったのかもしれない。だからこそ私は東京に安住せず辺境へ向けて歩きつづけた。それが私らしい答えを出す道と信じて。

その一九六二年、私は九州山脈沿いの村里を歩き、『中央公論』に「正伝五木の子守唄」というルポを書いた。子守唄はそこでは子守娘たちの呪詛の叫びだった。土地を追われて生きる者の土性骨を支える復讐心と恨み――そこから滲み出てくる哀みのメロディ。それを歩いて追い求めた。「流浪者と復讐」という論文は、結果的に石牟礼さんへの供物となった。共に語り合ってそういう路線を組み立てたのではない。期せずしてそこに行きついたのである。ささやかな秘儀のようであった。

私たちが対面するのはそれからほぼ十年後のことで、石牟礼さんはすでに『苦海浄土』の著者であり、私は『日本農民詩史』全五巻を書きあげていた。会ったのは熊本市のデパートでの私の『小さな修羅』のサイン会の会場だった。和服の石牟礼さんと心安らいで立ち話をした。対話するということに特別な意味があるのではない。望ましい形で仕事が結び合ったのはさらに十年後の八二年のことである。

女優の北林谷栄さんに懇請されて『六道御前』という舞台台本を構成したのである。石牟礼さんの『西南役伝説』が原作で、瞽女の一代記という形に仕立てあげた。北林さんは主役だけでなく演出も引き受ける力の入れようで、私もそのあおりで熊本弁の虜になってしまった。芝居は劇団民芸によって東京の砂防会館ホールで十二回上演された。その初日に北林さんと石牟礼さんと私は、カーテンコールで挨拶をした。晴れやかな笑顔で。

二十年の、いのちがけの時を紡いで私たちの仕事が一つの土俗の布地を織りあげた、と言えば大袈裟にきこえようか。日本の底辺を流浪した瞽女の情念が、闇のなかから噴きあげてエロスの花となるそんな仕組みを、私たちは縁の力に支えられて舞台でつくり出したのである。裏のこの関係を知っているのは、当の三人だけであった。

（まつなが・ごいち／詩人）

最も暗い時季の仲間として

宇井 純

一九五九年、私は日本ゼオンという小さな塩ビメーカーをやめて、東大の大学院へもどり、プラスチック加工研究をはじめるつもりだった。しかしこれは思ったより大きな生活の変化であり、食うあてはなく、つき合いのあった女の子も消えた。研究は進まず、焦る私の耳に、変な噂が入って来た。九州の水俣に、漁師が狂い死にするおそろしい病気が流行し、その原因が工場排水中の水銀ではないかと疑われているという。私には思い当ることがあった。塩ビ合成の工程で相当多量の水銀を触媒として使っていて、不要になった水銀は排水溝に大量に捨てていた記憶があった。しかしその水銀でそれほどおそろしい病気が起るのだろうか。半信半疑で調べはじめてみると、どうやらチッソ水俣工場は、別の工程でも水銀を使っているらしい。

大阪のビニルスクラップ屋でアルバイトの口をみつけ、その金で水俣へ通うことができたが、入院患者は意識がほとんどなかったり、話をしているうちに緊張で声が出なくなったり、それは生きて地獄にある人々を見るようなものだった。たかだか女の子位でメソメソしてはいられない世界に私は飛びこんでしまったのである。同じ問題を追うカメラマンの桑原さんとも知り合った。熊本日日新聞社の平山謙二郎さんからは、水俣には石牟礼道子という詩人が居て、その表現力はすごいものだと教わった。私が水俣市役所に調べに行くと、お仲間の赤崎覚どんがニヤリと笑って、今夜どこそこで飲んどるから来てもよいと教えてくれた。

一九六〇年からあと、見舞金補償がすんだあとの被害者は、生きながら壁の中へ塗りこめられたような存在だった。道子さんはそれを漢の戚姫の運命にたとえた。私たちは時に現地ですれちがい、交錯し、患者の話を聞いた。聞けば聞くほど気の滅入る悲しい話の中で、それでも人間が生きているふしぎさを道子さんの文章は見せてくれた。だんだんわかって来ると、水俣病の原因が工場排水であることは、いくつも動かぬ証拠があるのだが、当時の大学院学生の力ではどうにもならなかった。何しろ東大医学部の有力教授たちはみな会社側についているのだから。

それでもどうやら道子さんも私も、調べたことを文章として読んでもらえる場所をみつけた。こんな努力が何になろうか、それでもいつか遠い未来にゴキブリやドブネズミに人間の文字が読める進化した脳ができれば、ヒトはかく愚かに亡びたということは伝えられるだろう。それが私たちの約束だった。書かれたものの交換は、ちょうど暗い夜の遠くの銃声のようなもので、ああまだ誰かがあきらめずに抵抗しているという信号であった。

実は私たちは歴史の先が読めなかった。もうこの時期に新潟の水俣病は進行していたのである。おそらく私に東大医学部とたたかう勇気があったなら、新潟の死者は一人か二人は減らせたかもしれない。それだけに六五年の新潟の水俣病の再発は私には衝撃であり、職を賭しても科学者の良心に恥じない仕事をしなければなるまいと思った。ちょうどその年私は久しぶりに工学部都市工学科の助手という月給の出る口にありつき、結婚して子供も生まれ、どうやら人並の安定した仕事につけたと思ったのだが、それも怪しくなった。

新潟の因果関係の究明は、水俣にくらべればやや順調に進んだが、これには県の北野衛生部長をはじめとする関係者の苦労もあり、昭和電工側が認めなければ裁判という運びまでこぎつけた。水俣側は見舞金補償もあり、熊本大学の水俣病は終息したとする見解もあって、後から来た新潟が先行する形になった。六八年一月、新潟の患者たちが水俣を見舞うことになり、道子さんたちは日吉フミ子先生たちと水俣湾対策市民会議を作って、はじめて水俣病患者を支援する市民組織ができたのだった。この段階で両方のグループを知っているのは私しか居ないので、当然道案内をすることになった。

一九六八年一月十三日、水俣駅に降り立った私は目を疑った。広い駅前広場を水俣病患者が埋めたのである。どこにそんなに患者が居たのだろうかと思ったほどである。水俣の人々は、胸を張って汽車から降りて来た新潟の人々を果して患者だろうか、あまりにも堂々としているといぶかった。新潟の人々は水俣の患者がどれほど苦労したかを見てとった。この大きな差は、結局患者を支援する運動体がどれだけの力をもつかで決まるものだと身にしみた。しかし数年前の散発的な暗夜の銃声は、ようやく市民の組織となって形を見せ、その後ずっと全国の公害被害者を支援する無党派市民運動の手本として、一九七〇年代以降一つの流れを作ることになる。道子さんの言う「男に任せるとろくなものにならん、二言目には理屈ばかりで、患者のことが二の次になるけん、日吉先生と二人で時々ネジまかんば」という女性の感覚が、その後の運動を方向づけることになる。

（うい・じゅん／沖縄大学名誉教授）

迎えにきてくれたのは……

上野 朱

二〇〇二年元旦、何気なく目を落とした新聞の一面に見たのは、「朝日賞」受賞者の発表だった。そしてそこに石牟礼道子さんの名を見つけ、思いがけないお年玉をもらったような嬉しい気分になった私だったが、思わずにやりとしたのは、同時に受賞した人の中にアニメ映画「もののけ姫」や「千と千尋の神隠し」で知られる、宮崎駿監督の名を見つけたときだ。一緒に受賞した人の中に現代の、本物の「もののけ姫」がいることに、宮崎監督は気付いていただろうか？

と、のっけから石牟礼さんのことをもののけ扱いして申し訳ないが、石牟礼道子さんという方は、本当に不思議な方だ。私の父、上野英信とは「サークル村」以来のご縁ということだが、当時の私はまだあまりに幼く、そのころの石牟礼さんの記憶はない。覚えているのは『苦海浄土』出版前後、福岡県鞍手町の、廃鉱集落の中にあるわが家を訪ねてこられるようになってからである。

石牟礼さんはご自身でも認めておられるとおり、「まよいぐせ」のある方だ。ましてや交通の便も極めて悪い山の中のわが家まで、毎回よくたどり着かれたものだと思う。炭鉱長屋を改造した「筑豊文庫」の玄関に、懐かしい石牟礼さんのおかっぱ頭が現れると、私たちはほっと安堵し、喜んだものだ。

しかし考えてみれば、電車やバスだけを交通手段と思っているのは、文明の毒に冒された我々のみであって、きつねやとんびや、「おえんしゃま」のふところに抱かれた「にゃあま」と魂の通じてしまう石牟礼さんにとっては、「くちなわどんのおらいもうすけん、こころして通ろうぞ」と、蛇にことわりを言いつつかきわけゆくような、すすき生い茂るボタ山の麓の小径のほうが、よほど歩きやすかったのかもしれない。

石牟礼さんの来訪をことのほか喜んでいたのは、私の母、晴子だった。それは母にとって石牟礼さんが尊敬すべき、そして大好きな人ということもあったが、石牟礼さんを迎えたときは、上野英信の亭主関白がおとなしくなるのだった。「童女の如き」と評されることもある石牟礼さんの前では、さすがの関白も童子に引き戻されるのかもしれなかった。

そしてまた我々が舌を巻いたのは、その「言語再生能力」とでもいおうか、耳にした言葉を文字に書き表す力のすばらしさで、上野英信には決定的に欠けている部分だった。

よその人からは「九州弁」とひとからげにされることも多いが、「ばってん」や「ばい」をつけさえすれば共通の「九州弁」になるというわけではない。筑豊だけを例にとっても、年齢や性別によって言葉は違い、長年筑豊に暮らしてきた父にもその書き分けはできないままだった。ましてや石牟礼さんの水俣は、遥か南のまったく違う言語圏。なのにたまたまわが家で出会っただけの、もと坑内婦の老婆と言葉を交わし、しばらくしてそのときのことを書かれたものを読めば、言葉遣いはいうにおよばず呼吸や声の調子まで、もうそのおばあさんそのもので、私たちはただ感嘆の溜息をつくしかなかったのだ。

立場を逆にしてみれば、筑豊に住む私たちには不知火沿岸の言葉の、微妙なニュアンスはわからないはずである。しかし石牟礼さんの筆先から現れるそれは、聞き覚えのあるふるさとの言葉として私たちの心に染み入る。そして私たちが童女に手を引かれて、波の底から木々の梢まで連れ歩かれるうち、有機水銀に蝕まれたいのちたちの、声なき声を聴かされてしまう。そしてそのかすかな声をすくいとるためには、やはり石牟礼さんという、あの世とこの世を自由に行き来できるような人が、どうしても必要だったのだろう。

水俣では尋常ならざる人のことを「魂のひっ飛んどらる人」というらしいが、石牟礼さんは魂を自在に「ひっ飛」ばすことのできるかた、というのがわが家での定説だった。

石牟礼さんには「祈るべき　天とおもえど　天の病む」という有名な句がある。しかしあのときあの水俣に、石牟礼道子さんを立ち会わせるという配剤の妙を見れば、病みながらも天は天、と思えてしまうのである。

石牟礼さんのことを妹かなにかのようにいとおしみ、迷ったり戸惑ったりされる様子まで、いちいち嬉しがっていた上野英信が亡くなったとき、熊本からはるばる駆けつけて弔辞を述べてくださった石牟礼さんだったが、そこにはこんなひとことがあった。

「おなつかしゅうございます、上野さん」

それは去ってゆく英信の背中にかける言葉ではなく、むこうがわから迎えにきてくれた人の言葉に聞こえて、母と私はなんだかとても安心したのだった。

（うえの・あかし／古本屋）

すべての行文に宿るまなざし

原田奈翁雄

チッソ東京本社、社長室前に水俣病患者さんたちが坐り込んだのは、一九七一(昭和四十六)年十二月、直接社長に謝罪と補償を求めてのことであった。長らくつづけてきた水俣工場相手の抗議、交渉で何ひとつ埒の明かぬことに業を煮やした患者数十人が大挙して、彼らのことばをそのまま借りるなら、「東京に攻め上った」のである。

六日に患者の前に姿を見せた社長は、交渉の途中で、病気を理由に姿をくらませてしまった。八日、患者たちは社長室前に坐り込みを始め、それでも姿を見せぬ社長に怒って、十日、ついにハンストに入ったのだった。

しばらく前から、雑誌『展望』に石牟礼道子さんのご登場を願ってご連絡していたのだが、終始この患者さんたちに寄り添っていらした石牟礼さんももちろんごいっしょだった。お目にかかっての打合わせが、たまたまこのハンスト突入の日にぶつかってしまった。

東京駅と広い道をへだてたチッソ本社ビルの周辺には、黒地に白く「怨」を染め抜いたのぼりの数々が、からっ風にはためいていた。ビルは機動隊、ビル管理の警備員、チッソ社員たちによって厳重に封鎖されていて、私は一時間にも及ぶお願いと押し問答、ついにはけんか腰の体当りでそれを突破し、ようやくビル内に入ったのだった。

社長室前の仕切られた廊下にあふれ、その外の広間に、初めて見る海の男たち、女たちが、半纏を、あるいはジャンパーを羽織ってびっしりと坐り、また横たわっている。その中で、白衣をつけた若い医師が、上半身を脱がせた男に聴診器を当て、また血圧を計っている。そう、彼らはみな病人なのだ。奇病と怖れられ、親戚縁者からさえ接触を断たれ、心ない市民から激しい非難を浴びて。もちろんすでにチッソの垂れ流した排水中の水銀が原因だということははっきりわかっていたのだが、それでも患者、家族の孤立はつづいていたのである。

石牟礼道子さんも赤い半纏をまとって、漁師やその妻たちと風体は変わらない。しかしかたわらに立つと、この異常事態の中で、緊迫感を全身に孕んでいることがびんびんと伝わってきて、私にも伝染するようであった。

これをきっかけとして、私は坐り込みのつづく現場に足しげく通うようになる。そして大晦日、数日前からわが家に滞在していた筑豊の作家、上野英信に強く誘われて、チッソ前の舗道にふたりで坐り込み、患者支援のハンストに入るまでになってしまった。

年が明けて何日たってのことであったか。社長以下チッソの幹部と、初めて直接対決の場が開かれることになって、川本輝夫さんたち患者さんが社長を正面に据えて謝罪を求めて声をあげる。私たち支援者はその後ろに立って成り行きを見つめている。やはり私の右手後ろの一隅に石牟礼道子さんの姿も見えた。正面を見据えているその目を斜め前方からふと見て、私はほとんど体がふるえた。怖い！

その目はもちろん私に向けられているのではない。そしてそれを見たのは一瞬のことにすぎない。しかしあの日以来、まことにしばしば、私は石牟礼さんのあの目の正面に引き据えられる自分を感じずにはいられなくなってしまったのだ。

十日の夜、裸の胸に聴診器を当てられる海の男を見つめていて、あ、あれはおれではないのかと、束の間の幻覚にとらえられた。夜半に及んで、チッソ労組の腕章を付けた男たちが乗り込んできて、最初、患者さんたちの支援に？と思ったのが、とんでもない、逆に患者たちに執拗に退去を迫る姿に、これまた自分を重ねずにはいられなかった。

水俣の被害民たちと、私はどれだけ異る場で生きているのか。「いずれ一億総水銀よ」と、すでに患者たちは言い、まさにその通りだと思っていた。また、会社大事、家族が大事のチッソ従業員たちと自分と、どれだけの違いがあるのか。

石牟礼さんの目に射すくめられるチッソの重罪、無責任、卑劣な画策と言い逃れの無惨きわまりない姿と、いかほどのへだたりを持って私は生き得ているのであろうか。

患者さんたちも、支援に馳せ参じて患者さんたちの世話をつづける多勢の学生、若い人たちも、みな一様に石牟礼さんを呼びつづける。「みちこさん、みちこさーん」。私はこの人びとの彼女への呼び声に、こよない親しみの思いを分ち与えられ、心温められる。それに応える石牟礼さんのつぶらなひとみはいつも笑みをたたえて、あのチッソに向けられたものとは、まさに天国と地獄を見る目のちがいに私には思われる。

ひなの母さん　母どりさん

とり屋に買われてゆきました
大さむ小さむで　寒いのに
とり屋に買われて　ゆきました

石牟礼さんのあの日の目を思うと、つられてこんな童謡がおのずと節になって聞こえてくるのがもう久しい習いになった。売られていく母どりの目を追うひなの目。ひなを見やる母どりの目。いまきわまる悲しみと怒り。

石牟礼道子さんのお書きになるものすべてから、私は常に深い深いまなざしを受けつづけている。地獄を射すくめる目と、すべて生あるもの、生なきものに向けられる悲母の目と。

（はらだ・なおお／季刊『ひとりから』編集発行）

湯堂のちいさな入り江で

鎌田 慧

水俣病を、公害として政府が認定したのは、一九六八年九月だった。そのあと、患者組織は訴訟派と一任派とに分かれるのだが、わたしが石牟礼さんのお宅を訪問したのは、その分裂が報道されたあとだったから、翌年四月以降だったと思う。

上梓されたばかりの『苦海浄土』は不思議な作品で、不知火海の片隅にある漁村での、漁師とその家族の生き死にが、丸ごと作者の世界に取り込まれて、柔らかな糸のように紡ぎ出されている。

そのころは、水俣病もふくめて、日本列島の公害がジャーナリズムの主要なテーマとなっていて、フリーになったばかりのわたしも、対馬の「イタイイタイ病」の長期取材に出かけるようになるのだが、その出発のすこし前、ある週刊誌で石牟礼さんにインタビューをお願いするべく、水俣を訪問したのだった。

いま、お訪ねしたご住所は記憶にないのだが、建て売り住宅風の玄関から出てこられた石牟礼さんは、割烹着姿で、「これから、部落の寄り合いがあります、お付き合いですから」とはにかむような笑顔をみせた。

石牟礼家を辞するとき、同行していたカメラマンが、玄関前の鉢植えにタバコの吸い殻をポイ捨てにした。そのとき、それをひろい上げなかったまま帰ったのが心残りで、石牟礼さんのことを思い出すと、捨てられたタバコが胸に突き刺さるのである。石牟礼さん、それを摘み上げて怒ったのではないか、と。

患者さんがいるのに、わたしが頂く訳にはいかない、というような（正確な引用ではないのだが）理由で、石牟礼さんが『苦海浄土』の第一回大宅賞受賞を辞退したのは、そのあとのことだった。このとき、石牟礼さんは「主婦作家」として、ご自分が前にでるのは遠慮されていた。その代りのように、「意識のない美少女」がいるので、その子のことを書いて下さい、と病院を教えてくださった。

病院のベッドで、大きく目を見開いた少女はたしかに美少女で、それがことさら残酷さを与えた。

余談だが、六三年の大牟田・三井三池炭鉱炭塵爆発で、意識不明になった炭坑夫を熊本大学のベッドに訪ねたときも、水俣のK子さんのことを想い起していた。それぞれが、安全対策をサボった企業犯罪の犠牲者である。

　このとき道路から見下ろした、湯堂のちいさな入り江の、平和で美しい、気の遠くなるような風景は忘れがたい。浜のすぐそばのちいさな家で、訴訟派の漁師の代表者とお会いしたが、重い孤立感が印象的だった。美しさと残酷さの重層している世界の言葉の中から、石牟礼さんは巫女のような語部として現れたのだ。

　そのあと、お会いしたのは、石牟礼さんが厚生省前に座り込んでいるときだった。突然、ある大新聞の大記者であるNが、石牟礼さんに近づいて、原稿用紙を示して、この手記に署名して下さい、と押しつけた。わたしは、そのあまりの横暴さに目を瞠（みは）った。東大出の彼には、石牟礼さんなど、無名の地方作家のひとりでしかなかったのだ。

　六年ほど前、熊本市内のお宅へ『週刊金曜日』の取材でお伺いしたとき、その話をすると、「わたし、そのとき、引き受けたかしら」と問い返された。彼女にとっては、覚えているほどのことではなかったようだ。

　石牟礼さんには、筑摩書房の編集部でもお会いしている。筑摩書房がまだお茶の水にあったころで、編集者の原田奈翁雄さんが、いろんな作家を集めていた。元医院というちいさな建物だった。そこの木造のちいさな階段の下から、石牟礼さんがひょっこり顔をだしたのだ。このとき、担当者の土器屋泰子さんを交えて、どんな雑談をしたのかは覚えていない。

このころ、石牟礼さんは、『朝日ジャーナル』で三里塚（成田空港反対闘争）や谷中村などの取材をされていたように思うのだが、わたしは全集にあたって確認していない。そのあと上野英信と連れ立って筑摩書房へ顔をだした日が、筑摩書房が会社更生法を提出した日だった。「貧乏神が二人で行ったらたまらんでしょう」とは上野さん特有のジョークだった。

おそらく、というのは、わたしの勝手な想像だが、石牟礼さんが水俣の運動に関わり、三里塚、谷中村などに関心を深めたのは、上野英信、谷川雁、森崎和江などの「サークル村」との関係が深かったからだ、と思う。チッソの城下町・水俣と日本のヘソ・筑豊炭田をむすぶ地帯は、文学運動の豊饒の地である。そこが石牟礼さんの母体でもあった。

熊本はのちに、名著『逝きし世の面影』を書いた渡辺京二が『熊本風土記』をだして、石牟礼文学を花ひらかせた地域でもある。その雑誌は、砂糖工場を争乱状態にして歩いた、松浦豊敏の『争議屋心得』を書きつがせ、その後、ユニークな雑誌『暗河（くらごう）』に引き継がれている。

わたしは、『苦海浄土』で水俣病を知らされ、『椿の海の記』で、ひとを受け容れる自然と眼にみえない世界を風のような文体で描く、作者の特異な才能に圧倒された。『西南役伝説』、『十六夜橋』、『アニマの鳥』とやがて石牟礼さんが水俣の世界を超えて、大きく羽撃いていくのを、厚生省前で功を焦っていた東京の記者たちは、想像さえしなかったであろう。

（かまた・さとし／ルポライター）

石牟礼道子奇行録

中村 健

石牟礼道子さんは、三〇〜四〇年前のヒトに話しにくいご自分の行動を聞かれると、ニヤッと笑いながら、「中村さんに聞いて」と仰います。今回、御本人からの依頼となれば、これらの奇行談の事でしょう。

一九七一年頃、石牟礼さんは、合併症を伴う重度の白内障で、左眼はほぼ失明状態でした。しかし、大の医者嫌い・病院嫌い。「書けなくてもいい、盲瞽女（めくらごぜ）?となって琵琶を持ち、水俣病を語り継ぐ」と言って手術拒否。その頃、私はお婆ちゃん（石牟礼さんのお母様）の造る食事目当てに石牟礼家に出入りしていました。いろいろ私の事を気遣って下さった〝やさしい〟お婆様でした。私は当時、お茶の水にある順天堂大学の基礎医学の教室に在籍しておりました。水俣へ行く度、私も手術を勧めましたが、返事は常に「盲目の琵琶……」でした。私に〝騙しても手術〟作戦を決意させたのは、お婆ちゃんでした。竈（かまど）のそばで、涙ながらに「道子の眼をお願いします」と懇願されました。その時のお婆ちゃんのお顔を今でも覚えています。東京ではチッソ本社直接対決が開始され、〝逃亡を許されない水俣病患者の一万人大集会〟のキャンペーン中でした。そこで、〝逃亡を許さない石牟礼道子手術大作戦〟

を合言葉に、仲間達が連帯し、いろいろ戦術が練られました。

作戦開始から手術が完了し、一応の勝利を得るまで、数カ月を要しました。その間も奇行の連続で、どのエピソードを取っても説明が長くなります。そこで、手術当日を中心に話を進めます。先ず、何と騙したか忘れましたが、眼科外来にお連れし、御本人から手術の承諾を得る事に成功。しかし、眼の合併症や内科的持病があり、検査・治療のため暫時通院加療と成りました。水俣への逃亡を繰り返す石牟礼さんと、それを許さない私達との執拗な攻防戦は省略し、何とか〝強制入院〟まで辿り着きました。道子さんの眼は特異な症例（水銀の影響も考えましたが原因は不明）で合併症治療を含む〝長期入院〟でした。術中に眼を切られている事が分かるのは絶対イヤ、だから〝全身麻酔で〟が御本人の絶対条件でした。ところが、内科的な理由で全身麻酔は無理と判明しました。そこで、私、麻酔科医・主治医（共に作戦の共謀者）が結託、御本人には内緒（今なら違法のインフォームドコンセント？）で、睡眠薬で眠ってもらい、全身麻酔に見せかけようという作戦に打って出ました。〝騙し作戦〟開始、手術が始まりました。御本人の要望で、私も傍におりました。執刀医の細かい名人技（マイクロ手術）でした。難手術で予定より時間がかかりました。麻酔科医がそっと私の耳元で「睡眠薬が切れる、どうしよう。今さら追加投薬出来ないし……」と囁きました。その時点ではグッスリお眠りと判断、無事？手術は終了致しました。ところが、手術室から個室のベッドに移った瞬間、石牟礼さんは、例のニヤッとした笑顔で、しかもはっきりとした口調で、「中村さん、私、偉かったでしょう？」と仰いました。その瞬間まで寝かしつけ作戦成功と思っておりましたので、驚いて聞き返しますと、とうに気付いていて、「眼を瞑（つむ）って手術の迷惑になってはいけない」と必死に開け続けていたのだそうです。実際は術中、眼窩一杯に大きな金属の輪が入っていて、眼を瞑りたくとも出来ない状態になっていたのですが……。それでも、執刀医を含む周りの人々、特にこの騙し作戦の首謀者、つまり私へのお気遣いから出た「偉かったでしょう」の言葉だと思いました。これが石牟礼さんのいう〝やさしさ〟だと現在の私は考えています。この頃、映画「やさしいにっぽん人」の自主上映がありました。私が〝人間性とは……〟のような話をすると、石牟礼さんは〝やさしさ〟と一言、ニヤッと笑いながら仰ったのを覚えております。さて、実は〝ベッドで、例のニヤッとした笑顔で……〟というのは、私の勝手な表現です。御本人には内緒ですが、その時の石牟礼さんのお顔は、大手術直後で、御本人が鏡で見たらビックリするような、おどろおどろしい形相でした。でも心配には及びません。両眼には、大きなガーゼがテープでベタベタ貼り付けられ、当分鏡は使えない状態でしたから。

以後、病室や私の研究室での御本人や付添の御家族の〝奇行の歴史〟は延々と続くのですが省略し、退院当日の事。石牟礼さんが「御迷惑をかけた方々に〝お詫び〟の気持ちを込めてお礼を」と急に申されました。私は「後日、御自身の本を送りましょう」と余計な事を申しました。ところが、「今差し上げなければお詫びの意味が通じない、本屋で買って来て」。そこで仲間数人で、御茶の水、神保町界隈の書店を右往左往し『苦海浄土』を探しましたがありません。結局〝石牟礼道子著〟なら何でも可として数冊が集まりました。が一冊足りません。ここで石牟礼さん、またニヤッと笑いながら「中村さん持っているでしょう?」。私の『苦海浄土』は、石牟礼家に伺い始めた頃にいただき、御本人お気に入りの詩が筆書きされていました。「また、書いてあげるからお渡しして」の言葉に私は従いました。その詩は……、但しカッコの中は「あら、書き忘れちゃった」と言って、ニヤッと笑い、ロずさんで下さった部分です。「波が静まると／（水の面に）／一輪の椿が／咲いていた」〝やさしさ〟の象徴として、私は勝手に今でも呟いています。実はこの詩全てうろ覚えです。以後、約四〇年、未だ詩の全文を書き添えられた著書はいただいておりません。今度は私がニヤッとほくそ笑む番です。

（なかむら・たけし／大学教員）

異風（いひゅう）な女子（おなご）

島田真祐

四十年近く以前になるが、我が家の古座敷で石牟礼道子さんの語り番組の収録が行なわれた。たしか第一次訴訟提訴の翌年のこと、語りの内容は当然水俣病事件にかかわるものであったろうが、どこの局の、どのような番組だったのか、その辺の記憶はまるでない。ただ、放送局のスタジオでも水俣現地のしかるべき場所でもなく、熊本市西郊にある拙宅の古座敷が選ばれたのには、石牟礼さんの御意向か周囲の親しい方々の配慮かがはたらいていたらしい。

この時期の石牟礼さんは超多忙であった。前年に『苦海浄土』が出版されたこともあり、いわゆる水俣病闘争、患者支援運動の象徴的存在としてマスコミから引っ張り凧、原稿執筆、各種のインタヴュー、各地での講演、会合への出席などなどが目白押しの毎日で、その緊張とお疲れの御様子は傍目にも痛々しいほどだった。ことに、当時から日中戸外では薄い色眼鏡を用いられていた御眼の不自由はいちだんと募っていたと思われる。できれば人目も離(か)れ、日常の雑音からも遠く、何よりチカチカした明かりの届かない場所でならばとの要望と配慮が、周りの古木立だけには事欠かぬ昼なお仄暗い拙宅の古座敷でとなったのであろう。石牟礼ファンであり、前年結成された熊本・水俣病を告発する会のおバカさん部隊の一員であった私は、多少戸惑いながらも喜んで場所の提供に応じた。

一つだけ問題があった。拙宅と書いたが、厳密には拙宅ではない。当時私は二十八歳の若造。十年の東京住まいを引き揚げて帰郷したものの独り身の定職なし。まだ矍鑠(かくしゃく)として、肥後もっこすを絵に描いたような現役家長の祖父の目には、無断で帰郷してフラついている蕩児か、厄介ものの部屋住みの孫に過ぎなかった。しかも、件(くだん)の古座敷はその祖父だけが自由に使える、いわば城の本丸の如き場所である。さすがに勝手風者(かってふうじゃ)の私にも、祖父に無断では借用しかねる。一言ことわっておかねばと、収録の前夜に事を告げた。

「どぎゃん女子かい。」

石牟礼さんの名も人物も仕事も知らない祖父は、細いが油断ならないところもある眼差を勝手風者の孫に向けてたずねた。どぎゃんとは、何をしているかの意である。『苦海浄土』の書名を言うだけでは何も通じまい。水俣病云々は、さらに問題を厄介にする。小利口者でもある勝手風者は、とっさに答えた。

「『西南役伝説』という本も書いた人です。」

宮本武蔵の遺蹟を顕彰する「武蔵会」主宰と同時に、「熊本城顕彰会」常務理事として西南戦争の顕彰にもながくかかわってきた祖父の来歴を熟知していたからにほかならない。

案の定、祖父の眼差は柔らぎ、

「ほう、異風な女子ばいな。」と呟き、いっときその話柄を離れた。私は、ほっとした。当時、私自身、当の『西南役伝説』を読んでいなかったのである。してやったりとほくそ笑む一方で、老人を誑かしたような一抹の申し訳なさを感じながら座を立ちかけた時、思わぬ竹篦返しがきた。

「座敷ば使うとはええが、床には何ば掛けとけばよかっかい。」

小利口者でもあるはずの孫は目を白黒させていたに違いない。しばし言葉も出ない阿呆な若造に、追い討ちがきた。

「書なら南洲（西郷隆盛）も甲東（大久保利通）もあるが。詩画なら五岳（平野）の熊本城がよかかもしれんな。」

自身が対座するわけではないが、座敷の提供主として、西南役伝説の言説を持つという客への当然の心遣いである。つい先刻老人を適当にあしらったつもりのこちらはただ狼狽し、恥じ入るばかり。

「そうですね。五岳でよかでしょう。」

しどろもどろに返事して匆々に退散したのを覚えている。

翌朝、件の床には五岳の詩画が掛けられていた。

しかし、祖父の心遣いも孫の狼狽も見事に報われなかった。その午後いっぱいかかった長時間の撮影は、雨戸を閉めきり、床にも障子にも襖にも暗幕が張られた真っ暗やみに仄赤いライト一灯だけが点る深淵の底のような空間で行われた。祖父はもちろん私もまた収録の場にはいなかった。いる必要も意味合いももともとなかった。だから、セッティング時と収録終了後の跡片付けの折だけ立会った私は、番組の中身も具体的経緯も知らない。ただ、本番収録の直前、去りがてに垣間見た石牟礼さんのちんまりした座像だけが消えがたく残っている。極度の疲労と緊張に縮まりながら不思議な華やぎを秘めて静まった小さな座像だった。

久しく記憶の底に埋もれていたその座像を鮮明によみがえらせた瞬間がある。新作能『不知火』を観た折にほかならない。

繋がぬ沖の捨小舟、生死の苦海果もなし
夢ならぬうつつの渚に、海底より参り候

これらの詞章が語られ始めたとき、紛れもない戦慄が走った。既視感を確かめた者が味わう畏怖に似ていた。

（しまだ・しんすけ／（財）島田美術館館長）

石牟礼さんのある一面

豊田伸治

熊本市薬園町の立派な座敷に畏まっていた石牟礼さんと私は、一瞬狼狽えた。

当時熊本大学の学生だった私は、市内での石牟礼さんの仕事場探しの手伝いをしていた。ようやく見つかったのが、この薬園町の屋敷のはなれだった。借りることに決まって、挨拶にお供した時のことだ。石牟礼さんは達筆な手書きの名刺を出された。和紙だった。印刷された名刺を所持する習慣のないものが、確実に名前を伝える方法としては洒落ているなと感心しつつ、自分がやるとちょっと気障かな、という思いもあった。機知が働いて、それが恰好良い。石牟礼さんにはそんな一面もある。

するとその時、矍鑠たる家主の婦人がこう尋ねられたのだ。

「お二人でお住みになられるのですね。」

勿論熊本言葉なのだが、京都の人間である私には復元できない。

四十代の魅力的な女性であったのだから、石牟礼さんが驚いたのはともかく、私が狼狽したのは失礼だったかとは、随分後になって思い至ったことだ。何しろ女先生であり、親であるような人だったのだから。

「いえ」と二人ほぼ同時に反応したような記憶がある。

はなれとは言え、学生の眼にはなかなか立派な建物だったが、何分長年使われていない古いものなので、電気系統に不備があった。素人で大丈夫と判断して、末松という同じ大学の友人と二人で簡単な配線をした。ところが何日かして、ショートを起こしてしまい、結局専門家に頼むことになってしまった。私の判断ミスであった。私の石牟礼さんに対する〈手伝い〉には時折こういう穴がある。

これまでで一番長く御一緒できたのは、マグサイサイ賞受賞でのフィリピン行きと、そこから足を伸ばしてマレーシアを訪問した時だ。その詳細は石牟礼さん自身がお書きになっているので、ここでは触れない。私の役目は、通訳兼ボディーガード兼荷物持ち、ということだったが、英語も大してできず、両国特有の発音に振り回され、荷物持ち以外はさほどお役に立てなかった。意思疎通の大切な部分は、現地の人達に助けてもらった。これは今も変わらないが、石牟礼さんの周りには、不思議なほど助力を申し出て下さる人が現われるのだった。

一度だけ石牟礼さんに通訳をして戴いたことがある。マレーシアで「からゆきさん」に会いに行った時のことだ。

マニラでの授賞式で、マレーシアの大富豪が石牟礼さんの大ファンになり、マレーシアでは是非我が家に滞在して欲しい、と強く望まれた。入口の門を抜けてから暫く車で走って、ようやく建物が見えてくるような家だから、あとは推して知るべしという所だ。そこのマレー人運転手に案内してもらって、施設と覚しき建物に入ると、小柄なお婆さんがベッドの所にすわっていた。石牟礼さんが声を掛けられた。お二人の話は半分くらいしか判らなかった。一つには、すぐ傍にいて、話を聞いているのも失礼かと考えて、二、三歩離れていたこともある。だが何より、そこで話されていたのが、たぶん純粋な天草言葉であったからだ。石牟礼さんは、その昔近郷に住んでいたものが、近くに来たので見舞いに立ち寄った、という風情で話されていた。

話が一段落した時、少し離れて木偶坊のように立っている私に、「あなたも何か一言仰しゃいなさい」とお声が掛かった。「お元気でいて下さい」と月並みな言葉しか浮かばず、それを何とか熊本弁風にしてみるのだが、通じる気配が一向にない。見兼ねた石牟礼さんが天草言葉で通訳し、彼女はにっこり頷いて下さった。

周囲が当てにならないと判ると石牟礼さんは別人になる。最後に伝えたいことが天草言葉では言い表わしにくいと判断されたのだろう。私は咄嗟の指示に従って、石牟礼さんの言葉を英語でマレー人の運転手に伝え、それを彼がさらにマレー語で彼女に伝えた。内容はすっかり忘れてしまったが、どうやらうまく通じたようだった。普段はそういう工夫を思い付かれる方ではない。

『西南役伝説』の取材で、鹿児島へお供をした際も同様だった。私のミスで宿が確保できず、仕方なく電話番号のわかった高級旅館を予約した。取材の宿としては相応しくなく、好みにも合わないだろうと不安だった。取材が終ってそのことを告げると、石牟礼さんは「そう」と言って、行先も決まっていないのにタクシーを拾い、良さそうなホテルと、郷土料理の店を紹介して欲しい、と運転手に仰しゃった。料理は私への気遣いだった。それで無事、夕食も宿も決定した。ホテルに着いてからはまた、いつもの石牟礼さんだった。

周りが当てにならないと判ると、不思議なほど、一瞬現実的になり、機転が利く。そういう所が石牟礼さんにはある。本来なら作品論でも書くべきなのだろうが、こういった一面を記して置きたかった。

（とよだ・しんじ／予備校講師）

思い出すこと二つ三つ

前山光則

石牟礼道子さんと親しくさせてもらうようになったのは、暗河（くらごう）の会に入会してしばらく経った頃、ヒョンなきっかけからである。

昭和四十九年頃、わたしは県立熊本商業高校の定時制に勤める傍ら、私立の東海大学第二高校へも授業をしに行っていた。非常勤講師だから授業した時間だけ報酬を貰っていたのだが、ある時事務室でいつもとは違う封筒に入ったものを渡され、「少額ながら、ボーナスです」とのこと。全く予期していなかったことで、大通りを自転車で帰りながら頬がフニャフニャ緩みっ放しであった。ところが、そんな姿を、車の中から石牟礼さんたちが目撃したらしいのだ。わたしは余程に無防備な表情を晒していたらしく、「あの時から石牟礼さんはあなたへの緊張感がとれたのだそうですよ」と後で渡辺京二氏が語って下さった。

昭和五十年になってから多良木高校水上分校に転勤したが、その頃『暗河』の編集を手伝うようになっていたし、女房が熊本市のYMCAの英語の講師をしていたので、平日は山村で過ごし、週末には熊本に出かける、という生活になった。そして、毎度石牟礼さんの仕事場に夫婦で泊めてもらったのである。女房は石牟礼さんの身の回りのことを手伝っていたから少しは宿賃代わりのことをし得ていた。だがわたしの方は、暗河の会の事務局カリガリで原稿の打ち合わせや読み合わせをした後はすぐに焼酎を呑み、酔って遅く石牟礼さんの仕事場へ帰る、しかもまた呑んだりするから、いやはや思い出すさえ冷や汗が湧いて出る。しかし石牟礼さんは優しい人で、たった一回だけ隣室でわたしら若い者たちが酔って騒いでいた深夜、ムックと起き上がり、「モウ、良イ加減ニ、静カニ、ナサイマセ」と叱られた。叱られたのはその時だけである。

逆にこちらが起こされたことが一回だけある。それは、「ワァーアーアーアー」という呻き声が聞こえたのである。隣室で呻いているのはむろん石牟礼さんで、何か夢をみてうなされていたのだろう。字面では「ワァーアーアー」としかならないが、深い闇の中で物の怪にでも出会って苦闘しているに違いなく、身も世もなく恐怖しているというような緊迫感で一杯だった。やはりこの方はあれやこれやいっぱい背負い込んでいるからうなされるのだ、並ではない、と、深夜、女房とわたしは目を丸くして見守ったのだった。

水俣の自宅にも数え切れない回数で泊めてもらった。中で、今は亡き赤崎覚氏に原稿を書かせる努力を何度か試みたことがある。赤崎氏は、水俣工業高校のすぐ近くに住んでいた。『暗河』に水俣地方の庶民史集成というべき「南国心得草」を連載し好評だったが、ただ、焼酎ばかり呑んでいるから原稿がなかなか出来上がらない。お前が赤崎さんの尻を叩け、ということになった。石牟礼さんの家から赤崎さん宅へ赴き、つきっきりで原稿を書かせるのだ。同じ『暗河』編集スタッフの豊永信博さんが同行してくれたこともあった。原稿用紙に向かいながら「どうな、湯呑みに一杯だけ、焼酎を付き合わんかな」と赤崎氏がわたしを懐柔しかけても、応じない。と、午前零時を過ぎた頃「いやあ、煙草が切れっしもうた」と赤崎氏が言うから、「僕が買いに行ってきますよ」「うんにゃあ、夜じゃから、わしでないと場所が分からん」、赤崎氏が難しそうな顔して呟くから外へ出してやったら、ドロン。いくら待っても帰って来ない。奥さんの助言で氏の行きつけの飲み屋へ行ってみると、赤い顔した赤崎氏がカウンターからニンマリと振り返るのであった。ガッカリして夜明け前の石牟礼宅へ戻り、御夫妻に報告したら、大いに笑われてしまった。石牟礼さんたちは、どうも、わたしを派遣して効果があるなどとは最初から期待してなかったふうだ。手強い呑んだくれに胸を借りて来い、ぐらいの調子だったのではなかろうか。

赤崎覚氏はその後水俣の山奥の石飛集落に移り住み、平成二年の一月に亡くなられたが、その折りは石牟礼さんは熊本の仕事場から明け方帰って来、枕経をあげてやりたいというので、ご主人と熊本日日新聞社の久野啓介氏（当時）、それにわたしもついて行った。雪道で、ひどく寒かった。翌日の葬式の時には、数々の弔電の中で谷川雁氏の「明日から、雨は、君の酒となる」というのがひときわ目立った。石牟礼さんと雁氏では、弔いの気持ちの表わし方がずいぶん違うもんだ、と思った。

葬式が済んで、石牟礼さん宅で寛（くつろ）ごうということになり、皆、車に分乗して水俣の町なかへ戻って来た。水俣川の畔りに来た時、石牟礼さんだけは「降りて歩きたかですがね」とおっしゃった。しばらくして車窓から振り返ってみたら、晴れた空の下、風花が舞っていた。風で石牟礼さんの喪服がひらひらとし、頭髪がまたおどろおどろに乱れていた。カメラがあったら、シャッターを押していたろう。それほど印象深かった。いつぞやの深夜の呻き声に通底するような緊迫感が身体全体に漲り、しかもその姿は水俣川畔の風景にはまり込んでちっとも違和感がなかったのだ。否定しようのない存在感がそこにあった。

深夜うなされる様子と水俣川畔での姿は、今もわたしの目に焼き付いている。今後も薄れることはないだろう。

（まえやま・みつのり／人吉高校定時制教師）

野呂邦暢さんと石牟礼さんのこと

久野啓介

島田真祐（しまだしんすけ）さんら同人誌『暗河（くらごう）』の仲間たちと一緒に、諫早市在住の作家野呂邦暢（のろくにのぶ）さんを訪ねたのは、かれこれ三十年近くも前のことになる。本明川畔の鰻屋の一室で野呂さんを囲んで二時間ほど、野呂作品の背景となっている氏の体験を中心に話を聞いた。

きっかけは読売新聞に二回にわたって掲載された野呂さんと石牟礼道子さんの往復書簡であった。

た。

「対論　いま何を書くべきか」と題されたこの書簡体エッセイで、野呂さんは「海ひとつ隔てた隣人」と呼ぶ石牟礼さんに対して、彼女の『苦海浄土』が氏の作品に及ぼした影響について率直に語ってい

特に、そこで登場する漁民たちの熊本弁、その「肉感的な迫力、ほとんど官能的とさえいえる響き」に触れなかったならば、芥川賞受賞作となった『草のつるぎ』は誕生しなかったかも知れない、とまで書いていた。

これに対して石牟礼さんは、「おもうに地方とは彼岸をつくり出す願望そのもの、感受性そのものではなかったのか。その願望の無垢なるゆえに、あらわれざる豊穣さが常に稔っていた筈でした」と、まさに石牟礼節で応じているのだ。

石牟礼さんの親衛隊をもって任じるわれらとしては、ここは何としても一度海を渡って、礼をつくすべきではないか、ということになったわけであった。

「野呂邦暢氏に聞く　わが文学の原質」は『暗河』十三号（一九七六年秋）に掲載されている。その内容は、幼年期の敗戦体験から始まって、自衛隊入隊と小説『草のつるぎ』、私の修業時代、風景の中に時代を描く、視覚的イメージによる救済、原爆・敗戦・終末——と展開しているが、世代を同じくする一人として、私が最も関心を寄せたのは、氏の敗戦体験にまつわることであった。

昭和十二年、長崎生まれの野呂氏は、七歳のとき原爆の直前に諫早へ疎開した。生家は爆心地から八百メートルほどの至近距離に位置していた。身は被爆をまぬがれたが、友人・知人や家財、そして住んでいた町もろとも、幼児期の思い出につながる一切のものを失った。この幼児期の〝戦争体験〟

が、野呂文学の原点となっているという。

はじめに破滅ありき。野呂邦暢の小説世界の原質を形づくるあの特有の寂寞とした空間、虚無と実存の境をたゆとう領域、そこから射してくる透明な光のような視線にとらえられた肥前の風土……。野呂文学の秘密の一端に触れた思いで、私の心はふるえた。

夕方、私たちは市内を貫流する本明川沿いに散策した。有明海に注ぐ河口までは車で十五分足らずという。穏やかな川であった。昭和三十二年七月、この川は氾濫した。市街地の大半は洪水に見舞われ、七百人近い死者が出たという。死者たちはこの川を流れていき、海に達した者も少なくなかったに違いない。有明海は〝死者の海〟と化したのだ。

城跡の岡にのぼった。東の空にほんとうにお盆のようなまん丸い月があった。その方向が海であろう。同じ有明海でも、私は海の方角に夕日を見て育った。水平線に沈む夕日のイメージがいつも心のうちにあった。

「この町の人々は海から昇る月のイメージを抱いているのだろうか、とふと思った。それはきっとモノクロに近い冴々とした光景なのだろう」と、私は編集後記に書いている。

それきり野呂さんと会うことはなかった。突然の訃報に接したのは、四年後の昭和五十五年五月七日の朝のことであった。共同通信社からの連絡によると、同未明の三時三十分、心筋梗塞のため諫早市仲沖町の自宅で急死したという。四十二歳であった。

私は石牟礼さんに電話した。意外にもすでにご存じだった。別の通信社から取材を受けたと聞いて納得したが、石牟礼さんの次の言葉に、私は絶句した。

「別れを言いに来られたんですよ」

「えっ」

「真夜中に戸を叩く音がして、目を覚ますと、窓ガラスのところに立っておられたんですよ。野呂さんが」

「……」

「なんにも言わずに。やっぱり別れを言いに来られたんでしょうね」

「……」

あれからすでに二十七年が経った。

その後、諫早上山公園に諫早文化協会の手で、文学碑が建立されたと聞く。碑文には『諫早菖蒲日記』の冒頭の一節が刻まれている。黄色、柿色、茶色の点となって、河口から朝の満ち潮にのってさかのぼってくる漁船の情景である。

一度見に行きたい、そしてできたら野呂さんの石牟礼さんへの最後のメッセージが何であったか聞きたいものだと思っているが、いまだに果たせないでいる。


（ひさの・けいすけ／元熊本近代文学館館長）

石牟礼さんと塩トマト

角田豊子

石牟礼さんは、水俣に帰る時、八代辺りでしきりに塩トマトを探されます。店先の塩トマトを観察すると、実に貧弱です。小さいし、皮は固そうです。石牟礼さんは、よりによって小さな方を選ばれます。そして、「トマトは、かたい方がおいしい」と言われるのです。後でインターネットで調べてみましたら、八代地方の干拓した畑で、今も残る塩の害のため、大きくなれず、濃縮された甘さを適度な塩分が引き立てていて、特に寒い時期に、おいしいのが収穫できるそうです。自然の厳しさが作り出したおいしさです。

石牟礼さんは、おいしいものを味わい分けるのが上手です。水俣の新鮮な魚貝類や、お母さんが丹精された畑の野菜が、石牟礼さんの舌を育てたのだろうと思います。石牟礼さんは、そんな素材を組み合わせてさらにおいしい料理を作り出されます。

三十年程前、水俣病の未認定患者発掘の動きに対して、それを封じ込める当局の動きがあり、患者さんも支援の若者たちも追いつめられていました。石牟礼さんは、早くから不知火海とその沿岸、そこに暮らす人々の昔から今までの姿を、丸ごと記録に残さなければと考えておられたそうですが、こういう時こそ具体化しなければと、色川大吉先生に相談されました。色川先生は人脈を生かして、鶴見和子先生や宗像巌先生、最首悟先生など各界の著名な先生たちに呼びかけられ、熊本からも原田正純先生たちが加わられて、不知火海総合学術調査団が組織されました。

自然科学・社会科学・人文科学の学際的な調査と研究が、春と夏の一週間、水俣で合宿する形で、一〇年ほど行われました。私は、本田啓吉先生（元告発する会会長）から紹介していただいて、簡単なお手伝いをすることになり、いつも石牟礼さんのお宅に泊めていただきました。あの「とんとん村」の家です。その頃はまだ、石牟礼さんのお母さんもお元気でした。

調査団の合宿の期間中、先生たちや患者さん、支援の人々が集まって「魂入れ」の儀式が必ずありました。水俣では、みんなが力を合わせて仕事をする時、焼酎を酌み交わして、「魂入れ」をするのだそうです。ハードな調査に疲れ気味の先生たちは、特にこの「魂入れ」を楽しみにしておられました。石牟礼さんの頭の中には、二〇品近くのメニューが構想されていました。それは、旬の魚や野菜をとびきりおいしく味わえる料理でした。

朝から、材料の仕込みや、下ごしらえが始まります。石牟礼さん、ご主人の弘先生、お母さん、妹の妙子さんとご主人の西弘先生、それに調査団事務局の羽賀ちゃんや私も加わります。ある時、石牟礼さんが「ご飯作りは、水俣病支援のとても大切な仕事よ。私も、いつも、まずご飯作りをしてきたのよ」と言われたことがあります。長い水俣病闘争の中で、多くの人が力を尽くしましたが、急ごしらえの台所で、黙々と食事の準備をする人たちと、前線で闘うメンバーの働きは同じだと考えておられるようでした。

「魂入れ」のためのたくさんの料理を仕上げるのに、オーケストラの指揮者のように、各パートに目を配りながら、石牟礼さんが何気なく言われます。「鯛飯を炊く時の味かげんは、これくらいの薄味がいいのよ。ちょっと嘗めてごらんなさい」とか、「ショウガはね、皮目のところに風味があるから、できるだけ皮を残すようにして」とか、「豚の三枚肉は、もっと長〜く煮た方がおいしいのよ」とか……。

石牟礼さんは、熊本の仕事場を何度も引っ越されましたが、その度に台所とは名ばかりの、小さくて使いにくそうな台所がほとんどでした。水俣の家の台所も昔風の小さな台所でした。でも、小さくて不便な台所から、魔法のようにおいしい料理ができるのです。

そして、石牟礼さんは、例えば東京の有名な料亭やレストランで食事をしたら、その料理の味をもう一工夫して、さらにおいしく作れるのです。だから、「魂入れ」の時のごちそうは、東京から来られた先生たちも、思わず感嘆の声を上げられる程、洗練されたものでした。趣きのある器に姿よく盛られた種々の料理と、極上の酒や焼酎に、参加した人々は、身も心もすっかりとろけてしまいました。

石牟礼さんは、水俣から熊本の仕事場へ帰る途中、やっぱり塩トマトを買い求められます。私はいただいた塩トマトを、家に帰って皮ごと噛みしめてみました。すると、果肉の甘さに加えて、皮目から何ともいえない自然なトマトの味がしみ出てきました。

石牟礼さんは、長年の無理が重なって、身体が不自由になられ、今では、料理をすることができなくなってしまわれました。

（つのだ・とよこ／元高校教師）

「魂入れ式」

鶴見和子

一九七六年三月二十八日、不知火海総合学術調査団（団長・色川大吉）のメンバー（当初――綿貫礼子、小島麗逸、宇野重昭、菊地昌典、宗像巌の諸氏、鶴見）と随員（羽賀しげ子、谷川孝一、佐々木正史の諸氏）の十名は、川崎港からカー・フェリーで船出した。翌二十九日、日向に着き、そこから色川さんの車で、夜道を山越えして水俣に入り、石牟礼弘・道子夫妻の家に直行し、そこで草鞋をぬいだ。昔から日本の村に他所者が入るときは、村人に信頼されている地元の人に仲介の労をとっていただくことが必要であった。仲人の役を草鞋親と呼ぶのである。

石牟礼家に着くと、現地の主だった患者さん達と活動家が、勢ぞろいして迎えて下さった。川本輝夫、浜元二徳、田上始、砂田明、塩田武史、久保田好生、角田豊子の諸氏、そして、道子さんのお母様、妹さんの妙子さんとおつれあいの西弘氏の面々であった。この中で、調査団側では菊地さん、水俣側では道子さんのお母さまと西さん、川本さん、砂田さんは今は亡きなつかしい方々である。

食卓をかこんで皆が坐ると、「魂入れ式」が始まる。ここ水俣の原住民が、なにか事を始めるときに、船霊さんや田の神さんにお神酒を注いで成功を祈った儀式だという。そのならわしにのっとって、道子さんは土俗の神々に地酒とお母さまのお手料理を供え、わたしたち調査団の仕事が順調にすすむように祈って下さった。わたしたちにとって、この「魂入れ式」は、直会であった。不知火海でとれたての魚介類と、お家の畑で育てられた新鮮な野菜で、お母さまが心をこめて作って下さったご馳走が食卓いっぱいに並べられた。まず浜元さんが、のちに国際会議で、世界語となった水俣弁で、とつとつと歓迎の挨拶をして下さった。お母さまは、お酒を注いだり、ご馳走を取り廻したりしておもてなし下さる。柳田国男が生き生きと描いた郷土の家刀自の風格さながらである。この母上の天草ことばと、立居振舞が、道子さんの文学の源泉なのだ、と母上にお会いできたしあわせを、今にしてしみじみ思う。

わたしたちが東京へ帰って、魂の抜け殻になって、ふたたび水俣へ戻ってくると、いつでもこの「魂入れ式」が催された。これが楽しみで、春夏年二回の水俣通いを五年余りつづけたのだ。

「魂入れ式」とは、わたしにとって、なんだったのか、今になって考える。

「魂入れ式」とは、人間をふくむすべての生きものの痛みを少しでも分るような感受性を身につけることではないだろうか。東京で、理屈ばかりでものごとを考えていると、感受性が貧しくなってしまう。「魂入れ」とは、感受性の賦活である。

そして、「魂入れ式」とは、結介のいみがある。東京でしている生活や仕事とはきり離して、全く違う境地に身をおき、そこでの仕事に集中するためのけじめをつける、といういみがあった。

「東京からちょこっとやってきて、水俣のことがなんでわかるか」という地元の声をきくこともあった。わたしたち自身、自分たちの学問が水俣の凄絶な情況に直面して、なんの役に立てるのかという自問に苦しんだ。しかし、患者さんたちのお家を一軒一軒おたずねすると、心を開いてご自身の体験を語って下った。これはまさに草鞋親のおかげであった。

わたしは、道子さんのお導きによって水俣へ行き、不知火海に棲む人々に出会って、「人間は自然の完き一部である。したがって、自然を壊すことによって、人間は人間自身を滅すのだ」ということを学んだ。

そして今、重度身体障害者となって、そのことを日々実感している。水俣の病苦を、少しばかり身に引き受ける自分になることができた。このような境涯になっても、気をたしかに保って、仕事に集中できるのは、石牟礼家の「魂入れ式」のおかげだとしみじみ感謝している。

このような境遇になって、道子さんのすべてのお仕事を、読みかえしてみれば、「水俣の啓示」は、新しい輝きを、わたしに与えてくれるだろう。

（二〇〇四年一月三〇日）

（つるみ・かずこ／社会学者）

手紙

羽賀しげ子

石牟礼さんの文字は大きくゆったりとしていて、歯切れがいい。象形文字のように一字一字が意思を持っているように流れ、見ていて飽きることがない。

一九七六年から約十年間（二期、五年ずつ）、石牟礼さんの呼びかけに応えるかたちで生まれ、色川大吉さんと最首悟さんを団長とする不知火海総合学術調査団が水俣を中心に共同研究したとき、私は事務局で参加した。その最初の水俣行きの後、石牟礼さんから初めて手紙をいただいた。

「こんな、しょうもない水俣に、ひとびとを呼び寄せるようなことはつつしまねば、と極力おもっていて」「けれども、この世には、『縁』というものが生じることもあり得るので、もし縁あらば、（なくとも）自分のまことは出来る形で、出来るところで、こめておきたいと思っているばかりです」

お礼状をしたためたものの、まさか連絡係りで運転手だった私などに丁寧な返事が届くとは思わず、舞い上がるほど嬉しかったのを覚えている。先生たちは社会科学や自然科学の専門家だったが、ほとんどの人が「しょうもない水俣」とはそれまで無縁で、半ばロケハンという雰囲気もあった。それを察知してか否か、石牟礼さんの「まこと」のこめ方は徹底していた。人々への紹介はもちろん、浜辺や海、チッソのいわば犯罪現場、岬、どこへでも案内された。患者さんのお宅に伺うと、石牟礼さんからすでに連絡されていたり、支援の人が待っていたりした。小島麗逸さんの「わたしたちはもう深入りしたんですよ」という一言が印象的であった。

当時、水俣病の未認定の患者さんと支援の人が不当に逮捕されて運動に圧力をかける背景があった。水俣を外側からの目で見守る防波堤のようなものがあれば、と色川さんに相談されたことがそもそもの始まりだった。石牟礼さんは闘う人だ。常に。「闘う」という言葉が粗いならば、節目や局面で人の渦をつくろうとされる。そうして、この調査団という取り組みが、水俣・不知火海沿岸の森羅万象を三次元で立体的に記録し、日本近代の目盛りにしたい、という石牟礼さん以外なら誰もがひるむような構想であったこともおいおい知ることとなる。

それから二年くらいしての一通。私は現地で活動する人と調査団や先生たちとの距離について書いたらしい。

「非常にダイナミックな時期はもうすぎて、新しい大情況のなかに、すべて溶解してゆきつつあるのだと思っています」「父の天草を実感的にわかりたいのに、ものすごく天文学的に奥の方にあるわけ。そこへゆける距離が近くなったことが、きっと災いしているのよね。それは、水俣と水俣をめぐる人びとの間にもあるわけ。そのひと一人分の水俣が、それぞれちがうわけですよね。わたしも、わたし一人分しか知らないのよね。一人と一人の近さからでなく、一人と一人の間の遠さから考えた方がよさそう。そんなことを考えていて、海がものすごく不思議なのよ」

水俣と自らの研究との距離、テーマへの不安や動揺、石牟礼さんが見ようとしていたものとの齟齬、調査団を小舟にたとえれば、波にもまれつづけていた。水先案内はしょっちゅう道に迷ったり、駅を下り過ごして列車を止めてしまうような癖（へき）の持ち主だったし。けれど石牟礼さんはいつも小舟によりそい、先生たちは一人分の水俣を探るため誠実だった。毎年、春と夏に合宿をしていたが、宗像巌さんなどはいつの間にか単独行動をとるようになり、茂道（もどう）でソフトボール大会の打ち上げに名を隠して参加させてもらえば、水俣高校の先生になってしまったりした。その賑わいは、調査団という枠を外してようやく見えた、村がたちかえる気概だった、と。

発足から五年たっての手紙。

「つまり知識人とは何かと、今度は民衆の目で（文字に縁なき者の目で）とらえて見ねばならないのではないかと気になって」「むづかしいしんどい論には塩山の観音さまやらイザイホウの神やら、水俣あたりの身元不詳の神々やらが出て来て、民衆にとっての宗教とはなにを意味しているかを考えたかったの。水俣のような情況の中で、あの人たちはなにを求めているのか、求める、要求するという形をとらないものを観るのが、知識人の役目だろうと思うものですから」

漕ぎだした海はどこまでも波が荒く、深く、岸辺ははるかだった。だからおもしろくもあったのだけれど、報告書である『水俣の啓示』があの人たちの求めているものだったのか、軟弱な私は船酔いのままだった。

（はが・しげこ／フリーライター）

形見分け

新井豊美

畳紙をひらき、一枚の着物とそれに添えられた帯をとりだしてみる。

着物の地は藍の濃淡が素朴な縞目をひいて、浅瀬から深みへ向かう海の色の変化を思わせる。色をそえるもみ裏の紅は表地の色調に合わせてやや暗く、どちらかというと臙脂(えんじ)にちかい。帯はきなりの地に朱色の飾り糸が鮮やかな一重帯で、なんという織りなのだろうか、小さな手機で一本一本糸を織りこんでいった手の動きが見えるようだ。着物と帯のやさしい調和を前にするたびに、それを贈ってくださったひとの香りで満たされた気持ちになる。

石牟礼さんから着物が送られてきたのはいつのことだったろう。一九八六年の夏に、わたしは豊橋から出ていた詩誌「あんかるわ」に五年ほどかけて「苦海浄土・私論」として連載した石牟礼道子論を一冊に纏め、『苦海浄土の世界』として出版しているから、新刊のその本をお届けしてあまり時間が経っていないはずだ。その前に「形見分けを送ります」というおはがきを頂いていたが、まさか着物とは思いもよらなかったので大変驚き、と同時に、石牟礼さんが心臓や目を患っていられるご様子を読んではるかに案じていた者としては、「形見分け」の言葉がまず気がかりだった。

その頃わたしは詩や評論を書き始めて日も浅く、今になってみるとわれながら身の程知らずだったと思うけれども、女性による言語表現をふかく掘り下げ、その本質的な特性を取り出したいという思いにとりつかれていた。それも過去の作品ではなく、いま現在書かれているあたらしいインパクトのある書物を取り上げたい、そういう思いが日々強くなるのだがモティーフとして誰の作品を選ぶべきかという点でなかなか決断がつかなかった。もちろん『苦海浄土』も対象に考えていた一冊だったが、それをドキュメンタリーだとする世間並みの区分にとらわれていたわたしは、その底にあるきわめて詩的な独自の文学世界を見通す力を持っていなかった。

そんなある日、所用で都心に向かった中央線の窓から偶然に、黒地に白抜きの「怨」の字が浮きあがるほそいのぼり旗が三、四本、ビルの谷間にたよりなく翻り、ちいさなテントが張られているのを見かけることになる。そこがチッソ本社前だったことは後に知ったのだが、丸の内の巨大なビル群の一隅にほそぼそと翻る黒旗の異様さに驚くと同時に、白状すればそこにある何かただならぬものの不思議な力に引きよせられるように、『苦海浄土』の世界に入っていったようなのだ。

それにしても石牟礼さんの文体が持つこの「不思議な力」はどこから来るのだろう。炯眼のひとなら一読この書物が石牟礼氏独自の文学世界を開示するものであることを見抜かれるにちがいないのだが、当時のわたしにはそこまでを読み取るには時間が必要だった。石牟礼さんの言葉に導かれてわたしは水俣や天草を知り、国家と資本の本質に目を開かされ、不知火海とそこに生きる人々の長い受難の歴史や人々の心の「うた」に耳を傾け、まったく位相を変えた視点から浄瑠璃や説教節の世界が立ち上がってくるのを目撃することになったが、それらが知識として教えられるのではなく、黒土に水が染み込んでゆくような豊かな身体性を通過して与えられたのは、それが一貫して女性の感性によってとらえられているからだ。詩を書くわたしが最初の評論に『苦海浄土』を選んだ理由を一言でいえば、この大いなる女性性のポエジーへの、純粋な感動によるというしかない。

石牟礼文学の本質が「詩」であることは、これまでもくりかえし指摘されてきたことだが、実際に昨年には初めての詩集『はにかみの国』が纏められ高い評価を受けられた。詩という形式を与えられた石牟礼さんの言葉が「とつぜん」というふうに現代詩の世界に現れ、その重層的な言葉の世界が現代詩の人々を驚かせ、感銘をあたえたことをこころから嬉しく思う。

八十年代の終わりごろだったか、上京された石牟礼さんに一度だけお会いする機会があった。指定された喫茶店に出向いたことは覚えているのだが、さてそこで何をお話ししたのだろう。テーブルを挟んで初対面の石牟礼さんは夢の中の人のようで、言葉によって確かにこの手にとらえ得たと思った人ははるかに遠く、静かにほほ笑んでいられるのだった。そのとき例の「形見分け」のお礼をのべたはずだが、着物の着かたを知らないわたしがそれを身に付けることができないでいることはついにお伝えできなかった。

とはいえ折にふれて畳紙を開き、着物を取り出していることについては最初に書いたとおりで、それはこれまでわたしが詩や文章を書き続け、これからもそうであろうことの証しのような、支えのような、お守りのような、いつの日か空を翔ぶための羽衣のようなものに思えている。

（あらい・とよみ／詩人）

顔

金刺潤平

二十年前、石牟礼道子さんの勧めから胎児性患者たちと紙漉きを始めた。全く食えなかった。ポケットに手を入れてもタバコ賃すら無くて、度々石牟礼家の食卓に世話になりに行った。本は読んでいても、とてつもなく遠い存在だと思っていた道子さんと本当に出会ったのは、全く食えなかった自分に飯を食わせてくれた道子さんのお母さん、ハルノさんが亡くなった時だった。その時はじめて、水俣に来て石牟礼家に甘えながら、水俣に関わり、居続けようとした多くの人間たちの中で自分はそこに最後に現れた人間なのだと知った。

ハルノさんの亡骸を前に座り、私はそれまでの水俣での生活を感謝し、不甲斐ない自分を侘びていた。じっとしていると道子さんが後ろから「潤平君、母の顔を写真にとってくれませんか」と声を掛けてきた。一体、何という問いかけだろうか、素直に、この申し出にたじろぎ、動揺してしまった。あまり気色のいいものでないし、いったい亡くなった人の顔写真をどうするというのだろう。目の前に座っただけで全てを見透かして、言い出したら一歩も引かない道子さんに、少しは格好をつけたい私は、ただ背筋を伸ばして固まったままカメラを取りに家に帰った。

カメラを手に戻ると、道子さんはハルノさんの傍らに正座し私を待っていた。「綺麗かね。可愛いかね。よか顔ば、しとらすですよ。紅ば、引いて童女のごたるね。仏様のごたるね。」道子さんはハルノさんを表現し続ける。遠くから、近くから、正面から、右から、左から、頭上から、足元から、意味も解らずにカメラのファインダーを覗き込む眼がハルノさんの顔に吸い寄せられていく。八十歳過ぎの老女の顔をこんなに食い入るように見る事など勿論なかった。道子さんの声が頭の中で繰り返される。「綺麗か、可愛いか、よか、童女、仏様。」不思議な体験だった。逃げ出したい気持ちとそこに居続けたい気持ちが入り混じる。聞いた事もないハルノさんの険しかったであろう生涯を想った。知りもしない事を知ろうとし、見えもしないものを見ようとしているかのようだった。いまだにそのときの記憶が昨日の事のようではないが鮮明であるのは、この一連の行為によるものだと思う。

数日後、道子さんは仏壇に飾るのだと、現像した写真の中から一枚を選び出した。「私は、よく眼が見えないのだけれど、よく見えない眼で顔を見ていると不思議とその人がいつ死ぬか、大体分かるのよ。人はね皆、死んで行く時少しずつ顔から何かが剥がれて行って、だんだん浄化されていって美しくなんなさいます。」と言い、写真を額に収めて仏前に飾った。その後、道子さんは実家の盛衰から石牟礼弘さんとの結婚当時までを語って聞かせてくれた。

先日、ある水俣病の患者さんを病床に見舞った。「神様の中で一番の神様は水の神様。チッソが公害を出すという事は水を汚すということだし、我々がそれを止められなかったという事でもある。だから、水俣ではいろいろな事が起きて当たり前なのだと思う。チッソが公害を出したのも欲、我々がなぜ止めきれなかったのかも欲ゆえですよ。自分の内側に欲を見てしまうから相手を責めきれない。

でも、欲はあっていい、無ければ生きられない。欲の形は、人それぞれ違う。チッソにはチッソの欲があって、あなたにはあなたの欲、私には私の欲がある。患者は患者で、チッソはチッソでお互いの欲を認めなければ、一つの社会なのだから話は先に進まない。水に流すことは出来なくても、一緒には生きられると思う」と語ってもらった。水俣病の事を、加害者はチッソで被害者は患者と言っている間は、環境問題として考えれば事足りる。しかし、加害者と被害者が存在の根源的な意味である欲で繋がっていると考えれば、明らかに水俣病の事は環境問題の中には収まらなくなる。

道子さんがファインダーを覗かせ僕に見せてくれたハルノさんは何ら欲を持たない、だから美しい。死者を鏡にすれば、生きている自分は自分の内側に欲を持っている事を認めざるを得ないし、その欲の顔が、醜い事もある事を認めざるを得ない。程々の人もいれば、とんでもない欲を持っている人もいる。欲が集まってさらに大きな欲を作る。しかもそれは、自分以外の他者にはけっして分からない。人権であるとか社会正義や権利であるとかが、かつて市民、社会運動の基本理念にあった。でも、それはその集団の外側に対する共通の益であったり欲であったりしただけのものであったのかもしれない。

この先水俣で自分がしたい事をどんな風にイメージしよう。自分の顔を写し出すハルノさんの顔ははっきり記憶の中にあって消えそうもない。この体験は、道子さんが僕にくれた最高のプレゼントなのだと思う。

（かなざし・じゅんぺい／和紙工芸家）

またお供させて下さい

実川悠太

一九八〇年代の末ごろからだろうか、上京なさる前の石牟礼道子さんからお電話をいただくようになった。還暦を迎えられたころで、私とは親子ほどの歳の差がある。すでに片方の視力をほとんど失っておられた石牟礼さんの道案内など、多少なりともお役に立てることがうれしくて、何度かお供させていただくようになった。

そもそも私が石牟礼さんの存在を知ったのは高校一年の冬、一九七〇年に遡るが、当時は全国各地で地名や学校名、職場、労働組合などの名を冠した「水俣病を告発する会」が次々と生まれ、患者たちの裁判や座り込み闘争を支援する運動に、今では見られないような勢いがあった。その中で、私は東京の告発する会の高校生グループの数十人の中の一人として、石牟礼さんに尊敬の念を抱いていた。たぶん直接お話しするようになったのは七六年に発足した「不知火海総合学術調査団」(色川大吉団長)の現地調査に同行して、お宅にうかがってからではなかったか。

石牟礼さんの上京の用事は、だいたいが断り切れずに引き受けてしまった講演だった。義理がたい方である。一年九カ月におよんだ川本輝夫さんらによるチッソ東京本社座り込みの自主交渉闘争を支える費用を捻出するために、石牟礼さんは伝手をたどって寄付を募り、原稿料の前借りをし、患者さんや支援の若者たちの休息所さがしなど、ありとあらゆる「借り」を作っていらっしゃった。自身をかえりみない方である。

そのような「貸し」をきっかけに、水俣病事件にふれる機会を得た方は少なくない。大岡信、野坂昭如、見田宗介、谷川俊太郎、松永伍一、井上光晴、木下順二、なだ・いなだ、小田実、秋山ちえ子……。

そんな一人である久野収さんから懇請されて、石牟礼さんは筑紫哲也、井上ひさし、本多勝一とならんで、『週刊金曜日』の編集委員を引き受けられた。そして、定期購読者を募るための創刊記念講演会にいらっしゃるという。熊本を発たれる前に渡辺京二さんから「どう考えても、あなたは週刊ではなくて年刊ではないか。人の雑誌より、まずは机の上の原稿を」という「もっともなことを言われました」と、微笑んでおられた。謙虚な方である。

講演会の前日に上京された石牟礼さんは、打ち合わせの後、準備事務所に行きたいと言い出された。そこは、神田にある古びた雑居ビルの中、安手の事務机が入ったばかりの殺伐とした二〇坪ほどの二部屋で、三〇人ほどの若者たちが明日のためにボランティアで所狭しと立ち働いていた。突然の来訪に驚く人々に深々と頭を下げた石牟礼さんは、昨日、自分あてに熊本から送った大荷物を受け取ると、そそくさと小さな給湯室に移り、中から下ごしらえしてある様々な食材、調合済みの調味料、大小の調理具、塗りの器や箸、果ては私の分の割烹着まで取り出した。段取りのいい方である。

それから小一時間後、若者たちのいる部屋に行って「夜食を用意いたしましたので、どうぞ手をお休め下さい」。次から次に出てくる石牟礼流会席料理（『食べごしらえ　おままごと』をご覧下さい）を前に、若者たちの驚きようといったら。そうして頬張り（ほおば）はじめた若者たちに、この食事は水俣に伝わる「魂入れ」の儀のつもりであると話されるのである。

翌日の講演会においても、石牟礼さんのお話は他の方々の熱弁とはまったく異質でありながら深い感動を呼び、控室で司会の小宮悦子さんが感極まっていたのを思い出す。無二の語り手である。

私は「告発」の先輩たちから聞いた、はるか三〇年前のある夜のことを思い出す。

一九七一年の冬、川本輝夫さんら当時の新認定患者は、話し合いを求めて水俣工場前に座り込み、チッソ城下町といわれていたこの街で「市民の敵」にさせられて、後は東京本社で島田賢一社長に迫るしかなくなっていた。しかし、サッサと逃げられてしまってはどうしようもない。最低一晩は社長を社内に閉じ込めて話を聞かせる必要がある。そのためには「物理力」となる多くの若者が必要だった。そこで、熊本と東京の大人たちから呼び掛けられた若者たちは東京のある所に集まり、そこで石牟礼さんから、明日上京してくる患者たちの話を初めて聞いた。その時そこにいた若者が後に異口同音に言っていた。「あの時、明日は患者さんのために死んでもいいと思った」と。

石牟礼さんは決して泣いたり叫んだりしない。静かに一言一言、言葉を選びながら、まるで自分自身に言い聞かせるようにお話されるだけである。

ところで、私は昨年一年間、『公衆衛生』という月刊誌で水俣病についての表現を紹介する小さなコラムを書くために、改めて調べ返してみて驚いた。文学、写真、映画、演劇、絵画、音楽など、多くの質の高い表現の半数近くが『苦海浄土』をはじめ石牟礼さんの作品をもとにしているか、制作のきっかけになったか、石牟礼さんが制作に参加しているのである。あの印象深い「怨」の文字を染め抜いた黒い幟（のぼり）も石牟礼さんのデザインだと聞く。多才な方である。

そんな方に随分バカな質問をしたことがある。「なぜ水俣病と付き合いつづけるのですか」と。今、思い出しても赤面する。しかし、この時の私は真剣だった。

水俣病との付き合いが長くなった支援者の中には、すでに関わりの内実が〝同窓会〟になっているのに、生活民の日常から遊離した十年一日の運動論をふりかざす人々がいるのを見てきた。患者の方が優しいのをいいことに、である。支援者たちの無神経な振る舞いや身勝手な「指導」に怒って、石牟礼さんが「患者さんがどんなおつらいことか。そんなに闘いたいなら、患者さんを理由にしないで自分自身でやればいい」と顔をこわばらせていたこともあった。そうならないためには、常に自分の問題意識を問い直すしかない。

私の問いに、石牟礼さんは少し微笑んではにかみながら言われた。「私は患者さんを本当に尊敬しているだけです。あんなにつらい思いをされて、今でも日々つづいているのにあのようにしていらして。私には絶対にできない。だから少しでもお近くに、少しでも見習いたいと。それだけです、ずっと。」当時の私には大変意外な答えだった。

この言葉もあって、私はやっと「闘争」や「支援者」という桎梏（しっこく）から解放された。支えられ、援（たす）けられていたのは実は私たちだったのである。それに気付かせてもらった。だから石牟礼さんは、私の恩人である。

石牟礼さん、またお供させて下さい。

（じつかわ・ゆうた／NPO法人・水俣フォーラム事務局長）

水俣・不知火の百年物語

緒方正人

不知火の海辺、そこに佇む小さな漁村に私が生まれたのは、今から五十年前（一九五三年）のことである。その同年、一番最初の水俣病患者が発生していたことが確認されている。それから六年の後、我が愛する父もまたその毒に侵されて、惨たらしく狂死した。

私にとっての水俣病は、このときから仇討ちの闘いを展開していくことになる。

二十一歳の秋、熊本県議会議員らによるニセ患者発言に端を発した抗議行動から、私は熊本県警に逮捕（他三名）された。そうしたある日覆面パトカーに乗せられて、熊本城下の裁判所に向かっていたのである。

その当時、熊本地裁は建て替え工事中の為に家裁に間借りし、幾つものプレハブ小屋が建てられていた。そこで拘留理由開示なる公判手続きが始まろうとしていたところであった。

石牟礼道子さんはそこに、多くの患者、支援の人々と共に駆けつけてくれていたのである。主犯格と目されていた私は、車を下りたとき刑事達に回りを固められていたが、偶然にも最も近い所にその人の姿があった。

皆んなが不当な弾圧を糾弾し、激励の声をあげる中にあって、石牟礼さんは「緒方さん！　お体は大丈夫ですか？　寒くはなかですか？　皆さん加勢しとんなはりますよ。ご不自由でしょうが、何か差し入れの入り用の物はありませんか？」そうした言葉を掛けてもらったことを思い出す。

その熱い眼差しからの真実の言葉は権力に囚われし我を勇気づけた。私は、胸がいっぱいでただだうなずくばかりであった。実は、直接にはこのときがはじめての出会いであったと記憶している。

それ以降の刑事裁判の法廷にも、その度に駆けつけて、ときに、原稿締め切り日に追われてであろうか、その用紙を小脇に抱えて傍聴席から見守って戴いた。また、各方面に対する闘いへの支援要請文をしばしば書いてもらったのである。

しかし本当の意味で、私が石牟礼さんと出会ったと確信したのは、この十数年来のこと。それは、「加害者達の責任を問う水俣病から、自らの責任が問われる水俣病へのどんでん返しが起きた」一九八五年以降である。

そのとき、自問自答の狂いの中で起きた大逆転は、時代の病みし文明において「私もまたもう一人のチッソであった」と自白させたのである。そして、環不知火の生命共同体の不思議の内に「生かされて生きる」己が存在の意味を展開してゆく物語を諭される思いであった。

その作品、『苦海浄土』に代表される石牟礼さんの、とても本質的な深い世界にようやく巡り会えたというような、いのちの冥加を覚えたのである。目から鱗が落ちるとはこのことであった。私はそれ以来、水俣病の怨念から解き放たれて、魂の蘇りを感じている。もはや水俣病を意味的に超えての生き直しである。

そうした私のことを、石牟礼さんは自身の喜びとして感じておられるように思う。それはちょうど、歳の離れた末の弟の成長を親がわりに見守る、姉のような存在である。

今から十年程前、石牟礼さんをはじめ患者とその支援の人々は、改めて「水俣病の根源を背負い直してゆくことを誓い合って」一念発起した。私はその名を「本願の会」と命名することを皆に提案したところ、一同は瞬時に了解し、私たちは少数ながらも水俣から、「生命の記憶（魂）の蘇りを願って」本願の会を立ち上げた。

その活動の中心は、かつて豊饒の海であった水俣湾が毒水に侵されて、今は埋立られてしまった苦海の地に、手彫りの野仏を多数建立し続けることである。

そして今年、八月二八日、その苦海の埋立地において石牟礼道子さん原作による、新作能『不知火』を厳かに奉納すべくひたすら準備を進めている。

顧みれば、チッソがこの地水俣にやって来てからおよそ百年の歳月を数え、また水俣病受難は五十年を迎える。それは、この国の近代化百年を象徴する事件であった。

しかし現代社会は、さらに止めど無く病みし虚構に填り、人の世は「いのちの迷子」になってしまった。

そうして今年を、歴史の要請する原点回帰の大きな法要年と受けとめ、新作能『不知火』を奉納することとなった。それ故に、「水俣・不知火の百年物語」の歴史的な日に、皆さん方に是非とも立ち会って戴きたいと呼びかけている。

私は、この度の新作能『不知火』の誕生と『石牟礼道子全集　不知火』の発刊には、生命世界の大いなる「いのちの願い」がかけられていることを強く感じている。

（おがた・まさと／漁師）

石牟礼道子さんへのメッセージ

大倉正之助

石牟礼道子さんに初めてお会いしたのは、確か十二年ほど前だったと思う。「満月の夜に狼のように鼓を打っている青年がいるらしい」という噂を聞きつけて、聖パウロ女子修道会のシスター緒方さんに伴われて、私が出演していた国立能楽堂に足を運んでくださった。

初対面の石牟礼さんは、今にも消え入りそうな嫋々（じょうじょう）とした風情のご婦人で、まるで半分冥界に足を踏み入れているかのような印象を受けた。ひとこと、ふたことお話をしたが、なにやらただならぬ気配を漂わせており、精神だけで生きているかのような趣がある。一方のシスター緒方さんは、底抜けに明るい方なので、お二人は好対照であった。

そのとき石牟礼さんから、水俣の話を伺った。それまで私は、水俣で何があったのか、漠然とした知識しかなかったが、その日の出会いを機に、私の意識のなかに「水俣」はしっかりと根を下ろした。

ぜひ水俣に行って演奏をしたい。その思いが実り、それからほどなく――たぶん半年以内だったと思う――機会が巡ってきた。水俣市を訪れる前に、まずは石牟礼さんのはからいで熊本の真宗寺というお寺で演奏することになったが、そのお寺は少年院にいた子どもや問題を起こした子どもたちを預かって更生を助けている、とてもユニークなお寺だ。シスター緒方さんと一緒に真宗寺を訪れ、ご本尊様と子どもたちの前で奉納演奏をしてから、その翌日に水俣へと向かった。

演奏することになっていた水俣の資料館で、私は写真や資料を通して、初めて水俣の惨状というものを目の当たりにした。同時に、あの悲劇さえのぞけば、美しい空や海に恵まれた自然豊かで素朴な土地であったことも偲ばれ、その両方の顔があることに、我々が生きている「現代」という時代の姿を見せつけられた気がした。

しかし何より私の心を揺り動かしたのは、苦境のなかで、人間としての尊厳を持って生きるさまを世に示している、水俣の人々の姿であった。たとえば杉本栄子さんや緒方正人さんなど、地元の人たちとの出会いを通して、私は実に多くのことを考えさせられた。

実際にお会いしてみるまでは、水俣の人たちは公害に対する恨みを胸に、生々しく工場との闘争に明け暮れているのではないかというイメージを抱いていた。ところが出会った方々は「本願の会」というものをつくり、人のみならず土地そのものや海の生き物たちなど、生きとし生けるものすべて、つまり大自然そのものに鎮魂の思いを捧げている。自分たちは被害者であるはずなのに、被害者・加害者といった人間界の概念を乗り越え、人間の業といったものを深く見つめ、そこから真の人間として生きるすばらしい世界があるということを示しているのだ。

かつてはすばらしい海が広がり、先祖代々そこから豊かな恵みを得て暮らしていたのに、海は埋め立てられ、汚染され、人も魚たちも、生命(いのち)を奪われていった。私はその埋立地で、鎮魂のために、鼓を打たせていただいた。石牟礼さんとのご縁から、そういう機会を得ることができたわけだが、そこから見えたことは、加害者・被害者という単純な図式ではなく、人類の文明や現代が抱えている問題や功罪に対峙し、未来に対して何を伝えるかこそが大切なのだ、ということだった。

石牟礼さんは、まさにそのことを、文学という芸術のなかで紡ぎ続けてきた方だ。無念のなかにある生命が抱いている想いや切望の、発露としての文学と言えばいいのだろうか。石牟礼さんの肉体を通し、文学として生まれ出たものは、表現として何ともいとおしく、限りなく美しい。確かに事実は悲惨だし、悲しみも苦しみもあるけれど、それがみごとに昇華され、生命そのものへの賛歌にもなっている。

初対面のとき、なにやらシャーマンめいた印象を受けたが、それは間違いではなかったと思う。我々の眼には見えない世界と、見える世界を言葉でもって橋渡しするのが文学の力だとすれば、半分冥界に棲み、冥界の魂たちの想いを私たちに伝えてくれる石牟礼さんは、まさにシャーマンだ。これからもどうか、次々と作品を生んでいってほしい。石牟礼さんの言葉に触発され、刺激を受け、我々表現者はまた新たなるものを生み出していくことができるのだから。

（おおくら・しょうのすけ／能楽囃子大倉流大鼓奏者）

ひめやかな言葉

安永蕗子

久しぶりに石牟礼さんにお逢いした。二〇〇五年の夏であった。

石牟礼さんが、熊本市内に仕事場として住んでいられる御家があることは、頂くお手紙の封筒の文字で知ってはいたが、私が住む江津湖畔から程もない近さに在ることに胸痛みながらお逢いした。熊本市から阿蘇へ抜ける街道の一角、少し入りこんだ所に、それは水俣の住居とよく似た門構えと板戸の軽い表情に安堵しながらベルを押した。

変らぬ笑顔もなつかしく、少したどたどと現われた石牟礼さんと、いつものように、「お久しぶりです」と言って二人とも笑ってしまう。いつもそうなのだ。「お久しぶり」という一語の中に、それとなくお互いの仕事をみとめあう充実がこもるからだ。異口同音の言葉が、それより他にないお互いをねぎらってしまうのだ。書くより他に芸のない、お互いを慰めあう声でもある。

その日は、歌友の仲間の一人が、『短歌研究』の特集（女性が闘いをどう歌ってきたか）で、石牟礼さんの歌のことなどを紹介した一文を、届けるための訪問であった。

訪問のおかげで、長い間の久しぶりがすっかり充実してしまうのである。同行した友人も、私たちの久しぶりにまきこまれて、たしかな充実を得た三時間ほどが過ぎた。その時はすでに石牟礼さんの新作能『不知火』も見たあとであった。

この以前の「久しぶり」は十年ほど前になるが、NHK・BSで、「春を詠む・女流歌人の旅」という番組のために、やはり放送のための若い男性スタッフと、このときは水俣の石牟礼さん宅を訪れた。その日も「お久しぶりです」と、今回訪れた玄関とよく似た門前をくぐり、石牟礼さんの茶の間で長く話しこんだ日であった。

その日はただ一言で言えば、埋め立てて海が消えた水俣を見た。寄せては返す渚の愛に満ちた音は消え、ただ埋没してゆれる暗黒の水を見たのである。

その果ての水俣の悲劇であった。それなのに、〈魚も貝も死んでしもうてさぞ辛かっただろう〉と叫ぶ水俣の人たちの生き残りの声をきくと、もはや何をか言わんやである。なまなかな見識では、書いてはならぬ事もある。とにかく現実を改めなければならぬという目的がそこにある時、書くことは時に邪魔になることもある。現場に生きる人より他にその力はないとなる時、石牟礼さんの筆力は誰よりも強力である。それがはっきりと思想闘争になっても当然ではないか。

多少の寒気がのこる土手っぷちを石牟礼さんと歩きながら、さらに遠い日のことを思っていた。歌をかきはじめて十年、ようやく一冊の歌集を出した中に、不知火海を歌いながら、私はただひと言「終末海を鳥がついばむ」と歌に残している。水銀汚染のことがはじめて取り沙汰された折のことである。あてずっぽうな言辞である。そうであってはならぬ水俣のために石牟礼さんの筆は書きつづけるのである。それが文学であろうとなかろうと、詩であってもなくても、巷間に生れ、時として詩に変容してゆくことも確かである。

この日よりもさらに遠く、昭和四十年代の頃か、他の用件で水俣に出かけていた私は、石牟礼さんに誘われて、若い人たちの集団に出かけた。学生服の男の子もまじる若々しい集団であった。石牟礼さんと私との、お久しぶりです、のおつきあいがはじまる発端の日であった。まだ石牟礼さんは歌を作っていられた。若い歌人たちの歌会であった。会が終ったあと、石牟礼さんの案内で近くの漁村を歩いた。昼下り、人々は舟ごと沖に出かけているのか人気のない漁村がつづいた。どの家も疲弊の色が濃厚であった。暗くさびしい家並みの裏口から裏口へ、石牟礼さんはなつかしいもののように私をそこへ誘った。水俣病という名もなく、水銀汚染の声もたしかではないその頃、漁村はつつましい生活の影を帯びて、見なれぬ漁具が生き物のように床の上に拡がっていた。

そして筆法はすでに石牟礼さんの目前にあった。やがて石牟礼さんは短歌ではなく、幼少時から書きなれた現実把握の描写で、それからの変貌を書き込んでゆくのである。文芸であろうとなかろうとどうでもいいことである。ただひとつの一存が、人の筆力を促すだけのことであった。

たとえば、能楽師はこれが能だと思いながら舞うことはないだろう。己を捨てて舞うより他はない。私もまた歌三十一音を透して毎日を見続けてゆく。四面楚歌をいうつもりはないが、ひめやかな言葉に命をかける他はない。そしてまた、お久しぶりです、と逢う日をひそかにたのしむだけである。

（やすなが・ふきこ／歌人）

小さくて大きな

高橋睦郎

私の石牟礼道子さんとの小さくて大きな繋がりには、二人の友人が介在する。ひとりは石牟礼さんと同じ水俣市の出身で、現在は玉名郡在住の版画家、秀島由己男さん。いまひとりは二十数年前熊本市に移り住み、いまは米国カリフォルニアと熊本とを往来している詩人、伊藤比呂美さんだ。

秀島さんは三十年ばかり昔、自分とあなたは顔がそっくりですと言って、私の前に現われた。秀島さんは石牟礼さんを姉のように慕っていて、しばしば石牟礼さんの話をした。そんな下地があったから、私は比呂美さんが移住する時、熊本に住むならぜひとも石牟礼さんに会うべきだ、と言った。比呂美さんは私の忠告に従って、さっそく石牟礼さんに会いに行き、石牟礼さんにあなたのお顔は私にそっくりねと言われ、二人はすっかり意気投合したようだ。

比呂美さんに石牟礼さんを紹介したのは私。その私を石牟礼さんに紹介したのは比呂美さん。この錯綜した関係は、そもそもの始めに、私が会ったこともない石牟礼さんに会うことを比呂美さんに勧め、それからはるかのちに、比呂美さんが親しい石牟礼さんのお住まいに私を連れて行ってくれたことによる。ちなみに私と石牟礼さんの初対面の場には、秀島さんも駈けつけていた。

初対面の石牟礼さんは私にとって、古くから知っている親戚のお姉さんのようだった。これは私の祖父母の福岡県南西部方言と石牟礼さんの天草・水俣方言が語彙的に近いことが大きい。標準語でほっつき歩くことを福岡県南西部ではさるくと言い、天草・水俣地方ではされくと言うらしい。また、可愛そうだということをむぞかと言うのに対して、もぞかと言うらしい。

らしいと言うのは、初対面ののち読み返した『苦海浄土』でそのことを再確認したからだ。言葉に携わる者どうし、共通する言葉の生理が初対面のお互いを繋げるきっかけになるのは自然だろう。小文の冒頭で述べた石牟礼さんとの小さくて大きな繋がりのうち、小さいほうがこれに当たる。小さい繋がりは小さいまま終わることが多いが、まれに大きな繋がりに成長することもある。予期せぬ事態がそれに寄与することもあろう。私の場合、二〇一一年三・一一東日本大震災がそれだった。

私事にわたるが、岩波書店の読書誌『図書』の二〇〇八年九月号から二〇一一年八月号まで、「詩の授業」と題してわが国の神話時代から現代までの詩歌の通史を試みた。おおまかにいえば、口承のプリミティヴなうたしかなかったところに、文字とともに入ってきたからうたがやまとうたを立たせる歴史だが、『詩心二千年』と表題を改めて一本にするに当たって読みかえし、もともと女性のものだった口承のうたを、読み書きに習熟した男性が奪っていらい、わが国の詩歌史は基本的におとこうたの歴史だったことを痛感した。そこに三・一一が勃(おこ)った。

この想定外の大災の前で、何を書いても嘘っぽくむなしい。その時思いいたったのが、かつて男性が奪った女性のうたの復権ということだ。私は急遽「おんなうたの力」と題する「あとがきに代えて」を加えることにして、書きはじめ書き進んだ。そのしめくくりに思いがけず、おんなうた復権の先(せん)

蹤（しょう）として『苦海浄土』を挙げることになった。単なるルポルタージュとしてでなく、人間の悲惨と純粋を見つめる現代の叙事詩として。

『苦海浄土』には、わが国古代の巫女的宮廷歌人に代わる、現代の人間の、人間を超える宇宙生命の口寄せとしての、根源的巫女の予言の声がこもる。それは三・一一大災という国民的受難、いや人類的受難の先蹤としての水俣病受難者たちに寄り添い、告発をつづけてきた石牟礼さんに身体化されたもの。これに学ぶ時、私の石牟礼さんとの小さい繋がりは限りなく大きなものになるはずだ。

（たかはし・むつお／詩人）

人間の行く末について真剣に考えている人たち

加藤タケ子

矢筈岳（やはずだけ）（水俣市・標高七〇〇メートル）の頂上から水俣を俯瞰してみると、遠景に天草の島影、手前に長島・獅子島・桂島と鹿児島の島々が連なり不知火海が広がる。晴天であれば、陽の光が海上にスポットライトのようにふりそそぎ島影に落ちる夕日に染められた不知火海は神々しいばかり原始の時を彷彿させる。嘗て、普賢岳の噴煙も長崎に落とされた原子爆弾のきのこ雲も確認することができたといわれる水俣と、不知火海に接する沿岸の島々全てが水俣病の汚染地域といわれる。

この水俣に暮らして一八年になる。ずいぶんとこの地の人々に見守られ生き方までも教えをいただいた気がする。夫が健在だった頃、近所に暮らす患者の田上義春さんから農的暮らしの知恵と工夫、患者さんに寄り添う生活の哲学を学ばせてもらった。真夏の農作業は汗まみれのきつい作業で、ジリジリと南国の強い日差しが容赦なく照り付ける。そんな時、自慢のオレンジ園でオレンジを木陰で頬張りながら山や海から吹いてくる風にあたる心地よさを「桃源郷とはこげんこったい。じっくり汗かいてもこん風にあたれば気持ちよか。都会ではできん贅沢たい。」強い午後の日差しがおさまる頃まで義春さんのお話は尽きない。

牛養いの愛情物語から水俣病の話、さらに裁判後の東京交渉と熱がこもる。「チッソとの交渉がすんでからたい、おっと（俺と）、道子さんで記者会見をして相思社構想を発表したったい。患者が水俣に帰れば台風の避難場所みたいなところがなからんば、つらかろう。部落のそん差別はな別な差別が続くっだろうち、というわけたい」

「道子さんは、おっの（俺の）話はよーと聞くたい。物には潮時とがあろうもん。いつまでも対立しとれば、うちょかれるばい。犬死せんごっつ、お地蔵さんつくる本願の会も道子さんとつくったったい」

この話の中にも親しげに登場する道子さん。その人が、石牟礼道子さんだったことに気がついた私の驚きとため息もつきなかった。

その田上義春さんも、田上さんから伝授された自慢の百姓生活で田圃まで実現した夫も、未完の石像（お地蔵さん）を埋立地に残して、水俣の原風景が残る神川の部落からあの世に長征してしまった。

お話に登場していたその道子さんがある日、「最近の若い人はこげんとが好きと伺いまして」と、沢山のモスのライスバーガーをお土産に「ほっとはうす」を訪ねてくださった。黙々と仕事をする清子さん（胎児性患者）が笑顔で「道子さん、こんにちは」とやわらかな声をかける。三七年前の裁判で道子さんと行動を共にしたであろう原告団長渡辺栄蔵さんのお孫さん渡辺栄一さん（小児性患者）は、長身の身体を折り曲げて道子さんをいたわる様に「まっまっ道子さん、元気やった。めずらしかよ。だいじょぶかいな」と再会の喜びの声である。患者さんの顔がほころんで、しごく自然に呼ばれる「ミチコサン」の声には、滑らかな流れがある。

やわらかな声と滑らかな声の流れは、相手に対する深い優しさで包み込まれている。ここで、日々この患者さん達と「ほっとはうす」の場をつくり仕事をさせていただいている私は、いつもこの優しさに救われている。この日の道子さんも同じだなと、僭越ながらひそかに思わせていただいた。きっとそのことが、石牟礼道子さんが胎児性の患者さんの今を見事に表現された言霊――「今、人間の行く末について考えておられるのは、たとえば胎児性の患者さんの方々だと思うのですが、（中略）あの方々が人間はどう生きたらいいかあるいは自分たちはどう生きたかったか、真剣に考えておられます。（中略）そういう声を聞いたり見たりしておりますと、大変気高い心を持った人たち……（後略）」――に結晶したのかもしれないということである。

水俣病公式確認から五十年が過ぎた水俣病事件。被害の傷痕はけして癒えることがなく終われない現実と向き合っているのも、「ほっとはうす」の患者さんたちの正直な思いである。日々のかかわりの中から確実に迫ってきて見えるのが、歩行を始めとした身体機能の低下であり、家族の高齢化である。堂々巡りの人生の悩みも尽きないし、シャバ暮らしの面倒な場面も沢山ある。困難を言ってしまえば山ほどかかえている。それでも、悲惨や困難を憂うよりもこの地が醸しだす神秘な大自然のエネルギーを糧に共に歩んでいきたい。

（かとう・たけこ／社会福祉法人さかえの杜・ほっとはうす）

想うということ

米満公美子

私は介護ヘルパーです。石牟礼さんとの出会いから七年半、今はほとんどの時間を石牟礼さんと過ごしています。パーキンソン病を患っておられるので介護を受けながら仕事をしておられます。以前からするとご自分でペンをとられる時間が少なくなってきておられますが、意欲は全く衰えず、具合いが悪くてベッドに横になられてからでも、

「今から言うことを書き取って下さい」と言われます。それは俳句だったり、詩だったり、夢の話だったり。その中からいくつも作品になっています。出来上がったときは必ずにっこりと笑って、

「出来ました、読んで下さい」とおっしゃいます。その瞬間、私は最初の読者となるのです。贅沢なことです。

私は恥ずかしいことですが、お会いするまで石牟礼さんのことは知りませんでした。でもこの七年半の間に、日本を代表する偉大な作家であることを思い知らされることになりました。平凡な主婦の私の目に映る石牟礼さんの環境は、まるで別世界。テレビの取材や新聞・雑誌の取材、有名な方々との対談や出版社とのやりとりなど、初めて見る光景ばかりでした。

一昨年（二〇一一年）、ＮＨＫの番組の収録で久しぶりに水俣に帰られました。今までは自宅と仕事場の往復だけでしたが、今回は石牟礼さんの足がいつの頃からか遠のいていた、今は埋め立てられてしまったあの〝大廻りの塘〟や、幼少期を過ごされた栄町、そして胎児性水俣病患者の半永一光さんと鬼塚勇治さんが居られる明水苑にも行きました。偶然そこに加賀田清子さんも来合わせて、石牟礼さんはおひとりおひとりに言葉をかけ続けておられました。すると清子さんが、

「石牟礼さんもたいへんなことがあると思いますが頑張ってください。これからもたくさん詩を書いてください」と声をかけられると石牟礼さんの目に滲んでいた涙がどっとこぼれ落ちました。胎児性の患者さんをずっと見守ってこられる中で、数しれないたくさんの涙を受け止めてこられた石牟礼さんが、やっとこの一点において解放された瞬間だったように思います。

「私が詩を書いていることを知っているの」と石牟礼さんがお尋ねになると、清子さんは当然のように、「知っていますよ」と答えられました。私は石牟礼さんの問いかけを聞いたとき、石牟礼さんがどのような気持ちで水俣病の患者さんたちに寄り添ってこられたのかを改めて知りました。何にでも限りなく想いを馳せていかれる方だということを日頃から思っていましたが、石牟礼さんが掛けられたのは、ここにおいてもひっそりと、限りなくひっそりと寄り添ってこられた心情の具体的な言葉だったと思います。

お別れのときの明水苑の玄関ロビーは、石牟礼さんのまわりをたわむれるように車椅子で弧を描く半永さんたちが、言葉などいらない、まるでキラキラと輝く妖精のようでこの世の楽園でした。私はその美しさが目に焼き付き、石牟礼さんもほんとうに幸せそうにほほえんでおられたことが嬉しくて、

帰りの車の中で涙が止まりませんでした。

今、なぜ私はここにいるのだろうかと時々萎縮してしまうことがあります。もしこの石牟礼さんとの出会いに理由があるとするならば、私はその理由に対してちゃんと応えられているだろうかと思い、石牟礼さんにお尋ねしたことがあります。すると、「私は人生の終盤に、あなたに出会えてよかった」とおっしゃいました。私は無条件に覚悟を決め、「ありがとうございます」とお応えしました。

二年程前から夜も泊まるようになり、また新たな時間帯の楽しみもでてきました。歌をうたうこと。石牟礼さんの好きな「叱られて」や偶然二人とも好きだった「アカシアの雨」など、高音のきれいな声で歌われます。それから、地球儀や図鑑、広辞苑を持ち出して好奇心がおもむくままに見たり引いたりしながらパーキンソン氏が現われるまで過ごしています。このパーキンソン氏は、無情なばかりではなく、ここぞというときは影をひそめていてくれるようなやさしいところもあることを私は知っています。最近のこと。もう一度だけ自分の足で渚に立ってみたいなと、ぽつんと言われたことがあります。パーキンソン氏に理性がある間に、石牟礼さんが大好きな水俣の渚にお連れできたらいいなと思っています。

今でも石牟礼さんが語る言葉の奥から浮かびあがる水俣の海は、美しく豊かであるという以外は何もないのです。

（よねみつ・きみこ／介護ヘルパー）

ライオンの吼え声

吉田優子

おもかさまと小さな孫みっちんの情景は記憶に食い込み、夢現に現れ、どうかした時など自分の経験したことのように目の前に見た。おもかさまの絶叫が雪原の夜に消えていくのを耳にしながら目覚めたこともある。

幾度読み返しても、石牟礼道子さんの魂の深さと日本語の美しい語感が作り上げる独自の雰囲気に引き込まれる。そうして日常からは遥かに遠いおもかさまの極限の世界に、読む者をつなぐ。なんという懐かしさであろう、そして優しさであることか。下へ下へ落下していく心をだれかの両手がそっと掬い上げてくれるような……。自分が極限の状態に陥った時、二人の情景が遠い灯になって見えるかもしれぬ。

四十年近く前、その人とは知らずに石牟礼道子さんを見かけたことがある。熊本市内の喫茶「カリガリ」の一隅に、紺色の着物の人がひっそり座っていた。美しいと思った。それ以上にお顔の不思議な雰囲気に目を奪われた。後になってその人が『苦海浄土』の作者であることをカリガリのマスターが教えてくれた。

それから、同人誌『暗河(くらごう)』、その後の『道標』を通して時たまお会いする機会があった。年に一回、それとも数年間途切れた後で、何となく出会う。石牟礼さんとお話した後にはいつも、夢と現実の狭間を漂っているような気持ちがしばらく残る。

お寺の離れに住んでいらした頃、其処に入り込んで勝手に住みついた迷い猫をもらいに訪ねたことがある。晩秋のこととて、離れを囲む庭には丈高い芒が白い穂を広げ、地面では草が枯れていた。荒れたいい庭に見えた。故意にこんな風に作られているんだろうかと尋ねたら、横から渡辺京二さんが言った。

「なに、放ったらかされているだけです。」

その時思ったものだ。きれいに整えられた庭より、石牟礼さんはこの風情の方が似合うなと。こんな所では虫は野放図に鳴き、風の日は風の音に包まれ、月光は隅々に陰を作り、野良猫だけでなく迷い魂もちょっとその辺にしゃがんで一休みできるだろうと。

受け取った猫を抱えて帰りながら、「ネ、そうだよね」と話しかけた。

「それで遠慮なく居ついたんだよね。」

それから時が経ち、人間学研究会の『道標』にわたしの小品を載せてもらった時、檜作りのその家を訪ねた。詩を書く友人と一緒だった。其処で十五、六年ぶりに石牟礼さんとお会いした。当時はその家に住んでおられた。他の方たちを交じえて雑談しながら、わたしの目は猫を捜した。檜の匂いのする家の中にその姿は見当たらなかった。代わりに石牟礼さんの話の中に獣が登場した。

「今朝方の夢現に、大きな獣がゆっくり枕許を通り過ぎました。ふわっと暖かい息を顔に感じて目が覚めました。そしたらお二人が来られた。本当にひさしぶり。」

すうっと目の前をその獣の気配が横切ったような気がした。

其処を出て市電に乗っている時もデパートの地下で買物している時も、一つの詩のようだったその話が胸に低く鳴り続けた。

石牟礼さんのお父さんはよく、「馬の方が人間より風格がある」と言われていたそうだが、そうかもしれない。牛も野生の獣も同様であろう。

数年前に大手術をなさった後、リハビリのため或る病院に入院されたことがあった。わたしも一度お訪ねしたが、其処にも獣が登場した。ライオンだった。

真夜中になると、こんな病院では不思議な事が起こりますと言われた時、きっとそうでしょうねと思ったものだった。

「院長先生か誰かがこっそりライオンを飼ってるんではないでしょうか。真夜中になると、その吼える声がします。心の底まで揺すぶるような声で。」

ライオン？

わたしも真夜中に人が吼える声を聞いたことがある。スペイン・バヤドリードのドン・サンチョ通りに居た頃、住まいの上階から落ちてきた。深夜の沈黙を震撼させるような凄い声だった。後で隣のおばあさんが教えてくれた。

「あの声の主は市民戦争の時目の前で父親を殺された老人、無口な上品な人です。」動物園のライオンも真夜中そんな声で吼えるかもしれない。血の中にざわめくアフリカの草原を恋しがって。

だから、石牟礼さんのお話を聞いた時、一人の人間の深奥が解き放され、ライオンになるのだろうと思った。深夜のベッドでその吼え声をじっと聞いておられたのだろう。

退院なさった時、「あれはライオンでなく人間のものでした」と言われた。

どちらも同じようなものだ。

石牟礼さんの深い世界の一端に触れたこの小さな逸話を、わたしは大事にしている。

（よしだ・ゆうこ／『道標』一メンバー）

子狐の記

大津　円

まず、私のような名もない者に全集の月報を「書いてみませんか」とおっしゃるのが石牟礼さんらしいと思います。「若い人で（二十七歳）肩書きも社会的身分もまだ何もないあなたから見た私をそのまま書いてもらうと新鮮だとも思いますよ」。

私は石牟礼さんがこの地を歩きまわっておられたお姿を知りません。存じ上げているのは今（二〇一二年）の石牟礼さんだけです。一度か二度、台所に立っておられるお姿をお見かけしたとき何か不思議なものを見たような気になったくらい、私にとっての石牟礼さんは、外国からとりよせたという重たい椅子に野っぱらの一輪の花のように時にゆらゆら揺られながら座っておられるのです。

揺れるのはパーキンソン病のせいですが、まるでそれも石牟礼さん本来の姿のように思われてくる、お静かながらのびやかな日常を支える強靭な精神力と充溢する生命に触れ、私はただただその場に居ることに誠実であろうと精一杯でした。その濃縮された日々は私個人の通過儀礼だったのではないか、と今思います。

私の母は団塊の世代で、高校生のとき尊敬する本田啓吉先生が「渡辺京二という日本一の思想家がいる」とおっしゃるのを聞いて以来、渡辺先生の本を、そして『熊本風土記』の「海と空のあいだに」からの石牟礼さんの作品を読んで歩いてきたそうです。

私は母が農業を始めた時に水俣で生まれ、天草に移住して以後何かどこにもなじめない、人間が形成する現代と人間であることに異質感を抱えつづけ結局社会に出ることができず、二十代前半から夜は人工灯一つない山の中の実家で夜な夜な月を追いかけ歩きまわり、牛たちや草木だけが相手という極度に内向した言葉のない数年を送っていました。

一読者として母が道標にしていた雲の上の存在の渡辺先生と石牟礼さんにその娘が『道標』とい

う同人誌がきっかけとなって実際にお目にかかるようになり、お手伝いということで石牟礼さんの仕事場に通うようになったのは不思議というよりありません。

しかしその日々によってそれ以前の自分は通過され、「滅びますよ」と石牟礼さんが言われる「おろよくなって（質が落ちて）いく人間」である以上その世に踏み出す力をつけるまで、石牟礼さんの空間に居させて頂いたのだと思っております。

「以前はずい分外で働きまわったですよ。でも本当はずっと引っこんでいたかった。……八十年かかりました」。

ずしりと、生きるということを手渡された気がしました。

そんな石牟礼さんと私との小さな小さな関係は、老境に入って大廻りの塘に在りつづけている古巣へと還ってゆかれている狐様が人間に成りきれずにいる子狐を相手に、物語りをしてくれたり、納豆を食べていないで渡辺先生に怒られて目で笑い合ったり、雷を一緒に喜んだり。「あなたと私は全然違いますが同属ですね」という一点において通じ合えるものがあったから、私のようなものが石牟礼さんの日常の場に居させて頂けるのだとも感じています。

私は今、熊本県球磨地方の山深い村に生まれ育った九十五歳の祖母と住んでいます。江戸時代と変わらないんじゃないかと思われる幼い頃の暮らしぶり、枯れた体から出てくる言葉や世の処し方・見方は、石牟礼さんが書くことで復元してこられた世界の名残りが眼前にあるようで、石牟礼さんの所へ通いながら祖母と出会い直していくことは二重の思いがけない賜り物となりました。

祖母が石牟礼さんから頂いた入院時のお見舞のお礼を「こりゃ一日仕事じゃ」と一生懸命書いた時があり、その古風な手紙を読まれた石牟礼さんのお姿が忘れられません。

まず心からとても喜んで下さいました。そして「母の仏壇に上げて下さい」と涙を少したたえられ、去っていった一つの世界の後ろ姿をじっと見送っておられるように、寂しげな深いまなざしでしばらく黙っておられました。「なつかしい」と一人言のようにおっしゃいました。

今日も石牟礼さんはあの場所に座って机に向っておられ渡辺先生が行ったり来たりなさっている。私がどこで何をしていようと世界の方がどうなろうとあの空間は不動不変に営まれ続けている――。

そんな、つきぬけたゆるぎないもの、かろやかなものの心象風景が、これからも惑いながら生きていく私の内なる中空(なかぞら)には浮かんでおり、生涯なくならないと確信しております。

（おおつ・まどか／無職）

Ⅱ　石牟礼道子の文学と思想

〈石牟礼道子全集を推す〉

苦界の奥にさす光

五木寛之

「生病老死」は「苦界」の中身ではなくて、本当は苦界の蓋にすぎないのだなあ、と、石牟礼道子さんの文章を読むたびに私は思う。その蓋をこじあけ、さらに奥の蓋をあけたところに石牟礼さんの浄土はある。いま「ひとの情け」という言葉を穢土を照らす光のように発することができるのは、石牟礼道子さんだけだろう。この国の爆心地が広島、長崎だけでないことを私は石牟礼さんの文章に教えられた。慈よりも悲の力が大きいことも石牟礼さんの仕事は語っている。母の言葉のように。

（いつき・ひろゆき／作家）

〈石牟礼道子全集を推す〉

現代の失楽園の作者

白川　静

石牟礼氏の文章は、まことに詩のように美しい。氏は本質的に詩人であると思う。その詩魂は、不知火の燃えるという海の潮騒に養われ、郷土の淳樸な土俗に育てられたものであろう。しかしやがてその海が、海底から毒液の汚染にまみれ、生類が悉く死滅し、多くの犠牲者が出ると、氏はその救済の陣頭に立った。その想いは長編『アニマの鳥』に、最も象徴的な形で語られている。美しい郷土の伝統と、生類のすべてを犠牲として恥じぬ現代産業社会との相克を描いた『不知火』の一曲は、氏の文学の一収束をなす名作であると思う。

（しらかわ・しずか／中国古代文学者）

〈石牟礼道子全集を推す〉

独創的な巫女文学

鶴見和子

石牟礼道子の作品は、日本近代に生れた最初の、そして独創的な巫女(みこ)文学である。急激な工業化に伴う不知火海の汚染による水俣病で悶死した人間をふくむあらゆる生きものと、生きながらことばを失った人々との深い魂の叫びを、天草ことばに根ざして、かの女が創出したリズミカルな石牟礼道子語によって、生き生きと語り伝える。天草の乱によって、凄絶な戦死を遂げた農民漁民の熱い念願も伝わってくる。

現在地球規模で、戦争と工業化による自然破壊を押し進めているわれら人類に対して、未来へ向けた心打つメッセージがここにある。

(つるみ・かずこ/社会学者)

〈石牟礼道子全集を推す〉

不知火の鎮魂の詩劇

多田富雄

石牟礼さんの作品には、不知火の海の持つ記憶が色濃く流れている。それは土俗の神から、乱世のヒーロー、現代の死霊へと何度でも生れ変り、魂の救済を訴える。新作能『不知火』は、それが結晶となって噴出した。舞台作品として成功したのも、今は死んでしまった不知火の海の記憶たちが呼びあって、鎮魂の詩劇の中に再生しているからである。石牟礼文学は、地方の文学というまさにそれゆえに、普遍性を持った世界の文学となった。

(ただ・とみお/免疫学者)

〈石牟礼道子全集を推す〉

日本の良心の文学を

瀬戸内寂聴

石牟礼道子さんは、生粋の詩人である。この詩人はまた、日本の良心である。病弱な女詩人は、見かけによらない強靱なレジスタンスの背骨で支えられていて、社会の不正に向って厳しい抗議行動に出る。

刻々に汚染され、破壊されていくこの国の自然の惨状と、それを行う破廉恥な人間の浅間しさが、生粋の詩人の心には耐えられない。嘆きと怒りと祈りの熱くこめられたのが、石牟礼文学である。待望の全集を若い人々にこそ読んでほしい。

（せとうち・じゃくちょう／作家）

〈石牟礼道子全集を推す〉

世界を多重構造として見る目

大岡 信

石牟礼道子の文章は、現代日本で他に類例を見出し難い独特な性格をもっている。物象や人物の把握力はじつに正確で、こちらの頭にありありとその影像が残る。しかもこの文章は、物象の世界から遥か遠いところまで人を連れ出してしまう。それはこの作家の物を見るまなざしが、自らを遍歴・輪廻の世界に住む一個の漂泊者と見定めて揺るがない強さを持っているからだろう。対象を多重構造のものとして見る目を、注意深い生活者として多年つちかってきたことが、一言半句にもにじみ出ている文学者である。

（おおか・まこと／詩人）

〈石牟礼道子全集を推す〉

「自然」の言葉を語る人

河合隼雄

石牟礼さんの言葉は、山や川や空や海や、動物、植物、鉱物などの言葉をそのまま伝えてくれているように感じる。もちろん、それらと共に生き、なぜか多くの傷を受けた人たちの声も。それらを読みながら、読む者の心のなかの傷が、「自然のうちに」とけこみ、とけ去ってゆくのを感じるのである。

自然というものの奥深さを、これほど感じさせる文を書く人は、石牟礼さんの他にあまり居ないことだろう。

（かわい・はやお／臨床心理学者）

〈石牟礼道子全集を推す〉

あたたかいやわらかさ

志村ふくみ

石牟礼さんの声は、低く、重く、やわらかい。そのやわらかさは、海も空も、地上のすべての生類をもつゝみこむ、あたたかいやわらかさである。先年、たまたま水俣をおとずれた時、右手に不知火の海をみながら車をはしらせ、こんどとりかかった、『不知火』という能の構想をぼそぼそと語って下さった。それはあの海の果ての天草の島々のように、小高く、低く山なみをかさねて浮び上り、石牟礼さんと不知火が海から空へと立ち昇ってゆく神々への供儀のように思われた。海上はるかに石牟礼さんの言葉の世界、全文学の魂を打ち込んだ世界が浮び上ったようだった。石牟礼さんの文学の仕事は、一文字一文字を体からひきはがすようにして打ち建てた宮居のようである。

こゝに生れ、水俣と共に汚濁を飲み、不知火の浄化が次の世へ、まだ誰も受け継ぐことのできないでいる新しい宗教、思想の種子となって下さることを祈っている。

（しむら・ふくみ／染織家）

〈石牟礼道子全集を推す〉

「一堂に会す」歓び

筑紫哲也

「ミナマタ」が広く知られたのは起きたことの悲劇性とともに、それを伝える秀れた「表現者」を得たことが大きい。その最たるひとりが石牟礼道子さんだろう。

ところが、ある雑誌の同人としてしばらくごいっしょしたご当人は、華奢（きゃしゃ）で決して頑健とは言えず、飾り気のないお人柄で、そのどこからあんなエネルギーが湧いてくるのか不思議に思えるほどだった。

強靱な精神が紡ぎ出した石牟礼さんの作品が全集として「一堂に会する」ことになってうれしい。

（ちくし・てつや／ジャーナリスト）

〈石牟礼道子全集を推す〉

芸術家の本質としての巫女性

金石範

芸術の本質は現世的なものと非現世的なものが感性の介入で、一つの存在として成立しているところにある。芸術家は現実的なものと超越的なもの（見えないもの）の媒体故の創造者である。古代の幽界と現世の媒介役をする巫女のように。しかし現代の芸術家は地上の〝文明〟の被膜の下で、ほとんどその役割を失っている。

石牟礼道子は、文明の一つの表象であって人間の本来的な生命の伸張の阻害者となる水俣病の人間破壊の衝撃に直面することで、芸術家の本質的な巫女的存在性を一層見事に発現し得た稀有の作家である。

（キム・ソクポム／作家）

そこで生きとおしている人の詩

金時鐘

石牟礼道子と聞けばどうしたわけか、私には自分の在所のあねえと思えてならない。まこと縁類でもない朝鮮人の私が、である。そこに行き着けばいつでも迎え入れてくれそうな、目元のあのなつかしい笑みを覚えるのだ。それほどにも石牟礼道子さんの詩は、いや書かれているものの一切が、そこで生きとおしている人の愛に満ち満ちている。それはそのまま私にとっての、自然そのものと同じ位相をかかえるものだ。人との関係でなら自然はもともと、そこで生きることを意味する以外の何物でもないからだ。いかに酷薄な状態に置かれようと、木は待つことなくそこにあるし、汐は満ち退き川は流れ、人はそこで産土神（うぶすながみ）のお声がかりの糧を得て、自ずと感謝の思いを心に深く宿していく。だからこそ他人をもいとおしむ心根が、風土を象って素朴に根づきもするのだ。謙虚な人やつつましいといわれる人はこの世にけっして少ないわけではないが、素朴な人、それもまるごと素朴な人といって礼を失しないのは、おそらく石牟礼道子さんただひとりのような気がする。まさに自然の申し子というほかない詩人だ。

石牟礼道子さんの初期作品といえば、まず「タデ子の記」を思いおこす。終戦のあくる年に書いた一少女、戦災孤児の行き先を案じる物語風のエッセーだが、『苦海浄土』をもって代表される石牟礼文学の基点を成しているともいわれる作品である。その作品を身近に感じ取るためにもまずもって、石牟礼道子さんの暮らしの実情、当時の家族関係から手繰ってみるとしよう。

『椿の海の記』は石牟礼さんの幼少期を回想した自伝的小説である。それに依れば彼女の生家は祖父の代よりの石屋で、娘むことして家を継いだ父もまた一徹の石工職人であった。昭和のはじめごろ、名人気質の祖父松太郎が一代で身上を蕩尽してしまい、やむなく水俣の町はずれの半農村地帯で田や畑を作って辛うじてたつきをたてていくが、父亀太郎の苦労は当然苦闘の連続となる。石牟礼さんの書かれるものによく農作業の話や、村の習俗にかかわる話が生き生きと描きだされるのも、幼少期からのこの農民さながらの半農の暮らしがあってのことである。

「タデ子の記」が書かれた折の一家には祖父母と両親、小さい妹と弟がおり、この弟はのち成人して鉄道事故による死を遂げたことで、姉の道子の胸に澱んだ沼のような悲しみを湛えさせてやまないのだが、なかでも「おもかさま」とよばれて大事に看取られていた祖母、つまり祖父松太郎の妻は目が見えないうえに気が狂（ふ）れた人であった。思うに石牟礼道子の詩的文学はこのお二人、父と祖母との真情の交感の上に成り立っているもののようである。彼女のしなやかな芯の毅（つよ）さは父親譲りのものといっていいし、物事のすべてに彼女が精霊を通わしうるのは、現世との対話を失くした祖母、枷（かせ）を知らない「おもかさま」のつぶやきをかかえとおしている賜とも思える。エッセー「ぶえんずし」には父と祖母への、岩清水が沁み出るような追慕が記されている。その一節を引こう。

死なれて二十年近くなるが、あらためて感嘆するのは、わたしの祖母、すなわち、父には姑に当る人への心づくしである。そうするのが当り前と思ってわたしは育ったが、あたりを見まわすと、ほとんど例がない。

この祖母は母の親なのだが、母が十歳の時分に盲目となって発狂した。わたしが物心ついたときは、町中を彷徨する哀れな姿だった。町や村の厄介者、いわんや、考えようでは家の荷物であったろうに、父がこの祖母に対する物腰、言葉遣いは、もっとも畏敬する人に接するようにものやさしく、丁重であった。本性を失った狂女は娘の婿に、少し遠慮したようないんぎんさで、応じていたようである。人並みを越えた剛直さと、愛する者には笑みくずれてしまうような、情の厚い父だった……

その父も生活の疲れからか、呑めば酒乱になっていく。一九五五年十二月から翌年三月まで『サークル村』に連載した自伝風エッセー「愛情論」(『石牟礼道子全集　第一巻』八八―一〇四頁「妣たちへの文序章」)のひとくだりに、父と娘の独特の親愛が交わされるところがある。母は弟を抱いて外へ逃げだしてしまっていて、家には娘の道子しか残っていない。父はその幼い娘に盃をつきつけて、「お前、このおとっつあまに、つきあうか」と目をむくのである。

「ふうん」

と私は盃を両手でとりました。

酔っているので手許のおぼつかない父が、うまく注げなくてこぼし、へっへっと泣いています。
「もったいなかなあ」
「なにお、生意気いうな」
奇妙な父娘の盃のやりとりがはじまり、身体に火がついていました。男と女、ぽんたさん、逃げている母と弟、憎くて、ぐらしかおとっつあま、地ごく極楽はおとろしか。

平素は無理をいわない痩せっぽちの父が、道子には呑んだくれてもいとおしいのである。年端もいかぬ娘にして、やり場のない父の憂さをはや感じ取っていて、長女のわたしならその父の荒みも静められるとまっ向から向き合っている姿が、なんとも熱く胸にこたえる。真直ぐな父の深い情愛の中で育った娘なればこそ、まともに受けとめてもいられたいたいけな健気さなのである。

一九五九年の「おもかさま幻想」、そのまえから書き始めていた「愛情論」、そしてこの二つの作品を下地にしてまとめ上げた『椿の海の記』とつづく一連の回想記の中で、もっとも念入りに書かれているのは「おもかさま」とよばれる祖母のことである。孫娘と祖母との間にはよほどのつながりが早くからできていたとみえて、「愛情論」の中での語りのように、それは道子の小さいときからの日々のすごし方そのものであった。

気狂いのばばしゃんの守りは私がやっていました。そのばばしゃんは私の守りだったのです。ふたりはたいがい一緒で、祖母はわたしを膝に抱いて髪のしらみの卵を、手さぐりで（めくらでしたから）とってふつふつ噛んでつぶすのです。こんどはわたしが後にまわり、白髪のまげを作って、ペンペン草などたくさんさしてやるといったぐあいでした。

家庭的には困難な事態の祖母の存在なのだが、家族としてはいささかの困惑も負担もにじませはしない。もちろん石牟礼道子の資質が働いてのことではあろうが、極く自然に振る舞える暮らしが、何よりも石牟礼道子の周りには当然のことのようにあったということだ。

気狂いの祖母は冬の夜、ひとりで遠出をする。彼女（道子）が探しに出ると、祖母は降りやんだ雪の中に立っている。「世界の暗い隅々と照応して、雪をかぶった髪が青白く炎立っていて、私はおごそかな気持になり、その手にすがりつきました。」祖母はミッチンかいと言いながら彼女を抱きしめる。「じぶんの体があんまり小さくて、ばばしゃんぜんぶの気持が、冷たい雪の外がわにはみ出すのが申しわけない気がしました。」

以上は渡辺京二氏が評論「石牟礼道子の世界」で引用した箇所の借用だが、なんという凄凛な悲しみだろう。これはもはやいたわりの次元の話ではないのだ。盲目で正気を失った「おもかさま」との霊的な浸透であり、生きている命の化合ともいえる魂の合体である。そのような人たちが質素に住まう石牟礼の家に、ある日突然「タデ子」は現れるのである。

終戦のあくる年の、まだ風がうすら寒い三月二十八日の夕方、「タデ子は裸足で、そして、衛生展覧会の気味悪いキケイ児の蠟人形が陳列されてあるやうに、汽車の中に腰かけて」いたところを、勤め帰りの道子さんに保護される。シラミがたかり、「魂をすでに昇天させたようなうつろな此の世ばなれした幽気の漂ふてゐる」戦災孤児の少女を、結核になりかけていた道子さんが背負うてまで、かなりの道のりの自宅へ連れ帰るのである。終戦直後の混乱期とはいえ、「一番美しい筈の子供達が、ぬすむ事を覚へ、だますことを覚へ、心を折られ、それでも、大人達からは、敗戦したんだから、仕方がない、と極く当然の事のやうにはうり出され、……親たちは、自分の生んだ子供だけが子どもだと思ひ、先生たちは、学校に来る子どもだけが子どもだと思」う世の中の風潮に対して、教える身の石牟礼道子がいたたまれない思いに駆られたとしても不思議はない。

だがこれだけの事なら心ある教員のやさしさに尽きる話だ。おそらくは道子さんの給料だけが主な実入りだったはずの、ゆとりなどあろうはずもない家の暮らしに、思いもよらない扶養家族が突然増えるのである。事前の諒承など意に介することもなく道子はタデ子を連れて帰り、家族は家族で、引き取ることが当りまえとばかりに、渋面ひとつ見せずに迎え入れる。どう考えてもそこらへんにありそうな話ではけっしてない。困りきっている人を見過ごしてはいられない何かが、風土がかもす伝承のように、石牟礼道子（婚前の旧姓・吉田道子）の家で息づいていたとしか思えないのだ。

タデ子が道子さんの家で寝食を共にしたのは四〇日間である。短いといえば短い期間だが、その四〇日がまたまことにもって容易でない日々をつらねているのである。泊まった初日の朝、タデ子は久しぶりの晩ごはんと寝床の温かさに眠りが深まり、あろうことかおふとんいっぱいの下痢をする。慢性の下痢症であったことが診察でわかるが、それでもタデ子は四〇日間とおして、「如何にも餓えきってゐるやうに、殆んど丸呑みのまゝ物凄いスピードでガッくと呑み込み」、おふとんをいつものとおり下痢で汚すのである。それぱかりか「特に口に入れるものは不公平を感じないやうにしてある」にもかかわらず、家人の目を掠めてはつまみ食いをし、それがまた未消化のまま排出されてくる。それでもふと、昔のように白いごはんをやることができたらと思ったりもするが、勤めに出たあとの面倒は父・母が汚れ物の始末までしてくれているので、思うことまでも自分で打ち消す道子だったのである。

善意のソクバクを振り切るようにタデ子は五月十日の夜、定かでもない加古川の姉を尋ねるのだといって復員列車で水俣を離れる。地元の青年団の方々が親身に動いて都合をつけてくれた列車である。人ひとり掬い取るのがいかにむずかしいかを、このエッセーは声を低めて語っているが、そのむずかしい人間関係のなかにあってさえ、タデ子の診療費を受け取らない田上先生のようなお医者さまがおられたし、当のご本人のタデ子すらも、背負われて家に来た日の夜「死ぬか死なぬかの、ひもじい目に逢ひながら」大事にそれこそ大事にとってあったビスケットを、泣いている小さい弟、妹に分け与えている。「タデ子の記」にはこのようにも、生きていることが祈りのような人の心の、底光る救いも込もっているのだ。ことわるまでもなくタデ子は強いられた苦難の申し子である。それだけに掬い取れなかったタデ子の在りようが、道子には無力な自分の権化のようにも映ったに違いない。祈りはいよいよ道子のその、無力さを拠りどころに深まっていくのである。

それが多分石牟礼道子がいう、悶え神への帰依なのであろう。私の認識を痛くゆさぶった土俗神の現出である。私は今でも在るべき社会主義への期待は変わらない。老いて老後の心配がなく、出し抜くことが学習であるような、競り合いだけの教育でなく、働くことで収奪されない社会体制が、悪い仕組みだとは少しも思わない。ところが社会主義圏が崩壊する要因についてだけは、早くから心ふかく感じ取っていた。素朴さの根元にある、祈りの慈しを顧みることがなかったことだ。「人の悲しみを自分の悲しみとして悶える人間、……人間のみのことならず、牛・馬・犬・猫・狐・狸の世界や、目に見えぬ精霊たちの世界のこと、天変地異、つまりはこの世の無常の一切について、悶え悲しむばかりの神として在る資質」が悶え神なのだという（エッセー「自我と神との間」）。土俗神が統べる村での暮らしでなければ、とうていめぐり逢うはずもない資質の神である。無力なだけの存在である村人たちが、「悶えてなりと加勢せねば」とにじり寄るとき、やさしさなんていう既成の言葉は、ちり紙ほどの重さすら持たなくなる。初期の作品のみならず、『苦海浄土』を書かせた力はこの悶え神だと私は信じる。それが無力なだけの、石牟礼道子の愛なのである。

初期のころ、石牟礼さんは主に短歌を詠んでいた。『苦海浄土』の原型ともいわれている「海と空のあいだに」に見るように、初期作品の主座はその歌集によって占められている。一九五二年十月に創刊された歌誌『南風』に、翌年の一月号から出詠をはじめて六四年の四月号まで、実に三三〇余首からの短歌を歌い上げている。五五年以後は『短歌研究』『サークル村』『水俣詩歌』等にもかなりの数の短歌を発表しているが、これらを集めて編んだのが歌集『海と空のあいだに』である。

もちろんその間詩も書いているし、印象ぶかいエッセーも数多く物しているが、石牟礼文学にとって詩と散文はそうもへだたったものではない。書かれたもののすべてが、石牟礼道子の詩を描きだしているからだ。短く区切って行分けをすれば道子の歌になり、書きつらねれば詩をかかえた散文となる。何をどう書こうとその書かれたものの奥底には、石牟礼道子の無念な抒情がうずいているのである。

とかく抒情は詠嘆に成り変わりやすい。それ以上に詠嘆は短歌にすがりつきやすい。詩と短歌とでは背中合わせで居合わせているぐらい、拠って立つ心的秩序が違うが、こと石牟礼道子に関するかぎり、詠まれる歌と書かれる詩とは共に兼ね合って創りだされる。歌が描かれ、書かれる詩が歌をはらむのである。なにも音数律、七五調の調和をいっているのではなくて、詩と短歌という、同調できるはずのない心的秩序が重なり合っていることの、特質をいっているのである。

このぶれのなさを、私はとりあえず無念さが滲ませる抒情と呼んだ。実際は私自身がかくしもっている過去、日本語に培われた植民地人の心情とも絡みつくことだったので、道子の歌には少なからぬためらいもあった私だったのだ。いつもの繰り言のような引用だが、押して拙論の一部を簡略に再録するとする。

私にはわらべうたがない。誰しもが至純に想いおこすべき幼い日の歌がない。あるのは日本の戦時歌謡か、小学校唱歌。あり余る朝鮮の風土のなかで、頬もめげよとばかり声はりあげて唄った歌が、そのまま私がかかえている私の日本なのである。いやそれが私の植民地なのである。それほどにも植民地は私に、いともやさしい日本の歌でやってきたのだ。

私にはまず、音節を七五調にとりそろえようとする習い性が、言葉の法則のように居坐っている。私の少年期の感傷や、青春のはしりの多感な情緒は、皆がみな五七五の韻律にかもしだされた情感の流露である。ために私には、韻を踏んだ音数律なくしては詩ではなかった。侵す側の驕りを持たないその「歌」が、植民地統治の朝鮮で植民地統治を完全なものにしてゆき、あるがままをあるがままに、季感ゆたかにうたい込む定型韻律の詩がこの上ない詩となってごく自然に居坐ったのだった。だからこそ私は、身についた歌の抒情から動きが取れない。引きずるわけにいかないので、向き合ってばかりいる。私にもっとも遠いものに、日本の短詩型文学、とりわけ短歌があるゆえんでもある。それは私が朝鮮人でありつづけるための、心して遠ざけねばならない反証物でもあるからである。

その私がいま、そこで生きとおしている文学に共感以上の身近さを抱いている、石牟礼道子さんの大部な歌集と、気をひきしめて向き合っている。

案じたほど、違和感はない。むしろ詩では描けそうもない事象まで、鮮かに刻まれてもいる。なによりもまず、短歌にありがちな情感過多なぬめぬめしさがない。自然が癒しの対象であるような、自然賛美もまるっきりない。風雅とか哀感とかの、詠嘆のくぐもりは探すべくもない。自己陶酔のかけらもなく、貧しくとも恨みがましい嘆きはない。有るのは自分でかかえとおすしかない絶対孤独の命であったり、それでいて社会的弱者、虐げられている人や、見過ごされている人々に対する思いやりはあふれるばかりである。詩こそ人間を描くもの、とは早くからの私の持論だが、道子の短歌にはまさしく「人間」そのものがうたわれている。

挙げればきりがないが、交わす話の呼び水に十数首さきに掲げるとしよう。

夕ぐれのげんげ棚田の空の色おぼろなる中子ら帰りくる
ひと日毎にすき透りつつ矢車の花のひとひら時に身じろぐ
噛みあぐみかりかり骨を鳴らす犬かかる夜風化というも進まむ
哀しみに似れば肯(うべな)ふ頸やさしあなたの虚言とも別なかなしみ
疲れたる花季すぎゆけり樹の下にまだ生々し蛇のぬけがら

以上の作品は、何行を費せば詩で書けるか、を自問した歌だ。行分けの詩ではとてもじゃないが及びもつかない形象力だ。

人夫頭のために闇酒を隠しゆくみめよき戦争後家の前かけ
鎌置きしおとめ野いばりをせんとする橙(だいだい)の棘いちずにしげる
藁束の中のくちづけみしと云ふ日照雨(そばへ)をくぐる人夫らの息

翳りの濃い作品のほうが多くある石牟礼さんの歌のなかで、つい笑みがふくらんでしまう歌だ。生きていること自体の幸いさを実感する。

人間に体温があるといふことが救はれがたく手をとりあへり

愛されし記憶覚つかなきときにまたともる霧の中のあかりが

私ならずとも、たぶんこみ上がるであろう。やはり歌の強みか。

いとおしく悲しいうから（一族）の歌のなかからも、三首ばかり取ってみる。

狂ひゐる祖母がほそほそと笑ひそめ秋はしずかに冷えてゆくなり
酔ひ痴れし父に追はれてひそみゐしからからと鳴る黍畑の中
夕光の中に泪をにじませて座りゐる母を納屋より連れ出す

まったくもってきりがない。一冊ぜんぶを挙げるわけにもいかないので、弟の事故死を峻烈なまでにますぐに観て取った、一首の歌と一篇の詩を対置して、呼び水の引用は終ろう。

おとうとの轢断死体山羊肉(やぎにく)とならびてこよなくやさし繊維質

蓮　沼　（石牟礼道子全詩集『はにかみの国』）

わが身でえがいた半月弧

生まれてからの幾層紀かを
たしかに通りぬけ
沼の底にゆるゆる着地した

木洩れ陽に浮く靄だった髪
てっぺんに結わえつけた
白いさるすべりの
花びらの散りぐあいからして
たぶん　三つ児ぐらいだったか
あらゆる断念がもう
わたしの恍惚だった
沼はねがえり　まだねむり
未明の空の青みどろ

蓮の根にやどっていた蛭の大親分が
くねりながらやって来て
逆立ちしてみせ
おしりの方の口で天をさした

そしてもういっぽうの口で囁くには
いまさき　遠雷が鳴ったと思ったが
なんだ　おまえが来たのか
みろ　この花茎のまわりの
水のふるえを

ぼうふらや　苔をまとった魚どもや
なにしろ　虫のようなものらが
水藻になった髪のあいだに来てはねむり
水の面にひらく蕾の音をよくきいた
沼は　暁闇の夢を抱いて朝々ふるえ

蛭があるとき　また言った
こんど　俺といっしょに浮いてみるか
両掌を合わせて　さし出してみろ
彼はしずかにぴったり　その口で
おぼつかないわたしの手首を

吊りあげたが
まだほの暗い天のかなたに
傷口のような稲妻が光ったとき
ひとつぶの露が湧くようなあんばいに
傾きゆれる　蓮の葉の上に
とろりとわたしをこぼしたのだった

そのときからゆれていた大地
おとうとの轢断死体をみつけた朝も

ゆれひろがっていた蓮の沼
あの蛭が教えた
花蜜の味のする地層の乳が
沼の表に滲み出るあした
おとうとをも吊りあげたのだ

まだ若かったまなこに緑藻を浮かべていた
その目で沼のように　うっすらとわらいながら

ふむ　この枕木で寝て　かんがえてみゅう
かんがえるちゅう
重ろうどうば　計ってみゅう
まあ線路というやつは
この世を計る物差しじゃろうよ

そんなに思っていたので　あっさり
後頭部ぜんぶ　汽車にくれてやった
残された顔のまわりに
いっしょに轢かれた草の香が漂い
ふたつの泥眼を　蓮の葉の上にのせ
風のそよぐにまかせて　幾星霜

ゆうべ　かのときのほとりに
屈みこんでいたら
陽のさす前
にんげん未生の頃の
つぶらな露の玉が　ひとつ

吐息を　ついていた

圧倒する事実のまえでは、私の言葉はきまって口を噤んだ。記憶の熱さが冷えきるまで時日ばかりが打ち過ぎた。そのような私をこれ見よがしに、石牟礼さんの言葉は滞ることなく詩と歌を同時にほとばしらせた。押しとめようのない無念さがそれほどにも、石牟礼道子の思念の底でゆらめいていたのだ。詩と歌とで別に働く心的秩序など、彼女にははなから必要とはしないものだったに違いない。

それでも石牟礼道子の短歌は、『海と空のあいだに』を編んだことで終ったような気がする。弟の死を刻んだ「蓮沼」は、もう歌うわけにはいかなくなった証しのようにも私には読める。「歌と逆に。歌に」、とは小野十三郎氏の闇夜からの叱咤だった。石牟礼道子の歌も、いよいよもって自らの闇を深めていくだろう。

（キム・シジョン／詩人）

天の病む

水原紫苑

石牟礼道子の新作能『不知火』の初演を見た。それは不思議な感動だった。

いいとか悪いとかではなく、そこには魂が在ったのである。

魂といえばいかがわしくも聞こえるが、能は本来、魂の劇であって、登場人物は魂そのものである。だが、実際には、古典の作品であっても、またすぐれた演者による舞台であっても、魂が在った、より正確には魂が来ていた、と思われることは多くはない。新作ではきわめてまれである。

『不知火』は、当代の名手・梅若六郎（現・玄祥）の演出・出演はもちろん、全出演者の力は大きかったが、それ以上のものを、石牟礼道子の言葉が持っていた。

石牟礼道子個人の、というより、この世に発せられなければならない何者かの魂の言葉だったのである。

現代にもこのような言葉はなお存在するのか、と驚いた。

今は、天草四郎を主役とする、次の新作能を書かれていると聞く。

ぜひ、また舞台を見たい。

実は、『不知火』が、私の初めての石牟礼道子体験だった。

この全集の詩歌の巻の解説を書くために、やはり『苦海浄土』を読まなければいけないと思い、誠に恥ずかしいことながら、今になって読んだのである。

長大な三部作を、とり憑かれたようになって読み、能『不知火』に在った魂に出会ったような気がした。

『不知火』は、『苦海浄土』よりずっとのちに書かれた作品だが、実は、『不知火』に出現した魂こそ、『苦海浄土』の世界の本質だったのではないか。

それは、不知火の海や、海の生きものや、海につながる人々の、始原からの魂であろう。

私は、『苦海浄土』を、単なる告発の文学としては読まなかった。

むしろ、〈苦海〉すなわち苦しむ海と共に在る人々の、苦しみの中の魂の浄土を描き出した、神話的世界だと思う。

もちろん、水俣病の想像を絶する病苦は、「あねさん」と親しまれて通った家々の人々について克明に伝えられている。

また、企業としてのチッソの巧妙悪辣な被害者への対応や、水俣市民の反感、そして、被害者たちの間の確執や憎悪にも、冷静なまなざしが届いている。

それでもなお、『苦海浄土』は、閑雅な方言による語りの部分が、狂おしいほど美しい。

この美しさは罪ではないのか？　と読みながら考えたが、やはり水俣の地とその地に生きるすべてのいのちの鎮魂のために必要な美しさであったのだろう。

あの神話的な語りは、すべてが詩と呼べるものだろう。詩であり、物語である。そこで石牟礼道子の詩歌を読むと、巻頭から惹きつけられた。

死民たちの春

まことの地獄をのぞきみたれば　片方のまなこは心願の国のみ
仏に捧げまいらせ候
いまひとつのまなこあれば　あこがるるなり
そのひとつもて　いまだかなわぬ生類のみやこへのぼりたく候

ときじくのかぐの木の実の花の咲きめぐる
わがふるさとの春と夏とのあわいにいまひとつ
たまきわるいのちのきわみの季節がある

不知火のうなじもて
まだ香ぐわしい天（そら）を仰ぎつづけていたら
生類のみやこへゆけるという声がした

秘境の季節の終りの日に

かんざしの呪符をわたしはみつけた
馬酔木(あしび)は　耳に振ると蕾の奥に
しゃらしゃらと古代の鈴を鳴らした

そのとき　わらべ唄のような
熊襲の男があらわれて　どぶろくをのみ
目元を染めながら　だんことしていうには

ぼくは　じつはですな
ただのいっぺんも死にたくはなかとです
ただのいっぺんといえども！

わたしは思わずふりかえり
ふつふつと馬酔木の花壺を嚙んだ
おそらく生物学的精子の歴史が
短命の思想をいわしめるにちがいない
男たちをたくさん産み継いでやらねばね

妣たちのまなざしがしわしわとまたたき
わたしは黄泉の国にいて
彼らのかなしみをみごもり
すぐにねむった

（後略）

「わらべ唄のような／熊襲の男」は、既に『苦海浄土』でお馴染みの彼らにちがいない。

工場の門に駆け上り、殺されても死なないような荒くれの勇士だったのに、劇症型の水俣病で、赤子のように物も言えず死んで行った彼。古代の王にもまがう立派な風貌を持ちながら、弱くやさしい心をいかんともしがたく、仲間にすまないと思いつつ、チッソの被害者分断作戦に屈してしまった彼。劇症からやや回復し、蜜蜂を飼って、オスは交合ののち早々と死に、メスはひたすら働き、女王蜂は堂々と子を産み続ける蜂の世界を、ゆっくりと語る彼。

彼らは、詩の中で、現実に言えなかった、ただひとつの言葉を、詩人に向かって発する。

「ぼくは　じつはですな／ただのいっぺんも死にたくはなかとです／ただのいっぺんといえども！」

人間は、一生に一度しか死ぬことができない。だが、企業が（それと知りつつ）海に流した水銀の毒のために、生まれもつかぬ業病で狂死するのは、無限回殺されたに等しいだろう。

人は、生きものは、このように死んではならないのだ。

石牟礼道子の根本の思想が、ここで立ち現われる。

「妣(はは)たちのまなざしがしわしわとまたたき／わたしは黄泉(よみ)の国にいて／彼らのかなしみをみごもり／すぐにねむった」――常世の国の永遠の妣(はは)たちに代わり、「わたし」は死者の国で「彼らのかなしみをみごもり」、そして新たな言葉を、詩を、物語を生むのだ。

（前略）

無脳児のみやこの露地にゆき暮れて
わたしは生き埋めの地面に頬すりよせ
祖(おや)の国の名をちいさな声で呼んでみる
にんげんよ　にんげんよ　と

（中略）

ひとことも啼(な)けずに鳥のまなこになり
辛うじて生きていたが
秋の茜(あかね)が海のかなたの天竺の空まで
耀(かが)よい渡った夕ぐれに
うるうると人間のまなこにかえり
くわっと　みひらいたまま
死んだ子どもだったのだよ

死んだ後には
不知火のちりめん波にひろがる
ひかりのなかの
そのひとつぶとなった

すくいとって
こぼれぬよう掌にかこってきた

そのたましいを折り殺し
吐き捨てたな　鉄の道の上に
おまえたちだね
ぶどう状鬼胎のみやこをつくったのは

（中略）
常世の海底（うなぞこ）の　妖々とひかり
凶兆（きょうちょう）の虹が
吐血している列島の上にかかるときに
浮いて漂う
死民たちの曼陀羅図絵

詩は、凄惨に終わっている。

「死民」である私たちは、「にんげんよ　にんげんよ」という声に、何と応えればいいのだろう。「不知火のちりめん波にひろがる／ひかりのなかの／そのひとつぶとなった」「そのたましい」を、「折り殺し」「吐き捨て」ているのが、私たちの日々であってみれば。

ひとつだけ、私たちにまずできるのは、石牟礼道子の作品を、読み継ぎ、決して忘れないことである。

短歌・俳句も読んでみよう。

裸木の銀杏竪琴のごとくしてあかつきの天人語もまじる
冬月の下凍りゆくあかときぞ裸木の梢わが魂のぼる
夢の外に出づれど現世にあらずして木の間の月に盲いたりけり

「裸木の銀杏竪琴のごとくして」は、銀杏の形象でもあろうが、作者が「人語もまじる」と天の言葉さえ聴き分ける鋭い耳を持っていることを示している。

「裸木の梢」にのぼり、「月に盲いる」魂は、はっきりした垂直志向と形而上的感性を現わしているが、その現われがきわめて自然である。

山の上に黒牛どのと石ひとつ
祈るべき天とおもえど天の病む
天崖の藤ひらきおり微妙音（みみょうおん）

「黒牛どのと石ひとつ」の豊かな味わいは『苦海浄土』にも見たものだ。「天崖の藤」の「微妙音（みみょうおん）」は、やはり作者独特の鋭い耳の感覚が〈浄土〉を呼び出している。

「祈るべき天とおもえど天の病む」は、石牟礼道子の生涯を貫く悲しみであろう。

私たちは、陸も、海も、そして天さえも、瀆（けが）してしまったのだ。天は病んでいる、鳥のまなことなった少女のように。

その悲しみの中で立ち続ける、たおやかな詩人の姿が美しい。

（みずはら・しおん／歌人）

五〇年代サークル誌との共振性

井上洋子

福岡市文学館において二〇一一年秋、「サークル誌の時代――労働者の文学運動一九五〇―六〇年代福岡」が開催された。かつての労働者が創造したサークル誌を、出来うる限り紹介しようという試みである。サークル運動といえば一九五八年創刊の『サークル村』が突出して有名で、石牟礼さんもそれに参加されたのだが、その裾野には当然のことながら膨大なサークル誌の存在がある。企画展メンバーの一人として、まずは一冊ずつ読むことから出発したが、個人の作品発表の媒介である同人誌と、厳しく峻別されたサークル誌の主語の多くは、「吾々」「吾ら」「仲間たち」であった。しかしこうした主語は、団結を叫ぶ労働運動のスローガンに沿ったものではなく、労働の疎外から人間を取り戻すために、「私」と「仲間たち」を凝視し、体制の闇をも凝視することから生まれた言葉たちであった。「さらに深く集団の意味を」と、新しい主体の創出をよびかけた「サークル村」の同時代性がまぎれもなくそこには刻印されていたのである。粗末なガリ版刷りのページから立ち上るこうした言葉の記憶は、現在の文学からすっかり忘れられたものでありながら、一方で私にはひどく懐かしいものに思われた。

古河目尾炭鉱から出された『萌芽』『短詩型』『やまの音』は、短歌、俳句という定型文学を核とする異色のサークル誌だが、中心メンバーの山本詞（一九三〇―六二）は、短歌の詠嘆性について「この流れるような調子の詠嘆に、僕は溺れたくなるような共感を覚へる」としながらも、表現に至るまでの「傷跡を、葛藤を、自分自身との関わり合ひに於いて衝きたて」ない限り、「このような安易な詠嘆ではもはや、坑夫の虐げられた歴史を表現として確立することはできない」（一九五七年）と書いている。炭鉱の夥しい事故死を詠んだサークル仲間への、こうした手厳しい批評から、やがて山本はたたきつけるような主観の歌から一歩退いて、現実を見つめる叙事的方法へと歩んでゆく。山本の、短歌の詠嘆性への慕情とそれからの決別という主題は、『苦海浄土』の文体創出に至る石牟礼さんの歩みとも重なっている。

高群逸枝の史書『女性の歴史』と詩集『日月の上に』の関係を旧約聖書と詩篇になぞらえ、詩集がすでに後の高群の本質部分を予言しているという石牟礼さんの文章がある。この言葉一つを手掛かりに、石牟礼さんの短歌の時代を探ったことがあった。もう二十年ちかい昔のことになる。そうして歌誌『南風』に見出したのが、「短歌への慕情」（五三年）と、「詠嘆へのわかれ」（五九年）という二つの評論であった。

狂へばかの祖母の如くに縁先よりけり落とさるゝならむか吾も

と、連作「血族」で歌われたような、〈自己を流れる血の色〉を確かめたいという短歌に託した願望を記したのが「短歌への慕情」であり、さらにその後の歌友の自死や進行する水俣病の惨状を〈心中深い短歌の挫折〉と受け止めて、短歌の詠嘆性への決別を告げた評論が「詠嘆へのわかれ」である。『苦海浄土』の、とりわけ「ゆき女聞き書き」の散文が放つ情動性は、共同体からけり落とされた人々の魂への深い共感にあることを、短歌の時代をたどることで私は追体験しようとしたのである。

『苦海浄土』を評して、それらは所謂「聞き書き」ではなく、石牟礼さんの私小説として読まねばならないと言われたのは渡辺京二さんだが、渡辺さんは、返す刀で「サークル村」で新しい創造の方法として追求された「聞き書き」からの影響自体を否定されている（「石牟礼道子の時空」「わが谷川雁」）。しかし、同時代のサークル誌を読み進めて明らかになったことは、彼らが表現しようとした「吾々」、「吾ら」、「仲間たち」とは、共同性を刻印された新しい「私」の表現に他ならないということである。その意味で、「ゆき女聞き書き」の一人称に、民衆の幻を重ね合わせた石牟礼さんとの距離は、意外と近い気がしたのであった。「サークル村」と石牟礼さんの表現とのかかわりは、中断したままの私の課題だったが、思いがけない形でふたたび巡り合ったのである。

しかし思いがけないと言えば、先日もっと思いがけないことが私の身に起こった。職場にいた私のもとに、石牟礼さん御自身から突然の電話をいただいたのである。十年以上前にお送りしていた拙稿、「石牟礼道子初期短歌のころ」「詩の呪力――石牟礼道子と高群逸枝」に対する過分な御礼であった。一度もお話をしたことのない石牟礼さんの声が受話器から聞こえてくる不思議、しかも大昔の原稿について語っておられるという不思議。何をお話ししていいのかよくわからなかったが、長年敬愛してきた方の特徴あるアルトの声に包まれて、私は陶然と幸福であった。石牟礼さんという方は、私の小さな時空など軽々と超えてしまわれる文字通り妣（はは）なる人であった。

（いのうえ・ようこ／福岡国際大学教員）

天地（あめつち）の間（あわい）

岩岡中正

以前、『詩の政治学』というイギリス・ロマン派研究の本を出したとき渡辺京二さんに読んでいただいたのがきっかけで、石牟礼道子さんに初めてお目にかかった。それまで私は、熊本にいながらお二人を本でしか知らなかった。当時石牟礼さんが居られた真宗寺で、渡辺さんがお茶を立て石牟礼さんが句集『天』を下さった。そういった振る舞いがとても丁寧で古風であたたかく、ああ人を遇するとはこういうことかと、しみじみ教えられた思いがした。以来十四年、お二人とその著作に導かれながら少しずつ勉強している。文字通り「門前の小僧」である。

自分の勝手な思いこみで石牟礼さんの思想について色々と書いたものを本人に差し上げると、「本当にまあ。私はこんなことを考えていたんですか」と心から驚かれる。思想史を専攻しているのだが、研究対象は歴史の彼方の外国の本の中などではなくて、この目の前におられるのだから、こんな素敵なことはない。とはいえ、いつもニコニコと笑っておられる石牟礼さんにお会いすると、私は聞こうと思っていた質問などたいていてい忘れてしまうから、もったいない話だ。

石牟礼さんは不思議な方で、目の前に座っておられる本人と、まるでシルエットのようにして魂だけが浮かんで語っておられる姿と、いわば実体と幻影の二重写しに見えるときがある。ときにゆっくりときにもどかしげに話されるのだが、それが一方で現の声として、同時に魂から発して私の魂に伝わる空なる声として、二重音声で聞こえることがある。作品の印象もそうで、彼岸と此岸の間に遊ぶ自由な世界が、何ともいえない魅力なのだ。石牟礼さんは間の人である。

そのいただいた句集『天』のことだが、最初は驚きだった。これは俳句というより思想詩とでもいえるもので、強烈な印象を受けた。

死におくれ死におくれして彼岸花
死化粧嫋々として山すすき
祈るべき天とおもえど天の病む

などの句だが、この「荒れ野によばわる者」のように思いつめた調子は、これらが作られた当時の水俣病をめぐる危機的な思いの反映であったに違いない。

今年はいつまでも春寒く、桜の開花の声も聞かない。この頃、花といえば、石牟礼さんの「花を奉るの辞」を思い出すのだが、私はこれが大好きだ。「春風萌すといえども　われら人類の劫塵いまや累なりて　三界いわん方なく昏し」にはじまり、「灯らんとして消ゆる言の葉といえども　いずれ冥途の風の中にて　おのおのひとりゆくときの花あかりなるを」で終わる。短い願文だが、思い切々として香気ただよい、石牟礼文学のエッセンスのようなものだ。その証拠に、そのつくりといい思いといい、最新作の能『不知火』の原型ではないかとも思われる。この一輪の花こそ、海霊の宮の斎女にして竜神の姫・不知火がわれら人類のために灯す火にほかならない。「花やまた何　亡き人を偲ぶよすがを探さんとするに　声に出せぬ胸底の想いあり　そを取りて花となし　み灯りにせんとや願う」。早春の頃、しんと心を鎮めて、ひとり声に出して読むのにふさわしい文章だ。

あるとき、石牟礼さんにとってどんな時が幸福ですかと聞かれて、石牟礼さんが即座にこう答えられたのをはっきり覚えている。それは、私が風になって吹かれているとき、自分が感受性に満ちあふれて宇宙と一体化していると実感しているとき、その時が一番幸福で、私は風にそよぐ雑草の一本として精霊の物語を伝えていきたい、と言われた。

この答えから、まず石牟礼さんにとっての認識とは何かがうかがえる。それは、認識の主体と客体という近代の二元論を超えて、何とか対象と一体になろうとするものだ。それはそもそも「認識」というより、自分が元々、宇宙という全体の一部であることへ回帰しようとする思いのようなものではないか。石牟礼さんにとっての認識とは、渡辺さんによれば、客体を分析するような認識ではなく、無数にそよぐアンテナか触手のように全体を「感知」することなのだ。

つまり、石牟礼さんにとって幸福とは、元々自分がその一部であった全体という「存在」に還ることだ。これを存在の復権と呼べるだろう。近代化が「存在から作為へ」であったとすれば、今日の脱近代化とは「作為から存在へ」立ち戻ることである。私たちは再び存在の根源に立ち戻って存在の絆を回復しなければならない。

こうして石牟礼さんの幸福観や「存在」への回帰の思いにふれていると、ふと高浜虚子の俳句を思い出した。

天地(あめつち)の間(あわい)にほろと時雨かな

小さな自我が宇宙の彼方へと昇華し、ほろと時雨がこぼれたかと思うと、詩が生まれる。石牟礼さんは、そのような詩と宇宙の物語を、天地の間にあって語り続ける人である。

（いわおか・なかまさ／熊本大学名誉教授）

魂のメッセージ

河瀬直美

石牟礼道子さんの作品にはしばしば草花が登場し、それらがまるで感情をもっているかのように描かれることがほとんどだ。その草花には必ず人の念が含まれている。石牟礼さん本人の体験を通して感じた感覚的な、しかし絶対の存在としてそれらが描かれるとき、世界には自分たちのような〝人間〟だけがのうのうと生きているのではなく、言葉や感情をもたないと思われる存在にも魂が宿るのだと気づかされる。

石牟礼さんがその草花に自身の念を封じ込め、それを美というもののあやうさを通して描ききるのは、「失われたいまひとりの自分を哀傷し、あてどなく憧憬し続ける」からだろう。しかし石牟礼さんの文章を読んでいると花の中には人の念と同時に仏さまがいらっしゃるということが信じられ心がほっとする。また、水俣を想いながら「お陽さまの中へ、永遠に出てこない目の無い魚たちのことを、自分らの魂の影のように感じることはできる」と書くように、人々には自らの魂の中に仏を見出す力があることを諭す。

『石牟礼道子詩文コレクション2　花』の第Ⅰ章「花との語らい」では「後生の桜」がとりわけ印

象的である。「紫尾山の水口」といわれている海底から真水が湧き出ていて不知火海最大の魚の寄り場であった湯堂という場所がある。その海とともに生きていた巨きな桜があった。かつてこの桜のほとりに水俣病に冒された少女がいた。曲がった指でそのはらはら落ちる桜の花びらをいとおしそうに拾おうとするが、地面にこすりつけるかたちになってしまうという描写。

「一枚、一枚、拾うつもりが、地面にこう、にじりつけるとでございます。花もなあ、可哀相に。」

石牟礼さんのこうして紡がれた生の言葉を読むと、心にすとんとその背景も情景ももどかしさも心のうずきもすべて入ってくる。そうして大きな深呼吸をする。その瞬間、わたしの心には石牟礼さんの言葉が永遠に焼きつくのだ。多くを語るわけではないが、その生の声はきっと遠い場所へもしんしんと伝わってゆくのだろう。それはまた方言というその土地の言葉のもつ威力でもある。こうした方言は日本人にとっての誇りと宝なのだ。

第Ⅱ章「心にそよぐ草」の「草花の景色」では昔ながらの景色が近代化によって日本全土から失われてゆくことの哀悼を語る場面が多い。読み進めると、その景色を失うことがそれのみを失うのではなく、それにまつわる様々な豊かさを失うことになるということを知る。母の胎内にいる頃、どんな〝人間〟も臍の緒によって母とつながっていた。生まれた瞬間にわたしたちはそこを切られ、生きる。例えばそのことを引用しながら、それでもなおわたしたちが生をまっとうできるのは、その〝絶対の母〟との関係のようにあたたかくまろみをおびてなだらかな〝偉大な自然〟の数々と、目には見えない臍の緒でつながっているからだと石牟礼さんはいう。石牟礼さんにこのような感覚を抱かせるのは、石牟礼さんが都市というものの中でも生きてきた人であるからだ。そのふたつを対比できる人々は早くそれに気づき、田舎で捨ててきてしまったものの大切さを再認識する機会を得なければならない。

石牟礼さんは草花というものに対して「私のそのまんまの姿をものを言わずに、見ていてくれるものたちを探しているんだ」と語りかける。が本当のところ石牟礼さんは人間とその関係を結びたいと願っているに違いない。実感のない言葉だらけの人々に嘆き、美というものを語るにふさわしい日本人の暮らしが失われてゆく様に憤慨し、自然を我が細胞の中にすりこむ伝統を取り戻したいに違いない。しかしいくらそれを声高に語ってみても、この変化を止めることはできない。石牟礼さんはそうすることにほとほと疲れたのだ。そうしてひとり静かに野に咲くヨモギやよめなの姿から魂のメッセージを読み取り、仲介し、わたしにそのことの意味を伝えている。わたしはそれを今こそ真剣に読み解き、考えなければならない。石牟礼さんもきっとそうして、ひとりひとりの魂と共感しあいたいのだろう。

かつて撮影でお世話になった吉野の山奥のおじいさんは春に雪のまだかぶる地面からそっと顔を出して咲く黄色い花の福寿草の球根を差し出しながら「春がくればルンルン気分になるよ」と告げ「都会では咲かないかもしれないけれど」とそれをわたしにプレゼントしてくれた。なぜ都会では咲かないのだろうと不思議で環境が違うからだろうと考えていたけれど、それは物理的な環境の変化によってだけではないことが、石牟礼さんの文章を読んだ今になってわかる。都会でも魂のメッセージを汲み取りながら育てる福寿草にはきっと花が咲くはずだと信じられるのだ。

第Ⅲ章「樹々は告げる」になると、石牟礼さんの中に人間世界や現世から離れて、あちらの世界のものごとや、悠久の時の流れの中や、太古の世界や、失われてしまったものなどへの、哀愁に似た想いと憧れが入り混じる。そうして石牟礼さんの魂はそれらの間を行き来するようになる。石牟礼さんが巫女的と称される所以はこのような世界観を綴られるところから来るのだろう。「汀の柳に誘われて」では宵闇の中から昔の世界に呼び入れられる石牟礼さん。「ひたひたと寄る水の音の中へ、葭むらに吹く風の中へ」と、素足も素肌も髪も、昔の水のほとりにいるような感覚を取り戻し、かつて連れ添ったであろう男に告げる。

「ほんとうに、一年たったら迎えに来てくれるんだね、お前さん」

「ああ」

無口な男は答える。

「まちっと月のよか晩に、迎えに来る」

「そんなら、蓬団子つくって待っとるね」

その世界と今を行き来する石牟礼さんという女性。それはなんてかわいらしく初々しいのだろう。その石牟礼さんの中に存在する物語をこうして読み体験するわたしはなんだかとっても幸せな気分になる。そうして初めてお会いしたときの印象がふつふつと蘇ってくる。妖艶であぶなげな人。あのとき石牟礼さんが動かれるたびに、香を焚き染めた上品な香りが漂っていた。その香りとともにわたしはうつつのまま石牟礼道子の世界にとりこまれてゆく。

石牟礼さんは「木というものに目がゆけば本能的に登ってみる子どもだった」らしいが、彼女の出逢った樹々がその寿命をまっとうし往ってしまったのではなく、人の都合によって失われてしまったことを知れば知るほどに寂寥感がおおいつくす。かつてそれら樹にはとても大切な役割があった。昔はどんなに貧しい家でも梨や柿などの実のなる樹を庭に植えたらしい。それらは自分で食すためではなく子孫に食べさせるためのものであった。そうして自然とともに生きた先祖の想いを口にするとき、大きなものに守られているような安心感を人は覚えるのだろう。そんな樹木が存在しなくなってゆく世の中に想いを馳せ、石牟礼さんから発せられている警告にわたしは再度耳を傾ける。

第Ⅳ章「花追う旅」では福江島へ〝椿〟を、甲佐岳のそばの山へ〝彼岸花〟を、鹿児島の大口の奥へ樹齢六百年と言われている〝桜〟を訪ねられる様子が収められている。どの花も石牟礼さんが会うべくして会ったという花々であるが、とくに樹齢六百年の桜への想いの中に石牟礼さんが常に考えていらっしゃるものの中枢があるように感じられてならない。「距離を拒み音を拒み、ものの近寄る気配を拒んで、あらゆる存在の奥に本源的な生命のいとなみがひっそりとある」ことを直感的に悟り、石牟礼さんはご自身を敬虔にして生きてこられた。そうして出逢った桜であるというのだから興味深い。今の世の中を見渡せば、さああれはどうだこれはどうだとゴミのような情報がごまんとある。それらに振り回されて一日を過ごす日も稀ではなくなった。むしろ振り回されていることが仕事なのだと勘違いするようになった。そんな人々の感覚が作り出すものが私たちの心を豊かになんてできる訳がない。敬虔な精神のもと現代社会を生きてきた人の紡ぐ言葉の裏には、そうはできずに生きているわたしの心を豊かにする鍵が隠されている。すべてを悲観するのではなく、身の回りにまだかすかに残されている、その豊かさへのきっかけとなる物事に目をむけ行動する。そうすればきっと世界は劇的に変化する。人間はおろかであると同時に学びの心をもつ生き物なのだ。

冒頭に記した茂道湾を二〇〇八年の夏に訪れた。そのとき海面に、ほわっと立ち上がるようにして湧き出す真水を確認できた。土地の人の話によると、珊瑚が復活してきているのだという。水俣病の発生原因を政府が発表してから五〇年。チッソが工業排水を海に流し始めてからでは八〇年近くが経った現在、人々のまさに命をかけた壮絶な争いと和解と目には見えない、語ることのできない生き様の先に、海は再生をはじめたのだ。その海に沈む夕陽は黄金色に輝いてまっすぐな光をわたしのもとに届けてくれた。そばで同じようにそれを眺めている土地の人の横顔は本当に美しかった。〝この海は世界で一番きれいなのだ〟とそのときの誰もが感じていた。

石牟礼さんの語る「常世の樹」とは、文字通り永久不変の常に変わらないものとしての樹ではあるが、「輪廻（りんね）する宇宙と呼吸をともにしている地球のシンボル」でもある。わたしの暮らす地球が様々な困難を乗り越えて、いまいちど発展の先に確かな未来を築き、真のやすらぎへと辿り着けるために石牟礼さんの凝縮されたこれらの言葉は必要であり、それらを胸に抱き生きてゆきたいと願っている。

（かわせ・なおみ／映画作家）

桜に寄せて

河瀬直美

ご縁をいただいて、『石牟礼道子全集』の第一三巻の解説を書かせていただいたのは、今から五年ほど前のことになる。この一三巻では「春の城」という作品が綴られている。これは、現在の長崎県を舞台に四〇〇年前に起こった島原の乱を描く長編歴史小説であるが、わたしは当時からある種のドキュメンタリーであると想いながら読み進んでいた。石牟礼さんは、道端の草木から当時の人々の想いを聞き取り物語に昇華する巫女のような作家である。かの有名な天草四郎に関しても歴史上の人物ではなく、ほん隣にいるひとりの少年のような心情を描写する。また、名もなき百姓の一人一人に息を吹き込み、本来ならば聞けないような心の声をわたしに届けてくれる。そんな石牟礼さんが歩いた島原の各所をわたしも歩いてみようと思い立った。まだ三歳になったばかりの息子を連れて歩いたあの日々をまるで昨日のことのように思い出す。暑い夏だった。用事もないのに、道端の日陰でぼんやりしている何人かの老人に逢った。そのとき、この人たちが今現在本当に存在している人なのかどうか明確でないような感覚に襲われた。そこに今存在していなくても、いても、そんなに関係のないことのように感じられた。それは、わたしがこの石牟礼さんの「春の城」という物語から未だ抜け出せないままに現地を訪れたからかもしれない。あまりにもリアルな人々の生き様が描かれた小説の世界が現実なのか、今目の前にあるものが現実なのか、よくわからない感覚になっていたのだと思う。それほどまでに、強烈な読書体験だった。

そんな凄まじい小説を書く石牟礼さんではあるが、お会いしたときの印象は、楚々として多くを語る人ではない。それが、わたしの心を惹きつけるのか、彼女との稀有な再会の機会には必ず何か大切なものを刻んで帰る旅となる。石牟礼さんには、いくつかのプレゼントをいただいた。「ちょっと寒いときに羽織るといいわよ」と言ってご自身が身に着けていたストールをわたしに巻きつけてくれた。そのストールは淡い紫色で、香を焚きくゆらして移ったいい匂いがして、心が安らいだ。当時子育ての真っただ中にいて、自分の時間をなかなか持てない身には、とても沁みいるプレゼントだった。また後日、「もうわたしはそんなに外には出れないから」と言って、着物が送られてきた。それが志村ふくみさんの染めたものであると知って、本当に大切なものを託していただいたのだと感じ入った。

石牟礼さんには、今年のお正月にお電話をしてみた。日々仕事にまい進するあまり、丁寧に人と接する機会を持てずにいる中で、心をあらたにした新年の初めに彼女の声を聴きたくなったのだ。なにという用事があるわけではなく、ただ繋がりあっていたいという気持ちを表現したくて。石牟礼さんは、とつとつと言葉を発せられながら、「最近はどういったものをお創りになっているのですか」と、いつもながらに相手の気持ちに寄り添う質問を投げられた。去年の冬に最愛の養母を亡くしたわたしは、その想いの中心で新作を準備している。ルーツが奄美大島にあると数年前に知ってから、ここで映画を創る日がいずれ訪れると感じていたことが動き始めたのだ。そのことを素直に石牟礼さんに語った。

奄美大島はご存じのように鹿児島県に属しているが、その文化は独自のものを形成し、永らく変わらずに継承されている。中でも民間霊媒師の方がまだ島には数百人単位で存在されていて、人々の悩みや苦しみと向き合い適切な言葉をなげかけられている。それほど多くの民間霊媒師の方、島では「神様」と呼ばれる人々が必要とされる背景には、この地に暮らす人間が今なお「神」の存在を信じ、敬虔な気持ちをもって日々を営まれていることに起因するだろう。わたしも二回、神様とお話をする機会を得たが、それぞれに特別で在り難い時間だった。神様はどんな人でも決して今の状況を正させようとはしない。悪い状況であっても、それを諭したりもしない。また、アドバイスのようなことを言うわけでもない。ただ、ものの「真理」のようなことを話される。人々は、その言葉を自分の行動と照らし合わせて、右なのか左なのかを判断する。そうしてそれは、自分の人生の最善の選択となる。人生のすべては、受け入れることから始まるのかもしれない。そんなわたしの話を石牟礼さんは受話器の向こうで一生懸命に聞いてくださっているようだった。聞き終えて、かぼそく石牟礼さんは、言った。

「なぎさに神は存在します」

彼女のつぶやきは、奄美の土地を真正面から見つめながらであったように聞こえる。

「なぎさは海と山のあわい（間）ですから」

多くを語らない彼女の言葉はわたしに多くを学ばせる。「神」という漠然とした存在を明確な物語に変えて伝えたい。きっとそれは、石牟礼さんがその作家活動の中で常に描こうとされてきた真実と近いような気がするからだ。
九年の歳月をかけて完結された『石牟礼道子全集』に寄り添い、できうればその魂を受け継ぐかのような作品を世に誕生させようと想う、早い桜の咲く二〇一三年の春である。

（かわせ・なおみ／映画作家）

海の底に陽がさして

吉増剛造

拾玉の佳篇が、きらきら、底のほうへと、緩る緩ると、わたくしたち読者の心と身体を、下げて、従れていってくれる、……石牟礼道子さんのこの本『石牟礼道子詩文コレクション３　渚』を繙くことは、あたらしい、おそらく、息の小径を発掘するながい旅路なのである。

この〝ながい旅路〟と〝息の小径〟には、深い吐息と、……どう表現をしたらよいのか、……（編集部の小枝さんと西泰志さんにおねがいをし、「締切り」というもの＝垣根か、……を、少し崩すようにして下さるようにと、……）東北を五日、七日と旅しつつ考えていた。おそらく、いまだかって、誰も、ここに、差し掛ったことのない、ここは荒蕪地、……少しく白銀の泡の立つ渚なのであって、そこに佇む、……数歩だけ歩をはこぶ、石牟礼道子の影を、肩越しに、水面に映るその影と聞こえないのに聞こえている吐息を、これらの書物のページを繰りながら、わたくしたちは目裏にしている、……。

たとえば、そんな〝聞こえない吐息〟を、聞きとってみると、こうだ、……。

〝もう、はや、「眼前の事実なり」といい添えた柳田國男さんの『遠野物語』を精読するときは、とうとう、こうして（〝こうして、……〟は、いったい、誰が零（こぼ）した、息継ぎなの、……）時代の背をみるように過ぎて行く、もう、はや、『石牟礼道子』を読むときだ、……〃と、……。わたくしは、時代の空気とみずからのそんな口頭の空気のうごきをも察知しつつ、しばらく、この本『渚』とともに、東北を旅をしていたのだった、……。

考えてみると、石牟礼さんと石牟礼さんの本のために立ち上がって来た、喩の〃ながい旅路〃と〃息（いき）の小径〃は、有明海の浜辺の人々の、……そうして、わたくしたちの身体の生命線、……（〃身体（からだ）の生命線、……〃と綴られて、書き手も驚く。文脈は、喩の方へと、書き手は導こうとしていたらしいのに、書く手は、もっと、直（じか）に、こう書いていた、……）にも接しているのだし、この奇蹟のような詩心は、淋しく、たった獨りとぼとぼと、下北の外ヶ浜まで、彷徨（さまよ）って行った、……（十三行前に、その名がここで綴れるかどうかが、ひとつの賭（かけ）だな、……と粒焼いてそっと置いた、傍点の蕪、……）蕪村さんの孤獨な歌心（うたごころ、……）も、石牟礼道子さんの肩越しの像と重ねることが出来るのだ、……。蕪村さんの名句を一つ、……と、とうとう書き留め得てはいたのだけれども、ふかい亀裂のような〃逡巡〃（「行春や逡巡として遅桜」。蕪村が漢語、漢詩を借用するときの、……なんともいえない羞かしそうな空気、……。だからだろう、彼のそんな心根を通して、この〃逡巡〃を、くっきりと覚えることになるのだけれども。それに通ずる、躊躇（ためらひ）が、石牟礼さんにもあって、そのひ（火）を読むことが、この、奇跡的な思想詩人の心を読むことなのであって、……、しかし、ブソンさんは、早（はや）審美的にしか感受されていない、……しかし、しかし、……という、そんなわたくしの〃逡巡〃をここに、……）もあったのであって、……

ここらの磯辺に棲んでいるものたちを、まず水位の上の方からあらわれてくるのを並べてみると、人の足音でもう、ころん、と岩の上から潮の中に逃げこむ〈ころんビナ（ミナ、巻貝）〉という類いのものが無数にいる。それから岩に定着している牡蠣（かき）や藤壺の類、嫁が笠の類、いそぎんちゃくの類、ミナ類にいたっては、丸いのや、田螺（たにし）形のや、尻の細長く尖ったのや、砂粒くらいのから、ほら貝くらいのまでいるのである。それから、鬼の爪、くずま、あわびの類、岩のはざまにびっしりと這入（はい）りこんで定着している紫貝、岩貝、とぐろ型の殻を持っているまがり、あこや貝、にがにし、これら岩についている貝の中では、王様と思われるいのめ貝というのがいる。

（『石牟礼道子詩文コレクション3　渚』「潮どきの磯ゆき」四一―四二頁）

この、麗しい、そして親しげな（石牟礼さんの、……）絵筆の目のようなものを、きっと、……

春雨や小磯の小貝濡るるほど　（蕪村）

と詠んだ優しく傷ついていた詩人の目にも入れてやりたいと、わたくしはわたくしの〝息（いき）の小径〟の途上（みちなか）で秘かに考へていたらしい。それにしても、どうですか石牟礼さん、思わず咄嗟に俳句に傍点を振ってしまいましたが、この〝ほど〟（〝度合い〟〝Limits〟〝時分〟、……）に籠る、……浅さ、とほさ、浮き沈みのようなもの。

さ、これで、わたくしはわたくしで、「石牟礼道子」と「石牟礼道子の海」への入門は、済まし得たのだと思うのだが、……しかし、……だが、きっと、この〝大切〟が、真の息の小径なのだ、……

わたしの大切な友人であるこの人たちは水俣病だが、……海の底に陽がさして、珊瑚たちがさざめくような笑いをなさる。笑いが本源的なのである。

（同前「潮の呼ぶ声」一〇一頁）

ここからが、深い道が、……。

ほとんど果しなく、絶えることのない、渚の波や貝たちの身振りに似て、果しなく、絶えることなく、綴って行ってもみたいし、わたくしにも、有明の友の中尾勘悟氏のこと、……〝浜が枯れる、……〟と中尾氏の口から聞いたのだったか。「しやっぱ」のこと、「有明海の海」（伊東静雄）について、石牟礼さんを読んでから、さらに深く読み返していたこと。奄美のこと。暗河のこと。降り河（ウリカー）のこと、浜下（ハマウリ）の干瀬の女性たちの姿のこと等々、語りの糸を紡いで行くと果しがないと思うのだけれども、……、この担（にな）うが、……石牟礼さんが〝息の間（あひだ）〟で、少し膨（ふく）らませ、盛り上がる小さな波頭（なみがしら）のようにして伝へて来て下さっているものだ、……こんな個処が大切なのだ、……。

……水俣病で何が辛かったかと言えば、人間との絆が切れたのが一番辛かった。制度化された人間、近代の制度の中に組み入れられてしまった人間たちに会うのが絶望のもとだった。

患者さんたちが会われたいろんなシステムの中の人たちですけど、言葉を交わしても、ちっとも話した気持にならないで、やっぱり自分たちの言葉を取り戻し、それぞれの魂の物語を取り戻す、そういうことでしか、水俣病になったということを癒されるということはない。長い間、人を恨んでばかりいるのはじつに辛いことだから、もう、どっちみち自分たちは水俣病を抱えていくんだけれども、加害者やその同調者にわかってもらおうと思って来たのも出来ない相談だった。よし全部もう自分たちで担い直そうと思う。担い直すことで、今まで接触のあった、敵と思っていた人たちも、あの人たちもそういう立場しかとれなかったわけだろうと、受難に遭ってみて初めて人間のことがようく分った。人間のことが分ったのは受難を背負った自分たちが先である。であれば許しましょうと言い始めておられまして。許しましょうと言ったって、水俣病全部、誰も責任背負ってくれる訳でもない。ならば、その責任も含めて、全部、この私たちが抱きとります、というふうなことを、そのアコウの樹の下に集ってこられておっしゃいます。

不思議にそこから、埋立地の下をくぐって波の音が聞こえるんです。ぽちゃーんぽちゃーんと、波の音が、埋立地の瓦礫の下をくぐって……海は埋立の先からどれくらいでしょうか、その埋立の泥やら瓦礫をずーっと波がくぐって来るとおっしゃるんですよ。アコウの樹の家の人と石を彫る人たちが、

「あっ、波が来よる来よる、ここまで来る」って、みんなで耳傾けて大変喜ばれるんです。波は元の渚に来ようとして、私たちはそのかそかな波の音に聴き入って。魚と一緒のようになって生きて来られた方々ですけれども、あっ、波が戻ってきよる、と、声をあげて喜ばれるんですよね。

（同前「波と樹の語ること」一三七―一三八頁）

「担い直し」「背負って」が、これが太古からのヒトの姿なのだ。それに、そして、それが、石牟礼道子の肩越し水面にかさなって、わたくしたちの目裏に映る。映る、……ばかりではない、〝戻ってきよる、……〟息が（いたいように、……）聞こえてくる。

（よします・ごうぞう／詩人）

イザイホウのころ

色川大吉

今から四半世紀も前のこと。久高島のイザイホウの祭りに石牟礼道子さんと一週間ほど行ったことがある。案内役は沖縄タイムスの新川明さんと琉球大学の関根賢治さん。十二年に一度の祭りでこれが最後になるだろうというので、小さな島は来訪者で満員。私たちは一人暮しの老漁師西銘盛三さんの家に泊めてもらうことになった。八帖間に四人の合宿、写真家の萩原秀三郎さんも合室だった。

知念半島の渡船場安座真から小さな舟で海を渡った。道子さんは外洋がはじめてらしく舟酔いし、蒼い顔をしていた。とくに荒れた日でもなかったのだが、四面を陸や島で囲まれた湖のような不知火海とは違っていた。そういえば彼女の描く海は、『椿の海の記』でもそうだが、静かな、どこか平安な、懐旧的なそれだったことに気づいた。

昭和五十三年の十二月だったが、沖縄は夜でもまだ暑い。日ごろの疲れが出たのか、男たちのいびきが凄まじい。何度寝返りを打っても寝つけない。隣りの石牟礼さんもそのようだったが、そのうち寝入ったようで、いびきをかきだした。私は一、二時間、横になったまま、この四年間の水俣調査団のことを考えていたが、寝息、歯ぎしりの合唱に耐えかねて、そっと外に出た。

久高島は平らな小さな島だ。少し歩けばすぐ浜に出られる。私はその砂地に腰をおろして対岸の沖縄本島の灯を眺める。知念半島の家々の灯だろう。水晶のネックレスのように輝やいて見える。真正面の黒い森はセイファ（斎場）の御獄だろう。この沖縄最高の聖地を石牟礼さんはまだ見ていないというので帰りに立寄ることにする。

イザイホウはこの島生まれの女が十二年ごとに三十代から四十歳までになったとき、ナンチュ（神女）の仲間入りをするための祭事である。このため島の男たち全員が奉仕し、祭りの進行の下働きをする。その神事は絵巻物のように四日間にわたって行われるが、その優雅な舞いと素朴、明朗な唱和とが、ノロの統率のもと、まことに整然と美しく進行するさまに、島の男たちをはじめ村びとたち、来訪者たちまでが魅了され、感動する。石牟礼さんも興奮状態で、何かが乗り移ったかのようにナンチュたちの所作に見ほれていた。その円舞の輪の中に一羽の蝶が舞いこんだときなど、何かの化身を感得したように身をのりだした。私は近くにいて、これは必ず彼女の作品の中に神の使いとして形象されるだろうと思った。この祭事には文化としての伝統共同体の共同性の美の精髄が感じられたし、それは日本の演劇や祝祭の根底にも認められる祖形の一つであるように思われた。

イザイホウが終わった日、また新川さんが那覇から私たちを迎えにきてくれた。そしてセイファの御獄に立寄った。この琉球王朝が公認する最高の聖地の巨岩の奥の拝所を見て、彼女がつぶやいた。「なんにもない、なんにもないのね」。その通り、聖なる場所を示す小さな石以外、なにもない。神殿もなければ神体もない。だが、私にはなんにもないどころか、拝所をかこむクバの森やサンゴ虫の死骸が固まった奇岩や密生した樹林が、息苦しいほど生命に満ち、過剰だと感じられた。私の好む精神風土ではない。私の好みは荒涼たる荒地や砂漠などの「無」の方にある。そのことを言ったら彼女に誤解されたらしい。いや、彼女の方が私に「なんにもない」の意味を誤解されたと、手紙に書いてきた。しかし、内陸アジアの砂漠に葬った石ころだけの霊所も、沖縄のウタキの石ころだけの拝所も、環境を別にすれば、なんにもない点では共通している。

那覇に戻ったら新川さんが旅館を用意してくれていた上、たまたま居合わせた仲良しの上野英信さんもよんで四人の小宴を張って下さった。酒豪ぞろいなので話がはずみ、脱線もした。私は座興に久高島で眠れなかった話をし、あなたもイビキをかきましたねと笑ったら、彼女は顔色を変えた。この人は自分はいびきとは無縁な人間だと思っていたらしい。女も中年をすぎたら、男と同じようにいびきをかくものだということを知らなかったらしい。いびきは熟睡への発端で喜ぶべきことだと思っていたのに、このひとことが彼女を傷つけてしまった。そのあと、歩けないほど酔ってしまった彼女を二階の個室にエスコートして、眠るように促したら、彼女はベッドに腰かけたままポロポロと涙をこぼして、私を責めるようにこうくり返し、つぶやいた。「ニホンの男はオナリ神をいれないんだから……」

イザイホウの後、ナンチュは家に帰って、ノロの立合いのもと、男たちの前で家の実権をにぎるオナリ神となる。そのオナリ神のことらしい。道子さんのつぶやきの最後の呪文はよく聞きとれなかったが、私は「お休みなさい」と、泣きやむのを待たずに部屋を出た。翌朝、朝食に降りていったら、上野英信さんが一人、膳の前に端然とすわっていて、笑顔で「何もなかったの」と聞いた。「ええ、何もなかったですよ……」

四人の中で、その英信さんが一番早く逝ってしまった。新川さんも大病した。今いちばん元気なのは道子さんのようだ。

（いろかわ・だいきち／歴史家）

一九七八年、沖縄でのこと

新川 明

石牟礼道子さんに初めてお会いしたのは一九七〇年代の半ばだったと思うが、正確な年月の記憶が定かでないのは老齢のゆえもあって致し方ない。ただ、沖縄に来られるたびに声をかけて頂いて、時には取材のお伴をし、車の運転手役を買って出たりしたのだが、その折りの心に残る思い出の一端を記しておきたい。

時は一九七八年、沖縄の久高島で十二年に一度の午年（うま）の旧暦十一月に、イザイホーの祭りがおこなわれた。島の女性が一定の年齢に達すると、ノロ（祝女）を頂点とする島の祭祀集団に入団する儀式である。今や祭りを司祭するノロの継承者不在などの問題もあって、この二十数年はおこなわれないままになっているが、特異な沖縄の祭祀行事のなかでももっとも神秘につつまれた祭りの一つである。

十二年後はおそらく実行できないのでは、といわれたこともあって、この年の祭りには学術調査団のほかに多くの見学者が詰めかけていた。

　この祭りに触れるために沖縄に来られた歴史家の色川大吉さんと石牟礼さんを那覇から知念村安座真の港まで車でお連れし、ここから小さい連絡船で久高島までお伴して、四日後の祭りが終わる日に安座真の港でお待ちすることを約して、私は那覇へ引き返した。航程二十分足らずの久高島行きの小舟のなかの束の間の情景は、エッセイ「陽のかなしみ」に描かれているが、私にとっても忘れ得ぬ一刻になっている。

「陽のかなしみ」のなかで石牟礼さんは書いておられる。

「舟はおおきな波に乗っていた。……波よりも舟の方が小さかったのでひどく揺れた。座っているのがやっとである。」

「不知火の海は……沖縄・八重山諸島をめぐる大洋にくらべれば、なるほど池だったのだ。」

　湖水のような不知火の海辺で育った石牟礼さんである。陸地から一キロと離れていない沖合いとはいえ、大きくうねる太平洋の波にもまれている舟は、そのまま波に呑みこまれるのではないか、という恐怖に襲われたとしても不思議ではない。

　石牟礼さんのその思いに拍車をかけたのは私の行動だった。舟が沖に出て間もなく、私は黙って狭い船室を出て艫（とも）に立ったのであるが、その私の挙動は、舟の危険を察知したための行動のように石牟礼さんの目に映ったらしいのである。

　私にとって波の大きなうねりなど気になるほどのものではなく、遠ざかっていく知念岬の奥にある琉球最高の聖地・斎場御嶽（セイファウタキ）のあたりを海上から遠望したいだけのことだったのだが、その挙動が石牟礼さんの恐怖を倍加させていたことを後で知って大いに恐縮したことである。

久高島のこの年の祭りは石牟礼さんに大きな感動を与えたようで、その見聞記も準備されて、後日刊行された学術調査団の報告書などをお送りしたりしたが、祭りの感動の大きさやテーマの深さのゆえか、なかなかまとめられないご様子であった。そしてこの折りの来沖の時、著書『椿の海の記』を署名入りで頂戴したことも忘れ難い。

この久高島行きより半年ほど前、与那国島の取材を終え、沖縄本島南部の糸満での所用のお伴をした時、ひめゆりの塔までご案内した。その時の様子も「陽のかなしみ」に書きとめられているが、柵につかまって暗い洞窟の中を身じろぎもせず見詰めつづけていた石牟礼さんの姿が今も私の瞼の奥に焼きついている。

石牟礼さんのお兄さんは、去る大戦の時、沖縄で戦死されている。そのお兄さんへの思いと、石牟礼さんと全く同世代だったひめゆりの乙女たちへ寄せる思いが重なり合ってのことと思われるが、後刻、心の平衡を崩す。

「空港まで送って下さって、氏が帰られたあと、同行者たちといて、わたしは心の失調が極まり、躰が震え口がきけなくなった。兄が戦死した頃にひろがっていたこの島の惨劇について、戦後生まれの彼女たちに話す気はなかった。その体験は口で言えたものではなかった。

『どうなさったのですか』

ひとりがそうききかけて、口をつぐんだ。よほど異様な感じになっていたとみえる。その間に飛行機が往ってしまった。荷物を乗せたまんま。」

ひめゆりの塔で、洞窟の奥の深い闇のなかから立ちのぼった霊気に触れた石牟礼さんの心は、やがて戦争にかかわるすべての想念をかきたてられて、ついには平常ではいられない状態にまで追いこまれたことを知らしめる出来事である。
一九七八年――、この年の沖縄の旅は、与那国島への取材旅行を含めて、石牟礼さんにとってとりわけ重い体験がつづいた旅だったように思う。

（あらかわ・あきら／ジャーナリスト）

心洗われる文章

川那部浩哉

とにかくどの作品をとってみても、判りやすくかつ心に沁みる美しいものばかりである。とりあえずは『常世の樹』からいくつか引いてみよう、か。
「杉の木の多い森の中に、ひときわ黒々とした樹が見える。（中略）おそるおそる近づいて分け入ってみると、通って来た道筋とは違い、あちらの迫こちらの迫から流れこんだであろう腐葉土の土盛りで成った谷間の森である。神域の中は幾重にも倒れ込んだ大木の重なりが腐蝕して土を覆い、草の下はよほどに肥沃らしくて、杉の芽立ち子などがびっしりと密生し、ふわふわと盛り上った絨緞のような地面には、名も知らぬ苔の類が、海底の草のようにしずまっている。」

「雲の中はほの暗く、苔におおわれた湿潤な沢に這入りこんだ。そこは人間界とはあきらかにことなる濃密な生命たちの山であった。樹々たちは巨大な生物で、わたしたちは昆虫じみて小さかった。息を呑むばかりの思いがするのは、ここの杉が一本残らずと云ってよいほど、山ぐるまの樹と抱き合い共生しているさまである。それはもっとも根源的な性そのものにも見える。」…

「常世の樹、と書きつけるとき、わたしの生理感覚を云えば、輪廻する宇宙と呼吸をともにしている地球のシンボル、それが常世の樹だという感じがある」と書き、「生類たちは遙かなあの根源から。全き生命として甦えらねばならない」と述べ、そして「自分の住むべき木を、わたしはこれから探す気でいる」、と記す石牟礼さんである。さらに、「樹に逢いにゆく旅は、人に逢う旅であることを思いみる」とも、「人が化けるのはいろいろ見て来たが、樹齢を重ねた樹が神になるのに逢いたくて（中略）詣でた」ともある。

私は七年ほど前、「このような題材に全く興味のなかった人物にまで、一度読み始めると最後まで、ぐいぐいと引っ張って、読み通させる力を持っている。文芸雑誌を毎月斜め読みすると、こう言う見事な文章を書ける人の、今や殆どいないのに気付く」などと、おこがましくも書きつけたのを、いま恥ずかしく顧みる。思い直せば、『苦海浄土』や『アニマの鳥』はもとより、『あやとりの記』も『おえん遊行』も『十六夜橋』も、樹々や生きものへのこのような想いそのままに、「重い詠嘆を切り捨てて、「おおらかさで語られ」ているもの。いやむしろ、読者を遠いところまで連れ出してしまうような見事な文章でしか、ものを書けないのが石牟礼さんだ、との気さえする。

新潟水俣病裁判でほんの少しお手伝いしたのを、どこからか聞いて下さって、『苦海浄土』の英訳版の出版記念会に招いて頂き、お目にかかったのが最初だった、と記憶する。

長文のお手紙まで付けて送って頂いた『天湖』は、三十年ほど前に水没した村へ東京から祖父の灰を蒔きに来た青年が、その家に「奉公」していた老女とその娘に、夢うつつのように逢うことから始まる。球磨川上流の市房ダムを場所に選んだものながら、今もまだ作る・作らないで揉めている、同じ川筋の川辺川ダムを意識して書かれたものだと、私はひそかに確信している。先ほど読み直し始めて、その最初のほうにこうあるのに改めて気付いた。「都市の、(中略)無秩序な不協和音とはまるで違う植物界のやわらかい呼吸があった。それは非常に入り組んでいながら、ととのった宇宙的諧律のもとに、地上と地下とが、ひとつの森のような馬酔木の木の奥で、呼び交わしていたのである。」そして、「人間のかわりに(中略)天底村のしるし木が、人柱になりました」「じゃあ桜は、村が沈む前に切られたのですか」「切られました。けれども、春のおぼろ月夜には満開でございます。水中花の満開で」。常世の樹への思いは、具体的にも貫かれているのだ。

新作能『不知火』は、戯曲として読んだばかりで、いずれの公演にも参加することはできなかった。謡本は見慣れているものの能には詳しくない眼には、いくらか変格的かともしばらく思ったが、演じられればそれが逆に、いっそうすばらしいものになったに違いないと想像している。それと言うのが、ここしばらく雑誌『環』の大尾を飾っている石牟礼さんの字余りの句が、「これこそ真実」と思わせるものだからだ。むかし数回聞いた野口兼資さんの「難声」が、舞台にかかれば「この発声こそが正しい」と幼心にも感じさせたのに似ると言えば、あるいは失礼になるだろうか。

青い罌粟（けし）まならうらにふるえつつ睡（ねむ）りけり
坂道をゆく夢亡母（はは）とはだしにて
水底（みなそこ）は洞（うろ）のあたりや紅（べに）ほおずき
湖底より仰ぐ神楽の袖ひらひら
ダムの底の川盲（めし）いいてとろとろと
わが湖（うみ）の破魔鏡爆裂す劣化ウランとか
ささくれて折れし木の声ここは結界
花びらも蝶も猫の相手してこの幾日

（かわなべ・ひろや／滋賀県立琵琶湖博物館館長）

可憐な作品群——荒ぶれた心 *bleakness* をこえて

三砂ちづる

南緯三度、熱帯ブラジルでくらしていた家に、その気候にあっては、まっすぐには育たぬような木を使って、なんとかできた、といった風情の、本を置くにはおおよそそぐわぬ「本棚」があった。それもそのはず、そこではたしかにそのような「棚」は、「本棚」とはよばれておらず、プラチレイラ、つまり「皿を置く場所」と呼ばれていた。そういった棚はたくさん作られるのではあるが、「皿を置く棚」なのである。本を使って学びを重ねてきた、とおおむね信じていたわたしには、どこから見ても本棚にしか見えないその棚。しかし、本、というものは、まだ棚に並ぶほど、人の家には侵食しておらず、絶え間ないおしゃべりが、本のかわりをしているような、ブラジル、ノルデステ（北東部）なのであった。

来る日も来る日も同じ時間に日が昇り、同じ時間に日は沈み、月に一度、満月は水平線からあらわれる。マンゴーの樹は分厚く深い緑をたたえ、広く涼しく気持ちのよい木陰をつくる。しかし、ゆめゆめその木陰に、動物の小屋や、人間の居場所をつくってはいけない。赤く、濃厚なマンゴーの実に、いのちを吸い取られる。カシューやマンゴーの実の濃密な原色は、たしかにいのちの凝縮のよう。日々、三〇度をこえる中、海辺や水辺はありがたく、子どもたちはさながら両生類のように育つ。そういうところで、ゆらゆらとおさなごらを育てながら十年近い人生をすごしてしまい、自分の選んだこととはいえ、まったく日本語というものと離れたくらしをし、日本語を書く、ということからも、話すということからもおおよそ遠くにきてしまい、世の中のコンピューターが日本語で入力できるようになっている、ということすら、わたしは知らないでいた。

そのような日常にあって、本来なら皿がおかれるべき棚、プラチレイラに、『苦海浄土』をおいていた。ほかに覚えているような本はなかった。雑誌や、英語の本や、ポルトガル語の本や、いくつかの専門書。それらに混じえて、なぜ『苦海浄土』だけは、手元に置き、すぐ見えるような「皿を置く棚」に置いたのか、理性的な理由はいまも見つけることはできない。わたしにとって、長い間、みずからが育ってきた土地と、心のよりどころであるはずの「日本語」の、『苦海浄土』はその象徴であった。簡単に言えば、石牟礼道子さん、とはわたしにとって心を焦がすほどの憧れと、思いを、一方的に地球の裏から注いでいた方なのであり、それにも明確な理由がない。ただもう、大好きだった、としかいいようがない。大変な社会事象、つまり水俣をめぐるあれこれ、が素材になっていながら、それはただ、めまいがするほどに美しい言葉で紡がれたなつかしい世界であり、異国で根を失いそうになるわたしの魂を、地球の裏へと遠い錨をのばし、つなぎとめてくれるもの、であった。そんな作品を書いてくださったことに、感謝、以外の言葉をみつけることができない。

そのような石牟礼さんの作品群の解説を書かせていただくとは、これはもう、それだけで、なんという大それた、恥ずかしいことであろう。可憐な美しい短篇小説群を前にして、自らの情けなさとだらしのなさに、あきれてしまう。しかし、遠い遠い地球の裏で、わたしの魂を支えてくださった方に、感謝の思いはあふれるほどにあり、わたしに資格があるとすれば、ただもう、その一点だけなのである。

いつのころからだろう。ひとりひとりの心は荒ぶれていった、と思う。*bleakness* と言う英語の単語が、大変似合う。荒ぶれた、すさんだ心。それはいつの時代にも、どこにでもみうけられた、人間の心のありようだった。でも、人間というものは、もともと人生をかけて、その荒ぶれた心を制することをこそ、美しいと思い、それをめざしてきたのではなかったか。どこでも。ほんとうに、どこでも。文化の違い、とかそういうものでもなく。なぜなら、自らの荒ぶれた心を制して生きることこそが、地道な日々の生活を、食や住まいを整えていくことにつながり、それがおそらくは人の歴史をつなげていくこと、簡単に言えば、自分のいのちを次の代につなげることなのだ、と、わかっていたから。荒ぶれては生きられないのだ、生き延びられないのだ、ということを知っていたから、だと思う。

ところが、わたしたちの内なる荒ぶれた心は、いつもそこにあって、いつの時代にもすきをみてはわたしたちを侵食する。グローバリゼーションとか、近代というものが、とか、工業化をとげていく社会が、とかそういういかにもおそろしげなことではないことこそがおそろしい。それは、耳障りよく、また、胸を勇ませ、はずませる。それは人民のための革命だったり、宗教への陶酔だったり、女性解放運動だったり、さまざまな新しい思想だったり、あるいはもっとかんたんに、より豊かな暮らしへの消費文化への誘いだったりする。おそろしげなことではなく、こころはずませることなのである。政治的な激情、とか、ロマンチックな芸術への傾倒とか、学問への献身とか、エロスの法悦とか、そういうものは荒ぶれる心と一見対峙するように見えて、実はひっそりと裏表であったりする。荒ぶれない心は、静かにあちらとこちらの間を行き来し、そのあわいにいのちを得、来る日も来る日も重ねる同じ生活のあれこれの積み重ねのうちに、生き延びる。残念ながら、激情や情熱に身を任せることとは、反対のところにあるのだ。

そんなふうに、〝荒ぶれる心〟からの誘惑にさらされていても、女たちの心は、産み育てる、という太古からの営みをからだで受け止め、とらえてきたから、あるいは、そうでなければならなかったから、そんなに荒ぶれはしないはずであった。女が、食の基本をおさえて、しっかりといのちを支えていたから、荒ぶれようにも荒ぶれられなかった。自らの腕で眠る男は、気の毒なくらいおびえていたから、女が荒ぶれるわけにはいかなかった。おさなごの手をひいて地面をながめ、花をみつけ、そして、空をみあげるから、荒ぶれなかった。そのはずであった。

そのはずだったのに、世紀がかわってわたしがもどってきた日本では、女の心はたいそう荒ぶれていた。年を重ねた女性たちは、何でも受け止めてくれるものではなかったか。おばあちゃん、と言うやさしい響きは、過去のものとなり、おばあちゃんはおばあちゃんと呼ばれることをきらい、厳しい母のように孫を叱っている姿を何回も見た。母のほうも、まだ言葉もはっきりとは発せられないような、やっと歩き始めたくらいの幼児に、論理的にせっせと小言を言い続けているのを、続けて見た。あれは偶然だったのだろうか。女は確かに社会進出をずいぶん果たしていたし、理不尽といわれた差別も少なくなっていたが、この荒ぶれようはなんだろう。しかたがない、ということらしい。女だけが、別に荒ぶれない心を支えなくてもよい、と自分たちも周囲も、思ったからこのようになったらしい、ということが日を経るにつれ、わたしにも理解されてきた。

それは本当にいつごろからだったのだろう。こんなに荒ぶれてしまったのは。今となっては、もう、いつごろから始まったのかさえ、思いだすことができなくなっている。八〇年代後半からの約一五年間の日本をわたし自身はほとんど知らずにいた。この国は、多くの面でさらに進歩を遂げてはいたが、ひとりひとりの荒ぶれたようすは、いっそうその程度を増しているように見えた。〝バブル〟とよばれる時期のあれこれの、人の心に加速した何か、というものの重みを感じたのは、ずっとあとのことである。

石牟礼道子さんの短篇群にでてくる女たちは、細やかでやさしく、おだやかで、受容性に富み、心はすさんだり、荒ぶれたりしていない。ふわふわと、力などおおよそなさそうである「わたし」が、猫嶽や、おしらさまのスープや、エエグヮッチョ殿や、女の洗い髪のようなたてがみをもつ、かなしみ科の馬らくだ、のゆきかう世界に漂っている。「雁さん」や「ろくろう先生」や「編集さん」は、そのままにまに、思い出したように顔を出し、その世界と違和感のない言葉を残して、いつのまにやら消えている。殺された女郎さん、殺した中学生の兄さん、犯罪者と呼ばれる兄さんの弟、その弟に心寄せる「わたし」……。「この世の表が綻びて、中味というか奥の方がちらちら見えるところ」(「七夕」『石牟礼道子全集第一四巻　短篇小説・批評』五一一頁)、そのあわいに、この方は、いともかんたんに行っては戻り、戻っては行き、なさっているのである。

「ユルペリ小母さん」という小篇を、とりわけ忘れることができない。なんと〝ユル・ブリンナー〟のような頭をして、ペリカンのような鼻と唇をしているから、ユルペリ小母さんなのである。ユルペリ小母さんの家は母子家庭で、小母さんはもちろん仕事をもって子どもたちを育てている。仕事は、商売と娼婦。「男たちや人間を全部吸い込んで来た」目の光を宿している。「緑色がかった、底に妖光を湛えた、不透明な深い沼のような青みどろの目」。長い間、女のからだをつかって商売をやってきた人に特有の、脂のつき方と体型。「わたし」はこの子どもたちに長崎チャンポンをつくるために、その家の台所にたっている。そこにやってくるのは、親切と共産党をセールスしている、セールス女史で、母子家庭の兄妹に親切を売り込もうという魂胆なのであるが、妹はアマゾンのピンクイルカのような悩ましい体つきのイルカになって泳いでおり、兄は黒い中学校の制服を着たまま、憂悶をただよわせて、妹を見守る。セールスの文言はおそらく、彼らに届いては、いまい。

ユルペリ小母さんは、「自分が見せものであることがむしろ自慢のようなシナ」をつくって、「わたし」に視線を送りながら、客寄せの歌をうたう。今、ユルペリ小母さんは娼婦をやっているのではなく、もうひとつの商売のほう、魚の小売をしているのである。客に対して親身になって魚を売り終えた後、羽魚やブリの胃袋や腸を土手の上に広げて、ペリカンくちばしをつかって、「クヮスクヮスクヮス」という音をさせながら噛み砕き、押し広げて、子どもたちに食べさせる。よってくる子どもたちは、ピンクイルカの妹と学生服の兄ではなく、やせた猫ザルや、顔は人間、からだはふくろう、といったよたよたした五、六人であり、彼らをユルペリ小母さんは、いとも母性的なまなざしでつつむ。彼女がふと、右手を「壺担ぎのポーズにしたとたん」、赤い彼岸花が花を下にして降りてくる……。こどもたちに、「お母さんに替わって飛んでお行き」、と言うユルペリ小母さん……。

わたしは泣きそうになる。

この、あちらともこちらともいえない、あわいの世界に、荒ぶれない魂がつなぎとめられてゆく。ふしぎな、ふしぎな、思いがする。閉じることのない物語が、そこに開かれ、ひっそりと提示されている。

心が荒ぶれると、眠らなくなる。眠れなくなることもあるが、それより先に、眠らなくなる、と思う。現代の人は、眠らなくなった。わたしたちは、あまりにも忙しくて、いったい何に忙しいのだかわからないのだけれど忙しくて、駆り立てられていて、やらなければならないことが多すぎる。あるいは、多すぎる、と思っている。時間が足りなくなる。足りなくなった時間は、睡眠時間をけずることでまかなわれる。それはそんなにむずかしくない。夜はいつまでも光に満ちて煌々と明るく、テレビは一晩中番組を続け、コンピューターを開けばインターネットがいつでも誰をも世界の情報の海に連れ出してゆく。そうやって、わたしたちは眠らなくなる。日没とともに眠り、夜明けとともに起きる、そんな生活からくらべると、わたしたちは本当に眠らなくなった。睡眠時間をけずっても、何とかやっていける人はたくさんいる。つまり、少々睡眠時間が短くても生きていける。三、四時間の睡眠で大丈夫、などと言う人もいるし、毎日五時間くらいしか寝ない人もいる。

わたしはこれを荒ぶれた生活、と思う。なぜなら、睡眠時間が少ないと、ただ、眠ってしまう。深く眠り、夢も見ない。長く眠っているときに訪れる、とろとろと、あちらの世界とこちらの世界の間にいるかのような、時間がもてなくなる。思えば、創造性、というものは、その、あちらの世界とこちらの世界のあわいからやってくる。そこに、真実もあれば嘘もあり、哀しみもあれば喜びもある。なにもかもが混沌として、何が何で、どちらがどちらなのかもわからない世界。そこでは、母性あふれるユルペリ小母さんが、クヮスクヮスと魚の内臓を噛み砕き、押し広げ、こどもたちに食べさせている。おそらくはわたしたちは、そういうものがなくても、生きてはいけるが、大変に荒ぶれて生きることとなる。

石牟礼さんのこの可憐な短篇群では、長く長く眠ったときに、誰にでも訪れる、あの夢ともうつつともしれない、不思議な世界が、これでもか、これでもか、と繰り返される。こちら側で生きることはとてもつらい、でも、まだあちらに行くことはできない。あちらに行くためには、時が満ちなければならないから。あちらには行けないけれど、こちらにいるのもつらい。あちらに行ってしまったら、戻ってこれない。それでは、どこに行くこともできないではないか。生きていくことはできないではないか。それでも、今は生きよ、といわずにはいられない。このあちらとこちらのあわいの世界、輪廻や変化の世界につなぎとめられながら、今を生きることはそう悪くないから。そのように語りかけられているような気がする。

石牟礼さんはもちろん、文学のいかにあるべきか、とか、自らが書くことについて、どのようにあるべきか、とか声高にはおっしゃらないし、お書きにならない。だからこそ、この豊富に残された人物評や作品評のはしばしに、石牟礼さん自身の言葉としてあらわされる、あるいは評される人物や作品の言葉として示されるあれこれに、石牟礼さんの思いをみつけることは大きな励ましと喜びである。

「父は云っておりました。『字いのなんのぺらちゃら読む奴どもに、生きとる人間の魂が読めるか』」（「林竹二さん」『石牟礼道子全集第一四巻　短篇小説・批評』二一一頁）

このような人間ばかりが増え（もちろん、わたくしもその仲間である）、尊ばれ、力を持ち、ちいさきもの、ちいさなことがらに宿る人間の魂の行方など誰も気にすることができなくなってしまった。それはたとえば、食べる、という営みの惨さを身にしみながら食べる、ということ。食べる、ということは他のいのちをいただくということで、自分の生活し、足の届くいくばくかの距離のうちに生きるほかのいのちを自分のものにさせていただく、ということ、そういうことを忘れることである。「生きるということのかなしさを知っている者の含羞」、「人間性の可憐さへのあこがれ」、上野英信氏にささげられた言葉や、「知性ということは自己の含羞のようなものに殉じること」、八田昭男に手向けられた言葉を、忘れることである。

「平安文学の昔から文学とは、光よりは多く闇に、この世の陰影の方に宿って灯る営みだと私は思うものです」（「野呂邦暢――いま何を書くべきか」『石牟礼道子全集第一四巻　短篇小説・批評』一四〇頁）。ならば、文学の灯火は、掲げられなければならない。気持ちが清々としてゆく。そのような、あちらとこちらのあわいの物語群、生きた言葉の繰り返される人物評・作品評である。

「前近代の世界で達成されたもっともすぐれた精神をもって近代を切り開くのでなければ、近代精神とはついに根なし草であろう」と言う林竹二氏の言葉に、「まことに覚つかない直感ながら、視点がびしりと据えられた、もう定まった」と感じる石牟礼さん。「前近代の世界で達成されたもっともすぐれたもの」はあちらの世界とこちらの世界のあわいにありて、今もわたしを呼ぶ。忘れそうになれば、この可憐な作品群が、おそらくはわたしを呼び戻してくれるであろう。ありがたい出会いの作品群である。

（みさご・ちづる／津田塾大学教員）

故郷へ、母への想いは永遠に……

米良美一

ある日私のもとへ執筆の依頼が来た。

作品解説をお願いしたいということなのだが、真の文学者でもなければ、今のところ文筆家と呼べるわけでもない。本来歌うことを生業としている私が、著名で高名な作家先生のお書きになられた作品を、「あーだのこーだの」論じれるほど熟してはおらず、正直なところ自信も無い。そして大変恥かしながら、まだまだ不勉強な私は、この度初めて石牟礼道子先生のお書きになられた作品に、その文章に触れさせていただくこととなった。

「しかし、何故ボクに？」

白羽の矢が立てられたことを不思議に思いながらも、手元に届けられたホヤホヤのゲラを恐る恐る、静かにめくった。しかし、作品を先へ先へと読み進めるうちに、そうした気後れや思い煩い気味だった気分は何処へやら。時間も場所も、幾重にも連なる山々をも越えて、ズンズンとその世界に引き込まれていった。驚いたことに、そこへ書かれた大変詩的な文章は、まるで情感あふれる楽曲の名旋律のように、美しい抑揚を備えた音楽のフレーズのように、私を感じさせるのだ。流れといい、切れといい、テンポといい、いつもの大好きな歌曲を口ずさむかの如く、非常にメロディアスに思える文面に、私は小気味よく調子をつけて読み耽った。そうしたことからも、やはり素晴らしいと評されるものは、どんなジャンルのものであれ、一切がよどむこと無く、冴えとか勢いとかを持っているということに、あらためていたく納得させられたのだった。それから、天草を舞台とした数々のエピソードが、同じ九州に生まれ育った私の魂へ、直球でいくつもの大きな共感を打ち込んで、何とも形容しがたいぬくもりと懐かしさに、私の胸はやさしく震えた。

育った時代も環境も、それぞれ違った条件のもとに生かされていたにもかかわらず、石牟礼先生のお書きになられた回顧の記述の中に、純朴であった私も確かに見ていたセピア色の情景を豊かに思い起こし、同じ匂いの中で幾度となく熱く浸った。それが単純に同郷だからとか同じような文化圏に生きたからなどという、現実的な身内意識や贔屓目ではない。よりもっと純粋で深い、高次の感受性の一致を、一方的かもしれないが私は強く感じているのだ。

石牟礼先生の作品と、「米良美一」と言う人間を結びつけたのは、「母」そして「故郷」という二つのキーワード。もちろんこれらのテーマは、きっとすべての人にとって普遍的な原点であり、それぞれの淡い思いを惹き付けるものであろう。

私は舞台で「ヨイトマケの唄」という作品を大切に歌っている。この唄は昭和四十年に発表された、美輪明宏さんご自身の作詞・作曲による名曲で、ご本人はもちろんのこと、多くのミュージシャンや歌手にもリスペクトされ今もなお歌い継がれている。

九州は宮崎の山間部で生まれ育った私は、山仕事や土木工事などの辛い肉体労働に耐え続けた、至極慎ましい両親のもので育てられた。

母は男衆に混じって工事現場や野良仕事をこなし、生まれつき病弱だった私のことを気遣いながらも、ひたすらに働き続けた。質素な生活の中での、こうした体験や鮮明な記憶から、「ヨイトマケの唄」は私にとって全く嘘偽りの無い、真実としての表現ができる、我が魂の叫びのような歌なのである。

そうした流れからも「母」をテーマとした作品集へのご縁を頂戴したという事実を前に、私は何か、目には見えない大いなる力や導きを感じずにはいられない。


『石牟礼道子詩文コレクション7　母』の中に収められている素晴らしき珠玉の作品には、活きのいい天草弁が沢山登場するわけだが、それらは本当に陽気で、素朴さとそして、どことなく奥ゆかしさもあって……。私の生まれ育った田舎訛りとは多少異なる表現の違いはあるにせよ、十分にその意味や含みを理解できるあたりは、同じ九州者（もん）同士の誼（よし）みにあるのかもしれない。むしろ所変われば品変わるで、言葉もニュアンスも微妙に違うもんだなあと、顔が思わずほころびながらも、なんだか頻りに感心したのだった。

数々の食べ物にまつわるくだりは実に細かくなめらかで、季節を通しての人々の生活の様子と共に見事に描写され、しきたりや慣習を織り交ぜながら鮮やかに書き綴られている。

とびきり食いしん坊の私は、たびたび作品の中のエピソードに現れる少女みっちん（幼いころの石牟礼先生のニックネーム⁉）と一緒になって生唾をゴックンしながら、次から次に登場してくる九州の味、天草の味に、にんまりと想い膨らます楽しみを、たっぷりと戴いたのだった。

すべてをしっかりと読み遂げた後の私は、満遍無い充足感と幸福感にほっこりしながら、胸の内に限りなく拡がりくる、在りし日の懐しい風景や思いの丈を、心の底から存分に楽しんだ。

九州の人々の大らかな性質、耳に残る朗らかな笑い声、生活の中から生まれ出る音や匂いや肌ざわり、それから大自然が創り出した掛け替えのない色合いに至るまで、そのどれもが愛おしく、そこにはキラキラとした生命の輝きがあふれていた。

石牟礼作品に描かれているこうした光景や心情は、遠く忘却の彼方へ追いやられていた、私の無邪気な童心を、再び思い出させてくれるものだった。

そしてすっかり大人になってしまったうすらすすけた心さえも、優しく拭われ、揉みほぐされ、慰められていく。それはまるで、母親のぬくもりに抱かれた幼子のように……。

（めら・よしかず／歌手）

世界の根本に立っていた人

小池昌代

『石牟礼道子詩文コレクション6　父』には、石牟礼道子さんの、実に魅力あるお父さまが登場する。わたしとは、もちろん血のつながりもない他人様の父上だ。けれど読んでいくにしたがって、この「父」のなかに、幾億人もの父が重なって見え、そうして自分もまた、この父につながる、娘の一人であるのだという気分になる。

ちなみにわたしの両親はまだ生きていて、父は今年八十になった。離れて暮らしているが、町中で、ときおり、親によく似たひとを見かけ、はっとすることがある。より正確なところを記せば、父に似たひとはまれで、母に似たひとは非常に多い。男のひとは、年老いてもいつまでも個人だが、女のひとは、年老いると、どのひとも、どこかしらが似てくる。そういう意味で集団的だと思う。ともかく、そういうとき、何とも言えない気分になる。親不孝をしているので、まず、身が縮まる。そうして、不自由はしていないかなと、親のことが子のように案じられる。普段はけろりと忘れているくせに。

そういうもろもろを気づかせるために、似たひとが目の前に現れたような気がするので、そのひとのことを、「仏」のように感じたりする。親が生きていても、このように思うのだから、もし死んで、この世にいなかったら、感慨はいっそう深いことだろう。

石牟礼道子さんの書いた文章を読んでいると、実にしばしば、源のところに触った感じを受けるが、彼女の根本には、この父がいた。その事実にこの巻を読むと幾度もつきあたる。まぎれもない石牟礼道子個人の父であるが、文章の力は、個人を超えて、かつての日本にこのような人間が生きていたのだという、石のように確かな事実にまで読者を連れていく。

父上は、天草の海の潮で洗われたような、すがすがしい魂の持ち主だった。まことに一家の主であった。石工として、貧しくもりっぱに生をまっとうし、感情豊かに人や生き物とつきあい、お酒をしこたま飲み、歌えば音痴、なんでも自分の手で作った。住む家まで。

わたしは石牟礼さんにお目にかかったことはない。けれど頭のなかに、いつしか、石牟礼道子とは、こんな女人に違いないという、ひとつのイメージがかたちづくられるようになっていた。どういうわけか、それは海沿いの町の路地を、一心に歩く幼女の姿なのである。

わたしはいくつかの本で、この作家の顔写真を見ていた。歳月を重ね、熟した笑顔の、とても魅力のある面貌だった。それでもなお、じっと見ていると、そのなかから、幼女の面影がぽんと飛び出す。いやきっと、話は逆であって、歳を重ねたからこそ、存在から、そういう芯のようなものが、いよいよしみだしてくるのかもしれない。そして、そのような幼女を、そのまま心に住み着かせていられたのは、もしかしたら、このように力強い父親が存在し、彼女を全身全力で（いまも）見守っているから、なのかもしれない。

わたしはここに集められた文章を、最初に旅先のインド・コルカタで読んだ。インドの旅のあいだじゅう、かたわらに石牟礼道子の文章があった。読んでは揺さぶられ、ぼうぼうと泣いた。

コルカタに行ったのは、そこで生きる人々をテレビ映像に収めるためであった。なかには豊かな家族もあったが、ほとんどは貧しく、いかに食べるかが先決問題。狭い空間に、大家族が、体を寄せ合って明るく生きていた。みな、手を使ってものを作り、壊れても修理して使い続ける。

わたしたちは、そんな彼らの家にずかずかと侵入していった。わたしは何をやっているのだろう、と思った。仕事とはいえ、何をやっているのだろう、と。せっかく井戸からくみ上げてくれた水も、一生懸命つくってくれた食事も、下痢が怖くて、手がつけらない。申し訳なく、哀しかった（結局、食べて下痢になったが、何をしても、下痢はするのだ）。

ところが彼らは、そんなわたしの杞憂を理解せず、来てくれただけでうれしいという。そうしていっそう、うちにも来てくれ、家族に会ってくれと、わたしの手をひっぱるのである。コルカタのインド人と天草の人々が、次第に重なり合っていった。

たとえば、「あいた、ころがりに来た。ここがいちばん極楽じゃ」そう言って、遊びにきていたという、近所の小母さんのこと。石牟礼さんが仕事で東京へ出、留守にしがちの家へ来ては、「母の無聊を慰めてくださっていた」というそのひとは、癌の末期であったという。

「じっさいに躰がしんどくて、挨拶がすむより早く、古畳の上に寝ころがられる」。すると、お母さんのほうも、「まあ、早う、長うになりなはりまっせ」といって迎える。光の射す光景である。死が目前に迫る人が、他者をなお慰めに来る。迎え入れるお母さんにも、こわばったところは少しもない。人を迎えるその態度で、死を受け入れる人々なのだ。

ちなみにこのエッセイには、石牟礼道子のキーワードとも言うべき、「世界の根本」というタイトルがついている。みっちんが小学校三年生のとき、石工の父は、廃材を使って家を建てた。そのとき、水平秤で土地の傾きを調べたのだが、そこに立ち会ったみっちんに父は言う。

「家だけじゃなか、なんによらず、基礎打ちというものが大切ぞ。基礎というものは、出来上ってしまえば隠れこんで、素人の目にはよう見えん。しかし、物事の基礎の、最初の杭をどこに据えるか、どのように打つか。世界の根本を据えるのとおんなじぞ。おろそかに据えれば、一切は成り立たん。覚えておこうぞ」

読んだ者の胸に、水のようにしみこむことばである。そうして建てられたこの家には、多くの水俣病支援者たちが泊まったという。しかし崩壊は早く、父も病いに。仕事の需要もなくなるなどして、家はついに解体へ。「……小学三年に返ったわたしは、かのとき父が水平秤を置いた地面に幾夜もかがみこみ、人の世の成り立ちの根本について、亡き父と対話したことだった」と書いている。

この更地の地面の感触ほど、深い感慨を、読者の胸に運ぶものはない。かつて生き、そこに在ったもの。失われた亡き者たち、モノら、風景を、この作家は、全力の想像力で現前に呼び戻し、ここにあらしめようとするのである。わたしはそれを鎮魂と呼びたいが、それにしても鎮魂とは、なんとはげしい作業だろう。

この巻には、父ばかりでなく、父の周囲にいて、「みっちん」に、はっきりとした生の痕跡を残し、この世から去っていった様々な人々のことも書き付けられてある。石牟礼さんは、ものすごい集中力で、でも決して力むことのない、柔らかく濁りのない視線で、その、ここにいない人、ここにいないものたちを、呼び寄せる。

忘れられない話が多いが、なかでも、幼いころ、石牟礼さんの生活に、ひときわの鮮やかさで存在していた淫売の女性たちの話は哀切だ。あるとき、「ぽんた」という若い女郎が、まだ中学生だった男の客に刺殺されるという事件がおこる。凄惨な事件現場を、石牟礼さんは、たんたんと記憶のなかからつむいでいくが、それを見て書いているのも、石牟礼道子のなかの幼女「みっちん」だろう。

亡くなったぽんたは解剖されることになり、誰もがいやがるなか、立ち会いに立ったのは、みっちんの父。解剖医は、「これほど美しか、立派なよか肺を持っとる娘は、見たこた無かち」と言ったという。天草のことばは、歳月を飛び越えて、生々しくわたしたちに、その場所のその瞬間を運んでくる。

「おもかさま」の存在も、忘れられない。盲目の老狂女、みっちんの祖母のことである。母の母であるこのひとを、義理の息子にあたる、みっちんの父は、終生、大切にあつかった。天草に暮らす人々は、異形の者を、排除することなく、いたわりながら、ともに暮らしたことがわかる（これもまた、わたしがコルカタで見た風景だった）。

天草では、自分たちを「正気人」と言い、気ちがいの方に、殿をつけて「神経殿（どん）」といったとある。人間が、弱さや障害を抱えた人間と、どのようにかかわり合って生きていたか。この本を読んでいると、そのことが、ことば一つから、見えてくるのだ。

「父」がなくなった、そのあとの風景も、哀しみ深くユーモラスだ。実の兄貴に死なれたよりもきつかと言って泣く人に、「貰い泣きした」という妻（石牟礼さんの母）は、夫亡き後、自分の生年月日も知らず、すべては父が把握していたからといって周囲を唖然とさせる。

わたしにはよくわかるような気がする。母は静かであたたかい混沌だ。その混沌のなかへ、生きる厳しさや明晰さ、論理性そして大いなる矛盾をもたらしたのは、父という、その存在であったろう。

読み終えて、わたしは死者のてのひらから、熾火（おきび）のような、生（せい）のぬくもりを押し当てられたような気がしている。

ここに集められた文章に出会ったことを、わたしは稀有な幸福に思う。

（こいけ・まさよ／詩人・小説家）

女は末席に

最首 悟

一九七六年、四番目の子ども、星子が生まれた。このときの衝撃は、いま、言葉にすれば、「サブ」であることの直観、というようなことになる。男はついに間接的であって、直接的になろうとすると、死が登場する、ということである。「いのち」とは「続く」である。「続く」ことが本質であり、目的である。中原中也の絶唱、「目的もない僕だけど、希望は胸に高鳴っていた」は「いのち」にせまって、「続く」ことがすなわち希望であることを言い当てている。そして男は「続く」において「サブ」であり、間接的であることの哀しみが、いやおうなく、にじみ出てきてしまうのだ。

女は母から生まれ母になる「続く性」である。男は母から生まれ、女を通じて子を残すしかない「依存する性」である。女は敵だという男の思いの根本はここにあって、その恨みは一方で女をおとしめ、一方で女の力を借りないで子どもを産む人工生殖にうつつをぬかすことで晴らす、ということになる。その前段階に科学技術と機械生産にかける男の熱狂がある。スポーツ、冒険、ものづくり、学問、芸術などすべて「子を産む」ことから疎外された、男の「産む」あがきとして位置づけられる。

「男と女がいるのであって、人間などはいない」。イワン・イリッチのこの言葉は第二の衝撃だった。

「サブ」ゆえに、人間という定義を設定して、自らを普遍に位置づけたい男は、それでもって疎外から免れたわけではないのだ。そうではなくて、「サブのサブであればこそ」にオリエンテートする、サブであることの自覚を徹底する、メインあってのサブの役割をはたす、それがイリッチのメッセージである。

自分で食べない、自分で排泄の始末をしない、目が見えず、ものを言わない星子の生まれたことが、どうしてサブとしての男の存在規定につながるかについては、すこしばかり多言を要するのであるが、ここでは、七七年の石牟礼道子さんとの出会いが欠かせないものであった、ということを記したい。なんと呼んだらいいのか、石牟礼道子さんと呼ぶのもふさわしくない。でもとりあえずそう呼ぶことにする。石牟礼道子さんの目はどこを見ているのか分からない。星子はガラス体白濁でモジリアニの描く女の目のようになっていて、どこを見ているのか分からないことが分かる。石牟礼道子さんの目は見ているのか、見ていないのか、見えているのか、見えていないのかが分からない。

子どものころ、物理の世界を啓蒙するガモフの本があって、そのなかにアインシュタインの時空のゆがみの説明として、じーっと前方を見てごらん、何が見える？　自分の頭の後ろが見えるはず、というのがあった。

石牟礼道子さんの目は、見ているとすれば、ずっとずっと見続けているのであって、けっして自分の後ろ頭に届くことはないのである。もし届くとしても、それには劫というような単位時間を要する。劫とは例えば一六〇キロ四方の大石を天女が一〇〇年にいっぺん羽衣で払うと、その石がついにすり減って消えるというような時間である。

石牟礼道子さんは見続けている。ただ遙かなまなざしとはちがう。見える視界に限りがあるとすれば、視界が動いているのである。その場合、目が移動しているというのは、すこし異様な感じで、目がついている身体が旅しているのだといううと、せせこましくなるし、やっぱり石牟礼道子さんが旅をしているのである。旅を続けて見続ける。旅をしていればいろんな相を通って行く、おんなじ相にまた入って行くかもしれない。生という相もあるし、死の相もある。肉体がない相があってもふしぎではない。

石牟礼道子さんは、はてしなく旅を続けるカラカラの意識ではないか、それが今たまさか水を吸って形をなしているのじゃないか、とあるところで書いたが、書いてみるとちがうことに気づいた。「おんな」であり「いのち」であり「つづく」である石牟礼道子さんがいるのである。「水俣」は男がもたらした。そのことに男が気づいて、「もう一つのこの世」を目指して、自己否定しても、甲斐はない。女が見続けている、という一点にかかわって「サブのサブであればこそ」に脱皮しなければ済まないことなのである。ヒミコの時代、男は少し脱皮しかけていたのだ。

二〇〇四年の秋、東京の「水俣フォーラム」会議に、石牟礼道子さんが出かけてこられた。そして席順のことで、女は末席でなければいけませんと発言された。その時の眼鏡の奥の目つきは、ライオンのメスのオスをみるものであった、にちがいない。ライオンは典型的なメス社会である。ライオンのオスは「依存する性」として孤独にその機能を果たしている。ライオンのメスはそのようなオスを突き放し、包み込んでいるのだ。

（さいしゅ・さとる／和光大学人間関係学科教員）

なんと豊饒な音韻が！

沢井一恵

私は箏弾きです。ヨーロッパ音楽の豪勢な輝きをはなつ音楽の対極にあって、ポツン　ポツンとしか音が鳴らない箏。その単純な響きの中に、あらゆる色彩と薫りたつような色艶を求めてやまず苦悩する。心の耳というか、脳の皮膜にたえず希求する感じの、そのあまりの苦しさに圧し潰されそうになりながら、これが私の歩む人生だ、と日々音を探し求めている。

石牟礼道子さんの『おえん遊行』を引いてみる。

「闇のかなたに、やわらかい山の稜線が浮きあがったかと思うと、その稜線の落ちあう窪みのあたりから火の色がふくらんだ。分厚い雲の縁が火に染まり、渦をつくりながら動きはじめた。緋縮緬の微かにうねるような光をたたえて、海が浮きあがっている。

——見ゆるかえ、ほら、むこうべたの美しさなあ。」

と始り、

「燃え上る竜王島の火影をうけて、一艘の舟が島を離れつつあった。ゆりんどの舟だった。（中略）

火焔に舞い上げられた蝶たちの黒い影が、幾百とも知れず、漂う舟の上に群れながら夜の海を渡りつつあった。」と終る。

なんとなんと、豊饒な音韻が聞えてくることか！　人の表す言葉、文章にこんなにも輝かしい音達が群れ、漂い、色香をはなって見えぬ彼方へ立ちのぼってゆく音楽が聴えてくるものか！　私の頭上はるかな所、想像上で、たえず鳴り響く、私の求める音楽がここに、文章で書き示されている。目に見えない、耳に聴えない天の響きを求めては、石牟礼さんの文章を読ませていただく私です。

『苦海浄土』を読んで、見知っていた石牟礼道子さんとご縁ができたのは、「トライアングル・ミュージックツアー」とタイトルして作曲家ピアニストの一柳慧さん、打楽器の吉原すみれさんと私、三人が組んで全国ツアーをしつつ、音楽のあり得べき姿をさがして行なったコンサートの熊本公演を聴きにきて下さったのが始りです。そしてその後、『神謡集――地の絃』で身に余る文章をいただいたのです。

「もともと芸能あるいは芸術とは、やみがたく憑霊的な性格をもつものである。……大地の絃をかき鳴すような演奏はさながら一種の魂寄せのようなもので、神謡的とも云ってよい世界がそこに展けたのをわたしは感じた。……東洋の絃というのは、弾く者と聴く者の生ま身の絃が鳴り合う幽祭の世界だと沢井さんは教えてくれる。そのような民族の質があらわれることが、音楽の国際性だ、とわたしは思う。……」

音楽など、なんの力もないのではないか？　ましてやこの生樹に、手で絃を引っぱって張っただけの単純な箏という楽器などでは……？　ヨーロッパ音楽の洪水となっている今の世の中にあって、なおかつ、日本伝統音楽、古典という邦楽社会からは、自らはみ出してしまった自分、疑問でおおいつくされ、寄る辺のない身を感じていた私にとって、『地の絃』の石牟礼さんの言葉は大きな大きな啓示でした。その後も箏を弾き続けてゆける力をどれ程多く授かったことでしょうか。

それからも時々お会いし、「今ね、音楽にかかわりのある物語を書いているの。こんな時に音楽をなさる方だったら、どんな表現をされるの？ 教えてちょうだい」などと質問されたことがあります。実際にこの世で演奏される音楽など及びもつかない、色香に満ちた、リズムの響いてくる音の情景を文で立ち上らせる先生に、何かを申しあげるすべが、私などにありましょうか。

もう十五年位前になりますが、湖東町のお宅へ遊びにお寄りし、夜おそくまでごちそうになった時の事。「私ね、FAXなんて大嫌い。だって気味悪いわよね。こんな機械からニョロニョロと字の写った紙が出てきてね！」などと、『苦海浄土』で見た鋭利な切り口とは似ても似つかない、愛らしい童女の言い口と立居振舞のお姿に、すっかり居心地が良く、その童女の笑みをあかず眺め、時のたつのを忘れ長居をしました。

もう一人、私は石牟礼さんと同じ触角をもった、石牟礼さんと同世代の音楽に身を捧げる童女をお友達にもっています。ロシア人作曲家、ソフィア・グバイドゥーリナです。タタール人の血筋をひく彼女とは、やはり箏の音を通して出会い、私の演奏を聴いて「KAZUEの血の中には私と同じタタールが聴える」と云い、やはり夜通し箏を二人で即興で弾いて遊んだ。その時の満面の童女の笑みが、石牟礼さんと重奏して私の中にはあるのです。先鋭すぎるその芸術ゆえに、ソ連体制時代、作曲を禁じられていたというその彼女の作曲作品の厳しさと、豊饒な世界観と、色彩のオーロラが天から降ってくるような音楽、そしてそれが自らの口をついて溢れ出てくる声音が、石牟礼さんの文章と重なって聴えます。共震するお二人をいつか会わせてみたい気がしきりにするのです。

（さわい・かずえ／箏演奏家）

方言という表現

川村 湊

石牟礼道子氏の作品のなかで、感嘆するのは方言の美しさである。会話やセリフの部分はもちろん、地の文のなかにも、（水俣弁を中心とする）方言の匂いや味わいが生きていて、標準語、共通語といわれる、近代の社会のなかで、もっぱらメディアや学校教育で人工的に作り上げられた近代化以後の日本語、すなわち「国語」の窮屈さを、少しは緩和しているように思われるのである。

あっちの方に、駱駝の背中のごたる、普賢さまのおんなはります。知っとられますな、あの普賢さま。今朝方は風が吹き払ろうて、きれいでござすな。盆の晩にも山の際がよう見えます。で、拝みましてな。二人で沖に出よった頃、家内がそげんしよりましたけん。お前がしよったように儂も拝もうぞちいうて、灯籠をばこう、波の上に置いたと思うてくだっせや。そんときなあ、海の底から鐘が鳴りました。かすかな音で、ごおーん……ごおーん……ちゅうて。奥底の方で響きよる。なんともいえん、深か奥底(おぞこ)の鐘の音で。

『十六夜橋(いざよいばし)』の中のこうした老漁夫の言葉は、まさに海の底から聞こえてくる鐘の音のように、読者の耳や胸に響いてくる。ここには、言葉の音とともに、「そげんしよりましたけん」とか、「こう、波の上に置いたと思うてくだっせ」のように、言葉のない身振りの言語（パフォーマンス）が背景にあり、人に伝わる言語は、音声とともに、手振りや身振りがともなうものであり、それが方言をより雄弁に、より「深か奥底(おぞこ)の」人の心根を伝えているのである。

むろん、方言は美しく、懐かしいだけのものではない。時にそれは、鋭い刃のように、人々の心を襲ってくる場合がある。『苦海浄土』に書き留められた、水俣の市内でばら撒かれた、チッソの会社側と思われる、患者さんたちへの悪罵や中傷、怒りの声には、正視できないような醜く、あくどいものもあった。そうした肌身に触れてくる悪意の言葉も、方言であることによって、一層残酷で残忍なものとなるのである。

石牟礼道子氏の作品が、方言の美しいローカルな文学としてだけ評価されるのではなく、普遍的な人間の思考の言語であることを示しているのは、方言のそうした二重性、すなわち方言の美しさと暴力性とを、その双方において、両義的にとらえることによって、単なる「方言文学」の域内を越えているからにほかならない。往々にして、私たちは方言のこうした影の部分を語らない。それはそうした方言の共同体のなかだけでしか、暴力性を発揮しないからである。

「国語」の中央集権性や制度性を語り、「方言」の復権や復活をことあげする論理に、最近はよく出会う。それ自体が決して間違っている論理だとは思わないが、方言やマイノリティーの言語を擁護するあまりに、それが持つ逆差別的な意味や、差別や排除の内包性を問わないということが、まま、ありうるのである。方言の持つ排除性や差別性、暴力性や残虐性を見て見ぬふりをして済ますことはできない。『十六夜橋』の物語が美しいのは、石牟礼道子氏が、決して方言の美しさだけをことあげし、その反対物に目を閉ざすような偏狭な物語の語り部ではないということから来る。

言葉と同時に、手振りや身振り、動作やたたずまいの美しさがある。それも、一般的な伝達言語とは違った〝方言〟であるだろう。たたずまい、立ち振る舞い、動作、躾などというと、いかにも古臭い、鄙びた（田舎じみた）言い方だと思われるかもしれないが、しかし、人は声だけで言葉を語るのではなく、身体全部を、その人を包む世界全体を使って言葉を発するのであり、それを宇宙や世界の律動として、相手の身体に向けて直接的に伝達することもできるのである。

石牟礼道子氏の作品には、こうした〝語り〟以前のパフォーマンスがしっかりと書き込まれている。それは、海の漁で生業を立てる人間が、体で覚えた櫓の漕ぎ方や、櫂の使い方であり、貝の身の取り出し方や、魚のさばき方だった。有機水銀による神経中毒は、こうした身体の自然性や自在性を奪うことによって、言葉と同時に身体性の表現、すなわち表現の可能性そのものをも奪ったのである。

しかし、不自由な動作や姿勢、そのたたずまいや存在自体が、また確乎とした表現ともなりうる。水俣病患者の沈黙は沈黙という表現であり、その非自律的な身体の表現は、その不自由さを逆手にとって、そのまま片言や方言という〝雄弁〟な表現となる。口ごもるような訥々とした語り口や、片言のような言い回し、あるいは吃音の言葉が排除されてしまうのは、声にならない声、言葉の背後にある沈黙や寡黙性を理解しようとしない精神が蔓延しているからである。そうしたすべての訥弁、吃音、片言の言語表現の回復こそ、現代のバリアフリーの社会に求められるものである。石牟礼道子氏の〝方言〟の文学は、そこまで届いている。

（かわむら・みなと／文芸評論家）

ことばの力

野田研一

もうずいぶん以前の話だが、文芸誌『フォリオ a』（五号、一九九九年、ふみくら書房）が、日本のネイチャーライティングに関する特集号を出すことになり、編集作業を依頼された。そのため、私は石牟礼道子さんへのインタビューを提案し、九州大学の高橋勤さんと一緒に熊本にうかがう機会をえた。インタビューはその後、有り難いことに、『石牟礼道子対談集――魂の言葉を紡ぐ』（河出書房新社、二〇〇〇年）に収録された。そのインタビューで、二つ印象深いことがあったので、ここに記しておきたい。

一つは、インタビュー中のできごとである。最初の質問に対して、石牟礼さんは、「小さいとき、まだ四、五歳でしょうか」ということばで切り出され、「母に連れられて水俣川の上流の小さな渓谷に行きました」と続けられた。石牟礼さんがしばしば川の源流へ遡る旅をなさっていることについて、質問したのだから、「水俣川の上流」ということばは、その質問に呼応したものであると理解したものの、なにか直接的にお答えいただいていないような、なにか質問と答のあいだにズレが生じているようなもどかしさを感じながら、耳を傾けていた。

このもどかしいような感じは、すべてのインタビューが終わったのちも消えることはなく、テープ起こしにとりかかった。質問と答のあいだにズレが生じているとすれば、編集によってそのズレを調整する必要があるかも知れない、などと考えながら。ところが、文字に起こしてみたところで、そんな危惧は吹き飛んだ。ズレなどまったくの杞憂であった。その後、折りあるごとにこのときのズレの感覚のようなものを内省してみた。なぜ、あのようなもどかしさを自分が感じたのかと。おそらく、石牟礼さんの語りの最大の特徴が〈物語性〉にあることを私自身がまったく理解していなかったのである。そこにあるのは、概念の言語ではなく、具体の言語なのだということを。抽象の言語ではなく、詩の言語なのだ。いいかえれば、ズレていたのは私自身だったのだ。

二つめは、「言葉からまず壊れた、これが近代化の一番の芯だと思います」という発言であった。石牟礼文学が近代化のもとでの二重言語状態（たとえば、標準語と方言）を問題化していることはいうまでもない。「言葉からまず壊れた」という発言もそこに繋がっている。が、私が驚いたのは、「言葉からまず壊れた」という発言に「まず」が入っていることだ。前近代的な共同社会に近代が入りこんでくるとして、最初に起こるのは「言葉」の変容だという指摘である。近代化批判それ自体はとくに珍しいものではない。しかし、社会制度を批判し、テクノロジーや産業社会、あるいは疎外の問題を語る人は多いが、「言葉からまず壊れた」と語る人はそう多いとは思えない。このインタビューのタイトルを「まず言葉から壊れた」とさせていただいたのは、その印象の深さを残すためであった。

しかも、石牟礼さんの発言は、それだけにとどまらない。どのようにして近代が言葉とともにやってくるかを語る際に、石牟礼さんは、最初に入ってきたのは「軍隊言葉」であり、その次に入ってきたのが「組合言葉」だったと言われた。いずれもいわば「ハイカラな」言葉遣いとして、村に浸透していったと。この話はさらに大きな驚きであった。「軍隊言葉」や「組合言葉」が強固に体系化された近代的言説空間であることは、いわれてみれば分かるとはいえ、私にとっては完全な死角であった。しかも、驚きを禁じ得ないのは、戦後の政治的言説の上で対極的な位置を占める「軍隊」と「組合」が、石牟礼さんによって同列に〈近代的なるもの〉として語られたことだ。水俣病をめぐる闘争の現場がさまざまなイデオロギーの渦巻く世界であったことは想像に難くないが、そのなかでこのような〈洞察〉を保持する石牟礼さんの拠って立つ基盤は、私たちが分かりきったように〈現実〉などと呼んでいる世界とはまったく別のところにあるような気がしてならない。

二〇〇五年一〇月二九日（土）、勤務先の立教大学で「環境と文学のあいだ3——ことばの力」と題する公開講演会を開催した（主催・立教大学東アジア地域環境問題研究所、共催・同大学院異文化コミュニケーション研究科）。この講演会シリーズは四年目となる。コーディネーター役として仕事を続けてきたが、今回は「ことばの力」をサブタイトルに、石牟礼さん（ビデオ出演）、田口ランディさん、そして川村湊さんにご講演をお願いした。田口さんは「方言の表現力」について、川村さんは『苦海浄土』がことばの暴力性との闘争であることを指摘された。石牟礼文学における「ことばの力」をめぐる問題は、まだ充分に解明されていないような気がする。石牟礼さん自身が、『苦海浄土』は「近代文学の概念では表現できないと決意していました」と示唆しておられる。その真意をいつか自分なりに解明してみたいと思うのだが。

（のだ・けんいち／立教大学教授）

『石牟礼道子全集』、その地域語の魅力

藤本憲信

「地域語」とは方言のことである。「方言」と言えば、共通語が品格上位で、方言は下位、田舎言葉、訛りといった社会通念が、まだ残滓のように人々の心に巣くっている。共通語と「方言」の差別の壁を、みごとに打ち砕いたのが、石牟礼作品の言語表現である。石牟礼氏は、言語にボーダーラインはないという言語観をお持ちである。言語に差別があるのなら、言語と一体である人間にも、差別があることになる。氏の作品を語る時、手垢のついた「方言」という術語は、ふさわしくない。「地域語」という名称を用いたい。作品の登場人物の日常語としての地域語は、到るところで、輝きを放っている。

水俣病に冒された山中九平少年は、市役所吏員、蓬氏から病院への誘いを受けるが、頑として拒否

する。「いやばい、殺さるるもね」。「ばい」は、本来、子守唄「おろろんばい」のように、優しい響きを持つ。それがここでは、強烈な自己主張へと変貌している。姉が度重なる治療の甲斐もなく死に果てた姿を、まのあたりに見ているからである。一方、少年は、蓬氏の熱心な誘いの気持ちも、痛いほどよく分かる。次には、この「ばい」がたちまち消えている。「いや。行けば殺さるるもね」と。ここに、私は、九平少年の、蓬氏への、いじらしいほどの気配りを感じる。この、「いや」のひと言が、何とも言えず美しい。作者は、ここを無意識のうちに、さっと捉えたのかもしれないが、作者の心の働きは、表現のうえに必ず浮上するものである。本来は優しい「ばい」よりも、さらにしなやかな語りかけ調の文末詞が、「ばえ」である。祖母「おもかさま」が、「みっちん」に諭す言葉。自然から物を戴くには、「慎みが肝要(かんにょう)ばえ」。この「ばえ」は、大切なことを相手の心に沁み入るように伝える語である。

水俣病被害者支援闘争は、右のような少年やその他、家族の方々の、小さな叫びからスタートしている。病原未解明の時代、周囲の人々の嫌悪感、差別感を一身に浴びながら、必死に声なき声をあげようとしつつ、訴えが始まる。少年の母親の言葉、「コレラの時のごたる騒動じゃったもん。買物もでけん、水ももらいにゆけんとですけん。店に行ってもおとろしさに店の人は銭ば自分の手で取んなはらん。……七生まで忘れんばい。水ばもらえんじゃった恨みは。村はずしでござすけん。」この言葉の痛みから、初期詩篇の「花」と題する詩の末節が想い起こされる。「今のあなたの暮しが平和だから/平和を守れ　というな/今のあなたの暮しが/人々の貧困とうらみを土台にして/いる限り」。

茂平夫婦の元気な頃の海上生活の描写は、テンポも速く、心地よい。しかし、病に冒され、苦患の底に突き落とされると、作者の筆は、重く沈む。「そがん大事にしとった舟を、うちが奇病になってから売ってしもうた。うちゃ、それがなんよりきつかよ。うちは海に行こうごたると。」そして、病院暮らしのなかの叫び。「じ、じ、じいちゃん！ た、た、お、れるよっ！」こんな声を背景に、水俣病問題の険しい道のりは、少しずつ開けてゆく。道なき道が……。

激しい闘争が続くなか、たのもしい一話が挿入されている。江郷下青年の変身ぶりである。何もしゃべれないと思われていた青年が、ある日突如、「水俣病言語」で「チッソ幹部を相手に、じゅんじゅんと説ききかせるように語りだし」たという。この時、聞き手渡辺京二氏は、神霊に打たれたように驚愕した、と記されている。その江郷下青年が、「俺なんかも同じように給料もらうため、東京におるごて思わるれば、えらいきつかもんなあ。いつも遊んどるけんなあ……。土方にゆこうかい。」というほどの気の遣いよう。この痛々しいまでの謙虚さが、現代人の心からは、失われている。

このように、どんなに厳しい闘争の経過にも、被害者のしっかりした論理が貫かれ、人間らしさが発揮されている。溝口の母女の娘は、「ああ、かかしゃん、シャクラの花」と言って、息絶えた。花の命と自分の命の最期の交感である。苦しみを超えた、震えるほどの美の世界。『あやとりの記』のなかで、幼い「みっちん」が、「迫んたぁま」のようになるには、「もっともっと、せつない目に逢わなければならない」と思ったのは、真実だった。

時間の流れとしては、『苦海浄土』が先行して、『椿の海の記』以下の諸作品が続くが、石牟礼氏の精神形成史の過程から見ると、作品の成立期とは、逆になる。自然や人間のなかに、神性や仏性を見いだす実体験が先にあって、『苦海浄土』の世界が開けたのである。『苦海浄土』は、氏の精神形成の先端に位置する作品であると思う。これら、全作品のなかで、地域語も共通語も、氏独創の優れた擬音語（オノマトペア）も、永遠の光芒を放って、この世界、人類のうえに、燦然と輝いている。石牟礼作品は、私にとって、命尽きるまで手放せないものとなった。

（ふじもと・けんしん／元高校教員）

新たな石牟礼道子像を

渡辺京二

全集というものは普通、世間的にも評価の確立した文業がまずあって、それを後世のために、あるいは同時代の熱心な愛読者のためであってもいいが、総括して提示する、または保存するという意味合いのものであるだろう。ところがこの度の『石牟礼道子全集』の刊行は、いまだ評価未確定の文業の真価を、初めて包括して広く世に知らしめるという、普通の全集よりずっと積極的な、あえていえば冒険的な企図の上に立つものではなかったろうか。事実、石牟礼道子という近代日本文学史上真に独創的な作家に対する社会的評価は、池澤夏樹氏が企画した河出書房新社版『世界文学全集』に、日本作家を代表して唯一『苦海浄土』三部作が選ばれるという一事に表われているように、『全集』刊行中に著しく上昇し、確定したように思われる。

むろん石牟礼氏は『全集』刊行以前に、知名度の高い著述家としての地位を得ていた。しかしそれは、水俣病事件をはじめとする様々な社会問題に、底辺の民を代表して、人びとの心の底にとどく痛切な訴えを行なうという、社会批評的ないし記録文学的なライターとしての地位であったといってよい。彼女の文学者としての独創性は早くから一部の者たちに気づかれていたが、それが一般でなかったのは、いわゆる「文壇」を実質的に構成する「文芸誌」が、『群像』を除いて彼女の作品を掲載してこなかった事実をもって明らかである。どうでもいいことだが、彼女は純粋な文学者として、「文壇」から認知されてはいなかったのである。私は故江藤淳が、「自分は『苦海浄土』を文学とは認めない」と言っていたと、ある人から伝え聞かされたことがある。水俣病事件のジャンヌ・ダルクとしての彼女の盛名は、江藤ほどの批評家にも偏った先入主を与えていたらしい。

『石牟礼道子全集』の意図は、藤原良雄という強烈な自己主張をもった人物のすべて決定するところだったといってよい。ほかの者、たとえば私がこの『全集』を編集したとしたら、それは決して今見るようなインパクトをもった『全集』にはならなかったろう。それは端的に解説者の選びかたに表われている。藤原氏のほかに誰が、町田康、河瀬直美、永六輔、水原紫苑、加藤登紀子などを、石牟礼の作品の解説者として思い浮かべたろうか。石牟礼氏はごく初期から、左翼的ないし市民主義的な大学教師のうちに礼讃者を見出して来たが、そういう古くからの石牟礼支持者あるいは関係者を、藤原氏は鶴見俊輔氏を除いて一人も起用しなかった。つまり藤原氏は石牟礼道子をもっと広い読者に開放したかったのである。

私は『全集』の企画段階から、藤原氏の相談を受けたが、企画について私が意見を述べることなど何ひとつないと思っていた。というのは、この人が単に有能であるのみならず、非常にユニークな企画力、言い換えれば独特なイマジネーションを持った編集者であることが、すぐにわかったからである。この人なら、新しい読者たちに、これまで作られたイメージを一新する石牟礼道子像を与えてくれるだろうと私は信じた。

従って、私が『全集』の企画について協力したことは皆無だった。私に出来たのは、資料の若干を提供することだけである。膨大なノート群の中から未発表の詩・短歌・俳句をひろい出したのもそのひとつだ。東京の「森の家」すなわち高群逸枝邸での滞在日記や、「東京水俣展」における「出魂儀」のシナリオを発見したのもまたそのひとつである。彼女が短期間共産党員だった間、『アカハタ』の小説募集に応じて佳作となった『船曳き唄』の未発表原稿も提供できた。驚きだったのは『石飛山祭』と題する、巫女のひとり語りの形をとった作品が、全く完成した形で発見されたことである。彼女が職業的ライターになる以前の様々な試作は、彼女の全著作中でも重要な意義をもつものだと私は思っているが、そのかなりな部分を、この度の『全集』は明らかにしたはずである。

しかし、彼女がこれまで書き溜めたノートは膨大なもので、私はまだその内容のすべてを調べ尽してはいない。そのうちいくつかの述作は、私が友人たちと出している雑誌『道標』(熊本市東区京塚本町五五—八　辻信太郎方)に、『石牟礼道子資料』として発表されつつある。だが、私もそう長く仕事が出来るわけではないので、結局はすべては後世の研究者にゆだねられることになるのだろう。

『全集』の完結によって、詩人・小説家としての石牟礼道子の全貌は明らかになった。石牟礼道子の文学的意義は、まず何よりも、これが日本近代文学史上初めて出現した性質の文学表現であるということだ。日本の非知識人的大衆は、文字を媒介とせぬ世界＝現実を語りとしてとらえ表出する長い伝統を持って来た。それは、山河とそこに棲む人間を含む生きものの世界の認知であり、解釈であり、それに対する抒情であり感動であり、近代の知識人が文学者も含めて、その実質その手触りを忘却したものである。石牟礼はそのような非知識人的前近代的な現実触知の世界に、日本近代文学史上初めて言語的表現を与えたのである。

しかしそれは、民話の世界の発見というものではなかった。民話的世界を即自的に述べるのではなく、民話的世界のリアリティに対する感覚を、まさに近代的な文体意識で表現したのが彼女の作品世界なのである。彼女が非文字の世界を描出するのは、文字が形成して来た世界の到達点である近代に生きる者としての矛盾や悲哀や孤独にうながされたからこそであって、そういう彼女は文字以前の世界に安住しているのではなく、まさに文字文化によって与えられた分裂した意識の中に生き、そこから引き裂かれる以前の世界を幻視するのである。

日本における近代の出現のもつ意味は、彼女の文学的表現への出立において決定的に重大であった。彼女自身の表現者としての出立を可能ならしめたのは近代であった。だがそれはまた、それによって己れが養われるべき生の基盤が根底から揺さぶられることを意味した。近代と前近代が重層する中で立ち昇るきしみと呻きを、彼女ほど宿命的な課題とした詩人はいない。

彼女の作品世界の現代に対して有する思想的意義は、すでに説かれ始めている。それは計量化され合理化される現代人の生活に対する批判・懐疑として、広く行なわれている思想的言説の一部として、彼女の作品を読み解こうとする試みである。しかしより重要なのは、彼女の作品の構造、文章の特質を分析し、その特異さが何を意味するのか理解することだろう。その作業はほとんどまだ行なわれていない。

彼女の小説は日本近代小説の中で、目立って特異な構造を持っている。時間と空間の把握、その処理のしかたが、近代的な小説のナラティヴと著しく異っているのだ。時間・空間がストーリーとしてリニアーに接続したり展開したりするのではなく、多系列的に共存し混在している。話はたえずあと戻りして渦を巻き、時間・空間の基準点は不明確になる。むかしといまの区別がない。過去は現存し、現存するものはたえず過去と混りあう。すべての存在が過去・現在、遠近の区別なく、一斉にせり立ってくる。それは万華鏡のように変転する世界であり、それゆえ上野英信は彼女の文体を灰神楽が舞うようだと評したのである。

私は彼女の話法を見ると、火鉢の上の金網で焼かれる餅を想像する。餅の一部がふくれあがり、やがてふくれた部分はもとの本体より大きくなってしまい、さらにそこからまた新たなふくれが生じる。そのように彼女の語りかたは、つねに語りの一部分が肥大してもとの語りを覆ってしまい、全体と部分の区別が不明瞭になって、一斉に並列した現象=語りがカオスの深さを示すというふうになっている。

彼女のそうした語り、文体がどこから生れたのかは謎である。資質といってよいのかも知れないし、近代的理性によって整序される以前の世界把握のしかたが、何らかの遺伝法則によって出現しているのかもしれない。ふつう作家も詩人も、先行者を模倣するうちに個性を獲得する。ところが彼女は、鷗外も漱石も藤村も龍之介も直哉も読まずに作家となったのである。こんな例を私はほかに知らぬ。しかも、文章は先行する偉大な詩人、作家の技法・特質を学び抜いたとしか思われぬほど、鍛えられているのだ。とくに、古典的で優美かつ想起力に富む語彙を駆使できる点で、彼女は現存作家中筆頭に位置する。

石牟礼道子という文学的現象を分析し理解することは、それを思想的現象として理解するよりずっと大事だと私は考える。なぜなら思想は表現のうちにこそ、その構造をあらわにするからだ。しかしそのためには、彼女の膨大な著作のうち、特に小説を丁寧に分析することが必要である。それは厄介な作業であるし、また文学的訓練も要することなので、容易になしうることとは思われない。しかし、それは必須の作業であり、これまでちゃんと行なわれていないだけに、今後の取りくみが期待される。この度の『全集』はそういう作業の前提をすべて整えてくれたのである。画期的な石牟礼道子論の出現が期待できよう。

（わたなべ・きょうじ／日本近代史家）

石牟礼さんへの最初で最後の手紙

荻久保和明

僕が石牟礼道子という名前を初めて知ったのは昭和五十七年の夏、二十九歳の時、『みなまた　海のこえ』という絵本を通してである。

以来、女声合唱曲「しゅうりりえんえん」「あやとりの記」「花をたてまつる」、NHK・FMシアター「椿の海の記」の音楽などで、石牟礼氏の詩をテキストとして作曲してきた。五十五歳になる現在までお会いしたことはただの一度きり、しかも二言三言、言葉を交わしただけ。つまり僕は生身の石牟礼道子さんを何も知らないのである。

だから、これからここに書くことは、僕の手元にあるかぎりの（殆どは石牟礼さんから送っていただいたものばかり、感謝しています）文学作品・エッセイ集が僕の心に何かを宿し、結果としていくつかの音楽作品を生んでしまったという事実が示す通り、僕の石牟礼作品に対する勝手な思い込みにすぎない。お許し下さい。本来、僕には石牟礼さんについて何かを語る資格はない。

まず初めにしゅうりりという言葉が心にひっかかった。呪文だと思ったら、石牟礼さんも同じように書いていたのでホッとしたが、それは中空に浮かぶ彼岸花として僕の心に刻み込まれた。えんえんは怨・宴・焔・煙・縁・艶・演などがえんえんと続く様が思い浮かんだ。すべてはそこから始まったと言える。

誤解を恐れずに敢えて言うと、僕はこの作品（合唱組曲「しゅうりりえんえん」）を通して水俣病を告発しようなどとは思っていない。いや、とても思えない。政治的、思想的プロパガンダに供されることも好まない。純粋に音楽的作品としてアプローチして欲しい。

僕に水俣病の何がわかると言うのだ。その悲惨さを目の当りにせずに、実体験なしに何かを語ることへの複雑なコンプレックスがいつも僕にはある。確かに何度か水俣には足を運んだ。車の窓から見る古ぼけた家の軒下につるされたホコリまみれの大根と周囲とは不釣り合いな豪華な家。「ああ、あれも補償金で建てた家、あっちもそう。」とこともなげに言うタクシーの運転手。石牟礼さんのあるエッセイで、ある家が補償金で家を新築し、居間に豪華なステレオ装置を買って「うちはベートーベンちゅうとば買うたばい」と言う。すると近所の人が「うちには、まちっとばかりふとか（もうすこし大きい）ベートーベンば、持ってきてくれ」と業者に注文するというエピソードがある。この話を読んでも僕の心の中のわだかまりは消えない。「裁判で一部の人はお金をもらいましたですけれども、（中略）漁師の人たちはやっぱり違いまして、…非常にきれいに使っちゃう。（中略）列島改造の過程のなかで、飛行場ができたり、地価が上がって、そこのお百姓さんたちが非常に成り金になって、いろいろ、お金を使い果たしたという話と一脈通じるんですが、庶民というのは、必ずそうするんだ、して当たり前とわたくしは思う」と彼女は受けとめるが、それに共感を持てない自分がいる。石牟礼さんと同じ気持にはなれない、なれるわけがない。彼女と水俣病患者との何十年もの闘いの重みが僕にわかるはずがない。心情的シンパシーを共有できないコンプレックスを抱えながら、それでも僕は書かずにはいられなかった。

一方、石牟礼さんの小説のようなものの中に見られる霊的な世界は、いたく僕のペシミズムを刺激した。例えば石牟礼さんの次のような言葉。

「加速度がついて止まらなくなったような大情況がある。私達一人一人の姿をみていると、この情況に対して未解明のガン細胞のようなものではないのかしら、という気がする。」

限りなく無限大に近づく双曲線は実はゼロに近づいている。そんな怯えがある。この亡びの予兆を前にして一体、芸術に何ができるのか。思いとは無関係に経過してゆく時の流れの中で、滅びていったもの、捨て去られていったもの、忘れられていったもの、それらの墓標を打ち立てることが作曲することに他ならない。石牟礼さんの言葉とその中に宿る霊的な世界観は、僕にそう思わせるのに充分な力があった。

石牟礼道子さん、ごめんなさい。僕には文学者・石牟礼道子や人間・石牟礼道子を語る資格が本当にないのです。

だからここに書いたことも僕の石牟礼さんへの最初で最後の手紙のようなものです。今はこんな風にしか書けません。一度ゆっくりお会いしてお話ししてみたいと思っています。

（おぎくぼ・かずあき／作曲家・指揮者）

石牟礼さんの美しい日本語

ふじたあさや

久しぶりに、石牟礼道子さんとお話をする機会があった。今年（二〇〇五年）三月、四日間にわたって熊本県立劇場でひらかれた『日本劇作家大会二〇〇五熊本大会』のシンポジウムでのことである。私の企画で「演劇は水俣をどう捉えてきたか」というテーマで、平田オリザさんを交えて、石牟礼さんと三人で語り合った。

はじめて石牟礼さんにお目にかかったのは、三四年前のことである。たまたまのぞいた東大の自主講座で水俣問題に関心を持った私は、チッソ本社前の座り込みに誘われて、前夜の打ち合わせから参加したのだが、その席で初めて石牟礼さんにお目にかかった。すでに『苦海浄土』を読んで、記録でありながら文学であり、文学でありながら記録でもあるその重なり目に、著者の揺るぎない姿勢を感じていた私は、その日はひたすら遠くから石牟礼さんを見つめるだけの、一ファンでしかなかった。

その後、当時所属していた劇団三十人会で水俣問題を劇化することになり、水俣に取材にお邪魔し、熊本地裁に傍聴に行ったり、チッソの株主総会に押しかけたりもして、幾度もお目にかかる機会はあったのだが、患者さんにぴったりと寄り添っておられるそういう時の石牟礼さんは、なにか侵してはならない線の向こう側におられるようで、個人的にお話をすることも憚られるようであった。

個人的にお話しする機会がきたのは、十年ほど前、拙作の『しのだづま考』がNHK・TVで中継されることになって、その収録が山鹿の八千代座で行われた時のことである。ゲストで来てくださった石牟礼さんと、司会の永六輔さんや出演の中西和久さんとお話をした。

その時印象的だったのは、〈しのだづま〉の物語を、おばあさんから聞いたという、その幼時の記憶の中の、人間関係の濃密さであり、それを包む風土によせる愛着であった。私はそれらの言葉を、私の属する都会にはないものとして、羨望を持って聞いた。

『劇作家大会熊本大会』のシンポジウムに、ご出席をお願いした時、石牟礼さんのご返事は「演劇は専門外のことで分かりませんが、興味があるので出席させていただきます」ということだった。

当日は、体調が思わしくないので、座り慣れた椅子に座りたいということで、椅子ごとのご出演ということになり、いささか心配をしたのだが、案ずるほどのことはなく、最後までお元気に発言していただけたのが、何よりだった。

はじめに私から、水俣問題が社会問題化した当時、事件を劇化した二つの作品（高橋治作『告発――水俣病事件』と拙作の『日本の公害1970』）について報告し、さらに水俣に移住した演劇人・砂田明さんの仕事を、ビデオ上映で回顧した後、石牟礼さんご自身の作品、新作能『不知火』をビデオで拝見しながら、いろいろお話をうかがった。「なぜ能というスタイルをおとりになったのですか？」という私の質問に、石牟礼さんはこう答えられた。

「今でもおつきあいしております漁師さんたちは、こんなに活きのいい人間がいたのかと思うような人たちでして、その人たちのことを書いておきたいと思ったのですが、リアリズムではとても書けなかったのです。もう私の限界を超えてしまっている、書けませんという気持ちになって。それと、忘れられないことがありまして。桜の花がたいへん好きな、胎児性水俣病のお子さんがおられました。死んでいきますときに、まわりの親や大人の人たちに『ああ、しゃくら、しゃくらのあな（花）』と言いながら、桜の花が咲いたのを指そうとするのだけれど、指が曲がってしまっているもので、そちらを指せない。日本人の美的感性に桜の美があることも知らない小さな女の子が、『しゃくら、しゃくら』と言いながら死んでいった。西行も知らない、定家の桜も知らない女の子たちが、曲がった指で、桜を指して親に教えて、桜をつかの間の命のあかりにして死んでいったんです。日本人の美意識はこの人たちの死んでゆくまなこの奥にもあったんです。こうした凄まじい受難をいくらか美しくして、証言しておきたいという気持ちが募って、どういう形なら可能かと考え、お能を思いついて書きましたんでございます。」

まことに重い言葉で、「活きのいい人間」とか「命のあかり」とか、石牟礼さん独特の濃い言葉だった。

このあとシンポジウムは、平田オリザさんの、NHKの記念番組『未来への航海』中での、水俣を朗読劇化する中学生たちの話題に移ったのだが、そのビデオを見て石牟礼さんは、「ありがとうございます。」特に嬉しかったのは《宝子(たからご)》という言葉を使ってくださっていたことです。あの言葉は二十世紀に生まれた日本語、特に水俣の人たちの口から出た、最も美しい日本語だと思っているんです」と述べられた。『海の宝子』というその朗読劇のタイトルに触れての話題だったのだが、シンポジウム終了後、平田さんと私は、「石牟礼さんの言葉こそ美しい日本語だ。久しぶりに美しい日本語をうかがったな」と語り合ったことだった。

（ふじた・あさや／劇作家・演出家）

海の宝子

平田オリザ

二年前、NHKのテレビ放送五〇周年の記念番組で、中学生と一緒に水俣についての朗読劇を作ってくれないかという依頼が来た。

アジアの八カ国の中学生が集まり、沖縄から横浜まで、一つの船で航海をする。その過程で、いくつかの港に寄って、そこで環境問題について学んだり、学習の成果を発表し合う。日本代表チームの担当は水俣で、ここで水俣病についての発表をしなければならない。できるならば、通り一遍の研究発表ではなく、テレビ映えのする劇形式がいいのだがというのがプロデューサーからの注文だった。

普通なら、こんな面倒な企画は引き受けないのだが、私が興味を持ったのは、日本の中学生が、アジアの同世代の子どもたちに水俣病を伝えるという構図だった。これから中進国入りをする、すなわち「水俣病の時代」の日本と同じような境遇にある新興国家群の、おそらく国の未来を背負うであろうエリート中学生たちに、いったいどのような言葉で、今時の日本の中学生が水俣について語るのか、そのことに関心があって、私はこの仕事を引き受けることにした。

五月、千人近い応募者の中から、六人の男女が選ばれる。公開審査を一緒に行った池澤夏樹さんから、「平田さん、水俣の悲惨さだけじゃなくて、『苦海浄土』に出てくる水俣の海の美しさも子どもたちに表現させてください」と頼まれた。

三週間後に、最初のワークショップと、水俣についての勉強会。みんなに、これまで調べてきたことの中で、印象に残った言葉や写真を発表してもらう。

六月に入って、二泊三日の水俣への勉強旅行。患者さんや遺族の方たちの生の声に子どもたちは強い衝撃を受ける。合間には船を出して、漁の体験もさせてもらった。

参加する中学生は全国に散らばっているので、途中のシナリオ作りはメーリングリストを作って進めていった。この水俣旅行のあと、一人の中学生が、「こんなに悲惨なことを、自分たちのような中学生が、ちょっと勉強したくらいで劇なんかにしていいのだろうか」というメールを書いてきた。私は内心、「しめた!」と思った。この、ある意味優等生的な発言は、中学生たちの思考に揺さぶりをかけるきっかけになるだろうと思えたからだ。仕事を進めなければならないずるい大人である私は、以下のように返信をした。

「たしかにそれはその通りなのだけど、でも君たちは、もうすでに水俣病について多くのことを知ってしまった。知ってしまった君たちが、それを知らないアジアの子どもたちを前にして口を閉ざすのは、責任回避ではないか。表現は常に他人を傷つける可能性を持っている。表現者は常に傲慢だ。でも、それでも表現をしなければならないときがある」

たしかに、この一連の議論を境に、子どもたちの意識は高まったように思う。水俣病という、教科書に数行だけ記述されている過去の出来事を、どうやって自分の問題として我が身に引きつけて演劇にするのかを考え始めた。そして、朗読劇の中心に、胎児性水俣病患者とその家族を置くことを決めた。それは、「自分もそうなるかもしれなかったもう一つの生」を見つけ出し、人間の生の不条理に、中学生たちが気がついた瞬間だった。

もう一つの大きな壁は、水俣病を、どのように劇の構造に持って行くかだった。

近代演劇は、価値観の対立を軸に、会話によって構成される。誤解を恐れずに言えば、だから、水俣病のような絶対悪は、実は近代演劇になりにくい。石牟礼さんが、能を舞台表現として選んだのは、そういう意味で当然のことだった。

しかし、この点も、中学生たちは、「チッソに勤めるおじさん」「胎児性水俣病患者の姉を持って、学校でいじめに遭う妹」という役どころを次々に発見し、克服していった。こうして朗読劇『海の宝子（たからご）』はできあがった。

実際の上演は、日本語の朗読と英語の字幕によって行われ、大きな成功を収めた。この作品のラストシーンは、胎児性水俣病患者を抱えた漁師の一家が、海に出て、美しい水俣の海と山を、海の側から眺めるシーンで終わる。池澤さんの注文にも、どうにか答えられたような気がした。

この上演に感動したシンガポールの中学生たちは、英訳台本を持ち帰り、シンガポール国内の中学校で巡演したと、あとから聞いた。

今年（二〇〇五年）三月、縁あって、はじめて石牟礼道子さんにお会いした。ＮＨＫの番組のビデオを一緒に見て、そして過分なお褒めの言葉をいただいた。なかでも『海の宝子』という題名が気に入られたようだ。もちろん、この言葉も、中学生たちが石牟礼さんの著作から見つけ出してきたものだった。こうして、私の水俣を巡る旅が、ひとまず終わった。

（ひらた・おりざ／劇作家）

「水俣メモリアル」のこと

磯崎　新

十数年前、はじめて水俣を訪れたとき、かつて汚染がもっともひどかった河口が埋めたてられ、あらたに公園が作られてしまったその場所での亡くなった人々を追悼する祭りの記録ビデオを見せていただいた。そのなかで、家族を水俣病で失い、自らも発作に苦しむひとりの主婦が、白装束で語る言葉を聞いた。

普段聞きなれた言葉ではなかった。違う世界から、地底や水面をはるばると渡ってきた声のように聞えた。私は、これまで演劇や儀式で神を招く言葉をいくたびも聞いてきた。ギリシャ悲劇は神への呼びかけからはじまる。神道の祝詞も神への挨拶である。あの語り部の主婦の発するのは、そんなこの世界にいる人間があらたまって語るものではない。たしかに違う世界からやってくる言葉ではある。言葉というものはすぐれてこちら側の世界に属しているとすれば、あれは言葉になる前の声であった。言葉になる以前の声、すなわち、発生状態にある言語。とすれば折口信夫のいう呪言だったのではないか。ちがう世界からの声。それを発することのできたのは、かつては巫女だけだった。そのすべてが失われている。呪言の断片が記録されているとしても、それは抜け殻のようになっている。つまり、誰も聞きとってはいない。私たちにはもはや聞けないのだ。

白装束の語り部の語る声をききながら、時空の異なる世界の間に、突然、交信がなされた、その瞬間を私はかい間みることができたと思った。これに比較すると、「未知との遭遇」でスピルバーグが、異星人との交信を、三音階のリズムや手話でやろうとしていたことなんか、私たちの言語的伝達手法がいかに手詰まりになってしまったかを露呈していたのに過ぎない。とはいえ、あの声は、逆に言葉から導かれていた。その書かれた言葉は、石牟礼道子さんの手によってつむぎだされたものだったことをそのとき知った。

私が水俣を訪れたのは、埋めたてられた公園に接する丘のうえに、あらたにメモリアルがつくられることになり、全世界から提案を公募し、このなかから一案を選んで実施する、いわゆる国際コンペの審査をするための下打ち合わせだった。これはありふれた記念碑のコンペとは違う、と私は考えた。あらかじめ打診されたとき、二つの条件を申しあげた。ひとつは企画書がモニュメントの建設とうたってあったのを、メモリアルと呼びかえてほしい。もうひとつは、私単独ではなく、できれば石牟礼道子さんとの共同審査をお願いできないか。

モニュメントは戦勝とか国威の発揚とかを賞賛するためのものだから、この水俣にはまったくそぐわない。せめて、この悲惨な事態を後世に伝えるためにはメモリアルと呼ぶしかない。これは関係者からすぐに了解をいただいた。だが石牟礼道子さんは固辞された。水俣の問題について最初からかかわってこられた。それが自らの表現者としての基盤のすべてであるからには、軽々しく外部からの提案の批評などできない。私にはその理由の由来は痛いほどわかる。だが微妙に政治的な状況への対応が必要になるかもしれない。いくら関係の資料を読んでも、長い間苦しまれてきた方々の心情の奥底までを外部からの訪問者に過ぎない私には理解できないだろう。そんな迷いがあったとしたら、正確な判断へと導いていただけるのは、少なくとも私が遠くにいて読んだかぎりで石牟礼道子さんしかあり得ない。そう考えていたのだが、固辞される理由もわかる。せめてその過程をみていてほしい。このように申しあげる他になかった。

ひとりだけでの審査はきびしい。委員会のような複数の審議では相手が何を考えているかがわかるので、戦略をたてることもできるが、ひとりの場合は自分に問うしかない。あげくに全責任を背負わされる。数日にわたる審査のおしまい頃に石牟礼道子さんは会場にみえた。私がしぼりこもうとしていたいくつかの案の説明を申しあげた。うなずくだけで、何もおっしゃらなかった。ひそかに考えておられたご自身の判断とは、私の選ぼうとするのは違っていたのではないかと私には感じられた。だが、あまり目立たないが、私には充分に石牟礼道子さんに賛同いただけるにちがいないと思う案がみつかっていた。それは出来上がってみないと感知できない、容易に言葉に置きかえることもできないものだった。つまり日常的に私たちのもちいる言葉を超えていくような種類の表現だった。

匿名のコンペだったので、作者名をいれた封筒を開くまで誰の作品か予想もつかなかった。ジュゼッペ・バローネという若い無名のイタリア人建築家の案だった。アドリア海をのぞむ丘の街に生まれそだったことが、後でわかった。

完成した水俣メモリアルは、みかけはなにもないと思えるほど簡単なものである。丘が幾段ものステップに整理される。どこからも眼下に不知火海がのぞめる。一隅にマルセル・デュシャンの大ガラスを想わせる透明ガラスが立ち、その中間にブロンズ製の箱が組み込まれ、水俣病死亡者名簿が収められる。丘のステップ上には一〇八箇のみがかれたステンレス球がころがっている。それだけのものだった。私はこのステンレス球のアイデアに注目した。日が暮れて、ステップの端に埋められたわずかな光が、この球の表面に反射するだろう。それは不知火海のいさり火のようにみえるに違いない。いや、あの古代の呪言をみいだした折口信夫に従えば、その球は「たま」ではないか。「ひ」が出入りすると説かれている。私には不知火の海にただよっている死者たちの魂すなわち「ひ」がこの丘にかえってきて「たま」に宿るようにみえると思えた。おそらく作者バローネは石牟礼道子さんのことも知らなかっただろう。勿論折口信夫の「石に出で入るもの」など読んでもいなかっただろう。だから偶然に石ではなくステンレス球がえらばれていた。それがこのメモリアルを現代のものにした。

白装束の語り部の発していた声が、私をこのような判断に導いた。あの声は遠くからやってくる。石牟礼道子さんはその声をみちびきだすような言葉をつむいでいた。遠い世界との交信のなされる手がかりとしての言葉である。メモリアルのデザインに求められるのも、同じような視覚言語である。私は石牟礼道子さんのうみだす言葉と同じ働きをする物を捜していたといってもいい。そして、大げさな身振りの目立つ、悪しきモニュメントの手法ばかりの大多数の案の中で、この異国の未知の建築家の案がみつかってほっとしていた。審査会場で石牟礼道子さんにお目にかかっても、こんな説明を申しあげる余裕はなかった。雄弁になることなんてありえない。死者の魂を招くことには、気が滅入るほどの重さがともなっている。私はやっと立っていた程だった。石牟礼道子さんは、そんな重さの中で言葉を書かれている。並々ならぬ強靭な意志でしかやりとげえない仕事だと私は想像している。

（いそざき・あらた／建築家）

花あかり

上條恒彦

二〇〇二年十一月から開催された「水俣・名古屋展」で、主催の水俣フォーラムから講演の依頼があり、すっかり慌ててしまった。台本に書かれた科白もなく、あるいは伴奏もなく一人壇上に出て話すのはどうにも性に合わず、講演と聞いただけで縮み上がってしまう。おまけにぼくは、水俣については全く不勉強で、発足当初からのフォーラムの会員ではあるけれど、年会費とささやかなカンパをするだけの不良会員。講演する資格など、どこにもなかった。

けれども、そんな言い訳は冗談としか受け取ってもらえず、こちらには不良会員としての負い目もあり、歌をからめてほんの四、五十分という講演を引き受けることになってしまった。それで、急ぎ事務局へ行って、関連の本を数冊お借りし、劇場往復の電車の中、出待ちの楽屋などで斜めに読んではみたものの、そんな浅漬け一夜漬に何の効果のあるはずもなく、その通りの結果に終わった。

ただ、そのささやかな水俣体験から、歌をつくってみようと思い立った。歌ならば、恥ずかしいことに変りはなくとも、たぶん話ほど縮み上ることはないだろうし、不学なら不学なりの思いは、伝えることができるのではなかろうかと。

ぼくの頭の中には、「水俣展」のブックレットに収められた、石牟礼さんの講演録「形見の声」（魂のことを話しておられる）の中の、悲惨だけれどもとても美しいエピソードがあった。

湯堂の入江に面した段丘に広がる集落の中腹に、それはそれは見事な花を咲かせる、大きな桜の古木があった。不知火海の対岸の天草の船人たちも「湯堂の奥には花あかりがするぞ」と、まるで桜の魂に導かれるように漕ぎ入れて、渚の井戸の水を汲んで花見をしたというほどの。

その桜の家の娘さんが水俣病になられた。普段は、人前で踊ることなど思いもよらない恥ずかしがり屋だったが、花が咲くといても立ってもいられないというふうに、夜更けて人通りのとだえた樹下でひとり舞ったと。そのきよ子さんが、手足がひもをねじり合わせたようになって、嫁にもいかず亡くなった。

ご自身も被患しておられた母親のトキノさんは、花が咲くと娘を偲んで線香を上げておられたが、「思えばせつのうして」と桜を伐り、「きよ子につけてやりました」という話。

石牟礼さんは、恐らくぼくの歌なぞご存知ないと思い、フォーラム事務局長の実川悠太さんに橋渡し願って、自己紹介のつもりで九六年に自主制作してあったCDをお送りすると、すぐさま、芸術選奨を受けられたばかりの、美しい詩集『はにかみの国』を送って下さる。そこで、できる限りイメージを広げようと、石牟礼さんの著作を求め、準備を重ねる。

そこへ、そのころ制作中だったCDにその曲を収めてはどうか、という話が持ち上がり、所用があるという実川氏に同行させていただき、急遽熊本の仕事場に石牟礼さんをお訪ねすることにする。水俣も、コンサートで数回行っただけで知らないに等しく、何より湯堂の渚に立っておく必要がある。

湯堂では先ず、きよ子さんの弟・坂本登さんを訪ねて、線香を上げさせていただく。遺影は描かれたもの。それもまさに「凄絶な美貌」の、いまにも語り出しそうな寝姿である。

集落を少し下った、以前住んでおられた辺り、桜のあった場所へも行く。三月のやわらかい薄日の中、鮮かに菜の花が咲き、ちいさな、まどろむような入江が見下ろせる。

語り部・杉本栄子さんのご長男肇さんが、友人と、茂道から船を出し、岬をまわって湯堂に乗り入れ、今度は海から桜のあった辺りを見せて下さる。天草の船人たちの目線だ。海面に、思いのほか大きな水の盛り上がりがある。「紫尾山の水口」。太古の昔から、あの野放しの惨劇の時代を経ていまなお、人間の汚染を浄化し続けている清冽な湧水である。

その夜は、石牟礼さんお奨めの湯の鶴に宿をとり、翌朝、水俣病療養施設明水園、胎児性の人たちの共同作業所ほっとはうす、水銀埋立地の地蔵群を訪ね、午後、熊本へ向かう。

石牟礼さんは体調を崩しておられた。だがその午後いっぱいをぼくにさいて下さる。そのうえ、見事な鯖の寿司と天ぷらをとり寄せ、終始黙っておられた渡辺京二さんが、ホーレン草のゴマ和えと具沢山の野菜の吸い物を作って下さりまでして。

ぼくは全体の構想をお話しし、断片を聴いていただく。しばらく考えてから石牟礼さんは、暗くないのはいいですね、とおっしゃって下さる。

ガラス戸越しのちいさな庭に、若いしだれ梅が一本ぽつんと立っていて、散り残りの花がいくつか、夕闇に浮き出していた。


（かみじょう・つねひこ／俳優・歌手）

原初の調べ

大倉正之助

私のように文才のない者が『石牟礼道子詩文コレクション5　音』の解説とは恐縮ですが、これも御縁と思って、石牟礼道子さんとの出会いのこと等に触れながら、現代社会環境や大鼓のことを通し、「音」について少し筆を取らせて頂きます。

一九九五年一月、阪神大震災の二日後、電気も水道も止まり、ビルが横たわり家々が崩れ落ち、闇の中に静まり返った神戸中心部の被災地で救援活動の最中、『あけぼの』編集のシスター緒方さんと出会った。その年の五月、シスター緒方さんに誘われ、石牟礼道子さんが国立能楽堂での舞台を見に来られ、その折楽屋口でお目にかかったのが初めてでした。石牟礼さんは、消え入りそうな、か細い声で私が満月の夜に大鼓を打っていること等、興味深げにお尋ねになり、また水俣のこと等を言葉少なにお話しくださいました。その時に、水俣へ行ってみたいという思いと呼応して、本願の会より石仏建立の折に祈願の大鼓を打ってくださいとの依頼があり、九月一日水俣湾の埋立地で、大鼓を打たせて頂いたのが御縁でしばしば水俣へ通うことになったのです。

当時の私は、世界中の音楽家たちとの共演や、アメリカ・インディアンとの旅や暮らし、世界中のオートバイライダーたちとの交流等を盛んにしており、水俣という現代日本、今日の発展の陰で受けた痛みというものが、人間のみならず母なる地球が今受けている様々な環境破壊と重複して見えたのです。まさにそのことは私の大鼓にも繋がっているのです。

大鼓は、馬の皮、桜の木、麻、絹等の自然素材をもとに形作られています。大鼓（大皮とも言う）、その原点に思いを巡らせてみると、一説にはチベットの祭礼において使われる、亡くなった高僧の頭蓋骨にその人の皮を張り付けた打楽器というか打ち鳴らすもの、その高僧の頭蓋骨と皮膚から打ち出る響き、振動、波動をもって、その場に存在感を示す道具であったとか……。また一説には、中国五千年前の石窟の壁画の中に、当時の皇帝や司祭が腰に抱え、口を開け、今にも打たんとする絵から想像される祝祭における祈祷祈願を唱えつつ、打ち鳴らした鼓であるとか……。それらのように何か呪術性をもった道具としての役割が原初の姿であったのだろうと思います。そしてそのような源流に思いを馳せながらこの大鼓に向き合っていると、日本の地に残され培われてきた古代よりの精神文化が脈々と宿る道具であると思うのです。

私も含め、今この大鼓に携わるうち、現役の奏者はほとんどが戦後派で占められています。日本文化を生み出した背景における日本の音（調べ）は、歴史の中でそれぞれの時代に有った渡来の音や外来文化の影響を受けて熟成されてきたものであると思うのですが、特に第二次大戦後の劇的な変化を受けて、近代的音感教育及びラジオ、テレビ、映画等様々な暮らしの中で耳にするものは、この西洋の近代的音感を元にした音楽表現が主です。その音の洪水に、我々日本人が古より培ってきた調べの感性を喪失し、且つ変調を来してしまっているのが、現代日本人の姿と言っても過言ではないと思います。これは自分自身への戒めをもって言うことですが、人よりも大きな音、目立つ音、又、鮮明でわかりやすく、誰が聞いても良いと思わなければ安心しない等、人間本位の人工的な音が中心になってしまいました。

環境との関わりで、音は重要な役目があると思います。例えば田楽は農業を営む上で大切な芸能です。人が音を奏でることで、音が人間と田畑の神々との仲立ちをし、より良い関係を造ることで、豊な実りに与かれる。また農作物の生育に影響を与え、病害虫から守る効果もあるのではないかと思います。近年、植物も音に反応することが科学的に解ってきました。人の猥雑な話し声は嫌がりますが、美しい言葉や唄、音楽は喜んでくれるようです。暮らしの中にある音も、人間を育む上で大切なもので、ちょっと前までは、垣根越しに弦の爪弾きや笛、鼓の調べ、謡や人の善き気配が伝わってきたものです。その様な環境の中で、人々が暮らし、子供が遊んでいながら触れることで、文化的素養が育まれてきたことでしょう。家の中でも襖越しに祖父や父が稽古する、その気配に緊張や和みを感じ、次第にその家の子供としての自覚に目覚めていったのです。

本来調べというものは、自然と人とが調和を成して生ずる音のことです。四季の移ろいや天候の変化、演奏の場の条件に、打手（奏者）の気質等が様々に繋がっています。そこでは打手の役割は半分、後の半分はそれらの条件を受け入れることでしょう。しかし今の人間は、現代社会が自然を配下に従えようと試みたように、全てを我が意のままにしようとしたことから環境負荷が増したように、道具である鼓もより安定した人間本位の良い音を求めることとなりました。大鼓皮の馬皮はより強い火で焙じられ、且つ麻の紐はより太くなり、それで強く張りつめられた上に、指には固いはめ物をして、激しく打ち込まれることが常となったのもここ半世紀の間です。このことにより大鼓の皮や麻の紐は消耗品となり、炭も備長炭を大量に使用するようになり、環境に対する負荷は増えているのです。その事は調べの本質から離れたものになるのではないでしょうか。音の価値も善し悪しの二元的なものとなり、旬の要素は排除される傾向があります。春夏秋冬の変化、晴雨の湿度の違いによる鼓への影響等の不確定要素との調和が調べなのです。また、身体表現の謡にも言えますが、以前、能を御覧になられた方から、能舞台上、地謡という六、八人編成の所謂コーラスの様なものですが、声の不揃いを指摘されたことがありました。確かにこれも現代人にしてみれば異様に聞こえるかも知れません。しかし能の謡は地声で、コーラスと違うところはテノールやソプラノというような枠はなく、各々の個性がぶつかり合い、拮抗関係と緊張感の中、舞台上で徐々に声を出すごとに練り上げられていく始まりから終焉まで、一つの生命の成長過程を見守る様なこととなります。同じく鼓の調べも舞台出演直前に大鼓を組み立てて奏でるので、始めの硬い調子から中盤から後半の伸びやかな調子へと音も成長するのです。単に楽器として捉えるならば、組み上がった大鼓の音を楽屋でよく調整するのでしょうが、能では、出演直前のお調べという儀礼的な一時しか確認が出来ません。観客もその場に起こる偶然性を含んだ一期一会に想像力を加味して、一人一人の楽しみ方ができるのです。兎角今の時代、ジャンル分け等何でも解り易いものが好まれ、安定志向になっているのでしょう。戦前の能評家が老女物の曲で、鼓の調べが老女の如き枯葉がパサリと落ちたように聞こえたと鼓の名手を評していたのですが、今なら差し詰め鼓を打ち損ねた音としか捉えて貰えないかも知れません。

伝統芸能の能、今の姿は創生当時のようにはいかないでしょう。音響照明等設備の違いも然ることながら、人の身体能力も視覚、聴覚、嗅覚等、五感、六感全てに於いて損なわれています。現代の舞台は煌々と明るく隅々まで照らし、建物の中に収まったので他の外界の音は遮断され、より集中出来る環境ですが、深く観ることが出来るとは限りません。このことは現代の生活環境にも言えますが、人間本位の科学技術の進歩は、人間が持っている身体機能を補ううちに、次第に人間自身の機能を退化させてしまいます。これらの事柄は、負のスパイラルに入ったかのように連鎖しているのです。

ここからの脱出は、極端かもしれませんが、古代の価値観を現代生活文化に据えて暮らしている先住民の知恵にあやかってみることで、少し先行きが見えてくるのではないでしょうか。私が出会った先住民はアイヌ、アボリジニ、アメリカ・インディアンです。特にアメリカ・インディアンとは、共に旅し音楽交流する中で、我々日本人が古来培ってきた自然崇拝や山岳信仰的な生活文化が残っていることに驚きました。あの文明を享受した大国アメリカ、その奥深く広大な大地の真っただ中で、断食行や火の行、水の行などの荒行をひとにぎりの人々とはいえ今尚行っている現実は感興を呼び起こします。

私自身その祭りに参加するうちに、アメリカ中西部の荒涼とした大地の上で、遠く日本の古代のさまを垣間見たのでした。彼達の伝承の仕方は、普段は普通に暮らし、祭りの折には誰に指図されることもなく各々のペースで、皆が思い思いに道具や材料を持ち寄って準備をします。阿吽の呼吸とでもいいますか、互いが互いを感じ思いやっているのが解ります。やはり舞、唄、音楽が有りますが、それらは太鼓を打ちながら火の付いたように唄い、舞は様々の精霊達と一体に成って舞われ、我々の伝統文化と似通っています。彼らが言うには、先祖の辿った道程を追体験することで、理屈でなく体で理解することが大事であると。つい文明社会の中で、楽を知り敢えてそこまでは必要ないだろう等、勝手に決め付けてしまいがちですが、体に刷り込まれた経験は深く人の記憶に刻み込まれ、伝承されていくのだと思います。

同じ様に、石牟礼道子さんの文章表現には、言葉の持つ原初的響き、力が漲っていて、その言葉には、ものの生命が掬い上げられているかのようです。先住民の叡智、その系譜を元とする日本文化精神の得手は、能楽、茶の湯や華道、又例えば包丁式等に表される、そのものの生命に真摯に向き合い、それが最も美しく煌めく瞬間を美に昇華させて表現することです。触れる者に美的感動を通して、その生命の実在と価値を知らしめることで、人間が生かされている存在だと伝えてくれます。そのことが、自然界のもの言わずとも意思持つ者達を納得させ、互いの鎮魂に繫がるのでしょう。自然界と人が調和を保てれば、自然は本来、四季の移り変わりも鮮やかに、規則正しく五日に一度風が吹き、十日に一度雨が降ると伝え聞いたのを思い出します。まさに石牟礼道子さんの表現は、森羅万象、自然界の刻々と変化する様相を光風の如く表され、触れる者の魂を目覚めさせてくれます。

（おおくら・しょうのすけ／大鼓奏者）

形見の声

志村ふくみ

時折石牟礼さんからお電話をいただく。それは遠くかすかなお声で、どこかあらぬ国から響いてくるようである。すると、私もすぐさま別世界にすべりこんで、ひたすら色の話をしている。

「赤とはいえ、緋(ひ)色なんです。一点そこだけ凝縮した色なのです。」

「ええわかります。その色は霊性の緋色ですね。この世のものではない。海の果てに一瞬燃えて消えてゆくのですね。」

その時私の瞳の奥に焼けつくような緋色を見ていた。童女あやの衣裳である。

先年、石牟礼さんが新作能「沖の宮」の原稿を送って下さり、その中の天草四郎の衣裳を作って下さいと伝えられた時、その色はかつてお目にかけたことのあるくさぎの実で染めた「水縹色(みはなだいろ)」であることを伺い、一瞬天青の色と呼んでいる水浅葱の透きとおる色が電波の如く私の中に流れ込んだ。色は時空を超えている。私の中で緋色と水縹色が決定的に浸み透った。果たしてその色を染め出すことができるだろうか。ではなく必ず染め出さねばならない。昨年熊本に伺った時も、「沖の宮」の場面を瑞々しく語って下さり、紺碧の海に緋色の一点が瞬時に昇天するのを感じた。

石牟礼さんはどこか半身をあらぬところに住まわせていられるようなお方である。その文学、小説、詩、和歌の世界に踏み入ると、仰天するほどの異界の領域にひきこまれるが、しばらくするともう吾が身は、まぎれもなくその土や草々の精と睦び合って遠つ世の祖様たちと手をとり合っているのだ。ひょっとするとその妣たちとは、亡くなった母や姉ではないかと、母層と呼ばれる命のさんざめく海のほとりに、蝶になり、貝になり、狐になって遊びたわむれているような気がするのである。

「もしこの文字の背後に、文字以前の、はかり知れぬ悠遠なことばの時代の記憶が残されているとすれば、漢字の体系は、この文化圏における人類の歩みを貫いて、その歴史を如実に示す地層の断面であるといえよう。」

（『漢字』岩波新書、一九七〇年）

これは白川静先生の言葉であるが、このくだりを読んだ時、石牟礼さんは、「めまいのような昂奮をおぼえ」、「『文字以前の、はかりしれぬ悠遠なことばの時代の記憶』が、わたし自身の無意識界で目ざめようとして、言霊の大地がふいに足もとでざわめきはじめ、身震いするのである。」と語っている（「祖様でございますぞ」『全集』一六巻所収）。

さらに、この一連の文章を読んだ時、私の身内を走った戦慄は何だったのだろう。それは「古代の直系であるところの草や樹たちが生気にみちてみるみる繁茂する気配」が石牟礼さん自身をとりつつみ、ひいては私までとりこまれてゆく。「文字以前のはかり知れぬ悠遠なことばの時代の記憶」が次第に目覚め、「存在というものは本来このような息吹きをもった世界だったのだと、あらためて気づかされ」、「神との応答の中で成立し定着してゆく有様を見るとき、あらゆる存在がぞよめき出す気持にもなる」と石牟礼さんは語る（「 」内いずれも「祖様でございますぞ」より）。それらの言葉は私にとって、今まで深い海底にあって文字以前の記憶がかすかな筆の先の気配によって、ゆらめき、静かにたち昇って、光の射す海面に姿をあらわしたかのような衝撃だった。

ほかならぬ石牟礼さんの巫祝の世界からのことぶれである。あの厖大な文学はいづこから生れたのか。あの自在にして、無類の変幻の妙は、まさに古代へむかう道が悠遠という色彩を帯びてひらけ、石牟礼さん自身の息吹きになって伝わってくる。もし石牟礼さんが存在しなければ、或は石牟礼さんの文学が生れていなければ、九州の水俣というところでチッソ水銀を飲んだ魚を食べて多くの人が苦しんで亡くなったという、今処々でおこっている公害問題としてしか伝わってこなかったかも知れない。

人間がこの想像を絶する苦難の果てに見捨てられてゆく人々を、かくまで荘厳し、この受難の何であるかを解きあかす存在がなければ、この人類の無限地獄、底なしの暗愚がどうして正されよう。未来にむけてその扉がどうして開かれるであろうかと問う時、石牟礼さんは次のように語る。

「救いはないいんです。だから、人さまに救ってもらうんじゃなくて、自分たちで自分たちの魂を、まず救済する。まず自分が、孤独な自分がどうやったら救われるか、ですよね。（略）まず自分が人間になりなおすという作業かもしれません。復活といってもいいんですけど。復活、魂乞いをして、まず自分が人間になって、人さまに会う。自分達の魂に、それを課すといいますか。（略）水俣病の患者の方々はああいう病状をもちながら、魂の自立を目指して、なんとか立とうとしておられる。自立というのは戦後、とくにはやった言葉でかかわりを切ってゆくことと思われてましたが、この人たちは全部背負い直すとおっしゃいます。日本人がなし遂げることができなかった自立を目指して、低い声ですけれども、本当に長い歴史の母層に秘められて、死なずにいてくれた魂が、受難の極から呼びかけている形見の声だと思います。これが、聞こえなくなったら、日本は、滅びても仕方がないなと。」

（「未完の世紀」［西島建男との対話］『全集』一六巻所収）

（しむら・ふくみ／染織家）

「石牟礼道子」という想像力

金井景子

『苦海浄土』は、石牟礼道子自身が「処女作」と呼ぶ作品である。そしてその処女作は未完のまま、大きく長い水脈を引いて、石牟礼道子の歩みとともに在った。個人全集はそのほとんどが、著者の文業の決算として編まれるものであるが、『石牟礼道子全集』の希有な面白さは、全集の刊行がその未完の処女作を現代文学として甦らせる使命を帯びたものであったことである。多くの作家にとって墓碑のような著作物たらざるをえない全集が、二〇〇四年四月、世紀を跨いで書き継がれ完結した新生『苦海浄土』の発表の場となったことは、快挙としか言いようがない。並外れた頭部や尾ひれ、腹の一部を見せつつも全貌を現すことはないかもしれないと思われた『苦海浄土』が、歴史の波間から二〇〇〇枚を超える巨大な体躯を跳躍させてみせた瞬間に、わたしたちは立ち会ったのであった。

文字通り、持ち重りのする全集の第二巻と第三巻を読み進めつつ、さて『苦海浄土』の全容が分ったかと言えば、むしろその逆で、いったい、何がどうなったらこんな途方もないものが産み出されるのか、呆然としてしまったのは、私だけではないはずである。以後、配本される全集を一巻ずつ読み進めることは、散文や韻文、戯曲、対話、講演録、書簡とさまざまな形式で綴られたことばに向き合い、「石牟礼道子」と名付けられた想像力の動きに、寄り添い打ちのめされる喜びと痛みを味わうことであった。

私がこの全集を通じて、「現代文学」として『苦海浄土』と並び大きな刺激を受けたのは、『詩人・高群逸枝』(第十七巻)――とりわけ、未発表の「森の家日記」である。石牟礼道子が高群逸枝から大きな影響を受けて来たことは、これまでも指摘されてきたところであるが、『高群逸枝雑誌』ほかに書き継がれつつも纏められぬまま、やはり世紀を超えて来た高群逸枝論の数々は、「石牟礼道子」という想像力の根幹に、高群逸枝と彼女を支え続けた橋本憲三両名の志を継ぐという決意が、動かし難く存在したことを証している。

「『最後の人』覚え書――橋本憲三氏の死」という文章の中で、石牟礼道子は「高群逸枝」を識ったのは、三十六歳ごろから郷土資料を渉猟すべく通い始めた淇水文庫(徳富蘇峰の寄贈になる水俣の図書館。一九八二年に水俣市立図書館が開館するまでは、水俣における知の拠点であった。現在は蘇峰記念館となっている)の一隅であったとしている。『苦海浄土』は、水俣病発生の淵源を、一九〇八年に日本窒素肥料株式会社が水俣に工場を開設した時点にまで溯及するに止まらず、化学工場の候補地となる以前からの水俣をまるごと捉え込むことで、日本の近代化を根底から問い直しうる長い射程を持つこととなったわけであるが、まさにその研究活動の手探りの中で、石牟礼道子は高群逸枝著『女性の歴史・上巻』に辿り着いた。当時、淇水文庫での研究活動の水先案内を務めていた館長の中野晋は、「高群逸枝」を本来は詩人であり、日本に二人とはいない真摯な女流の学者でありながら、「読んで下さる方がいなくて、さびしい思い」をしていたと薦めた。石牟礼道子はその後、憑かれたように「高群逸枝」を読み、自身のことばでその輪郭を確かめ、彼女の思想の中核に在る「女性」や「母性」の捉え直しを引き受けていくこととなる。

石牟礼道子の「高群逸枝」への傾倒は、高群の没後、『火の国の女の日記』を遺作としてまとめていた橋本憲三を動かして、石牟礼道子の「森の家」滞在を実現させ、ここで『苦海浄土』第一部の核となる部分が執筆され、橋本がこれを読むこととなる。「森の家日記」は、いますべての役割を終えようとする橋本と、運動も執筆もこれから本格化し不退転の状況へと踏み出す石牟礼とが、不在の「高群逸枝」の気配を濃厚に感じて、互いに力づけ合う奇跡のような時空が描かれている。この後の患者運動の際に、石牟礼道子がその闘争の主体として亡くなって行った患者たちを「水俣死民」として立ち上げたとき、それはレトリック等ではなく、遺影や黒旗やご詠歌の響きの回りに生々しく彼らを「感じていた」からにほかならなかったように、死者である「高群逸枝」もまた、橋本憲三と、淇水文庫をも凌駕する規模の「森の家」の蔵書に媒介され、慕わしくかけがえのない存在になって、以後の石牟礼道子を支え続けることになったのだ。「石牟礼道子」という想像力の基盤が、不知火海という大自然にあるのは誰しも認めるところであるが、今回の全集を読みながら、私には、淇水文庫と「森の家」という知の宝庫を蹌踉き歩いた足跡もまた、見逃し難いものに思われる。「一主婦」が「石牟礼道子」となる道程はスリリングで、全く眼が離せないのである。

喜びにせよ、痛みにせよ、それが何に因るものであるかを理解するには、長い時間がかかる。『石牟礼道子全集』を恵まれて、いま思うことは、これからも一層過酷で困難になるであろう未来を生き抜くための、叡智と情熱を与えてくれるこれらのテキストを、ひとりひとりの読者が味読し、自身に問い、内なることばで次世代に手渡すことの大切さである。それぞれが理解のために必要な時間を惜しむのは愚かなことに思える。石牟礼作品はその良さを語ろうとする者に、どうしたわけか大言壮語させる魔力がある（私のこの単文も例外ではない）のだが、そうしたことばのインフレを自戒して、「石牟礼道子」という想像力にまだ出会えていない人々に向け、自分の内なることばを汲み上げ、着実に繋いで届けたいと切に願っている。

（かない・けいこ／日本近現代文学・ジェンダー論）

「悶えてなりと加勢せん」

山形健介

石牟礼さんの作品には、民俗的な智慧や温もり、海や土の香りに満ちた独特の言葉や表現、概念がちりばめられている。中には恐ろしげ、風変わりな言葉もあって、「地獄」もその一つである。二〇〇六の春、初めて話をうかがった時、この「地獄」に出会った。

熊本のご自宅でのインタビューは、戦前の水俣の話から始まった。素朴で心やさしい人々のいた時代を、石牟礼さんは「しばし、水俣は幸福だった」と表現した。撮影なども一段落、ひと休みした時、これから先、団塊世代の老後はどんな時代かと尋ねた。私も写真記者もこの世代である。石牟礼さんはニコニコしながら、「それは地獄でしょうよ」と答えた。少し驚きつつも、「こんな風に『地獄』という言葉が発せられるのか」と、新鮮な思いだった。

「地獄」と言えば、石牟礼さんの『花を奉るの辞』に、「現世はいよいよ地獄とや云わん……ただ滅亡の世迫るを共に住むのみか」という一文がある。この時に思い浮かんだのもこの表白文の一節である。しかし、そのずっと以前から、石牟礼さんは地獄と向かい合い、それを表し語ってきた。地獄に寄り添いながら生きてきたと言ってもおかしくない。

水俣病の災禍の中では、「魂魄(こんぱく)この世にとどまり、決して安らかになど往生しきれぬ」(『苦海浄土』)死者たちを数多く見、どの死も「痛恨ならざる人は一人もいない」と書き、その魂魄たちは、「全部わたしの中に移り住んだ」のだと記している。自らの中に、地獄を抱え込んだ人といってもよい。七〇年代半ばの『陽いさまをはらむ海』という作品は、やさしい題名だが本来は地獄について語ったもの。この時石牟礼さんは、命も生活もあらゆるものが画一化され、地獄ですらが変質、のっぺらぼうで、生命力の薄い「血のない地獄」になりつつあるのではないかと嘆いている。

自分の老後が「地獄でしょうよ」と言われたのはショックだったが、「地獄の専門家」にためらいなく言われると、奇妙な爽快感があった。それに、この言葉を発した石牟礼さんのニコニコした笑顔には、不思議な安心感があった。

笑顔の理由は、いまもよくわからない。しかし、見当外れかもしれないが、この笑顔は、やはり石牟礼さんの世界に登場する主要キャラクターの一人、「悶え神」さんの応援、励ましかもしれないと思うことがある。

この日の話は「水俣」にとどまらず、「子ども」や「高齢者」、「風土」といった話題にも広がった。とりわけ子どもたちの未来について、石牟礼さんは身を乗り出すように語った。

石牟礼さんの作品は、深い悲哀や諦観、激しい怒りを表す一方で、慈愛と安らぎにあふれ、喜びに輝く世界をたくさん描いている。人と人が心を通い合わせ、人間が海、山、草木と、また獣、鳥、魚とも結ばれた「いのち賑わう」、「玄郷」の世界である。

これは架空ではなく、一瞬かもしれないが、間違いなく石牟礼さんが身体で知り、「あったのだ」と言える世界である。石牟礼さんには、ここに子どもの将来を頼もうとの思いがあるのであろう。「人々に未来があるとすれば、それは玄郷の世界を思い浮べる、ということにある」(『苦海に生きる』)と言う。

そして、自分のように玄郷の一端を知る年寄りたちに呼びかける。それが存在した時代と今は、何がどう違ってしまったのか、生まれ育った時代を考えれば、何か手がかりがあるはずだ。「思い出してほしい」「老人にも役割がある」と、声を絞り出すように語った。

こんな姿が、まさに「悶え神」さんなのだと思う。

石牟礼さんの生まれ育った地には、人の災難、悲しみに対して、「悶えてなりと加勢せねば」という言い方があるという。非力、無力であっても、「人の悲しみを自分の悲しみとして悶える人間がいると〈悶え神〉とか称していた」(『悶える神』)そうである。

絶望を言いながら石牟礼さんは諦め切ってはいない。子どもたちの未来、海や山、ふるさとの行く方に悶え、日々のニュースに、時に「けしからんではないか」と憤っている。

「地獄でしょうよ」と言った笑顔は、石牟礼さんの私たち世代に対する歯がゆさ、「頑張りなさい」

という激励、遠慮がちな加勢かと思う。

近況を伝える新聞によると、いま石牟礼さんは、天草四郎や鈴木重成が登場する新作能に取り組んでいるそうである。この二人も「悶え神」である。

不自由さが増す身体だが、「寝たきりにはなりたくない。部屋の端から端まで、車いすで動くとき、九州から北海道まで行くような時間がかかっても」と語っている。

これも「悶えてなりと加勢せん」の心意気であろう。

（やまがた・けんすけ／筆耕舎・元日本経済新聞編集委員）

「もはやない」と「まだない」のあわい

伊藤洋典

政治思想という学問を主なフィールドとする私は、数年前、ある研究会から私がそれまで多少読みかじってきたハンナ・アレントというユダヤ人の女性思想家と誰か日本の思想家を比較した報告をしないかと誘われた。

そのとき、咄嗟に私の頭に浮かんだのが、石牟礼さんだったのである。もちろん、アレントと石牟礼さんとを比較するということがいかに牽強付会（けんきょうふかい）であるかは承知しているつもりであった。土俗の方言という表現手段を通して、森羅万象がつながる生類の世界を透視しようとする石牟礼さんと、古代ギリシアにおけるポリスの政治を現代に蘇らせようとするアレントの間をつなごうというのは、我が目にもいささか強引であると思えた。

しかし、瞬間的に私には、全体主義という二十世紀最大の問題を、歴史学的でも、心理学的でもない特異な方法を用いながら、人間が人格を失い解体され、「見捨てられた」状況におかれることであるとして捉えた、アレントのその着眼が、破壊され、「見捨てられた」辺境の民のなかに、あたかも陰画を見るごとく、浄土を見出し、逆に現代日本の問題状況を照らし出そうとする石牟礼さんの着眼に重なって見えたのである。

その後、多少の共通点は感じながらも、しかし、私はアレントとは無関係に石牟礼さんの著作を読み耽って行った。豊饒で、複雑で、それでいてどこかはかない雰囲気を伝える著作を読み継ぎながら、私は、石牟礼文学の魅力に取りつかれていった。何といっても私を掴んで離さなかったのは、方言で語られる物語の奥深くに見える、人と自然とが心を通い合わせる身体的世界の像であった。「生類の世界」というのか「魂」の世界というのか、たとえば、「空が見えて雲が流れていく。そして女郎花の花粉がそれに向かって飛んで行く。そのときに、生きているということが非常に不思議で……。つまり非常に大きな世界のなかで、花や空の色や雲のなかで、生命が通い合っていると言いますか、一種の恍惚感のような出会いというのを覚えています。それは意識というより存在を感じたと思うんです。」(『樹の中の鬼』)というような文章に見える「存在」の世界に私は惹かれて行ったのである。

身体を起点としてつながる世界の姿。対象化したり、道具化したりする以前の人間と世界の魂の通い合った世界。このような世界を民衆の生活の中に描き出す石牟礼さんの筆力に魅了されたのである。しかもそれは、一見そう見えるほど単なる牧歌的な賛美などではない。そのような描写の向こう側には、それが奪われたことへの痛恨の思いと奪った企業、国家を含めた近代システムへの激しい告発の思いがあり、同時にまた、日本の辺境への「愛憎相半ばする」錯綜する思いがある。たとえば『苦海浄土』の「ゆき女聞き書き」にある次のような描写。

「うちが働かんば家内が立たんとじゃもね。うちゃだんだん自分の体が世の中から、離れてゆきよるような気がするとばい。握ることができん。自分の手でモノをしっかり握るちゅうことができん。うちゃじいちゃんの手どころか、大事なむすこば抱き寄せることがでけんごとなったばい。そらもう仕様もなかが、わが口を養う茶碗も抱えられん、箸も握られんとよ。足も地につけて歩きよる気のせん、宙に浮いとるごたる。心ぼそか。世の中から一人引き離されてゆきよるごたる。」

石牟礼さんの文章には、人間をこのような状況に追い込んだ近代システムなるものへのまことに激しい告発の言葉が随所にある。

時代的な背景と重ねてみれば、六〇年代から七〇年代にかけての時代は、都市化・工業化からの価値転換の予兆を感じさせる時代でもあったが、このような動向と石牟礼さんの作品をつなげてみることもできるだろう。あるいは石牟礼さんのそもそもの出発点に「サークル村」の運動があるように、日本の近代化によって破壊され、失われた原風景としての共同体（「村」といってもよいかもしれない）の思想とつなげることもできようし、逆にまた日本の現実の共同体がその内部に深い差別的構造をもっていたことへのまなざしを見て取ることもできよう。あるいはもう一歩踏み込んで、目に見えない有機水銀が日常の食物を汚染していたという、ウルリヒ・ベックが『危険社会』で指摘したような、危険を免れた外部の喪失という問題にも石牟礼さんの視線は及んでいるとみることもできる。

しかし、このような錯綜した状況を石牟礼さんの著作に読み込めば読み込むほど、彼女が描いた美しい生類の世界がはかなくも切ないものとして胸に迫ってくるのである。これは遠い過去の幻なのか、それとも石牟礼道子という稀有な作家の筆力によって掴み取られた未来なのか。それともどちらでもないのか、どちらでもあるのか。石牟礼さんの作品を読みながら、私は、この「もはやない」と「まだない」の間に立たされる思いがするのである。

（いとう・ひろのり／政治思想）

石牟礼道子そして渡辺京二に導かれて

黒田杏子

俳人で、深夜叢書社代表の齋藤愼爾さんと『俳壇』という雑誌で対談をした。いつの間にか石牟礼道子さんの世界を語り合うことになっていて、心が満たされた。一九三九年生まれの愼爾さんは私より一歳若い。深夜叢書社はことし四十年を迎えたので、彼は二十五歳のときに、この小さな、しかし存在感のある出版社を興したのである。

石牟礼道子という人は、私の自分史を振り返るとき、常に大きな影響を与えつづけて下さった作家。直接会って言葉を交したことは一度もないが、一貫して、いつも私の魂を照らし励まし続けてくれた稀有のお人であった。

かの『苦海浄土』が講談社文庫となって刊行されたのは一九七二年十二月。その解説「石牟礼道子の世界」は渡辺京二さんが書かれている。渡辺さんのこの名文を私はどれだけくり返し読んだことか。読むだけでなく、筆写しながら、泣き濡れてもいたのだ。真実に美しい文章の前で。

卒業と同時に広告会社に勤めていた私は、当時、この解説に対しているときだけ、〈魂の自由人〉となっていた。『苦海浄土』の作者と解説者は、あたかも渚に近い海原に佇つ見事なひとつの岩のように、ずっと昔から共に朝日を浴び、夕日に染まって闇に沈んでは永遠の刻を重ねている存在のように感じられた。ひとりひとりがしっかりと孤立していて、その上で根源的な連帯を果たす。憧れの状況ではないか。

大学卒業以来中断していた句作をようやく再開できた頃、夜毎私は古今の名句、秀吟の筆写につとめていた。こころを集中して、写経のように原典を手書きで写してゆく。その時間が人間の精神と身体を正してくれるのだ。入社十年を経た共働きのサラリーウーマンはこの作業に没頭していた。

著作・編著が無数にある愼爾さんには、二〇〇三年刊の『永遠の文庫〈解説〉傑作選』(「リテレール別冊」)という一冊がある。この本の四十選の中に、当然のこと『苦海浄土』が入っている。

さきの対談の折、「渡辺京二はすばらしいよ。僕は彼のあの解説を折にふれて読み返している。何度読んでもその毎に感動する。すっかり暗記している部分も多いよ。あの解説は傑作中の傑作だよ」

と熱っぽく語るので、実は私も石牟礼さんの文章と、渡辺さんの解説を写経のように夜毎筆写していたのだと発言することが出来なくて黙っていた。

しかし、敬愛するこの長年の友人の発言によって、すでに六十代も半ばに達したふたりの男女が、宝石箱の底に大切に沈めていたものが、そっくり同じものであったという事実、私は涙がこぼれそうになって困った。

一九六〇年の夏、東京女子大心理学科の私は、慶応大学英文科の中野利子と共に、大学セツルメントの活動家として大牟田に行き、三井三池炭坑第一組合の炭住に暮らしていた。中野好夫先生の長女の利子は、昔もいまも私のもっとも尊敬する作家のひとりだ。

たった一夏の経験だったが、その地で私は上野英信さんたちの発信する風の流れにたしかに触れ得たのだった。

祈るべき天とおもえど天の病む　道子

この一句を、その後担当していた読売新聞の俳句時評で鑑賞させていただいたこと。石牟礼道子全集の月報4に、「最も暗い時季の仲間として」を書いておられる宇井純さんの妹幸子さんと私は宇都宮の県立高校でクラスメート。兄上の行動には関心を寄せていた。さらに取引先の大手出版社平凡社に、私は三年余り出向して、『アニマ』という雑誌の創刊と普及のプロデュースを担当したこと。チッソ本社に坐りこむ石牟礼さんや水俣の患者さんたちの姿や報道を、無力感に襲われながら遠巻きに眺めつつ働いていた日々のこと。国立能楽堂で梅若六郎さんほかの『不知火』を観て、一夜睡れず句を作りつづけたことなどなど、石牟礼道子という人の慈悲と慈愛の光の宇宙のなかに私は生かされてきたようにも思える。
そんな私にゆくりなくも、栞の文章を綴る機会が与えられるとは。さらになんと石牟礼道子全集第十巻の解説は私の人生の兄貴でもある天才永六輔さんが担当されることのよろこび。
齋藤愼爾と黒田の対談の結論は、「いま、ほんとうの俳句作者であるならば、石牟礼道子の世界に共感しない筈はない。渡辺京二の石牟礼道子論に魂を揺さぶられずにはいられない」というものであった。
「石牟礼道子全集　不知火」のパンフレットをひらくと、まず冒頭の文章に魅きこまれてしまう。

わたしの親の出てきた里は、昔、流人の島でした。生きてふたたび故郷へ帰れなかった罪人たちや、行きだおれの人たちを、この島の人たちは大切にしていた形跡があります。名前を名のるのもはばかって生を終えたのでしょうか。墓は塚の形のままで草にうずもれ、墓碑銘はありません。こういう無縁塚のことを、村の人もわたしの父母も、ひどくつつしむ様子をして、『人さまの墓』と呼んでおりました。「人さま」とは思いのこもった言い方だと思います。――後略。

筆写してゆくととどまらなくなる。

（くろだ・ももこ／俳人）

不知火みっちん

高山文彦

この人は、どこからやって来たのだろうか?

生まれた家は、天草の吉田さんという家らしい。だから、みっちんは、もともと吉田道子。まもなく不知火海を渡って水俣に暮らす。戦後結婚して、石牟礼道子に。どこにでもいる市井の主婦として、子を産み、育てていた。

けれども、どうしてもみっちんは「石牟礼さん」でなければならない。ながくこの名に親しんできたからそう思うのだろうが、「吉田道子さん」ではなんだか迫力がない。

牟礼というのは、古代朝鮮語で「山」をあらわすと聞いた。日本全国に牟礼の地名は多い。調べてみるとやはり海ではなく、山あいの村にこの地名が多い。みっちんの場合、牟礼の上に石がつくので、岩山などを想像したりするが、どうも石材採取の山をとくにそう呼んだようだ。

実父は石工である。と、考えると、石工の娘が嫁いで、晴れて石工らしい姓を得たということか。

石牟礼道子というと、一般的に海のイメージがつよい。でも私には、山か森のイメージがつよかった。『あやとりの記』を読めば、野山に遊ぶみっちんのコスモスが豊かに描かれているし、老樹や巨樹を訪ねて歩く『常世の樹』はもとより、『水はみどろの宮』には山の精たちが跳びまわっている。

私ははじめて水俣を訪れたとき、不知火海の向こうに見える天草の島々が山に映り、不知火海が湖として見えた。実際、土地の人に、「あれはなんという山ですか」と尋ねてしまった。水俣側も海からすぐに山が立ちあがっているし、そのように山々にぐるりととりかこまれた波穏やかな海は、母胎のなかの羊水のようでもあって、とても私のこころは安らいだ。

みっちんは見たことがあるのだろうか。私は不知火というものを二度拝んだことがある。じりじりと陽の照りつける八朔（旧暦の八月一日）の日の午後、岬の突端の神社では、奉納相撲がおこなわれていた。屋台がたくさんならんで、子どもたちが声をあげて跳びまわっていた。

海は波ひとつなく平らかで、私は椿の小道をアイスキャンデーをかじりながら海まで下りて行った。波除堤防にずっと腰掛けていると、夜十時過ぎ、沖から風が吹いてきた。海面を撫でて運ばれてくる風は生温かく、だんだんつよくなり、髪を逆立たせた。そして潮が急に引いてゆき、人の体で言えば脚のくるぶしあたりまで海に浸かっていた入り江の鳥居がすっかり根元まであらわれ、ついにコンクリートの土台までむき出しになった。

午前零時、沿岸のすべての町が明かりを消して、不知火の出を待った。風が、ますますつよくなってきた。

そのあらわれ方は、二度とも似ている。遠くの海上に、ぽっと暗い炎が立ったかと思うと、つつつーとしばらく横に走り、小さくなって消える。するとまた別のところに立って、つつつーと走り、はかなく消える。

「おおお、あそこ、あそこ」

「わあ、出た、出た」

一度目は四つ、二度目はちょっと炎が小さくて、三つ。

あれは水俣の海上あたりではなかったか。むかしはたくさんの不知火が八代や水俣あたりからも見えたと聞くが、それらの炎は野生の心を揺すって、私は泣いて叫(おら)びたくなった。

「この世に居ることが辛くて、顔を隠し、肩を隠し、躰を片側隠し、とうとう消えて魂だけになり、空に浮き出ている一本咲きの彼岸花のような、美しい声だけになっている」と、『あやとりの記』にはある。そういった目には見えぬけれど厳として傍らに存在するものが、私にはわかる。時空など関係ない。不知火を拝んだ日のことを思い出すたびに、みっちんのコスモスが自分の故郷のことのように懐かしく、いとおしい。

銀盤に光る海、すぐにも泳いで渡れそうな天草の島々、灰色のチッソ水俣工場、日を照り返す緑のみかん山、照葉樹林。私は少しだけ高いところから入り江を眺め、杉の丸太を山と積んだ船がつくるやわらかな波や、風がつくるさざ波の紋様に「ああ、これか」と、石牟礼さんの音とリズムとを思った。どんな文学の言葉からも借用されていない原初の音とリズムが、たとえば天草の島影に仏の涅槃の姿を見、水俣病患者の物狂おしい生き死にの姿に神を見た地下(じげ)の人びとのこころに重なる。

近代というものに私はときどき殺意をおぼえてきたが、詩歌から『苦海浄土』へと書きすすまなければならなかったみっちんの転機というものを思うとき、とてつもない不幸をよりによって自分の故郷に背負わされた者が、いかにして殺伐たる近代から言葉をむしりとり、紡いでいったか、私はあの小さな体を拝むたびに、いたわしくなる。不知火の自然の魂が、ひとえにあの童女のような小さな体に吹き込み、蹂躙しているようにも見えて、でも、それでもみっちんは、嬉しそうに微笑んでいるのだ。

（たかやま・ふみひこ／作家）

立ち現われる世界

家中 茂

「これはこれはあねさん。遠かところば、ようお出でなはり申した」

薄明のなかに浮かびあがるようにして現れた老人は、舞台下手から中央へとゆっくりと歩みでて、正面に向かい深々と一礼する。そして、舞台奥の神棚をあらわす燭台に歩み寄り、うずくまって祈祷をはじめる。やがて、柏手を打って正面に向き直り、あねさんに語りはじめる。

「それではあねさん、わしが家の神さんば一統(いっとう)連(づ)れご案内いたしまっしゅ」

この場面を幾度みたことだろう。砂田明一人芝居『天の魚』の冒頭である。一九八〇年二月の浅草木馬亭での公演を皮切りに、砂田さんはこの芝居をもって乙女塚勧進全国行脚の旅にでた。一九九二年までに五五六回上演されたこの芝居に、縁あって、主に一九八〇年から八三年にかけて同行することになった。

「あねさん」とは、猿郷の女、すなわち、原作者の石牟礼道子さんのことだが、舞台の上には、黒装束に大きく口をあけた面の江津野老がみえるだけである。この芝居をみる者は、こうしてはじまった、老人とあねさんのやりとりを舞台の上にみていたつもりが、いつのまにか、自分が「あねさん」

となって老人の語りを受けとめている。このとき、芝居が立ち現れているのは、演者と観客一人ひとりのあいだにおいてであって、観客はすっかりその空間のなかに包み込まれて、個として江津野老と向き合っている。

最後の場面で、いま目の前でその語りを聞いていた江津野老が、すでに一九六九年、水俣病裁判提訴の年に亡くなっていたことを知らされ、そのときまでみていたのが夢幻であったことにあらためて気づかされる。手でつかめるようなリアリティのなかに没入して、現実とは異なる時空を経験していたのである。このように幾重にも「入れ子」の構造を経験することで、自分がいまあることの自明さを揺さぶられ、この世界だけでなく、幾層にもリアルな世界があることを知る。おわりの口上で、水俣の霊たちがやってきて天井桟敷から私たちを見守っているようですと述べられるのを聞くと、それもまたほんとうのことに思われた。

『石牟礼道子全集』の刊行に先立って、『不知火——石牟礼道子のコスモロジー』（藤原書店、二〇〇四年）という本がだされ、「悶え神」を読むことができた。ずいぶん以前に、「人は我が身ひとつの人生しか生きられぬ」というお話を、この「悶え神」という存在のあり方と「対」のこととして、石牟礼さんからうかがった（そういう文章を読んだ）覚えがあり、そのことがずっと自分の奥底にあった。必ずしもそれと意識されていなくとも、なされている「有限性」の自覚にもとづいて、わが身から思いが溢れ出ていってしまうような存在としての「悶え神」。書かれたコンテクストは異なるとしても、宮沢賢治の「雨ニモマケズ」のなかにでてくる「オロオロ」するさまも「悶え」だろう。

昨年（二〇〇六年）、水俣を訪れたのがたまたま彼岸で、そのとき「本願の会」による、石牟礼さんの自作品朗読のＤＶＤ「しゅうりりえんえん――水俣 魂のさけび」の上映会があった。「悶え神」の一節を自分の文章に引用した本を編集していたところだったので、水俣で石牟礼さんの朗読をお聞きできたのは、ご挨拶ができたような気持ちになった。会場にはもちろん、緒方正人さんや杉本栄子さんたちもいらして、石牟礼さんの朗読をご一緒に聞くことになりながら、石牟礼さんの作品として紡ぎ出されてきた言葉はどのようなものとして水俣の方々に受けとめられているのだろうかという思いがうかんだ。

石牟礼さんの描く世界に我が身を重ねあわせてもおられるだろうし、いわれなき苦悩を背負うたことの答えをそのなかに見出そうとしてもおられるだろうか。石牟礼さんは、現実にみたことを書かずに済ますことはできなかったのであろうし、また、叙事詩とでもいえる作品を書くにあたって、どのような役回りをご自身に課せられたのだろうか。映像に映しだされる石牟礼さんの姿をみながら、あらためて石牟礼さんこそ「悶え神」なのだと悟った。以前、ユージン・スミスをとりあげた番組で杉本栄子さんが、上村良子さん智子さん親子の写真を撮ったときのユージン・スミスの心境について、涙ながらにシャッターを切ったに違いないと身悶えしながら語っていた。水俣にはこういう方々がいて、そういう水俣世界のなかで石牟礼さんの作品が紡ぎ出されている。

ここ数年、沖縄の離島の祀りを訪ね歩いて、その場で自分は何に立ち会っているのだろうかと自問することがある。島をあげての祀りのなかでも注目されるのは、蒔いた種子が発芽するのを妨げてはいけないと物音をたてずにじっと慎むさまである。そこでは、人の気配や精神のありようと作物の生育をうながす天の運行とが相互にかよいあうものとして経験されている。種子が発芽したり蕾が花開いたりするのはそのときひとつの世界がうまれることであり、豊穣を祈願して執り行われる祭祀では、一年に一度、世界をうみだしているのである。そうであれば、芸能の奉納に立ち会うとは世界がひらかれるその瞬間に立ち会うことであるに違いない。石牟礼さんの能『不知火』が奉納されるに至ったのも、それが演ぜられることによってはじめて立ち現れる世界が希求されてのことといえるだろう。

（やなか・しげる／環境社会学・村落社会学）

異世界へ、異世界から

伊藤比呂美

由緒あるほとけさまの像に手をあわすようにお慕い申し上げている石牟礼さんのエッセイ集（『石牟礼道子詩文コレクション4　色』）の解説という願ってもないこの機会であった。一も二もなくお引き受けしたのである。それなのに、どうしたことか、いっこうに書けず、長い間書けず、編集のかたからはあたたかく遠慮がちな催促が矢のようにふりかかり、そのうち、そのあたたかさがむしろ毒矢のようにつきささり、困惑し、困憊し、いっそ熊本に帰って石牟礼さんのお顔を見てお声を聞けば書けるんじゃないかと思い、藁にもすがる気持ちで、重たいゲラをかかえて太平洋をざぶざぶと渡って熊本に帰りつき（わたしはカリフォルニア在住なんですが、熊本に親が住んでいて、そのために一ヶ月おきに太平洋を行ったり来たりするという生活をおくっています）石牟礼さんちに押しかけて、お顔を見てお茶いただいて、お話をうかがって、そこにやって来られた渡辺京二さんに挨拶して、そしたら渡辺さんがケーキ出してくださったからそれもいただいて、すっかりテンションが高くなって、あることないことべらべらとしゃべって帰り、帰った直後は、これで書けるなと思ったのだが、やはり書けない……ということを二回くりかえし、編集のかたから逃げ隠れしているうちに、すっかり、生活も、心根も、やさぐれてしまった。以下、敬語をなるたけ廃して書いていきます。これだけお慕いしているので、敬語をつかいたいのはやまやまですが、使っていると大切なところがそれてしまうような気がするので。

ひとつひとつのエッセイは熟読した。読み切った。すばらしかった。どのエピソードも。落ちる椿も。木々も。苔も。古事記とのかかわりも。染めも。

そしてなんていったらいいだろう、わたしは血に酔ったような感覚におぼれていたのである。めまいに襲われてどうしても立ちあがれない、というような読後感であったのである。

エッセイは小説よりずっと軽いと思っていたのだが大間違いであった。

いやたしかに、ひとつひとつのエッセイはエッセイなのである。そのなかでは、書き手の石牟礼さんは、石牟礼さんというひとから遊離しない。できないし、する気もない。全身全霊かたむけてフィクションという世界に自分を持って行かねばならない小説や詩とはだいぶ勝手がちがうのである。

それを、ひとつ読み、ふたつ読み、みっつ読みしているうちに、いわゆるぐるぐるめまいとはこんなものか、三半規管がやられてしまったようなめくるめく感じにさいなまれた。

いったいどんな読者がこの本をかいもとめて読みとおすことができるのだろう。わたしは真剣に心配した、読者たちの健康を。あるいは精神状態を。こんな本を、まんがいちビルの屋上とか川のほとりとかで読んでいたら、めまいが襲ってきたときに危ないではないか。この解説までたどりつけたあなたは、幸運である。

めまいの原因は、おそらく、時間軸と空間軸のずれ、あるいは交錯、そして混乱。

なぜならば、石牟礼さんにそれがないからだ。

色というテーマであつめられているエッセイ群ではあるが、石牟礼さんの濃厚な日常がここにつまっている。

それは、微妙にずれた世界であることに気づかないか。

光景も、その描写も、ことばも、じつにうつくしい。ほわおとため息をついて身をまかす。しかし同時に、こんなふうにこのひとは自分を見、世界を見ているのかと思うと、不思議である。

じつをいえば石牟礼さんのフィクションの本質もそこにあるとわたしは感じている。でもそこには「わたし」は出てこないで「人」がでてくる。人は力強く、現実とかかわりあいながら生きる。とくに石牟礼さんが聴き取り、書き取ったことばは、どんなにみじかいため息のようなものでも、つぶやきでも、まるでいま、ここで、耳の中に生臭い息とともに吹き込まれているかのような、臨場感を持つ。人々は、ことばに支えられて、現実の存在よりおそらく何十倍にも濃厚な存在になってしっかり生き抜く。

しかしエッセイには、エッセイであるという制限がある。

地の文を書いたのはあきらかに石牟礼さんである。それはみんなが納得している。

石牟礼さんがあらゆる軸の起点にいる。だから、そこではげしいゆがみを生み出している。

今は午前十一時十五分でいまから二時間たてば午後一時十五分になる。というような常識は適用されない。石牟礼さん的には、十五分後には午前十時三十分になるのかもしれず、一時間後には午後六時十分になり、二時間後には午後一時十五分になる、からである。

同時に、たしかにどこそこと場所について書いてあるところも、ここはあそこで、あそこはむこうだ、というような感覚がつきまとう。

軸をみだし、ゆがめ、無視しながら、石牟礼さんというひとが、自在に動いていくさまをみつめる。それがこのエッセイ群を読みとおすという体験だ。何もかもが現実から遊離しているようで、遊離しながら、いやになまなましく、しかしそれが、どういうわけかゆがんでみえて、凄まじくて堪らない。

「眠りに入る前に、まなうらを流れる幻覚のふしぎが、うとうと意識を形成しはじめたのだと思う赤んぼ体験がある」ではじまる「幼児幻想の色彩」というみじかい、美しい、エッセイがある。そこでは、赤ん坊の石牟礼さんが、外界をみつめているのである。

山の畠（はたけ）の女郎花（おみなえし）の下とか、萩の花のしだれる下によく転がされていた。秋の陽は赤んぼには強すぎるから、畠がすむまで日蔭に置いたつもりだったろう。目の上に、女郎花の黄色い花粉でできたような暈（かさ）が幾重（いくえ）にもひろがっていた。花の暈の奥は抜けるような秋空で、薄い雲が行き来してねむりに入った。

（『石牟礼道子詩文コレクション４　色』「幼児幻想の色彩」）

ここでやめようと思ったが、やめられない。つづけて引用する。こうして書きうつしているこの間にも、ほら、ぐるぐるとめまいが襲い、わたしはトランス状態にひきこまれていく。

椿の枝に女籠をつり下げて入れられていたりしたのは、地上に春の虫たちの行き来する季節だったからにちがいない。揺れる椿がかぶさって来て蜜が降り、赤んぼでもあまり快適ではなかった。魂がずいぶん入った頃はまた秋で、赤い唐がらし畠のそばである。這って行って、千切って食べて、全身がかっと燃え上がり、母の口ばしった、

「死ぬぞぅ！」

という言葉の意味がよくわかった。

（同前）

めまいのさらなる原因は、石牟礼さんのことばにつきまとう濃厚な血のにおいである。人のからだから流れ出て赤く見える血だけではない。わたしは、むしろわたしたちのからだを流れる血そのもののにおいが、むうっとするほど嗅ぎとれる。ああ生きている生きている。でも生に執着してるわけじゃない。むしろ、夢かうつつかわからない、生きてるのか死んでるのかわからない幽玄さもつきまとっている。そして同時に、ことばは、うれうれに爛熟している。思わず目を伏せてしまいたくなるほど、妖艶である。

鹿の子木といわれるだけあって、鹿の模様に似た斑点があり、さわるとそこから厚い樹皮がぽろりと剝げ落ちた。見てはならない樹の生理に触れたように思え、わたしは目をそむけた。秋になって紫色に光る木が、今厚ぼったい苔に身を包んでいるというのに。

（神が、苔をまとって現われることもあるのだ）

とわたしはおもい、剥げ落ちた木の肌にお神酒（みき）を注いだ。苔はしばらく酒を含んでいたが、静かに盛り上り、森の外光を吸うようにそこだけ色を変えた。

（同前「紫色の神木」）

樹の洞（うろ）の中を杳（くら）くさかのぼってゆくと、そのまわりをまわっているのは、なぜかむかしむかしの、生まれる前の女の子たちである。それから女の年齢から解放された、手拭（てぬぐい）をかぶったおばあさんである。

（同前「蕾の紅」）

ああ、もうひとつ引用させてください。

散り敷いて、もう土にまじわりかけた厚い落花の層の上に、ぽとりと次の花が落ちる。落花のあいだの空を、絶えまなく花粉の霧がたちこめる。かきわけられないような濃密な時間がそうやって降りてくる。椿の精がそうやって、すっかりわたしをとらえてしまう。

（同前）

とらえられてしまったのはわたしのほうだ。抜け出せなかった、長い間。

それは終わりがなく、ずっとつづいた。石牟礼さんという人の意識は心の奥底のほうに向かい、時空を自由に飛び回っていて、意識はあざやかに八十年前の自分を外側からみることができる。その世界は、現実のこととは隔たったところにありありと構築されている。そこは天草や水俣の海に面していて、人々は天草や水俣のことばをつかうが、そのことばは、ことばたちは、濾過されて純化され、凝縮されてどろどろである。これは、ホビット庄とかダイアゴン横丁とかアースシーとかと、同じ場所だ。読みすすめるうちに、時間も空間も、ことばも、年齢も肉体もにおいも、そして色も、クリック、クリック、でどんどんエンハンスされていくように、何もかもゆがんでいく。何もかも、異様に、鮮やかに、なまめかしく、光りかがやく。

それで、度の強すぎる乱視のメガネをかけてしまったようになって、運転はおろか、歩くのもままならぬ、へたをすると吐き気さえする、という体験をしたわけである。

この本は、「日本作家のエッセイ」などという棚より、宗教か、東洋思想か、異世界ファンタジー小説の棚に置いてもらいたい。ぜひ。

（いとう・ひろみ／詩人）

猫嶽

町田康

猫のシェルターという事業を展開している知人がいる。事業を展開というとそこに利潤が生じるように聞こえるが、展開すればするほど損失が増大するという不思議な事業である。

具体的にどういうことをやっているかというと、地域で虐待されている猫や保健所に持ち込まれ、処分（殺すこと）される猫を引き取り、里親を探す、ということをやっているのであるが、考えるだけで面倒くさい事業である。

というのは、だってそうだろう、はっきりいってこの事業は報われることのまずない事業だからで、自分自身は骨折り損のくたびれ儲け。事業を展開すればするほど疲弊していくし、近隣の人々にはおかしげな奴・変人、みたいに思われて白眼視されるし、行政には冷たくあしらわれるし、当の猫本人にも、自分を迫害する人間一般、人間の側の奴ら、と看做（みな）され、まったく感謝されないからである。

だから、その人とその人の事業を知ったとき自分は咄嗟に、うわっうわっうわっ、と思って、自転車に乗っていてバランスを失って転びそうになったような感覚にとらわれ、反射的に逃げ腰というか、それはそれは大変でげしょうなあ、なんて口走り、可能な限り善意の第三者という立場に立とうと努力したのである。

なんでそんな態度をとったかを改めて考えてみると、自分は利己的な人間であるからだと思う。例えば自分はきわめて寂しい、外出といえばスーパーマーケットより他に行くところのない人間なのだけれども、そのスーパーマーケットのレジに並ばんとして、咄嗟になにをするかと言うと、卑屈な目で、並んでいる人数、その人たちの提げている籠の中身、従業員のスキルを一瞬にして窺い、もっとも早く進むと思われる列に、「きしきしきしっ」と声を挙げ、猿のような動作で並ぶ。その結果、自分より先に並んでいた人が自分より後になってもなんらの後ろめたさも感じず、逆に、「くほほ。得した」と、ほくそ笑む。つまり、自分さえよければ余のことはどうでもよい、という考え方、つまり利己的な考え方をする人間ということである。

そのように利己的な人間が、そうして損をするばかりでまったく報われることのない事業に参画しないのは当然のこととして、なるべく距離をおいていたい、と思うのは当然の話である。

だから、「はっはーん。ほっほーん」「うふん、ひゃんひゃん」などと言いながら、第三者的に振舞うのであるが、じゃあ、それで恬として恥じず、その人がいなくなるや、暖炉の前でパイプを吹かし、コニャックを飲みながら、好きな音楽を聴くなどして愉快に暮らすことができるかと言うと、そんなことはなく、どこか心にひっかかるものがある。棘が刺さってとれない、みたいな感覚があるのは、自分が暖炉もパイプも持っていないからではない。

これはいったいどうしたことだろう。君はどう思う？ と、自分方にいる猫に問うてみた。猫は、「なにをわかりきったことを言っているのだ」と言っているような目でこちらを凝視している。目で語りかける猫は例えば以下のようなことを言っているのであろうか。

君はなにをわかりきったことを言っているのか。自分の損とか得とか言っているが、その自分というものがなんなのか君はわかっているのかね。まったく確実でない不分明なものではないですか。その不安定な自分が損と感じたことは実は得かも知れないし、ほくほく、得した、と思ってることが致命的な損かも知れないじゃないですか。或いは、君は物事をものすごく平面的にとらえてませんか。この部屋は六畳間だとかね。けれども僕らは、ほら、このように、ひらっ、と飛ぶことができるからね。ほほほ。僕らは君たちとはまったく違った空間の認識の仕方をしてるんだよね。それから時間についても君たちにとっては一方通行でしょう。でも本当は違うんですよね。時間ていうのは、それ自体がいきつもどりつしながら爆発してるんですよ。

え、そうなんですか。と、思わず問い返す。しかれども猫は、ひら、と、箪笥のうえに飛び乗ってこちらを見下ろしていたかと思うと、またぞろ飛び降り、後ろを振り向き、顔の皮を伸ばして、狐みたいな目をし、背中を舐め、その後、用事ありげにすたすたと隣の座敷に入っていった。猫と暮らし始めて間もない頃は、そうして猫が用事ありげにしていても、「猫に用はないだろう」と考えていたが、いまは猫が用事ありげにしているときは、どうしてもやり遂げなければならない切実な用事があるのであり、それを妨げるのは気の毒だし、無理、とわかっているので、彼を引き止めることはしないで彼が目で言ったことの意味をひとりで考えた。

しかし、いくら考えても分からない。それで、下手の考え休むに似たり、なんて言葉を都合よく思い出し、いつもの放埒無慘、世の中の役に立つことや有益なことは一切しないで、スーパーマーケットに出掛けていき、いつものようにレジで姑息に振る舞って、清酒四合と造りを買って帰り、これを飲みかつ食らってあかの宵から二階へ上がって寝てしまう、なんてなことをしてしまって。

それで夜中に胸苦しくて目を覚ますと、胸と腹のうえで、昼間の彼とそしてまた別の自分方で暮らしている猫が気持ち良さそうに眠っていて、これを起こさないようにそろそろ上体を起こすのだけれども、ほんの僅かな動きに彼らは、せっかく気持ちよく寝ていたのに動くなんていう極悪非道なことをされるなんて不愉快だ、と言いながら自分の胸と腹の上から飛び降りた。

それから、心にひっかかってとれない、棘のような感覚がよみがえって、それから宵に読もうと思って階下から持って上がったのにもかかわらず、読まずに寝てしまった本、すなわち、本書、すなわち、『石牟礼道子詩文コレクション1　猫』を読み始め、読み終わって、「ああ、こういうことだったのか」と思った。

それは、往還。そして、どういうことかというと、我々はいま現実の世界に、ひとりの完結した個人として生きている、と思っている。ところが、実はそうではなく、我々はさまざまの生命と時間的にも空間的にもつながりを持ち、現実を生きると同時に夢をもまた生きているということである。

しかし、そういう感覚を抱いて生きるということは危険なことでもあり、自己保存のため我々は極力それを忘れようとし、また、実際に忘れて生きているのだけれども、猫は私たちにときおりその感覚を思い出させる。そして、忘れたつもりでいても、そうした感覚が完全に消滅した訳ではないので、現実のなかで小利口に振る舞って損失を回避したり、プチ利益を得ても、なにか心にひっかかる、もうひとつの時間への不誠実な態度に対する後ろめたさのようなものが残るのであろう。酒を飲む場合、おいしくって飲む場合と、現実を忘れたくって飲む場合があり、酔生夢死、なんて生き方したらあかんぞ。と言われるが、危険な夢を忘れるために現実に没頭し、銭を儲けたり、偉大な業績を残したりするのも、同じようにあかんのではないか。なんて思ってしまって。

と、自分のような者が言うと、酒を飲むとか、そんなことになってしまうのだけども、本書において、生命や魂は美しくめぐり、また、世界が一瞬にして粉々になったかと思うと、次の瞬間に、また、別の世界が出現するなどして、これも美しい。

「世界の声に聴き入る猫」に、往還道、という道についての記述がある。往還。往ってまた帰る、ということである。自分は人間というものは行ったら行きっぱなし、だと思っていた。ところが違うのであって、人間に限らず、蝸牛や蟻やおけらといった、さまざまの生命が、この往還道を往き来しているのだそうである。そして、それらの者たちの声が光のようにこの世に満ちるさまを猫はいつもじっと聴いているらしいのである。

だから用事ありげにスタスタいく猫をとめてはならなかった。彼らはこれから世界に満ちる声を聴きにいくところであったのだ。

そして、「ノンノ婆さん」で、

> じつは目が醒めたと思ってる今が夢の中であってね、あんたとわたしはね、同じ夢の中にいるわけよ。でね、苦労してるというのはね、ほんとうはそれが現世の筈(はず)の、夢だと思っている世界、このひっくり返りを、どうやって元に戻せばいいのかなあ。

と老猫ノンノと寺に暮らす、「わたし」は問い、寺に住まう身でありながらうまうま鮭を食べた夜、ノンノが、七百万円するという電子レンジならぬ、電子ナンデモ瞬間刺身マシーンにうっかり足を踏み入れ、刺身になってしまう夢を見て、そのとき、

——ああわたしは、故(ゆえ)あってお寺の猫に生まれて、刺身などという、生きた魚の肉を食べなかったのに、前世からのいましめを破って、生鮭を食べたのが悪かった。どうせなら人間に食べられずに、このまま生腐れになって海に捨てられて、魚たちに食べられるべきだったのだ。

と思い、それが現世なら、自分はいま猫刺身だ、と思うとき、「わたし」は、

お前がわたしの前世で、わたしがお前の未来なのよ。お前がわたしの夢で、わたしが、お前の現世をあらわしているわけなの、やっとわかったよ、一緒に住んでいるわけが。

と理解する。

この本に繰り返して出てくる、自分やこの世界の時間や空間がちりぢりきれぎれになり、そしてもう一度、新しくなって現れる感覚がはっきりと語られている。

そうした感覚は、現世で人間として生きるのであればまず感知しない感覚だけれども、本書を読む

と、人間こそ猫として生きなければならないのではないか、という不思議な気持ちになってくる。
そして、私は、「ああ、私は夢の苦しみを苦しんでいる人に対して第三者的に振る舞い、スーパーマーケットのレジで猿のようにきしきし鳴いて小利口に振る舞ってしまった。私もまた人間刺身になるべきだ」と思い、その思ったことを猫に告白しようと、にゃあにゃあ鳴きながら私方の猫の姿を探して歩き、窓からじっと夕陽を見つめている猫に、「にゃあ、にゃあ」と語りかけたのだけれども、猫は、「やかましいんじゃ、ぼけ」と言ってその場を立ち去った。

（まちだ・こう／詩人・小説家・ミュージシャン）

そこの浄化

松岡正剛

先だって（二〇一一年一一月一二日）の連塾ブックパーティ「本を聴きたい」で、高橋睦郎さんが三・一一以降の日本をなんとかできるのは妹の力であろうこと、いま日本でただ一人だけ詩人を選ぶとすれば石牟礼道子であること、この二つの話をつづけさまにした。

鎮魂？　救済？　女流？　それとも災害？　残念？　漂泊？　聞いていた聴衆がどういうふうなことを感じたかはわからないが、高橋さんの語気にただならないものがあったこともあって、会場に静かな決意のようなものが走った感じがした。高橋さんは石牟礼さんが三・一一の生まれだということは知っていてのことだったのだろうか。

ぼくはぼくで、あれはいつごろの句だったのだろうか、おそらく六〇年代後半だったのだろうが、石牟礼さんの「祈るべき天とおもえど天の病む」を思い出していた。あとで仕事場に戻ってから、この句が句集『天』のなかに「死におくれ死におくれして彼岸花」などとともに収録されていることを確かめ、そのまま『はにかみの国』のページを開いて、「こなれない胃液は天明の飢饉ゆづりだから／ざくろよりかなしい息子をたべられない」「わかれのときにみえる／故郷の老婆たちの髪の色／くわえてここまでひきずってきた／それが命の綱だった頭陀袋」をあらためて読んだ。『乞食』という詩だ。これって三・一一のメッセージなのでもある。

その連塾ブックパーティは続いて唐十郎が望憶の声で出てくれて、最後に観世銕之丞が稽古着のまま『頼政』の仕舞を見せたうえ、『智恵子抄』の一節を謡い読みをするというふうになっていた。ぼくはそのため銕之丞さんを舞台に呼び招き、下手のはしっこでその仕舞を見るという段取りだったのだが、銕之丞が立ち位置のまま発声をし、立ち所作を見せ始めると、急にその前の高橋睦郎の「石牟礼道子ただ一人」という言葉が重なってきて、能『不知火』をしばらく脳裡から消すことができなくなっていた。舞台袖に『不知火』を演出した笠井賢一さんが来ていたこともあったかもしれない。

ことほどさように、ぼくのなかでの石牟礼さんは神出鬼没というのか、複式夢幻能というのか、だいたいは予告なくあらわれて、また理由なく去っていく人なのである。

けれどもシテではない。直面（ひためん）の、すっぴんのワキなのだ。鏡の間から橋掛りをすべってくる無念の思いのシテのため、ひたすらその背後の顛末を言葉と所作として汲み上げていくワキなのである。しかもそのワキは石牟礼さんのばあいは一人ではないし、個人でもなく、むろん個性などに細ってはいない。さまざまな記憶と形象を紡いで消えていったものたちの、その複式夢幻を担う集合能（集合脳ではありません）としてのワキなのだ。だからそこには石牟礼さんの「持ち重り」が生きる。

ぼくはあるときからこの「持ち重り」という言葉にいたく感動して、その後も会う人と石牟礼さんの話になると、必ず「持ち重り」を出してきた。石牟礼道子の詩歌や小説の言葉が美しくも凄いのは「持ち重り」があるからだとか、『あやとりの記』や『おえん遊行』や『十六夜橋』が胸かきむしられるように忘れがたいのは「持ち重り」の響きが消えないからだとか。

もうひとつ、石牟礼さんを形容したい言葉がある。これは「そこを浄化」というものだ。これはぼくが『椿の海の記』について書いているうちに思いついた言葉で、ご本人がそう言っているのかどうかはわからない。けれども、どうしたって石牟礼さんは「そこを浄化」なのだ。そこへさしかかったそこをまずは浄化する。そういう意味合いだが、いや、説明したくはない。ともかく鎮魂であれ道行であれ沈黙であれ、「そこを浄化」なのである。

いま石牟礼さんは、天草四郎を新作能に仕立てている最中だと聞いた。代官鈴木重成も亡霊になるらしい。志村ふくみさんの装束である。なんだかいまからどぎまぎしてしまいそうであるが、きっと今日の日本がどうしても必要なものを聞かせてくれるのだろうと思う。「石牟礼道子ただ一人」がそこかしこで椿するにちがいない。

それにしても全集『不知火』の月報の末席を汚せたこと、感謝しています。次の三月一一日の誕生日には何かをそっと差し上げたいものです。

（まつおか・せいごう／編集工学研究所所長）

ひとりで食べてもおいしくない

永 六輔・石牟礼道子

「いただきます」と子供に言わせない母親

永　食べるということで、いまちょっと東京で話題になっていることがあるんです。ぼくらは食べるときに「いただきます」という言葉を使いますね。

石牟礼　ええ、最近は言わなくなりましたね。

永　子供たちも言わなくなりました。なんと、それを「子供に言わせないでくれ」というお母さんたちがでてきたんですよ。給食の時に、「給食費を払っているんだから、うちの子に『いただきます』なんて言わせないでくれ」って（笑）。

石牟礼　えーっ。

永　すごいでしょう。そういうお母さんが、石牟礼さんのこの本をどこまで理解できるのかな……。それにしても信じられませんよね。

石牟礼　ちょっと絶句する感じですね。どう言えばわかっていただけるか。米一粒にしても、どんなに手がかかっておりますか。お百姓さんたちだけじゃなくて、長い歴史があって……。

永　ぼくは寺の子なんですけれど、「いただきます」という言葉のその前があって、「あなたの命を私の命にさせていただきます」の最後の「いただきます」を言っているんだぞと、小さい時から言われてきました。お皿の上にある魚でも肉でも野菜でも、みんな命だったんだから、その命をいただいて自分の命にする。そういう意味では、給食費を払っているお母さんが「うちの子に『いただきます』って言わせないでくれ」というのも、半分なるほどと思うんです。でも、もっとびっくりしたのは、それに対して校長先生が、「給食費と言うけれどそこには税金の補助も入っているんだ。その税金に対して『いただきます』と言ってくれ」という説明をしているんです。

石牟礼　あらまあ。

永　その説明もすごいでしょう（笑）。

最近、食生活が変わってきたぞというのが実感で、ぼくらが石牟礼さんのご本でなつかしく感じることが、もう「なつかしい」ではなくて、「大昔」という感じになっている。ご本の中では、たとえば、食べるものをお金を払って買うという意識があまりなくて、作る、摘んでくる、採ってくる、いただくという、そういうすじが通っているでしょう。それがいまは、すべてお金を払って買ってくるから、そこが「払っているんだから『いただきます』と言わせない」というところへつながってしまう。

石牟礼　頭がくらくらしてきました（笑）。はぁ、そういうお考えに対して、どんなふうに気持ちを言えばいいのでしょうか。

永　携帯電話、メール、インターネットの時代についていけないんですが、感謝して手をあわせる時代ではなくなりました。生命に手を合わせていたのに今はお金に手を合わせるようになったんですね。

石牟礼　東京のホテルで、何か一品料理ではちょっと気の毒だなと思って、定価の中でも一番安い、それでもこちらの生活感覚としては目の玉飛び出るぐらいに奮発して、お願いしたんです。それで出てきた料理のまあ、貧しいこと……（笑）。品数も貧しいんですけれど、どうすればこんなまずい野菜を栽培することができるんだろうかと思いましたね（笑）。

「食べることには憂愁が伴う」

永　冒頭で、食べることと憂愁ということを書かれていますね。ほんとに同感で、わが家も食べるというのは含羞なんです。知らない人の前では絶対に食べちゃいけない。食べるということは恥ずかしいことで、そこと重なって、「食べることには憂愁が伴う」ということの言葉にはドキンとしました。

石牟礼　食べるということを非常に罪深いことのように思っておりましたので。命を歯でかみ砕いて……ということですから。

永　うちの寺によく仕事の大工さんが来たんですが、職人さんたちがご飯を食べている場面で耳にした忘れられない言葉がある。棟梁が「早く食え」と言っているのに、若い職人連中がゆっくりご飯を食べる。その時に叱る言葉が「早く食え、お前みたいにそんなにのっそりゆっくり食ってると、口の中でうんこになっちゃうぞ」というので（笑）。子供の時には、なんていうことを言うんだろうと思っていましたが、「でも、そうか」という、その恥ずかしさなんですよ。

知っている同士はいい。けれど知らない方がひとりでもいると、そこでは食べない。ぼくはいまでもそうなんです。それで、ぼくだけかと思ったら、クレージーキャッツに谷啓という人がいるんですが、この人はぼくよりも徹底していて、家族の前でも絶対に食べない。食べものを恥ずかしそうにひとりになれるところに持っていく。そこになにか共感を覚えるんです。人前で食べ物を口の中に入れて、かむというのは、とっても恥ずかしいことだと。

日本のテレビは食いすぎ

石牟礼　よくテレビで、おいしいとかいって、あんぐり口を開けて、見てて恥ずかしい。はしたないですね。

永　日本のテレビは食いすぎです。悪ふざけをしているか、食っているか、どっちかしかない。それこそ箸の使い方も知らないやつらが食べるのを見せているというのが、とっても恥ずかしい。食べるのは楽しいし、豊かなことだけれど、でも恥ずかしい、だから憂愁が伴うというところが分からないと。テレビなんかで若い連中が大食い競争なんかしているのを見ると、とても嫌でしょう。

石牟礼　もう見てはならないものを見た、というような気がします。外国の人たちが、いまの日本のテレビを見たら、なんて品性のない民族だろうと思われますよね。

永　ただひたすら食いまくって、大金を手にしたり、外国へ行ったりする。ああいうのをやめさせる手はないのかと思う。

変な話だけれど、食べるのと排泄するのはつながっている行為じゃないですか。その食べるところだけがもてはやされて、きれいにされている。とても不平等だと思うんです。テレビで食べる連中は、テレビで排泄しろと言いたい。その恥ずかしさに耐えるんだったら、同じことしてみろ、と。ぼくも昔テレビに出てましたけれど、食ったことはないです。これ食べてくださいと言われると、嫌です、と。とくに「遠くへ行きたい」という旅の番組の初期は、ずっとひとりでやっていたんですが、あの時も一切食べませんでした。食べる場面があるんだったらやめる、と。カメラの前で食べて、うまいはずがないですよ（笑）。

石牟礼　やはりアメリカから来ているんでしょうね。アメリカのこれでもかこれでもかという、悪い意味で刺激的な画面を真似しているんです。

永　食べ物を粗末にするということは、そのまま命を粗末にすることで、命を粗末にするということは戦争や公害を認めちゃうことですものね。

ぼくも戦争中、飢えた世代です。野坂昭如の妹は飢え死にしているけれど、同じ世代。ですから食べ物で遊んだり、何かしたりするっていうのは、ほんとに許せない。

日本のテレビはほんとに食いすぎです。それを大切に食べているんじゃなく、遊び半分に食っている。ホームドラマで家族がそろって食べているというのは、いい風景なんです。しかしあれでも、ちゃんと食ってないですね。形としてはテーブルを囲んでいるけれど。もうあのちゃぶ台という風景はない。

石牟礼　丸いちっちゃな、そしておかずが一品、ご飯が……、そういう場面だと、あら、なつかしいと思いますね。

永　小津安二郎の映画だと、必ずちゃぶ台が出てきたでしょう。食べることを生活の中心において、食べ物も大切にして、命も大切にしてというようには、日本のテレビはもうならない。「大食い競争」とか、「カニ食い放題のドキュメント」とか。ほんとに恥ずかしい。

石牟礼　私もそう思います。あと十年も生きてないから、まあ、先のことは心配してもしょうがないかなと思って（笑）、それこそ生きてて、こんなばちあたりなことを言ってはいけないんですけれども、生きる喜びがないというか、生きる甲斐がないというか……。

食べ物について書く不思議

永　こういうお話をうかがっていると、自分で何でも作ってしまうという食生活が、一方にかすかに残っていて、あとはどこへ行ってもなんでも買えてしまう時代ですね。アルプスの岩塩、地中海の塩、世界中の塩が買えたり、なんでも手に入れられる。しかし一方で飢えている人たちがいっぱいいる。食べるというのは、恥ずかしいこと、何かしてはいけないこと。それをあえて書くわけですが、本当は味覚って頼りにならないものでしょう。

石牟礼さんにおいしくても、ぼくにはちっともおいしくなかったり、ぼくのおいしいものが石牟礼さんにはおいしくなかったりというのは、当然ありますよね。それを読者が勝手に、おいしいだろうなと思いながら、その背景の暮らしもふくめて想像する。食べ物について書いた文章というのは、不思議なものですね。

石牟礼　素材といったらいいんでしょうか。もともとのお米なり、麦なり、昆布なりが、それぞれ育ってくるその過程というのがありますね。どういう環境で育ったか、育てられたかというようなな。そしてそれを最初に食べた人がいる。今日は、豆腐の味噌漬けに少し近いものを、あとでお出ししますけれども、お豆腐を味噌漬けにするって、ちょっと考えられないでしょう。

永　そうですねぇ。

石牟礼　あんなぐじゃぐじゃ、水分の多いものを、どうやって……。私もいっぺん自分で作ろうと思っているんですけれど、お豆腐をしぼって、遠火でじわーっと焼くんだそうですね。けれどもその前に、いい豆腐を作らなければいけない（笑）。いい大豆を作らなきゃいけない。それにはいい畑を作らなきゃいけない。そういうことを考えますと、食べるというのは、それこそ「いただきます」ですけれど、傲慢なことです。自分はなんの苦労もしないで、ただお金を出せばおいしいものが食べられる、食べ歩きをする。私、あの「食べ歩き」という言葉が嫌いです。

永　「グルメ」というのも嫌な言葉で……。

石牟礼　「グルメの旅」なんて一度も行ったことありません（笑）。

永　「北海道カニ食い放題」なんていう旅を宣伝しているでしょう。恥ずかしい。でもあれでお客がいっぱい集まる。ほんとに嫌な国になっちゃったなと思う。

石牟礼　「つかみ取り」とか、ほんとに野卑な、欲望の権化のような言葉がいっぱいありますね。

単に「味付けする」ではない

永　この『石牟礼道子全集　第一〇巻』には、手さばきとか手順とか……。ほんとにお料理のお好きな方という感じがして、本を読みながら作りたくなりますね。

石牟礼　私、もともとそんなに手早くは作れなくて、わりと遅いんですよ。いまはもっと遅くなりました。パーキンソン病にかかっていまして、ちょっと手足が不自由なんです。いま、しないこともありませんけれども、何か頭の中がしょっちゅう、あちこちいってますもので、そのあいだ手が留守になったりして、鮮やかな包丁さばきとかじゃなくて、トントントントントントントンといって、ストーンと……、ストーン、ストーンと、音だけ聞いていると何をしているんだか。お料理の音にならない。

永　でもとてもいいのは、単に「料理を味付けする」というのでなくて、その味付けのもとになる味噌も作る。味噌を作るお家はいまでも時々見かけますが、しかしその味噌から醤油を取るというお家は、いまはほとんどない。でも、それをなさるわけでしょう。

石牟礼　はい、してました。いまはしてませんけれど。味噌の上澄みを取って、それが醤油でしょう。上澄みをどんどん取っていくので、麹分一〇〇パーセントのお味噌が残るでしょう。それを「醤油の実」と言って、珍重していただきます。

永　ちょっとうかがいたいんですが、「醤油」って、「油」と書きますね。しかしそれは、サラダ油とかヒマシ油とか原油とかの「油」でなくて、醤油には「油」はない。にもかかわず、「油」（笑）。なぜでしょうか。

石牟礼　なんででしょうかね。非常に濃厚なエキスですから、感じとしては、油に近いんじゃないでしょうか。昔は、大きな味噌瓶の醤油の実から、一番最初に取った一番上等の一升ぐらいの上澄みは、一番お世話になっているお家に持って行ったものですね。

永　へぇー、そうですか。いまわれわれの知っている醤油は、茶褐色ですけれど、もっと色が澄んでいる。

石牟礼　透明で、琥珀色で、とろーりとしていて……。

永　ぼくはだらしがなくて、食べたらおいしそうなものだなという話をしているだけで、よだれが出てくるんです（笑）。これは絶対に老化現象だなと。

石牟礼　きょう来てくださっているヘルパーさんのお母さんがお作りになった醤油の実を、最近いただきまして。これが絶品でしたね。

永　へぇー。

石牟礼　昨日でなくなっちゃった（笑）。

永　無いものの話はしないで下さい（笑）。よだれが無駄になります（笑）。残った醤油の実というのは、味噌として使うんですか。

石牟礼　味噌として使うよりも、白いご飯の上に乗っけて……。

永　それも、おいしそうだ（笑）。

石牟礼　いやあ、そういうのにご興味があるんであれば、とっておけばよかった。昨日まであったんです（笑）。

食にまつわる生活情景

永　それから全集一〇巻を読むと、食生活の情景がいろいろ思い浮かんできます。たとえば支度をするのにおばさんたちが集まって襷（たすき）をかける場面がある。ああいうところって、感動するんですよね。最近、襷なんて見ませんから。

石牟礼　和服でなくなったものですから。

永　そうですよね。でも、襷はしてほしい。

石牟礼　襷をかけると、おばあちゃんでもなまめかしい（笑）。いつもは見せていない肘が出てくる……。

永　尼寺の食事の支度をするときも襷なんです。それも尼寺ですから、下は白装束じゃないですか、襷だけ色がカラフルで。

石牟礼　きれいですね。

永　きれいなんですよ、色っぽくて。その場面をふっと思いだしました。

それと全集一〇巻には、ぼくが知らない言葉がいくつも出てくるんですが、「枕魚」というのは何でしょうか。何度も出てくるんです。「まくらざかな」と読むんでしょうか。

石牟礼　「まくらいお」と言います、「まくらざかな」とも言いますけれど。いまはもう水俣の人たちもあまり言いませんね。

盛りつけをいたしますときに、小皿もいろいろ出し、小さな壺も、たくさん出しますけれども、だいたいお煮しめが多ございますので、それを中鉢ぐらいのお皿にいろいろ盛り合わせる。そして家の中でいうと「床の間」みたいなところにあたるお皿の上にお料理をおくときに、魚の産地ですから一番上の位にお頭付きの魚をおくんです。ですからお皿の上の「床の間」と思っていただければ。枕魚に伊勢海老を置いたりもしますけれども……。

永　枕魚という魚じゃなくて、海老でもいいわけだ。

石牟礼　しかし、とにかくその枕魚をおかないと、お皿が整わない。だけど、最近はそのようなことは、若い人も、田舎のほうもいたしませんね。

永　はじめて見た言葉だったので、魚を枕にして盛りつけをするのかなと思っていたんですが……。

石牟礼　そういう意味も少しは加味されていると思いますけれども……。とにかく魚が一番位が高い。お頭がついていなきゃいけない。「きょうの枕魚はこまかったねぇ」とか言って、出したほうもちょっと気が引けたりして……（笑）。

永　なるほど。そういう位置にいる魚なんだ。

石牟礼　はい。新しくて、姿もピンとしていて。

エイと唄と泣き女

永　もう一つうかがいたいことがあるんですが、不知火の海、天草もそうですけれど、エイがいっぱいいるはずなんですが、エイの料理は出てこないですね。

石牟礼　エイガッチョは時々しか捕れません。大きな魚で大格闘しなければ捕れないそうです。湯引きにして酢味噌でいただきますね。けれどもたびたびは出てこない。

永　はぁー。こちらでは「エイガッチョ」。

石牟礼　はい、「エイガッチョ」といいます。

永　天草の通詞島に、そのエイガッチョを神様にしている神社があります。天草へ行くときにはよく寄るんですが、絵馬もすべてエイ。エイというのは、とくにヨーロッパなどではラッキーフィッシュで、エイが来ると大漁になる。エイを粗末にしているのは、日本だけなんです。たいてい捨てちゃう。北海道や秋田では、「かすべ」とか「かすぺ」と言って食べていますけれど。

石牟礼　ほんの時々しか食べませんでしたね。しかも、大きいまま一軒の家で買うわけじゃないので……。それで切り身で売られている魚といえばエイですね。

永　ただぼくの場合、名前が同じなものですから、気になって、気になって（笑）。ちょっとおくと、アンモニアのひどい臭いがする。死んでから数時間ですぐ食べられなくなる。だからほんとに海辺の人しか食べないんです。

石牟礼　何かエイガッチョが出てくる小唄のようなのがあったんですが……。

永　唄についておっしゃってくださいましたが、全集一〇巻には、料理を作るときの唄とか作物を採るときの唄とか、そういう唄が入っている。麦踏みであっても、なんであっても、その唄がなくなってますね。

石牟礼　はい。植付けのときの唄とか、そういう唄がなくなりました。

永　ご本の中に唄が入っているのがとてもすてきでした。

石牟礼　渡辺京二さんいう方が『逝きし世の面影』（平凡社ライブラリー）という本をお書きになりましたけれど、江戸時代までは、労働には必ず唄があって、外国人がびっくりして、なんて悠長な仕事ぶりだろうとさまざま書いているそうです。たとえば家を建てるときに、「土突き唄」というのがあって、神官さんが来て基礎打ちをしますね。その後、土を固める……。

永　われわれがいう「エンヤコラ」ですか。「母ちゃんのためならエンヤコラ」という。

石牟礼　はい、あの類いの唄ですね。そうした唄があちこちから聞こえてきて、きょうはどこどこの町でどこどこさんの家が建ちよるって、町内の者たちが思い、子供も思うんです。家が建つ祝いの唄。

永　あの唄は、長崎の美輪明宏さんが、「ヨイトマケの唄」っていう……。

石牟礼　ああ、あれはすばらしい唄ですね。

永　いい唄を作ったでしょう。最近、在日の趙（チョウ）博（バク）という歌手がオモニの唄として韓国風に唄うんです。そうすると、もっとぴったりする。たぶんそのほうが正しいんじゃないか。在日の人たちが日本で働かされているときに、あの唄を唄ったんじゃないかと。

石牟礼　そうかもしれませんね。ぜひ聞いてみたいです。

永　すると、メロディそのものも、これは渡ってきたのかなという感じになる。

　在日の話になるけれど、渥美清さんが亡くなる前に、これ以上「寅さん」はできないだろうという話になって、山田監督に、「永さん、言ってくれる？」って言われたので、「何を」と聞いたら、寅さんのラストシーンを考えているんだと。釜山へ行く船に乗って、「アリラン」を唄いながら帰る。すると、日本中の人が、「あっ、在日だったんだ」とわかると。それまでの彼の行動というのは、すべて在日に共通するんですね。あの過激なのも、すぐけろっとするのも、すぐ怒り狂うのも。それをいまふっと思い出しました。

「だから何なんだ」と言われると困るんですけれど、もしほんとに寅さんの最終回が朝鮮に帰っていくというところで終わっていたら、少しは変わりませんか、日本人の朝鮮に対する考え方が……。

石牟礼 変わりますね。それでふっと思い出したのですが、姜信子さんという在日の若い女性の方が、シベリアの奥地まで同胞を訪ねて行くんです。そうしますと、おもしろいことに、「美しき天然」を韓国の人たちが自分の国の唄だと思って唄っているんですって。

永さんのつくられた、坂本九ちゃんの「上を向いて歩こう」。私、あの唄、ほんとに好きで、唄おうとすると、涙が先に出る。あれは一種の国民的な、国民の唄といってもいいと思うんですけれど、唄う人が少なくなりましたね。時代が変わってきて、個々の人間の感性が変わってきましたから。あの唄、どうして涙が出るのかと思うけれども、いつも私、ちゃんと唄えないんです。

永 先ほどのエイですが、朝鮮の済州島で名物料理なんです。その済州島がお葬式の時に泣く「泣き女」の発祥の地だそうです。それでお葬式の時に必ずエイが出る。するとアンモニアの臭いで、鼻がツーンとして、ワーッとみんな泣く（笑）。エイを傷つけて腐らせておくと、もう泣かずにいられない。ほんとに一瞬でぼろぼろ、ぼろぼろ涙が出てきます（笑）。

石牟礼 何かずっと魚の名前をつないでいく小唄のようなのがあって……。「すこ・たこ・なまこにちんの魚（いお）、何とか……」と。いまその途中を思い出そうとしているんですけれども……。最後にエイがちょっと出てくる（笑）。

永　とりですね。それは幸せだ（笑）。

石牟礼　ドシーンという感じで、エイガッチョでしめるんです。

ひとりで食べるむなしさ

永　実は、ぼく、包丁持つんです。

石牟礼　でしょうね。

永　うまいのですが、しかし女房を看取ってひとりになってみて、こんなに料理がつまらなくなっちゃったかと痛感しているんです。それでこのところ、ろくなものを食べていない。もう一度、食べるということを大事にしたいなと思うんですが、男やもめってつらいんですよ。片づけ物までふくめると……。

石牟礼　わたくし、さきほどから、お悔やみもちゃんと言えないでおりまして……。

永　いいえ、とんでもない。出されたものというより、自分で買ってきて、自分で作って、自分で食べますでしょう。これがおいしくない。絶対おいしいはずなのに、おいしくない。やはりひとりというのは。だれかと食べるか、だれかに食べさせるか……。食べさせた人がおいしいと言ってくれたら、どれだけそれがこちらに返ってくるか。そういう環境がなくなっちゃうと、ほんとに食生活は落ちますすね。

石牟礼　はい、よくわかります。

永　包丁研いだりしているうちに、ひと思いにいけるんだったら、いっちゃうなという思いで研ぐと、包丁研ぐのも怖くて嫌になっちゃう。

だから、食べるということに、もう一度、どう立ち向かえばよいのか。これからまだ少しは生きていなきゃいけないので。昔はただ、おいしいものを食べれば、それでよかった。おいしく作れたらうれしかった。それが一切ない。だから味覚も落ちます。

実際、年取ると、複雑な味がだんだんわからなくなる。味覚って落ちてくるでしょう。年取ると甘いものも好きになりますよね。そうすると、甘いのと塩っからいのしか頼りにならなくなっちゃう。

　ある時期まで、おいしいということはこういうことなんだという自覚もあったし、人にもすすめたりしてきましたが、最近、それができないんですよ。ふっと思い出すと、ほんとにおいしいのかなと。そこがとてもつらいところですね。

仲間と食べるという贅沢

永　しかし今回、この本を読ませていただいて、うまいんだろうな、おいしいだろうな、活気があるんだろうな、楽しいんだろうなというのをとっても感じました。ひとりでごそごそ食べている場面がない。親戚や家族や近所の人が寄り集まって食べている場面ばかり。そこがうらやましい。実生活でもそういうのがなくなってますものね。

石牟礼　ここでは会議というか、少人数で研究会の真似事のようなのをしますけれど、夜食を作ってくださる方がいらっしゃって、それで男の人たちも焼酎を飲んだりして、そういう会食になると、男の人たちもみんなうれしそうですね。

永　やはり仲間で食べるというのは、うれしいですものね。

石牟礼　おひとりだとつまらない。

永　ほんとつまらない。予測はしてましたけれど、こんなにつまらないとは思わなかった。食事というより餌です。やっぱり料理というのは料理だけじゃなくて、買物に行く、準備をする、下ごしらえをする、料理に取りかかる、盛りつける、食べる。そこまでは持つんですが、最後の後片づけというのが、もうだめです。後片づけまでもたない。家に帰ると、後片づけしなきゃいけない器が、うわーっと山のように積んであるから、ますますだめなんですよね。結果的にその上にまた積んじゃって……。時々、娘たちがチェックしにくると、そこでやっと片づけてもらえるという……。

熊本まで愚痴を言いに来たんじゃないんですけれど（笑）、この本に書かれている場面があんまり楽しそうなので。そう言ったらいけないけれど、とても贅沢じゃないですか。

石牟礼　はい。

永　フランスのワインが出てくるとか、どこどこのチーズが出てくるんじゃなくて、ほんとにそこにある、取ってくる、摘んでくる、釣ってくるという料理だけ。そこがうらやましい。

水俣病が考えさせる「食べる」ということ

永　それとどこかで石牟礼さんは、料理は男のものだという、引いた姿勢があるでしょう。あれがすごく好きです（笑）。

石牟礼　私の家でもほんとによく男の人たちが集まって、大料理を作るんですけれど、その時は和手拭いをしめた男衆たちががんばるんです。そしてなんでも上手で、女房たちは、「はぁー、男衆たちは上手ねえ」って言って、ほんとに感心するやら、ほめあげてやってもらう（笑）。

永　だから「男子厨房に」ということではないんですよね。

石牟礼　そうなんです。

永　そのさわやかさがとっても好きです。石牟礼さんの本だから、ただの料理の本ではないという覚悟はしてましたけれど、おもしろかったです。それでいて料理の本ということもいつの間にか忘れてしまって。気持ちのいい短篇小説を続けざまに読ませていただいた感じです。

石牟礼　どうもありがとうございます。「怨む」とかは書いてないでしょう（笑）。

永　ちょっと露骨な言い方になっちゃうんですけれど、ぼくがあれっと思ったのは、この本には「水俣」という文字が二ヵ所しか出てこない。けれども水俣病だって食べたからじゃないですか。

石牟礼　そうです。

永　その魚を食べなきゃいけなかった状況が

あって、水俣病というのは、食べるということに直につながっている出来事ですね。それはいまのBSEにもそのままつながってきているわけでしょう。

石牟礼　はいはい。

永　それから時枝俊江さんと若月俊一さんのところもびっくりしました。ふつう食べ物の本で出てくる名前じゃないから（笑）。

石牟礼　そう言えば、そうですねぇ。

食べることへの感謝と豊かな言葉

永　それとお父さんの、すてきなこと。なんでもないお父さんの誇りというか、格式というか。感動しますね。だから料理だけでなくて、そこにいろんな人が登場してくる。その人たちがほんとにいいんですよ。

ご本の中に唄の部分が何ヵ所か出てきますが、メロディはわからない。けれど読みながら唄ってみるんですよ（笑）。少しでも近づこうと。すると麦踏みの唄がとてもおかしくて、楽しい。

石牟礼　これは節がついているわけじゃなくて。でも私の母のハルノさんは唄うようにことばを言う人でしたから。おかしいんですけれど、父の亀太郎さんが非常に怒りっぽい人で、腿を叩いて怒っているのに、母は、とんでもない、あらぬことを唄うように言うんです。それでますます父が激怒して（笑）。「ほら、沖は風わいなぁ、きょうは。白帆の見えるばい」とか言うんです。どういうつもりだったのか……（笑）。

永　聞いてないんでしょうね。聞いてないということを、そういうもの言いで知らせているんでしょうね。

石牟礼　それで、母の妹の叔母が父がいない時にひやかすんです。「ああいう時は、亀太郎さんがいいなはるごつ、私が聞いとるごつ、そうですなあって言わにゃいかん。そげん空事を、沖やぁ風って言うちゃいかん」と（笑）。

永　言葉づかいでいうと、石牟礼さんに最初にお会いしたときにとても印象に残ったのは、「患者様、患者様」って「様」でおっしゃっていたんです。最近、病院がとってつけたように患者様というようになってますけど、ぼくには石牟礼さんの「患者様」が重く響いていたんです。この本の中にも「ひと様」という言葉が出てきますね。

石牟礼　天草弁ですね。「ご病人様」って。「お宅のご病人様は……」とか。わが家では「様」をつけて言ってました。

永　そうですか。なんてやさしい、しかも患者を思って、患者を大切にして、患者に「様」をつけちゃうんだなと思っていたんですが、そもそも天草の言葉ではふつうに「ひと様」と言うんですか。

石牟礼　ふつうに言いますね。天草のどこの村だったたか、やはり患者さんが出ている村ですけれども、そこへ行って話をうかがううちに、どこでもご仏壇をとってても大切になさいますから……。それで一軒の家にご仏壇が二つあるところに行き合わせまして、どうして二つのご仏壇を拝んでいらっしゃいますかってお尋ねしましたら、「こっちの仏壇はひと様のをおまつりしてございます」とおっしゃったんです。「ひと様ってどちらの方でしょうか」と言ったら、「いや、どこから来らしたかわからない、のたれ死にをなさいましたひと様」だと。「このむらのはずれで、あんまり哀れで、そのご遺体をじゃなくて、魂をこちらでお預かりして、それでお位牌をお寺さまで作ってもらって、拝み申し上げております」と。それで「学校行き」、というのは小学生以下ですけれども、「学校へ行く前に拝んで行きます」って。もう大変感動しまして……。

永　やさしいですねぇ。

石牟礼　そういう時の発音……、「ひと様」とおっしゃるときに、大変慎んだような……。声から違って、「ひと様のお位牌でございます」っておっしゃいます。わが家の者たちも野外に葬った、どなたかわからないお墓があったときは、「ひと様のお墓だから、ことに謹んでおあげ」って言ってました。

永　東京界隈で、もうがさつなところだと、「どこの馬の骨だか」っていう言い方をするところもある。「他人様」と書いてひと様って、たぶん読むんでしょうね。それとも……。

石牟礼　いや、「人」だろうと思いますね。「他人」という言い方もなくはないですけれども、「他人」という言葉にして出すときは、よほど断絶して……。何かいわく因縁があって、その人とはもうあまりおつきあいをしないというようなときに、「あの人とは他人じゃった」と、断絶をこめて申しますすね。

永　ぼくは東京の浅草生まれですから、江戸弁で育ってきたところがあるんですけれど、方言を通り越して共通している「ひと様」。うちの祖母も「ひと様の迷惑にならないように」ということは言うんですけれど、いまの「ひと様」とはちょっと違うんですよね。

石牟礼　ちょっと違いますね。

永　その微妙な違いが気になっているんですけれど……。やはり心底「様」なんですね。それは魚に対しても、野菜に対しても、食べる物に、まさに「様」をつけそうな感じがする。その「ごちそうさま」の「様」と同じでね。

石牟礼　はい。

永　そういう「様」がつかなくなりましたね、最近。本当は政治家も「国民様」と言わなきゃいけない（笑）。

石牟礼　それでほんとに姿形も変わってしまって。そういうふうに言葉に出しますときには、何か慎んでますね。そういう風情というか、人の立っている姿、座っている姿、ものを言うときの姿も、変わってしまいました。

「食べごしらえ　おままごと」とは

永　この本のタイトルにもびっくりしたんですが、この「おままごと」には、われわれが子供の時からやってきた「おままごと」とは違う意味合いが入っているのでしょうか。

石牟礼　お裁縫をするのも、繕いも、お能を書いたりするのもそうですけれども、昔から人間苦というのがございますよね。いまでなくても、そういうものがございました。それで私はどこか、その人間苦を、もう一つのお芝居事のように演じなおすといいますか、どこかで演じなおしてきたと思うんです。これは私だけじゃなく、それで芸能の世界というものはあるんでしょうけれども。生きている現実が大変つらいので、演じなおして生きるということに、「おままごと」というのはつながってくるような気がいたします。

永　もうちょっとうかがうと、「食べごしらえおままごと」という言葉はないですね。これは、一つの言葉なのか、二つなのか。

石牟礼　二つですね。二つでもありますし、一つでもありますし……。

永　「食べごしらえ」という言葉もはじめて知った言葉なんです。

石牟礼　熊本でももう言わなくなってきています。

永　「食べごしらえ」というのは、「料理」ということですよね。

石牟礼　はい。ただ「料理」と言うと、なんだか即物的な気がして……。

永　昔の職人さんたちは「作る」と言わないで、「こしらえる」といいますね。「拵える」という字も好きな字ですけれど、この言葉はとてもあったかくて、すてきなんです。

石牟礼　おばあちゃんたちが、「毎日の食べごしらえも大変じゃ」とよく言っていました。

永　ああ、そういう使い方ですね。

石牟礼　一番最初にもの心ついた町は、大工さんとか、左官さんとか、鍛冶屋さんとか、馬の蹄鉄屋さんといった職人さんがいる町でございましたから。それで「きょうは職人さんたちが来となさるけん、食べごしらえもせにゃあいかん」って。家族だけの時はあんまり「食べごしらえ」とは言わないけれど。

永　なるほど。「こしらえる」というのは、ある種、力を入れるところがあるんですね。

石牟礼　「きょうは食べごしらえせにゃあいかん」とか「食べごしらえの加勢じゃ」とか。おもてなしをかねてするときに、「食べごしらえ」と。

永　そしてこの「おままごと」は子供の遊びじゃないですよね。

石牟礼　子供もふくめますけれども……。

永　大人も作る、真剣なご飯ですよね。

石牟礼　そして遊びもある。遊びながらやらないとお料理も（笑）。

永　そうですね。

石牟礼　やってて楽しいという。できあがりが不出来の時もありますけれども、思うようにいったとき、あるいは思うよりもうまくいったときは、うれしゅうございますから。やっぱり「おままごと」気分ですね。職人技に徹するというのとは、また違います。

うちは小さな村ですから、二十三夜様とか、川祭りとか、いまはもうしてないみたいですけれど、各家々が当番になって、女たちが一皿ずつ持ち寄ってお祀りをしていたんです。そうしますと、「あそこの奥さんはお金で買ってきなさる」とひそかに言う。不精な人という意味も多少ありますけれども、今夜食べる、あるいはお客様に差し上げるものを手軽にお金で買うというのを、恥ずかしいと思わない、無神経な人だと囁きあっておりました。やはり手作りでお出ししなきゃいけない。お金で買ってきたものは、豪華なものであろうと、あまり村の女房たちはよろこばなかった記憶がございます。

お芋が好き

永　こんなに世の中がすっかり変わっているのに、この本の中で、女学生が焼き芋を持って来るくだりがあるでしょう。あれには、ほっとしました。うれしいと思った。東京の女子大生もこういう子がいるんだと。

石牟礼　東京に行って座りこみをしたんで、若者たちも東京風なんです。津田塾の才媛たちとかが来ている。それで座りこみに参加しているのを親に隠しているんですね。時々「大変、大変、スカート貸して」とか言ってる。「きょうは誰々のお母様が来るんだってよ」と。当時のヨレヨレスタイルで、膝が出ているようなズボンをみんなわざと着ていましたから。そういう女子学生たちが、焼き芋の振れ売りが来るでしょう。もうすっとんで行くんですよ（笑）。それでなぜか焼き芋というのは新聞にくるんで抱いてくるでしょう。それで「あったかーい」とか言って。ケーキなんか買っても新聞紙にくるんだりしないですよね（笑）。

永　われわれは焼き芋世代ですよね。来る日も来る日も焼き芋。だから焼き芋が大嫌いになるか、いまだに大好きかになっちゃうか。ぼく、いまだに大好きなんですよ。農林一号からはじまって金時から花魁にいたるまで……。回りがまっ白で、紅紫色がふっと浮かんでいる。花魁、あれがなつかしくて、食べたくて、ずいぶん捜しましたよ。

石牟礼　あれは優美な芋ですね。あんまり大きくならずにほっそりしている。それで品のいい甘さで。

永　ええ、本当に品のいい芋で。

石牟礼　私も探しましたけれども、種切れしちゃったみたいですよ。

永　芋ばっかり食ってた人たちの中で嫌いな人はほんとに嫌いですよね（笑）。

石牟礼　はい、もう一生、二生、三生って、三世（さんぜ）を生きるぐらい食べたって、憎んでいる男の人がいます（笑）。

永　憎んだってしょうがないけれど。芋で育ったんだから、芋が大好きだと……。

石牟礼　「石牟礼さん、やっぱりまだ唐薯好きですか」って言われますが、私、大好きです。これ唐薯ですよ。

永　あ、これ？

石牟礼　外側にあんこがついている。

永　これ、お芋なんだ。へぇー。

石牟礼　唐薯がお好きですか。おいしくなったらお送りしますね（笑）。十一月にならないとね。十一月に堀りあげたのが、霜の来る前に、おいしいと言われています。

永　「お芋大好き」ということで締めくくりですね（笑）。

（二〇〇五年一〇月三〇日／於・熊本　石牟礼道子氏宅にて収録）

（えい・ろくすけ／タレント）

Ⅲ　作品とその周辺

『苦海浄土』
世界文学の作家としての石牟礼道子

池澤夏樹

ずっと遠いところにも人が住んでいる。

それを知らないわけではない。

遠くの人たちはぼくたちとは違う言葉を喋り、違うものを食べ、たぶん違う神を信じている。しかし、それでもその人はぼくたちと共通するものをたくさん持っている。違いの部分にではなく共有できているものに目を向ければ、彼らもまた人間であることがわかる。

世界というのは人間たちぜんぶを包み込む言葉だ。

他の国、他の土地の人々のことを思う時に、飛行機の便やパスポートを持ち出す必要はない。国籍や市民権も考えなくていい。砂漠であるか、海辺であるか、あるいは大きな都会の真ん中、大草原、ひょっとして難民キャンプ、ともかくそういうところにも人がいて、何かを語り、歌い、愛したり悩んだりしている。

その人たちを知るための文学がある。

彼らの考えや思いが詩や小説になって、翻訳を通じてもたらされる。読めば、彼ら固有の問題と同時に我らとも共通する問題があることが納得される。同胞なのだ。

そんなことはあたりまえ、と言う人は多いだろう。どこの国のどんな文学だって翻訳すれば他の国の人にも読める。しかし実際には、どこの国の場合も、言語や民族や固有の歴史を超えて普遍にまで届いている文学はそう多くはない。読んでおもしろい傑作であるだけでは駄目で、どこかで人間の深部に通じていなければならないのだ。国民文学を越境しなければならない。

通底管という理科の装置がある。二つの器があって、底の穴から伸びたゴム管で結ばれている。水を入れると二つの器の水面は同じ高さになる。あれと同じように遠くの人と人を繋ぐ機能を持った文学が確かにあって、それが世界文学と呼ばれるものだ。

井戸に喩えてもいい。

浅い井戸の水はその土地の人々を養うが、深くまで届く井戸は世界中の人々の喉を潤す。いちばん深い地下水面は地球のすべての井戸につながっている、と想像してみよう。砂漠に墜落したあのパイロットと星から来た王子さまが見つけたのはそういう井戸だった。「この水は身体を養うだけのただ水とは違う。星空の下を歩くこと、滑車のきしみと、ぼくの腕の力仕事から生まれたものだ。だから何か贈り物のように心に利くのだ」（筆者訳『星の王子さま』集英社文庫、二〇〇五年）というあの井戸。

石牟礼道子が書いたものが世界文学になっているのは、彼女の井戸が深いところまで届いているからである。

どの作品を取り上げてもいいのだが、やはり『苦海浄土』を考えようか。

長い間、世間はこの作品を誤読してきた。水俣病という社会悪を告発する文学だと思ってきた。間違いではないけれど、それは表層だけを掬った読みかただ。『苦海浄土』は水俣病を契機として、人間とはいかなる存在であるかを伝える啓示の書である。

いろいろな人たちが登場する。まずは「会社」の幹部社員と官僚たちがいる。彼らは有能であり、職務に忠実であり、そうあるために自分の心の倫理的機能を停止している。

医師と科学者がいる。事実を究明して、「会社」と国や県の欺瞞を知ってしまった。それを公表するか否かは彼らの倫理観による。

患者たちの苦しみを見かねて共闘を申し出た人々がいる。講談ならば「義によって助太刀いたす」と言うところだ。ボランティア活動の姿勢はこの思いに由来する（はずである、あるいはすべきだ）。

そして患者がいる。

『苦海浄土』がすごいのは、その井戸が深くまで届いていると読む者が思い知るのは、この患者を描く筆の力だ。通り一遍の同情ではなく、すり寄るのではなく、苦痛を描写するだけでもなく、苦しみによって開示される魂の最深部に視線を届かせる。それが可能になるまでの長い時間を患者たちと共に過ごしている。

ここに引用はしない。山中九平少年や江津野杢太郎くんや坂上ゆきや並崎仙助老人のふるまいと思いを伝える石牟礼道子の文章を読めばわかることだ。彼らは患者や村の漁民やたれそれの子といった属性を離れて一個の苦しむ人間になっている。そして苦しみの背後には彼らが知っているかつての幸福が透けて見えている。

引用はしない、と言いながら誘惑に負ける。こんな言葉が他の誰に書けただろうか——

なあ、あねさん。
水俣病は、びんぼ漁師がなる。つまりはその日の米も食いきらん、栄養失調の者どもがなると、世間でいうて、わしゃほんに肩身の狭うござす。
しかし考えてもみてくだっせ。わしのように、一生かかって一本釣の舟一艘、かかひとり、わしゃ、かかひとりを自分のおなごとおもうて——大明神さまとおもうて崇うてきて——それから息子がひとりでけて、それに福のさりのあって、三人の孫にめぐまれて、家はめかかりの通りでござすばって、雨の洩ればあしたすぐ修繕するたくわえの銭は無かが、そのうちにゃ、いずれは修繕しいしいして、めかかりの通りに暮らしてきましたばな。坊さまのいわすとおり、上を見らずに暮らしさえすれば、この上の不足のあろうはずもなか。漁師ちゅうもんはこの上なか仕事でござすばい。

これが世界文学である。

（いけざわ・なつき／詩人・小説家）

『苦海浄土』
揺るがぬ基準点

池澤夏樹

何年かぶりに『苦海浄土』以下の三部作を開いて、かつてと同じようにこの長大なテクストが自分に取り憑くのを感じた。昔、ぼくはこの作品に捕まって、しばらくの間、身動きがならなかったことがある。『苦海浄土』には読む者を掴んで放さない魅力がある。ここにいう魅力は普通に使われるような軽い意味ではない。魅力の「魅」は鬼扁である。魑魅魍魎の魅である。魔力とあまり変わらない力で読む者を惹きつける。それを思い出しながら、再び丁寧に読みすすめた。

これはまずもって受難・受苦の物語だ。水俣のチッソという私企業の化学プラントからの廃液に含まれた有機水銀による中毒患者たちの苦しみ、そこから必然的に生まれる怒りと悲嘆、これがすべての基点にある。この苦しみと怒りと悲嘆を作者は預かる。あるいは敢えてそれに与る。彼女の中でそれらは書かれることによって深まり、日本の社会と国家制度の欺瞞を鋭く告発する姿勢に転化する。その一方で、作者はこの苦しみを契機として人間とはいかなる存在であるかを静かに考察し、救いとは何かを探る側へも思索を深めてゆく。読む者はまるでたった一人の奏者が管弦楽を演奏するのを聞くような思いにかられる。なんと重層的な文学作品を戦後日本は受け取ったことか。

しかし、先入観を持った読者には意外かもしれないが、作者は肉体が受ける苦しみの奥を患者に成り代わって想像してはいない。想像を超えるものを想像したつもりになるのは文筆の徒として増上慢ではないか。これは感情に訴える煽動の書ではない。そんなもので片づく問題でないことは最初からわかっている。だいいち、患者たち一人一人の顔をよく知っている身としては苦痛の奥は書けない。と作者が思ったかどうか、ぼくも想像を控えよう。

だから病像については客観的手法としてまずカルテが引用される。細川一博士の淡々とした恐ろしい報告。その後に山中さつきの最期についての母の証言――「上で、寝台の上にさつきがおります。ギリギリ舞うとですばい。寝台の上で。手と足で天ばつかんで。背中で舞いますと。これが自分が産んだ娘じゃろかと思うようになりました。犬か猫の死にぎわのごたった[1]」。

その先にももちろん悲惨な姿の記述は多いのだが、そこには一定の抑制がある。苦痛と均衡をはかるように目立つのは、幸福を語ることばである。『苦海浄土』は「苦海」と「浄土」を対として捕らえる思想に貫かれている。「苦海」は「苦界」だろう。漁師にとっては苦の世界は苦の海となる。そして、苦が存在するためにはどうしても浄土がなければならない。浄土なくして苦の概念は成立しない。この世が苦界であちら側が浄土なのではなく、二つは共にこの世の内に並び立っている。

だから、例えば江津野杢太郎少年の祖父は漁師の暮らしについて「天下さまの暮らしじゃあござっせんか[2]」と言いながら、夫婦で舟を漕いで朝の海に出て、捕った魚を舟の上で刺身に仕立て、飯を炊き、焼酎を差しつ差されつ共に食らう喜びを存分に語るのだ。「あねさん、魚は天のくれらすもんでござす。天のくれらすもんを、ただで、わが要ると思うしことって、その日を暮らす。これより上の栄華のどこにゆけばあろうかい(3)」と嘯(うそぶ)くのだ。実際、この作品群の中には「栄華」という言葉が何度となく誇らしげに用いられる。

それが次のような件(くだり)となると、もう幸福と受苦はそのまま一枚の布の表裏であって、分けることができない――

ああ、シャクラの花……。
シャクラの花の、シャイタ……。
なあ、かかしゃん
シャクラの花の、シャイタばい、なぁ、かかしゃぁん
うつくしか、なぁ……
あん子はなあ、餓鬼のごたる体になってから桜の見えて、寝床のさきの縁側に這うて出て、餓鬼のごたる手で、ぱたーん、ぱたーんち這うて出て、死ぬ前の目に桜の見えて……。さくらちいいきれずに、口のもつれてなあ、まわらん舌で、首はこうやって傾けてなあ、かかしゃぁん、シャクラの花の、ああ、シャクラの花のシャイタなあ……。うつくしか、なあ、かかしゃぁん、ちゅうて、八つじゃったばい……。
ああ、シャクラの……シャクラ……の花の……(4)。

これはどこかで知っていると思う。浄瑠璃の口説き、子を失った親がその子の幸せだった日々を思い出して、とわずがたりにしみじみと語る、あの詠嘆の口調によく似ている、と考えていたら、作者自身が『苦海浄土』のあとがきで「白状すればこの作品は、誰よりも自分自身に語り聞かせる、浄瑠璃のごときもの、である(5)」と言っていた。

この作品において方言の力は大きい。ここで語られているのは人の心であり、心を語るのはその人が日々の暮らしで用いている言葉でなければならない。よそ行きの言葉では思いは伝わらないのだ。共通語・標準語を上に立てると、生活の言葉は方言という一段低いカテゴリーに入ることになる。それはしかし順序が逆で、日本列島の各地方ごとの日々の言葉があって、そちらが初めで、あとから国のため、軍や工場で地方出身者に命令を正確に伝達するために、共通語が作られたのだ。

水俣の人が水俣の言葉で思いを語る。その語り口のひとつひとつの裏に、時の初めから今に至る暮らしの蓄積がある。きらきらした語彙とめざましい言い回しによって、思いの丈が語られる。喜びと恨み、苦しみと希望が、時には情を込めて、時には論理の筋を通して、述べられる。この言葉の響きなくして『苦海浄土』はない。

方言はこの話を水俣という一地方に閉じこめはしない。彼らの物語は、暮らしの言葉に根ざした真実性によって普遍的な意味を与えられ、世界中のすべての人間に読み得る話になっている。方言として微妙な意味合いまで聞き取れるのは水俣とその周辺の読者だろうし、ある程度までわかるのが日本の標準語的な読者、しかし本質の部分は何語に訳しても通じる。なぜならば受苦と幸福はすべての人に共通だから。

先の嘆きの文体を浄瑠璃と呼んだのは最も響きが近いからだ。謡曲の『三井寺（みいでら）』も同じ主題だし、子を失った母の嘆きをモノローグで、ありったけの情感を込めて延々と語ることは世界中どこの文学にも演劇にもある。

受難を世界は共有する。新しい水俣は世界中いたるところで発生しているし、そこではいつでも強き者の強欲なふるまいと、それによって苦しみの荷を負わされた者の嘆きと怒り、またその嘆きと怒りを契機に人の心の深淵をのぞき見る戦慄が体験されている。そのすべてが語られるべきものであるけれど、実際にはすべてが語られるわけではない。最も巧みに語られた一例をぼくたちはここに持っている。

あちらこちらの戦争や内乱で難民が生まれている。人はその報に接して、移動する民の姿を思い描く。たしかに彼らは重い荷を負って、疲れ果てて、先の不安に脅えて、移動している。だが、大事なのは、つい先日まで彼らは定住の民であったという事実だ。ニュース映像を見る者はそこの部分を想像しなければならない。何代にも亘る安定した、土地に根ざした、生活があって、それが奪われる。魚が次々に湧くような豊饒の海が毒魚の海に変わるのと同じように、先祖代々耕してきた畑に爆弾が降り、子供の頃から歩いてきた道に地雷が埋められる。その結果として彼らは「高漂浪（たかされ）き」を強いられる。チェルノブイリから、アフガニスタンから、ソマリアから、ハイティから。

受難に対して、外から手を貸す善意がないではない。そちら側から見ると、理由の如何に関わらず、受難というものが互いによく似ていることがわかる。水俣の実態が明らかになるにつれて、市民運動家や学生などが支援に訪れた。それ自体はもちろん望ましいことであるが、当事者である患者やその家族と彼ら支援者の関係はかならずしも滑らかではない。互いは他者であり、意思は齟齬をきたし、時には衝突し、その中から少しずつ理解が生まれる。

『天の魚』の「みやこに春はめぐれども」の章で患者側と「加勢人[6]」すなわち今の言葉でいうボランティアたちのやりとりの場面を読みながら、ぼくは阪神淡路大震災の後のボランティア・グループと被災者たちのことを思い出していた。善意ばかりでことは解決しない。災厄の場は思想が試される場でもある。そういうことを『苦海浄土』は阪神淡路やカブールやバグダッドのずっと前に教えていた。

「受難・受苦の物語」と先に書いた。小説よりもストーリー性を重視した物語という意味ではなく、本義に立ち返って「もの」を「かたる」のだ。

ルポルタージュというと、取材によって集めた素材を一定の論旨に沿って配列したものという印象がつきまとうが、素材が作者の思索の井戸の水に浸されなければ、ルポルタージュは文学にならない。たしかに『苦海浄土』にはルポルタージュの一面があるけれど、しかしこれはすべて作者・石牟礼道子の胎内をくぐって、変容と変質を経て彼女の「もの」となり、「かたる」過程を経てこの世に再生した、「ものがたり」である。渡辺京二はこれは彼女の私小説だと言っている。[7] 浄瑠璃であり、私小説であり、ひとりがたりである。

昔、昭和三十年代の末だったと思うが、ぼくは作者のひとりがたりをテレビで見たことがある。記憶にまちがいがあったら許していただきたいが、マスコミQという先進的な番組に彼女が登場した。スタジオに椅子が一つあり、その正面にカメラが一台ある。それだけ。台本なし。演出なし。テレビのフレームは椅子に坐って水俣のことを語る彼女をただ映すだけ。悲惨なことを語り、言いよどみ、しばらく必死で言葉を探して、また語る。力を尽くして語っていることが伝わる。正しい言葉を探す努力そのものを視聴者は嫌でも共有させられる。手に汗を握る。テレビというメディアにこれほど動かされたことは後にも先にも一度もなかった。

書物としての『苦海浄土』もまったく同じ原理で生まれた。だから読者はこの作品に憑かれる、とぼくは言うのだ。語られる内容に、悲惨と幸福と欺瞞と闘争のあまりのスケールに驚く一方で、作者がそれを語ろうとする不屈の努力に引き込まれる。逃げられなくなる。陣痛の現場に背を向けるわけにはいかない。

語る途中で作者は多くの文書を引用する。患者と家族の会話の部分などは創作に近いものであって引用とは言えない。この人たちに作者は共感を持っているからそれは引用する必要はない。作者の創造的胎内をくぐって生まれたテクストの真実性を疑う読者はいない。しかし、欺瞞の側の文言は、そもそも作者の胎内に入り得ない性格のものなのだから、そのまま引用するしかない。たとえばこの「確約書」という代物——

「私たちが厚生省に、水俣病にかかる紛争処理をお願いするに当たりましては、これをお引受け下さる委員の人選についてはご一任し、解決に至るまでの過程で、委員が当事者双方からよく事情を聞き、また双方の意見を調整しながら論議をつくした上で委員が出して下さる結論には異議なく従うことを確約します(8)」という文書を厚生省は患者たちに要求した。

このあからさまな詐術に呆れない者がいるだろうか。裁定者を立てて対等の立場で協議を始めようという矢先に、どんな結論でも裁定者の結論に従うなどと、そんな約束を前提にした協議にいかなる意味があるか。そのような底の浅いペテンに乗るほど民衆は迂闊だとこの官僚は信じていたのだろうか。血液製剤によるエイズの患者に対する厚生省のふるまいは水俣の時とまったく変わっていなかった。製薬会社のふるまいもチッソと同じだった。だから彼らの性格を語るにはこの文書の引用だけで済む。彼らは同じような災厄の再発を防ぐための科学的研究さえ怠った。化学プラント内で使われる水銀が有機水銀に変わる過程が科学的に解明されたのはやっと二〇〇一年になってから。それも西村肇と岡本達明という在野の研究者の無償の努力によってだった(『水俣病の科学』)。

民衆の中にある悪意はもっとずっと深刻である。制度ではなく人の心の中に潜むものだから、チッソの経営者や厚生省の役人の場合のように理解の埒外として放逐することはできない。生活保護を受ける患者を妬んで密告の手紙を書く者の心の動きをいったいどう扱えばよいのか。

「水俣ヤクショ内ミンセイガカリサマ」に当てた手紙がある。(9)「オオハラ　ミキ」という患者について、(おそらくは)他の患者が書いた密告の手紙。生活保護を与えるにはあたらないからよく調べろという手紙。まずは「オオハラ　ミキ」の子供たちが自活していることを縷々と述べる。

四女ノムコハ水俣ニテ左官。シナイデハタライテ、オリマス。

五女ハササセボデオオキナショクドヲモッテオリマス。

オカネハ、ツカミドリ。母ニモ、オカネハオクリテヤリマス。

アネハ、サセボデ、マメウリショバイ。オカネハツカミドリ。母ニモオクリテヤリマス。

オカサンハ、オカネノ、フジユハ、ヒトツモアリマセン。


以下、妬みと呪詛の言葉が延々と続く。

他者の幸福を我が不幸と見なすネガティヴな心のふるまいを無視して世界像を描くことはできない。差別を維持し、疎外に手を貸し、戦争を煽る思いは一部の者の中にあるわけではなく、状況によっては誰もがそのような思いを抱き得るのではないか。自分の仲間は例外、自分は例外と言い切れるものではないだろう。患者とその家族はみなとんでもない苦しみを経ることによって聖別された者である。いわば火による浄化の過程をくぐった者である。密告の手紙を書いた患者とて普段ならばそんなふるまいに走ることはなかったのだろう。先祖崇拝と、仏への帰依と、共同体そのものが持っている恒常性維持のからくりによって、とりわけ不満に思うこともなく日々を過ごしていたのだろう。水俣病という目前の大きな災厄が、さまざまな欲を生み、それが適わなかった時に邪悪な形で噴出する。

人の中に悪を行う用意はある。しかしそれは外的な促しを受けなければ具体化はしない。受けた時に例えば関東大震災の時の朝鮮人虐殺や南京の大虐殺となって現れる。あるいはアウシュヴィッツ、あるいは深夜に密かに書かれる市役所宛の手紙。

いや、悪は制度や状況に潜み、人間の中にはないと、ぼくは言い切れない。南京もアウシュヴィッツも実行者なくしてはあり得なかった。実行者は機械ではなく心と判断力を持った個人であった。南京に比べればこの密告の手紙などかわいいものだ、と言えるのだがと思いつつ、ここで判断を停止せざるを得ないかと考える。

近代という言葉でこれを説明したらどうだろう。水俣や南京、チェルノブイリなどの巨大な災厄は確かに近代化から生まれた。文明とは所詮あまりに物質的な概念であり、それを求めることは人間を自然から引き離し、欲望と空疎な言葉ばかりの、人間とは呼べないような者を生み出した。チッソと厚生省についてはそう言えるかもしれない。そして今や問題は密告の手紙を書くような古典的な小さな悪ではなく、社会そのものの本質になってしまったかのごとき非人間的な制度の悪、グローバリゼーションの悪の方なのだと言ってしまおうか。

制度がチッソを生み、水俣病を生んだ。彼らがあまりに非人間化してしまったから、患者の方は人間として残った。だから、患者は、非人間化した制度側の元人間と自分たちを区別するために、自ら非人を名乗る。つまりここでは人間とそうでないものを分ける基準を逆転させることで患者は非人間の群れから自分たちを救い出している。

水俣では非人は「かんじん」。五木の子守歌にある「おどまかんじんかんかんじん」のあの言葉である。語源は勧進坊主だろう。寺社への寄進を進める勧進の僧がやがて乞食の代名詞になり、非人をも指すようになった。非人と書いて「かんじん」と読むところに、日本列島における長い差別の歴史を透かし見る思いがする。

制度の側に立つ人々がひたすら患者との対面を避け、制度の中に立てこもろうとするのに対して、患者の方は相手を人間として自分の側に回収しようとするのだ。どうしてそのようなことが可能なのか、人間に希望があるとすればまさにこの一点、制度の壁を越えて、顔もなく名もなき、職名だけの相手の中にも人間を見ようとするおおらかな、彼ら自身が笑うごとくどこか滑稽な姿勢の中にこそあるとぼくには思われる。

チッソの本社に泊まり込んだ日々を思い出して患者たちは、自分らはシオマネキというあの片方の鋏だけが大きな蟹のようだと笑う。そして、「チッソの社員衆が意地悪をしかけるそもそも、ひょっとすれば似た性のもんゆえじゃありますまいか。先に棲みついたものの気位のために、およおよと泳いできて、ハサミを振りに来なはるとじゃあるまいか、腕まくりのなんの突出して(10)」と相手との同質性を認める。

あるいは「あのような建物の中身に永年思いを懸けて来て、はじめて泊まって明けた朝、身内ばかりじゃなし、チッソの衆の誰彼なしになつかしゅうなったのが不思議じゃった」とまで言う。まるで初夜が明けた後朝(きぬぎぬ)の思いのようだ。

こういう形で患者は絶対の敵であるはずのチッソ幹部を身の内に取り込んでしまう。両者はそれこそ圧倒的な非対称の関係にあって、チッソ側は患者に病気を押しつけ、それを否認し、責任を回避し、補償を値切り、国を味方に付け、正当な要求を強引に突っぱねる。これに対して患者の側はずっと無力だった。

しかしこの非対称を倫理の面で見ると、今度は患者の側がそれこそ圧倒的に強い。彼らにはチッソを赦すという究極の権限がある。決して赦すわけではないが、しかし彼らはこの切り札を持っていることを知っている。その力を恃むことができる。だからこそ彼らは「チッソのえらか衆にも、永生きしてもらわんば、世の中は、にぎやわん(11)」と晴れやかに笑って言うことができるのだ。この笑いを得てはじめて、この物語を仮にも閉じることが可能になる。

患者たちと支援の人々が、そして石牟礼道子が戦後日本史に与えた影響はとても大きい。崩れて流動する苦界にあって、ここに一つ、揺るがぬ点があった。ぼくたちはこれを基準点としてものを計ることを教えられた。

今も水俣病を生んだ原理は生きている。形を変えて世界中に出没し、多くの災厄を生んでいる。だからこそ、災厄を生き延びて心の剛直を保つ支えである『苦海浄土』三部作の価値は、残念ながらと言うべきなのだろうが、いよいよ高まっているのである。

注

(1)『石牟礼道子全集 第二巻』三五頁(第一部「苦海浄土」)。
(2)『石牟礼道子全集 第二巻』一六〇頁(第一部「苦海浄土」)。
(3)『石牟礼道子全集 第二巻』一六二頁(第一部「苦海浄土」)。
(4)『石牟礼道子全集 第三巻』二七〇―二七一頁(第三部「天の魚」)。
(5)『石牟礼道子全集 第二巻』二五九頁(第一部「苦海浄土」「あとがき(文庫版)」)。
(6)『石牟礼道子全集 第三巻』二七二頁(第三部「天の魚」)。
(7)石牟礼道子ほか『不知火――石牟礼道子のコスモロジー』藤原書店、二〇〇四年、一五〇頁。

（8）『石牟礼道子全集　第二巻』四二五頁（第二部「神々の村」）。
（9）『石牟礼道子全集　第二巻』三四二―三四四頁（第二部「神々の村」）。
（10）『石牟礼道子全集　第三巻』一九一頁（第三部「天の魚」）。
（11）『石牟礼道子全集　第三巻』四三〇頁（「自分を焚く」）。

（いけざわ・なつき／詩人・小説家）

『苦海浄土』

水俣病における文学と医学の接点

原田正純

昭和三十六（一九六一）年の夏頃から、私は水俣病が多発した漁村の家々を訪ねて回っていた。その時、私たちの後ろから静かにつけてくる女性がいた。気にしていたが診察の邪魔をするわけでもなく、ただ優しい目をして、遠慮がちに私たちのすることや患者たちの様子を眺めている姿は保健婦でもジャーナリストでもなさそうだった。同じその頃、患者のうちに行くと「今、若い学生さんが写真を取りに来たよ」と何軒かのうちで聞いた。それで誰か若い写真家が今、水俣に来ているということは知っていた。しかし、ついにその駆け出しの写真家と遭遇することはなかった。また、市役所や熊大では「東大の若い研究者が水俣病の資料を漁っているが、何をするのか分からないから用心するように」と注意された。

ずっと後で分かることだが、女性は石牟礼道子さんで、若い写真家は桑原史成さんで、東大の若い研究者は宇井純さんであった。お互いに全く無関係で、そのときお互いに出会うこともなかった。しかし、現場を原点にして、「これは大変なことがおこっている」という認識で、しっかり自分の眼で見て、何かを残さなければという熱い想いに駆り立てられていたことは共通していたのだった。文学として、映像として、衛生工学として、医学として、お互いの立場は違っていたが、その熱い想いはその後の水俣病の歴史の中で一本の糸に繋がっていったのだった。

その後、私は東大に行って、当時は比較的新しい技術であった脳波を学んできた。その技術を水俣病に使ってみたかった。新しい論文を書くためでなかったと言えば嘘になるが、何か新しい治療の参考にしたい、とくに私が診てきた胎児性患者のためにならないかと考えたことも事実である。そのときも道子さんはつけてきた。

道子さんは「三抱えもありそうないかついこの脳波測定器からは、ちょろちょろと、幾本もの尻尾のようなコードがよじれて畳の上に這い出し、それは何やらひくい震動音さえ立てていたので、目のみえる幼い患者たちは、ひとめみるなり、母親のふところへ後ずさりした。」と書いている。

それから何年経ってからだったろうか、誰かの紹介で私を訪ねてきた女性が道子さんだった。「医学用語のいくつかが正確かどうか確かめたい」ということだった。題は「海と空のあいだに」だった。それが後の『苦海浄土』の原型である。私はそのときの薄っぺらで頼りなさそうな本を今も大切に持っている。

それ以来、私は道子さんの魅力に取り付かれてしまったばかりでなく私の仕事に生かしたいと願った。私は文学者ではない。やはりあくまで医師のつもりである。しかし、道子さんの文章は文学的であることはもちろん、とても医学的であるのだ。

『苦海浄土』の中で九平少年について「彼の足と腰はいつも安定さを欠き、立っているにしろ、かがもうとするにしろ、あの、へっぴり腰ないし、および腰、という外見上の姿をとっていた。そのような腰つきは、少年の年齢にははなはだ不相応で、その後姿、下半身をなにげなく見るとしたら、老人にさえ見えかねないのである。近寄ってみればその頸すじはこの年頃の少年がもっているあの匂わしさをもっていて、青年期に入りかけている肩つきは水俣病にさえかからねば、伸びざかりの漁村の少年に育っていたにちがいなかった。（中略）下駄をはいた足を踏んばり、踏んばった両足とその腰へかけてあまりの真剣さのために、微かな痙攣さえはしっていたが、彼はそのままかがみこみ、そろそろと両腕の棒きれで地面をたたくようにして、ぐるりと体ながら弧をえがき、今度は片手を地面におき片手で棒きれをのばす。棒の先で何かを探しているふうである。少年は目が見えないのである」。これ以上の完璧な病状記載があろうか。

同様に多くの水俣病患者を診てきたが私たちの書くカルテがなんと貧弱で実態を現していないことか。実態を伝え、かつ感動を与えることのできるカルテなど書けるのであろうか。それには細かい観察力、鋭い洞察力、そして深い愛情、やさしさが必要なことを学んだ。文学的であり医学的（科学的）であることに私は衝撃を受けた。

水俣病裁判ではその被害をどうやったら表現できるか。薄っぺらな一枚の診断書用紙でその人間の苦悩を表現できるものではない。私は地域や家庭の中でどのような生活障害があるか具体的に診断書に記載するように努力したつもりだった。しかし、石牟礼さんの記述には到底及ばなかった。

医学の世界では数字化、数量化、データ化できるものだけが客観的・科学的・医学的とされてきて、「根拠に基づく医療（Evidence- based Medicine）」などと呼ばれてきた。水俣病認定診査のためのカルテなどその典型であろう。最近、その行き過ぎの反省からか「語りに基づく医療（Narrative-based Medicine）」

ということが言われている。その意味するところは病を患うことは自身の実体験であり、痛みや苦しみは生活や時代や社会と深く関わっているから、その人が他人に語ることによってその患う症状の意味を内面から理解しようということである。医療の出発点に語りを置こうとすることで、病が、もちろん個人的・医学的なデータ、所見に基づく患いから始まって、それが地域社会の中で、他者との関係において、どのような行動や構えや身振りとして表現されるか、さらに、病が人々の間でどのようなローカルな文化的なイメージを持つかなどの総合として捉えられる。

おこがましくも言わせてもらえるなら、石牟礼さんの世界と私が目指している世界は出発点からしても、結末からしても意外と近いのかもしれない。

（はらだ・まさずみ／医師）

『苦海浄土』石牟礼道子さんなかりせば、映画は？

土本典昭

私は生来、神秘的なもの、宗教的なものに馴染まないが、石牟礼道子さんが水俣に生まれ、水俣を物語る宿命を持たれたことを「天の配剤」としか思えない。もし、彼女の文学がなかったら、水俣病問題はこれだけの精神的水位に達し得たろうか。

石牟礼道子さんは時流とは無縁であった。当時を細かく見ればいい。

石牟礼さんが『苦海浄土――わが水俣病』の執筆を終えた一九六八年一二月といえば、水俣病患者の運動も支援も胎動の時期だった。いわば「無」の中、むしろ「空白の水俣病」のそのピーク時でもあった。だから同年九月、厚生大臣・園田直は「過去の事件」とし、いわば事後追認として「水俣病の原因企業はチッソ」と発言し得た。そう言っても世にはさざなみ程度のこと、と思って言ったのであろう。そこに石牟礼さんの骨を刻むような文学が〝忽然〟と登場した。その衝撃力は例えるものが無い。彼女すらその著作が後に水俣病の歴史を作るとは毫も考えなかったであろう。ただ、その空白期にも、彼女は水俣病を見据え続けていた、そのことが文章に凝縮されていた。彼女に「空白期」は無かったのだ。

水俣病の空白期について触れて置こう。

水俣病の公式発見は一九五六年五月、「原因物質は判らない」ことを理由に三年余も放置され、政府も県も、「チッソ以外に加害者では有り得ない」と感知しながら、高度成長の牽引役・チッソに荷担し、辺境の百名足らずの患者を見殺し同然にした。また、チッソに迫った一九五九年の三千余の画期的な不知火海の漁民闘争も、その直後から指導者を刑事事件で逮捕し、その再発の根を絶った。その後、「水俣病の発生は終息をみた」とした医学者の所見を機に、行政は一斉に手を引き、以後、八年、「調査も記録も皆無」という無責任ぶりに徹した。加えて、チッソ会社と労働組合の安賃闘争による、企業城下町の水俣を二分する大争議によって、水俣病は全く市民の意識から外された。

この時期、終わらない水俣病を考え続けた石牟礼道子は、わずかに熊本の『熊本風土記』の渡辺京二氏と筑豊の上野英信氏夫妻だけに支えられていたと、『苦海浄土――わが水俣病』の後書きに記されている。およそ孤立し、水俣では夫と僚友赤崎覚のみだった。

その時期（一九六五年）、たまたま胎児性患者の存在を知って水俣を訪れた私も完全に市民に忘れ去られていることを知った。驚いたが、「もう済んだ事件」とも受け取った。

その第一作「水俣の子は生きている」ロケの最後に、石牟礼さんを訪ねた。私は平凡社の『日本残酷物語』シリーズの一編の彼女の記録を覚えていたからだ。

それはもの書きの仕事場ではなかった。主婦がやっと狭い家に座る場だけを得たような納屋の一隅だった。壁の本と資料を背にし、突然の「東京のテレビのひと」に恐れ、困惑気味の彼女がいた。たどたどしいが突き詰めたもの言いをされたが、私は何か場違いの訪問を悔いた。その数年あと、『苦海浄土——わが水俣病』を読んで、まざまざと家の片隅で小机に向かっていた彼女の、その水俣での永い孤独を思い返した。

水俣では患者から裁判が提起され、七〇年には全国に訴えるためのドキュメンタリー映画が求められ、回りまわって私が引き受けることになった。その時すでに『苦海浄土——わが水俣病』は著名であった。「これがあれば……同名の映画を作ったら？」という声すらあった。が、一読して、映画でこの世界は描出は不可能と思い知らされた。「この文学性は独自だ。とても映画では追跡できない。白紙から水俣に向き合わねば」と自覚した。

今、改めて思う。この文学作品の指し示した精神的水位の高さは、ただ映画にだけでなく、あとに続いた演劇、絵画、音楽、文筆などすべての表現に「水俣を描く」ことの水位の高みを示すものになった。同時代の芸術家にこうした指標を与えた記念碑的作品と作家の出現であったのだ。もし石牟礼道子さんなかりせば……と標記した所以である。

（二〇〇四年二月）

（つちもと・のりあき／記録映画作家）

『苦海浄土』「近代の毒」を問い続ける石牟礼さん

嘉田由紀子

『苦海浄土』に出会ったのは一九七〇年代の初頭、大学生の時代だった。その時、私自身は人類誕生の地であるアフリカに行きたいという一心から文化人類学を学んでいた。そこで出会った『苦海浄土』は何とも不思議な書だった。「ルポルタージュ」でも「聞き書き」でもない。文体も内容も、そして語り口も、既存のジャンルに入らない。

なぜ聞き書きでないのか。たとえば水俣病患者坂上ゆきの思いがこうつづられる。「海の上はよかった。うちゃ、どうしてもこうしても、もういっぺん元の体にかえしてもろて、自分で舟漕いで働こうごたる。いまはうちゃほんに情けなか。月のもんも自分で始末できん女ごになったものね」。このような語りがこの本の魄（たま）であった。しかしそれは「語られていないこと」ともいう。いつか石牟礼さんにその意味を直接に確かめたいと思った。

一九八〇年代初頭、私自身、自分が暮らす琵琶湖の環境問題を生活現場から研究するという思いにつき動かされた。その時、色川大吉さんたちの『水俣の啓示』に出会った。色川さんたちを水俣に招いたのは石牟礼さんだと知った。

二〇〇一年の秋、ようやく石牟礼さんにお会いする機会を得た。手帳をめくると二〇〇一年一〇月七日だ。熊本市湖東町のご自宅にうかがった。作品にこめられたこわごわしさとは無縁の少女のような方だった。私はその時、昭和三十年代の琵琶湖の写真集をお持ちし、必死の思いで、大規模開発が始まる前の琵琶湖辺ののびやかな生活風景について語った。湖岸で洗いものをする女たちの写真をみて、石牟礼さんは言った。「橋板の上で洗いものをすると、足の底から水を感じることができるでしょうね」と。「足底から感じる感覚」。秀逸だった。

石牟礼さんに年来の『苦海浄土』にまつわる疑問を発した。坂上ゆきさんや釜鶴松さんが「心の中で言っていることを文字にするとああなる」と言われた。

その年の二〇〇一年一一月一一日、石牟礼さんと杉本栄子さんを琵琶湖の湖沼会議にお招きして、公開のシンポジウムを開いた。石とコンクリートで固められた琵琶湖岸の風景は、おふたりにとって違和感のあるものだったにちがいない。でもその風景への直接の批判はなさらなかった。「比叡のお山からの琵琶湖はのびやかですね」と石牟礼さんは気にいってくれたようだ。遠景でしか美しさを語れない琵琶湖の今に私自身は心を痛めた。

二〇〇四年二月一日。再び石牟礼さんを熊本に訪問する機会をえた。歌手の加藤登紀子さんとごいっしょだった。登紀子さんとは二〇〇一年の湖沼会議の時、琵琶湖の歌をつくってもらいたいという思いから、漁師さんや子どもたちを訪ね歩く旅以来のお付き合いだ。おふたりとも初対面とは思えないほど、会話が盛り上がった。石牟礼さんは、「東京から患者さんの支援にこられたお嬢さんは、草とりと言って麦を抜いてしまわれたのよ。それでも患者さんは、『東京からきたお嬢さんは麦を知らない』と笑いとばしながら、やさしく受け入れたの」という。

あらためて、『苦海浄土』の力に思いをめぐらしてみる。一九七〇年代以降、水俣には漁業にもチッソの会社にも関係のない、加藤さんとの会話で話題になったお嬢さんのような人がたくさんやってきた。「新人」と地元の人たちが呼ぶ「患者支援」のためにやってきた人たちだ。何人かの知り合いの「新人」に移住の動機を直接尋ねた。『苦海浄土』につきうごかされたという人が多かった。水俣について書かれた本の数は膨大だ。その中でも、『苦海浄土』が思想的にも社会的にも最も強い影響を与えたといってもいいだろう。なぜなのだろう。

この書が石牟礼道子といういわば原日本人の「感性的内因」に深く根ざしたところから生まれているからではないだろうか、と今の私には思える。水俣川のほとりにすむ一主婦であった石牟礼さんが「悶々たる関心とちいさな使命感を持ち」、昭和三十四年五月、水俣病患者を病院に訪ねた。患者と共有する感性の世界にいるがゆえに彼らの感性は石牟礼さんにのりうつった。

彼女が企業悪や社会悪を近代的な人権論や正義感という刃物で切り落とし糾弾するのではなく、患者さんのいわば呪術的な語りと、生き物との交感の表現で訴えるという方法をとったのは、水俣病が日常性の中から生まれたからという。「水俣病は、人びとのもっとも心を許している日常的な日々の生活の中に、人びとの食べ物、聖なる魚たちとともに人びとの体内深く潜り入ってしまった」。それなら、日常という毒がはいりこんだ同じ世界で語るしか、問題の根っこを捉えることはできないではないか。

糾弾するべき相手はチッソや行政という組織や人の群れの背後にひそむ近代精神という魔物である。それなら場をずらして、近代をこえる土俵で闘うしかない。それが「苦海」を「浄土」にかえていくまなざし、つまり石牟礼さんの「アニミズムとプレアニミズムを調合して、近代への呪術師」となる方法なのではないだろうか。

今、私自身は、石牟礼さんが、不知火でさぐりだした近代の毒を、自ら引き受けながら、いかに琵琶湖の生活の心を取り戻すか、悶々とあえいでいる。「近代」という魔物は、実は水俣、琵琶湖だけでなく、今や地球規模でアフリカの奥地までしみこんでいる。

（かだ・ゆきこ／滋賀県知事、元環境社会学会会長）

『苦海浄土』

「祈り」の時代に——石牟礼道子の世界とわたし

大石芳野

石牟礼道子さんの『苦海浄土』には多くの人たちとほぼ同様に私も強い衝撃を受けた。水俣病ばかりか川崎、四日市、富山、さらには新潟の阿賀野川流域など至る所で人びとは汚染に苦しんだ。けれど、企業ばかりか世間も苦しむ人たちを避けて通っていただけに、『苦海浄土』の強いリアリティに読む者はみな心を震わされた。

公害は人間の生命の問題であり、大自然の問題でもあるが、素直に向き合う為政者は少数だった。為政者ばかりではない。経済的発展を減速させられたくない自分も勢いに乗り遅れたくなかったのが並みの世間で、実は私もその一人だったといえる。『苦海浄土』を大切にしながらも、一方では、合理的で利便に富んだ暮らしを求めていた。こうした貪欲さが有機水銀の垂れ流しを招いたといえる。『苦海浄土』は四〇年前の本だが、四〇年も経って、この本は歴史書のように過去のものとなったろうか。否だ。『苦海浄土』は、チッソ告発とか水俣病闘争の書ではないからだろう。石牟礼さんは「あくまでも自分の孤独を書いているにすぎない」という。患者さんの一人である緒方正人さんは、『苦海浄土』が生まれなかったら水俣病は「物語」にならなかったと断言する。「物語」になったからこそ日本中に、いや世界に水俣病が知れ渡ったと言うのである。

それは病に苦しむ患者さんやその家族の深い思いに「寄り添うように」著されているからなのだろう。この「寄り添うように」という表現は評論家の渡辺京二さんの言葉だ。彼は「神々の村」を例にあげてこう述べている。

「日本の近代文学者でこういう文章を書いた者は一人もいない。これはいわば情景の人類史の透視を通してうたいあげた、いまだかつてない質の抒情である」

石牟礼さんは、「人間とは何か」を問い、患者さんがいかに「人間としてすこやかな階層」であり「精神の位が高い」か、同時に「地方の豊かさや美しさ」を「証明したくて」、『苦海浄土』を著したと語っている。作品には「草にも樹木にも魚にも魂がある」という思想が息づき、根底には「祈り」がある。

「患者さんが『毎日祈らずには生きていけない。今日を生きていけない。自分たちの魂が生きていけない』って声をつまらせておっしゃって。『何に対して祈られますか』ってお尋ねしてみると、『人間の罪に対して祈る』とおっしゃるんですよ。『我が身の罪に対して、人間の罪に対して祈ります、毎日』。祈るしかないんですよ、水俣の患者たち。それで治るわけじゃないんですけど。人の分まで祈って。チッソの人たちも助かりますようにと言って祈っていますからね。そうしないと、自分たちも助からないって……。あの人たちの精神の位が高いというか深いというか、純粋ですね」

話が飛ぶかもしれないが、患者さんたちの祈りの言葉には私が会ってきた戦禍に喘ぐ人たちが重なる。やり場のない怒りや悲しみに、時には絶望しそうにさえなりながらも結局、祈るしかない。いくら祈っても余りにも重い現実に押しつぶされそうになっていく。

「祈りというのは、罪と同じ意味を持っている。と言うか、罪の方が、祈りよりも深いかもしれません」。

今、二十一世紀を歩み始めた私たちは大混乱にあって、祈ってはいられないという声も聞こえてきそうだ。けれど、「罪は祈りよりも深い」なかで、水俣の患者さんも、私が訪ねた地で喘いでいる人たちも、みな同じ時代を歩み同じ空気を吸いひとつの太陽に照らされて生きている。みな繋がっている、そのなかに自分もいるのである。そもそも人間は大地に育まれて生きているものだけに、大地への強い思いがあり古代から安泰を願って様々な形で表現されながら祈りが行われてきた。

大地を侵す最大のものが戦争と人間のエゴイズムだ。近代化の最先端を走り続けるというエゴが大地を壊し、水俣病を生み、たくさんの公害病を招き、東京電力福島第一原発の爆発事故を招き放射能汚染に曝されてしまった。こうした実態を生んだのは、私たち自身である。

自然界を愛おしみ、患者さんたちの深い心の奥底に、しっかりと寄り添う石牟礼道子さん。だからこそ、石牟礼さんを通しての「文明の悲劇」への強いメッセージが、私たちを奮い立たせるのではないか。

本当に大切なのは何なのか。本当に豊かなのはどういう状態を言うのか。科学文明をむさぼってきた私たちは、人間はあらゆる生き物の一つにしか過ぎないことを、今こそしっかりと把握し、きちんとした生き方をもう一度考え直して次世代に継いでいかなければ、いのちに未来はない……。石牟礼さんも患者さんも、切々とそう語っておられるように思えてならない。

（おおいし・よしの／写真家）

『苦海浄土』

「苦海浄土」という問い

福元満治

石牟礼さんと初めてお会いしたのは、一九七〇年の春だからすでに三十六年前のことである。私は二十二歳、まだ大学に籍だけはあった。最近では、年に一度もお会いすることはないが、お会いするとやさしく「ご飯食べてますか」と微笑される。その度に、欠食児童のような青臭さを引きずっている我が身には、石牟礼さんの慈悲の眼差しが痛く沁みる。二〇〇一年には、私の小さな出版社を見かねて、「詩集を出しませんか」とお声を掛けていただいた。この年は、「9・11」という世界史的な事件に小社も巻き込まれて、「生類たちのアポカリプス」と銘うった全詩集『はにかみの国』は、翌夏の出版になったが、石牟礼さんの本が出せるというだけで嬉しかった。わたし自身は詩集を編集することで、石牟礼さんの作品にいつも鳴り響いている音楽のようなものの秘密を、少し理解できたような気がした。

昨年（二〇〇五年）は、「石牟礼道子と水俣病運動」というテーマで話す機会を頂いた。この二十年近く、水俣病の運動だけでなく「運動」というものにはコミットしていないので、ためらいはあったが、七〇年代初めの水俣病闘争に関わったひとりとして、いくらかでも当時のことを整理できたらとお引き受けした。

その時には、三つのキーワードで話をさせて貰った。

それは、「個別性」、「直接性」そして「異形性」という言葉である。要約すると、「個別性」とは、水俣病問題を「公害問題」として一般化しなかったこと。水俣病闘争を「反公害闘争」と普遍化しなかった、ということである。「直接性」とは、近代法上では「損害賠償請求事件」として争われた水俣病事件だが、「闘争」としては、水俣病によって殺された死者や患者の積年の思いを、如何にして「直接的に」表現することが可能かを追求したことである。その前提になったのは、死者と患者とその家族個々の「生」や日常であったが、闘争が暗黙のうちに依拠したのは、石牟礼さんの『苦海浄土』に表現された世界であった。

そして「水俣病闘争」を他の近代的市民運動から際立たせていたのが、その「異形性」だったのではないかということである。「異形」というのは、「近代」という一つの運動が、その論理の整合性や明晰性を追求する過程で排除していった諸々のことである。その象徴が「死民」であり「怨」であったように思う。石牟礼さんは、『苦海浄土』第二部で、排除された側のことを次のように記している。

「おのれ自身の流血や吐血で、魂を浄めてきたものの子孫たちが殺されつつあった。かつて一度も歴史の面（おもて）に立ちあらわれたことなく、しかも人類史を網羅的に養ってきた血脈たちが、ほろびようとしていた。」（『苦海浄土』第二部「神々の村」『石牟礼道子全集　第二巻』藤原書店、所収）私は、話をするために、『苦海浄土』と幾つかの著作を読み直した。あらためてすごい作品だなと思いつつ読んだのだが、私はその講演のなかで、『苦海浄土』は、公害告発のルポルタージュではなく「フィクション」である、と喋っている。もちろんこれは、渡辺京二氏の「『苦海浄土』は、詩人石牟礼道子の私小説である」と言う「解説」（『苦海浄土』講談社文庫）に拠っている。

ところが、そう喋った後からどうにも落ち着かないものが残った。つまり、ルポルタージュではない、というのにはそれ程の抵抗はないのだが、「フィクション（虚構）」と言ってしまったことが、引っかかっていた。また最近、新聞記者による『苦海浄土』の解説の冒頭、「苦海浄土は、いまでは小説に分類されている」という内容の一文に出会った時、軽いショックを受けてしまった。あきらかにこの記者は、渡辺さんの解説に引きずられているわけだが、渡辺さんが述べているのは、「作品成立の本質的な内因」からいえば、聞き書きでもルポルタージュでもなく、「石牟礼道子の私小説である」ということである。ややこしいが、初めから『苦海浄土』を小説として読むという「緊張の無さ」とは無縁である。私にとっては、渡辺さんのすぐれた評言を前提にしながら、『苦海浄土』が如何なる作品であるのかという問いが、あらためて残ったということである。

（ふくもと・みつじ／図書出版・石風社代表）

『苦海浄土』
石牟礼さんの世界とケア

佐藤登美

初めて『苦海浄土』を手にしたのは、恐らく七〇年代の半ばであったと思います。当時、私はお茶の水にある病院の看護師として働いておりました。深夜勤務が終わって十時頃、病院を出て午前中の眩しい日差しに会うと、そのまま自宅に直行するのが厭になり神保町の方へ下って行き、本屋で本の背表紙を見てぶらぶらと過ごしたり何か新刊本を購入したりするのが癖でした。そうしないと、深夜零時から八時間の間に起きた患者さんの急変や死に至った状況などが思い出され、身体に張り付いている緊張感や慰めきれない余韻がとれなかったのかも知れません。そんな折りに『苦海浄土』を求めたものと思います。講談社の文庫でした。

職業柄、公害問題や水俣病に全く無関心ではなかったのですが、『苦海浄土』が水俣病患者（漁民）さんとその暮らしを主題とした小説だとは、実際に読むまで知りませんでした。自宅に戻って、布団に入り読むともなしに読み始めて、気がつけば次の夜勤に間に合わない時間になっていました。一言でいえば、とんでもなく真実なものに出会っている、といった興奮でした。それから、海辺や魚村を描くいたるところに、からだ（身）から出た言葉が使われていて、表現が何とも言えないほど生っぽいというか、生き物的なのです。たとえば、最初の書き出し（『苦海浄土』講談社文庫、一〇―一一頁）から、「こそばゆいまぶたのようなさざなみ……」、「やわらかな味の岩清水」、「年おいた精をはなっていて」、「この村のよわいを……」、「その天草にむいて体のむきを左にすると」といったふうにです。ここには、体温で溶かし出されてくるような生温かい詩情が漂います。

さらに、漁師の釜鶴松さんに出会う場面では、すでに描写という言葉があたらない凄さがあり、圧倒されました。向き合っている石牟礼さんが『苦海浄土』に「わが水俣病」と名付けた意味が、忽然と分かるところです。私はため息をつきながら、人の営みとしての看護（ケア）はこういう人の態度から生じてしかるべきだと思いました。ちょうどこの七〇年代半ば、看護は盛んに科学的な技術だと言われるようになり、理論化がすすみ技術の基準化（マニュアル化）が指向され、それまでにあったぼんやりしたもの、説明がつかない病者の人間的な不合理さへの対応は、臨床看護の現場から次第に切り捨てられるようになっていました。いわば、日本の看護（実践）の様変わりの時期でした。ですから、石牟礼さんが水俣病患者の前に、おずおずと立ち会う姿を見たとき、これでいいんだ、この人としての立ち振るまいこそ看護の原点であったし、それが今の科学化指向の看護で損なわれているのだと気づいたわけです。ここを大切にしようと思いました。以来、石牟礼さんが描く世界は、看護（ケア）の根源性に通底すると勝手に思いこんで、「看護が分からなくなったら、石牟礼さんのものを読もう」という時期が続きました。

一九九三年、看護系の専門誌『看護展望』が企画した看護を問い直す対談シリーズで、私は身の程も顧みず、石牟礼道子さんを対談相手にお願いしました。この対談（内容は『石牟礼道子全集　第一一巻』に収録）は、私の積年の思いをありったけぶつけたような展開となっていて、今読み返すと気恥ずかしさが先立ちますが、対談後に〝対談後感〟と称して書いた一文がありますので、それを紹介します。

「対談は熊本で行われました。お約束のその朝、編集者と私が待っているホテルの部屋に、石牟礼さんはガラス越しの初秋の陽を背に、スーッと入ってこられました。その時のあまりに静かな雰囲気と、お召しになっていた印度さらさ風のワンピースの柄とは、今も新鮮な印象です。また、話の途中、急に視線が遠くなり、目の前の私を透過してはるかかなたを見ているようなまなざしも不思議でした。

ともあれ一般的には、石牟礼道子さんの書く小説は、海辺の風景を舞台に、高度に洗練された詩情が、うつつともまぼろしとも、また生とも死とも分かちがたく混交して、独特な世界をもった〝物語〟になっていますし、その点を高く評価されているように見聞されます。素人の私でも、確かに、これらの作品から受ける、形容し難い、いわば〝肌ざわり〟のようなものは、日常的な感覚の域はとうに超えているようにすら思われます。それで対談中にも話しましたが、私としては、以前から、とにかく気になって仕方のない作家だったのですが、やはり単に詩情豊かな物語作家というだけではありませんでした。

日本の近代化（明治以降の国策としての強引な西欧化、あるいはそこにもたらされた産業化・技術化）に対して、辛辣な批判を含む強い精神性に裏打ちされた作業（一連の作品づくり）だったことがわかります。この精神性があればこそ、『苦海浄土』では、水俣病になって苦しんでいる者の身になって、時にはその人以上にもがきながら、補償の要求だけでない、住民が日窒（チッソ）に求めているものを見事に描きだすことに成功したのだと思います。

水銀に侵された住民が求めたのは〝苦しんでいる者の身になって考える〟こと、言い直せば、これは根本的な〝人間としての態度〟です。それを、この西欧化の象徴である会社（企業体）に求めたのだと思います。たとえば、水俣湾にたれ流しされた有機水銀に侵された、見るも無惨な水俣病患者（漁師の釜鶴松さん）を見舞った折に、『……それは決して人びとの正面からあらわれたのではなかった。それは人々のもっとも心を許している日常的な日々の生活の中に、ボラ釣りや、晴れた海のタコ釣りや夜光虫のゆれる夜ぶりのあいまにびっしりと潜んでいて、人びとの食物、聖なる魚たちとともに人びとの体内深く潜り入ってしまったのだった』と、日常性に巧みに隠された企業体（これはそのまま国家的体制と捉えたほうがよい）の、見えにくい毒性（正体）を鋭く言い当てて、日窒に〝人間としての態度をもって、彼の前に立つこと〟を要求します。

さらに、鶴松さんの死なんとしている視線に対して『……病室の前を横切る健康者、第三者、つまり彼以外の、人間のはしくれに連なるもの、つまりわたくしも、告発をこめた彼のまなざしの前に立たねばならない』と、自らの位置を表明し、『安らかにねむって下さい、などという言葉は、しばしば、生者たちの欺瞞のために使われる』（『苦海浄土』講談社文庫、一一五頁）と、憤りと悲しみを込めて言い放ちます……。」

ここにある〝人間のはしくれに連なるもの、つまりわたくしも病者のまなざしの前に立たねばならない〟のは、石牟礼さんだけではない。私たちの誰でもが必要としていることです。ことさら、看護の現場では、今それが求められていると思っています。それで、看護の授業では、学生に『苦海浄土』のところどころを読み聞かせております。

（さとう・とみ／静岡県立大学看護学部教授・看護学研究科長）

『苦海浄土』石牟礼さんの言葉を借りて（引用）石牟礼さんを語る

司 修

石牟礼道子全詩集『はにかみの国』にある「茜空」は、三ブロックの、たった十五行で構成された短い詩だ。

「波止場の石垣に／ちいさな鳥の吐いた血反吐が／こびりついている／無人の舟たちがゆらめいて／空だけが高い」

「末期（まつご）の時の／けだるいあくびのまんま／小鳥はひしゃげて乾いている／まなじりにしばらくあった涙に／ぽっちりとひろがる／虹の茜」

「それが自分の末期と／おなじ夕焼けであったとは／昏れ入る間ぎわまで／気がつかなかった」この詩に込められた、無言の見えない言葉は、表しようもなく重く、深く、悲しい。

「波止場の石垣」とは、当然、百間港であり、丸島港、水俣川河口の八幡の波止の石垣であろう。船主のいない、満足な姿の船の一艘もない、「背中から汗のひく舟の墓場のごたる景色」である。「ちいさな鳥の吐いた血反吐」は、小鳥の姿と同じく乾いている。

二歳になる前に発病し、七歳で亡くなる米盛久雄さんたちの血反吐でもある。熊本大学医学部病理学研究室のヨネモリの脳の観察結果は、「ノウショケンハヨクコレデセイメイガタモテルトオモワレルホド荒廃シテイテ、大脳半球ハアタカモハチノス状ナイシ網状ヲシテ」というほどに、有機水銀によって破壊されていた。久雄さんの七歳で閉じられてしまった生命は取り戻すことが出来ない。さらに生きていたことすら忘れられてしまうだろう。しかし、「波止場の石垣」には、彼らの生きた証が、血によって永遠に書き残されている。

「小鳥はひしゃげて乾いている／まなじりにしばらくあった涙に」は、「むざんにうつくしく生まれついた少女」杉原ゆりが代表する、自らが表現のしようもない憤りと悲しみの涙であろう。彼女らの涙は昇華され、「虹の茜」を描き出している。彼女らの担った苦痛は想像を絶するもので、「患者たちに共通な症状は、初めに手足の先がしびれ物が握れぬ、歩けない、歩こうとすれば、ツッコケル、モノがいえない。いおうとすれば、ひとことずつ、ながく引っぱる。（略）舌も痺れ、味もせず、呑みこめない。目がみえなくなる。きこえない。手足がふるえ、全身痙攣を起こして大の男二、三人がかりでも押さえきれない人も出てくる」。

こんな地獄の景色にも似たことを、「会社」と「会社」からの利益を得る者たちは傲慢にも長年に渡って黙認してきた。大本は政治と政治家にあるこの社会構造はいまだ生きている。だからこそこの詩は生き続けていかなくてはならないのだと思う。

「末期（まつご）の時の／けだるいあくびのまんま」の小鳥の姿は、水俣病初期の漁民の姿であり、詩を読む者の沈黙の眼を開かせようとする強烈なメッセージでもある。

『苦海浄土　わが水俣病』と平行して詩を読み進めると、ぼくの全身の血が泡になっていくようである。

「湯の児リハビリセンター入院患者坂上ゆき女」が、天草出身の園田厚相の到着を待っているとき、強度の痙攣発作から「て、ん、のう、へい、か、ばんざい」という絶叫をもらした。絶叫ではあるが漏れたのである。大臣が彼女の方に向くと、「ふるふるとふるえている唇から、めちゃくちゃに調子はずれの『君が代』がうたい出されたのである」。

ああ、これはどう解釈したらいいのだろう。あまりにも深く、根強い思想の沈むこの歌。見放され、無視され、奇病として避けられ、苦しむだけ苦しんできた人のこの歌を。坂上ゆきは大正三年十二月生まれである。

「私の故郷にいまだに立ち迷っている死霊や生霊の言葉を階級の原語と心得ている私は、私のアニミズムとプレアニミズムを調合して、近代への呪術師とならねばならぬ」

石牟礼さんは呪術師となり、魂へと語りかける。水俣の死霊や生霊の放つ言葉はそのことによって永遠に伝えられていく。

長編『アニマの鳥』が書かれたのも、水俣病未認定患者たちと、チッソ東京本社に籠城した時、原城に立て籠もった名もなきひとたちの身の上が心に浮かんで、執筆を決意している。「アニマ」とは、「一人一人が持つ霊魂のこと」だ。

能『不知火』が不知火海に奉納されたのは、不知火海の神秘に満ちた「光凪」「油凪」の上空に漂う水俣の人の霊魂へのレクイエム。

「茜空」の詩には、次のような言葉が添えられている。

――チッソ東京本社前座りこみの頃、この頃目がまったく見えず、歩けば人さまや電信柱に突き当たって、おじぎばかりせねばならず、恐縮でならないので座っておりました。

（つかさ・おさむ／画家）

『苦海浄土』
海への挽歌

桜井国俊

いまや記憶も定かではないのだが、石牟礼さんの書かれたものを最初に目にしたのは、一九六八年ごろ『朝日ジャーナル』誌で読んだ「わが不知火」ではなかったかと思う。大学を変えられる、世の中を変えられると信じ、熱病にかかったように日々を過ごしたあの一九六八年である。

ぼくのいた東京大学工学部都市工学科というのは、都市計画分野、水環境分野をテーマにした行政密着度の著しく高い学科で、ぼくら学生には教員の大半がいわゆる御用学者に見えたのだった。ぼくは既に大学院の博士課程に在籍していたが、ぼくの指導教官は製紙企業による富士の田子の浦のヘドロ汚染対策検討委員会の委員長を務めていて、「海は無限の希釈能を持つ」とうそぶいていた。医学部学生不当処分に端を発した東大闘争が、全学に広がる前にまず都市工学科に飛び火したのは至極当然であった。

しかし、セクト諸派が介入して武装闘争化し、大学の存続も危ぶまれる中で、ぼくらは確実に一般学生からも社会からも孤立していった。そして不可避的に一九六九年一月一八日・一九日の安田講堂を舞台とした機動隊との攻防へと突入していったのである。ぼくらのある者は獄につながれ、またある者は富士や水俣、そして沖縄の反公害闘争に散っていった。そういう時期に石牟礼さんの『苦海浄土――わが水俣病』を手にした。不知火の海を訪ね、また自らが育った海を振り返るきっかけとなった本である。

ぼくの育った伊豆の海は、荒磯という言葉がふさわしい、時に猛々しい表情を見せる海だ。戦後の何もない中で、おやじの農作業の手伝いから解放され、海が凪の日には、小学生のぼくは決まって海ですごした。おやじの畑から夏みかんを数個もぎ、真竹でつくった手製の釣竿をかついで、転げ落ちるような斜面を弟と海に向かったのである。釣れるのはきまってカサゴだった。釣りに飽きれば、しったか(尻高)やサザエを拾ったが、それは貧しい夕餉の食卓をほんの少々彩るものとなった。後に知ることとなる庭のように穏やかな不知火の海とは異なるが、いま思えば伊豆の海も豊かな海だった。

その海もいまは昔の海ではない。海岸道路が出来、人が多く入り、陸と海とが分断され、原因不明の磯焼けもあって、今は見る影もないのだ。磯に数隻あった漁船も三十年も前になくなり、小学生のぼくの世界観を形成したあの海の痕跡は全く留めていないのだ。不知火の海で起きた名もなき人々に対する無残なまでに激烈な近代の仕打ちとは較べるべくもないが、これもまた列島全土を席巻した近代化と高度成長の爪あとと言うべきであろう。東京へ、そして世界へと、ぼく自身も近代化の奔流に巻き込まれ、ふと立ち止まって後ろを振り返れば、そこには原風景の自然の荒廃と精神の荒野が累々と広がっている。石牟礼さんが繰り出すことばは、不知火の平和な海で漁を生業として暮らしていた人々を理不尽にも襲ったいわれなき死と、豊かであった海そのものの死への挽歌であろう。彼女の作品を読むとき、ぼくはそこに近代日本が喪失したものへの深い哀惜の情を感じざるを得ない。

ところでぼくは、いま沖縄で暮らしている。ここ沖縄では、近代化する本土に遅れじと、豊かではあるが脆いその自然環境の特質などは度外視して、次々と開発事業が進められている。軍事基地受け入れの見返りとして本土政府から提供される高率補助を利用して、魚わくサンゴの豊かな海が次々と埋め立てられているのだ。雇用を生み出す企業がそこに立地するというあてもなく、埋め立ての土木工事そのものが自己目的化している。何と二〇〇〇年度には、全国四七都道府県の中で最大の埋め立てを実施したのが沖縄県なのである。そしていま、第一級のサンゴ礁があり、北限のジュゴンの生息域でもある辺野古の海に米軍基地が作られようとしている。「暴虐なるものよ、わが屍を越えて往け」。いま沖縄では、心ある者達が、非暴力の抵抗運動を展開している。

（さくらい・くにとし／沖縄大学学長）

『苦海浄土』
石牟礼さんとT君のこと

加々美光行

私は今まで石牟礼さんとは賀状や時候の挨拶のやりとりはあっても、直接には一度もお会いしたことがない。にもかかわらず石牟礼さんは、私にとっていつも心の奥底を揺さぶる大切な人として今日まで存在し続けている。

私は今年六十四歳になるが、私と同世代の人々の例に違わず、石牟礼さんの名前を鮮烈な印象とともに最初に知ったのは今から四〇年前、一九六九年に出版された作品『苦海浄土——わが水俣病』を通じてである。当時私は既に大学を出て研究所で中国研究の仕事を開始していたが、最初に『苦海浄土』にぞっこんになったのは私よりむしろ同期入所のT君だった。私とT君は四ツ谷駅前の行きつけの喫茶店で夢中でこの本について、時には涙さえ浮かべて何時間も激論を重ね、そのために二人は心許す無二の親友になった。

T君は飛騨の山里の出身だが実家は既に没落し、故郷に墓を残すばかりとなっていて、故郷喪失者を自称していた。私はと言えば一二人兄姉の末子として大阪に生まれたが、父親の事業が敗戦直後に破産したため、一人親元を離れて焼け跡の佐世保の港町に移って子なしの若い夫婦と小さな家で暮らし、その後この夫婦が相次いで結核でイノチを落としたため、再び両親の居た東京に戻るという流転を経験していた。二人はいわば故郷を失った「漂泊の民」の哀感を心の無意識の中に共有していたのである。

『苦海浄土』はしかし「漂泊民」の物語ではなく、むしろ何世代にもわたり日々のイノチの営みの場である青い海と緑の山河を離れることのない「常民」の物語だった。にもかかわらず「漂泊民」の感慨を持つ僕らが石牟礼さんのこの作品に深く心動かされたのは、「常民」であるべき水俣の漁民が、有無を言わせぬ非情な力によって「常民」としての暮らしを完膚なきまでに切り裂かれ破壊し尽くされたその無限の怒りと哀しみがそこに描かれていたからである。

生きるがままに生きて、しかも生き得ぬ境涯へと終に追いやられて逝く者の悔しさ、「漂泊民」とならねばならなかった私たちにもその悔しさの一端は激しく胸を突くものだった。

『苦海浄土』は単なる水俣闘争についてのドキュメント作品ではない。そこにはのちの石牟礼文学の全てを貫く言葉の宝石が既に至るところキラキラと散りばめられている。海の水の一滴一滴、土の一塊一塊を愛くしんできた「常民」のその褐色の身体に染みとおる情感が、そして条理なく身を切り刻む苦痛とともに逝かねばならぬ苦界の中にある水俣病患者の心のもがきさえもが、魂を乗せた言葉によって描かれてゆく。

石牟礼さんご自身は不知火海の漁民ではなく、水俣川の下流に住まう一介の家庭の主婦に過ぎなかった。渡辺京二によれば石牟礼さんは石工職人の父を持ち、髪結いや女郎屋の住まう界隈で育ったという。「常民」であれ「漂泊民」であれ、地に這って生きる庶民の「しがなさ」、その積み重ねられてきた職人技(わざ)と日々の生業(なりわい)。石牟礼文学はその尊き「しがなさ」をこそ原点にして出発している。

石牟礼文学は長く水俣闘争とともにあった。事実、石牟礼さんはその闘争の渦中に常にあり、その作品も水俣病の病理的資料や闘争経過について、学術論文さながらの詳細な記述に溢れている。それゆえにこそ石牟礼文学は好むと好まざるとにかかわらず、水俣闘争の響きを列島の隅々まで伝える媒体の一つともなり得た。事実六〇年代末、私も含めて極めて多くの青年が支援者として水俣に参集したが、その大半は石牟礼文学の愛読者だったに違いない。

そんな中で、あれほど『苦海浄土』に傾倒していたT君は、どれほど私が誘っても頑なに水俣の地に足を運ぶことをしなかった。海と大地に張り付いて生きる水俣の「常民」の前に、支援者として根無し草となった「漂泊民」の自分のぶざまな身を晒すことを恥じたからである。T君は飛騨の山河の中に暮らす山人の原風景にもはや近づくことが出来なくなっている自分が、水俣病に苛まれる不知火海の「常民」の姿を直視できるとは思わなかったのである。それはT君特有の美意識によるものだった。だからT君は「待ち続ける」と言う。自分のこの小さな身の丈とこの日々の「しがない」暮らしに賭けて、自分の足下から遠い水俣へと通じる何かがやって来るまで待つのだ、とかれは喫茶店の片隅でそう私に告げた。それから一〇年余り、一九八〇年の冬、T君は何も語らずにこの世を去った。

敢えて言えば石牟礼文学の真髄を私に教えたのはT君にほかならなかった。

（かがみ・みつゆき／愛知大学現代中国学部教授）

『苦海浄土』

水俣から、福島の渚へ

赤坂憲雄

あらためて、『苦海浄土』がほかならぬ渚の物語であったことに気付かされる。

三・一一以後、みちのくの渚をひたすら歩きながら、そこに生成と消滅をくりかえす小さな、大きな物語に眼を凝らしてきた。東日本大震災においては、マグニチュード9を越える地震以上に、その後に押し寄せた大津波によって甚大な被害がもたらされた。それを思えば、人と自然とが交わり隔てられる渚こそが、残酷にして豊饒なる物語の舞台となったことは、あまりに当然であったかもしれない。

たとえば、福島県南相馬市の小高。「ヤポネシア論」を提唱した島尾敏雄の故郷である。小高をはじめて訪ねたのは、震災の三年前のことだ。三・一一から四〇日ほどが過ぎて、この地区が警戒区域に組み込まれる前の日に、再訪した。海岸から数百メートル、寸断されたアスファルトの路上に立った。福島第一原発から一五キロ。〇・三九マイクロシーベルト。ここにも薄く放射性物質が降り積もった。そして、海辺のムラは津波に舐め尽くされていた。家々は破壊され、人の姿はまったくない。黄昏のなか、海に向けて一面に泥の海が広がっていた。かすかな潮騒が聴こえてきた。それからちょうど一年が過ぎて、警戒区域の規制が解かれて数日後、また小高に入った。河口に近づくことができた。橋は流され、わずかに橋げたを残して跡形もなかった。浜辺は瓦礫の集積場になっていた。そのどこかに、古風な両墓制の名残りをとどめる海辺の墓地があったはずだが、すべては流されていた。蛇行する川のうえを、白い水鳥がゆったりと渡ってゆく。息を呑んだ。断ち切られた過去の風景、いや、たぐり寄せられた未来の風景が横たわっているのだ、と思った。

渚や浜辺を仲立ちとして、三・一一以後の福島が水俣に繋がれてゆく。

チッソ水俣工場は海辺にあって、有機水銀を含んだ排水を垂れ流しつづけることで、海を汚し、水俣病を産み落とした。福島第一原発もまた、海辺にあった。地震と津波によって制御不能におちいり、ついには爆発事故を惹き起こして、膨大な量の放射性物質を海や山に、川や里にまき散らすことになった。この「神の火」を燃やす原子炉は、たえまない冷却のために大量の海水の供給を必要とするから、海辺に建てられねばならない。海には「神の火」をなだめ、その吐きだす穢れを浄化する役割が託されていたのである。

われわれの近代は渚に凝縮されているのかもしれない。近代は、人と自然との境界に広がっている渚や浜辺、潟などの犠牲のうえに、その経済的な発展を手に入れてきたのではなかったか。加藤真の『日本の渚』によれば、「江戸は江戸湾の豊饒さとともに栄え、東京は干潟環境の犠牲の上に近代化を遂げていった。膨張しつづける東京は、干潟を埋立地に変え、海を汚染し、東京湾の内湾漁業を追いつめていった」という。東京湾の漁業が幕を閉じたのが、高度経済成長期がすでに始まっていた一九六二年であることに、わたしはよじれた衝撃を受ける。

水俣病は一九五六年、長い潜伏期間を経て、急性劇症患者の多発、とりわけ小児患者の多発によって発見されるにいたった、という（原田正純「水俣病の五十年」講談社文庫版『苦海浄土』解説）。有機水銀が垂れ流された水俣の海は、漁業の禁じられた海と化していった。『苦海浄土』には、人と海とがある親和的な関係を結ぶことができた水俣病以前をそこかしこに配しながら、水俣病の発生とともに暗転し、海とそこにかかわる暮らしが荒廃してゆく姿が描かれている。いまにして、不知火海と東京湾とが遠く繋がれていたことに気付かされる。

そして、さらにいま、不知火海と福島の海とが繋がれようとしている。有機水銀から放射性物質へ。海辺の壊れた原子炉は、海を殺したばかりでなく、内陸深くへと、途方もない量の放射性物質をまき散らし、たくさんの人々を異郷へと追いやり、広大なノーマンズランドをつくりだした。「お前どこから来たんかて、もうどこに行ってもきかれるんで。うちは水俣のもんじゃがとはよういいきらん」、あるいは「水俣いえばクズみたいな、何か特別きたない者らの寄ってるところみたいに思われてるんや。よそに出たら水俣は有名やで」といったミナマタの声は、すでにそのままにフクシマの声である。

だからいま、『苦海浄土』が福島へと引き移される。「水俣病の死者たちとの対話を試みるための儀式」という。死のかたちはまた、かぎりなく重層的だ。原発事故では一人の死者も出ていない、などとは言わせない。避難のなかの死、自死、緩慢な死から、社会的な死、象徴的な死にいたるまで、すでに無数の死が生まれている。あるいは、「水俣病は文明と、人間の原存在の意味への問いである」という。福島においても、原発とその事故がもたらした現実は、文明や人間の「原存在の意味への問い」として問われつづけるにちがいない。

われわれの、うすい日常の足元にある亀裂が、もっとぱっくり口をひらく。そこに降りてゆかねばならない。われわれの中のすでに不毛な諸関係の諸様相が根こそぎにあばき出される。われわれ自身の、裸になった、千切れた中枢神経が、そのようなクレバスの中でヒリヒリとして泳ぎ出す。

社会的な自他の存在の〝脱落〟、自分の倫理の〝消失〟、加速度的年月の〝荒廃〟の中に晒(さら)される。それらを、つないでみねばならない――。

(『苦海浄土』)

そうして、この福島の渚からも、やがて、もう一人の石牟礼道子が、それゆえ「近代への呪術師」が土偶の創り手として誕生してくるにちがいない。

(あかさか・のりお/民俗学、東北文化論)

言葉の巫女
『苦海浄土』

加藤登紀子

そこには燦々と陽があふれている。しぐさや言葉や、無言の悲しみさえキラリッと光を放つ。笑いころげる子供の声、歌うように、人を癒すように、苦しみさえも音魂に変えてしまう水俣、天草、不知火の方言。

何度も何度も『苦海浄土』を読むうちに、いつしか私は一言一言を映画のシーンのようにうかべ、その画像を浮かび上がらせる光を感じ、絶えず吹いてくる海風の気配まで感じるようになった。

何というなつかしさ。

土の上に生き、海を抱いて眠り、何気ないことに笑い、遠くからやって来て、どこかへ吹いていく時の流れに身をあずけ、ひたすら自然の波間を漕ぎ渡り、祈り深く生きた私たちの祖先。

それをこの数十年という歳月の狂気ともいうべき無責任さがあっという間にくびりさいたのだ。

何という罪の深さ。

それは、チッソ水俣工場の罪であるにとどまらない。

企業の中にいてその罪を犯し、ひき受けたものたちとは別に、何も知らず、いっさいかかわりに気づかず無恥（むち）の上に立ち、毒を胎（はら）んだ生活の利便をむさぼった私たちにも問われるべき罪の重さでもある。

一九六九年、『苦海浄土』初版が出版されたころ、私は二十五歳。燃えさかる若者たちの熱気と孤立の真っ只中にいて、後に結婚することになる藤本敏夫を拘置所に訪ねる毎日を送っていた。『苦海浄土』はその時、差し入れた本の中の一冊でもあった。

私自身はその時、暗くて重い（と思い込んでいた）この本の扉をどうしても開けることが出来ず、読んでいない。

書棚の一角にこの本の所在をいつも感じながら読まずにここまで来てしまったのだ。

『石牟礼道子全集』の編纂にあたり、私に一文を、と依頼があった時、これは絶対に避けてはいけない重要な道の前に立たされたのだと思った。

一九六九年六月、八カ月の拘留から出所した藤本は、七月半ばには、内ゲバに突入した学生運動と訣別し、その夏、九州平戸で悶々とした日々をおくった。

「地球に土下座してゼロからはじめよう」

この想いに到達して東京に帰り、政治的な活動の一切から離れた藤本にとって、拘置所の中で読んだこの『苦海浄土』がどんな一石となったのか、今はもう問うことは出来ない。

けれど、彼がその後一貫して求めて来た近代主義からの脱却、現代文明のおぞましい末路の予感の中で、私たちのむかうべき、あるいは帰るべきものとして夢みていた自給自足の営みは、例えばこの

『苦海浄土』の中の「仙助老人」、立派な漁師顔をした「釜鶴松」、「杢(もく)太郎少年の爺さま」へのあこがれだったのではないかと思う。

六九年から三十五年が過ぎ、文明末路の予感はいよいよ真実味を帯び、価値の転換が叫ばれる時代になったとはいえ、安穏(あんのん)の消費生活を覆う無恥は去らず、利便の胎(はら)む毒を制する力はいっこうに効き目を持たず、都市の無責任は農村、漁村を今もめちゃくちゃにしている。

今、この時になって、石牟礼道子という人に向き合う縁の深さを何か運命のように思う。

二〇〇四年二月一日昼前、私は熊本空港に降り立った。

石牟礼さんとのはじめての対面を果たし、水俣を改めて訪れるためだ。

あいにくお体の不調のため、誰とも逢えない、というご連絡を受け、これもまた運命だったかとあきらめていたけれど、空港からの電話でお尋ねしてもよいということになり、午後一時過ぎ、門の前に立った。

写真で拝見するよりずっと若々しく、可愛らしい小柄な石牟礼さんは、とても楽しそうに私を迎えてくださり、その会話の明るさに、石牟礼文学にただよう光のありかを確認した。

「田舎の人たちには声がありますよ。声は最後の自然、最後の強みです。私のような、少し都会に足をつっこんだような半端な人間には、それが余計に大事です。

草木といえどもみな物語を持っている。人間にもありますよ。」

そうだ。草木と同じように人もまた時を紡ぎ、物語を育んでいるはず。けれど土を持たず、季節の移り行きにも触れず、花瓶の中の花や、動物園の動物のように暮らしていくうちに、物語を失っていくものも多かろう。

山や海や川や、沼や浜や干潟（ひがた）、そうした自然を失ったことで人が失ったものは、虫や鳥や魚ばかりではない。自分の内なる自然、物語とそれを語りうる自分の声だったのだな、とりつ然とする。

六〇年代末から七〇年代にかけて学生たちがたくさん水俣を訪れたそうだ。

「身もだえするような離脱をして何かを探しに来たんでしょう。人間に逢いたいと思ったのでしょうね。ところが自分たちの中から学生を出したことのない人たちにとってはただ『めずらしか』ですよ。『あれは落第生じゃなかろか。こんなに長く学校に行かないのは』って大笑い。『おばさま、何をいたしましょうか、って言われてたまがったわい。背中がぞくぞくする、草ぬいてくれやって言ったら、麦ぬいてさ、あれは支援公害だわ、加勢するっていっておいて、麦抜くんだもなあ』と。それでもここは外から来るお客さんば、大事にしますからね。ずい分来ましたよ。」

石牟礼さんは一九二七年生まれ、私の十五歳上。水俣病が発生しはじめた一九五三（昭和二十八）年のころには、

「水俣川の下流のほとりに住みついているただの貧しい主婦であった」という。

もう少し厳密に言えば、詩を書く人であった。

「水俣病事件に悶々たる関心とちいさな使命感を持ち、これを直視し、記録しなければならぬとい

う盲目的な衝動にかられ、水俣市立病院水俣病特別病棟を訪れた」のが一九五九（昭和三十四）年五月。その時、彼女ははじめて漁師釜鶴松の尊厳と怒りに満ちた「告発をこめたまなざしの前に立たなければならなかった。」

「この日はことにわたくしは自分が人間であることの嫌悪感に、耐えがたかった。釜鶴松のかなしげな山羊のような、魚のような瞳と流木じみた姿態と、決して往生できない魂魄は、この日から全部わたくしの中に移り住んだ。」（第一部　苦海浄土「五月」より）

一九六五（昭和四十）年から『熊本風土記』という冊子の中の連載として書き始めた「海と空のあいだに」が『苦海浄土』の原型である。

彼女のノートに書きためられていたのは、水俣病におかされ、体の自由と声の自由を奪われたいく人もの人の内なる叫びだった。けれどこれが決してただの「聞き書き」ではないことは、いろんな人が証言している。

「のりうつるんです。」

と彼女はさりげなく言う。

意識も言語も奪われた水俣病患者の発する音を満身の心で受けとめた時、彼女のうちからとめどなくあふれて来たものは何だったのだろう。

彼女が巫女（みこ）的資質の持ち主だったということだけでは説明が出来ない。彼女の存在のうちに秘められた叫びが、いく人もの水俣病患者にのりうつったとは言えないか。

「私の故郷にいまだに立ち迷っている死霊や生霊の言葉を階級の原語と心得ている私は、私のアニ

ミズムとプレアニミズムを調合して、近代への呪術師とならねばならぬ。」（第一部　苦海浄土「死旗（しにはた）」より）

彼女の強い語気の中に秘められたものに、若き日々より、詩を書き、今もって激しい詩を書きつづけている人の宿命的なカルマを感じずにはいられない。

「魂の深か子」
「ぼんのうの深かけん」
「草よりも木よりもこの魂のきつかばい。」（第一部　苦海浄土「草の親」より）

「魂」という言葉はずっしりともぽったりともその存在を心の底に落としこむ。説明の出来ない、けれどどんな言葉より伝わってくる言葉。

ふと韓国語の「恨（ハン）」という言葉に置きかえてみる。

「恨五百年」という唄を歌うチョー・ヨンピルが昔、私に言ったことがある。

「日本の人はこの歌を聞くと、日本に侵略された半島の人々の恨みと受け取るそうだけれど、『恨』とはそんな意味ではないんです。もっと深い宿命感のようなもの。生のあとには必ず死が訪れ、出逢いのあとには別れが来る。そのどうしようもない悲しみ、のがれきれない人の懊悩をさす言葉なんです。」と。

スペインのフラメンコには「デュ・エンデ」という言葉がある。

歌い手や踊り手に神がのりうつる瞬間。人が、人である限界を超えて何ものかにのりうつる美しい輝きを指す。

魯迅の言った「吶喊（とっかん）」という言葉も心をよぎる。

どの言葉も、悲しみや苦しみの極限の中でこみ上げる精神性を表現している。

しかし、水俣の人々の語りの中に込められた「魂」には、この「恨」でも「デュ・エンデ」でも「吶喊」でもない豊かさとやわらかさと大きさがある。

そうだ、これはきっと不知火の海の力なのだ。

杢少年の爺さまの語りに耳を傾けよう。

「わしども漁師は、天下さまの暮らしじゃあござっせんか。（中略）海の上におればわがひとりの天下じゃもね。（中略）不知火海のベタ凪ぎに、油を流したように凪（な）ぎ渡って、そよりとも風の出ん。（中略）さあ、そういうときが焼酎ののみごろで。」

「一生かかって一本釣の舟一艘、かかひとり、（中略）それから息子がひとりでけて、それに福ののさりのあって、三人の孫にめぐまれて、（中略）坊さまのいわすとおり、上を見らずに暮らしさえすれば、この上の不足のあろうはずもなか。漁師ちゅうもんはこの上なか仕事でござすばい。」（第一部苦海浄土「海石」より）

一人息子を水俣病に冒され、その嫁女も三人の孫を置いて家を出てしまい、婆さまと二人で胎児性水俣病の杢少年を含む三人の孫のめんどうをみている老人の、何というこのやさしさだろうか。

それにしても「福ののさり」とは何のことだろう。

水俣で地元学という新しいムーブメントを起こした吉本哲郎さんが私に教えてくれた。

「『のさり』ってのは、いいことも悪いことも、全部ひき受けるってこと。水俣の人が生きてこれたのはこの力なんです。」と。

とすればこの「のさり」とは嫁女とのこと？

息子とめぐり逢い、子を宿し、そして捨てていった女。そして胎児性水俣病に冒された子供を置きざりにしたひと。

「のさり」という言葉ひとつで水俣の人々はふりかかった地獄を耐え、こうむった悲劇を受けとめ、自分のからだの不自由さえも冗談のように笑い、ただひたすらに生命を支えて来たというのだろうか。

私はこみ上げるものをおさえることが出来ない。

どれほどの無念さを、どれほどの怒りを、どれほどのいとしさを人々はかかえきれない肉体の中にためて、あいさつの度に笑い、お互いの苦労をユーモアに変え、子供たちのキャッキャッと空にはじける声を聞きながら、じっとりと湿ったたたみの上に悲しみを浸みこませ、祈りつづけて来たのだろうか。

「宿命」と書いてみる。

命を宿すこと――。

そうだ。命こそ神さまからもらったもの。

人が創り出すものでありはしない。どんな姿の命であっても受け入れて、体のうちに胎む。

生涯、言葉を発することもなく、指で箸をつかむこともなく、目で母の顔を見ることも出来ない胎児性水俣病の赤児であっても、いただいた命だ。

有難く胸に抱き育くもう――。

しかし、どうだろう。

生まれながらにしてそのような姿にしたものは、祖先の生きた何千年とは違う。もはや神の力ではなく、人の力。人が神の領域を不用意にも侵してしまった結果なのだ。

それでもそれを「のさり」として受け入れることを、水俣の人たちはこれからも強いられていくのだろうか。

果てしもなく恐ろしい時代に生きている。

二〇〇四年、水俣の海は、ほとんどが埋め立てられていて、『苦海浄土』の風景はもうどこにもない。

水銀に汚された岸辺は海浜公園となり、しゃれた街灯の立ち並ぶデートコース。

有機水銀に汚染された魚たちはドラム缶に詰められて、その公園の草むらの下に埋められている。

石牟礼さんが渾身の願いをこめて描き出した不知火海の光に守られた人と海との暮らしの姿は、そこにはもうない。そして今もまだ日本チッソは操業を続けている。全国各地に同種の産業が同じように毒を胎みながら塩化ビニール系の製品を産み、燃えてダイオキシンを発する日用品を大量におくり出し、私たちは処理しきれない危険物を大量につくり出しながら、そのことに気づきもせず日常をおくっているのだ。

水俣の話にもどろう。

吉本哲郎さんがその夜楽しい宴を私たちのために開いて下さった。

水俣病によって語り尽くせない苦しみをかかえた人々の今に出逢うためだ。亀裂の走った人びとの心の中にうずまく再生への努力は、海を埋め立てるというそんな形ではなく、もっと脈々とした生命感に基づく新しい水俣を産み育てようとしている。

無農薬のお茶を栽培している若者。東京からやって来たお嫁さん。その二人の間に生まれた赤ん坊。そしてその席には、夫と子どもを水俣病でなくした上野エイ子さん、父と祖父と祖母を水俣病で亡くした大矢理巳子さんが同席していた。

どんなことが過去にあったとしても人は生きつづけていく。

悲しみの深さは、人の心をより深く、より強く育み、魂が生命を支えていくのだ。

「運命」という言葉がある。

命を運ぶ――。

生きるということは、命を運ぶこと。たゆみない力で、神の領域を運ばれていくこと。

人が、神の領域を奪い去ってしまった今も人はそのように、生きることを信じなくてはならない。

ベトナムの詩人、チン・コン・ソンが言っていた言葉を思い出す。

「ベトナムの人々は、許すことと忘れることが上手です。何故ならば、そうしなければ生きていけないから」と。

けれど、これだけは覚えておきたい。

人が「許すこと」と「忘れること」が出来るのは、そこに絶大な力を持った風土、雨と土と海があったからだということを。

水俣の人々の魂の素晴らしさは、不知火の海の力だ。

人がどれほどの能力を持つことになっても、自然の力、神の力なしに魂を産み育てることは出来ない。

人がどれほど神の領域を侵すことになっても人はどこかで自然という神に出逢い、命を宿し、命を運ぶ。

神さまの海を、もうこれ以上汚すことのないように、そして最後の自然、伝わる言葉と、自分の声を失わないように生きていきたい、と強く思う。

石牟礼道子という素晴らしい言葉の巫女が、奇跡とも言うべき表現力で水俣を語り残したことの意味は大きい。

近代日本の末路に警告を発しただけではなく、私たちの帰っていくべき海を教え、深々と命を生きることを伝えているからだ。

（かとう・ときこ／シンガーソングライター）

『椿の海の記』

『椿の海の記』の巫女性と普遍性

金石範

「魂のおかしな娘」。「無限世界へむかって歩きはじめたおぼつかない魂」。「兎や猿の仔になったような気がしていた」。「この世とあの世のさかい……」。「夢のごたる茫とした子」。「白狐の仔」が「人間の子に化身」。交感する「碧い草の珠と童女の姿」。「可憐な珠に化身」。さらに「おもかさまが自分で、自分がおもかさま」（おもかさまとは、狂女の祖母のこと）……などなど。

『椿の海の記』に出てくるこのような、あるいは類似のことばが多島海の島々のように連なって、大きな海の姿を形作る趣きをなしている。これらの童女を指すことばは、この作品の生命のつながりの一つ、一つの節目になっているように思われる。

『椿の海の記』は作者の幼時、四、五歳の頃の五官の眼を通して語られているが、これは勿論、いまの石牟礼道子が歳月の境界を越えて、自身がすでに未分化の自然である童女道子に化身、交感して生まれた文章であり、童女そのものがいるのではない。

「夢のごたる茫とした子」とか、「カラス女の、兎女（うさぎじょ）の、狐女（きつねじょ）などいうひとたち」とか、おもかさまがささやくようにいう「まだ人界に交わらぬ世界の方に、より多くわたしは棲んでいた……」とか、

「ことばを持っている世界を本能的にわたしは忌避していた」などは、作者も書いているように、いわば幼時の未分化の状態を指している。完全に未分化の赤ん坊の生と死のあいだの境界、夜明け以前の暁闇の未分化とは違う、人界に、意識界に幼ない片足を入れての未分化。

作者のことばを少し引用すると、こうなる。「……ものをいいえぬ赤んぼの世界は、自分自身の形成がまだととのわぬゆえ、かえって世界というものの整わぬずっと前の、ほのぐらい生命界と吸引しあっているのかもしれなかった。（中略）人の言葉を幾重につないだところで、人間同士の言葉でしかないという最初の認識が来た。草木やけものたちにはそれはおそらく通じない。無花果（いちじく）の実が熟れて地に落ちるさえ、熟しかたに微妙なちがいがあるように、あの深い未分化の世界と呼吸しあったまま……（後略）」（『石牟礼道子全集　第四巻』『椿の海の記』第八章「雪河原」）。

私はこの「未分化」に石牟礼文学の本質を見る思いがする。未分化は境界であり、境域である。「あの世とこの世のさかい」。これは位相が違えば、こうもなるだろう。忘却と記憶。意識の夜明け前、黎明の、赤ん坊のことばにならない未分化のつぶやきの声。

話が少しそれるが、一九四八年に起こった済州島四・三事件による数万島民の虐殺の、半世紀後の復活に至るまでのタブーとして歴史から抹殺された記憶の滅失。内外の、一つは外部からの強大な権力による記憶の抹殺。もう一つは恐怖におののく島民が自らを沈黙へ追い込む記憶の自殺。限りなく死に近い記憶は、限りなく死に近い忘却に至る。記憶は意識界にあり、忘却は抑圧された無意識の世界である。忘却が死と生のあいだの境界域なら、無意識層と現世的意識の出合いのそこに、シャーマンが立つ。

無意識は、海面下の巨大な氷山のように層を幾重にも重ねて、個の枠を溶解してひろがる。

「存在というものの意味は、感覚の過剰なだけの童女だからというだけでなく、理屈をもっては解きがたかった。いっそ目の前に来たものたちの内部に這入って、なり替ってみる方がしっくりとした。いのちが通うということは、相手が草木や魚やけものならば、いつでもありうるのだった。とはいえ、ありとあらゆるものに化身できるわけではなく、そこには、おのずからなる好ききらいがうごいていて、魚とか猫とかもぐらとか、おけらや蟻や牛や馬、象ぐらいならなり替ってみることができるのである。

そのような無意識の衝動は、もとの生命のありかを探しあるくいとなみでもあったろう。ときえない生命の、遠い祖（おや）のようなものは、かの観念の中の仏さまとは、かなりちがっていた……」（同前）

次は現世的な極微の世界。

「……雨もやいの日などに、橋のたもとの石垣を渡り歩いていると、小指の爪ほどの小さなカニたちが、ここらの石垣のすき間を棲家にして、無数に出たり這入ったりしているのだった。天気のよい日よりも、なぜか雨もやいの日に出ていて、かがみこんでよくよく見ていると、石垣の表にうっすら茶色っぽい苔（こけ）の花が、湿りのある川風の中にひらいているのだった。そのような苔を小さなカニたちが、砂つぶくらいの鋏を振りあげ、丹念にむしっては、口らしきところに運んでいるのである……」（同前、第十章「椿」）

童女の小指の爪ほどの小さなカニの、砂つぶくらいの鋏が見えるのだろうか。それを振りあげて、丹念に苔をむしって、口らしきところへ運ぶ……。童女はトンボの眼になっているように見える。この極微の世界の拡大された動きは、子供の小指の爪ほどのカニの実体を越えて現われる自然の命の表象である。

この牛や象が出てきたり、小さなカニが出てきたりする二つの引用は（二つに限らず随所にあるのだが）趣きが全然違うが、その超越性でいえば同じものだろう。

童女は自然の精（いのちの精）のなかに立ち入り、動物（あのひとたち）の精のなかにも立ち入ることができるのだが、逆説的にいえば、人間側の観察ではなく、自然の生理の現われ、自然が童女を借りて、その精の吐き出す息吹きをことばに託すということか。この自然と人界のあわい目に立つのが巫女であり、作者である。この場合の自然は無意識層であり、超越性である。


これらのことは石牟礼道子の文体となって現われる。その文体は無意識の世界を掬い上げるのであって、リアリズムではない。その表現はリアルであり、的確、台風一過の秋の夕暮れの景色の輪郭の線のようにくっきり描かれるが、敢えていえば、シュールレアリズム。自然の精を練りこんだような文章は、眼に見える対象ではなく、自然の自己表現になるのだから、人界を超越して、すでにフィクション性を持つ。この場合のフィクションは普遍を意味する。対象をリアルに表現しているだけのものでないその文体の作者が、眼に見えないもの、聞こえないもの、不知のものに接しようとするとき、巫女がそうであるように、そのあとで虚脱に至るほどの並ならぬエネルギーが、意志の力が必要となるだろう。

石牟礼道子は強靭な意志の持主ではないか。その「夢のごたる茫とした子」から、そして現在もその佇まいは茫洋としているが、文章は論理的である。意志が生命を掴んで伸ばすとすれば、その意志の必然性の全うとしての論理性。ここから「茫とした夢のごたる」ものを書いても、その表現は的確になるのだろう。

作者の文体がリアリズムを体（たい）するものではないし、その作品は私小説的であって、私小説ではない。巫女性からくる文体はその超越性故に私小説から外れる。

「……あの本で使っている言葉は天草弁なんです。天草弁の覚えている限り一番クラシックで典雅な言葉を、文章化して使いました……」（『石牟礼道子全集　第四巻』「『椿の海の記』をめぐって――原田奈翁雄との対談」）

作者の音楽性を意識した発言だが、作中の会話自体がフィクションの上に成立していることになるだろう。私は作者の艶のある文体の音楽性が生命（「いのちの精」）のエロスのような気がする。

私小説を一つに定義するのはむつかしいが、一般に「身辺雑記」をも含めてその個人や周辺の家族その他のことなどを主に「私」の眼を通して書かれているものといえるが、この伝に従えば、石牟礼道子の場合も例外ではなく、伝統的な郷土の風土とともにその世界を私小説的に描いているだろう。

そうでありながら、私小説でないというのは、先程から書いているように、その文体が持つ超越性故に、いわば自然主義的な文体でないということがあり、さらにその作品世界の巫女性からくるところの超越性が挙げられる。

「あの世とこの世のさかい」に立つシャーマン的な位置から見ても、石牟礼道子は自然と人界の橋渡しとして無意識層に跨がり、それは「そのような無意識の衝動は、もとの生命のありかを探しあるくいとなみでもあったろう。とどきえない生命の、遠い祖（おや）のようなもの……」の世界に似合うだろう。

これは人界への拒否意識につながる。彼女は幼時から「……人と人との間には、運命とか、宿命の裂け目のようなものがおのずからあり、あるときには互いに絡まったりより添ったりするけれども、いまみえはじめている裂け目の、一方の端に、自分ひとり腰かけていて、彼方の方へわかれて消える他の運命を、闇をへだてて見つめている」。「自分というものは、なんという苦しみのかたまりで、不安な存在であることか。自分の魂が、並にはずれて心もとなく、ゆく先がないということに思い当る……」(『石牟礼道子全集　第四巻』『椿の海の記』第七章「大廻りの塘」)。その不幸な意識は、社会に追放された(没落後の差別と貧困のとんとん村移住)者の逃避意識であり、それは石牟礼道子の素質と相俟って、その想像力の超越性の担保になったものだろう。

先に一言ふれた済州島の場合と水俣とは全然事情が異なるのだが(済州島四・三事件の忘却の闇から地上への死者と記憶の復活は、実際に全島的なシャーマンの鎮魂の巫儀によって行なわれた)、民衆の生活と歴史の堆積を土壌にした記憶と無意識の形成は、人間存在として基本的に共通している。惨劇の島、済州島については、「忘却」で無意識層を現わしたが、石牟礼道子の徹底して不知火の郷土に立つ文学は、その無意識層としての自然と交感、一体となることで、郷土性を越えた超越的、普遍性の世界を創造し得たのであって、私が『椿の海の記』を私小説でないというのはその謂である。

これは現代文明が廃墟となり、文明社会が過去の記憶の忘却の地層に入ったとき、読まれるべき作品かも知れない。いや、現代世界はすでに湖底に沈んだ都のように、廃墟の影を宿しているのではないか。

「虐殺者のまなこのような、巨大なビル街の窓。

ひとみをもたない穴ぼこを『窓』というのだ。ひとつの確実な因果をひきずって、わたくしは『窓』の下を歩む。

ああ東京の人間も、このようなのっぺりした窓に見下げられながら、いずれはゆっくりと、毒死するにちがいない。

水俣では死にきれずに、東京まで、のたうちながら、虫の息でやってきて、国民的規模の東京舞台で、権力の舞台東京で、いま、ひとり、ひとり、最後のとどめをさされる患者たち。百十六人の患者たちのいのちが、東京の人口密度の中に、そのようにして捨てられる。悪相の首都のなかへ。

ビラを配る。

『水俣病を告発する会』のビラである……」。


（『石牟礼道子全集　第四巻』「悪相の首都」から）


典型的な「決して田舎では見られない東京特産」の悪相の人間に手渡された水俣病患者の田中敏昌ちゃんの写真がのっているビラは、やがて握りつぶされるのだが、この容赦のない筆は、いまでも「夢のごたる茫とした子」、石牟礼道子のものとは思えない。いや、彼女故のものだろう。

彼女の闘争性、政治性はイデオロギーではない。毒薬で死に至る普遍の命（「いのちの精」）の、のたうつねじれの打ち返しの、悲しみと絶望の怒りの声である。

この世の悪相の首都とあの世のさかいに立つ、自然の託宣を体（たい）した女巫の吐き出す魔窟の岩をうがつことば。


（キム・ソクポム／作家）

『椿の海の記』

石牟礼道子の歌声。

藤原新也

私が石牟礼道子の著作と最初に出会ったのは今から三十年以上も前の七〇年代の後半のことだった。まだ若僧だった私はある編集者からこれを読んでごらんと手渡されたのだ。

書名は『椿の海の記』とある。

小学校から高校生のころまではどちらかと言うと読書の好きな子だった私は、成人してからというものぱったりと本というものを読まなくなった。したがってこの本の書名も作家名もはじめて目にするものだった。

私はしばらくの間、その木を無造作に机の上の雑多なものと一緒に投げやっていたが、件の編集者と会う機会が再び迫っている数日前、本の感想を聞かれて答えられぬではまずいと、ぱらぱらと読みはじめた。

だがこの義務感に圧された読書はいつしか熱読に変わって行く。

不思議な文章だった。

これまで読んで来た小説とは何かが違う。

その違いはわかっていたがそれが何かがわからない。しかし読み終えてのち、何かが判明したような気がした。


匂い。

空気。

肌ざわり。


読書の間、そのようなきわめて触覚的な快楽に浸っていたのではないか。しらふの自分に戻ってから、ふとそう思った。

のちに私自身多くの本を書くようになって、貴方の本を読むと情景が浮かぶとよく人に言われることがある。おそらくそれは私が写真家でもあり、視覚から入って来た情景を文章化しているからかも知れないと思うことがある。

というより男というものは性体験の折に目を開けて女性を〝視る〟ように、視覚というものが快楽に結びつく生理を有している。一方女性は目を瞑り触覚によって快楽を味合う生理を有する。そのような生理を考えると男である私の文章が視覚的であることは一向に特異なことではない。

私が石牟礼道子の文書に接し、これまで読んで来た小説と何かが違うと感じたのは、ひょっとすると世界や風景がそういった根源的な女性の生理によって、その固有の生理に溺れることなく、冷静な筆致で描かれていたからかも知れない。

詩であれ、小説であれ、女性の生理によって書かれたものは多々あるが、異性から見れば得てして生理に溺れる危うさというものがつきまとうものだ。

そういう意味では、石牟礼道子の文章というものは、匂い、空気、肌ざわりと言った視覚よりもさらに〝世界〟に密着した触覚的（女性的）文章でありながら（冷徹な）異性の視覚世界に還元させて十分にそれに耐えうる、ある意味で不思議、そして稀有な文章だと感じ入るのである。

それからずいぶん時を経てある文章に接した時にも同様なことを感じたことがある。

書店に行くことの滅多にないずぼらな私にそれもまた編集者がくれたものだが、石牟礼道子とは同じではないが、そこにもまた女性の筆致が醸し出す空気、匂い、触覚を感じた。

作家、島尾敏雄の妻、島尾ミホの書いた『浜辺の生と死』である。

ここにもあの女性固有の触覚的な、決して男性はその垣根を越えることの出来ない、あるいは巫女的とも言ってよい言霊が揺れていて『椿の海の記』を読んだときのように、ある種の羨望を感じた。

私はその後、石牟礼道子の代表作である『苦海浄上』も読むことになるのだが、なぜか私はそこに『椿の海の記』に接した折のあの匂い、空気、肌触りばかりに視覚が走り、水俣病という社会的事象を知るには、あらためて二度までも読み直さなければならないという苦行を強いられることになる。

そのような意味で私にとって石牟礼道子は社会派的作家などではなく、社会の地平から最も遠い、その歌声すら耳の鼓膜を震わせる、歌人なのである。

（ふじわら・しんや／写真家・作家）

『椿の海の記』

不知火はひかり凪

立川昭二

私の本棚に、目をつぶっていても取れる私が大事にしている一冊の本と、そこに挟まれている手紙がある。石牟礼道子さんの句集『天』と、石牟礼さんからのお便りである。

石牟礼さんの『椿の海の記』から、私の『明治医事往来』（新潮社）に引用させていただいたので、同書をお送りした手紙へのお返事で、そこに『天』が添えられていたのである。

お便りを開くと、「……ご高著の意味するところは、庶民史の深部をあらわすお仕事で、じつに興味深く、拝読いたしております。そして、わたくしのめざす世界の奥に位置するお作品と拝察いたしました。どんなにか今後、示唆をあたえられますことでしょう」とあり、私には思いもかけない石牟礼さんの「寝こんでおりましたので」とはとても思えない力のこもった字が目に入り、一瞬身のすくむ思いになったが、さらに、「ふだん孤絶した心持で仕事をしておりますので、病み上がりに、ことのほか、心温まるお便りをいただき、お励ましを受けました」ということばに、からだの奥に熱いものが沸々とこみあげてきた。

近代日本の人の生死をたどったさきの『明治医事往来』の最後に、近代医学の踏み込めなかった民俗の残照を映しとろうとした場面で、私は『椿の海の記』から、次の一節を引用させていただいた。

わたしの小さい頃の大人たちが使いわけていた「正気人」と「神経殿」という言葉のニュアンスはおもしろい。気ちがいの方に殿をつけ、自分たちを正気人という。俗世に帰る道をうしなってさまよう者への哀憐から、いたわりをおいてそう云っていた。そのころの、ふつう下層世界の常人は、精神病患者とか、異常者とか冷たくいわずに、異形のものたちに敬称をつけて、神経殿とか、まんまんさまとか云っていた。

「神経殿」と呼ばれる精神を病んだ祖母「おもかさま」と童女である「わたし」とが、うつろいゆく自然とまろやかな人情を背景に、生死のあわいをふかぶかと漂っていく。

その不知火海の村びとは、精神病者を神経殿、梅毒患者を鼻欠け殿、ハンセン病患者にも名前に殿と尊称をつけて呼んでいた。このことは、石牟礼さんのいう「下層世界の常人」のほうが、むしろ病いや障害について、無意識のうちに深い多元的コスモロジーを抱いていたことを私たちに教えてくれる。それは、病者や障害者にたいしてだけはない。村はずれの火葬場の隠亡を「岩殿」と「村びとたちは一種畏敬の念をはらってこれを遇していた」し、また死者のことは「死人さん」とあたたかく呼んでいた。

ところで、この「おもかさま」は、「昭和六年、陸軍大演習のみぎり、日本窒素水俣工場に『天皇陛下さまが行幸のあいだ、不敬この上ないので、本町内の浮浪者、挙動不審者、精神異常者は、ひとりもあまさず、恋路島に隔離の処置』というのにも遭うのだった。」

「おもかさま」を連行しにやってきた巡査に、「わたし」の父は、もし無理矢理連れていくというのなら、「この場でたった今、ばばさまを刺し殺して切腹いたしやす。あんたその牛蒡剣でいやそのサーベルで、二人の介錯ばたのみます」と迫る。全集第四巻に載っている「切腹いたしやす」という文章には、このとき父は「そう言いながら二た膝ばかりいざり寄ると、署長のサーベルの柄に、いきなり手をかけた。署長は飛び上がり、父の手を押さえた」とある。こうした気概をもった人が、いま、この国にはたしているであろうか。

ここには、家の柱にとりすがって泣くハンセン病患者が強制連行される場面、コレラ患者を強制収容した「避病院」、「よこね」(性病)を病む女郎や村の若い衆の話が出てくる。

もし、日本近代医療史の全的相貌をまともにたどろうとするなら、医学の手柄話や衛生統計を並べ立てる前に、この『椿の海の記』一冊を熟読すべきである。この書をこのように読むことは邪道かもしれないが、私は、ここに民衆の生死の実相がしかと刻まれている、と深く信じているからである。

さきのお便りで石牟礼さんは、「筑摩から御著に前後して、わたしも本が出せますこと、嬉しゅうございます」と書いてくださっている。それは、筑摩書房の土器屋泰子さんが担当された『乳の潮』と私の『見える死、見えない死』のことであろう。さらに私の『日本人の死生観』(筑摩書房)を秀島由己男さんの作品「出魂」で装うことができたのも、石牟礼さんとのご縁のおかげであった。
さて、句集『天』の「祈るべき天とおもえど天の病む」にしばらく呪縛されていたが、平成八年正月にいただいた賀状にしたためられていた「わが海に入る陽昏しも虚空悲母」にふたたび胸を衝かれた。私はしかし、『天』で唄うように呟かれた「さくらさくらわが不知火はひかり凪」の一句を思い出すたび、ひととき安堵の思いになるのである。

（たつかわ・しょうじ／北里大学名誉教授）

『西南役伝説』

近代の奈落と救済としての歴史

佐野眞一

せいなんせんそう〔西南戦争〕 一八七七年〔明治一〇〕西郷隆盛ら鹿児島県士族による最大にして最後の士族反乱。七三年の征韓論をめぐる政変で下野した西郷は鹿児島に私学校を設立し、彼のもとに結集した士族とともに反政府勢力として私学校党を結成した。西郷は各地の不平士族の決起要求には応じなかったが、七七年政府による鹿児島からの武器弾薬の搬出や密偵事件を機に決起、二月一五日約一万三〇〇〇人の兵を率いて鹿児島を進発し、九州各地の不平士族もこれに加わった。

西郷軍は二月下旬熊本城の鎮台を包囲する一方で、南下してきた政府軍と激戦をくり返したが、三月四日からの田原坂(たばるざか)の戦で死闘の末に敗北、四月一四日城の包囲を解いて撤退した。以後西郷軍は各地の戦闘に敗れ、八月一七日に宮崎県長平村で全軍を解散し、精鋭数百人で鹿児島に戻って再挙をはかった。しかし政府軍は九月二四日に西郷らがこもる城山を総攻撃、西郷以下約一六〇人が戦死した。戦争は徴兵中心の政府軍の勝利に終わり、以後は自由民権運動が反政府運動の主体となった。

(『日本史広辞典』山川出版社、改行は筆者)

整序された「大文字」言葉でそう語られる九州南部の内乱は、戦闘の舞台となった水俣の老百姓たちの間ではどう語られるのか。

「わし共、西郷戦争ちゅうぞ。十年戦争ともな。一の谷の熊谷さんと敦盛さんの戦さは昔話にきいとったが、実地に見たのは西郷戦争が始めてじゃったげな。それからちゅうもん、ひっつけひっつけ戦さがあって、日清・日露・満州事変から、今度の戦争——。西郷戦争は、思えば世の中の展くる始めになったなあ」

戦さが始まった年、親たちが逃げた山の穴で生まれたという老人はそう語る。

「西郷戦争は嬉しかったげな。上が弱うなって貰わにゃ、百姓ん世はあけん。戦争しちゃ上が替り替りして、ほんによかった。今度の戦争じゃあんた、わが田になったで。おもいもせん事じゃった」

『西南役伝説』で語られているのは、目に一丁字もなき者たちの眼に「小文字」だけで刻まれた、逝きし世のおびただしい記憶の堆積である。今から百二十年以上前の出来事が、読む者の眼前にありありと浮かびあがってくるのは、石牟礼が彼らの言葉を今にかわらぬ風のそよぎや木々のざわめきと、へだてなく受感する詩的インスピレーションの持ち主だからにほかならない。

〈「侍共は死なんでよか時も、しゃしこばって死ぬもんじゃが、百姓は危か所にゃ決してゆかんで。保(も)つるもん――」

彼自身と共に立体化してゆく歴史の、壮大なるべき未来が、莫蓙の上に組んだ両膝の間で、うつうつと仕上げられているようだった。老人はふと、目を細め、

「ん、あんたは誰じゃったけ、そこあたりの守りの子とばっかり思うぞ」

といった。私は、彼の膝の間から立ちのぼる、風土と人間の日なた臭さに包まれてくる。蓬髪を垂らした曾祖父達の眸が、泥の中から五月の空へと移ってゆく時の一点のトンビの舞。

辺境の維新は影深く私たちの目の前に現われてくる〉

石牟礼文学における話者と記録者の関係は、沖縄の祝女(のろ)とさにわの関係に似ている。古老たちの語りは、石牟礼という比類なき聞き手を得て、読む者をはるか遠い世界へと誘出する。そこは誕生以前の未生の世界のようでもあり、死後に辿る輪廻転生の世界のようでもある。

文久元年（一八六一）天草に生まれ、昭和三十八年現在、百二歳の須崎文造翁は、帝国憲法とも教育勅語とも鹿鳴館とも、すなわち近代百年の歴史年表とは対極の生を生きてきた。石牟礼はいう。

〈新聞雑誌も無し、ラジオテレビはもちろん無し、学制発布ともかかわりなく一字の字も読んだ

ことのない島嶼のはずれの一漁夫の、生きてゆく世界とは、どのように感受されていた世界だったのでしょう。〔中略〕〔耶蘇の〕絵踏み、十年の役、鰹船、日清、日露の戦役、息子の出兵などが、近代百年の年表の極微のはざまに記されている彼の日付なのです。

「十年のいくさの時は海の上じゃったけん逃げられたが、今度は舟よりも早か汽車というものに乗せられてゆく。ああいうものは地の上を一散に走るけん逃げられん。兵隊にとりあげて外国に連れてゆかすという。兵隊になれば必ず死ぬ。ひときわ大切におもうておった嫄女に死なれて、忘れ形見のたった一つ種の子にまで死なるればと思うと、息子のまわりが離れられずに、三晩も付いておったさな」

「そん時思うた。わしの子種はたったひとつ。先の連れあいはこの子を生んですぐに死んだ。後添までも運が無うしてすぐに死ぬ。親に放れるより連れあいに放れる方が哀しかぞい。早う息子に嫁をとれば、わしが子種もちっとは殖えるかも知れん。それがたのしみで、こまか夢のような魚ども釣れば、海にもどして游がせておく。釣っては投げて、海に游がせる。タコの子でも、海鼠の孫でも、游がせとく。このようなものどもはわしが子種とひとつ連れになるもんどもよ。漁師というものはつづまりはそのような者どもじゃ。わしのたったひとつの子種が、いくさで断れてみれ。わしがこの世に居らじゃったということになる。鰯の子どもが黒うなって寄り合うて波から波にうつる。くらげでさえもなあ、子連れでゆきよるもんを」〉

取材時、百六歳だった有郷きく女に、この百年の戦さは、こう映った。

「いくさの事なんど、あたい共にはわかり申さん。世の中がいかに変り申そうと、下々の人間にはよか風は吹き申さんど。西郷どんのいくさでは、取られた婿は帰され申したども、天皇さまの代になってからの戦争ではもう、米俵を出しても、その米俵で兵隊を替ることはできんごとなってしもうたでや」

百四歳の梅田ミト婆さんは、「西郷さんと天朝さんと、なしてたたかわしたか、いくさのあったことは知っとったばってん、はて、なんのわけで戦わしたもんだろ、教えてくるる人の居らでな、いっちょも知らん。それよかわたしゃ、男さんの話の方がよか」といって、好き合うて別れた男さんの話を、十八の生娘のような恥じらいを浮かべて語りはじめる。

「夜さりの長さに毎晩現わればい、今でも。

ここの側の、乙姫さんのお宮の茱萸の木の陰に、待っとるちゅうて使いの来て、そん時が別れじゃったがなあ。そんとき、男さんの言わした。

世も変わった。おどんたちのような地を持たん者が逃げても、追うて縛りに来る人も、もうおるみゃ。親きょうだい捨てるちゅうは辛かろが、今夜逃ぐ！　ちな、わたしば搔き寄せて言いなはった。往けばよかったが、往きゃきらだった。かしら娘だったけん。

親きょうだいを捨てきれずに……。離れられずになあ、身と身をさし交わしたまんま、茱萸の木の陰で。
三日月さんの出ておんなって、夜の明くるまで悶え合うて、泣き明かしじゃった。三番鶏の鳴いたら去たてしまわした。あれが鳴けば、今でも悲しか」

無文字社会に生きた人びとの言葉は、なぜ、内臓をいきなりわしづかみするように世界をむきだしにしてしまうのか。どうして、裸で地べたにじかに寝かされるようにせつないのか。それは、強烈な陽光の照射にも似た書き言葉より、樹の下蔭の陰翳にも例えられる書き言葉以前の無明の語り言葉が、枯れてはまた茂る民草の葉脈を、却って鮮明に浮かびあがらせているからであろう。

これは、歴史の教科書からは絶対に透視できないまなざしと、耳をどれだけすましても聞こえてこない声の記録である。熊本県小国町の古老が陽のかげる山あいを見やっては首をふり、声を落として語るうすねぎりの話は、この国の民草を権力者たちがいかに薙ぎ払ってきたかを生々しく語っている。うすねぎりとは、デウスの根、すなわち隠れ切支丹の根を断ち切るという意味が語源といわれる。

「そんとき、小国じゅうにお触れが出て、切支丹ば信仰すれば、こういう目に逢うぞちゅうわけでしたろう。うすねぎりの者どもを、処刑するけん見にゆくようにちゅうて、お触れが出たそうです。わたしの母がよう話しよりました。

その『うすねぎり』の生き残りの人は、泰次郎さんというお人で、そんとき四つじゃったそうです。

左の足が脱疽になって、膝から半分下の無うなってしもうて、畳職人じゃったが、そん頃は、今のように松葉杖もなかったき、無うなった膝の先に、ぼろ切れやら綿くずやらを押しつめて、木の台を作って当てて両手で抱えあげて、こっつん、こっつん、こっつん、こっつん、音させて、あそこあたりは、石の多か道じゃったき、音させて、畳替えの仕事頼めば、そうやって音させて来よらすき、ほら、うすねぎりの泰次郎さんの来よらすばいち、皆して言いよった、母が云いよりましたです。

……うすねぎりの山ん上、松の木の下に竹矢来を結うてあって、検死の役人が向う鉢巻して、袴をあげち腰かけとって、あん頃は非人ちいいよったが、今は非人もおらんごつなって、そういういい方はのうなったが、斬るのは非人で、それが検死の役人の方にお辞儀してから刀を抜いて、三べん振って三べんめに、首落しましたそうです。そうすると、胴がふっと半分膝立てて立ちよったち、子供だったばってん覚えとるち云いよったです」

自らの記憶に喚起されたのか、古老の話はやがて「一寸だめし」という処刑法におよぶ。

「一寸だめしちゅうのは、身長はかって身長で割って斬る目盛りを定むる方法のあるとか云いよりましたが、引き出して斬る前、罪人にゃ、うどん食べさせよったそうですもん。たいがいの者は食いきらんそうですが、のつはるの藤蔵は、うどん一杯食べさせて下はいちゅうて、ちゃんと食べたそうですもん。処刑がはじまって、普通の悪い事しとるなら、首打ち落して、穴ん中蹴込んで埋むるばっかりばってん、この人のときは、一太刀ずつ、あっちから斬りこっちから斬り、とんと計ったが如はいかんが、骨残して、ナマスのごつ斬りこんだそうです。そしたら斬った切り口から脈の打つたんび、わっく、わっく、わっく、わっく、長なりになって、うどんの出て来て動きよったち、年寄りたちが云いよりました」

真っ暗な死の闇のなかから、生の最後の躍動を伝えてわっく、わっく、わっくと湧き出す純白のうどん。ここにはすでに、毒液の汚染の悶死のなかに馥郁たる魂の所在を幻視した「苦海浄土」の世界が胎生している。

『苦海浄土』の初稿が発表されたのは、昭和四十年(一九六五)、『西南役伝説』の初稿発表の二年後である。『西南役伝説』のなかには、不知火海の魚を食べて死ぬ水俣漁民の話が、早くもところどころに点描されている。

歴史学者のE・H・カーは、歴史とは何か、と問われて、それは現代の光を過去にあて、過去の光で現代を見ることだ、と答えている。酸鼻というほかない目の前の現実が、百年前、この地で起きた出来事に石牟礼を導いた。石牟礼はこう述べている。

〈前近代の民の訴えたかった心情を、近代社会はさらに棄てて顧みない。それはなぜなのか、どのように捨てて来たのか。永年にわたる自己の疾病のようにこだわり続けてその極限に水俣のことがある。〉

あとがきには、こんな言葉もある。

〈目に一丁字もない人間が、この世をどう見ているか、それが大切である。権威も肩書も地位もないただの人間がこの世の仕組みの最初のひとりであるから、と思えた。それを百年分くらい知りたい。それくらいあれば、一人の人間を軸とした家と村と都市と、その時代がわかる手がかりがつくだろう。〉

それを石牟礼は、全編天草ことばでやり遂げた。土と海と日なたのにおいがするその言葉の合間に時折はさみこまれる「こっつん、こっつん、こっつん」「わっく、わっく、わっく」という、近代の郷里への闖入を暗示する擬態語が、この作品の奥行をさらに深くしている。

それにしてもこの作品に登場する人びとは、なぜかくも魅力的なのか。それは名もなき庶民に限らない。西南役に出陣し、意識不明のまま捕縛された仁礼仲格は、帰郷後、御一新の改革とは無縁の生を送った。仁礼の落魄の境涯に注がれる石牟礼のまなざしは、近代に汚染される以前の風土を語るかのように、限りなく優しい。

御一新後、中央顕官に栄達した薩摩士族が故郷に錦を飾り、人力車の上から、汚れた素足に藁草履を履いて道行く仁礼を見かける。

「仁礼どんじゃごわはんか」

という声に、仁礼は人力車上の人物をふっと見あげるが、返事はたった一言、

「ああ、おはんな」

というだけである。

〈なんの感慨もなげに礼を返し、尻の切れかかった藁草履のかかとを見せて、歩み去るよれよれの後姿が、海に面した町のかげろうの中をゆく。色を失うのは人力車上の人物であったろう〉

かげろうの中に消えてゆく仁礼の姿の先には、近代の歴史のなかに溶暗していった人びとの、民話ふうの口承の大地が広がっている。それはたとえば、民俗学者の宮本常一が、土佐山中の橋の下で小屋掛けする盲目の元馬喰に言わせた「ああ、目の見えぬ三〇年は長うもあり、みじこうもあった」（「土佐源氏」）という哀切きわまる絶唱であり、対馬に渡った開拓漁民の「やっぱり世の中で一ばんえらいのが人間のようでごいす」（「梶田富五郎」）という庶民の力強い言霊（ことだま）である。

これらの作品を収めた『忘れられた日本人』が発表されるのは、『西南役伝説』の初稿が書かれる三年前の昭和三十五年（一九六〇）である。石牟礼はおそらく、無文字社会に生きた人びとの息吹きを伝えて間然するところないこの作品から強い感化を受け、『西南役伝説』の仕事にとりかかったに違いない。

石牟礼は、『西南役伝説』を書かせた原動力の所在を自ら確認するかのように繰り返し述べている。

〈目に一丁字もなきただの百姓漁師が、なぜ、生得的としか思えない倫理規範のなかに生きてきたのか。彼らはなぜ、風土の陰影を伴って浮上する劇のように美しいのか。〉

〈そのような人間たちが、この列島の民族の資質のもっとも深い層をなしていたことは何を意味するのか、そこに出自を持っていたであろう民族の性情は今どこにゆきつつあるのか。その思いは死せる水俣の、ありし徳性への痛恨と重なり続けているのである。そのような者たちが夢見ていたであろう、あってしかるべき未来はどこへ行ったのか。あり得べくもない近代への模索をわたしは続けていた。〉

水俣の海は近代の奈落に通底している。石牟礼もいうように、水俣漁民たちの魂の依り代は、異教や一握りの土地や海であり、その寄るべを失った者たちを打ち棄てたまま、日本の近代ははじまるのである。

これは、異教徒の弾圧や一揆、島抜けという近代の冥界を彷徨(さまよ)いながら、魂の救済の在所(ありか)を求めた一条の光の物語である。

（さの・しんいち／ノンフィクション作家）

『西南役伝説』
至福の八年

赤藤了勇

『西南役伝説』は、わたしの三十六年余りの編集者生活のなかで、忘れがたく記憶に残り続けている記念碑のような一冊である。本の出来栄えが満足のいくものだったということにとどまらず、企画の成立にまつわる多くの人たちの顔が忘れがたいからだ。いささか感傷的に回顧すれば、編集者稼業をまがりなりにも定年までまっとうできたのは、この時期にめぐりあった何人もの方たちのおかげであるといっても過言ではない。

この企画を石牟礼道子さんからお預かりしたのは、一九七二年のことだ。刊行が八〇年九月だから、八年を要したことになる。この企画成立から発売までの時間は、出版界の通念としてはいささか長い方に属するけれど、担当する編集者にとっては、思いもかけぬ至福の刻をもつことになったと、いまにして思う。

この得がたい機会を与えてくれたのは、渡辺京二さんだった。

七一年暮れ、石牟礼さんや渡辺さんたちは、水俣病の患者さんたちとともにチッソ本社への抗議行動で上京された。当時のわたしは、いまや知る人は少なくなった『現代の眼』という雑誌の編集部と出版部に在籍していて、水俣病闘争の本を出版させてもらうため、東京駅南口のチッソ本社に座り込んでおられた石牟礼さんに、はじめてお会いすることになる。チッソ社内で患者さんたちに囲まれて、わずかに笑みをたたえながら、端然と座しておられた姿が目にうかぶ。

渡辺さんとも面識はなかったけれど、大学時代の恩師と先輩から渡辺さんがいかに優秀な編集者であるかを、なんども聞かされていた。その渡辺さんを介して「西南役伝説」の企画をやらせていただくことになったときは、ほんとうに嬉しかった。石牟礼さんの著書を担当できることなど、当時のわたしには想像を超えた幸運以外のなにものでもなかったのである。石牟礼さんとの縁（えにし）は、このようにしてはじまった。

「西南役伝説」の最初の原稿が発表されたのは六二年十二月号の『思想の科学』であった。その後も掲載場所をかえて三度にわたり活字になっていたけれど、完結しておらず、つのる想いや意気込みとは裏腹に、若造編集者には荷が重かった。

この羊水のなかに漂っているかにみえた大作を、出版に向けて強力に推進することとなる大人（たいじん）が現れたのは七五年のことである。

朝日新聞社出版局で仕事をすることになったわたしに、石牟礼さんの著作はかならず実現させてほしい、労力も経費も時間も惜しむことは相成らん、と厳命した人がいた。当時の図書編集室長の角田秀雄さんと編集長の宇佐美承さんだった。角田さんは文人墨客の面影をただよわせながらも、社内政治に精通した信頼できる上司であり、宇佐美さんは名文家として社内で有名な記者だった。このおふたりに出会うことがなければ、「西南役伝説」はわたしの手元から離れて、別のかたちで世に出ることになったに違いない。

本の運命としてはいずれが幸運であったかはわからないけれど、わたし自身はふたたび最良の機会にめぐまれたのだった。経費と時間が保障された仕事であるなら現地に取材に行こう、石牟礼さんと九州山地を歩こう、ついでに山海の珍味を食べてこようではないか。これが「思いて学ばざる」なまけもの担当者の結論だった。

七五年の春に天草の栖本、本渡、宮野河内と薩摩の大口、小木原、山野へ、秋には熊本・大分県境の上田、小国、湯平、筋湯へとご一緒させてもらったけれど、取材の名に値することはなにひとつできなかった。栖本にある石牟礼さんがお気に入りの旅宿「ことぶき旅館」の夕食に、いたく感激した記憶を除けば、訪れた集落とお会いした方たちの顔を断片的に思い出すことができるだけだ。

西郷軍の戦跡だけを訪ねるのなら資料を集めることが出来たかもしれない。だが、この取材行は石牟礼さんの記憶のなかにある古老を訪ね、年表が書くことがない歴史の深淵をみる旅だ。同行者は電車の乗車券を買うことと宿代を払う以外に、なにもすることがないのだった。数枚の地図を手にもって、ただひたすら後をついて行くだけで十分だったのだ。

しかし、石牟礼さんにはこの本の構想が鮮明にできていて、それを確認するために、あたかも、歩きなれた故郷の山野を、時空を超えて楽しげに駆けめぐっておられるかのようにみえた。時には少女時代の記憶を追いながら、ある瞬間は終戦直後の追憶のなかで、さらには十年の役を語り継ぐ古老の化身となって。

かくして、「西南役伝説」にあやされ続けた、わたしの至福の八年が過ぎた。

それからさらに四半世紀の時間がながれ、企画実現を厳命した角田さんと宇佐美さん、装丁をお願いした田村義也さんとは幽明境を異にする。現世に残された担当編集者は糸の切れた凧となって、他郷の空を漂い続けている。

（しゃくどう・りょうゆう／元朝日新聞社出版局編集委員）

『西南役伝説』
救済としての歴史

阿部謹也

石牟礼道子さんについて詩人であるとか、文学者であるとかさまざまな位置づけがなされている。私は自分が読む作品の著者についてあらかじめ歴史家であるとか、詩人であるというような先入観で書物を選んだことはないので、石牟礼さんについてもどのような職業の人かということに関心はなかった。書名と著者名だけが私が書物を選ぶ理由であった。一冊刊行されるたびに手にとって読み、しばし石牟礼さんの世界に入って堪能するといった経験を重ねてきた。

しかし今回「西南役伝説」を暫らくぶりで読み返すうちに私は石牟礼さんを「歴史家」として位置づけようとしている自分に気がついた。「歴史家」といっても専門の職業的歴史家では勿論ない。西南戦争前後の天草周辺の素朴な庶民の生活を探訪する石牟礼さんの視線の行方は最も深いところで歴史の根底に行き着いているからである。歴史の根底とは何か。

西南戦争といえば事典などでは「一八七七年（明治十年）に起こった西郷隆盛を中心とする鹿児島県士族の反政府暴動で、士族反乱の最後で最大のもの」とされている。私学校を中心として一大勢力をなしていた鹿児島士族は明治新政府による士族の特権剥奪政策に反対していた西郷隆盛を擁して決起した。政府軍の死傷者一万六千人余、薩摩軍の死傷者は一万五千人と激しい戦いであった。西郷隆盛は城山で自決したが、彼の清廉潔白無欲恬淡といわれる性格などから、人々の人気が高く、いわゆる西郷伝説が形成されていった。歴史家の捉えた西南戦役は大体このような形で叙述され、そのほかには士族ではない鎮台兵の戦力の評価が高まり、徴兵制がこの機会に軌道に乗せられたことなどがあげられている。しかしこれらは歴史の波頭に過ぎない。

本書はそれらとは全く異なり、西南の役の前後にその地に住んでいた庶民の生活を探訪する中で明治十年前後の歴史を水底から探るという形になっている。「水俣病問題に関わる中で考えざるを得ぬ民衆の思想の出自を探ることと、近代社会におけるいわゆる市民を考え合わせること、亜知識階級とは異なる存在として見えている辺土の民衆像、たとえば天草移民たちのあり方を探ることとは、わたしのなかでは一本の糸に縒りあわさっていた。……目に一丁字なき者たちが生得的にそれを規範として生きていた倫理とはどのようにして生まれたものであったのか。その魅力に満ちた人柄の中から、この世の綾を紡ぐ糸のように吐き出される語りかけはなにを意味するのか、生得的とはどういうことか。いうまでもなく、どこにでも居たただの一百姓一漁師にすぎない者の一生である。けれどもただの百姓漁師の、ごく普通の人間像が、たとえば須崎文造や有郷きくや梅田ミトを見てもわかるように、なぜに風土の陰影を伴って浮上する劇のように美しいのか、そのような人間たちがこの列島の民族の資質のもっとも深い層をなしていたことは何を意味するのか、そこに出自を持っていたであろう民族の性情は今どこにゆきつつあるのか。その思いは死せる水俣の、ありし徳性への痛恨と重なり続けているのである。そのような者たちが夢見ていたであろう、あってしかるべき未来はどこへ行ったのか。あり得べくもない近代への模索を私は続けていた。」

この書物で伝えられている須崎文造や本田隆三郎、有郷きく、六道御前やおえんしゃまなどの一生は為政者達が戦うその場で営まれていたのだが、かつて歴史家の目に触れたことはほとんどなかった。西南の役という歴史的事件の中で劇的な生涯を送った人々の一生はほとんど歴史家の目には触れなかったのである。かつてある学者は歴史研究とは救済 Rettung であるといったことがある。歴史の叙述の中から漏れてしまった人々の生活を書き残すことだという。

著者は「非常に小さな、極小の村が……出来上がるところから始めたかったのである。その家が二軒三軒になり、つまり自分のいま居る村が出来、町になり、気がつけばもう人間は沢山いて、それぞれ微妙に異なる影を持ち、異なる者が仕事を持ち、その仕事の選択の仕方によって社会というものも出来ぐあいが異なってくる。それにには風土の条件があり、他郷の者とどのように交わって文化（暮らしの形としての文化）を創り上げ、その文化はどのような地下の根を持っているのか、形をなぞって見たかった。」とあとがきで書いている。

これはまさに歴史ではないか。石牟礼さんはその膨大な書物を通じて辺土の人々のこのような生活を描こうとし、それらの人々を救済しようとしてこられたのである。彼女の仕事はこのようにして歴史を全体として救済することではないのだろうか。

（あべ・きんや／歴史家）

『西南役伝説』
石牟礼道子管見

鶴見俊輔

日本の知識人の特徴は記憶の短いことである。これまでに何度も言ったことだが、死ぬまでくりかえしたい。これを言わなくなったら完全なぼけだ。

少年のころ日本の外で暮らしたので、日本の知識人と日本の外の知識人のちがいがくっきりと心に残っている。日本の知識人が世界どこでも知識人というのはおなじものだと考えているのが歯がゆい。

日本に戻ってから日本の歴史をしらべて、私のきらいな日本の知識人の特徴は明治以後に限られることがわかった。明治以前には知識人は今のようなショート・メモリーによって生きてはいない。

石牟礼道子という名前を知ったのは、谷川雁を通してである。一九六〇年の安保闘争よりも前のこと。石牟礼さんの考えかたは当時の日本の知識人候補、新左翼の学生たちの射程を越えていた。このことは、それから四十五年たった今では、かなりの人にとって明らかになった。だが、一九五八年当時にその特質を見極めていた谷川雁は目のきく男だった。日本の知識人としてはもったいない。

石牟礼道子に原稿を頼むと、送ってきたのは「西南役伝説」という文章だった（初出は『思想の科学』一九六二年一二月号）。

「わし共、西郷戦争ちゅうぞ。十年戦争ともな。一の谷の熊谷さんと敦盛さんの戦は昔話にきいとったが、実地に見たのは西郷戦争が始めてじゃったげな。それからちゅうもん、ひっつけひっつけ、戦があって、日清・日露・満洲事変から、今度の戦争——。西郷戦争は、思えば世の中の展くる始めになったなあ。わしゃ西郷戦争の年、親達が逃げとった山の穴で生まれたげなばい。」

ききがきの主は「ありゃ、士族の衆の同士々々の喧嘩じゃったで」と見通す力を持っていた。

明治十年は、石牟礼道子にとって、そこからその後の日本を見る視点として活用されている。やがて彼女は、気のふれた自分の祖母が昭和の日本とはっきり対峙するありさまを子供のときの記録として復刻する。狂女は昭和の日本に屈する人ではない。気のふれた彼女は、陸の孤島ともいうべき思想上の存在だった。そして彼女をつつむ豊かな水俣の海。

石牟礼道子はやがて、この海が窒素工業の災害にまみれてゆく成りゆきに、自分の存在をゆるがすもうひとつの始まりを見出す。

四十五年前に日本のジャーナリズムの外にいた石牟礼道子は、今ではその中の見逃すことのできないひとりの書き手である。だが、彼女は今も日本のジャーナリズムの外にいる。日本の知識人というときにも、この人はその外にはみ出している。それは日本の知識人全体を今日もつつみこんでいる短い記憶の外にいるからだ。

もとの「西南役伝説」に戻ろう。

「あらあらと思うと九十年は夢より早か。どしこ開くる世の中かわからん。下々の知恵が字知るごてなった現ればい。限りのわからん」

老農達の話は、永劫まで語ってもいい尽きせぬ未来へひろがってゆく。

九十年の生涯に老農は時の権力を民話としてとらえる方法を身につけた。ききがきを記す中で、その方法はききてである石牟礼道子の方法として受けつがれる。

対比的な沈黙を示す「士族の末孫」の家柄が同じ村にあった。先代が敗退中の薩軍に、「士族の流れ」という理由でラチされたのである。戦いが終り、諦めた村中が葬式を行っている最中、やせ衰えたその若者が帰りついた。「宮崎に行っていた」事、いつ殺されるかと思うと飯がノドを通らず、囲いの中に入れられた気ばかりしていた事、年老いて鍬をとる合間に、そらマメ、そらマメ、と聞きとれる程には呟き、首をぶるんとふるわせたりしたが、村人の判断では、そらマメというのは、官軍の弾を運ぶ時の噺子であり、それだけが、西郷戦争の実戦に参加したこの村の、唯一人の若者から村人が知り得た謎めいた知識だった。

この民話の中には、その後現在に至る日本の知識人が現れている。

（つるみ・しゅんすけ／哲学者）

『常世の樹』

蝶と樹々の回帰線

今福龍太

石牟礼道子の著作は、長い間わたしにとって、列島を北上する蝶だった。だがそれは、南からの風を偶然その羽に孕んで空を飛翔し、一気に本州はるか中央部まで渡り着くことになった一時的な迷蝶ではなかった。南島にだけ棲息していたある蝶が、年々少しずつ北の隣島へと海越えを繰り返し、食草である樹木の葉に卵を産み付けては種としての分布の領土を押し上げ、数十年かけて北へ北へとゆっくりその棲息域を伸ばしてゆく、そのような時の経過とともに、あるときわたし自身の生きるこの北の土地に、疲れはて半ば羽の破れた遠来の訪問客としてではなく、羽化したての瑞々しい鱗粉を周囲に撒き散らす南島の精として姿を現わす……。そのような、種としての生命の時間の逞しく柔らかな移ろいと蓄積とを抱き込んでいまここに生まれ出たかのような南国の蝶の化身を、わたしはいつも石牟礼道子の文章のなかに感じ取り、昂揚を隠せなかった。その蝶の最初の到来の瞬間は、たしかに稀なる訪れという印象にはちがいなかった。だが、その羽ある恩寵がついに訪れたからには、もはやその種は私の土地にもたくましい自棲を始めたのだと確信できる、そのような深い浸透と定着の気配を、彼女の文章はつねに湛えていたのである。個体としての短い寿命を超える、種としての生命時間を重ねながら北上してきた蝶の「歴史的膂力（りょりょく）」のようなものをわたしはそこに感じとり、その力がこちらに向かって惜しげもなく差し出されていることの僥倖に深く心打たれていたにちがいなかった。

つい二カ月ほど前、私の住む茅ヶ崎市の海岸からわずかに内陸に入った里山の縁で、アカボシゴマダラという蝶の新鮮な個体を一匹採集した。蝶の微細な飛翔の動きにあわせて網を振る少年時代の身体的快楽を思い出し、ふたたび捕虫網を持ち出したのは近年になってからのことだが、私のかつての知識と記憶のどこをまさぐっても、アカボシゴマダラというタテハチョウの一種が関東地方に棲息するという事実はなかった。というよりも、この種は、極東の列島域においてはわずかに奄美大島と周辺の小島だけに産する、きわめて分布の限定された珍しい南国の蝶であるはずだった。この幻の蝶が自宅近くで採集されたことをわたしは信じることが出来なかったが、迷蝶であるという確信もなく、おもむろに最新の図鑑を繙いてみると驚くべき事実に突きあたった。なんとこの蝶は一九九八年頃から神奈川県藤沢市や鎌倉市を中心とする湘南地方海岸域に定着し、現在では夏から初秋にかけて日常的に見られる普通種となっているというのである。この新しい分布は完全に隔絶された分布で、奄美群島をのぞいて列島のほかのどこにも採集例はなく、さらに湘南地方の個体は奄美亜種とは形態的に違う中国大陸産の亜種なのだという。昆虫学界の結論は、これを、持ち込まれた中国産の飼育個体の脱出、あるいは人為的な放蝶を原因とする定着であろう、としていた。

湘南のアカボシゴマダラを捕虫網に入れた時のわたしの手の感触が、すでにこの結論をほとんど直観していたことにいま思いあたる。そこには南島の蝶が時と空間を渡りながらついにわたしの手元へとたどりついたという、種としての遙かな旅を感知させるいかなる感触もなかった。里山の半日陰を緩慢にさまよい飛び、網から逃げようとするそぶりもまったく見せず、易々と捕獲されてしまったあのアカボシゴマダラの動きには、野生の蝶でありながら、すでに避けがたい人為性の気配がまつわりついていた。しかもこの蝶は、関東の在来種であったゴマダラチョウの食草エノキを侵食していて、ゴマダラチョウの生息数に明らかな減少傾向が見えているという報告もある。生物を媒介とした文明による自然操作。現代社会が野生に向けて仕掛ける心なき暴挙によって、湘南にはからずも自棲を始めたアカボシゴマダラの生命は、生きたまま得体の知れない文明の力の深淵に吸い取られてしまっている……。このような疑似的野生を前にしたとき、南国からとどけられるはずの魂(マブリ)の恩寵はわたしの前から消え去ってゆく。むしろ、この二〜三〇年で、九州から近畿へ、そして東海から関東南部へとゆっくり生息域を北上させてきた尾のない大型の揚羽蝶ナガサキアゲハを、いま三浦半島辺りの海を見晴らす丘で網にすくい取った時のふるえるような感触の方に、たしかな南国の魂(マブリ)の息吹きが潜んでいる。

列島を北へと漸進するナガサキアゲハの軌跡にも似て、石牟礼道子の著作には、時間をかけた生命の旅にそなわる、魂(マブリ)の力の保持と浸透の気配が濃密に漂っている。それが、南国の風土から訪れる恩寵であることが、わたしたちを深くとらえて放さない。南とはまた、心の別名でもあるからである。この、文彩によって羽ばたきの力を得た彩蝶(アヤハベル)は、人間の内奥にひそむ真実の心を南風とともに伝えようとする。世界と呼ばれる未知への、深い畏怖と信仰を込めて。この稀有の思想と詩とが、都市の、文明の人間の目と耳に届くまでに費やされた遙かな時間、その幽けき声と息がゆっくりと北上するために必要となった苦渋のエネルギーのすべて、それらは、いうまでもなく、「水俣」として知られることになった石牟礼道子の生命世界の拠点に根を持っていた。邪な力によって変形された人為的自然の現前が、人間の意識を深く陰翳づけてきた影や襞を奪い去り、人間の心の写し絵である社会を、深みを欠いた平板で陳腐な制度へといつのまにか作りかえていった、ひとつの特別の、しかし同時にどこにでもありえたはずの出来事――。それを、不知火の海のやわらかき水の転変の歴史として描き切ったこの巫女の目と耳と手は、種として北上する蝶の歴史的飛翔力を、あるときたしかに獲得していたにちがいなかった。

蝶はいつも、石牟礼道子にとっての聖なる導きの霊であった。本巻のいたるところで、彼女は、とりわけ奄美沖縄群島に点在する島々の濃密な空間の襞を縫うようにして飛び回る蝶の存在に、精霊の運動を重ね合わせて見ようとしている。作家島尾敏雄との「綾蝶(あやはびら)生き魂(まぶり)」をめぐる憧憬に満ちたやりとり。奄美加計呂麻島出身の霊力(セジ)高き作家島尾ミホとの対話でも、やはり蝶の精霊とその形代としての三角形の文様のかかわりについて、熱心に問いただしている。そして一九七八年、結果としてはこの年が最後となってしまった一二年に一度のノロの秘祭「イザイホー」を訪ねて沖縄久高島に渡った石牟礼は、とりわけ、神女となる女性たちだけが動く祭りの場にひらひらと去来する蝶の神々しき存在感に打たれているように見える。

そのあと神女たちは、外間御殿の庭に集まって優美な神歌をうたいながら、全儀式の中で、それだけがたったひとつの華麗な唐扇を、蝶（はべる）たちの羽根のやすらぐ時のようにひらいて舞った。すべての経過の中で、彼女らははだしだった。白衣の裾の下の素足が、地に降り立つものの力で立っていた。

午前中の花さし遊びののち、神女たちがイザイ山に去ったあとの御殿庭（うとんみゃあ）に、黒い揚げ羽蝶と白黄色の蝶が、イザイ山から出て来てしばらく舞った。双つの蝶はおもろの対音のように、高くなったり低くなったりして舞い交わした。新しく生まれたナンチュたちの所へ、神はまだ滞在しているのだろうか。やがて双つの蝶はイザイ山に帰った。人影のない御殿庭を声もなく囲んで立っていた者たちは、玄妙な時間の中に置かれた。

（『石牟礼道子全集　第六巻』「海のおもろ」）

この黒い揚げ羽蝶とはナガサキアゲハにまちがいない、とわたしの直観は告げている。だが、そうした個体種の同定以上に刺激的なのは、この御殿庭に飛来した同じ黒い蝶を、一九七八年の久高島イザイホー儀礼を訪ねたもう一人の稀有なる目をもった観察者が、同じ祭りの場所で、同じ魂（マブリ）の現前として深く見通していたことである。能評家＝思想家の戸井田道三のつぎのような文章は、石牟礼が見た同じ蝶を別の眼が見たときに生じた、奇蹟的な共感覚の証言である。

そのとき、どこからか大きな黒い蝶が一羽ひらひらと飛んで、誰もいない神庭の上で舞うのだった。目で追うと、あっちへゆき、こっちへ来していたが、やがて私のちかくの芝の上へ舞いおりて、羽を背中で一枚に折りたたんだ。かと思うと、すぐまた舞いあがって、人びとの上を越えて後方へ飛び去ってしまった。

実に変な気がした。神霊などという言葉を民俗学の書物や報告で見たり聞いたりしてもたいして気にもとめず、そのような考えかたがあってもなんの不思議はない、理性でわからぬことがあるのはあたりまえだ、くらいにしか考えていなかった。そのことがにがく反省させられた。というのも音もなくひらひらと飛んできた黒い蝶が、これはただごとではないと感じさせていたからで、つまり、神霊などと呼ばれる何か、これが昔からいうあれなのだ、と心にたしかな手ごたえがあったのだ。

(戸井田道三「蝶について」『劇場の廊下で』麥秋社、一九八一、所収)

蝶の存在が、祭りによって聖別化された空間において発散する特別の霊性を、石牟礼の文章も、戸井田の文章も、それぞれみごとに伝えている。巫女たちの去った神庭にひらひらと舞いただよう一羽の黒い蝶(ハベル)は、その場に居た二人の外来者にとっても、沖縄の蝶の神アヤハベルの顕現を思わせた。黒くちぢこまった虫が繭をつくってなかにこもり、長い仮死状態を過ごしたあと、あるとき勢いよく殻を破って空へと飛び立つこの死と再生の神秘を神格のあらわれとして意識する人々が、自らも御嶽の小屋に籠って、通過儀礼ののちに神女として蝶のように飛び立つ……。この神女と蝶との驚くべき交感の風景に立ちあった者たちは、おそらく例外なく、そこに「ただごとではない」「玄妙な時間」を感じとり、神とか霊とか魂とかいった概念の奥深くにある、「あれ」としか名づけえぬ気配をあらためて発見する。人間が、幼少時から蝶や蛾にたいして抱いてきた言葉にならない畏れと憧れと懐かしさのいりまじった感覚の由来が、ここで石牟礼や戸井田によって、理路をたどる言語の手続きを超えたところで、鋭く直観されている。南島でいう「ハベル」とは、「ハビル」すなわち羽ある蛭にちがいない、と戸井田は、音の類似によって意味連関を感知する彼特有の音声語源学によりながら説いていた。古来より人は、蛭というもっとも醜く害をなす虫が、あるとき羽を得て蝶として空を気高く飛翔することの矛盾と神秘のなかに、いわれなき畏れと憧憬とをともに感じたにちがいないのだ。それが、「心」（こころ＝うら）という、現実の表層のウラ側にある未知の真実だった。とすれば、蝶はまさに、日本神話における追放された醜い存在である蛭と、南島の美しきアヤハベルとのあいだの連続性を示唆する、特別の存在となる。そしてこの連関は、石牟礼道子にとって、醜さと痛苦によって汚された不知火の泥海を、南島のアヤハベル飛ぶ紺碧の海へと繋ぐことによって、至高の慰藉をあたえられる唯一無二の契機でもあった。『石牟礼道子全集　第六巻』に収められた「あけもどろの華の海――与那国紀行」の冒頭で、石牟礼はこう書いている。

ながい、越えられそうもない夏だ、という風に目が醒める。起きあがれぬまなこに、黒い大きなあの、カフカが変身したような虫が首を擡げながら、未明の空にむかって這いのぼってゆくのが見えてくる。

水俣から見るこの世は悪夢だから、醒めつつあると思うのは間違いで、更に解き難い世界の中へこういう使者が現われて、連れ戻されるのだなと思う。黒い虫は、まなこいっぱいにLの字に曲がり、天の方角を指している。(……)

よくよく見れば、未明の空と見たのは、目と心の病いのせいで、午後の曇りの古い簾に這う虫である。けれどもこの使者は、不知火海を流れてゆく潮の果ての、あの蝶(はびる)たちの島へ、与那国へ、再びわたしを連れてゆくなにかの魂(まぶり)、すなわち蝶の前身かもしれなかった。この稿を書く間中、黒い虫は枕元へ落ちて来て、かがまっては睡り、ときどき天の方角へ首を擡げていた。

この蛭でもあり蝶でもある黒虫が首を擡げる天の方角に、石牟礼にとっての聖樹がいつも聳えていた。いや、つつましく荘厳に立っていた、というべきだろうか。聖樹において、生と死は、前世と来世は、世俗の泥水と常世の清水は、たがいに豊かに触れ合っていた。そこで天草の浜辺に立つアコウは、与那国の岩室を蔽うガジュマルとひとつの樹として、南へとつづく「潮の道」を通じて結びあっていた。九州から南島へと巨木を求めてさすらう『常世の樹』という、この世におけるひとつの恩寵のような紀行文は、不知火の海から南九州・沖縄・八重山へと海月のごとく漂い流れる作者の、その旅(タビ)にある魂(マブリ)の、樹々を媒介にしてそれを育む水と潮のなかに自ら溶け入ってしまおうというほどの、聖なる憧れを映しだす佳作である。

それはたしかに、この世ならざる「常世(とこよ)」の樹であった。「日常やむなくひとり離されて人間の方にいかせられている」と語る石牟礼にとって、幹にたっぷり風と潮を吸いこんで皮膚呼吸しながら生きる巨木らは、此岸の一時的故郷を離れて彼岸へと真に里帰りするための場を彼女に与えた。その常世とは文字通り死者の国でもあったが、同時に、いまだこの世に目醒めぬ胎児が柔らかい羊水のなかで無垢をまどろむ始原の母胎空間でもあった。だから、石牟礼の訪ねる巨木らの樹下には、かならずどこかで母の面影がゆっくりと立つのだった。それは、現実の母の死とともにいったん形を失ったのち、あるとき、彼女が行く先々の水の面や樹々の葉蔭に静かに現われるようになったという。そのハハの姿とは、肉親としての「母（はは）」の固有の像が誘い出した、より深い「妣（はは）」の顕現であり、列島の心性が思いつづけてきた族霊的な「妣」の集合的な像として、石牟礼の特別に鋭敏な感覚が引寄せたものにちがいなかった。そしてその死んだ妣たちの国とは、いうまでもなく、あれらの蝶に擬せられた久高島の神女たちがつながる霊的な世界の謂でもあった。

陽の光が、神女たちの髪に挿したイザイ花や神苑の樹々の上に耀よい、そして翳った。アコウの巨樹が、そのような円舞をおおって枝をさしかけ、天と浜辺をつなぐ柱のように立っていた。わたしの心の遠い沖に、流竄の神々を乗せた小さな舟の影が、浮かんで消えなかった。

（『石牟礼道子全集　第六巻』「海のおもろ」）

この流竄の精霊が乗る刳舟（くりぶね）への同乗を、石牟礼はどこかで強く希求する。甦れた樹を刳りぬいてつくられた小舟の発散するなまなましい精気に守られ、「常世」の浪に棹さし、「妣」のくにへとたゆたい、海をわたる蝶（マブリ）に導かれてゆく海路……。それは、天草栖本の浜に立つアコウ樹の足元から船出して、沖縄本島金武村伊芸のフンシーガジュマルの緑陰の汀へと辿りつくはるかな航海でもありえたが、あるいはまた、いまだ見ぬ沖永良部島の「暗河（くらごう）」に湧きだす清水が、常世浪の送り込む海からの變若（をち）

水と触れ合ってたてる遠音のなかを行き巡る、小宇宙のなかの水の旅であるのかもしれなかった。

そうした地と潮を渡るあらゆる旅のはざまに、天から降りて来た傘のようにして、いつも聖樹が立っていた。石牟礼の前で、巨木らは、静かに常世の理を旅人に告げるだけでなく、世俗の煩悩をすべて背負って苦しそうに枝葉を騒がしく震わせることもあった。だからこそ石牟礼は、これら樹々への「聞き書き」とも読める書『常世の樹』のなかに、つぎのような矛盾ともみえる文章を併置することで、聖樹たちのくぐもった声の多義的な響きを守ったのだった。

なにかしらわたしたちの経験したことのない不幸の一大パニックの底流が、依り代の樹を求めて、ここに渦巻き来たっているのではあるまいか。
（同前「精霊樹海」）

ふとそこは宇宙の端っこで、屋久杉たちはその縁飾りのようにも見え、風が、そこからはじまる始源の音楽のように微かに鳴っていた。
（同前「神は秋を装う」）

日田高塚の恐竜のような形をした大公孫樹の疲れた姿は、人間の業が招き寄せた世界を襲う未曾有の災厄の予兆かもしれず、そうした世俗の臨界に触れているからこそ、逆に樹齢七千年にも達する屋久杉の天上的な音楽の透徹はいや増さるにちがいない――。現世と常世とがねじれの位置で交差する、この宇宙の縁飾りの場、この生の零落の汀に石牟礼道子は立ち、すべてのノイズと聖音の依り代として、巨木の幹にその不透明な身体と耳をあずけつづけるのである。

つい先日、アダンゲやモクマオウの枝をピューピューと唸らせて颱風が去った奄美大島で、樹の生命にまつわる不思議な話を聴いた。島の考古学者の友人がいうには、祝女(ノロ)墓を抱き込んだガジュマルは死期が近いのだという。聖樹の傍らに珊瑚石(ナバンイシ)を積みかさねて埋葬されたノロの逞しい骨は、数百年ののちにガジュマルそのものの生命力によって墓ごとその気根のなかにとりこまれ、やがて樹の幹に飲み込まれてゆく。だが、まさにそのような時間と歴史の経過は、ちょうどガジュマルに天が与えた樹齢に匹敵するらしく、ノロ墓を抱き込んだガジュマルの巨木はまもなく見事に枯れてゆく、というのである。珊瑚の遺骸が洞窟や白砂となって樹々の根を育み、珊瑚を透過した豊かな硬水が人々の骨をつくりなし、やがて死んで埋葬された者の骨が、珊瑚砂とガジュマルとに時を経て一体化してゆく。南の島は、このような輪廻と合体のことわりを、樹々を通じて静かに語っているのだ。そして、そこにはきっと「螺鈿細工の青貝の精のような羽肢」が、はらはらと舞い漂っている……。

石牟礼道子による、蝶と樹々の回帰線から北上してきたこれら羽あることばにたいし、読者はおのれの個体としての生命時間を超える時の振幅への想像力と慈しみをもって、聞き耳をたてねばならない。

(いまふく・りゅうた／文化人類学)

『あやとりの記』
私たちの間にいる古代人

鶴見俊輔

この人は、古代から来た人か、と感じる人に、まれに出会う。石牟礼道子は、そういう人だ。

この名前を最初にきいたのは、一九六〇年、谷川雁からだった。彼は私に、中村きい子、森崎和江、石牟礼道子、三人の名前を教えた。そのころ東京の編集者の知らない名前だった。今では、広く知られている名前だが、この三人ともが、現代を抜け出ている筆者である。なかでも石牟礼道子は、古代人として、現代日本に生きている。

そのことは、「あやとりの記」をふくむこの『石牟礼道子全集　第七巻』の読者にわかっていただけると思う。

太古の人がここに立つと、地球は五千年前とそれほどかわらないように見える。人間同士も、それほどかわっていいない。

石牟礼の文章を受けいれると、石牟礼の眼で世界を見るから、現代は太古のように見える。

石牟礼のエッセイや論文は、ことごとく、石牟礼の眼で見た劇である。

「あやとりの記」や「椿の海の記」のような同時代の記述は、どうしてできるのか。それは著者が幼いときから年寄りとともに育ったからではないか。戦後六十年の今のように、幼い子が老人と離ればなれに暮らし、さらにまた親と子が離ればなれに暮らすということになると、時代をさかのぼる力はますます日本の現代人から離れてゆくのではないか。

その力がおとろえてゆく傾向は、教育制度をいくらととのえても、学校をいくらつくっても、おぎなうことはできないのではないか。

そのような育ちかたをして古代人となった著者のところに、現代の出来事として水俣病があらわれたとき、この人は、自分の身内から病人が出たということはなく、自分自身がチッソの被害を受けたというのでなくとも、この病気に魂を奪われた。

もし著者が都会で教育を受けた近代人であったとしたら、自分が水俣病の患者ではないのに、患者の運動と一体になるということはむずかしかっただろう。

また事実、水俣病の患者であったら、彼女は、あのように患者にかかわって話しつづけ、書きつづけることはできない。

しかし水俣病に自分がおかされていなくとも、近代的知識人でないからこそ、この人は、水俣病によって自分の魂が傷ついた。

石牟礼道子のことを考えると、おなじ時代に別のところでおこったベトナム人とアメリカ合衆国の人びとの戦い、そして今つづいているイラク人とアメリカ合衆国の人びととの戦いのことに考えが及ぶ。そこでも、共同体のための自死と、それに思い及ばない近代文明の指導的知識人の二つの感じかたの対立である。高等教育を受けた文明人には、共同体の感情が自分自身の中に湧きあがってくる人びとのことが、想像できなくなっており、それは、戦後日本の高度経済成長を通って自我を成長させてきた人にとって、水俣病におそわれた漁民のことを感じられなくなっているのと異種同型である。

今の教育がさらに進んでゆくと、私たち日本人は、進歩に進歩を重ねて、日本の伝統から切りはなされてゆくのではないか。

私は、日本の都会で育った現代日本人である。石牟礼道子の著作を、自分の感情に沿うて読むことからはじめたものではない。自分の言語とは別の言語の流れに入って読み、この著作の日本語が、現代の日本に生きていることに感謝をもった。

ベトナムを攻め、イラクを攻め、中国と敵対しているアメリカ合衆国の人びとが、自分たちの固く信じている近代文明に少し疑いをもってはどうかと、私は思う。これを絶対なものと信じてみずからを「十字軍」と見なす大統領演説を、国をあげて支持しているようではどうか。

プラトンは早くから「国家論」でデモクラシーに疑惑の目を向けているが、おなじような疑惑の目をみずからに向けるところまで、アメリカの大統領ブッシュ二世に教養を高めてほしい。

ブッシュは、ファシズムとしてナチス・ドイツ、ムッソリーニのイタリア、東条の日本を、自分たちの現在のアメリカ合衆国から遠いものに見立てているし、それに現在の日本の首相、内閣、および国会議員の多数は同調しているが、現代史の事実としては、ファシズムはすでにデモクラシーを通った国において育成され、成立しており、その育ちかたは、最大軍事力と最大の富をもつにいたったアメリカのデモクラシーの中で、全体主義として成立している。このみずからの姿を直視することなく、大統領ともども米国民が、世界に対している。

一度デモクラシーを通してファシズムに成長した日本が、アメリカ合衆国に後押しされて二度目のファシズムに進んでゆくのに、私はどう対するか。

それには、欧米からの翻訳語を駆使して日本の人民大衆にデモクラシーを教える明治以来の日本国家の流儀ではむずかしい。

日本の大学は、明治国家のつくった大学で、国家の造った大学として、国家の方針の変化に弱いという特徴を持っている。大学人がデモクラシーとか、平和とか言っても、明治国家成立以前の慣習から汲み上げるところがないと、自分らしい思想が強く根を張ることは、むずかしい。

石牟礼道子の著作は、同時代日本の知識人の著作とはちがったものだ。

この人の文章にはじめて出会ったときに私がおどろいたように、そのおどろきが新しい道をひらいたように、特に、現代日本の中での異質性がきわだっている「あやとりの記」、「椿の海の記」に、たじろがずに向かってほしい。

著者の中に生きるこどものころ。


やさしい女の人の声で、御詠歌が聞こえました。

人のこの世は長くして
変らぬ春とおもえども

こんな御詠歌の声を聴くと、みっちんはいつも、自分がこの世にいることが邪魔でならないような、消えてしまいたいような気持になるのです。雪の中を、白い着物を着て笠を被（かぶ）り、白い布で頬を包んだお遍路さんは、睫毛を伏せ、手甲（てっこう）をつけた片手で鈴鉦（れいしょう）を振りながら、片手で拝み、しばらく御詠歌をうたっていました。一銭銅貨を握って出て、お遍路さんの胸に下げてある頭陀袋（ずだぶくろ）にむけて伸び上がり、片掌（かたて）に片掌をそえてその上にお賽銭を乗せ、待っているあいだ、みっちんは自分のことを、壊れたまんまいつまでもかかっている、谷間の小さな橋のように感じるのでした。

御詠歌とお念仏が終ると、女の人は恭々（うやうや）しくお辞儀をしました。そのとき女の人のうしろに、いまひとりのちっちゃなお遍路さんが見えたのです。

その子は、背丈も躰つきもみっちんとまったく同じくらいな年頃に見えました。かわいい白い手甲脚絆（てっこうきゃはん）をつけ、白い袖無しを着ていましたが、何やらそれに、墨で字が書いてありました。まだ読めないその字を見たとき、半分壊れた橋になっていたみっちんは、なんだか危なくてならない橋の自分が、谷底に墜ちていくような気持になりました。小さなお遍路さんと眸（め）が合ったからかもしれません。その眸は、まだこの世の風を怖がっている仔馬が、母親のお腹の下に隠れてのぞいているように、みっちんを視ました。お賽銭を捧げたまんま、みっちんがべそをかけば、同じようにその子もべそをかきながら、母親遍路の腰にすがり直して、隠れるのです。自分とおない年くらいのその子が着ている白い経帷子（きょうかたびら）の字を、みっちんは、

――はっせんまんのく泣いた子ぉ

と書いてある、というふうに思ったのです。

「ほら早よ、お遍路さんにさしあげんかえ」

母親が後ろから来て、皿に盛った米を、お遍路さんの頭陀袋にさらさらとこぼしました。とてもよい音でした。

「お賽銭な、子ども衆にあげ申せ」

母親はそういってから、お遍路さんを拝んでいいました。

「この寒か冬にまあ、よか行ば、なさいます。風邪どもひきなはらんようになあ」

お賽銭な子ども衆に、といわれて、みっちんもその子も怯えた顔になりました。けれどもお賽銭をさしあげるのはみっちんの役目でしたので、足がおない年の子のところに歩いていって、一銭銅貨を渡そうとしたのです。お遍路さんの女の子が、貰うまいとして両手をうしろに隠しました。小さな掌と掌がもつれるように触れ合って、赤い銅貨が雪の上に落ちました。みっちんも泣きたいくらい恥ずかしくて、両手をうしろに隠して後退りました。

ふたりはほとんど一緒に後退りをすると、くるりと向き直り、あっちとこっちに別れて逃げだしたのです。

——天の祭よーい、天の祭よーい。

みっちんは、心の中でそう叫んでいました。恥ずかしくて恥ずかしくて、雪を被った塵箱や電信柱に、助けて、助けてといっしんに頼んでいました。それから、ふと立ち止まってこう思ったのです。

――天の祭さね去ってておった魂の半分は、あの子かもしれん。あの子は、もひとりのわたしかもしれん。

そう思ったらどっと悲しくなって、もうおんおん泣きながら、海の方へゆく雪道を走っておりました。そして泣きながら、

――うふふ、あのお賽銭な、蘭の蕾かもしれん。

と思ったりしていたのです。落ちたまんまの赤い銅貨の上に、音もなく、夜の雪が降りはじめていました。

（『石牟礼道子全集　第七巻』「あやとりの記」）

このお賽銭は、母親からもらったものだった。それをおなじ年ごろのこどもにあげるのがはずかしくて、相手のこどもも、もらうのがはずかしくて、お賽銭は二人のあいだに落ちてしまった。手段―目的という有効性の理論からすれば、無効の出来事だ。だが、この文章を読んでいると、人生そのものが無効のことと思える。それにしても、もともと無効のことだから、ここで何をしてもいいではないか、という声が底から湧きあがってくるのでもない。何かほのぼのとした感情。それが、水俣病に出会ったとき、そのもとをつくった会社に立ち向かって退かない力をつくる。

ここには、欧米の科学が日本に国策によって輸入され、国家によって育成されてから、国民のあいだに広く分かちもたれた科学言語と平行して、民衆の生活の中に受けつがれてきた共同の感情言語がある。石牟礼道子の祖母、祖母を育てた共同体へとさかのぼってゆくと、どこまでさかのぼることができるか。

日本語と日本語文学の歴史は、今の私たちの学問ではわりあいに新しいものと思われているが、ヨーロッパの英語と英文学、フランスと仏文学より古い。英語ではチョーサーの『カンタベリー物語』は、今の英国人がきいてわかるし、フランス語では、中世の物語詩『ローランの歌』は今のフランス人がきいてわかる（らしい）。日本では、『万葉集』の柿本人麻呂の歌は、今の日本国民がきいてわかり、その『万葉集』は『カンタベリー物語』と『ローランの歌』よりも年代は古い。

日本語と日本文学のつながりを通して、私たちは、日本の伝統をとらえる道を新しく見出す。その道を、石牟礼道子は、ひらいた。アメリカに対する敗戦からかんがえはじめるのでなく、明治国家の成立からはじめるのでなく、明治国家成立以前から長くつづいていた言語と感情の歴史から、法律も哲学もとらえなおす道がある。石牟礼道子を読んで、思うのは、そのことだ。

（つるみ・しゅんすけ／哲学者）

『おえん遊行』
聞き書きと私小説のあいだ

赤坂憲雄

たとえば、『苦海浄土』という作品は聞き書きの所産ではない、という。石牟礼道子さん自身がそう語っているらしい。渡辺京二さんがこんなふうに述べていた。

この言葉に『苦海浄土』の方法的秘密のすべてが語られている。それにしても何という強烈な自信であろう。誤解のないように願いたいが、私は何も『苦海浄土』が事実にもとづかず、頭の中ででっちあげられた空想的な作品だなどといっているのではない。それがどのように膨大な事実のデテイルをふまえて書かれた作品であるかは、一読してみれば明らかである。ただ私は、それが一般に考えられているように、患者たちが実際に語ったことをもとにして、それに文飾なりアクセントなりをほどこして文章化するという、いわゆる聞き書の手法で書かれた作品ではないということを、はっきりさせておきたいのにすぎない。本書発刊の直後、彼女は「みんな私の本のことを聞き書だと思っているのね」と笑っていたが、その時私は彼女の言葉の意味がよくわかっていなかったわけである。

（『苦海浄土』講談社文庫版・解説）

『苦海浄土』の方法的な秘密が凝縮された言葉とは、石牟礼さんがあるとき、渡辺さんに洩らした、「だって、あの人が心の中で言っていることを文字にすると、ああなるんだもの」という、畏怖すべき言葉であった。『苦海浄土』のそこかしこに投げ出されてあった、それらはけっして、水俣の語り部たちが現実に語った言葉の群れではない、かれらが「心の中で言っていることを文字にする」と、あのような独白になった、というのである。それゆえに、『苦海浄土』は聞き書きの手法によって書かれた作品ではありえない、そう、渡辺さんは断定してみせたのであった。それでは、『苦海浄土』とはなにものか。

実をいえば『苦海浄土』は聞き書なぞではないし、ルポルタージュですらない。ジャンルのことをいっているのではない。作品成立の本質的な内因をいっているのであって、それでは何かといえば、石牟礼道子の私小説である。

とても強い言葉である。それは聞き書きやルポルタージュではなく、私小説である、という。石牟礼さん自身が笑いとともに語った、「みんな私の本のことを聞き書だと思っているのね」という言葉を思えば、なおさら反論はむずかしくなる。語り部たちが実際に語ったことをもとにして、文飾やアクセントをほどこして文章化するのが、いわゆる聞き書きの手法であるならば、疑いもなく、『苦海浄土』は聞き書きとは似て非なるものである。しかし、それを私小説と名づけることはできるか。たとえ、「作品成立の本質的な内因」にもとづいて、という限定があるにせよ、ただちに従うことはできない。いわゆる私小説の閉じられたイメージから、『苦海浄土』は隔絶といえるほどに遠く感じられるからだ。

わたしはこの十数年のあいだ、折りに触れて、聞き書きという方法の可能性を追い求めてきた。たしかに、聞き書きにはいくつもの誤解が絡みついている。なかでも、即物的なリアリズムに縛られた聞き書きの前に這いつくばる風潮は、広範に、しかも、なかなか窮屈なものとして存在する。そこでは、何十回も話者のもとに通った、録音テープを何百時間も回した、聞きたるままに忠実に再現したといったことが、それだけで価値あるものと認められ、滑稽なほどにもてはやされる。そうした即物的リアリズムの信奉者からすれば、石牟礼さんの『苦海浄土』など、事実に根ざすことの稀薄な、まさに小説の類として退けられるのかもしれない。わたしはむしろ、聞き書き／私小説を分かつ距離は、それと信じられているほどに大きいのか、という問いかけから始めなければならない、と思う。

あらためて、聞き書きとは何か。とりあえず、それは〈聞く〉と〈書く〉から成るが、ことに〈聞く〉という側面に眼を凝らす必要がある。ここでの〈聞く〉には、たんに語り部の言葉を聞くこと以上の、はるかに深い魂の営みが籠められている。そもそも文字によって書き留めることが可能な言葉など、〈ことば〉という全体的なるもののほんの一部でしかない。〈ことば〉はそのまとう表情や声色や匂い、抱かれてある場のかたちや気配といったものから切断され、それとして書き留められることで、痩せこけ凝固した言葉に成り果てる。〈ことば〉の全体性に身を寄せることが〈聞く〉ことであるとすれば、聞き書きは即物的リアリズムとは似て非なるものとならざるをえない。あるいは、聞き書きがときに、深々とした精神のカタルシスやささやかな癒しをもたらすことがあるのは、いったいなぜか。それはやはり、〈聞く〉ことがときに、相手の魂にじかに触れるような行為となりうるからではないか。

石牟礼道子さんはとても耳のいい人であるにちがいない。聴力の問題ではない。五感がやわらかく他者に向けて、外界に向けて開かれた人といっても同じことだ。盲目のイタコもまた、視覚以外の感覚が研ぎ澄まされた、とりわけ耳の人である。かの女たちは依頼者のわずかな〈ことば〉から、じつに鋭敏にたくさんの事柄を察知し、あの世からの言伝てを紡ぎ出すようすがとする。そうして耳の人が声の人になる。

語り部たちとの出会い、そのいくつかの光景がよみがえる。

下北半島の恐山の境内で、ホトケの口寄せをしていたイタコたち。このイタコを仲立ちとして、あの世の死者たちが、一人称でみずからの死の情景やそれからのことどもを物語りする。物語の原風景を、モノ(霊)の語りに見定めた折口信夫を呼び起こすのもいい。盲目の巫女が、神やホトケの〈ことば〉を〈聞く〉、それからミコトモチとして人間たちに伝える、つまり〈語る〉のだ。それは土地の言葉=方言に縛られた語りであり、共同体の内なる幻想の敷居をまたぎ越えることはありえない。かの女たちが管掌するのは、小さな共同体の、小さな歴史=物語の群れである。そして、熊本で出会った盲僧、かれは数百段の説経節めいた語り物をたくわえた、盲目の語り部だった。異なる共同体を横断してゆく遍歴の盲僧は、気が付いてみれば、ほとんど共通語に近い語りの人であった。そこには、共同体を越えた、国家や戦乱や英雄たちをめぐる大きな物語の群れが、多くは死せる者たちに向けての供養と鎮魂のテーマを抱いて蠢いていた。そんな大きな歴史＝物語を携えた語り部たちがいた。そこには、〈聞く〉と対をなす〈語る〉があった。巫女や盲僧はあの世からの声を〈聞く〉、そして、それをこの世にある者たちに〈語る〉ことを職掌とする。しばしば巫女と名指される石牟礼さん自身が、こんなふうに書いていたことを想起するのもいい。すなわち、「白状すればこの作品は、誰よりも自分自身に語り聞かせる、浄瑠璃のごときもの、である」（『苦海浄土』「改稿に当って」）と。〈聞く〉と〈語る〉、そして〈書く〉へと転がってゆくとき、不意に姿を現わしたのが浄瑠璃であったのは、むろん偶然ではあるまい。すくなくとも、それは私小説ではなかった。

ところで、ここにいたって、柳田国男の『遠野物語』序文を思い出すのもいい。そこには、「一字一句をも加減せず感じたるままを書きたり」とあり、ときにはそれを、「聞きたるままを書きたり」ではないことをもって、柳田の不誠実さの証しとして非難する者もあった。しかし、そもそも録音機材の登場以前に、「聞きたるままを書きたり」は不可能であったし、柳田はたぶん、はじめから語り部の言葉を再現することには関心がなかったはずだ。語りの〈ことば〉をいかに筆記するか、という問題をめぐって、試行錯誤を重ねたすえに、柳田は「感じたるままを書きたり」を、いわば語りの真実を浮き彫りにするための方法として選んだのである。『遠野物語』はそうして、聞き書きという方法を底に沈めながら、かぎりなく文学の領域を侵犯する宿命を負ったのである。

あるいは、石牟礼さんに影響を与えたかとも想像される、宮本常一の『忘れられた日本人』はどうだろうか。むろん、柳田以後の民俗学が産んだ、聞き書きの最高傑作という評価が高い作品である。しかし、そのなかの一編、橋の下で暮らす盲目の乞食の老人の色懺悔の物語である「土佐源氏」について、近年、フィクションとしての側面が明らかにされつつある。そこは橋の下ではあったが、乞食小屋ではなく製粉場であった、乞食ではなく隠居の老人であった、といった事実のかけらが、ほかならぬ聞き書きによって浮き彫りにされようとしている。老人のホラ話に騙されたのか、宮本自身の創作だったのか。聞き書きノートは戦災で焼失し、十年後の記憶に頼りながらの復原・執筆であったから、忠実な語りの再現ではありえない。「日本人のおおらかな性の世界」を語ることへの欲望が見え隠れしている。身分の壁を越えた恋と性という主題にたいする、あきらかな執着も感じられる。とはいえ、依然として、「土佐源氏」は傑作でありつづけているが、これもまた、かぎりなく文学的な作品に近づいたといっていい。

聞き書きにまつわる即物的なリアリズム、「聞きたるままを書きたり」への信仰、その凡庸なる反復の所産として、わたしたちの眼前には無残な聞き書きの記録や、民俗誌の群れがいたずらに堆積されている。むしろ、ここには「感じたるままを書きたり」の暴力的な優位が、むきだしに露出しているのかもしれない。それでは、それは文学作品にすぎないのか、という問いこそが切実なものとなる。聞き書きの現場はつねに、文学としての面白さ／資料としての正確さのどちらに比重を傾けるか、という問いによって宙吊りにされている。文学／民俗学のあいだの二律背反にも思われる距離を、どのように埋めることができるのか。まさに、聞き書きという方法はそのはじまりから引き裂かれ、ある揺らぎのなかに置かれているのである。

『苦海浄土』はいったい、聞き書きの書か、私小説か。おそらく、〈聞く〉〈語る〉〈書く〉をめぐる原風景のなかに踏み入れれば、その問いそのものが無効を宣告される地点に到り着くことになる。たしかに、私小説とは、他者の気配に向けて身を開くこと、つまり〈聞く〉ことからかぎりなく遠い文学の手法であり、なんであれ〈聞く〉ことから始まる聞き書きとは、水と油のように隔絶したものではある。にもかかわらず、逆説的に聞こえることは承知のうえだが、「土佐源氏」と『苦海浄土』はどちらも、どこか私小説的な匂いを漂わせているのである。断言してもいい、宮本常一もまた、「みんな僕の本のことを聞き書だと思っているんだね」と悪戯っぽく笑ったはずだ。ほんとうにすぐれた聞き書きは、ときにすぐれた私小説でもありうることを忘れてはならない。

これはあるいは、たんに『苦海浄土』には留まらず、ほかの『西南役伝説』『常世の樹』から『あやとりの記』『おえん遊行』などにいたるまで、石牟礼道子さんの作品世界を読み解くための大切な鍵ともなるのかもしれない。どれもこれも、広やかな意味合いにおいて、聞き書きの書でありながら私小説でもある、といった妖しげな気配を漂わせている。こう言い換えてもいい、そこに数も知れぬ不知火の民の声が、その記憶が重層的に見いだされるかぎり、それは他者の魂に触れるための技法としての聞き書きの所産なのではないか、と。

さて、『おえん遊行』について語らねばならない。

ときは近世のようである。不知火の海に浮かぶ竜王の島を舞台として、物語は展開される。大風と洪水、飢饉、疱瘡（ほうそう）、旱（ひでり）、蝗（いなご）と、次々に島は災厄に見舞われ、疲弊してゆく。島は孤立を深めながら、はるかに遠い中世あたりまで、いつしか退行してゆく。そんな印象が拭えない。深い、深い島の記憶が、次から次へと湧きだしてくる。石牟礼さんはそれを、「失われた世界の詩を抱えたものたちを、どうしてもわたしは出現させたいらしい」（あとがき）と表現している。

それにしても、この作品のなかには、なんと、さまざまな声がこだましていることだろうか。口説きかけるような声、忍び泣きする声、人形たちの声、それから、深くくぐもった声、身悶えする声、ひっそりと笑う声、低く呟きかわす声……と、さまざまな声が交錯する。これはまさしく声の小説である。しかも、その声はどれをとっても、いわゆる個がかかえこんだ内面の湿った声ではない。ここには、近代小説がもてあそんできた内面なるものが、かけらも見いだされないことを記憶に留めておきたい。やはり、いわゆる私小説からは隔絶しているのである。

人間たちの言葉は、言霊というものをもっているというが、それは反対で、言霊とか魂とかが自分の宿るところを人間に借りているのかもしれなかった。……まだ形を持たぬ前の、そこらじゅうにひしめきさざめきあっている闇が、島を包んでいた。

（「第一章　渚」）

人間たちの言葉が言霊を持っているのではなく、言霊がみずからの宿るところを人間に借りているのだ、という。言霊がさざめく島ゆえに、さまざまな声が湧いて起こるのかもしれない。いや、その声はたいてい、島のかなたの、どことも知れぬあたりから運ばれてくるようだ。声はかなたから訪れる、音ずれという。

乞食女のおえんから、漂着した娘の阿茶、お千狐や片目の鳶、流人のゴリガンの虎、その母親ともいう年寄りの牛、あでやかな旅芸人の女と男にいたるまで、渚にさし出たアコウの大樹に寄り来る客人(まれびと)たちこそが、声を運んでくる。流人舟、絵踏み舟、生き精霊を乗せた舟、くぐつ芝居の舟、大嵐で失われて舟のない島には、そんな舟がときおり寄せてくる。異人たちがあの世からの消息を声に託して運んでくる。

祭りの日には、「八大飛竜権現さま、八大竜王さま、えびすさま、風の神、雨の神、大日如来さま、月神さま、闇夜の神さま、五穀の神さま、末神さまをことほぎ申す」(「第八章　蝶の舟」)と唱えられるが、たしかに島にはたくさんの神々が充ちている。風の神、川の神から、睡り神、鳴響(とごえ)神まで。悶え神とは巫女役の老婆の呼び名か。おえんもまた唄神の名をいただく。阿茶は舞の神か。この島では、人がいともたやすく神になる。「神さまというものは、千年狐のお千女はもとより、鳶の次郎や草の実や、魚や蟹や海鼠の子にいたるまで、宿っていらっしゃるのだと、悶え神の老婆たちは考えていた」(「第七章　綾星丸」)とあるが、神々は森羅万象に宿りするということか。いかにもアニミズム的な神ではある。この小さな神々の、囁き交わすかのような声に耳を澄まさねばならない。

それにしても、『おえん遊行』という作品のクライマックスは、どこか浄瑠璃やら説経節やらに似ている気がする。場所はむろん、アコウの樹の下である。――鼓の男が樹と海を背にして立ちあがり、鈴を振ると、あたりは静かになる。男はまず、この島の苦難について、丁重きわまる見舞いの言葉を述べた。いつの間に聞き取ったものか、じつに精しく災難の様を知っていて、人びとを愕かせた、という。それから、男は「この島のさきざきまでの幸いと、旅をゆくわれらがために、これよりつたない舞をご披露に及びまする」と口上を述べる。ついに、水菜のがらさの前の舞がはじまる。

そのように情愛をこめて言われてみると、自分らのことであっても、も一つ別の物語のようにも思われて、ひときわ哀れぶかく胸にこたえ、自分たちのことながら一同は泪を催した。ことに盆前の疱瘡の災難で、生き精霊になって流された赤んぼたちや老婆たちや、ゴリガンの母の牛のことが語られる段になると、いちいち、思い起せば切ないかぎりであった。じっさい、自分たちから生まれたいま一人の自分らが、口説きの中の人物に生き返って語られるのを、現に聞いたのである。

一の谷の戦の話とか、葛の葉物語とか、くぐつ芝居で聴き知って、それを再現できる者も島にはいるのだが、自分らのことを、見知らぬ他人が口説きもどきに語ってくれたのは、はじめてである。他者がさし出した鏡にうつる自分たちを、まじまじと観るような気持でみんなは自分らの物語を深く聴いたのである。

（「第六章　しるしの樹」）

むしろ、この口説きもどきの語りは、イタコか盲僧がなすホトケ降ろしにこそ似通うものではなかったか。数も知れぬ死せるモノたち、その記憶を呼び覚まし、その声を〈聞く〉こと、さらには〈語る〉こと。魂鎮めの物語＝モノ語りそのものではなかったか。劇中の劇のごとく、浄瑠璃のなかに埋め込まれたもうひとつの浄瑠璃語りか。ともあれ、ここでは、〈聞く〉〈語る〉そして〈書く〉が、とても幸福な交歓を果たしているように感じられる。これに続く、水菜のがらさの前と阿茶の舞の情景などは、まさに絶品というほかない。それは、遠い昔、はるかなところへ往ってしまった自分らの魂が、夢のような夕暮れに帰ってきて、舞っているのではないかと感じられた、そうでなければ、こんなにも切なく、懐かしいような気持ちになるはずはなかった、と。

多くを語ることはできない。聞き書きという方法への見果てぬ夢ゆえに、思い入れの熱さのゆえに、なにかとんでもない踏み外しをしたのかもしれない、と思う。それにしても、わたしはいまだ、石牟礼道子さんとのほんとうの出会いを済ましていない。故郷とアニミズムと巫女がいる祭りの風景を、いつか存分に描くことができたら、とひそかに願う。

（あかさか・のりお／民俗学、東北文化論）

『十六夜橋』

自分の内部に入りこんでしまった物語

志村ふくみ

どこからか白い霧があらわれ、おぼろに浮ぶ十六夜橋を遠くに見ている。数ある石牟礼さんの作品の中から、なぜ私は『十六夜橋』と口にしてしまったのだろう。身近かというのではなく、何か身の内の奥の方へじーんと浸みてくるものがある。物語は自分の外界にあるはずなのに、何故か自分の内部に入りこんでしまったようだ。酔のさめないまま、私は今、三回目を読み終ったところだ。

「ずいぶん古か石橋でござりますなあ。十六夜橋ちゅうは、あれでやしょうか」

三之助はもすこしちゃんと、志乃を連れて向うへ渡って、臘梅の木や水車小屋をたしかめなかったのが、心残りだった。

「石の橋？ 板の橋でござりやしょう」

徳一坊は答えた。

「昔はな、美しか石橋がありましたげなばって、山壊(やまく)えがあって、志乃さまのお家の水車小屋も、その橋も流されましたげな。

壊ゆる筈のなか、よか橋じゃったが、袂にあたる土手ながら持ってゆくよな、山水（やまみず）が来ましたげなで。昔の話じゃ。今は板の橋になっとりやす」


まず、何より酔をさまさねば……

私がはじめてこの物語を読んだのは十年ほど前、京の北の山の中でひとり暮しをしている時だった。来る日も来る日も渓流の音と共に物語の中にいた。その時聞いていた音楽が、一頁毎に浸みこんでいる。今再び、一度、二度、三度とこの物語の奥へと身をおく時、語る言葉を失って、〝花の散りぎわ、夢のうち〟などとぼんやり呟いたりしている。書かねば……と身をひきしめて再び頁を繰るや、いつしかその細部にまで光が射し、作者の冴えた彫琢の鑿（のみ）のあとが鮮明にみえてくる。一層、二層と、掘り下げ、深められ、ようやく築き上げられた物語の全貌と部分がつかめたかと思うあたりから、この世の足場がすーっと消えて、私はあらぬ世に誘（いざ）なわれてゆくようだ。

作者は、架空の世界からみちびき出す想いの糸を練り上げて、現実の矛盾、重圧に耐えて絞り出すように描きこんでゆくものなのであろうが、石牟礼さんは、堅固（けんご）なこの世の骨格をあぶり出しつつ、異次元へと人をさそいこむ高度な妖術、いえ、秘術を持ち合せていられるのだろうか。


志乃は夢をみる。

お糸さまの眠る梨の木の墓、白く灯（とも）り出ている花の散る頃、そして胎の中の赤子（ややこ）のような石梨の実のこぼれ落ちる頃、鬼灯（ほほづき）、蛍河原、精霊舟（しょうろぶね）、盆灯籠、白檀の香り臘梅など、まるで螺鈿細工（らでんさいく）をちりばめたような世界に、志乃はただよっている。

志乃の中では、遠い記憶も近い記憶も一枚一枚の景色として想い出された。心の底に染みついて、くゆり立つ瘴気のように、憎悪やかなしみがあらわれる。そういう記憶は、いや記憶というのは当らない。吹く風や草木の香りに促され、むかし自分がそこにいた景色の中に、戻ってゆくのである。ことにも花々がいっせいに散り敷く頃などは、戻ってしまう世界の中で、地に湧く靄（もや）と志乃の吐く息とはひとつになるのだった。日常というものの境界を超えて向こうに行きすぎたりしても……

――嬢さまなぁ、あといくつでお糸さまになられやす？

重左の声がする。

――重左、どこにゆきよると？

――梨の花の咲くところでござりやす。

そういう声はやっぱり三之助である。

志乃は若い三之助のことを時々重左と呼ぶ。

もうこの世にはいない重左を三之助にかさねてみている。

（そうじゃった。わたしは、お糸さまになりよるとかもしれん）

非常に哀切で親密な感じに胸を縛られて、志乃は目をさました。

この物語の発端は、お糸さまの舟心中の凄惨な場よりはじまる。その縁つづきである志乃、むすめ咲、まご綾、小夜という、女性の精のような業を背負うた姿がみえつかくれつする中に、重左、三之助、直衛、国太郎、秋人、樫人、仙次郎などの男性との縁（えにし）の糸がもつれ合い、からみ合い、裁ち切られ、まるで浄瑠璃の人形の中に灯がともり、生きはじめるようだ。虚が実にいれかわり、生身の人間の精がはらはらと崩れ折れ、狂おしい世界に生きる可憐さ、いとしさに身を縛られる。

この物語の主人公は、志乃と重左である。

ことにも重左は胸にしみ入る男である。

九州の南の果の小さな島に生れ、主に仕え尽すことしか考えない稀にみる重篤な心情のこんな男は、今の世には決して存在しない、と思うのだが、突然掘りおこされたように、私の中に重左はいた。九州の海辺に生れた養父の底あたたかい愛情につつまれて育った幼い日のことを思い出した。重左ほどの人物ではなかったとしても、その素朴な一徹な情の濃さは、決して女にはないもののような気がする。女はどこかでそういう男性を思い描いているのではなかろうか。いつか石牟礼さんに、「重左のような男がほんとにいるでしょうか」とおたずねした。「あなたは男性をよくかきすぎる、といわれました」と石牟礼さんは笑ってこたえられた。たしかに、石牟礼さんの内(うち)にのみ存在する男性であるかもしれない。

少年の日、重左ははるかに想いをよせた主家のお糸さまの非業の死をまのあたりにする。その血糊のついた亡骸(なきがら)を舟より抱き上げ、岸へはこぶ役しかあたえられなかった重左は、はじめてその美しい死顔をみつめる。生涯その面影を胸の奥深くに抱くようになる。ふたたび縁つづきの志乃に仕えるようになった重左はもはや老僕であった。秋人という許嫁(いいなづけ)を亡くし、空蟬(ぬけがら)のようになって、没落した里から婚家に嫁ぐ志乃につき従ってきた重左は、時折、お糸さまと志乃がかさなってみえる。志乃もまた「私はお糸さまになりよるかえ」とつぶやいたりする。

仄闇の中の六つ辻のようなこの世にない時間があらわれて、自分はもう未来永劫の中の人間だけれども、前世のように思えるこの世に生きている——今日はあっちの方に往(い)っておらいます——と人々がささやくのも無理はなく、前世はお糸さまであったかもしれないと、遠い国を透かすようにみているのだ。

——こんなに黒う腫れあがって、親御さまからいただかれた足をば。

眉毛のさし出ている下に、善良そうな目が、ふかい悲哀をたたえて沈んでいるのを志乃はみた。その爺の向うに、不揃いに脱いだ塗りの下駄がみえた。履き古していたが、それも重左が長崎から買って来てくれたものである。錆朱色の金襴の緒で、藺草(いぐさ)の表がついていた。暗闇に近い小屋の中で、かすかに色の浮き出ているものといえば、水色の蹴出しと下駄の緒だけである。幾度か、膏薬のこげる音と匂いがみちて、重左の手がわなわなすると思って振り返ると、膏薬をつけ終った老爺は、志乃のくるぶしを自分の膝の間に置き、胡麻塩頭のちょん髷を押し伏せていた。

――わしが、お育て申しやした。

重左は嗚咽しながらそう言った。

うす暗がりの油じみた小屋の中に浮ぶ老爺と志乃の影が、錆朱色の鼻緒と水色の蹴出しのあざやかさをひきたてて、さながら名画のように浮び上る。私は何ど読んでも心に刻まれたこの場面で目を伏せる。やがて婚家先で心を病むまでに異なる世界に生きるであろう志乃の行先を予感し、若死したお糸と志乃のあわれさがかさなり合い老の身にこたえきれない悲哀をまねく。現世は前世の透し絵なのだろうか。

形あるものは形なく、形なきものは形あるという不可思議な廻り灯篭のような世界を展開する。

石牟礼さんの作品は、いづれも私達の日常には、及びもつかない深層へ、静かに筆をすすめ、あたかも導師であるかのように現実にまみれ、まどろんでいる者を覚醒させる。世にもこんな美しい情景があろうかと、気もそぞろに、お志乃さまのあらぬかたへ共に埋没しかねない私であるが、それならば全篇幻想的非日常の世界なのかといえば決してそうではなく、私が何をおいても深く納得させられ、敬慕せずにはいられないのは、この作家が、人間の柵や、煩悩をしっかりとらえて、ひとりひとりの骨格を見事に描き切ることである。ことにも、志乃の夫、直衛はこの一族の頭として中心的存在であり、石の神様といわれるほどの独自の倫理と美意識をもった人物であるが、経営の才は別物で周囲の者をはらはらさせる。すでに持山のいくつかは人手に渡っている。娘婿の国太郎は舅の直衛と全く相反する性格であり反発しながらも品性において通ずるものがあるのか。いざという時には直衛を支えることのできる気骨ある人間である。

「人は一代、名は末代ちゅうが、セメントも鉄筋も、今いま出来の品物ぞ。石にくらべりゃ、何の格もなか。河川や築港工事に限らず、物事の土台というものは、地中に深う埋めこまれて世間の目には見えん。じつはこの見えんところが一番肝要じゃ。四十年、五十年と経ってみろ。百年経ってみろ。どういう仕事をしたか後の世にわかる。道路ちゅうもんは先々に生きてくる。今の事業家どもは、一代ももたんようなやっつけ仕事をして、手広くこなすばっかりが、よかと思うとる。末代にかけて仕事はせんばならん。見ておろうぞ、あの人間のする仕事をば」

信用が看板ぞ、と直衛は言う。物を創る人間の真骨頂というか、直衛のいう仕事の世界というものは現代にも通じている。地中に埋めこまれた見えんところが肝心ぞ、という言葉どおり、十年前、そして今八十歳になって再度私は、この『十六夜橋』をよみかえすと、今更のように胸がいたい。どんな仕事をしてきたであろうかと。小説は一度読んだらおしまい、というのもある。読めば読むほど引きこまれてゆくものもある。この小説は、地中の見えないところが次第に浮び上り、まだまだ読み足りない気がする。それはドストエフスキィの小説をよむ時と全く一緒である。何度でも読みたいのだ。

それは文章が生命をもっていて、ひとりひとりの人物の言葉が、何と格調たかいことだろう。とても現代の人間の真似のできないもの言いの品格、美しいとしかいいようがない。この地方の方言というのか、人を人が尊び、敬いつつ生きている。どの会話をとっても、古木の立派な葉のような、渚の波にあらわれた貝殻のような、ゆるぎない格調をもっている。石牟礼さんの文学が、今の世に類い稀なのは、霊力にも近い見えざるものの言霊をみちびきよせ、その背後にあるものと全く一体になって綯いまざってゆく生命力のたしかさによる。年齢をかさねてふたたびこの物語に出会った時、私の中で確実によみがえり、芽生えたものがあるような気さえする。人間は年老いても吸叫したい欲望をおさえることができないのだろうか。孫娘の綾は幼い石牟礼さん、みっちんを思わせ、すでに見えざるものをみている。

志乃と綾はどこかで鈴の音（お糸の魂といわれる）とつながっているのか。互いに囁き合ったり、忍び笑いをもらしたり、時折、鞠つき唄などを唄いかわす。

菜のはな　ひいらひら
蝶々さんが　ひいらひら
ひらひら　ひいらひら
梨のはな

蝶々さんが　ひいらひら

糸さま舟で
ゆーらゆら

志乃はひどく稚ないような表情になって、祖母が孫におしえるという感じではなく、二人でかけ合って、無心にうたっている。——そんな情景を描いていると、私自身、お志乃さまを身内のように思ってしまう。

「曇り空の夕焼けのごたる、衣裳じゃった。山蚕（やままゆ）で織らいたちな」
「くちなしの実やら、蓬（ふつ）やら摘んで寄せて、染めらいたちゅうよ」
「ああいう染め色は、あんまり見らんな。内光りして」

まさにこれらの会話はもう内々の私たちの世界である。どうして石牟礼さんはこんなに織ものの核をご存じなのであろう。
志乃は、あまりに織物に打ち込みすぎる。陽の長い夏の夕方、納戸の縁側で、糸目も定かでないような織り目に、顔をくっつけている志乃を直衛が呼びに行く。

「もう、たいがいにせんか」

一瞬、志乃は吐息の中から吐いていた糸を背後からふいに断ち切られた気がして手にした杼をとり落した。足の甲に杼の先があたって、志乃は声もなくしゃがみこむ。

私は何か無惨な気がして、「いたかろう」と口にしてしまう。杼の先には金具がついていて、足の甲にあたれば耐えがたいほど痛いのだ。機にかけていたのはやわらかい白い生絹だった。蚕が自分の口でつむぐ繭の、いちばん内側を織るとき、こういう気持かと志乃は思いながら、昏れ入る光があわい糸目を染め、さざ波の影めいて散るのに吐息をついた。その時、背後に直衛の声をきいたのだ。それはまるでわが身の上におこったような思いがして、私ははっと思い出した。

四十数年前、夫や子供と別れ、織物にすがり、ようやく生きる道を見出した時のことを。女としての陽のあたる部分を捨て、織物が自分の伴侶となったのだ。足の甲に杼の先が突きささった痛みを私は自分の悲哀そのもののように感じた。その青く腫れ上った足を重左がみつけて手当をする。自分にはみせず重左に介護される志乃を直衛はうとましく思うのだ。しかし直衛は、志乃を心のどこかで大切にいとおしく思っている。長崎で蠟梅色の透きとおった亀甲の無地の櫛を志乃のために求めてくる。しかしそのついでに若向の青貝入りの梅の花びらをかたどった象牙の櫛を小夜のために買い求める。小夜は三之助の姉でかつて楼妓であったのを直衛が長崎に家をもたせてかこっている。

その小夜には仙次郎という恋人がいて、二人はついに道行の運命となる。

そんな終末に近づくにつれ、私は何か妖しい胸さわぎがする。幼い綾が異常なほど三之助を恋い慕い、「えらい人恋ししゃするが、早死するとじゃなかでしょうか」。「前世は、夫婦じゃなかったろうか」と母親は案じる。ゆきずりの人と人とのかかわり合いとはどうしても思えない。何か抜きさしならぬ深い縁を結んでしまうこの一族。石牟礼さんの物語は、天草から水俣へ移りすむ人々の、この時代に天から降り、地をゆるがす大きな受難と結びつく。決して避けては通れない時代の烈風の中に、毅然として立ちつくし、大きな慈悲の衣の中に人々を包みこんで、筆に托し、精魂果てるまで描き尽す。その石牟礼さんの生き方がそのまま、それぞれの物語の中にちりばめられ、人間の極限の哀しみを射し貫くように読者の心をゆさぶるのである。

私は体調を崩して以来、本を読むことができなかった。ごく些細なことで胸が遣られ、今の時代の惨たらしさに耐えられず、テレビも新聞もみられなかった。ようやく一年ぐらい前からぼつぼつ恢復し、本を読むことができるようになったが、まだ本格的な小説をよみこむことができなかった。しかし、藤原さんと以前にお約束して、解説をかくなら『十六夜橋』などと思わず口走った手前、おことわりもしかねて、思い切って再度、『十六夜橋』を手にした。思いがけず、私は思いきり、『十六夜橋』に没入してしまった。

それは私がいくらか恢復したきざしであるかもしれないが、石牟礼さんの内から発する稀なる妙音に魅入られてしまったのだ。奇しくも水俣から誕生した『苦海浄土』は、石牟礼さんの筆をとおして、人類の直面した苦難を世界に知らせ、『不知火』の能演では、ただならぬ領域にふみこんでゆく霊鐘を打ちならしひびかせた。

そして今、石牟礼さんの全集が出版されようとしている。何か重い、暗い大きなものを真摯に、私自身の中でどれほど受けとめることができようか。

雪の海に身を沈め、苦行する人々の念仏の中に、志乃のひとまわり小さくなった姿をみつけ、咲は

抱きよせる。「おっかさまっ」これ以上のない親しさをこめて、

帰命頂礼地蔵尊
無始よりわれら流転して
いつか生死を離るべき

無間焦熱大叫喚
名を聞くだにも恐れあり
まさしく魂ひとりゆき
焔に入らんかなしさよ

身も魂も凍る中で祈る声は、はるかな領域に誘なわれてゆく法悦とも、荘厳ともいいがたく志乃の上に響いている。沖の方をみつめて、「美か舟じゃなあ」とつぶやくのは、志乃の待ちのぞんだお迎え舟である。

笛の音か、鐘の音か、かすかに聞きとれる音の中を、重左の漕ぐ舟が次第に近づいてくる。十六夜橋をくぐりぬけて――。

（しむら・ふくみ／染織家）

『水はみどろの宮』

詩の発生に立ち会う

伊藤比呂美

（たぶんこの物語の舞台となっている）熊本と宮崎の県境のあたりは今はもうずいぶん杉の植林に変形させられているけれども、もともとは照葉樹林の濃い山また山で、険しい山間にはやまめの棲む渓流が走り、棚田があり、そのために（たぶんこの物語の時代となる）江戸後期にさかんに作られたアーチ式の石橋があちこちに架かっている。近代の道路をはずれ、人里もはずれて分け入っていくと、人目に触れにくいようなところにひっそりと架かっている。雄亀滝橋（おけだけばし）はその中では最古の、文政元（一八一八）年に架けられた橋である。

そこから山をいくつか越えていくと阿蘇の外輪山につながり、あの壮大なカルデラ地形がひろがっていく。季節によってその一帯が、雲がかかったり、草波が揺れたり、すすきでまっ白におおわれたりする。中岳にある火口は、ときどき激しく噴火して火の石を飛ばす。ぎざぎざの尾根が見えるのは根子岳で、土地の人々はいまでも、あれが「ねこだけ」、猫が死にに往くところだとささやいている。

時間と場の設定はとりあえずわかったから、その時代と場所をもっと限定してみたくなって探しまわってみたのだが、どうしてもつきとめられなかった。ざっくりと時代と舞台は設定されてあるけれども、あとは石牟礼さんの想像力のおもむくまま、山と川の霊性とでもいうところに、いちばん近い場所、いちばん近い時代という、夢のような場所でもあるのだろう。

そこでわたしも夢の中に足を踏ん張り、とりあえず主人公のお葉(よう)はどうなったのか、何が起こったのか出来事を理解しようと思ったが、出来事は、語られるそばから、記憶と現在の現実を行ったり来たりする。きのうと今日の区別もつかないときさえある。一億万年も昔に一気にさかのぼるときもある。もともと日本語の特色でもある時制の不統一がそれを手伝う。その上、お葉もごんの守(かみ)も、超人的な跳躍や瞬間移動をさかんにして、水の中や山の中にも動いていく。物語のすじを追っているうちにすっかり混乱して、自分さえ見失いそうになったのである。自然の光景は、聞こえる音も目にうつる色も、じつに夥しく雑多であり、それらが比喩やオノマトペやさまざまなイメージで描かれていくうちに、もう、ただ、ただ、夥しいだけ、そこにあるのは夥しさだけ、ということになり、その中でわたしは立ちすくんでしまったのである。

しかし、目をこらしてみたら、植物の繁茂を見極めることができた。どんなに繁雑な夥しさの中でも、照葉樹の森や阿蘇の高原に咲く花だけは、きちんと季節季節の変化するとおりに咲いていることに気がついた。それを追っていけば、物語の時間軸もすっきりと見えてくることに気がついた。

物語がはじまり、七歳のお葉は芹(せり)や蓬(よもぎ)を摘む。山桜が咲き、エビネが咲く。

樟(くす)の木がすっかり若葉になり、山藤が咲く。

葛の蔓がはいまわり、葛の花が咲く。ススキが穂を出す。マユミが紅葉し、花鈴(かりん)のような実がはじける。老婆がセンブリを摘む。雪が降り、お葉は八歳になり、馬酔木(あしび)がつぼみをつけて、梅が咲く。

そして物語はおわる。

この九州の山の植物の繁茂だけが「事実」として、すみずみにまで行き渡る。

植物の繁茂は、九州の山々ではじつに獰猛かぎりない。

物語の中では、人の心はおだやかで、自然を信心している。獰猛である山犬や猫や狐でさえ、かぎりなく信心深く、獰猛さの裏に優しい情をあふれんばかりに持ちあわせている。

たけだけしく獰猛に、山に根を張って生き抜くのは、植物なのである。


この物語の主人公は、山や川の奥の声を聞き取る少女お葉であるけれども、彼女の周囲には、山や川の世界につながる存在がたくさん置かれている。

祖父の千松爺は、渡し守である。この職業ほどこの岸とあの岸をつなぐものはない。そして、同じく渡し守だった人々、その話や宿命やかれらの声などを、考えずにはいられない。


「なあお葉、人間ちゅうもんはこの、川というものに養われとる。川に流れ寄ってきたものやら、土手に生い育っておるものなら、誰に遠慮もせずに貰うてよか」

と千松爺はお葉に教えた。

行き倒れの山伏や竹の笊をつくる山の衆という存在もそうだ。物語を語って歩いていた人々の生活や生き死にを考えずにはいられない。

ササラやヒチリキなどという音にも、昔のうたや語りの世界を、その声とリズムを思い出さずにはいられない。「胸がずきんとするのはどうしたことか。誰もめったに聴いたことのない、遠い昔の音色が、どこかでひとりでに鳴り出す気がするからだろうか」とあるように、めったに聴くことのない音色ではあるけれども。

それから後半の主役となるおノンの、母猫としての獰猛さを思うと、同様の獰猛さをもって日本の山々を生き抜いてきた山姥たちのことを考えずにはいられない。

その中で、山や川の奥なる声を聞き取るお葉は、犬や狐とつがうものとしても描かれているのだ。

何をするにも急がなくなった千松爺は、ゆっくり山の道を歩いてきて、竹の葉の舞う黄金色（こがねいろ）の林の中で、お葉とらんが、なかよさそうにたわむれあっている姿を眺めて思う。

「もしや、わしが早うに死んだら、らんよ、おまえが婿殿（むこどの）に、ちゅうわけにもゆかんのう」

千松爺の妄想だけではない。村の子どももそれは気づいていて、「犬の嫁御ぉ……。」とはやしてる。

犬のらんは何も言わないが、狐のごんの守はもっと積極的、人間の山伏のかっこうでお葉の前にあらわれるとき、彼はロマンチックな美男子ですらある。

ごんの守に「愛らしや」といわれ、「おれの姫御になりに」と誘われ、「お葉、お葉。おれの大切な姫御前」と呼びかけられるお葉。お葉のほうでも、「鼻がすうっとした兄（あん）しゃまじゃ。どこから来た人じゃろう」と思い、何度も逢いに行き、仲良くなって、「ごんの守の手にはちゃんと狐の毛が生えて、山のけものの匂いがむんむんしていた」と体臭まで嗅ぎ取れるようになる。犬とつがった伏姫や人とつがった狐の葛の葉などという存在を思いだしながら、たとえ今は幼くてもいずれ恋をするだろう、よかったよかった、相思相愛、恋愛成就、などとよろこぶのはまだ早い。物語の本質は、もっと別のところにある。

イメージの過剰さと時間軸のあいまいさ、山や川への共感と記憶、野の植物の繁茂繁殖。美男子の狐との相思相愛。それだけではないのだった。わたしたちを感動させるには、「本質」がなくてはならないのだ。それが詩だった。詩の発生に立ち会うことであった。

詩ならばそれまでも出てきていたのだが、第五章でのお葉のごんの守への名乗りの部分にくるまでうっかりと気づかずにいた。それらがどんなに大切なものか、どんなに純粋なものか。

それまでもちらちらとお葉をみつめていたごんの守が、とうとう、山伏姿であらわれて、お葉にむかって名乗るのである。

やあ、やあ、
われこそは、
釈迦院川の山奥の千年狐、
穿(うげ)の宮(みや)ごんの守(かみ)なるぞ

彼は、狐ではあるが霊的な存在でもあり、時代がかっていることにも名乗りをあげることにも慣れているのだ。でも名乗られたお葉は、そうはいかなかった。お葉は、ことばを声に出して自分が何か語るなどということは、したことも、考えたこともなかったのである。はじめて声を出す。詩を生み出す。その前の研ぎすまされた感覚。緊張。力をためて、一気に押し出すようすが、ここに描かれた。それは、お葉だけではない、だれもが、声を出して詩を生み出そうとするときに経験することであろう。それが、つぎの詩なのであった。

ごんの守は、考えごとをするように、しばらくそのほそいお月さまを見上げたが、金色みどりの目を、ゆらっとさせてお葉を眺めた。今にも飛んでゆきそうに、姿ぜんたいが、しろしろ発光してみえる。お葉は思わず、声を出した。

あ、あの
あたしはなあ
お葉
千鳥州(ちどりす)の
渡しの
お葉

詩の原点。詩の根源。

現代詩だの近代詩だのとみみっちいことをいってるのではない。

詩にはもともと用途があった。まじないとしての詩。のろい、いのり、ことばの力を借りてものを動かすという。うたとしての詩。手のとどかぬもの（神？）に声を伝える。かたりとしての詩。見聞きしたことを語る。

その発生に、わたしたちは立ち会ったのだ。

お葉のことばに、狐はこう答えた。

「お前がくるのはもう、千年前からわかっておった。（中略）千年のむかしから、あそこの淵に、お葉がうつっておったぞ、あの花冠で。愛らしや、よう来たな」

（中略）お葉は、自分も千年むかしに、淵にうつっていたような気持になってしまって、ごんの守の神秘な眸のことを、歌にしてこうほめた。

あや、
ごんの守の
兄（あん）しゃま
その美しか目ぇは

なんの　あかり

古事記にもそういうのがあった。あめつつ、ちどりましとと、などさけるとめ、あなたはなぜそんないれずみのある目をしているの、と少女がきくと、美しい少女をさがしているのさと、目にいれずみを入れた男が答えた。外国の民話にもあった、おばあさんの口はなぜそんなに大きいの、おまえがよーく見えるようにさ。

ここでは、山伏姿のごんの守が、「片足をそろりとさし出すと、錫杖（しゃくじょう）で、かろく岩をついた。しゃらーん。力づよくて、なんともすずやかな音だった」、そして、

よっくきけ
目のなかに
ともった　あかりは
山の奥　穿（うげ）の宮（みや）の
水はみどろの
おん宮に
まいらんための
あかりぞ

と答えた。
そのとき気づいたのが、それまでのこの物語をおおいつくしていた夥しさ、繁雑さ、沼気のふつふつと立ち上る底なし沼のような過剰さは、この詩の発生を生み出すためにあったということ。詩を発生させたのは、お葉だけではなかった。信心深いおノン猫もそうだった。おノンは猫嶽でおこなわれる祭典の祭典長となって、儀式に参加したのである。

ひっそりした平たい岩の上に、白い奉書がたたんであった。おノンはそれを眺め、冴え冴えとした天を仰いで立っていた。お月さまに従っているあの一番星が、ひときわきらきらと身じろぎはじめ、それを合図のように、夜目にもおごそかな大銀杏が、いちまい、またいちまいと葉を散らしはじめた。

消えていった花鈴たちの声が、そのときおノンの頭によみがえった。言葉が生まれそうだった。おノンは落着いて奉書をとりあげ、ゆっくりとひろげた。なんにも書いてなかった。

や、そうか、お試しにあうのだな。

そう思ったとき、一番星の光がきらりとおノンの胸に宿った。小さな言霊が生まれ、胸の中で舞いはじめた。いぶし銀の裲襠の袂が風にひらりとする様子が、宵闇の中にひそんでいる精霊たちに見えた。

似合うぞ、おノン。精霊たちはわくわくして言葉を待った。さあ、白い紙を誦んでみよ。そのはげましはおノンにもわかった。最初の声が出た。

はたての空を　往き来され申す
日月（にちげつ）の旅の　ひととき
ここなる野原の　おん旅所（たびしょ）にて
お祝い申し　たてまつる

うたはつづき、精霊たちの「だんだん暗く　なるぞやな／だんだん暗く　なるぞやな／夜がなければ朝はない」という合いの手が入れられて、やがて、おノンの長いクドキになる。

さて申しあげ候には、いと尊（たっと）き陽いさま、月光さま。ここなるあたりの、山々のぐあいは、以下の通りにてござり申す。

夏の終りの嵐にて、六十年に一度だけ、稔るはずの笹米の、竹という竹が、稔らぬ前に六百本倒れ申しまいた。鳥たちばかりのみならず、人間たちさえ、笹米とれると待ちうけておりまいたにもかかわらず、たのしみ無くなり申し候（そろ）。ふもとの田んぼの稲という稲、ぞおろりとたおれ、村々のなげき、聞くだに気の毒ににゃあ、わが身のこと申すは恐縮ながら、川の渡しのお葉が舟も、こわれもして、わたしがいただくご飯の粒もぱらぱら、お葉も爺さまも、けちんぼうではなけれども、さぞかし悲しかろと思い候（そろ）。川の魚も口に入らず、猫がそうなるは仕方なけれども、人民どものなんぎ、心配、百年に一度の地震までござ申して、陽いさま、月光さま、空の上からご覧じのとおりにてござまいる。

詩の発生に戦慄して見直してみると、この物語には、はじめからそこかしこに歌が置かれてあったことに今更ながら気がついた。

うつくしか山の姫神、
風の神、なよ手の速足の神々さま。
お使い犬のうしろにつけて、
わらびのごたる孫をば、
あいさつにゆかせ申しやす。
今日とれた魚の、いちばんよか魚をば、
おみやげにさしあげ申しやす。
お山のじゃまにならんうち、
早う押し戻して下さりましょ。
お山のじゃまにならんうち、
早う押し戻して下さりましょ。
（これは千松爺が山の神さまに挨拶したときの文句）

水底の水のお宮の
夕陽かげ
花かぐわしく
暮れてゆくかも
(これは藤の木の神さまである白蛇に出会ったときの呪文)

去年　ほうほう
去年　ほう
ゆく年ゃ
寒む　寒む
(これはこうぞう鳥の婆さんがうたった)

水にうつった
あの花は
この世の奥の
花ばいな
とろと　思うても

とれやせん
（これはお葉がうたった。もともとは母親のおふじがうたった）

水はみどろの
その奥に
まことの花の
咲けるかな
いざ一息に
身をば投げえーい
六根清浄
ええーいっ
（地震のあとで、ごんの守が新しい水の道をとおしたときのかけ声）

えーい
えーん　やあ

あけのもどろの
ひかりさし

よろずが原は
紅葉の　にしき
千草　ももぐさ
かぎりもないが
尾花すすきの
ひかり波
(ごんの守がうたう花扇作りのうた)

こういう詩を、長い間わたしは書きたいと思ってきた。現代詩の詩人として詩を書きはじめたから、詩といえば、自分のことを書くものだと思っていた。今もそれから逃れられない。でも同時に、口承のことばにこもる夥しい声の力にひかれて、それはまじないだったりうただったり語りだったりしたけれども、それをなんとか再現したいと思ってきた。でもここにわたしというものがあり、肉体があり、性があり、意識があり、それがじゃまになり、書き出せずにきた。これからも書けないだろうし、よし書いてみたところでそれが何なのか、何の表現なのか、わからないのであろう。

そう思っていたものが、この中にこんなにあった。

だれが書いたかといえば、たぶん石牟礼さんであろう。個人である。

以前石牟礼さんの詩集を読んだが、あれはたしかに個人の意識で書かれた現代詩だった。それはとても美しかった（わたしはじつは個人の意識から離れられない現代詩というものも、キライじゃないのである）。

でも「水はみどろの宮」の中にちりばめられて、ほとんどこの物語を、歌物語かミュージカルのようになしている夥しい詩の群れ。この詩たちは、石牟礼さんが書いたとはいえども、個人のしわざではない（どうしてかはわからない）。人の声が集合して、人やものを動かす、災いを取りのぞいたり神さまに声を伝えたりする、そういう力を持つと信じられていたころのことばをそっくりそのまま再現してある。

山や川の奥深くにひそむ精たちを生き返らせるためにこの物語は語られてきたが、同時に、今はもうすっかり力を失ってしまった人の声、集合したときのその力を生き返らせるために語られたのではあるまいか。

大昔に読んで感動した『苦海浄土』のことはさておいて、「水はみどろの宮」が出た二年後の九九年に『アニマの鳥』が出た。あのときは、心の底から揺すぶられた。島原の乱の話なのである。歴史的な事実として確立している島原の乱という軸があり、人々はその周辺に生きて、斬られたり撃たれたりして、みんな死ぬ。しかし死にいたるまでの人々の生きる行為が、あまりにこまごまとなまなましく描かれているので、生きるという行為が死に負けないのだった。おおもとのところに、深い慈悲の心、死をあるがまま受けとめて死者をあだやおろそかにしない心があって、それで死が浄化されていた。人々の暮らし、生き死に、感情や表情、食べたりしゃべったり汗をかいたり、そういうものの夥しい集積の上に歴史がある。それをことばであらわすのが、文学をつくる、という行為なのだなと、あの本を読んで感じたものだ。

二〇〇四年には能の『不知火』を読んだ。見たというより読んだのである。古典を自分（わたし）にリンクさせるというのは、こういうことかと思い知った。そこに書きつけられたことばはどれも、石牟礼さんという個人の発したことばでありながら、古典がるると受けつないできた夥しい時間、夥しい人の声に、呑み込まれていくようであった。

こうしてみると、「水はみどろの宮」が、つくりあげた世界もまた同じだった。るるとひきつがれてきた夥しい人の声。声。人の声の集合である詩。詩。

それが力強く、美しく、不思議でおだやかな少女の物語と、植物のたけだけしく繁茂する山や川の風景を結びつけているのだった。

（いとう・ひろみ／詩人）

『天湖』不可能を可能にする魂

町田 康

この、『天湖』という小説では、つねにふたつのものが対比され、その対比による緊張や軋轢が小説の推進力のひとつになっている。

若い頃に出郷し、東京で死んだ祖父の骨灰をダムの湖底に水没した天底村に撒くためにやってきた青年である柾彦は、人造湖の堰堤近くに馬酔木の群落を見る。

陽の光は層をなして木々の上に散乱していた。どっしりとかがまった馬酔木(あしび)の群落に、そこらは囲まれていた。よく見れば、じつに形よくととのった葉がびっしりと重なり合っている。絶え間なくうつろう微細な光を一枚一枚の葉にまぶしつけているために、樹の全体は黒々と厚い陰影を帯びていた。そんな樹を交えた雑木林や杉林でつながれた山々を湖面は映し出し、思惟的な光芒がふたりを取り囲んでいた。

思惟的な光芒というのはひきつけられる言葉で、引用部分は樹々のこと、陽の光のこと、ふたつながらを語っているが、その直後、生前の祖父が郷里の馬酔木の森の、陽の落ちる前に微妙な音で鳴るという話をしていたという回想があり、柾彦は、祖父が坪庭に置いていた盆栽の馬酔木といま眼前にある馬酔木を対比、

目の前の岸辺にかがまっている馬酔木の、大きな群落を見れば、あの鉢植えの哀れな姿が思い出される。

と述懐するのである。

ここで対比されるのは自然と人工物で、その際、自然の馬酔木はどっしりとして美しいものとされ、鉢植えの馬酔木は、空気の汚れがしみついた哀れなものとして語られる。

しかし注目すべきは、そのような内容の中でもまた別の二項が対比されているという点で、山の馬酔木の森がささらのような気持ちのよい微妙な音で鳴る、という、「まるで秘めごとでも打ち明け合うような祖父と孫の会話」は、外を行き交う電車や長距離トラックの音にぶった切られ、同時に別のレベルの対比、すなわち秘めごとのような会話と機械音、もっと言えば、精妙な楽音と粗野な雑音として対比され、その際、精妙な楽音は粗野な雑音にたやすく敗北するのである。

というのはともかくとしても、このように作中のいたるところでふたつのものが対比されており、例えばそれは、具体的に言えば、ダム建設推進論者と反対論者であったり、「胸乳の形のあらわ」な、「なんとも災いのもととなりそうな」Tシャツというのを着ているお桃と、厳粛な儀式に臨んで、「神代

の姫のごたる」装束のお桃であったり、教典と寺を備える仏教と伝承されて来たに過ぎない民間の信仰であったり、正史という大きな物語とその無名性において圧倒的な小さな物語の対比であったりするなど、様々な水準、規模での対比がなされるのだけれども、しかしもっとも頻繁に現れ、重要な主題にもなっているのは夢と現実の対比である。

この場合の夢そして現実とはどういうものであろうか。

作者は夢を本当のことと思う老いたる女、おひなにこのように語らせている。

「夢が本当でなからんば、何が本当か。この世は嘘の皮でできとるじゃろうが。お前も、母さんばよう騙す。わたしも人に言えんことは隠しとる。この世は嘘の、仮のことと思わにゃ、生きてゆけるか。お前の打ちかぶった借金のことも、わたしの、薬製造も束の間のこと、ほんのちょっとの間、悪か夢見とると言いきかせんことには、生きてゆかれん。父さんの墓のことも、柾人さん方のお屋敷のことも、信じられん。人間の起すことは何でも起きて。あの晩の火事も」

現実は苛酷であるが、この世の中はかりそめの世の中であって、この世でよい目をみている人はたまたまよい夢を見ているだけであり、辛い目にあったとしてもそれはたまたま悪い夢をみているだけだ、と言っているのである。しかし作者は、

「月影の橋は、沈んだ天底の、鍾乳洞の主でございましたよな。天底の守り神で」

人びとの顔に波立つような表情が浮かび、そこここで低い声が上った。

「夢でわたしも行きよるよ、吊り橋に」

「昼は忘れとるが、寝てから帰りよるよ、夢の中で」

「儂も、夢にみるとは、天底のことばかりじゃ」

それは低いが痛切な声だった。柾彦は思った。なんと可憐な声だろう。僕はこんな人間の声をはじめて聴いたのではないか。

と書いている。或いは、

「ほんに懐かしさなあ。昔のおもかげは、夢の中でしか見られん」

夢の中でしじみをたくさんとった者、雨宮神社の石垣を積んできた者、薪を背負ってかずら谷をくだり、茸をとったりする者もいる。そして女たちは、谿に沈んでいるマタタビの実をぎっしり袋に入れて来たりする。

「夢の間も働きよるよ。それがひとつも苦にならずに、もう嬉しゅうして。醒めた時のさびしかことなあ。じっさいには天底には帰られんとに、夢で往くちゅうが不思議よな。また往こと思うて、たのしみで」


とも書いており、つまり現実には人造湖の湖底に沈んでしまった村ではあるが、夢においては村は沈んでおらず、人々はそこで変わらず日々を営み、また、はるか以前に亡くなった人にも夢の中では会えるのである。

ということはどういうことかというと、現実は正反対の状態なのだけれども、夢において人々は、かつてあった事物が調和して人間が自然の一部であるような本来、あるべき暮らしができる、ということで、小説において夢は、先のおひなの述懐のようなものではなく、むしろこのような意味で語られる。

しかし、夢と現実が画然と分かれている以上、人々が現実の痛苦や村が沈んでしまった悲哀から逃れられないのは当然の話である。

祖父と孫のひめごとのような会話は電車や長距離トラックの音によって途切れる。

湖水に映る鳥追い笠をかぶった自らの顔をのぞき込み、

　珍らしさ、久しゅう鏡というものを見らじゃった。赤い顎かけを結んだりして、まあ羞(はず)かしさよ。

とはにかみつつも、赤腹のイモリの幻覚に誘われて十六の頃に戻っていたおひなは柾彦に声をかけられて立ち上がろうとして、膝の痛みに、「あ痛あ」と声を上げて中腰になる。

時間の経過はこのように現実的であるし、それよりもなによりも、村は湖底に水没してしまっているのである。

日照りが続いてダムが干上がり、旧住人が往時を偲ぼうとダムの底に降りたところが、かつての暮らした家も、神聖な場所もなにもかもが泥に覆い尽くされて惨憺たる有様で、すなわちこれが現実である。

ダム工事のために魂の寄るみごとなしだれ桜が伐採され人々は悲痛で静かな花見をするしかないのである。

つまり、本来あるべき生活を失った者の魂にとって、夢という儚いものがただひとつの住処なのだけれども、その夢は常に圧倒的な現実に敗北し続けているということである。

そしてその現実は天底の人々にとっては肺腑を抉られるように悲しいことである。なぜかというと自分たちの村を天の底であると考える人々はある意志をもって村に住まい続けていたからである。

おひなはこのように言う。

「お愛さまもおなじことば言いおらしたです。都会は徒花、フランス山がその手本。いっとき珍らしゅうしてそっちにゆくが、それは止められん。天底では、いつでも五穀のちゃんととれるように、目の覚めて戻って来た時、魂の落ちつけるように、村の姿、変えずにおいてやろうごたる。薪と、炭の焼ける山はある、蕎麦も唐黍(とうきび)も獲れる、茸も採れる。天底の者たちが、自分に足りるだけの暮らしをやってゆけば、先々のゆとりも生まれるにちがいなか。そのためには、水の筋の要めに当る沖の宮が大切と思うが、おひなさんどげん思う、と言いおらしたです」

出郷者の肉体もしくは魂が帰還したときの魂のために村の姿を変えずに保存するということである。

また、

いさら川下流の球磨川が海に入り、潮とまざりあう奥に沖の宮があって、年に二度、春と秋の彼岸の中日に、その宮の女神と、山の神とが交代されるのだと年寄りたちはいう。天底の村では山の神を送り出し、沖の宮から来る姫神を迎える。海からも山からも竜神を乗りものにして見えられる。両神の出逢うお旅所の世話が天底の村の役目であったと祖父は語っていたのである。

とあるように人々は自分たちの村は位の高い神聖な村であると信じ、神事が滞りなく行われるように汚穢を遠ざけるのは自分たちの役目であると信じていた。

その村が水没し泥に埋まってしまったのだから悲哀はひとしおである。

その悲しい魂を鎮めるため、沈んでしまった村を浮上させ、つねに現実に敗北する夢によって現実を覆ってしまうというのがこの小説の目的である。

しかし、どのようにして水没した村を浮上させるのか。

そんなことは現実的に、或いは小説的に不可能ではないのか。

小説が書かれている最中に発表されたと思われるエッセー「石の中の蓮」で作者は、

物語りの一つの山場は、夢の中でしか故郷に帰れない人びとを、湖底の村に連れてゆくことだった。その為には、湖底を干あがらせなければならない。

もと湖底の村の誰かに、ダムを爆破させて水を抜こうか、その役目は若い人にやらせようか、それとも若い時、北支戦線かどこかに征ったことのあるお爺さんの、冥土の土産にやってもらおうかなどと考えていた。

それはしかし、いかにも過激すぎる。そうだ、記録的な日でりがやって来るという設定にしよう。

と書いているが、しかし結局、作者はその設定を採用しなかった。

それでは作者はどのようにして、夢と現実を逆転させたのか。

私はそれは登場人物の魂によってなされたと思う。

その魂とは不可能を可能にする魂で、なにかが逆転したような魂である。

そのような魂とは、「ダムが見渡せるお立ち土手のあたりに、頻繁に出没するようになったのは、反対派にも賛成派にも、もじもじして態度をはっきりさせなかった、おひなほか四、五人の老婆たち」の魂で、

何となく昔の手つきで、道の脇の枯れ枝に手を伸ばし、薪に束ねようとする。途中で手つきがゆっくりなってくる。

ガス風呂じゃしな、もう薪は要らんかもしれんな。しかしガスも切れることのあろうし、束ねて帰ろうかしら。若か者たちが、要らんちゅうかもしれんが。

といった具合に屈折するのだけれども、そのような魂は、若く真摯な僧をして、寺は狭い、と言わしめる。

彼の父である老住職は、寺は村人たちを救っている、と考えている。学識のある僧が無知な村人を救っていると考えているのである。

ところが、息子は、

「寺は狭かと思うがなあ。あの人たちの心の世界にくらべて」

「あの人たちの心の方が、理屈も教義もなしに、広大無辺ですよ。寺の方がじつは、ずうっと無償の癒しを受けているんじゃないですか。無償どころか、浄財までそえて出して下さって」


と言う。つまり、救っているつもりの者が実は救われているという逆転が起きていると言っているのである。

そのような人々はだから、正視することができないような姿の主こそが村を守る神とし、また、行き倒れた女の赤児がやがてものを言わぬ子だとわかると、ものを言わぬ劣った子であるとは考えず、ものを言えないからこそ、「なにか、神さまの考えの宿っとる子じゃろう」と考える。

そのような古層にたち還ったような魂がよりつどい、祭壇をしつらえて歌と踊りを奉納することによって、神の乗りものである竜神が空を漂泊、それが証拠に稲妻が走り、敗北し続けて来た夢が現実を乗り越えて現れ、失われた世界が人々の前に現れるのである。

と簡単に書いてしまったが、そのようなことを説得力をもって著わす事自体が小説として神業で、そのことを実現するために作者は、心を砕いて様々の言葉を使っていると思われる。

例えば、

歌坂の熟れ柿の、ぱっとそのとき灯ったものですから。ああ、誰のいのちじゃろうかと思いまして。

さっきはたしか赤うに灯っておったのに。ひゃ、もう見えん。あれは誰のいのちじゃったろう、今消えた。

霧の中に灯っておった熟れ柿がいま消えたが、誰か、お供物にならしたばいなと思いました。わたしが歌うたもんで。

というおひなの言葉は、霧の中で熟れた柿が赤く灯り、やがてそれが消えたのは自分がうたを歌ったために誰が神への捧げものとして死んだのだ、という意味で同様に神秘的であったり幻想的であったりするシーンはたくさんあるが、ここではそうしたことをあえて不可解に、そして、その不可解なことを自明的なことであるかのようにおひなが語っているかのように書いてあり、そうかとおもえばきわめて理性的であったりし、また、小説的な冷静な観察によって書かれた部分、正確な描写、極彩色の幻想などが、絶妙の手つきでミックスされ、そのような具体的な技術が水没した村を蘇らせるという不可能を可能にしているのである。

その手つきは複雑精妙で、一行ごとに驚きと発見があり、容易に読み解けるものではないし、都会で無残な暮らしをし、耳も心も壊れきった私は、色と音の溢れるこの小説を天を見上げるようにただただ見上げていたい。

関連エッセー「『天湖』をめぐって」は、この小説を書いた作者がとりまく現実に触れ、その現実を小説に仕上げていく過程の一端がうかがえて実にスリリングである。

（まちだ・こう／詩人・小説家・ミュージシャン）

『天湖』との出会い

ブルース・アレン

この数年間私は石牟礼道子さんの小説『天湖』をゆっくりと訳しています。最初は研究仲間とともに翻訳プロジェクトとして始めたものでしたが、後にこの仕事は私が想像していた以上に私自身に多くの恵みをもたらし、またこれをきっかけに私は自分の魂へ向けての旅をすることになりました。石牟礼さんの複雑でしばしば不思議な文を訳すためには、私自身が『天湖』、そして石牟礼さんの世界の中に入っていく必要があります。天湖の世界では時間、人、現実と夢、都会と田舎、その全てが渦巻き、私たちが知らない驚くべき形で混ざり合っています。その世界は現代であり、古代の世界でもあります。そこは、現代世界の荒々しいうねりの真っ只中で生き残りをかけて戦いながら、「言霊」、「気配」を支える生気あふれる霊魂、そして伝承がいまだ生きている世界なのです。

つい最近まで私はいつも石牟礼さんの世界には彼女の作品を通して入っていました。しかしこの三月、熊本に石牟礼さんをお尋ねし、石牟礼さんが物語られた土地を初めて見るという機会を得ることができました。石牟礼さんと「言霊」、「気配」、「夢」、「能」、そして『天湖』や『苦海浄土』のような話を生み出した大地の運命について語りあいました。また石牟礼さんのご友人である前山ご夫妻のおかげで、私と家内は九州の山々と、『天湖』の創作の原動力となり今は沈んでしまっている村、湖、そしてダムを見ることができました。私たちはその時、『天湖』の破壊されてしまった天底村のようなもう一つの村である五木村も訪れました。五木村は、反対派の意見が建設を中止させ、自然の美しさを湛える場所としてこの村を保存することに成功していなかったのであれば、天底同様ダム建設によって水没してしまう運命にさらされていました。私たちは水俣にも出かけました。そこには複雑な歴史があり、多くの変化を潜り抜けた人々と大地がありました。その大気には霊魂がやどり、悲しみと望みが入り混じった、緊張したささやきが秘められていました。

これらの場所を訪ねたことで私は悲哀、エレジー、鎮魂曲を聴いている気持ちになりましたが、同時にそこには希望を見出すこともできました。それ以上に、私は自分の中で繰り広げられていく物語——石牟礼さんの物語、特に『天湖』に結びつくような物語——に気付くことからより深い感情を抱くことができました。石牟礼さんの作品を生み出した場所を訪ねたことから私の内にある矛盾する感情に、自分自身もっと気付くことができました。私の中の矛盾する思い。それは私の identity に関する思いであり、東京という大都会に住みながら、『天湖』に描かれているような生活また田舎での精神を持ちつづけたいという思いです。私は『天湖』の中で特に、初めて九州の山村を訪ね、新しい世界に出会うことで自分に試練を課し、また変わっていった都会の青年である柾彦に思いを寄せました。驚くことに、彼は自分の耳が「ちぢこまっている」ことに気が付きます。それは彼が回りの自然の音を本当には聞くことができないことに気付くからです。私もこの近代的社会での都会生活を送るなかで、自然の感覚を失っていることに気付きます。熊本を訪れ、山や海を見、石牟礼さんと話をすることで都会と田舎、現在と過去に関するいろいろな考え方をさらに深く考えることができました。

石牟礼さんの作品を読み、彼女が書いた場所を実際に見ることにより私は喪失感を感じざるを得ませんでした。しかしながら石牟礼さんの作品が究極のところ伝えているのはこの喪失感が何らかの形で絶望にはつながらないということです。石牟礼さんの作品では軽蔑、冷淡さ、破壊のような一見暗い徴候は――石牟礼さんが目指すところと反対の方向を指しているような徴候ですが――より深いところで人生の意味を示唆し、さらにそれらが希望と成り得ることが書かれています。人々は歌い続け、語り続け、そして夢を見続ける。私は石牟礼さんに、文学によって人々は己の魂を変えることができるのか、また文学は水俣のように自然や文化が壊されていくのを防ぐ力をもっているのかと尋ねました。石牟礼さんは微笑みながら文学は結局のところとても小さな力しかもたないと答えられました。自分の努力はほとんど「無力」であるとも答えられました。でも私たちはこれらの努力が決して無であるとは思っていません。確かに文学によって奇跡が目のまえで起こるなどとは思っていません。しかし「言霊」「物語」「夢」「気配」のような不可思議なものが私たちの命を形作り、そして希望を与えていることを知っています。彼女の作品を読んだ人たち、またその魂に呼応する人たちは、このような「言霊」「物語」「夢」「気配」に生をもたらすことができるのです。

私は、石牟礼さんの世界を知ったことから、大都会で、また巨大なグローバル化された世界でどのように暮らすのかを問われ続けています。私の現実の世界は『天湖』の世界と大きく違いますが、深い結びつきをもつものだと確信しています。『天湖』との出会いで、私は「私の感覚は？ 「気配」に関する感性は？ 物語に対する思いは？ 土着の文化に対する思いは？」と自問自答しております。

『天湖』において石牟礼さんは都会と田舎、もしくは過去と現在を単純に二分法では述べていません。多くの人々がもはや伝統的な田舎の生活に戻れないことを石牟礼さんは十分に解っておられます。でもだからこそ石牟礼さんは現代においても私たちが歌、踊り、祭りの伝統を大切にし、「夢」、「言霊」、「気配」を大切に思いつづけることが必要であることを示して下さっています。私たちが自分達の生き方を再構築するために創造的な活動をすることを後押しして下さっています。どうすればできるのか？　簡単な答えはないでしょうが、石牟礼さんの作品からその想像、糸口、希望をお借りすることができるのではないでしょうか？

（Bruce Allen ／清泉女子大学教授）

『春の城』

マリア観音様

河瀬直美

なぜこれほどまでに美しい魂をもったひとびとが死に絶えなければならなかったのか。これは、かの有名な島原の乱天草四郎の物語だけにとどまらない、むしろ天草島原で暮らしていた普通の百姓の物語なのであるとの想いに到るとき、その哀しみが自分ごとのように思えて、やるせない。

物語は天草下島にある内野という村の娘、おかよの祝言の日から始まる。有明海と東シナ海を結ぶ早崎の瀬戸に潮のよい日を選んで舟が出る。嫁入り先は瀬戸を渡った先にある島原は口之津という村の庄屋蓮田家である。潮の荒れる日は舟を出すことさえできない地へ、おかよは何を想って渡るのか。これまで慣れ親しみ共に生きてきた人々と離れ、新たな家族とともに人生を歩むのである。第一章ではその繊細な心に宿る距離間を軸にして、切支丹迫害の歴史を背負った人々の巧みな人物紹介がなされてゆく。切支丹大名に仕え、その大殿が非業の最期を遂げた後もなお隠れ切支丹であり続ける侍たちの会話からは、その時代の歴史的背景をもうかがうことができる。

第二章で印象深いのが、蓮田家の主、仁助がふと庭に咲いた白い曼珠沙華を見て感慨にふける場面である。その直前に庄屋である仁助は代官に呼び出されて年貢が不足している旨を問いただされる。

ない米をさしだすことはできないと頭を痛めるが、それでも自分だけが罪を問われるのならまだしも、村人すべてに罪がゆくのは心が痛い。そんな想いを胸に白い曼珠沙華を眺めていると妻のお美代が声をかける。

「赤花もよかなれど、これは白で、やさしか花じゃ。あの世にゆくのに、送り迎えしてくれる花じゃわいな」と。

翌朝異様なまでの赤い空で世が明ける。みなしごのすずが「赤か空からな、舟の来たばえ、赤か旗立てて」と訴える。それが本当のことなのかまぼろしなのか「舟にはな、たいそう眩ゆか、美か人の立っておらいましたわえ」と予言する。ほどなくして、すずの見た〝美か人〟が仁助の家に現れたとき、すずはその白い曼珠沙華を一本手折って彼に渡す。彼は「みなさまにお目にかかれた御しるしいただきまする」と告げるのだ。この〝美か人〟は益田の四郎時貞と名乗った。のちに島原の乱を首領した、かの天草四郎である。著者はエッセイの中で四郎は素直に民衆を信じた若者として描くのだと書く。第三者であり客観的まなざしをもつ役割のおかよは、曼珠沙華を差し出したすずの姿とそれを受け取った四郎の姿を見て、セミナリヨにあった絵のようによか眺めだったと、夫、大助に語る。セミナリヨとは、神学校の意味でイエズス会の教育機関であり、イタリア人であるヴァリニャーノ修道士がこの地に設立したものだ。切支丹が迫害にあう前の彼らの心のよりどころとなっていた施設である。

またここでは、おかよの姑であるお美代とお美代の子守として雇われて以来、片時も離れず、お美代が嫁に入ってもついて来た、おうめの存在が印象的だ。この仏教徒であるおうめと切支丹のお美代の関係を通して仏教とキリスト教の違いを描きながらもひいては共通の部分を提示するあたりは、石牟礼さんが宗派の違いを超えたところにある人間の在り方を表現している作家である所以だ。

常に誰かと誰かの歴史的出会いの間に弥三という弁指しがいる。弁指しとは網漁の元締であるが、当時島と島を結ぶ手段に舟は唯一のものだった。つまりひとびとの交流には欠かせないものだ。よって、弁指しである弥三のもつ情報は隠れ切支丹にとって非常に大切だ。失われてゆく切支丹本などを隠し持っていたおなみという元娼婦の、今は長崎で唐物を扱う店の女主人と、口之津の切支丹侍蜷川左京の息子でまだ十九歳という若さの右近を引き合わせたことが、のちの島原の乱に続く動線となる。そのおなみの元に遊学している四郎がいた。右近と四郎のふたりはここで運命の出会いをする。

口之津で右近と四郎が再会した日、にわかに空が曇り、嵐がやってきた。その夜、村々は壊滅的な被害を受ける。中でも海沿いに建てられていた慈悲小屋が波にさらわれ、そこに暮らしていた身寄りのない年寄り四人の行方がわからなくなる。慈悲組の世話役をしていた庄屋蓮田仁助の息子大助は父親の落胆した背中を見ながら、人さまの身の上をわが身のごとくに大切に思えるかと自身に問う。「隣人（ポロシモ）をわが身のごとく大切にせよ」という教えが、今、学問の中にだけ存在する教えとしてではなく、現実のものとして彼らに降り注いだ瞬間である。

この慈悲小屋の年寄りの世話をしていたまだ十歳にも満たないみなしごのすずが、わが身のごとく波のむこうを見つめて震えていた。それを見た四郎は自らの首にかけていたロザリオ（数珠）をすずの首にかけてやった。このとき初めてすずは、人前で父親がわりの仁助に抱きついて涙する。仁助もまた、すずとともに泣くことでいくぶんか救われたのだ。

四郎が遊学から戻り、元服の式を迎えたころ、彼の中には確固たる志が芽生えていた。それは「これからは人の世の心の仕組みを、書物ではなく、じかに読み解いてゆく」というものだった。小さな畠をこつこつと何年もかけて守り続けている者の姿を通し、そこから神の教えを悟ってゆく四郎の姿を描くのも、嵐の夜をへて波にさらわれた老人たちに心からの涙を流す一人のみなしごすずの魂を解放してやる四郎を描くのも、石牟礼さんが常に人の生きる道は書物にすべてがあるわけではないのだという想いでこそ文章を紡いでいる作家であるからだ。と同時に、石牟礼さんの文章には気配があると感じることが多々あって、それはいざなわれてゆくような、からめとられるようなもので「まだ見ぬ未来のものたちは、この島をどういう気持ちで眺めるのだろうか。彼らはわれわれとおなじように、この島の声を聴いてくれるであろうか?」という具合に綴られると、石牟礼さん自身が死者の声を、いまそこに残る草や木やから聞き取り、文章に昇華する文学を展開していることが明確になる。

元娼婦の商い女おなみと四郎が交流するくだりでは、おなみが「この世を超ゆる縁でつながれる」ということを書く。

口之津の庄屋蓮田仁助家では右近や四郎が中心となって若者たちの学林の場所が整えられつつあった。父親が殉教を遂げた仁助家の使用人の熊五郎も加えてもらい、身分のわけへだてなく、充実した会がもたれるようになる。また、菜種も無事収穫を終え、お茶も摘みごろになってひとびとはにわかに活気づくのだった。やがておかよは大助の子を産み、人々は新しい命の誕生に勇気づけられ、それを心の底から祝った。しかしそれらの喜びも束の間、長雨が続いて麦の収穫が思うようにいかなくなる頃、隣村の有馬からひとりの若者が仁助家へ訪ねてくる。三吉という若者だが家の焚物小屋から昔の御影を見つけ出したというのだ。この三吉の父親も殉教者であった。十字架にかけられて果てた姿を母親はずっと心にしまっていて、その母が見た夢の中で、焚物小屋に光が降りそこに父の魂が宿ったのだという。三吉が屋根の片付けをしてみると、驚くことにそこから御影が出てきたらしい。三吉と同じ境遇の熊五郎は、いてもたってもいられない。どうしても三吉の母に会いたくて、三吉の家まで出向いてみると、そこには放心した状態の女がいて、殉教者の息子であると名乗った熊五郎の背を撫で付けてくれるのであった。熊五郎は思いがけないそのぬくもりに、今は消息もわからない自身の母を重ね合わせて泣く。

石牟礼さんのからみつくような文章に魅せられながら、こうした物語の浮き沈みを見事にみせる構成力に脱帽する。

三吉の母を見舞った熊五郎はそこで彼女の予言を聞く。「麦も腐れて、稲も育たぬ雨になろうぞな。世の中の根元が腐れ落ちて、溶けだす成り行きと思わぬかえ」。皆が驚いて伺っていると「世の中の腐れ落つるのが肥やしになって、まことの国が生まれはすまいかのう」と続いた。これは四郎がおなみとの別れの際に心のうちで予言していた事柄だった。

殉教者の人々がひどい拷問にあった末、最期のときを迎えた。そのいまわの際に見た光景。いくらそれが四〇〇年ほど前のことであろうとも、今は平和な同じ日本で、事実として起こったことなのだと。石牟礼さんはその一番近い親族になりきって物語を紡ぐ。殉教者の子や妻や彼らと交わる人々。彼らは往々にして社会的地位を得ない。それが庄屋や侍であったとしても、弱者の立場にある。幕府からすれば邪教であり、それらの信仰が深ければ深いほど排除すべき存在という位置づけは確固たるものとなる。やがてその迫害は強化される。それは人道的に真正面から邪教を迫害することがなくとも、年貢の取立てなどで、法外な物言いをするようになる。先祖からの土地で生きることを拒まれ、死を意味するようなことが起こったとき人はどうなるのか？　四郎が生まれ故郷の隣島である天草上島の上津浦を訪ねた際、一家中が首をくくって死んだ心中事件に遭遇する。それは、食べることに困らない豊かな現代には考えられない理由からのものだ。まだ十歳の子供が畑で盗みをする。捕まえた男が盗みは親がやらせたものだといいふらす。近所の者もそれをかばうでもなく、非難するでもなく、ただ遠くから眺めているだけであった。その冷めた心が彼らを死においやったのだ。上津浦の庄屋はそう言って罪をなげき、裁かれることを恐れ懺悔するが、懺悔すればするほどその罪の深さに村中がうちのめされている。四郎はいたたまれず、しかし凛としてその罪を一身に受けながら、彼らの魂を解放してみせたのだった。しかし、それは同時に彼らの中に宗門の心を蘇らせ一気に加速し集団となって、予言どおりの劫火にむかって走り始めることとなる。やがては年貢のとりたてに悩む百姓の一揆にとどまらない、切支丹の国を樹てる想いのもとにたちあがった切実なる魂をもったひとびとの戦いとなる。

大矢野の宮津に礼拝堂が驚くほどの速さで建てられ、献堂式の司祭には四郎が選ばれる。そこに招かれた人々は魂の揺さぶられる想いでその式を振り返る。石牟礼さんはそれらの情景や昂ぶる思いを見事に描きながらも、四郎を神と崇めはしない。常に人間の弱き部分を抱え持つ普通の心やさしき少年として描くのだ。そういった視点がゆるがないからこそ、石牟礼さんの文章に登場する百姓の心には魂が入るのだろう。

物語は四郎が司祭を務めた「宮津の御堂の誓い」を機に急速に展開してゆく。天草島原の切支丹情報は弁指しの弥三が持ち船を駆使してあちらこちらにかけずりまわりながら学問所に集う人々へもたらされた。口之津の庄屋蓮田仁助家の人々の覚悟も固まっていた。仏教徒であるおうめも主の仁助からいとまをとらせると言い渡されるが、聞かない。「死ぬときは一緒でござす、それで本望じゃ」と潔い。

しかしこのおうめにも、人に言えない歴史があった。おうめが幼い頃疱瘡にかかって死にかけたとき父親がおうめに似た観音さまを彫って願をかけたのだそうだ。けれど、その観音様を邪教だといって切支丹の若い衆が焼き打ちにした。それでも、宗門の違いによって人間が分けられるわけではないとおうめは説く。まさかデウス様が観音様を焼き打ちにしろと言ったのではあるまいし、観音菩薩とマリア様が出逢ったなら、仲良くいよいよ優しゅうなられるはずだろうと。

ここでは、仁助の重要な決意がもうひとつあった。嫁のおかよと孫のあやめを内野の実家へ返すことだ。これにはみなしごのすずも連れ添った。万が一おかよが夫恋しさに口之津へ引き返してきてしまっても、すずがいれば、あやめのこの上ない保護者になるだろうという算段だった。そのすずが最後に見た光景が忘れられない。わたしも口之津を訪れたとき、天草へわたるフェリーの中で口之津の港をじっと見た。そこにすずの大好きな蓮田家の人々が波間に浮いたり沈んだりしながら微笑んでいる姿がある。その姿は石牟礼さんも見たのだと思う。涙をこらえて笑っている人々の姿。まだ赤ん坊のあやめに宿ったその加護。それが、四〇〇年先のわたしたちにももたらされているのだ。

おかよの夫、大助は内野の家におかよたちを送ったとき、おかよの実家の者たちと魂の交流をする。

多くを語るでもない彼ら。それはおかよの兄佐助にも伝わって、佐助はこの仁助一家ともっと深く魂を通わせておきたいと願うのだった。やがて仁助家を訪れた佐助を仁助一家はおうめも含めて歓迎し、また最後の別れをたがいに交わすように盃をかたむける。一期の刻。「一国一城の歴史などよりもっと縁深く、この地に生きる人びとに深く関わって来た家の歴史。今やその縦糸が絶え果てる間際にある。誰がそのことを思い出し、伝えてゆくのか」と、佐助は想う。そこには石牟礼さんがこの題材に向かわなければならなかった理由が書かれている。歴史教科書から抜け落ちた幾億の人々。そういった想いを拾いおこしながら石牟礼さんは、「永遠ともいえる刻の中に抱きとられてゆくような」こころもちをわたしにも与える。

切支丹大名に仕えていた侍たちや庄屋、農民にいたるまで垣根なく切支丹の魂は急速な広がりを見せていた。そんな中、前の家老で今は隠居である田中宗甫という人物から古希の祝いをやるのに赤米を上納せよとのお達しが口之津の大百姓の家にくる。五年分の未進米も一緒にという無理難題である。それを上納するまで息子の嫁が質にとられた。この嫁というのがおかよと同じ年頃の娘で身重であった。もうすぐ生まれてくる赤ん坊と嫁のために、夫や主人はあちこちをかけずりまわって未進米の分の米を探すのだが、どこに行ってもそれほどの米はない。嫁の実家からは海の幸をたんまりと上納するが、元家老は赤米がくるまで渡さぬという。やがて息子の見た光景は菰をかぶせた戸板のはしに動かぬ女房の石のようになって垂れ下がった白い掌であった。

「死産であり申した」

このくだりを読み終えたとき、石牟礼さんにとり憑いた死者の悲しみがあまりにも深すぎて身動きできなかった。圧倒されたのだ。そうしてこれはその悲しみを一身に受けた現代に生きるまるで巫女のような作家石牟礼道子が書き下ろす渾身の物語であることを知る。やがて読者であるわたしも一気にその無垢な魂たちに加担したい思いでいっぱいになっていた。

村人が不穏な行動にでているのを察して家老や代官が検分に出始めた。最初は庄屋の仁助もごまかしていたが、それもいつまで続くかわからない。機が熟すまでもう少し自重するよう言ってみても、百姓たちの間にひろがった切支丹の魂は、まるで枯草に燃え移った火のごとく、誰にもとめることはできないのであった。各村の主要人物は島原と天草の間に横たわる十数軒の人家があるだけの小島、湯島に集まった。人生経験の豊富な人間も多いなか、この一揆は切支丹の再建にあるのだと皆がこぞって四郎を大将にと推薦する。このとき、まだ十六歳の四郎は静かにこのことを受け止めた。湯島をノアの箱舟と比喩してひとびとの心に灯りをともし、結束力を養う。ノアの箱舟といえば、神が悪に満ちた世界を絶滅しようとして洪水を起こしたとき、ノアが神の恩恵を得て製作したもので、家族は各動物種のつがいとともにこの舟に乗り、難を逃れたという伝説のものである。湯島のひとびともわれらの島がノアの箱舟だということにたいそう感嘆し、皆を接待するのだった。盃を酌み交わし、ひとびとはさまざまな想いを抱え自分の土地へ帰っていった。次に会うのは戦場だろう。

いよいよ島原藩の侍が切支丹たちの迫害に乗り出し始めたころ、島原有馬では代官が殺された。一揆勢は異教徒皆殺しの勢いである。そうなれば、島原藩も驚愕の事態と察し岡本新兵衛を大将として戦の開始である。はじめのうちは敵味方の区別がつかない。表面的には侍、百姓であっても、それらが切支丹か否かは判断がつかないのである。庄屋も味方のふりをして城内に入り、ことを起こそうとする。奉行人の中にも疑わしいものがいる。こうなれば、だれかれかまわず怪しきと思えば、斬るというまるで秩序のない世界が繰り広げられたのだ。新兵衛の目線でしばらく語られる切支丹一揆方の様子は凄まじいものである。藩側の目線から語られるところにその難解な説明のつかない一揆方の行動をより浮き彫りにする効果があるのだろう。ある村の庄屋屋敷では、老齢の切支丹が一揆には足手まといになると固まって寄り集まり、読経の声を地の底からのように響かせている。自ら早くパライゾ（天国）に行きたいから首を切ってくれと差し出す狂気だ。また、あっという間に城内に押し寄せてきた一揆勢は、命などまったく惜しくもない様子で攻めてくる。それは侍がもつ覚悟とは異質な不気味さである。

口之津では切支丹侍の蜷川家や庄屋の蓮田家の皆が中心になって代官の首を落としていた。その代官の米蔵に向かう時の皆の狂喜は凄まじかった。腹を空かせて作ったものを、自分のものにできない恨みを抱えながら過ごしてきた百姓たちである。現代社会において、食べるものに苦労することのない世代のわたしは、食べることそのものをかけて、つまり生きるということにかけて一揆を起こしたひとびとの想いに寄り添いたいと願う。それは自分を見失っても仕方がない状況だろう。ましてやそこに宗教間争いにおける迫害も入り組んで、人々の苦難がここまで届いてくるような錯覚を起こす。

この頃、一揆方が優勢にみえた島原の乱であるが、その先を想うとき、幕府を相手にどう戦うのか、あとは死が待ち受けるのみではないのかという疑問が残る。けれど、だからこそ、その死は、希望をもって最期を迎えたいというひとびとの想いに集約されながら各地で起こっている暴動をひとつにまとめる必要があった。それには四郎のカリスマ的存在が必要だ。島原口之津周辺の切支丹侍寿庵をはじめ蜷川左京、右近親子、庄屋蓮田仁助、大助親子は四郎に来てもらえるように打診をするが、天草大矢野の四郎たちは、天草下島に位置する富岡城をとりにいく計画を明かす。その壮大な計画とは裏腹に世界が終わりに向かって突き進んでいるその一瞬一瞬において、四郎の悲しみは増していたのだろう。

ひとびとの戦闘心が増すにしたがって、いいも悪いも、人々の心には悪魔がすむような事件が起こる。病気の子供を抱えた親が周りのものから一揆に加担できないだろうと責められ、その子を殺して、一揆に加担してきたという話もあった。みなパライゾへ行きたい一心である。わたしは生きる望みを絶たれた人間世界は、それほどまでにむごたらしいものなのかと疑ってみる。石牟礼さんのその描写とエピソードには、身をさすような痛みが伴い、涙がこぼれ落ちる。これがどこかの文献から引用してきた実際にあった事件であるのか、それとも、そういった文献には残っていない、けれども石牟礼さんが聞いた草の声なのか。いずれにしてもただごとではない。

しかし一方で、栄養不足で乳飲み子のわが子が死に、それを責めて妻をなぶり殺したという常吉という男が自問自答する。できることならそんな自分の魂を鎮めてほしいのだ。「人間はみな、自分の中に一匹、蝮（まむし）を飼っている」と常吉が吐露するとき、真に人の生きる道とは何かという課題を石牟礼さんはわたしに届ける。痛みを伴いながら、真の世界を目指して、日々暮らすこととは。

一揆勢は富岡の城を攻めに入った。島原口之津の皆も加勢する。それらの事実は内野のおかよの家にも伝わった。おかよの父、祖母たちの覚悟も相当なものであったろう。おかよの兄佐助は宗旨の同士で加担するのではなく、男として加勢するといって、一揆勢に加わった。おかよの夫大助と戦場で再会した佐助はこころの中で叫んでいた。「一向宗も切支丹もあるものか」。しかしそれは兄弟の契りを交わしたことだけではなかった。佐助が聞いたのは、庭の虫たちを通した遠い先祖の声だったのかもしれない。「生き替り死に替りして受け継がれて来た人びとの深いかなしみが、そのとき彼の身のうちに宿った」のだ。しかし富岡の城はそう簡単には崩せなかった。想いの丈のまま無防備で攻めたことで数多くの死者を出す。富岡城の守りは堅く、崩せぬままひとびとの士気が失われつつあった。「切支丹には弾は当たらん」と豪語する者も、現実を目の当たりにして撃ち疲れていた。四郎は、デウスの軍勢という信念を失わせない方策として、春の城という古城に籠もる断を下した。

それは島原の磯辺にそびえ立つ断崖の上にある廃城であったが、かつての殿様、切支丹大名であった有馬晴信の城でもあった。ことにひとびとの士気は高まりをみせたが、その裏側で四郎の葛藤は続いていた。このままでは女子供もろともに討ち死にしてしまうのだろう。彼らに引き返す道はないのか。けれどしかし、「平安のない受苦の極限においてこそ祈りは炎となる」という信念をかみしめながら四郎はようやく立っていた。石牟礼さんは、絶望した人間だけがその炎の美しさを知るということを描きながら、そのときの普通の若者である四郎の想いを必死で感じ取ろうとしているのだ。その美への願望が「人間」にはあるということを実証した幾万のひとびとの魂の戦いとは。春の城でのそれこそが、遺されたものが継ぐべき表現であり、手渡された永遠の課題なのだと石牟礼さんは悟る。

春の城に籠もった人々の数三万七千人というのは、女、子供も皆であるから一家まるごと、中には村ごとといっても過言ではない地域もあった。先祖代々の土地を捨ててゆくことのなげき以上に生きてゆく術を見出そうとする人々の力強さがここにある。弁差しの弥三の舟もほとんどが割り剥がして板にし、砦の用材にあてられた。しかし一艘だけは、この海につながれて、皆と時間を共にする。しかしそれは、まだここにきて人々が自由の国の確立を疑っていなかったということでもある。一〇月二七日から各村で始まった一揆が一二月四日の四郎の入城を境に、ここ春の城を拠点として、周辺大名の攻撃に耐えてゆくのである。幕府から任命された板倉重昌は一二月八日から総攻撃をはじめ、物語は最終章に向かってかけぬけるように進んでゆく。長崎のおなみや仁助の妻女お美代たちが縫い上げた陣中旗が出来上がる。絵を描いたのは山田与茂作である。かつてセミナリヨで学んだひとりであるが、実は幕府方に内応して一揆方を裏切っていた人物なのであった。結果、その山田与茂作が一揆方として唯一生き残った者であったのはいかなる運命のいたずらだろう。そうしてその陣中旗は世界三大軍旗として今に残っている。

三度に渡る幕府側の攻撃を撃退した一揆勢の士気はあがっていたが、四万近くものひとびとの食料を城内だけで工面するには限界がきていた。ましてや冬の寒さで暖をとることも薪が不足して、ままならなかったはずである。幕府側は攻めをいったん休止して、一揆勢の飢えと寒さからくる体力の消耗を待っているのであった。その間の約二カ月近く、城内ではしばしの安息期があった。キリストの生誕を祝うナタラの祝いも繰り広げられた。その一連の活気付いた様子を読んでいると、すでにこの信心深いひとびとはこの世にいなくて、週数間後には、凄まじい死が彼らを襲うのだといたたまれない気持ちになった。ましてや、女子供の全員を皆殺しにするという方策がとられている戦である。そのいのちの限りを感じている三万七千ものひとびとの美しい魂の帯が石牟礼さんの言葉を通して、ひしひしと伝わってくる。どの村のひとびとも同じ志をもってひとつの城に籠もったのだ。自然と団結心も沸いてくる。幕府より鉄砲奉行として任じられた鈴木重成のまなざしを通じて、この一揆が何をわたしたちに問いかけているのかを探ろうとする石牟礼さんの想い。のちにこの鈴木重成は天領となった天草地方の代官に任命され、百姓の年貢を半減してもらうように幕府に上訴し切腹するのである。天草の死にかぶっている(かけている)百姓たちから、重成はなにを感じとったのか。重成は「にんげん」をみたのだろうと、石牟礼さんはわたしに言った。その真の「にんげん」とは何か。彼らの美への願望、それに心を寄り添わせることのできる代官鈴木重成とは。

しかし最後の晩餐はやってくる。石牟礼さんは口之津の庄屋蓮田仁助の家でそれを描く。死んだ後は虫になって生きている者のもとへ使いをだす、という話や彼らが他人を自分以上に慈しむくだり、それらの会話は本当にそこでなされていたのだと錯覚するほどリアルで、そのときそこにいて確かに石牟礼さんは彼らの声を聞いたのだと思えてならない。晩餐の席で切支丹の仁助は「観音様も、なかなか美しかとわしは思う」と告げる。相手の側にたって、物事を見ることのできた、こんなに美しい人々が死して、歴史に封印されるように事実が明らかにならない出来事があったのだ。

わたしはいてもたってもいられずに春の城(原城)に足を運んだ。そこは、遠くに美しい海の見える静かな場所だった。夕暮れの城跡には真っ赤な夕陽が沈んで、そこここに植えられたひまわりがその夕陽に背を向けて伸びていた。本丸跡の道を歩いていると一本の桜があって、その脇に折り重なるように亡くなっていった仁助一家のひとびとの気配があった。それは恐怖とかそんなわからない世界のことなのではなくて、ほんのそばにいて笑ってくれている亡くなったわたし自身の養父のような気配だった。仁助一家が最期のときを迎える姿は物語中、鈴木重成の目線でつづられている。おうめが毎日毎日まわしていた石臼を塀際へ転がしていって、それを抱え上げ「マリア観音さまあっ」と投げつける。その潔い、真実を訴えた老婆の叫びが本当に聞こえだす。花を愛でる心をもった人々の最期にみた初咲きの桜。その桜を見上げ「うれしさよ」といって、死にゆくおかよの声が耳をかすめる。

幕府方は、最後に残した女子供も助命しなかった。七つと三つの子供が手をつなぎ「早よゆこな」と言って首を出す。この無垢な、まだあどけない幼子たちにも宿った魂の信仰とは何だろうか。読み終えたとき、三つになるわが子が足元に絡み付いて眠っていた。その夜、夢の中でわたしの心を染めるように覆いつくしていた想いがある。それは、なにがあってもこの子を守り抜くという想いであり、彼らの望んだ清らかな世の心であった。

いまもって、石牟礼道子が『春の城』を介して与えた大きな問いを反芻する。わたしたちはその命が果てるとき、最期になにを見るのだろうか……。その美への願望とは……。

乱後、天草の代官となった鈴木重成が出会った天草島原の人々の姿を通して、石牟礼さんにはますます物語を書き綴り続けていただきたい想いでいっぱいである。

（かわせ・なおみ／映画作家）

『最後の人』詩の母系

臼井隆一郎

詩人石牟礼道子の際立った特徴に思い切り簡潔な標語を与えようとするならば、幼児性とか幼年期性とかが当たるのではないだろうか。幼いとか可愛いとか言うのとは少し違う。はいはい（這い這い）を始めたばかりの赤ちゃんが、まさに言葉を欠いているために、世界が目と耳と体と鼻と舌を通して赤子の中に這入（はい）ってくる時期がある。石牟礼道子自身が詩的な原体験を問われて、「いのちの意味をほとんど官能で、わかりかけた赤子体験のふしぎ」（「詩の誕生を考える」XV―二七三頁。ローマ数字は全集不知火の巻数。以下同様）を挙げている。手足も首も定まらず、いわばめめんちょろ（水俣の幼児言葉でミミズのこと）のように、ちょこっと置かれた大地や床の上を這う存在でしかない赤子の魂に、光る空や夜空の明（あか）い月が花の香りや色彩の華やぎを伴って這入ってくるのが、世界と魂の交流の原体験であり、詩の誕生の原点なのである。「這う・這入る」という動詞は石牟礼文学の基礎動詞で、石牟礼文学の特質をよく表す語と思えるのだが、言葉を介さないで世界と魂の交換を果たすことのできる石牟礼道子であればこそ、単に幼年期の人間ばかりでなく、水俣病によって文字通り、手足の自由も言語も奪われて、病室のベッドや床を這い回る水俣病患者と言葉なく魂を寄り添わせることを可能にしているのである。石牟礼道子の幼年期を考えるとなれば、『椿の海の記』や『あやとりの記』を始めとして『十六夜橋』や詩・童話など、石牟礼文学の全域に話を及ぼさなければならないだろうが、この解説の課題ではありえない。ここでの目的は、そのような石牟礼道子にとっての詩人高群逸枝の意味を考えることである。

逸枝の詩や女性史観が文字として認知される以前から、道子は幼年期特有の強度で女性の現実を言葉抜きに這い回っていた。道子の周りには、十三歳で売られ買われ、「おなごの体は、売物じゃなかところはひとつもなか」とばかりに値段を競う「インバイ」の世界が広がっていた。椿の赤が基調の筈の『椿の海の記』は突然、畳半畳分の鮮血に染まる。道子にいつも紙にひねったアメンチョをくれた器量よしの「インバイ」ぽん太が中学生に刺殺されたのである。道子の家には「インバイ」を忌み嫌う人間もいれば、ぽん太を「ぐらしか（かわいそう）」と思う人間もいる。ぽん太は「息の切れる間際にたったひと声、おっかあーんち」声を出して死んだ。父亀太郎は、みなのいやがるぽん太の解剖立ち会い人を引き受け、道子にはこんなたつきの道は歩ませないと宣言する。「ほら、みっちん、お父っつぁまにつげ。おまやけっして淫売のなんのにゃ売らんけん、しあわせぞ。いっぱいのめ、のむか、うん」（「椿の海の記」Ⅳ—九〇頁）。「インバイ」にも「からゆきさん」にもならなかったのは、「しあわせぞ」と言わねばならない世界が石牟礼道子の幼年期の日本である。しかもその大家族も内部に難題を抱えている。祖父が権妻を囲い、祖母を狂わせている。日本的な「家父長的地獄」は、「千年を百年に、百年を十年にぐらぐらと煮つづめた家父長制への恨み」で満たされている。幼児の、とは、言葉の世界に這入りかけたかかけないかの道子が、この祖母モカ、おもかさまと「魂の交換」を果たしたことは、その後の石牟礼文学に大きな影を投げかけ続けることになろう。家の外の往来や水俣川の橋の上には女籠を担いで行商に行き交う健康で元気な女たちがいた。しかし、彼女たちの二世、三世は水俣病に呻吟することになる。

しかし、「水俣」と「妣(はは)たち」が石牟礼道子を高群逸枝の世界に導く以前、石牟礼道子がサークル村で谷川雁に遭遇していたのは、大きな幸運であった。谷川雁は、『原点が存在する』で、こう書いた。

二十世紀の「母達」はどこにいるのか。寂しい所、歩いたもののない、歩かれぬ道はどこにあるか。現代の基本的テエマが発酵し発芽する暗く暖かい深部はどこであろうか。そここそ詩人の座標の『原点』ではないか。……(中略)

「段々降りてゆく」よりほかないのだ。飛躍は主観的には生まれない。下部へ、下部へ、根へ、根へ、花咲かぬ処へ、暗黒のみちるところへ、そこに万有の母がある。存在の原点がある。初発のエネルギーがある。メフィストにとってさえそれは「異端の民」だ。それは「別の地獄」だ。一気にはゆけぬ。

石牟礼道子は言う。

雁さんが無言で出して下さった宿題に答えようとして、『苦海浄土』を書き、『流民の都』を書き、『天

の魚』を書き、『椿の海の記』を書いたのだなあ、と思うのです。（「雁さんへ——水俣から」Ⅳ—二八七頁）

詩の原点を「母達」に求めた谷川雁は絶対に正しいと信じる筆者は、また谷川雁によって導かれて直接、「妣たちの国」に降りることになった石牟礼道子は、母権制や母系制といった「母」に関する不要不急の言説に這入り込んで無駄に時間を潰さずに済むという幸運を得たのだと考える。と言うのは、谷川雁の依拠するゲーテのファウストが鼎と秘鍵を手に一段一段、冥界のヘレナの許へ降りて行く道の先には、「妣たちの国」の典拠とされるプルタルコスの『イシスとオシリス』を経由して、母権の源流としてのエジプトに進路を取らされ、畢竟、バッハオーフェンの『母権論』に行き着く筈である。『母権論』はドイツ・ロマン主義の西洋古典学の精華とも言われるフリードリヒ・クロイツァーの『古代民族、特にギリシア人とローマ人の象徴・神話』との格闘の末に紡ぎ上げられた世界であり、平たく言えば、特殊に文学的な世界である。この領域の特異な言説世界に不案内なエンゲルスやベーベル、しかもそもそもドイツ語が読めないで、どういう経路でバッハオーフェンを読めたのかがすでに謎であるモルガンの『古代社会』を決定的な梃子として「父権と母権の抗争」（エンゲルス『家族・私有財産・国家の起源』）や「女性の世界史的敗北」（ベーベル『婦人論』）といった、どう考えても父権的世界史に軸足を置いた言説群に足を取られて停滞を余儀なくされるのは必定だからである。むろん、そもそも石牟礼道子は幼年期以来、その種の空理空論を必要としていない水俣の妣たちの現実世界を這い回っていた。石牟礼道子みずからが革命と呼ぶ大決心の末に書いた「愛情論初稿」（Ⅰ—六〇頁）は、道子を囲繞（いにょう）する現実を開示しているのだが、「ケッコン」したらしたで、日本特有の結婚制度の苦労が押し寄せるのも日本の「ヨメ」の常態である。水俣病も事件化した。「水俣」と「女性」が問題としてせり上がってくるこのような時代と場所で、水俣のソボさん、徳富蘇峰の寄贈した淇水(きすい)文庫で一冊の本の背表紙をみた石牟礼の「全身を痺れのようなものがつき抜けた」(「高群逸枝全詩集『日月の上に』」XVII—三八〇頁)。石牟礼道子を囲繞する不透明かつ不定形な現実を一気に収斂させる言語記号が「女性の歴史・高群逸枝・上巻」であった。石牟礼道子はすぐに逸枝に手紙を書く。この間の事情を石牟礼道子はこう書いている。

一九六三年冬、私は三十七歳でした。ようやくひとつの象徴化を遂げ終えようとしていました。象徴化、というのは、——なんと、わたしこそはひとつの混沌体である——という認識に達したのでした。いまや私を産みおとした〝世界〟は痕跡そのものであり、かかる幽愁をみごもっている私のおなかこそは地球の深遠というべきでした。私には帰ってゆくべきところがありませんでした。帰らねばならない。どこへ、発祥へ。はるかな私のなかへ。もういちどそこで産まねばならない、私自身を。それが私の出発でした。

(「高群逸枝との対話のために——まだ覚え書の『最後の人・ノート』から」I—二九一頁)

しかし、翌一九六四年、高群逸枝死去。その直後、橋本憲三が石牟礼道子を訪ねてくる。憲三は即座に道子を逸枝の再来と感じ取り、東京世田谷の自宅、あの伝説的な「面会謝絶」の表札を立てて逸枝と憲三が立て籠もった「小さなクニ」、女性史研究所、通称「森の家」に誘うのである。森の家で耽読した逸枝の著作が石牟礼道子に与える影響を言葉にするのは難しい。ノートにこんな文言がある。

わたしは　彼女（高群逸枝）を
なんと　たたえてよいか
言葉を選りすぐっているが
気に入った言葉がみつからないのに　罪悪感さえ感じる
わたしがどれほど深い愛を彼女に捧げているか
そのためわたしはいま病気である

（「森の家日記」XVII——二一〇頁）

「高群逸枝のまなざし」は、そんな石牟礼道子が高群逸枝を言葉にした文章である。石牟礼道子はヒエロニムス・ボッシュの名高い三連祭壇画『悦楽の園』、とくにその右翼パネルの『地獄』から始める。「地獄」の中心に「樹男」がいる。奇っ怪な怪物とも見える。ぼろぼろに朽ち果てた樹木を手足にして、しかし樹の幹は土に接しているでもなく、水に浮かせている。といっても、水に根を入れているわけでもなく、かろうじて朽ち果てた木の幹を小舟に乗せているだけである。胴体のところに、割れた大きな卵が脹らんでいる。水（旧約聖書）、土（ギリシア神話のガイア）、樹（ゲルマン神話の宇宙樹）、舟（サンスクリット神話）、卵（オルフェウス教の宇宙卵）、言葉（最初に言葉ありき。ヨハネ福音書）、音楽（ピタゴラス派）など、各種の宗教・神話が宇宙の開闢の最初におく母なる第一の物質がすべて涸れきって世界終末を迎え始めたような世界である。しかし、この絵の謎はこの虚無的な終末感にあるのではない。謎はむしろ、樹男と呼ばれる怪物なのか、神なのか、あるいはアダム派と呼ばれる異端集団の首領とも言われるこの男の、涸れ尽くしたこの世界の虚無を超然と見据えている澄んだまなざしにある。このまなざしを石牟礼は逸枝のまなざしに準えるのである。

祭壇画の左パネルはアダムとイヴの誕生を描き、中央パネルは「悦楽の園」である。どうやら人類史の全体を収めている絵である。ボッシュの絵は、異端臭が濃厚である。石牟礼道子はアダム派に言及している。古代エジプトのグノーシス集団カルポクラテース派の流れを汲む異端セクト「自由な聖霊の友」である。二十世紀のボッシュ研究に画期をもたらしたのは、ヴィルヘルム・フレンガーであるが、その大著『ヒエロニムス・ボッシュ』は、この三連祭壇画に古代セム民族の地母神崇拝の復活を論じた。その際、依拠したのはバッハオーフェンの『母権論』であった。フレンガーは興奮気味に、やはりバッハオーフェンを重視していた憲法学者カール・シュミットに伝えたように、一六〇〇年を経て太古のセム民族の地母神崇拝が甦ったと言うのである。先史母権制がもし父権的世界史に這入り込んでギリシア・ローマの父権社会を経てヨーロッパ・キリスト教世界に生き残ったとすれば、それは百パーセント、異端思想を介してである。母権を論じることのできるための最低必須条件は、西欧的意味合いでの「異端性」に動じない心根である。異端思想としての母権思想がアナーキスト詩人高群逸枝を介して日本に這入り得たことは幸運であった。

石牟礼道子の「高群逸枝のまなざし」のもう一つの魅力的な謎は、石牟礼道子がこの「解説」の最後を唐突に、高群逸枝の『恋愛論』から、「まるで自分（高群逸枝）のようなまなざしの色のような、神秘派のスーソーの詩」を引用して、閉じていることである。

なんじみずからの眼をもて
この世のものともおもわれぬ草原をみよ

（「高群逸枝のまなざし」XVII―三七五頁）

なぜ突然、スーソー、ドイツ語で言えばハインリヒ・フォン・ゾイゼ、ドイツ中世キリスト教神秘主義者が姿を現すのか。偶然なのか必然なのか、ゾイゼの著作はボッシュに描かれた異端「自由の霊の友の会」に広く読まれていた。この問題に立ち入る紙幅はないが、確かなことに思えるのは、キリスト教の神秘主義異端思想であれ、日本のアナーキスト詩人であれ、目や耳や触感知を通して自分の魂に這入りこんだ世界像に信をおくことである。「詩人たるものの唯一の取り柄といえば、『巷を歩けば千の矢が突きささ』り、風にも耐ええぬ魂を抱いていることだけである。」（「朱をつける人――森の家と橋本憲三」XVII―三三四頁）（『火の国の女の日記』）

サークル村で谷川雁と親しくしていた頃、石牟礼道子は、「自分の原語圏が、まだ表現されない部類に属しているのではないか」（「高群逸枝全詩集『日月の上に』」XVII―三七九頁、傍点筆者）と感じていた。「原語」と傍点を振るのは、あの『苦海浄土』の「私の故郷にいまだに立ち迷っている死霊や生霊の言葉を階級の原語と心得て」、「私のアニミズムとプレアニミズムを調合して、近代への呪術師とな」（『苦海浄土』第一部Ⅱ—五六、傍点筆者）る決意を固めた作家石牟礼道子を念頭に置くからである。石牟礼道子が森の家で高群逸枝の『日月の上に』を読み、『招婿婚の研究』を初めとする逸枝の女性史観に沈潜することによって、『苦海浄土』の原語環境を整えたと見てよいであろう。

逸枝の本領を発揮している詩句は、石牟礼道子も好きだという次の詩句であると思われる。

汝洪水の上に座す
神エホバ
吾日月の上に座す
詩人逸枝

（「最後の人」XVII—二九頁、他）

詩人逸枝は大正詩壇から悪評を買ったという。理由は多々様々にあろう。しかし、逸枝自身がこの悪評を気に病んだというのが筆者にはよく理解できない。『日月の上に』の逸枝、若くて生意気で、どこか恋の上手な妖婦めいた風情を漂わせて自由奔放に跳ね回り「捨身と出発」の爽快な「出発哲学」を提唱するキャピキャピした逸枝にふさわしいとは思えないのである。『放浪者の詩』や『娘巡礼記』などに立ち現れる逸枝は、巡礼姿ででも乞食姿ででも明（あか）い月夜をルナティックに放浪するアブナい娘、「女の気狂いをご覧なさいと／大声をあげて罵」（「朱をつける人——森の家と橋本憲三」XVII—二三四頁）しられても、「その罵る声でさえも／どうしてこんなに／私を傷つけてくれないのだろう／私は寂しくなった」（「女詩人の物語」）と世間に超然としている女詩人の姿勢が、同種の、とは具体的には、身内に「狂人や自殺者」を抱えた石牟礼道子のような後継者に、勇気と励ましを与えたのではなかっただろうか。蔭に隠れてコソコソ、悪口を言って回るしか能のない世間などには、嘲笑でも浴びせ掛けておけば良さそうなものである。しかしどうやら、橋本憲三を介して伝えられる実際の高群逸枝という女性は、内気で、著しくシャイな、世渡りの下手な、ついでに言えば家事も洗濯も苦手な人物であったらしい。その種の対人関係の不得手がかえって「面会謝絶」といった思い切った対人防御策を講じさせることになるタイプの女性である。それだけに、逸枝の女性としての本能とエロスは一層自由奔放に詩において現れていると石牟礼道子は考えるのである。念のために言っておくが、本能やエロスという言葉で言いたいのは、男女間の性器接触に発現する「接続詞のようなエロス」のことではなく、赤ちゃんが「いのちの意味をほとんど官能で、わかりかける」ように世界と魂を通わせるあのやり方である。不知火海の石牟礼道子と火の国松崎の水田地帯に育った逸枝の二人の南熊本県人は言葉の真の意味で、風土を共有している。二人は、大都会東京にいかにも馴染めそうもなく、すぐに「東京は熱病にかかっている」とか「トーキョーの犬は可哀想」とか言い始めるのである。田舎っぺ根性と誤解してはならない。しっかりと土と風と太陽と月に根付いたその生理が、逸枝をして、グローバル・スタンダードの「エホバ」にかしずくことを許さず、「われ詩人逸枝」を「日月の上に」座らせて、エホバに対座させるのである。石牟礼道子はこれを「詩操の高い作品」(「日月の愁い」XVII—四一九頁)だという。筆者もまったく同感である。エホバという、どこの馬の骨かわからない神よりも日々の自分たちの生活を照らすお天道様やお月さまの方がよほど大事と考えるからである。日月の上に座す神と言えば、まず思い浮かぶのはエジプトのイシスである。イシスが日月の上位に位置付けられる女神であるのは、イシスが海の女神で、太陽も月も海から生まれるからである。石牟礼道子語で言えば「陽いさまをはらむ海」である。エジプトの女神イシスと出エジプトを果たすイスラエルの民の神ヤハウェ（エホバ）との対峙関係は、宗教史上の大問題であるが、ここでは触れない。

高群逸枝をアナーキストと呼んだが、正確を期して言い直せば、バクーニンとクロポトキンの名を知っていようがいまいが、逸枝は天衣無縫の天然アナーキストであると言いたいのである。この天然アナーキスト詩人は、「捨身と出発」を旨として自由奔放、男権社会からも家族制度からも自由であるだけではない。大正リベラリズムや大正デモクラシーといったカタカナ部分のグローバル・スタンダードからも自由、父権的世界史の精神には詩人として「面会謝絶」の構えを取っている。理由はおよそ精神中心主義を厭い、情に就き、徹底唯物論の生命哲学を唱えるからである。徹底唯物論とは、ある種の唯物論が唱える価値形態論のように物質を捨象せずに、物質（Materia）の根源の母（Mater）の情に就き、その声に耳を傾けることである。石牟礼道子は、「日本民族のまだ表現されない心を鬱勃（うつぼつ）と表していて」、「いまは衰えたこの国の地霊の声、余分な装いをもたぬ無縫な声が、彼女をして唄わしめているおもむきがある」（『高群逸枝全詩集『日月の上に』』XVII―三八二頁）という。「地霊」とは、ゲーテの『ファウスト』に照らして言えば、地下冥界の最下辺に棲み、生命の満ち引きが、嵐となってすさぶるうちに、誕生と死の縦糸と横糸からなる永遠の衣を編み上げる存在である。石牟礼道子は『娘巡礼記』で乞食遍路となって「シラミとおできの膿汁にまみれ、白痴とも片輪ともいわれて最下辺にうごめいている者たち」、つまり「泥土の中のアニミズム世界に生きる人びと」（「朱をつける人――森の家と橋本憲三」XVII—三三六頁）と共に生きる逸枝について書いている。石牟礼道子は逸枝を語っているのか。それとも『苦海浄土』の己について語っているのか。二人は溶け合って判然としなくなる。この生命融合を促進する生物空間（ビオトープ）こそが森の家であった。先に引用した逸枝を讃える文言は続いてこうある。

わたしは彼女（高群逸枝）をみごもり
彼女はわたしをみごもり
つまりわたしは　母系の森の中の　産室にいるようなものだ
わたしが生もうとして　まだ産みえないでいるのは　人間世界である。（「森の家日記」XVII—二一一頁）

世田谷の森の家はしばしば巫女高群逸枝の祭祀所と言われる。しかし「森」とか「家」とかは、人類史的に見ても、ヒトを庇護し続けた母性的自然形象である。「森の家」はまさに二重の母性に庇護された産室であった。『苦海浄土』が「逸枝の霊に導かれている気持」（「朱をつける人——森の家と橋本憲三」XVII—三五三頁）で書き続けられただけではない。「チッソ東京本社座りこみの心の諸準備も、森の家でなされた」（同前）と石牟礼道子は打ち明けている。チッソ東京本社座りこみ。不知火海の津々浦々から「よろばいいでて（よろめき這い出て）」（『苦海浄土』第三部「天の魚」III—一〇頁、傍点筆者）くる水俣病患者が「水俣病を告発する会」と一緒に「地（つち）の低きところを這う虫」（『苦海浄土』第三部「天の魚」序詩III—八頁）となって、つまりあの懐かしい土地の幼児語で言えば、めめんちょろとなって、丸の内界隈の地を這うのである。

（うすい・りゅういちろう／ドイツ文学者）

新作能『不知火』

能を超えた能

多田富雄

あれはなんだったかと今でも思う。

『不知火』の初演を見たときの驚きだった。

心の中では、これは違う、能ではないと否定していながら、感動に胸が打ち震えていたのを覚えている。

能としてみれば、台本にも欠点は山のようにある。演出の細部にいたっては、不満は数え切れない。でも、それでいいのだという声がどこかで聞こえる。この作品では、能としての整合性などよりは、水俣の悲劇の生き証人としての石牟礼さんの心の裏に流れる、鎮魂の響き、再生への祈りが聞こえさえすればよいのだ。

今回の東京オーチャードホールでの再演では、演技がだいぶ整理されて、欠点は目立たなくなった。いろいろ問題点はあるが、初演のときと同じ感動があった。

問題点を少し考えて見よう。まず、コロスの登場である。花の帽子をつけ、夜光の玉を捧げた群集である。

同じようなコロスは、イエーツ原作、横道萬理雄作の新作能「鷹姫」でも、岩として現れる。ほかにも作例があるが、成功したのはこの二つだけである。今回も、時々立って謡うところや、最後に狂った猫の動きをするなど少しうるさかった。ただ劇場能にしては、舞台が狭く感じられたのは、蓮の池の装置にしても、遠近感が感じられなかったほかに、コロスの扱いに問題があったからであろう。

そもそも能の地謡には、コロス的役割がある。登場人物の情念は、地謡が代行することが多い。新しくコロスを登場させるには、必然性がなければならない。地謡以上の働きをして、邪魔にならないようにするのは、演出家の力量が問われる。今回のコロスは演出の笠井賢一の並外れた力で、危うく能の一部から逸脱を免れた。

「隠亡の尉」の謡いが、短く整理されたのは、今回の成功のもと、かえって存在感が増した。

前回の公演で気になった不知火姫と常若姉弟の近親婚の祝婚の音楽は、今回短い呂中干(ろちゅうかん)の舞となり、整理が進んだ。ただ近親婚は、神の世界では不条理ではないのだから、もっと愛の感情移入があってもいいのではないかと思った。むしろ、この役の造形のもととなった「蝉丸」のほうも、内親王と薄幸の皇子の隠された近親相愛の物語という解釈も、ありうると思う。そのスキャンダルを嫌ったゆえの悲劇である。

観世銕之丞は見違えるほどうまくなった。初演のときの荒っぽさがなくなり、謡いに伸びがあって、この役の神秘的な人物像に迫った。

それでも、フィナーレに至るまで全登場人物が舞台に勢ぞろいするのは、煩瑣で平面的となり、感興を削減させる。次回にはそれぞれの挿話の人物を、別な次元で語らせる工夫が必要ではないか。コロスの扱いとともに、ひとつの宿題であろう。

今度の公演では、少し前後の儀式が多くて、能としての感動をそぐものがあった。ないほうが、静けさが増してよかったのにと、帰路ずっと考えた。余分なものによって、静けさも遠近感も弱まる。

それでも『不知火』という作品が感動を与えてやまないのは、作品の持っている絶対的な力のせいである。世阿弥が「種作書」で、「作り能とて、さらに本説もなきことを新作にして、名所旧跡の縁に作りなして、一座見風の曲感をなすことあり。極めたる達人の才学の態なり」といった作り能の奇跡の作となった。類型にとらわれることのない神話的な能である。「花修」で「能を作ることこの道の命なり」とまで言い切った新作能の誕生であった。『不知火』は、大概の才能では作りえない「極めたる達人」の書いた能として、後世に残ると信じる。それが舞台作品としては未完成ながら、成功といえるのは、演出の笠井氏を含め、出演者の息の合った努力の成果である。『不知火』は、能の伝統的類型を超え、六百年培ってきた約束事を無視して、ひとつの劇として燦然と輝く。このような「能を超えた能」を書き上げた石牟礼さんに、脱帽せざるを得ない。


（ただ・とみお／免疫学者）

新作能『不知火』

舞いの手が出る――能『不知火』のこと

栗原　彬

「深夜、ひとりで舞いを舞うことがあります。」

石牟礼道子さんは、少しはにかむようにしてそう言われた。熊本市湖東の石牟礼さんの旧居でお話を伺っていたときのことだった。

石牟礼さんが草の言伝てを聞きに野山に入る、ということが話題になっていた。水俣では誰でもそうされますよ。次いで、夜半に水俣病で亡くなった患者さんの霊が出て来られて、お話をすることがよくある、と言われる。私は不謹慎にも「恐くないですか」と聞いてしまって、石牟礼さんも「それは恐いですよ。だから患者さんや支援者たちと雑魚寝するときは、できるだけ中の方に入れてもらいます」と返されたのだが、霊たちと親しく話をするという感じの笑みも残った。

霊と話をすると言われたその先に、舞いの手が出る、と言葉を継がれたのだった。自ずと手が合わさって、合掌の手が解かれればゆっくりと舞いの手になっていく。祈らずにいられない。舞わずにはいられない。闇の中のいくつもの舞いの手は、音もなく乱舞する蝶に見えないか。

祈りと舞いと　私は思わず、現代能をお創りになりませんか、と口走っていた。なぜあのとき、舞いの手が能のイメージを呼び起したのだろうか。

一九五〇年代末、大学生のとき、奈良の興福寺の庭で見た能の野舞台を忘れることができない。演者が近在の人々なら、観衆も多く近くの住民だった。気がつくと、私のかたわらに立つ、お百姓さんの老女が、能舞台に向かって手を合わせていた。祈る老女の横顔のしんとした静謐さに、からだの奥底から震えが拡がっていった。

多くの能で、霊がこの世に現われて、死への来歴と現世に残した思いを語る。荘厳の中の謡と舞いは祈りであり、観衆もまた耳とまなざしで唱和する。能の舞いには、踊り念仏の一遍を始祖とする時宗の舞いが影を落している、と言われる。祈りはそのまま舞いになる。

能『不知火』の誕生　二〇〇〇年七月、今までに能を二度しか見たことがないと言われる石牟礼さんを、橋の会の主宰者、土屋恵一郎さんと相談して、梅若六郎さんがシテをつとめる『逢坂物狂（おうさかものぐるい）』の公演にお招きした。土屋さんは、二つ返事で石牟礼さんの能の上演を了承された。石牟礼さんに作能を依頼するばかりか、石牟礼さん自身を舞台の上にのせてしまおう、などと二人で大いに盛り上がったものの、石牟礼さんにお引き合わせする直前には、土屋さんは緊張して「恐い」「恐い」を連発していた。お会いした後で土屋さんが私の耳許でささやいた不穏当な発言を書き留めておきたい。「石牟礼さんって、抱きしめたくなるくらいかわいい方ですね。」『逢坂物狂』の打ち上げの場で石牟礼さんは快く作能を引き受けて下さったが、土屋さんも私も三カ月後に新作能が届くとは思っていなかった。『不知火』の詞章を読ませて頂いて、涙がとまらなかった。

生の両義的な力　能『不知火』の中で、相思相愛の精霊の姉、弟、不知火と常若は、それぞれ海と陸に分かれて、人間が作り出した毒に汚染された水脈を我が身を捧げて浄化して、生類の命の火を灯し続けようとする。現世では隠亡の菩薩が、八朔の満潮のときに、息絶えようとする姉と弟を恋路が浜に呼び寄せて、回生のときの妹背の仲を約す。この隠亡と幼い道子さんとの山中での出会いと道行きは、『椿の海の記』に記されている。菩薩が呼んだ中国の音楽の祖神「夔（き）」の打ち鳴らす石の音に乗って、毒死した猫たちが胡蝶となって舞う中を、不知火は、夜光虫の明滅する波間に消えて行く。

亡き人々は石牟礼さんの中に生きていて、能の中に今甦える。回生した面差（おもざし）には、受難の人生と人間の業と荘厳とが刻印されている。不知火は生類を救うだけではない。「わが身もろとも命の水脈ことごとく枯渇させ、生類の世再度（ふたたび）なきやう、海底（うなぞこ）の業火とならん」とうたう狂気の謡いは、救う力が滅ぼす力でもあるようなすさまじい生の両義的な力と、深い人間の業の構造を浮び上らせる。

世界の回生の場所

一九九五年に政府・与党が提案した「水俣病問題最終解決案」は、行政は水俣病の責任を負わない、患者の認定は行わないという前提で、未認定患者に一律二六〇万円あげるよ、という酷薄な内容だった。医療事業が施行されても、人間のこととしての水俣病は終っていない。絶望を絶望のままに、受難者たちの究極の問いは、引き裂かれた内面に、人間へと向かう。作能史を画する『不知火』は、水俣病者のいのちをかけた人間への問いの中から生まれた。

二〇〇四年八月二八日、無数の生類が眠る水俣の埋立地で、水俣病者たちの手によって、能『不知火』の奉納上演が行われる。

渡良瀬川とその周辺に田中正造の足跡をたずねる旅を私と続けている足利在住の若い友人が、雑誌の中に旧谷中村渡良瀬遊水池にミニスカート姿で立つ石牟礼道子さんの写真を見つけた。石牟礼さんは、一九七一年四月、田中（正造）霊祠の例祭に参加したあと、島田宗三さんらとこの地に立った。石牟礼さんは、近代日本の最初の「埋立地」とも言うべき遊水池のほとりで、水底の生類の声に耳を澄ました。能『不知火』は、そして石牟礼さんの全ての作品は、回生への祈りの場所ではないか。この場所に、パレスチナ、アフガニスタン、イラクまで、世界の至るところの埋立地に眠る受難者たちの舞いの手が出て、胡蝶のように舞う光景を思い浮べる。

（くりはら・あきら／政治社会学者）

新作能『不知火』

石牟礼道子の能と内海のモラル

土屋恵一郎

私は能の興行師であった。批評家ではない。石牟礼道子さんとの出会いは、この能の興業のなかでのことであった。だから私の前にあったのは、石牟礼さんの言葉ではなく、まだ作品とはならない、未だ生まれていない言葉へと起き上がってくるなにかを待つ時間であった。

最初に出会った時、石牟礼さんははっきりと言った。水俣で失われた命を鎮めるためには、もう言葉だけではない、「歌と音楽が必要なんです」。

私にとって水俣は遠い場所であり水俣病についての理解もとおりいっぺんのものであった。石牟礼道子という作家の『苦海浄土』は読んでいても、ユージン・スミスの写真を知っていても、水俣病の患者の、言葉にしてしまえばどんな言葉であっても上っ面のことになる、苦しみ、痛み、そして死も、遠いものであった。だから、私は水俣病について語ることはできなかった。自分の問題として考えることもできなかった。理解することは尊大であり傲慢であると思った。今もそう思うことに変わりはない。

私が、理解をこえるほどの苦しみを理解するのは、その苦しみのかたわらにいた者だけである。

石牟礼さんの新作能を舞台にあげ、上演して、最後には水俣の地で上演しようと思ったのは、最初の出会いの時の石牟礼道子さんの言葉に動かされたからであった。「鎮魂のためには歌と音楽が必要です。それも能であってほしい。」石牟礼さんは静かな声で、東京の水道橋の道ばたに立ち止まって、私に語った。

石牟礼さんが言ったことが、歴史上、能が担っていた役割であった。魂を鎮めることであった。能の主人公は多くはかつての物語の登場人物であり、亡霊となって登場する。能はその魂を祈りによって救済する。能は芸能であって、同時に救済の音楽であった。そもそも芸能は救済の祈りであったことを、能は今に伝えている。

もし、この能が果たす役割を、水俣病のために亡くなった人々への祈りへとつなげていくことができるならば、能にとって意義がある。私が考えたことはこの程度のものであった。

そして、わずか数カ月で、石牟礼さんは『不知火』という作品を書き上げてしまった。この本の冒頭に出てくる『不知火』が、原作である。読みながら、その言葉が私の声を刺激していることに気づいた。私は謡を習ったことがある。また、長年にわたって能を見て、聴いてきた。能のリズムで気持ちがいいところには反応する。その音楽を感受する器官、耳ではなく、読みながら声へと上がってくる声帯の奥にある器官が、反応している。

原作の冒頭の、主人公不知火の言葉がそもそも音楽として聴こえた。

夢ならぬうつつの渚に、海底より参りて候

素晴らしい。その時は、その言葉は私の声であったが、今、こうして書いている時は、この能の主人公、不知火を舞った、梅若六郎（現・玄祥）の声で聴こえる。

それは、この能の申し合わせの時であった。能は稽古とは言わず「申し合わせ」という。最初に立って「申し合わせ」をしたのは、青山の銕仙会の小さな能舞台であった。梅若六郎が、橋がかり（歌舞伎で言えば、本舞台につながる花道のようなもの）に立って、「夢ならぬうつつの渚に、海底より参りて候」と謡った時、私は本当に全身に電気が走った。鳥肌が立つというところだが、そんなものではなかった。

梅若六郎の声と謡は、現在の能にあって天下一品の声である。柔らかで深く響く。石牟礼道子の言葉が、初めて能役者の声によって語られた瞬間であった。しかし、それはまるで何百年も昔から語られてきたかのように、能の言葉であり、音楽であった。渚から現れた海の精霊であった。その時は、申し合わせなので、六郎は能装束をつけているわけではなく、着流しであった。もちろん能面もつけていない。それでも、ただ声だけで、海の精霊になっていた。

梅若六郎は後に、この役は私のものだ。他の誰にもやらせたくない、と言った。六郎にここまで言わせたのは、石牟礼道子の言葉の力である。この一行の言葉だけで、主人公・不知火の姿も役の性根もつかまえることができる。

さらにもう一か所、印象深いのはこの作品のクライマックスである。それは、不知火が、この世の惨憺たるありさまに怒り狂う場面である。不知火狂乱の場といってもいいが、能は「クルイ」と言う。

名残といへば、いつ創(はじ)まりし海底の春秋や。春の使ひする桜鯛の群なす虹色も冴えずなりて、砂の汚泥に横死するものら累々とかさなり、藻の花苑(はなぞの)は瘴気(しょうき)の沼となり果てし。

〔中略〕

かくなる上は母君のいます御宮にこもり、かの泉のきはに立ち、悪液となりし海流に地上のものらを引き込み、雲仙のかたはらの渦の底より煮立てて、妖霊どもを道づれに、わが身もろとも命の水脈ことごとく枯渇させ、生類の世再度(ふたたび)なきやう、海底の業火とならん。

ここを六郎は一気に語りきった。最初に読んだ時に、私はやはり一気に読んだ。たたみかけるリズムがあって、激しい呼吸がある。実際の舞台で、六郎はここにこの作品の感情の頂点を置いて、そこに駆け上がるように強く動いた。

「名残りといへば、いつ創(はじ)まりし海底の春秋や」。強く激しく、狂いと怒りがある。役者にしてみればここで大見得を切ることができる。能だってそうしたところはある。

石牟礼道子の言葉のなかに、能の生理が自然に現れていることが不思議であった。「春の使ひする桜鯛の群なす虹色も冴えずなりて」。六郎は謡の語りとして一気に語った。謡わず、リズムだけで語った。聴いていてもここで引き込まれる。ドラマの頂点のカタルシスがある。どんなに悲惨な記憶を背景にしていても、陶酔がここにはある。それがなければ能にはならない。

石牟礼道子の文学について語る資格は私にはない。しかし、『不知火』を読んでから、石牟礼さんの他の作品を読むと、その骨格は「語り」にあることがわかる。さまざまに人が登場しても、その言葉も書き手である石牟礼道子の語りである。石牟礼さんは、『石牟礼道子全集第一六巻　新作能・狂言・歌謡』にも入っている私との対談のなかで、浄瑠璃に似ていると言う人がいた、と言っている。それに、石牟礼さん自身が、実に語りの名手である。けっして強く語ることはないが、静かななかにリズムがあり、どこまでも続いていく呼吸がある。ずっと語るのを聞いていたくなる。それが能を作る時にも、語りのリズムとして反映している。

たとえば『椿の海の記』の冒頭部分にこうある。

ゆけどもゆけどもやわらかい紅色の、萌え出たばかりの樟の林の芳香が、朝のかげろうをつくり出す。

この文章を能の語りで語ってもまったく違和感がない。そう感じるのは、この文章が、『不知火』の先にあげた言葉、「春の使ひする桜鯛の群なす虹色も冴えずなりて」と響きあってしまうためである。六郎の語りで聞きたいと思う。梅若六郎が、これは自分のための役だと言い切るには、この語りのリズムの気持ちよさがなければ、そうした言葉にはならない。役者が気持ちがいい。それが、石牟礼道子の新作能の傑出した点であり、実はこれがいちばん難しい。

私は興行師であり制作者であったので、誰にやってもらうかを決めなければならない。キャスティングでだいたい作品の質は決まってしまう。大鼓は亀井忠雄さんに頼んだ。私にとっては切り札のようなものである。亀井忠雄さんがいてくれれば、作品の土台が出来る。なにしろ新作であろうと、言葉全部を最初に覚えてしまうのは忠雄さんである。おしもおされもしない、能楽囃子方の第一人者である亀井忠雄が全部覚えてしまえば、他の役者も囃子方も覚えないではいられない。緊張感が生まれる。芸はもちろんのこと、作品に対する構えがちがう。不知火の役は梅若六郎。かれ以外には考えられなかった。隠亡の尉にして菩薩は桜間金記。これが良かった。金記は声も力も内にこめた芸である。それが夜のなかの隠亡にして菩薩という役にぴったりであった。最後に登場する夔(き)、古代的な力の象徴のような中国の楽祖には、観世銕之丞。両手に石を持って撃ち合わせ、音楽で世界を荘厳する。これも適役であった。輪郭線が明快で力がある銕之丞の芸がぴったりきた。小鼓は大倉源次郎、笛は藤田六郎兵衛。太鼓は助川治。源次郎は大倉流家元。六郎兵衛は藤田流家元である。忠雄さんは当時は葛野流家元預かり、現在は葛野流家元であり、『不知火』初演の二〇〇二年に人間国宝になった。六郎は観世流分家梅若会当主であり、銕之丞は、観世流分家として銕仙会の当主である。桜間金記は実質的に金春流を代表する流儀の第一人者である。

　つまりは、この『不知火』の配役は、能楽の名人であるとともに家元である能楽師で固めたのだ。もちろん作品の質を高めるためであったが、もう一つなんとしてもこの配役でなければならない理由があった。初演は東京であったが、石牟礼さんが求めた最終目的は水俣での上演であった。古くから能に縁のある熊本にこの作品をもっていって、びくともしない格が必要であった。それが、私の石牟礼道子の作品への仁義であり、水俣病を背景とするこの作品を水俣で上演するための覚悟であった。

　初演は、二〇〇二年七月十四日東京宝生能楽堂。追加公演を同年七月十八日国立能楽堂。チケット完売の自信はあったが、早々と売り切れた。正直に言って、石牟礼さんの作品がそれほどの集客力があると思っていなかったので、ちょっと驚いた。

翌二〇〇三年に熊本市で上演。そして、二〇〇四年八月二十八日に水俣の海辺で野外上演を行った。

三十年にわたって能楽プロデューサーとして仕事をしてきたが、この日ほど劇的な上演はなかった。何度となく野外公演を制作し、フランスのアヴィニヨン演劇祭に能を持っていった時は、一週間にわたる野外公演であったが、一度として雨に降られたことはなかった。能は雨が降ったら野外公演はできない。そこはロックコンサートとはちがう。私は徹底的晴れ男であった。しかし、『不知火』水俣上演の八月二十八日の前日、台風が屋久島まで来ていた。不知火湾の恋路島を向こうに見て、能を上演する試みは挫折しかかった。水俣上演の中心であった緒方正人さんは、漁師の勘で絶対に明日は雨は降らないと言っていたが、現実に台風はそこまで来ている。それに緒方さんは龍神さまの御札を上演委員会の部屋に貼っている。守り神さまかもしれないが、もしかして龍神は水の神さまじゃないのか。これはダメかも。しかし、屋久島からボランティアで来ていた女性は、台風は屋久島でかならずいったん足踏みすると言っている。じゃ大丈夫か。しかし、実は梅若六郎は完璧な雨男である。六郎さんが出演する薪能の成功率は五割を切っているとも言われた。

そして当日、水俣には雨は来てないが、鹿児島まで台風は来かかっている。どうしよう、ＮＨＫがテレビ収録することになっている。でもここまで来たらやるしかない。

雨は降らなかった。水俣だけ降らなかったのだ。周囲は雨だった。公演が終わる頃は、天空には星が瞬いていた。そして、翌日雨が降った。鹿児島も福岡も飛行機は飛ばない。奇跡など信じないが、この時は、なにかが守っているとしか思えなかった。二千人を越す観客と多数のボランティアに支えられて、上演は成功した。公演に先立って、水俣病患者である緒方正人さんと杉本栄子さんが、緒方さんは紋付き袴、杉本さんは留め袖の正装で観客の間から登場して、舞台に御神酒を捧げた。『不知火』が水俣で上演される意義ははっきりした。

この上演準備の過程で、私は一つの事実を知って驚いた。石牟礼さんと私で一般の市民対象の講演会をやった時である。石牟礼さんが私に言った。「水俣の市民を前にして水俣病について話すのは初めてです。」既に水俣病五十年であった。水俣の運動があり、グループのなかで話すことはあっても、水俣市民の前で話したことはなかったのだ。それほど水俣市のなかで水俣病について話すことはタブーであった。だが、この『不知火』上演を機会にして、そのタブーは破られた。

『不知火』は、能として書かれた石牟礼道子の内海の文化論である。文化という言葉を文明と区別したのは、レイモンド・ウィリアムズであった。文明が普遍的な価値を意味しているのにたいして、文化は地域の共同性に根ざした価値のうちに生まれる。その意味で、石牟礼さんの能は、天草諸島によってかこまれた内海の文化と記憶によって作られた。そのことは、『不知火』の上演までは、私の意識にはあがらなかった。私の頭のなかにあったのは、水俣病との関係だけであった。事件としての水俣病とのつながりしか、私は考えることができなかった。東京での上演の成功だけを考えていたからだ。この東京という、抽象的で問題の表層にのみかかわる都市での成功を考えた時、水俣との関係は、事件とそれを報道するメディアとの関係に近づく。東京はメディアの都市である。その自由さを私はけっして否定することはできない。東京の向島に生まれて、下町しか知らない私にとって、東京は自由で闊達な町である。その日暮らしの野良犬が住むには良い町である。『不知火』が、内海の能であることの感覚は平坦な東京から想像することができない。その内海の文化論の鮮明な感覚を知ったのは、上演を前にして石牟礼さんと対談した時であった。その対談は、この本のなかにも収録されている。

能『不知火』の時間は、陰暦八月八朔の夜と設定されているが、そのころは、「不知火」という自然現象が内海にあらわれる時であった。この対談は、ほぼ能『不知火』の成り立ちを内海の自然とつなげて、石牟礼さんが明かしてくれた。

「不知火」は、旧暦の八月一日のころ、八朔潮という大潮になると、内海の真ん中、不知火海の真ん中に灯火が走ったり明滅する、自然現象のことである。能『不知火』の主人公である不知火は、この内海の自然が化身したものであり、内海そのものと言ってもいい。その不知火が「夜光のしずくの玉すだれ」をまとって登場するのだが、この姿は、石牟礼さんが少女の時に、内海で経験したことそのものであった。

石牟礼さんはこう言った。

「夜光虫が波のなかにいて、その中に入ると、海辺の子供たちは夜でも泳いでみたりしますから体にまとわりついて光ってました。夜、磯辺を矛を持って漁に、よぶりに行くと言うんですけれど、夜、渚辺に矛を持って魚を突きに–矛で突く漁ですけど、潮のなかに入ると夜光虫が発生するので、魚が来ると光で魚影がわかるんですよ」

この話をする時、石牟礼さんは生き生きと、はなやいでいた。まさしく、主人公の不知火の姿は、内海の磯に遊ぶ石牟礼さんや子供たちの姿に他ならない。静かな内海の水のなかで夜光虫を体にまとって泳いでいる子供たちの声が、この能にはあるのだ。

石牟礼さんはさらに言った。

「一途にいじらしいものは美しいですよね。それで、そのいじらしさを花にして、たてまつりたいという思いですね。存在にたいして」

私は、この石牟礼さんの言葉で、能『不知火』のほとんど全てが語られたと思った。「いじらしさを花にして、たてまつりたい」。一生懸命生きようとしたものの、いじらしさこそが花なのだ。

それが内海の文化であり、モラルである。自然と人間とが分かちがたくつながり、混成している内海のモラルである。このモラルを破壊したのは、水俣病を作り出した文明であった。自然と人間が出会う渚を破壊したのだ。それは、海辺に原発を作ることに躊躇しなかった電力会社や日本国の姿そのものである。

このこととつながるかどうかわからないが、石牟礼さんが私と話をしている時に、言ったことが頭に残っている。「環境権という言葉は嫌いです」と、石牟礼さんは言った。環境権といった時、問題は法制度のなかでのことになる。しかも、あたかも環境権というものが本来どこかにあって、それを守れという発想になれば、のっぺらぼうな普遍的人権の問題になってしまう。石牟礼さんが言いたいだろうことは、そんなことではない。人間の生きていることにかかわる「いじらしさ」こそが、問題の中心である。権利の主張ではなく、存在の主張なのだ。

かつて、民法学者の加藤一郎が、「環境権」という法学的発想に反対して、「不法行為」で罰すればいいではないかといったことに、このことはどこかでつながっている。加藤一郎は全共闘時代の東大紛争に総長代行としてかかわって、学者としての生命を失ってしまったが、法律学者としてまれに見る逸材であった。加藤一郎にいわせれば、「環境権などという新しい概念を作らなくても、現行の不法行為で十分に企業を罰することはできる。むしろ、「環境権」という発想に立てば、当事者としての企業の責任は曖昧になるだろう。不法行為と無過失責任を組み合わせれば、企業の責任の逃げ場はない」。当事者としての企業が破壊したのは、「権利」ではなく、「いじらしき」者の命なのだ。そこまでは加藤一郎は言っていないが、加藤の論理は、十分に石牟礼さんの言葉にもつながる、すぐれた法理論であった。

天草諸島を場所として、もう二つ、『石牟礼道子全集第一六巻　新作能・狂言・歌謡』には石牟礼道子作の新作能が収録されている。この二つはまだ未上演のものだが、いずれ上演が実現されるだろう。

それはいずれも、天草四郎を主人公にして、島原の乱を題材にしている。そこでの主題は、キリシタンの乱にあるのではなく、飢饉のなかでの苛烈な年貢取り立てに対する、一揆であり、その一揆のなかで失われた命への祈りである。

作品の構成を考えると、等しく不知火海をめぐる物語であっても、『不知火』と『沖宮』とでは、大きな違いがある。『不知火』は、あきらかに、水俣病をめぐる内海の自然と生命の破壊に対して、神話の世界による怒りと鎮魂のドラマを対置するものであった。現実の水俣病や石牟礼道子の内海の記憶を神話のうちに再構成するものだった。だから、その登場人物は、石牟礼さんの他の作品のなかにも登場する者に見立てることができる。『不知火』に登場する隠亡は、現実に石牟礼さんが少女の時に見ていた隠亡さんそのものである。主人公の不知火は、不知火海を泳ぐ石牟礼さん自身であり多くの少女たちであった。

他方、『沖宮』は、歴史上の島原の乱と天草四郎を題材にしている。物語の時間は、その乱の後の日照りと飢饉の時に設定されている。歴史の後に、その歴史を取り戻し歴史のなかに滅んでいった者を呼び戻す。この『沖宮』の構成は、『不知火』よりも、能のもともとの構成に近い。呼び戻された天草四郎には、島原の乱で多くの者を死なせたことへの悔いも罪の意識もある。その四郎は、四郎を「兄しゃま」と呼ぶ乳兄弟のあやや家族に呼びかけられて、歴史の責任を負う一人の青年から民衆の幻想のうちに立つ救世主へと再度立ち戻る。そして、雨乞いの犠牲となる龍神の娘でもあるあやのもとに雷神となって降り立ち、共に沖宮へと道行をしていくのだ。

『沖宮』は、歴史を、民衆の幻想のうちに取り戻そうとしている。そこに救済を求めた。歴史は事件として終わるものではなく、その後に想起され呼び戻されるものである。能はそのことを強く意識した芸能であった。石牟礼さんは、この能の手法をとおして、歴史への哀悼と救済を願ったのだろうか。内海の歴史を、今のものとして呼び戻し、小さな命への祈りを四郎とともに捧げているのだろうか。

『不知火』と『沖宮』を読むものは、そこに多くの共通するドラマの因子があることに気がつく。一つは、姉と弟、兄と妹の関係が、ドラマの強度になっていて、鮮明に描かれていることである。『不知火』では、姉と弟が婚儀すらあげる。『沖宮』では、四郎とあやが、最後は共に天上への道行をすることになる。なぜ、これほどに、近親婚のイメージが作品のなかに登場することになるのだろうか。

この問いは、石牟礼さんに試したことがあるが、石牟礼さんははっきりと答えなかった。ただ言えると思うのは、近親婚的関係が、葛藤がない純粋な関係として、描かれていることである。

もう一つ、『不知火』と『沖宮』を結びつけているのは、不知火海の内海の気象である。雨乞いのために生贄にされる島原の乱生き残りの少女と天草四郎の亡霊とを主人公にして、雷と稲妻、そして天空から降る雨の、内海の気象がドラマを動かして行くからである。気象は自然現象であって、同時に人間や動物、生物とつながっている。

友人でもある詩人管啓次郎は歌っている。

気象よ、気象よ
ぼくらはこうして動物たちのふるまいに教えられるんだ。
馬の吐息が荒くなると寒冷前線がやってくる
むくどりが死ぬほど騒いで満月を出迎える

ねずみの活動が活発化するのは氷河期への準備
海月の全面的な浮上は洪水の確実な予兆だ
そしてザリガニの捕食活動は千年紀の祝福
………
動物主義！　かれらなくしてヒトは
なにも知ることはできない

不知火という自然現象も、雷と稲妻そして干天と降る雨も、内海の気象である。内海の気象は、石牟礼さんの作品のなかでは、人間とつながり命とつながっていた。そして、水俣の猫はその狂い死にする姿によって、内海の異変を知らせていたのだ。『不知火』の最後に登場する神猫こそ、管啓次郎が言う、動物主義の象徴である。

人も猫も気象も、そこでは内海のモラルを支える生命である。能がその命への捧げ物であったとすれば、能はその本来の役割を取り戻して、現代にもう一度蘇ったとも言えよう。

そして、台風の日に、水俣の上だけが晴れていたことも、この内海のモラルに捧げられた能への、内海の気象からの贈与であったのだ。

（つちや・けいいちろう／能楽評論家）

新作能『不知火』

『不知火』、それは猿楽の光

松岡心平

『不知火』には、橋の会の運営委員として初演のときから立ち会っている。初演のときは、不知火の狂乱のシーンなどいいとは思ったけれど、まだ納得できないところもあった。

心底いいと思ったのは、熊本県立劇場での公演のときである。梅若六郎さんの謡に感動してしまった。いままで聞いた六郎さんの謡の中で一番良かった。終わったあと、楽屋にすっとんでいって、やっとつかまえた六郎さんに「すばらしい謡ですね」と言ったら、いつものように恥ずかしそうに手を頭にまわして「ガハハ」と笑っておられた。

水俣奉納公演のときも、六郎さんの謡はさえた。

ことに「春の使ひする桜鯛の群なす……」のところで、私はぐっとくる。瀬戸内海での遠い記憶が重なる。母から聞かされた魚島（うおじま）という言葉の季節と桜鯛。そして瀬戸内の夕焼けの時間がとまってしまったような美しさ。今は産業廃棄物問題でゆれる豊島（てしま）に、四十年も昔、小学校低学年の私は、父と母と兄につれられて、毎年海水浴に行っていた。その頃はまだ、岡山の町（まち）

中の旭川から豊島行きの船が出ていた。その船で見た、帰りの夕焼けの凪の海の美しさが、いまでも忘れられない。今年はじめて水俣を訪れ、湯ノ子温泉にとまったとき、瀬戸内に似ていると思った。なんだか、そんなような記憶や思いが、「桜鯛」の言葉をきくと、私の中で一気に立ちあがってくる。

このあたりの六郎さんの謡は、とても明晰だ。石牟礼さんの言葉の一つ一つが、はっきりした声の輪郭として聞こえてくる。今、こんな謡を謡える人は、六郎さん以外にないだろう。

櫻間金記さんの隠亡の尉もいい。この役は、金記さん以外考えられないほどの味がでてきている。狂乱の〈カケリ〉のあと、六郎さんは橋掛りで、「破れ墜つる空より見れば、いまだ蒼き碧の宝珠とかや」と謡う。地球をいとおしむ宇宙からの視点だが、「地球にやさしい」といったことでなく、ある破裂の感覚を通して語られるところがいい。

能の世界では、何百年にもわたって、まがいものの言葉が大量に生産されてきた。能の言葉くらい誰でも書けると思っていたからだ。ここ七、八十年くらいを見ても、新作能といわれるまがいものが多くあらわれている。

しかし、そのほとんどは、見向きもされていないし、またこれから、さらに多くのものが見向きもされなくなるだろう。

そうした中で、石牟礼さんの『不知火』は、ほとんど唯一、残っていく作品である。それはいつにかかって、石牟礼さんの言葉の力による。

中世の一瞬間、猿楽と呼ばれる、闇の魂をあつかうパフォーマンスの職人たちに、知識の灯がともったことがあった。その時にだけ、能の言葉に灯がともった。観阿弥、世阿弥、観世元雅、金春禅竹たちの、ほぼ百年くらいだけである。

闇の魂をあつかう呪能と知識の灯の両極が、どちらも激しい強度をともなって並存すること、これが、能の言葉が紡ぎ出されてくる原点であった。時代が前にずれても、後にずれても二つのバランスはくずれてしまう。

能の言葉に力があるとすれば、それは、マージナルな時間と場所からしか生まれえない稀有のもの故なのだ。ここに思い至らずに、新作能を書きたがる人の気持ちが、私には、よくわからない。

石牟礼さんの言葉は、まさに能の原点から紡ぎ出されてくるものだ。世阿弥や金春禅竹の、もっともまっとうな後継として石牟礼道子はいる。

「石牟礼道子に新作を頼もうと思うんだけど」と土屋恵一郎さんから聞かされて、一瞬びっくりしたけれど、これはいいぞ、と思って返事した、そのような場に居合わせることができて、私は幸せである。


（まつおか・しんぺい／日本中世文学・演劇）

新作能『不知火』

芸能の根源に立ち帰る——石牟礼作品のための演出ノート

笠井賢一

石牟礼さんの紡ぎ出す物語はいつのまにか調子をおびて歌になる。歌はご詠歌か和讃かはたまた浄瑠璃、道行きか、浄瑠璃は薬師如来の浄土のことであり、究極の癒しの音楽。やがてそれは舞や踊を呼びだして、ものみな舞遊び、踊狂う。そうした石牟礼さんの作家活動の究極に能『不知火』が書かれた。死に瀕した文明総体の救済への希望と死者達への鎮魂の祈りを込めて。能の最後は中国古代の神、歌舞音曲を司る楽祖夔(き)が呼び出され、水俣の匂い濃き磯の石を撃ち合わせ、この浜に惨死した愛らしき猫どもを呼び出だし、「わが撃つ石の妙音ならば、神猫となって舞ひに狂へ、胡蝶となって舞ひに舞へ。いざや橘香る夜なるぞ。胡蝶となって華やかに舞のぼれ、舞のぼれ」と終る。

石牟礼さんの新作能『不知火』の東京での初演の折りの演出ノートに私は次のように書いた。「梅若六郎さんに石牟礼さんの『苦海浄土』のエピグラム〈繋がぬ沖の捨て小舟　生死の苦海果てもなし〉を次第としていれることを提案した。この言葉を入れることで、石牟礼さんの『苦海浄土』からこの能『不知火』までの長い長い歩みが包含でき、作品の幅が広がると思ったからだ。」また「能を書くことは言葉との出会い直しであったという石牟礼さん。私たち能の側も新たな輝きを秘めたこの新作能と出会い直さなければならない、芸能者であることの根底を自らに問い直しつつ」と。

その東京での二回の公演から一年の後に熊本市での公演と、二〇〇四年夏の台風の只中での水俣の爆心地である百間埋立て地で不知火の海に向っての奉納上演と、東京での公演と五回の公演を重ねてきた。能の演者にとって一つ一つの公演が鎮魂と祈りという芸能の根源に立ち帰る行為であった。

『不知火』の演出ノートは書き継がれなければならないと私は思う。一つは『不知火』の再演を重ねるため、世界にむけての上演のため（英語とドイツ語の翻訳が進行している）、そしていま刊行されている『不知火』と総タイトルのついた『石牟礼道子全集』の作品群との出会いの記録としても。

石牟礼さんの作品世界の孕む演劇性、音楽性の豊饒さは、人々の肉声や所作を自分自身のなかに取り込む作家の天賦の才による。そうして描かれた会話やシーンは肉声に戻ろうとし、動き始めようとする。つまりは舞台化したくなるようなエネルギーに充ち満ちている。

例えばその一つが『西南役伝説』のなかの「六道御前」である。この作品は私の魂に深く入り込んでいる。ここに描かれた最下層の放浪の芸能者は自分の祖先だと思える程だ。芸能者として生きる自分自身への深い呼びかけを感じるのだ。石牟礼さんは作家として、そうした人々の運命や魂にすっと依り添って一体化した語りくちになれる人である。巫女だといわれる所以である。主人公のおろくは「三界火宅のみなし子が、かかさんや兄者を思い出そうとすれば、じょろり（浄瑠璃）言葉で思い出す。じょろりがわたいやら、わたいがじょろりやら……」と語る。これは作家自身の方法論でもあるのだ。西南戦争のただ中で芸能者の母は「戦というものは、じょろりとはえらい違うな。……さむらいというものは、魂のどこさねか抜けとるもんどもぞ」と娘のおろく（六道御前）に語りかける。その後吊り橋を渡ろうとして母は兄者と呼ばれる人形と滑り落ち、おろくは天涯孤独の身となる。おろくは「三千世界のまっくら闇の谷底にたったひとりで、親もなしに、とり残されたと勘に来て、おとろしさもおとろしさ。子どもでもそのようなときは気の狂い申します。」と語る。それから何十年の年を経て、老いたおろくは死んだ連合いの言葉を回想して「先の世では首のしゃんとした男に生まれて、おまいとまた夫婦になろうで。先の世では俺が兄者をつとめて舞おうわい。お前のじょるりは夕闇の花吹雪じゃ。魂ば舞わするとなあ、いうておらいました。」と最下層の流浪の芸能者の深い魂の発露を表現している。これは肉声にして演じられることでより深いリアリティを獲得するだろう。

もうひとつあげるなら、詩人としての石牟礼さんの仕事が網羅された全詩集『はにかみの国』の最後におかれた散文詩「緑亜紀の蝶」も舞台化を待っている作品だ。この散文詩とも童話とも見えるスタイルでかかれた作品の豊饒な音楽性と、映像的な美しさ。それは普通の演劇の手法では表現しきれないだろう。新たな表現法が求められる、というよりは呼び覚まされる。そこでは歌が発生する原初の姿がある。歌が節となり踊りが振り事になるあわいの、たうたうような、夢見るような世界が、変容する色彩と造形と一体となって動き出す。島唄に包み込まれるような音楽詩劇として。そこで私達は主人公の夢見神のお婆さんとともに歌と踊の生れ出ずる現場に立ち合うことになるのだ。

（かさい・けんいち／演出家）

新作能『不知火』

新作能『不知火』に想う

梅若六郎

原作者の石牟礼先生にお目にかかったのはいつのころであったか、水俣と戦う女性としてお名前が世間に知れ渡っているからか、新作能『不知火』でご一緒した時間が大変密度の濃いものであった為か、ずいぶんと以前から存じ上げていたように思える。しかし実際にお会いしたのは三年ほど前のことであった。初めてお目にかかった時の石牟礼先生の第一印象は私の想像とは遥かに違い、あの大仕事は別の人のものであるのかと思わせるような、可愛らしい少女のような方であった。しかしながら先生は言葉一つ一つを確かめるようにお話しになり、それらが非常に重く私の胸にしみ込んできた。お目にかかる前にあらかじめ作品は読ませていただいたが、あらためてそのお仕事の膨大さと先生の文章への情熱に驚愕した。どれも読み落とすことができないほど、大切な意味を含んでいるからだった。とにかく能というものは、削いで削いで削ぎ落としたものを表現するものである。この大きな作品によせられる思いをどれだけ表現できるか、正直に言って非常に不安であった。しかし先生にお目にかかることでそれは氷解した。作者の思いの強さ大きさ、重みを素直に、石牟礼先生のこのお姿のように、表現すればいいいと確信した。

そして数ヶ月が経ち、私の担当である、謡の節付けに入ることになった。節というものは言葉の意味をさらに引き出すことにより、観客に心地よく、またあるときは力強く届かなくてはならない。作業が進むに連れて、私は一つの壁に突き当たった。当然ながらこの一つ一つの言葉が大きな意味を持つ文章を、いかに謡うかということだった。常の能の謡とは全く違う形も考えた。しかしやはりこの大切な言葉を活かすには、節付けもなるべく削ぎ落とした形ですればよいと感じた。数日後、あらためて節付けに戻ると、前にもまして素直な気持ちで作品に向かうことができ、自分でも驚くほどスムーズに、一気に一日で節付けを終えることができた。

いよいよ立ち稽古である。第一回目は青山の銕仙会舞台であった。出演者およびスタッフが顔を揃え、演出の笠井氏のもと、粛々と進められていった。囃子が始まり、私の不知火の出になった。橋掛かりを進み、一の松に立ち、隠亡の尉に向かって第一声、「夢ならぬ現の渚に海底より参りて候」この謡を謡った瞬間に今までに体験したことのない思いが、私の体を駆け巡るのを感じた。悪液となった海水に身をさらし、命を捨てて海を浄化しようとする不知火の思いが、この言葉に象徴されているとさえ確信した。同時に私はこの能が必ず成功するとの思いを強くした。

その後数回の稽古を重ね、申合せ（リハーサル）と順調に進み、いよいよ当日の舞台となった。初日は宝生能楽堂での演能である。幕の前に立った私は、常の能とは違った得体の知れぬ興奮に陥っていた。が、またどこか醒めている自分を見ていた。あの時、自分ではどのように能を舞ったのかいまだに思い出せない。稀な体験であった。

この曲の何がそうさせたのか、私は非常に興味深く思い、二日目の国立能楽堂での演能へ思いを馳せた。しかし二日目の舞台でもその疑問は解決しないままであった。そして数ヶ月後の熊本市での演能を終え、いよいよこの能の原作の舞台となる、水俣での公演を迎えることとなった。前日の八月二十七日、私は水俣の地に初めて入る。何と美しい町であろう。汚染の被害を受けた地とは想像もできないほどゆったりとした空気と時間がそこに流れていた。しかしその日は、予測の道を大きくそれた台風の直撃を受けるという予報がにわかに流れ、空模様もあやしく、スタッフの方々は急きょ屋内の舞台をしつらえるなど、翌日の公演の準備に余念が無かった。が、何としてもできることなら水俣の海を背景にした演能を我々一同望んでいた。今日の日を迎えるべく努力を重ねてきて下さった制作関係者の思いが強く我々にも伝わってきた。「それならば……」と櫻間金記さんと私と二人だけの『不知火』を百人あまりの関係者を前に観て頂くことになった。そして運良く舞台に立つころには燃えるような夕焼けが海を覆い、横たわる太陽は強く、また穏やかな光を投げ続けていた。くっきりとシルエットを映す恋路が島を背景に能が静かに始まった。その時、私がずっと心にこだわりもっていた疑問が消えたのであった。この能『不知火』はここで奉納するために作られたということ。想像を絶する痛みと苦しみに人生を翻弄された人々、そして半世紀あまりをかけてそれらと戦い続けた人々、その思いにひかれて私が今ここに立っているということ。当初より漠然と感じていたことが、その時実感できたのだった。そして翌日、なんと台風の停滞により、つつがなく水俣の地における野外能奉納を終えることができたのだ。

この能『不知火』は永々と受け継がれていってほしいと思う。愚かな人間の浅はかな業が、いかに大きな悲しい出来事を引き起こしてしまうのかということを、この能がずっと人々に訴えかけて欲しいと願う。悲しい出来事はまた美しい人の心によって救われるに違いない。我々がこの作品を演じ続けること、また一人でも多くの人々がこの能を観て下さり、あの台風模様の中に放たれた水俣の鮮やかな夕焼けの光を感じていただく事ができればと願ってやまない。『不知火』という能を我々に与えて下さった石牟礼道子先生に心より感謝し、益々完成させるべく追究して参ります事を御約束いたします。

（うめわか・ろくろう／観世流シテ方の梅若家当主）

新作能『不知火』
不知火の海に牽かれて

櫻間金記

初めて訪れた不知火の海は静かだった。

「ここに兇兆の海ありて……」。自らの台詞で眼前に描き出すその自然界の中に、身を置いてみたいと思った。

東京の初演を終えて、是非とも水俣での希望が、熊本市での再演、そして奉納公演の現実化へと、現地の方々の運動の気運の高まりが伝わってくるにつれ、想いが強くなった。

ちょうど三月に、国民年金総合健康センター・熊本エミナースで、能楽鑑賞入門講座が開講され、講師として招聘された。その機会にと思い立った。

水俣公演に携わり運動されている方々とはそれまで親しい接し方をしていなかったので演出の笠井さんにお願いし、現地と連絡をとっていただいた。

待ち合わせの水俣市役所に赴くと三人の男性の方が現れた。新作能『不知火』水俣奉納する会代表・緒方正人さん、事務局長・金刺潤平さんに石牟礼道子さんのご主人・弘さんと紹介を受けた。

埋立地親水護岸へ案内され不知火の海に臨んだ。あまりにも静かなことに瞠目した。この中で、古来より何代、幾十世代にもわたって漁業を生業とされ、落ち着いた生活を送ってこられたであろうに……と思いを馳せた。こんなにも穏やかなところに……。

しかし、今ある静謐はその永続ではなく、一つのうねりのあとであり、そのうねりの大きさ、激しさを思うと言葉がない。

緒方さんの案内で資料館へ導かれた。緒方さんの静かさ穏やかさは、私どもでは計り知ることのできない、場と時間をくぐり抜けて来られた後のもので、それを凝縮した強さで視点を未来へ向けておられるとお見受けされた。たゆたう不知火の海の深さと広さに同化されたような。

二度目に訪れた不知火の海は燃えていた。

第四回ワークショップの講師として招かれ、演出家・笠井賢一さんと七月に再訪した。

講演終了後、水俣青果市場の中にある事務所へ案内された。中は集った人々の活気に満ちていた。御手洗いの場所を聞くと、向こう側の建物で自転車に乗ってと教えられた。それほどの広い市場の一隅が事務所にあてられていた。こと終わって外へ出ると、夜も更けた市場の中には他に働く人の姿も見えず暗く光が無い。はるかといってもよい事務所にだけ明かりが灯っている。赫々とした色は電燈のそれではなく、『不知火』奉納公演に懸ける人々の燃えた心の塊りのように感じられた。事務所に近づいていくにつれそのことでではなく、この公演に集う方々の想いの重さが身に沁みこみ、その灯はだんだんと大きくなって迫ってきた。

翌日、会場の親水護岸を下調査する笠井さんに同行して、不知火の海に再び臨んだ。相変らず静かな穏やかな海ではあったが、海中の深いところで昨日見たとおなじような灯の塊りが、この一カ月後に行われる事へ向けて大きなエネルギーとなって燃えているように思われた。

三度目に訪れた不知火の海は美しかった。

私の役は「隠亡の尉」の老人から「菩薩」の仏様に変身する。「隠亡の尉」は幼少のころ会われた老人がモデルと、石牟礼道子さんにお目にかかったときに伺い、そのイメージに重なる声とおっしゃってくださった。

私事ながら、四月の末に咽喉のポリープ除去の手術をしていて、自らの発声をコントロール出来かねており、前の公演と変わらない声の役作りが出来るのか不安な状態だった。

私はこの観世流主体の能に金春流として、梅若六郎さん、制作の土屋恵一郎さん、演出の笠井さんのご理解をいただき、普通の公演では認められていない異流参加をしている。観世流と金春流とでは、丸い輪を横に切って上の輪（上音）が観世、下の輪（下音）が金春と表現される発声の違いがある。この謡い方が任に即していてお役に立てたのだと思い、そのことが喜びでもある。

恋路島から不知火の海に落ちていく夕陽が創り出したあの世界は、集った全ての人の心に焼き付けられ、その心を無垢にした。あの想いを忘れない限り、水俣は過去にならない。

（さくらま・きんき／金春流シテ方）

新作能『不知火』

表現という希望

田口ランディ

「影響を受けた作家、および作品は？」という質問に、「石牟礼道子さんの『苦海浄土――わが水俣病』」と答えていたのが、『不知火』に導かれるきっかけとなったのであるが、この一文を読んだ水俣フォーラムの方から水俣病に関する講演を依頼された時は正直お断りしようと思っていた。私が『苦海浄土』に特別な思い入れがあるのは、実はとても個人的な理由があってのことだった。

二十年ほど前、ある演出家が主宰する劇団に所属していた。当時、彼は強い美学と執念をもって水俣病を題材にした芝居を作っており、石牟礼道子の存在もその男性から教えられた。

だが公演を間近にひかえたある日、彼は不審火による火事で大火傷を負い植物状態となった。意識は戻ることなく、四年後に肉体の機能低下による肺炎で亡くなった。まだ三十代の若さだった。実は彼は、果たすことのできなかった公演において、胎児性水俣病患者として生まれ、一度も意識を取り戻すことなく亡くなった少女を、芝居の材として選んでいたのである。もちろん、私は二つの死に因果関係があるとは思っていない。彼が植物状態で死んだのは単なる偶然である。でもその偶然が、なぜか恐ろしかったのだ。

奇しくも、石牟礼道子さんがこんなことを語っておられる。

> 白状すればこの作品は、誰よりも自分自身に語り聞かせる、浄瑠璃のごときもの、である。このような悲劇に材をもとめるかぎり、それはすなわち作者の悲劇でもあることは因果応報で、第二部、第三部の執筆半ばにして左眼をうしない、他のテーマのこともあって、予定の第四部まで、残りの視力が保てるか心もとなくなった。視力より気力の力がじつはもっと心もとないのである。
>
> （「改稿に当って」、『苦海浄土』旧講談社文庫版より）

なぜ、表現者は自らの肉体や心までも嘖み（さいな）ながらも、他者の悲しみ苦しみに材を求めるのか。他者の悲惨と共にあろうとするのか。いったい、表現するという行為は何なのか。その疑問は、彼の死の後、忘れられない大きな宿題となって残った。

私にとって、長いこと表現は恐ろしいものであった。だから封印してきたし、水俣病に関しても避けており、運動に関わったり支援したりすることをしなかった。他者の苦しみに触れることが恐ろしかったからだ。

しかし、そんな自分が四十歳になったときに小説を書き始めるのである。しかも、最初の作品は自殺した兄の死をテーマにしており、続く作品も自分が一番恐れていた他者の悲惨を材としたものだった。次第に書くことによって自分がひどく苦しくなってしまい、まるでミイラとりがミイラになるように、死にたい気分にすらなってきたのである。そんなに不安定な精神状態になりながらなぜ自分が小説を書きたいのか、さっぱりわからない。自分を見つめ直すためにしばらく仕事を休んでいた。そんな折り、水俣フォーラムからお誘いを受けたのだった。

しかも、石牟礼さんが新作能『不知火』を水俣の埋め立て地で奉納上演なさると聞いた。いったいいま、石牟礼さんはどんなお気持ちで、何を思って能をお書きになったのだろう。因果応報と自著のあとがきに記した石牟礼さんが生き抜いて到達し、獲得した表現とは何なのか、どうしても自分の目で確かめてみたかった。

二〇〇四年八月二十八日、『不知火』を観るために初めて水俣の地を踏んだ。そこには水俣の時間が流れていて、私はその時間の外の存在だった。水俣の時間は水俣病と共苦を経てきた人々の時間であろう。けれども、能は、私のような時間の外から来た者をも受け入れてくれた。あるいはそれが表現の力なのかもしれない。虚構とは、共に苦しみ共に喜ぶ時空への扉なのかもしれない。

作中、竜神の姫である不知火は弟の常若と再会し、菩薩によって来世で結ばれることを約束される。すると音楽の神が飛び出し祝祭を舞う。やがて魂たちの輪舞となり、生命の再生を予感させ終演となる。

エロスは、因果応報を越え、死をも越え、生命を繫いでいく。石牟礼さんはそう言いたいのだろうか。『不知火』は、私のなかの「女という性」を強く揺さぶった。感じたのは観念的な愛ではなくもっと巨大な命の器。世界という子宮。だからあえてエロスと呼ぶ。

表現者は他者の悲惨を通して、自らの裡にある怒り、憎しみ、苦しみを越えようとしている存在かもしれない。あまりにも強烈なエゴをもつゆえにかえって透明であり、だから純粋に他者を映すのかもしれない。

二十年前に、私は石牟礼さんの描かれた人間に菩薩を見た。そして、今回、水俣に訪れて自らの目で、現実に生きる患者さんの中に同じ菩薩を見てとった。石牟礼さんは『苦海浄土』は聞き書きではなく創作であると語っている。たぶん人間のなかに神的な魂を直感されて描かれたのであろう。表現者として、人間存在に対する強烈な「エゴ＝希望」を、ひるむことなく打ち込んだのだ。そして、その希望は時を経て現実のものとなった。石牟礼さんの言葉によって掘り出された神性は、患者さんたちの裡から光り輝いている。森羅万象を包み込む「エロス＝不知火」となって、時代の暗き海を照らしている。

（たぐち・らんでぃ／作家）

新作能『不知火』

秘蹟に立ち会う

紅野謙介

水俣湾埋立地、親水護岸の広場はすでに大勢のボランティアでごった返していた。二〇〇四年八月二十八日正午、数時間後に新作能『不知火』の奉納公演があるというそのとき、ようやく東京からかけつけた私は、見慣れた公園の風景が一変し、さまざまな格好、さまざまな機材を抱えた人びとがそれぞれに作業をしているなかに身を置くことになった。毎夏、水俣病センター相思社にほんのわずか泊まるだけの関係だが、それも三年つづいて知り合いも多くなると、水俣の風景が少しずつ溶け込んでくるようになる。『不知火』の奉納があるからボランティアで手伝いをしようと誘われて、ためらうことはなかった。石牟礼さんの『苦海浄土』を読み、土本典昭監督の記録映画を見た学生時代の記憶はもうぼうっとかすんではいたが、佐藤真監督の『阿賀に生きる』（一九九二年）で新鮮な衝撃を受け、『苦海浄土』を読み返して、あらためて水俣のいまが気になってきたときだった。

大きな、そして長い長い闘争と運動をくぐりぬけ、それをいまなお持続させながら、しかし、水俣は生活の時間のなかで呼吸している。人によって昂揚の時期もあったろう、まだ昂揚している人もいるだろう、同時にひとりひとりの人生に向き合い、人と人の関係や生活の現実に悪戦苦闘している人もいるだろう。胸をはる人もいれば、うなだれる人もいる。ひとりの人間のなかでそれらをいくつもくりかえしていることもあるだろう。与えられた過酷な試練と闘争の記憶をひだの奥に畳み込みながら、重度から軽度までのさまざまな患者さんがおり、医師や看護師がおり、水俣に直面してきたさまざまな立場の市民がおり、加害企業チッソの労働者や関係者がおり、水俣に移り住んで何十年という、これまたさまざまな政治的・非政治的立場の支援者がたくさんいる。それらの複雑な絡み合った関係が水俣という小さな市のなかに錯綜して渦を巻いている。美しい不知火海、うまい魚、湯ノ児、湯の鶴という温泉をかかえ、何という街か、と水俣について思う。

だが、そうだからこそ、水俣は魅了する。親水護岸に埋められたドラム缶二千本、そのなかにメチル水銀に汚染された水俣湾の魚介類が閉じ込められた。大量のタチウオやボラやガラカブたちの閉じ込められた死。もはや新たな生に転じることのない断ち切られた死を死んだその魚介の死屍累々のうえで、『不知火』を上演する。いまなお苦しみから解放されず、死者の記憶にとらわれた濃密な場所。そこに千六百脚の折畳み椅子をならべ、能舞台の平台を組み立て、かがり火をたく。ボランティア同士、顔も見知らぬものたちが協働作業を行なう。主催者側も初めてのこと。指示も命令系統もよくわからない。何度かくりかえされる指示修正をへながら、徐々に会場がととのえられていった。

大型台風の接近で上演もあやぶまれる予報だったが、実際には恋路島を前に異様なまでに赤々とした夕映えを迎えた。海上には子どもの頭ほどもある大きなくらげが大量に浮かんでいる。美しく異様な光景のもと、公演が始まった。水俣が体験した出来事をどのような表現にできるか、石牟礼さんの『苦海浄土』はそれまでの文学技法を捨てることから発した。三十数年後の『不知火』では、能のかたちがとられた。大量の死、大量の苦痛を前にして、文学的伝統に何が出来るか。出来ない、出来るわけがない。にもかかわらず、中世以来、死と生を見つめてきた能というジャンルがかろうじて鎮魂の思いを支えうる。この抽象度の高い演劇に、水俣在住の石牟礼さんが馴れ親しんでいたとは思わない。それらは都市の知識人が享受できる高級芸能となっていなかったか。しかし、死者と生者が幽冥さかいを越えて交感し、荒れ狂う魂のふるえを抑えて、静かに他界に旅立つ物語は、石牟礼さんの手にかかると、もはや象徴劇などではありえなかった。いまここにいる人びとが体験し、苦しみ、のたうちまわり、日々対面している現実がそうなのだ。亡くなった大勢の患者さんたちの顔が浮かんでくる。私にとっては資料館で記録映像のなかで出会ったにすぎないが、そのひとりひとりの生が燃えつき、消し去られ、闇に消えていった。運動の先頭に立った人も、後衛にいた人も、憎しみをぶつけた相手の人びとも、時とともに老い、あるいは鬼籍に入った。共に生きたその人びとの記憶があまりにリアルで鮮烈に刻まれているからこそ、抽象度が高くなければならなかったのだ。この『不知火』公演を水俣の人びとと一緒に体験することはつくづく凄いことだったと思う。

途中一度だけ、強風にあおられて、舞台上の装置がたおれた。ゆっくりと風に舞うようにたおれたそれは、このときこの瞬間を共有するもののみに訪れた秘蹟にみえた。その片鱗をわずかに垣間見たものとして、この体験の意味をいましばらく手繰りつづけてみようと思う。

（こうの・けんすけ／日本近代文学・メディア論）

新作能『不知火』

あの夜、ぼくは水俣の海辺へ加勢に行った

辻信一

かんじんなことは、
目に見えないんだよ。
（『星の王子さま』より）

肌寒い雨の横浜から九州へ向かう間中、水俣の天候が気になっていた。博多駅に降り立った時には、その猛烈な湿気と暑さに驚いた。まるで、二週間前に滞在していた沖縄の離島、西表（いりおもて）みたいだ。しかも、晴れている。緒方正人の自信に満ちた顔が目に浮かぶ。それは「ほら、言っただろ」と言わんばかりだ。水俣に近づくにしたがってますます青空が増してゆくようでさえある。不思議だ。台風がやってくる方角に向かって列車は進んでいるはずなのに。

新水俣駅に着く直前、降車口のところで後ろから声をかけられた。熊本市に住む知り合いだった。「今日はお能のためにわざわざ?」「ええ、加勢しに来ました」「それはご苦労様」。ぼくはこの「加勢」という言葉が使いたかったのだ。それを使うことができてホッとした。何かこれで、自分が今ここにいるということを納得できる気がする。

会場の埋立地に向かうタクシーの中で、何も知らない運転手に今日の催しについて説明する。妙な気分だが、加勢人だから仕方がない。「へーえ、あげんところで能ですか」。

タクシーを降りるとそこに緒方正人がいた。羽織、袴で盛装した彼を見るのは初めてだ。この暑い夏を経て一層日に焼けた顔の皮膚にも、興奮の色が隠しようもなくにじみ出ている。そそくさと動くさまは、まるで結婚式直前の新郎みたいだ。

「正人さん、台風は……」と、ぼくが言いかける。すると彼は勢い込んで「そう、念力で押さえ込んであるけん」と応じて、背後に広がる不知火海の方を指さす。陽は西に傾き、青空に浮かぶ雲はみるみるうちに色を帯び、あたりのものはみな濃い隈どりをもち始める。光り輝く海の中に、夕焼けを背負った恋路島が黒々と横たわり、こちら岸には能舞台が息をひそめるようにして日の入りを待っている。

開演までまだ時間がある。ぼくは群集から離れて、水辺でひとり鮮やかな夕焼けを眺め、振り返っては芝生に立ち並ぶ石の野仏たちが赤く染まってゆくのを見た。そして、かつてこのあたりを共に歩いては緒方正人と交わした会話を思い出していた。

今ぼくが立っているのは、ほんの十数年前に埋立てられるまでは海だった場所。水俣病を引き起こしたチッソ水俣工場からの廃液がヘドロとなって海底に堆積したのもここ。正人はこの埋立て地を「苦海の墓」と呼び、一九九〇年、そこを舞台として構想された開発計画に対しては、「水俣病事件を無きものにせんとする謀略」として反対し、熊本県知事と水俣市長にあてて、これに「身命をかけて闘う」とする「意志の書」を発したのだった。

さらに一九九五年はじめ、正人は石牟礼道子ら有志と共に「本願の会」を結成、その発足にあたっての挨拶で、「魂たちが集う場所」である埋立て地の草木の中に野仏さまを祀り、終生の祈りの場とすることを呼びかけた。彼は言った。「私どもは、事件史上のあるいは、社会的立場を超えて、共に野仏さまを仲立ちとして出会いたい、その根本の願いを本願とするものでございます」。

同じ一九九五年の六月、正人は沖縄へ旅をして、写真家で民俗学者の故比嘉康雄さんの案内で、森に囲まれた聖地、御嶽（うたき）を巡った。そして彼は受難の地としての水俣湾の埋立て地が、現代の御嶽として蘇るというビジョンを得た。

日が沈み、夕焼けの空が急速に色を失っていく。虫たちが一斉に鳴き始める。呼びかけ人として緒方正人がまず挨拶に立つ。作者、石牟礼道子の挨拶がそれに続く。深まる闇の中に溶け始めていた舞台背後の恋路島が照明を受けて一挙に浮かび上がる。その近さがぼくたちを驚かせる。「今、私たちがいるこの場はかつて生きものたちが豊かに栄えた海だった」と語る正人と石牟礼の言葉が、静けさの中に余韻となって留まっている。準備怠りないことを確認するとでもいうように、一羽のサギが飛来して頭上を旋回すると、急に速度を上げて南へ飛び去った。

恋路島について正人はぼくにこう語ったことがある。昔ハンセン病患者を隔離するために使われたこともあったが、その後は無人島として自然のままの姿をとどめている。水俣病事件のおかげで開発の手が届くこともなく、埋立て地が目の前まで迫った今も原始の森をそのまま残している。ここにあってずっと水俣という場所で起こってきたことの一部始終を、静かに見守ってきた。それは聖なる島だ、と。

能舞台が佳境に入る頃、月が我々観衆の背後、うすい靄のカーテンの向こうに現れる。上空に星がひとつ。ドラマが急展開して舞台が華やぐ。もう夜の闇は深い。やがて雲がほどけて星が増えていく。照明が暗くなる度に、舞台上の夜光虫の精霊たちがそれぞれささげもつふたつの光の玉が浮かび上がる。怪物が舞台に登場して石を打ち合わせる。ぼくは子どものようにうきうきし始める。主人公である不知火(しらぬひ)の弟、常若(とこわか)からぼくは目が離せなくなる。どこかで見たことのあるその清らかな姿は、『星の王子さま』のものだ。いつの間にか、舞台が背後の海や恋路島と溶け合って、ひと連なりの時空をつくっている。ぼくは突然、目に見えないものを見ているのだということを了解する。

そしてその時、ぼくはもう一度、十年前の正人の予言を思い出した。「わがふるさとである不知火の海が、悪魔の降り立つ場所として選ばれたというのは本当のこと。しかしです。悪魔が降り立つ場所というのは、同時に神が降り立つ場所でもある。いや、そうしなければならんのです」。

(注　引用は緒方正人・辻信一『常世の舟を漕ぎて——水俣病私史』世織書房、一九九六年による)

(つじ・しんいち／文化人類学)

新作能『不知火』

民主的癒し

ジョナ・サルズ

水俣での『不知火』奉納公演に感動しつつ、同時にある不吉な既視感に私は襲われた。思い浮かんだのは薪能でも新作能でもなく、野外イベントでもなかった。それは二千年前、地中海の野外円形劇場で行われた催しのイメージだった。

紀元前五世紀のアテネでは、毎年春が来ると豪華な演劇祭が催された。ワインと劇の守護神であるディオニッソスの劇場で、選ばれた富裕な市民が世話をし、例年演劇コンクールに劇団を雇い、プロディースした。劇作家はしばしば役者や監督も兼ね、有名な戦争や愛の伝説に題材をとり、最高賞をめざして新趣向の解釈を披露する。観客である市民には(それは民主主義の要求する慣習であったが)政治家、商人、女性、外国の外交官、さらには奴隷も含まれた。夜明けから日没にかけて催される見世物を、約二万人の観客が楽しんだと、歴史家は推定している。扇状で傾斜のある劇場にめぐらされた木製の客席におそらくスシ詰めになって、丘上のギリシア神殿を最高に眺望できる客席で、観客たちは役者との距離も近く、すばらしい音響も手にしていた。

この素晴らしい公開の儀式で顕著だったのは、劇の政治性であった。せりふは情熱的で詩的。題材は神話的、にもかかわらず特にソフォクレスやエウリピデスの悲劇は、市民の責務、政治権力と説得術の正当な使用、名誉と復讐、そして究極的には神々が決める避け難い運命について問題を提起する。しばしば猥褻で馬鹿げていて奇想天外であった喜劇ですら、その理解には同時代の哲学者、将軍、政治家、そして詩人についての知識を要したパロディだった。毎年祭りに出席することは、現代で言えばＮＨＫ連続テレビ小説や大河ドラマに夢中になることに匹敵したろう。それは架空の時代劇のレンズを通して、最新の出来事について広く国民に共通の話題を提供した。

ここで日本の能楽、ギリシア劇同様かつて大衆のものであり同時にエリートのものであった、能と狂言に目を向けてみよう。真に政治的な能の多くは江戸時代に検閲され上演されなくなったが、一方狂言はあまりにコード化され、洗練され、ついに永遠の喜劇にまで昇華するにつれ、その真の攻撃対象が長く忘れ去られてきた。現代、観劇は強制ではないから、観客のほとんどは通と特定の能楽師の弟子からなっている。切符の値段も生涯一度の舞台のためにおのずと高くなる。観客は主にお年寄りだ。限られた層の社交の場、美的娯楽であり、古典テキストは暗記され、その本来の内容である愛や喪失はまだ少しは魂を揺すぶることもあるかもしれないが、現代の事件との関連性はほとんどない。

そう考えるとき今回、石牟礼道子作『不知火』を、しかも水俣の地での上演を観たことの意義がその光を放つ。舞台はチッソ会社が汚染し埋め立てた現場である湾だ。日没に、合掌した石像に囲まれた実際の湾で観たのだった。観客はすなわち事件の当事者である水俣の市民、被害者やその子供たち、日本全国からきた支持者達、そして最終的には時間を置いてＮＨＫ衛星テレビの全国の視聴者達。演目は熱望と自己犠牲と究極の恵みについての愛の伝説がエコロジカルな災厄と再生に例えられた話。

私は奇妙な満足と何かが完成された成就感を得て、会場を後にした。被害者、会社側の人間、医者、政治家、弁護士による貴いあるいは卑劣な行いと、五十年に渡る憎しみに満ちた交渉の後だというのに、なぜかこの癒しと終結の儀式劇のために、すべてがひととき和解へと収束した。芸術的創造が人間から鍛造され、この地の闘争と悲劇が未来の再生と調和を顕わす美しい超越的ビジョンとその時なった。

テーマ及び道具立てが『不知火』と最も類似しているギリシア劇は、おそらく『縛られたプロメテウス』であろう。大地の神の子であるプロメテウスは、ゼウスが滅ぼそうとしていた人類を哀れみ、火、技術、そして生き延びる「むやみな希望」を人類に授けてしまった。その罰として、雷神であるゼウスはプロメテウスを岩に鎖でつなぐ。そこへ永遠にさ迷う狂気の少女イオが現れる。

しかし紀元前五世紀のアイスキュロスの劇は多分に自己憐憫のための反論や暴力、避け難い運命の予言に満ちている。それに対して、石牟礼のそれに相当する道具立て（雷神に対する竜神、技術の神に対する空の神、大地の母に対する海の母、狂気のイオに対する狂気の不知火）は、すべてを抱擁する永遠の調和と癒しの感覚を含む。プロメテウスの火ではなく、音曲の祖夔（き）が、兄妹、空と海の神々しい和合を寿ぐ。『プロメテウス』は人類の文明の始まりを象徴したが、石牟礼は奇跡のように火と水で清められ和解した文明の終焉を予言する。

この貴重かつ歴史的で見事な、満たされた癒しの儀式に今回参加できた幸運にその時私は心から感謝した。一市民としてこの民主的和解の式典へ参加を許されたことに。

（訳＝尾鍋智子）

（Jonah Salz／比較演劇）

〈石牟礼道子全集の舞台裏〉

石牟礼道子文学との「出会い直し」

能澤壽彦

出会い直しへ　七〇年の頃、『苦海浄土』に出会った。時代の熱に鷲摑みされた一学生として。だが、読み通した記憶はない。衝撃的な口絵写真や、他の新聞・雑誌の水俣病関連記事、TV映像などに圧され、これはむしろ読書という経験以前の錯覚だったかもしれぬ。恥ずかしい話だ。

そして五十歳代、思い掛けず、私は石牟礼道子全集企画に招かれた。初会議の席で、山積みにされた単行本、共著本、コピー群、等々に眩暈を感じた。私は心に呟く。これは職務プラス何かを要すると。重い覚悟にも類する何かを。

だが、まずは粗い全巻区分に立った読みの作業である。そこから各巻内容や章立ての決定に至る。各巻は一文学作品に関連エッセイなどを添えること、一般エッセイは編年順に、などの方針が定まってゆく。後者の膨大な時系列エッセイは、精妙な石牟礼精神史の足跡そのものとなろう。

連日の読み込みのなか、私には、途方もない石牟礼文学の拡がりが映ってきた。まずはジャンル面である。小説、評論、評伝、エッセイ、紀行、シナリオ、新作能・狂言、詩、短歌、俳句、その他。次には、主題や着想の面である。根源主題から有機的に派生してゆく繁り方である。さも巨木が風に無数の葉音を奏でる如き姿である。

更には、微妙な境界域の拡がりのダイナミズムである。例えば『しゅうりりえんえん』は、童話、長編詩、祈禱書（?）の境界の作に映る。『あやとりの記』は分類不可能。『おえん遊行』は、正気と狂気の交差域に立つ幻の如きである。

企画作業の中で、私は大いに刺激され、鍛えられ、自ずと石牟礼文学との「出会い直し」へと導かれていた。

映像企画から見えたもの　他方で、全集発刊記念に、映像作品の企画が持ち上がった。私はシナリオ担当を命ぜられた。かつ、インタビューにも少々関与した。思えば、人物撮影とは不思議な時空である。講演に似るが、カメラが遠慮なく接近する。環境騒音が入れば、中断し撮り直し。人工的極まる、非日常の場である。ゆえに、何か思い掛けぬ、心の奥から湧く言を頂けぬものか。文章語や講演語とも色調(トーン)の違った何かを。

私の印象に残った言葉がある。

「まだ、多くの仏さんが、肩から降りて下さらない。だから、書き続けている、そんな気がします」

重く深い処から、透明な玉が、静かに顕れたかのようだった。それは『苦海浄土』三部作から新作能『不知火』に至る作品、かつエッセイ群のモチーフを、深々と照らし出す。

映像作品『海霊(うなだま)の宮』は、石牟礼さんの文学、人生、行動などを一時間半に圧縮したものだ。全集への入門篇として、また石牟礼世界を鳥瞰する手引き映像として、社会に受容されていると思う。

詩文コレクションに関わって　長大な巨船の如き全集である。ゆえに、曳き船の如き、小型の導入本も必要になる。そこで企画されたのが、「石牟礼道子・詩文コレクション」である。散文のエッセンス部分、詩・短歌・俳句などをコンパクトに集めた。〈猫〉〈花〉〈渚〉〈色〉〈音〉〈父〉〈母〉。七つのキーワードが、即タイトルでもある。

〈花〉と〈渚〉を担当した私は、まさに不知火海沿岸の自然美の世界に没入しつつ、編集作業をした。しかしながら、その旧世界の美や命は汚され、冒されてゆく。神々や精霊たちは、水銀ヘドロに殺され、埋められてゆく。

キーワードを巡り、石牟礼文学の原質と問答する日々でもあった。導入本の体裁にして、かつ直ちに核心部に至る。結果、独特な色合いを持つシリーズとなった、と言えよう。

全集完結　そして、二〇一三年二月、本巻完結を迎えた。最終配本（第十六巻）には、新作能・狂言、童話詩など、一見異種の作品が並ぶ。また「シナリオ出魂儀」の名で、とある特殊な儀式次第を記した未公開小文も載る。これと関連エッセイとで、一見唐突な新作能『不知火』の世界と、他の『苦海浄土』や『天湖』などとの繋がりが見え出してくる。

出魂儀とは、一九九六年九月、水俣病患者の御霊（みたま）を打瀬船（うたせぶね）に乗せ、十二日かけて東京湾に至り、品川の地で行なった招魂の祀りであった。患者を軸とした「本願の会」の集いに深く関わりつつ、そこから深い示唆や啓示を受け、形にしてゆく。能との出会いも、その脈略から成ったのだろう。

なお、この二月八日、「全集完結記念イベント」を開催。第一部は作家・町田康氏の講演。第二部は、「生類（しょうるい）の悲（かなしみ）」と題した芸術空間の試みで、私はシナリオ構成を担当した。劇団文化座の佐々木愛さんの朗読に、金大偉氏のピアノと背景映像、原郷界山氏の尺八の立体統合である。数年間、石牟礼関連イベントを重ねてきたが、今回は大きな節目となった。客席二百数十が埋まり、盛況だった。石牟礼さんの詩作品発表は続き、石牟礼文学の世界は、現在時点でも拡がりつつある。だが、ともかく我々の眼前に、全十七冊は勢揃いした。今後は、私も巷間の一読者として、新たな出会いを迎えたく思う。

(のうざわ・としひこ/神道史・古層文化論)

〈石牟礼道子全集の舞台裏〉
はにかみと悶えが近代の闇を照らし出す

鈴木一策

煮染の連想　つい最近、母が九十二歳で永眠した。その通夜、私は母の手料理を偲びながら、煮染(にしめ)を大なべで拵え、妹や妻もそれぞれに何品か拵え、弔問客の接待をした。お寿司など取らず、すべて手料理だった。母の急死に動転しながらのお接待のさなか、特別な日には大なべで煮染を桁外れにたくさん拵え、「羞(はに)かみ笑い」をして客をもてなす石牟礼道子さんの母上のことが思い浮かぶ。食をめぐる短編小説集ともいうべき『食べごしらえ　おままごと』(第一〇巻)の「くさぐさの祭」の一節である。

『苦海浄土』で水俣病の悲惨を描き、患者認定を迫る運動に身を投じた作家、といった程度の認識しかなかった。そんな私に、藤原社長は『石牟礼道子全集』の編集に参加するよう声をかけて下さった。おそるおそる編集会議に出席し、主要作品とエッセイを読み進めるうちに、切ないほどに優しく、慎みに浸された石牟礼文学の奥ゆかしさに深い感動を覚え、社長への感謝の念がいや増すようになった。先の煮染の連想は、母上についてのエッセイ「一本橋」（第一五巻）に衝撃を受けてのことだったと、今にして気づく。

石牟礼さんの母上と父上

石牟礼さんの母上は、小学校に行かなかったので字がほとんど読めず、夜明けまで仕事をしている娘に、書けるものなら書いて加勢したいと悶（もだ）える人だった。不登校の理由を娘に問われ、瘡（かさ）のできている少年が一本橋で待っていて、カバンを持ってやろうと言って断りきれず……学校に行かなくなったと答える。その時の悶え方に、私は心底感銘を受け、その深い印象は忘れがたい。「よっぽど言いにくいことに触れてしまったというように、深い吐息をつき、しばらく打ちしおれていた」という。その訳を八〇年間誰にも語れず、少年のことを口にした時には「はっとうなだれて、声は消え入らんばかりだった」というのである。

父上についてのエッセイ「切腹いたしやす」（第四巻）にも、痛撃を食らう。昭和六年、水俣のチッソ工場に天皇の行幸があり、町内の「挙動不審者・精神異常者」は対岸の無人島に隔離されることになった。石牟礼さんの祖母は、盲目の狂女であったが、父上にとっては義理の母だ。サーベルを下げてやってきた警察署長に、この並外れて哀れな親様を縄で縛って島送りするなど子として申し訳ない。「たったいまここで切腹いたしやす」と、サーベルを掴みにじり寄ったという。『食べごしらえ　おままごと』に描かれた折り目正しい凛とした父上の姿は、優しい思いやりなしにはありえない。歳時記風の行事を重んじ、蓬を中心に野の草を大切に扱って家族らに食べさせ、「食べ物をなんでも店で買おうというのは堕落のはじまりじゃ」という人であった。あの母上はといえば、麦踏の時、まるで即興詩人のように「ほら、この小麦女は、団子になってもらうとぞ、やれ踏めやれ踏め、団子になってもらうとぞ」と唄い、幼い娘と畑で踊ったという。団子の食べごしらえは、このようなほほえましい麦踏を含むものだったのだ。

蚊遣りと手当ての文化　盲目の祖母「おもかさま」とみっちん（幼いころの石牟礼さん）との魂の入れ替わりから始まる『あやとりの記』（第七巻）が、唄にあふれ、声明や御詠歌とともに、猫貝や蟹や狸たち、一切の生命の悶えの声音が織りなす一大シンフォニーとなって結実している根源には、母上の唄があったであろう。麦を踏みながら「団子になってもらうとぞ」と唄う母上の心根と通じ合うかのように、父上も蓬を「蚊遣り」として使い、牛小屋にまで差し入れたという。蚊を害虫として殲滅しようとする近代化の「蚊取り」と程遠い文化があったのだ。お灸のモグサは蓬からできる。だから、「蚊遣り」の文化は、お灸の文化でもあった。実際、石牟礼さんの母上はお灸の跡だらけだったという。高度経済成長以前の日本には、按摩や指圧などの「手当て」をお灸とともにやりっこする人々が確実に存在した。

はにかみと悶えの文学　塩田を臨海工業地帯に変貌させ、化学製品とともに大量の農薬を生産し、農薬まみれ添加物だらけの加工食品を生み出した近代化は、水俣病のみならず若者の四人に一人のアトピー、ガン等々を量産し続ける。「手当て」をやめた人々は、アトピーを劇薬ステロイドでねじ伏せようとして却って悪化させるようなむごたらしい医療の餌食となった。石牟礼さんは、そのむごたらしさを告発するのではなく、控えめな「蚊遣り」の仕草を描くことによって、そっと照らし出す。近代化に呑み込まれながら悶えている民草とともに悶え、はにかみながら近代の闇を照らし出す。石牟礼文学の奥ゆかしさをしみじみと感ずる編集作業に、私は至福の時を過ごすことができたのだった。

（すずき・いっさく／哲学・宗教思想）

〈石牟礼道子全集の舞台裏〉

文学としての映像空間――「石牟礼道子の世界」の映像制作

金大偉

石牟礼さんとの出会い

不知火海を撮影している時、思わず興奮し、感動したことが何回かあった。最初は水銀で汚染された海という怖いイメージがあったが、同じ場所で長い時間をかけて撮れば、風景がやさしく自分を包み込んで、その美しさを見せてくれる瞬間が何度か起こった。自然も人間と同じく魂を持っているかのようだ。後で石牟礼道子さんが「その土地があなたを迎えてくれたに違いない」と言ってくれた。

私が監督した映像作品「海霊（うなだま）の宮」（藤原映像ライブラリー）は、石牟礼さん自身による作品の朗読や三年かけて撮影した不知火海や水俣の人々の映像により、石牟礼道子の世界全体を俯瞰した長編であった。プロデューサーである藤原書店社長の藤原良雄さんの依頼で、私は藤原書店で学術と芸術が融合したドキュメント作品の制作にかかわり始めた。

石牟礼さんに初めてお目にかかったのは、社会学者の鶴見和子の映像作品「回生」の撮影で、石牟礼さんがゲストとして出演した時だった。当時、「アニミズム」という考え方に夢中になっていた私に鶴見さんは「石牟礼道子がアニミズムそのものだ」と教えてくれた。この言葉が「海霊の宮」制作のヒントになり、私の原動力となった。「海霊の宮」が二〇〇六年に完成して以来、私の石牟礼道子の世界に対する想いは日々深くなり、自分の映像制作にも大きく影響するようになったと思う。

作品完成後は、多くの上映会を催した。水俣では、出演者でもあった患者や漁師の緒方正人さんが主催者として参加してくれた。現地の関係者も、この作品に大きな関心を持ってくれた。また、渡辺京二さんが熊本大学での上映会を企画し、本作品への感想を寄せてくださった。渡辺さんは、水俣病は一地域における悲劇ではなく、文明化した現代社会全体の悲劇として考えなければならないことを私に示唆してくれた。

また私は、二〇〇九年から五回にわたり、藤原書店主催のイベント「石牟礼道子の世界」を演出した。語りや音楽、映像により石牟礼文学の世界における「言葉の力」を立体的に構成したもので、多くの著名なゲストが出演、女優の佐々木愛さんや藤村志保さんが見事な朗読を披露してくれた。このイベントも映像作品と同じく、石牟礼道子文学の世界をヴィジュアル的に表現する試みといえる。

近作「天の億土（おくど）」映像化へ　二〇一一年に東日本大震災が起きた。すでに二〇一〇年から、次の石牟礼さんの映像作品「天の億土」の制作に取りかかっていたが、大震災によって新たな課題が見え、石牟礼さんへのインタビューも追加された。この過程で、人間の「生」の姿と、生を超えた魂たち、水俣の風土の匂いなどを包括的に受けとめることができたと思う。

インタビューの時、とても印象に残ったのが「火種」という作品であった。石牟礼さんの名作『おえん遊行』という火の物語と共通点を持つ。この火は浄化の象徴であり、人々の深い情感と積み重なった苦しみが、悶えとなって炎上した象徴であったと思える。しかしこれを語る石牟礼さんの表情からは、優しさと希望と夢を感じることができた。

文学世界から生まれたイメージを、映像と音楽に変換するのが私の作業である。私の制作はいつもフィールドワークに近い形で進めている。現地の空間を体感することによって自分がその内部に入り込むことができるからだ。これは常に現実体験と想像力との統合の中で行われる。

この手法は、かねてより私が表現してきた「統合芸術」の考え方が原点になっている。森羅万象の循環から学び、空間と共鳴する作業は新しい映像表現への様式につながるだろう。それを私は「文化映像学」と名づけた。それは人間と自然だけでなく、過去と現在と未来がリンクし、さらに自分の内部と外部との統合による調和の形でつながってゆく。

石牟礼文学世界の映像制作に携わるという貴重な体験を通して、私は多くのものを学び、新たな構想を育むことができた。とても有難いことだと思う。


（きん・たいい／音楽家・映像作家）

〈石牟礼道子全集の舞台裏〉

『石牟礼道子全集』の校正を担当して

高村美佐

二〇〇三年秋、電話をいただいて「石牟礼道子さん」「九州の海の……」と話した時が始まりだった。「書くってなんだろう」と藤原社主がつぶやいた。水俣と聞いて、幼い頃、白黒からカラーへ移った頃のテレビの映像が浮かんだ。ベトナム戦争の時代、水俣病に苦しむ猫、訴訟に向かう人々、チッソ東京本社の前で座り込む人々……あの人々の中に、石牟礼さんがいたと、だんだんわかってきた。六九年、大阪万博の前の年に『苦海浄土』を出版、あの頃からずっと石牟礼さんは水俣の来し方行く末を見つめている。天草から渡ってきたご先祖様の記憶とともに、石牟礼さんは不知火海のほとりにいる。水俣の生きとし生けるものの魂の行方を今も見つめている。ほんとうにすごいことだと思う。

『石牟礼道子全集　不知火』の校正にもし声を掛けていただかなかったら、今頃自分はどうしていただろうと思う。私事になるが、校正が始まる時期に子どもが生まれて発達を心配しながら過ごしてきた。それから一年半後に父が急逝し、自分の魂がさまよっているような時間があった。そのような中で石牟礼さんの世界に会うたびに、心をどれだけ静かに、過去に、そして未来に向けさせていただいたことだろう。これは幸せなことであった。道端の草蔭にも家の隅々にも、神様はどこにもいる。

山の上から降りてくる狐たちと顔見知りの人たちがいるという。今の東京の街中で神々を感じることは至難の業であるが、石牟礼さんの原稿とともにあるときには、異形のものたちに会い、その気配を感じることができる。

石牟礼さんがお父様のことを書かれた文章に出会ったときには、深く気持ちが動かされて心の底から震えるような思いで一字一字たどり、言葉が身体に刻みこまれるようだった。ご家族のことを語られるときの明快な記憶と、大勢の家族の息遣いが聞こえてくるような描写と言葉のやりとりにはいつも驚いた。ばばしゃまの手を引いて小さなみっちん（石牟礼さん）がおじい様の作られた道を歩いている風景を、私も見たような気がしてしまっている。見たことのない戦前の九州の風景が次第に広がり自分も歩いているようだった。時間は明治時代にも江戸時代にも飛んだ。おそらく古代から続く心層の奥にもつながって、ゆらゆらと酔うような気持ちになったこともあった。

後半に組まれている時系列のエッセイを見始めるときはいつもわくわくした。歯切れがよく言葉が研ぎ澄まされており、文章なのに詩の言葉のように感じられ、すいすいとおもしろいように進んだ。若輩者が言うのもどうかと思うけれど、石牟礼さんはいつもかわいらしくて素敵だった。前半に組まれる小説の校正はいつもなかなか進まなかった。初めのうち、数行で眠くなってしまう。石牟礼さんの声がどこかほかの世界から奏でられているように聞こえてくる。しばらくしてふとしたときに、主人公の狐がこっちを向いていたり、山の水辺へ歩いていく様子が目に浮かんでくるようになる。魂が誘いこまれるとそこに世界があるという感じというか、魂が吸いよせられるようにして入り込んでふとその世界が動きだすような感じがあった。

この至福の九年間、石牟礼さんの言葉に導かれて、水俣の海辺の多くの人に出会い、山の上に住む人に出会い、深山にいる神々に会い、水の源流を訪ねて九州の山中を歩き、西郷軍が歩いていた道で古老に会い、大廻り（うまわ）の塘（とも）に集まる狐たちに会い、キラキラと生命が行き来する渚から海を見た……海辺から県境の山までずいぶんと歩いた感じがする。いつか、十余年前に長崎へ向かう電車から見た大村湾の夕日を想いつつ想像していた不知火海を見に行きたい。石牟礼さんの世界では九州各地の言葉が見事に今そこで語っているように再現されており、外国語に訳すのは大変なことに思う。だが、この美しい、万物に魂がある水俣に生きてきた人々の豊かな海の暮らしを、石牟礼さんの語る言葉で、九州の海の向うの中国の人たちに、世界中の人たちに知ってもらいたいと祈るような気持ちでいる。

二月八日の「石牟礼道子の世界V　生類の悲（かなしみ）」の会で、石牟礼さんの声のお便りで歌われた西郷隆盛の娘が登場する数え唄は、東京育ちの私の母も小さい頃から歌っているものであるので不思議だった。新作の詩の朗読では、最近のことを予言するような「火種」の迫力にのまれてしまった。どこまでも静かな魂の叫び声が聞こえてくるようだった。映像の水の音や風の音、海の光が、日々の身辺のことに疲れきっていた心身を解放してくれたように感じ、明らかに帰り道のほうが元気だった。波の音のように石牟礼さんは言葉を書き続けている。書くってなんだろう、その答えがおぼろげに見えてくる感じがした。この世界の様々な声が聞こえるようにもっともっと深く柔らかい感性をもたないと、石牟礼さんの世界の片鱗すらも、自分はまだ実はわかっていないかもしれない、そんな思いの中にある。

（たかむら・みさ／校正者）

編集後記

本書は、藤原書店が二〇〇四年四月より刊行した『石牟礼道子全集　不知火』（全一七巻・別巻二）の解説と月報、全集の内容見本、『石牟礼道子詩文コレクション』（全七巻）の解説、『環』二〇号（二〇〇五年一月刊）小特集〈新作能「不知火」をめぐって〉『環』五三号（二〇一三年四月刊）〈小特集『石牟礼道子全集　不知火』本巻完結に寄せて〉にお寄せいただいた文章を集成したものである。第Ⅰ部は石牟礼道子さんの身近におられた方々が石牟礼さんとのエピソードを綴ったものを年代の古い順に並べた、いわば石牟礼道子クロニクルである。第Ⅱ部は、石牟礼道子さんとその文学世界について言及したものを、内容的なまとまりでいくつかに分類し提示した。第Ⅲ部は全集の解説を軸に、石牟礼さんの作品について言及したものを作品ごとに集めた。石牟礼道子さんとその文学世界について書かれたものとしては、執筆者も内容もこれ以上のものはないと思われる重厚なものになった。

藤原書店ではこの間、『石牟礼道子全集』の刊行と並行し、幾つかの関連企画を催したので、そちらの方も紹介しておきたい。二〇〇四年一二月四日、早稲田大学大隈講堂にて、発刊記念シンポジウム「石牟礼道子の世界」を開催した。聴衆は四〇〇人を超えた。第一部は、歴史家・阿部謹也氏の「石牟礼道子遠望」と題した基調講演。第二部は、石牟礼道子氏自らによる新作能「不知火」の朗読に続き、シンポジウム。詩人・伊藤比呂美氏、映画作家・河瀬直美氏、ノンフィクション作家・佐野眞一氏、作家・町田康氏がパネリスト、能楽演出家・笠井賢一氏がコーディネーターを務めた。若い世代が近代を抉る石牟礼文学をどう受けてゆくべきか、など示唆に満ちた催しとなった。

二〇〇九年二月一〇日、千代田区立内幸町ホールにて、『石牟礼道子詩文コレクション』発刊記念に、

「光凪（ひかりなぎ）――花を奉る」を開催した。Ⅰ部は写真家・大石芳野氏の講演。Ⅱ部は映像作品『海霊の宮』の部分上映。Ⅲ部は『天湖』『苦海浄土』他の一節を、文化座座長で女優の佐々木愛氏の朗読を軸に、ピアノ（及び映像・演出）・金大偉氏、尺八・原郷界山氏が脇を固めた。

この試みは、翌二〇一〇年からは恒例行事となる。二月一〇日、内幸町ホールにて、「石牟礼道子の世界Ⅱ　原郷の詩（うた）」。Ⅰ部は、歌手・上條恒彦氏の歌とトーク。Ⅱ部は前年と同じ三者出演で朗読と音楽。『詩文コレクション1　猫』他からテキストを選んだ。二〇一一年二月九日、内幸町ホールにて、「同Ⅲ　天湖」。Ⅰ部は歌手・米良美一氏の歌とトーク。Ⅱ部は、例年の三者出演による朗読と音楽。ダム底に沈んだ村を題材とした小説『天湖』の精髄を表現した。二〇一二年三月一九日、文京シビックホールにて、「同Ⅳ　神々の村」。今回は初めて全体が朗読と音楽・映像空間のみで構成され、女優・藤村志保氏の朗読を軸に、小鼓・舞の麻生花帆氏を加え、金、原郷両氏がピアノと尺八を演奏した。

そして、二〇一三年二月八日、全集（全一七巻）本巻完結を記念し、「同Ⅴ　生類（しょうるい）の悲（かなしみ）」を開催した。Ⅰ部は、九年前の発刊シンポジウムにも参画いただいた町田康氏による講演。自身の作家体験から、文学創造の根にある深淵を語り、石牟礼世界の凄さを示唆した。Ⅱ部は、趣向新たに、佐々木愛氏が「解説語り」と「作品朗読」の二役をこなす。二〇〇九年に自宅で転倒し、入院した石牟礼さんの体験を、「私」である石牟礼道子が解説するという形である。このやや演劇的な語りを軸に、関連散文や近作の玄妙な詩群、新作能「不知火」の精髄部分などを朗読する。例年の金氏のピアノ（及び映像・演出）、原郷氏の尺八。客席は約二五〇名に及ぶ盛況であった。

また、藤原映像ライブラリー（ＤＶＤ）の上映会も開催。二〇〇八年六月一九日には、金井景子氏（早稲田大学教授）の講演と「海霊の宮」上映、二〇〇九年一一月一九日には、最首悟氏（和光大学名誉教授）の講演と「しゅうりりえんえん」上映をいずれもなかのＺＥＲＯにて行なった。

藤原書店編集部

石牟礼道子　略年譜（1927–2013）

一九二七（昭和二）年　〇歳
三月一一日、白石亀太郎（天草郡下津深江村出身）と吉田ハルノの長女として、熊本県天草郡宮河内に生まれる。父は水俣町浜で道路港湾建設業を営むハルノの父吉田松太郎の事業を補佐し、一家ともども宮河内に出張中だった。生後数ヶ月して水俣町へ帰り、以後そこで育つ。

一九三〇（昭和五）年　三歳
水俣町栄町に転居。

一九三四（昭和九）年　七歳
水俣町立第二小学校に入学。

一九三五（昭和一〇）年　八歳
祖父の事業破産し、水俣川河口の荒神に転居。

一九三六（昭和一一）年　九歳
水俣町立第一小学校へ転校。

一九三七（昭和一二）年　十歳
水俣町猿郷に転居。

一九四〇（昭和一五）年　十三歳
水俣町立第一小学校卒業。水俣町立実務学校（現水俣高校）に入学。歌作を始む。

一九四三（昭和一八）年　十六歳
水俣町立実務学校卒業。佐敷町の代用教員錬成所に入り、二学期より田浦小学校に勤務。

一九四五（昭和二〇）年　十八歳
戦災孤児タデ子を拾い、わが家で半年養う。

一九四六（昭和二一）年　十九歳
春、水俣市葛渡小学校に移る。結核に罹患し、秋まで自宅療養。「タデ子の記」を書く。

一九四七（昭和二二）年　二十歳
退職し、三月石牟礼弘と結婚。
一九四八（昭和二三）年　二十一歳
一〇月、長男道生出生。水俣町内日当の養老院下に住む。
一九五二（昭和二七）年　二十五歳
六月、『水俣詩歌』に短歌十三首「小鳥の如く」発表。一一月、『毎日新聞』熊本歌壇に投稿を始む。一〇月創刊の熊本市の歌誌『南風』（主宰・蒲池正紀）に入会。
一九五三（昭和二八）年　二十六歳
『南風』に一月号より出詠。出詠は五四年より五六年にかけて最も多く、以後断続的で、六五年四月が最後の出詠となる。この頃より日窒（新日本窒素肥料株式会社）水俣工場の若い組合員たちが出入りし始める。
一九五四（昭和二九）年　二十七歳
四月、歌友志賀狂太自殺。この年水俣市のレストランに半年勤務。谷川雁を知る。
一九五六（昭和三一）年　二十九歳
『短歌研究』新人五十首詠に入選。この年より詩を発表し始む。
一九五八（昭和三三）年　三十一歳
『サークル村』結成に参加。一一月二九日、弟一（はじめ）鉄道事故で死す。この年以降詩作多し、その大部分は未発表。
一九五九（昭和三四）年　三十二歳
三月、『南風』に「詠嘆へのわかれ」を書く。五月、共産党に入党。『アカハタ』懸賞小説に応募、佳作となる（『舟曳き唄』）。『サークル村』三月号に「愛情論1」掲載。
一九六〇（昭和三五）年　三十三歳
九月、共産党を離党。『サークル村』一月号に「奇病」掲載（『苦海浄土』「ゆき女聞き書」の第一稿）。
一九六一（昭和三六）年　三十四歳
五月、筑豊へ赴き、大正炭坑行動隊の闘いを見る。

一九六二（昭和三七）年　三十五歳
谷川雁の指導で結成された熊本の「新文化集団」に参加、また同人誌「詩と真実」に入会。この年日窒水俣工場にストライキ起り、市民向けビラを書いて支援。

一九六三（昭和三八）年　三十六歳
一二月、雑誌『現代の記録』創刊に携わる。同誌に「西南役伝説」を発表。

一九六四（昭和三九）年　三十七歳
熊本日日新聞のコラム「視点」に一年間執筆。

一九六五（昭和四〇）年　三十八歳
一二月、『熊本風土記』創刊号に「海と空のあいだに」（『苦海浄土』初稿）第一回を発表（翌年一ぱい連載）。

一九六六（昭和四一）年　三十九歳
高群逸枝伝の準備のために東京世田谷の「森の家」橋本憲三宅に滞在。

一九六八（昭和四三）年　四十一歳
一月、水俣病対策市民会議を結成。一〇月、『高群逸枝雑誌』に「最後の人」連載開始。妹妙子帰宅して姉の仕事を補佐。

一九六九（昭和四四）年　四十二歳
一月、『苦海浄土』を講談社より出版。熊日文学賞を与えられたが辞退。四月、父亀太郎死す。六月、水俣病患者、訴訟を提起。以後患者と行動をともにする。

一九七〇（昭和四五）年　四十三歳
『苦海浄土』が第一回大宅壮一賞に選ばれる（受賞辞退）。「苦海浄土・第二部」、『辺境』に連載開始。五月、厚生省補償処理会場占拠に付添いとして参加。水俣病患者支援運動の全国的高揚により、家族ぐるみで多忙を極める。一一月、「詩篇・苦海浄土」ＲＫＢ毎日より放送。

一九七一（昭和四六）年　四十四歳
一二月、川本輝夫を先頭とするチッソ東京本社占拠（自主交渉闘争）に付添いとして参加。

一九七二（昭和四七）年　四十五歳
自主交渉闘争のため東京・水俣間を往来。夏、左眼の白内障手術を受く。

一九七三（昭和四八）年　四十六歳
三月、水俣病訴訟判決。患者のチッソ本社交渉に参加。三月、『流民の都』（大和書房）出版。六月、熊本市薬園町に仕事場を設ける。八月、マグサイサイ賞を受賞しマニラに赴く。季刊誌『暗河』創刊に携わる。

一九七四（昭和四九）年　四十七歳
四月、秀島由己男と詩画集『彼岸花』（南天子画廊）を出版。一一月、『天の魚』（筑摩書房）出版。

一九七六（昭和五一）年　四十九歳
四月、色川大吉、鶴見和子などに依頼し、不知火海総合学術調査団発足（一九八三年に報告書『水俣の啓示』刊行）。五月、橋本憲三死去。一一月、『椿の海の記』（朝日新聞社）刊行。

一九七八（昭和五三）年　五十一歳
七月、熊本市健軍・真宗寺脇に仕事場を移す。与那国島へ旅行。一二月、久高島でイザイホーを見る。

一九八〇（昭和五五）年　五十三歳
九月、『西南役伝説』（朝日新聞社）刊行。

一九八一（昭和五六）年　五十四歳
映画『水俣の図物語』制作に参加。

一九八三（昭和五八）年　五十六歳
一一月、『あやとりの記』（福音館書店）刊行。

一九八四（昭和五九）年　五十七歳
六月、『おえん遊行』（筑摩書房）刊行。

一九八六（昭和六一）年　五十九歳
一一月、西日本文化賞を受賞。

一九八八（昭和六三）年　六十一歳
五月、母ハルノ死去。

一九八九（昭和六四／平成一）年　六十二歳
六月、歌集『海と空のあいだ』を葦書房より出版。

一九九二（平成四）年　六十五歳
五月、『十六夜橋』（径書房）刊行。

一九九三（平成五）年　六十六歳
九月、『十六夜橋』紫式部文学賞受賞。

一九九四（平成六）年　六十七歳
四月、熊本市湖東へ転居。同月、田上義春、杉本栄子、緒方正人らと「本願の会」を結成。

一九九七（平成九）年　七十歳
一一月、『天湖』（毎日新聞社）刊行。

一九九八（平成一〇）年　七十一歳
四月、『熊本日日新聞』等七紙に「春の城」連載開始（翌年三月まで）。

一九九九（平成一一）年　七十二歳
一一月、『アニマの鳥』（「春の城」改題、筑摩書房）刊行。

二〇〇二年（平成一四）年　七十五歳
一月、「朝日賞」受賞。七月、新作能『不知火』東京で初上演。熊本市上水前寺に転居。

二〇〇三（平成一五）年　七十六歳
三月、『はにかみの国　石牟礼道子全詩集』芸術選奨文部科学大臣賞受賞。

二〇〇四（平成一六）年　七十七歳
四月、『石牟礼道子全集　不知火』（全一七巻・別巻一）藤原書店より刊行開始。八月、新作能『不知火』水俣奉納上演。一一月、熊本県近代文化功労者として表彰。

二〇〇六（平成一八）年　七十九歳
六月、熊日賞受賞。

二〇〇八（平成二〇）年　八十一歳
五月、熊本市京塚本町へ転居。六月、多田富雄との往復書簡『言魂』を藤原書店より出版。

二〇〇九（平成二十一）年　八十二歳
四月、『石牟礼道子詩文コレクション』（全七巻）藤原書店より刊行開始（二〇一〇年三月完結）。

二〇一二（平成二十四）年　八十五歳
一〇月、『最後の人　詩人高群逸枝』藤原書店より刊行。

二〇一三年（平成二十五）年　八十六歳
二月、『石牟礼道子全集　不知火』本巻完結。
四月、水俣フォーラムで講演。

主要著書一覧

【全集・シリーズ】

〔石牟礼道子全集　不知火〕全一七巻・別巻一（藤原書店、二〇〇四年四月〜二〇一三年三月、別巻未刊）

1　初期作品集　解説・金時鐘（二〇〇四・七）
2　苦海浄土　第1部 苦海浄土　第2部 神々の村　解説・池澤夏樹（二〇〇四・四）
3　苦海浄土ほか　第3部 天の魚　解説・加藤登紀子（二〇〇四・四）
4　椿の海の記ほか　解説・金石範（二〇〇四・一一）
5　西南役伝説ほか　解説・佐野眞一（二〇〇四・九）
6　常世の樹・あやはべるの島へ ほか　解説・今福龍太（二〇〇六・一二）
7　あやとりの記ほか　解説・鶴見俊輔（二〇〇五・三）
8　おえん遊行ほか　解説・赤坂憲雄（二〇〇五・一）
9　十六夜橋ほか　解説・志村ふくみ（二〇〇六・五）
10　食べごしらえ おままごと ほか　解説・永六輔（二〇〇六・一）
11　水はみどろの宮ほか　解説・伊藤比呂美（二〇〇五・八）
12　天　湖ほか　解説・町田康（二〇〇五・五）
13　春の城ほか　解説・河瀬直美（二〇〇七・一〇）
14　短篇小説・批評　解説・三砂ちづる（二〇〇八・一一）

15　全詩歌句集ほか　解説・水原紫苑（二〇一二・三）
16　新作能・狂言・歌謡ほか　解説・土屋恵一郎（二〇一三・二）
17　詩人・高群逸枝　解説・臼井隆一郎（二〇一二・七）
別巻　自　伝　〔附〕著作リスト、著者年譜（近刊）

〔**石牟礼道子詩文コレクション**〕全七巻（藤原書店、二〇〇九〜二〇一〇）
1　**猫**　解説＝町田康（二〇〇九）
2　**花**　解説＝河瀬直美（二〇〇九）
3　**渚**　解説＝吉増剛造（二〇〇九）
4　**色**　解説＝伊藤比呂美（二〇一〇）
5　**音**　解説＝大倉正之助（二〇〇九）
6　**父**　解説＝小池昌代（二〇一〇）
7　**母**　解説＝米良美一（二〇〇九）

【単著】
〈小説〉
『苦海浄土　わが水俣病』（講談社、一九六九／講談社文庫、一九七二）
『椿の海の記』（朝日新聞社、一九七六／朝日文庫、一九八〇／河出文庫、二〇一三）
『西南役伝説』（朝日新聞社、一九八〇／朝日選書、一九八八／洋泉社ＭＣ新書、二〇〇九）
『常世の樹』（葦書房、一九八二）
『あやとりの記』（福音館書店、一九八三／福音館文庫、二〇〇九）

『おえん遊行』（筑摩書房、一九八四）
『十六夜橋』（径書房、一九九二／ちくま文庫、一九九九）
『天湖』（毎日新聞社、一九九七）
『水はみどろの宮』（平凡社、一九九七）
『アニマの鳥』（筑摩書房、一九九九）
『不知火』（能台本・DVD付、平凡社、二〇〇三）
『苦海浄土　全三部』（池澤夏樹＝個人編集「世界文学全集」第三集、河出書房新社、二〇一一）
『最後の人　詩人高群逸枝』（藤原書店、二〇一二）

〈エッセイ〉
『流民の都』（大和書房、一九七三）
『天の魚』（筑摩書房、一九七四）
『潮の日録――石牟礼道子初期散文』（葦書房、一九七四）
『草のことづて』（筑摩書房、一九七七）
『石牟礼道子歳時記』（日本エディタースクール出版部、一九七八）
『陽のかなしみ』（朝日新聞社、一九八六／朝日文庫、一九九一）
『乳の潮』（筑摩書房、一九八八）
『不知火ひかり凪』（筑摩書房、一九八九）
『花をたてまつる』（葦書房、一九九〇）
『葛のしとね』（朝日新聞社、一九九四）
『食べごしらえおままごと』（ドメス出版、一九九四／中公文庫、二〇一二）

『蝉和郎』（葦書房、一九九六）
『形見の声　母層としての風土』（筑摩書房、一九九六）
『潮の呼ぶ声』（毎日新聞社、二〇〇〇）
『煤の中のマリア――島原・椎葉・不知火紀行』（平凡社、二〇〇一）
『不知火――石牟礼道子のコスモロジー』（藤原書店、二〇〇四）
『花いちもんめ』（弦書房、二〇〇五）
『蘇生した魂をのせて』（河出書房新社、二〇一三）

『海と空のあいだに』（歌集、葦書房、一九八九）
『妣たちの国　石牟礼道子詩歌文集』（講談社文芸文庫、二〇〇四）
『はにかみの国　石牟礼道子全詩集』（石風社、二〇〇二）

〈対談〉
『なみだふるはな』（藤原新也との対談、二〇一二）
『樹の中の鬼』（対談集、朝日新聞社、一九八三）
『魂の言葉を紡ぐ』（対談集、河出書房新社、二〇〇〇）
『言葉果つるところ』（鶴見和子との対談、藤原書店、二〇〇二）
『ヤポネシアの海辺から』（島尾ミホとの対談、弦書房、二〇〇三）
『死を想う　われらも終には仏なり』（伊藤比呂美との対談、平凡社新書、二〇〇七）
『言魂』（多田富雄との往復書簡、藤原書店、二〇〇八）
『母』（米良美一との対談、藤原書店、二〇一一）

〈詩画集・絵本〉

『彼岸花』（秀島由己男との詩画集」南天子画廊、一九七四）

『みなまた海のこえ』（絵本、文・石牟礼道子、絵・丸木俊・丸木位里、小峰書店、一九八二）

『みなまた海のこえ　記録のえほん2』（絵本、文・石牟礼道子、絵・丸木俊・丸木位里、小峰書店、一九八八）

〈編著〉

『水俣病闘争――わが死民』（編著、現代評論社、一九七二／創土社、二〇〇五）

『実録水俣病闘争――天の病む』（編著、葦書房、一九七四）

〈DVD〉

『石牟礼道子・自作品朗読　しゅうりりえんえん　水俣　魂のさけび』（DVD、藤原書店、二〇〇四）

『海霊の宮　石牟礼道子の世界』（DVD、藤原書店、二〇〇六）

『石牟礼道子の世界　I光凪――花を奉る』（DVD、藤原書店、二〇一一）

『石牟礼道子の世界　II原郷の詩』（DVD、藤原書店、二〇一一）

初出一覧

＊数字のみは『石牟礼道子全集　不知火』の巻数を表す。

序

花を奉る（石牟礼道子）　『環』49号（二〇一二年四月）

魂だけになって（石牟礼道子）『環』54号（二〇一三年七月）

全集完結に寄せて（石牟礼道子）『環』53号（二〇一三年四月）

Ⅰ　石牟礼道子を語る

同窓石牟礼夫妻（谷川道雄）　14「短篇小説・批評」月報

教師・石牟礼道子さん（古川直司）　1「初期作品集」月報

心に残る人（朝長美代子）　1「初期作品集」月報

「サークル村」のころ（河野信子）　1「初期作品集」月報

ぽつり、ぽつりと言葉が湧く（桑原史成）　17「詩人・高群逸枝」月報

「越後瞽女口説」からの縁（松永伍一）　4「椿の海の記」月報

最も暗い時季の仲間として（宇井純）　5「西南役伝説」月報

迎えにきてくれたのは……（上野朱）　5「西南役伝説」月報

すべての行文に宿るまなざし（原田奈翁雄）　8「おえん遊行」月報

湯堂のちいさな入り江で（鎌田慧）『環』53号

石牟礼道子奇行録（中村健）　17「詩人・高群逸枝」月報

異風な女子（島田真祐）　14「短篇小説・批評」月報

石牟礼さんのある一面（豊田伸治）　13「春の城」月報

思い出すこと二つ三つ（前山光則）　4「椿の海の記」月報

野呂邦暢さんと石牟礼さんのこと（久野啓介）　10「食べごしらえ・おままごと」月報

石牟礼さんと塩トマト（角田豊子）　11「水はみどろの宮」月報

「魂入れ式」（鶴見和子）　2「苦海浄土1・2」月報

手紙（羽賀しげ子） 6「常世の樹・あやはべるの島へ」月報
形見分け（新井豊美） 4「椿の海の記」月報
顔（金刺潤平） 3「苦海浄土3」月報
またお供させて下さい（実川悠太） 3「苦海浄土3」月報
水俣・不知火の百年物語（緒方正人） 2「苦海浄土1・2」月報
石牟礼道子さんへのメッセージ（大倉正之助） 12「天湖」月報
ひめやかな言葉（安永蕗子） 10「食べごしらえ・おままごと」月報
小さくて大きな（高橋睦郎） 15「全詩歌句集」月報
人間の行く末について真剣に考えている人たち（加藤タケ子） 6「常世の樹・あやはべるの島へ」月報
想うということ（米満公美子） 16「新作能・狂言・歌謡」月報
ライオンの吼え声（吉田優子） 16「新作能・狂言・歌謡」月報
子狐の記（大津円） 16「新作能・狂言・歌謡」月報

Ⅱ　石牟礼道子の文学と思想

苦界の奥にさす光（五木寛之） 全集内容見本推薦文
現代の失楽園の作者（白川静） 全集内容見本推薦文
独創的な巫女文学（鶴見和子） 全集内容見本推薦文
不知火の鎮魂の詩劇（多田富雄） 全集内容見本推薦文
日本の良心の文学を（瀬戸内寂聴） 全集内容見本推薦文
世界を多重構造として見る目（大岡信） 全集内容見本推薦文
「自然」の言葉を語る人（河合隼雄） 全集内容見本推薦文
あたたかいやわらかさ（志村ふくみ） 全集内容見本推薦文
「一堂に会す」歓び（筑紫哲也） 全集内容見本推薦文
芸術家の本質としての巫女性（金石範） 全集内容見本推薦文
そこで生きとおしている人の詩（金時鐘） 1「初期作品集」解説
天の病む（水原紫苑） 15「全詩歌句集」解説
五〇年代サークル誌との共振性（井上洋子） 15「全詩歌句集」月報
天地の間（岩岡中正） 12「天湖」月報
魂のメッセージ（河瀬直美） 詩文コレクション2花
桜に寄せて（河瀬直美） 『環』53号
海の底に陽がさして（吉増剛造） 詩文コレクション3渚

イザイホウのころ（色川大吉）　3「苦海浄土3」月報
一九七八年、沖縄でのこと（新川明）　8「おえん遊行」月報
心洗われる文章（川那部浩哉）　7「あやとりの記」月報
可憐な作品群――荒ぶれた心 bleakness をこえて（三砂ちづる）　14「短篇小説・批評」解説
故郷へ、母への想いは永遠に……（米良美一）　詩文コレクション7母
世界の根本に立っていた人（小池昌代）　詩文コレクション6父
女は末席に（最首悟）　7「あやとりの記」月報
なんと豊饒な音韻が！（沢井一恵）　7「あやとりの記」月報
方言という表現（川村湊）　9「十六夜橋」月報
ことばの力（野田研一）　10「食べごしらえ・おままごと」月報
『石牟礼道子全集』、その地域語の魅力（藤本憲信）　9「十六夜橋」月報
新たな石牟礼道子像を（渡辺京二）　『環』53号
石牟礼さんへの最初で最後の手紙（荻久保和明）　14「短篇小説・批評」月報
石牟礼さんの美しい日本語（ふじたあさや）　11「水はみどろの宮」月報
海の宝子（平田オリザ）　11「水はみどろの宮」月報
「水俣メモリアル」のこと（磯崎新）　12「天湖」月報
花あかり（上條恒彦）　6「常世の樹・あやはべるの島へ」月報
原初の調べ（大倉正之助）　詩文コレクション5音
形見の声（志村ふくみ）　『環』53号
「石牟礼道子」という想像力（金井景子）　『環』53号
「悶えてなりと加勢せん」（山形健介）　17「詩人・高群逸枝」月報
「もはやない」と「まだない」のあわい（伊藤洋典）　13「春の城」月報
石牟礼道子そして渡辺京二に導かれて（黒田杏子）　8「おえん遊行」月報
不知火みっちん（髙山文彦）　15「全詩歌句集」月報
立ち現われる世界（家中茂）　13「春の城」月報
異世界へ、異世界から（伊藤比呂美）　詩文コレクション4色
猫　嶽（町田康）　詩文コレクション1猫

そこの浄化（松岡正剛）　16「新作能・狂言・歌謡」月報
ひとりで食べてもおいしくない（永六輔＋石牟礼道子）　10「食べごしらえ・おままごと」解説対談

Ⅱ　作品とその周辺

〈苦海浄土〉
世界文学の作家としての石牟礼道子（池澤夏樹）『環』53号
揺るがぬ基準点（池澤夏樹）　2「苦海浄土1・2」解説
水俣病における文学と医学の接点（原田正純）　2「苦海浄土1・2」月報
石牟礼道子さんなかりせば、映画は？（土本典昭）　3「苦海浄土3」月報
「近代の毒」を問い続ける石牟礼さん（嘉田由紀子）　12「天湖」月報
「祈り」の時代に――石牟礼道子の世界とわたし（大石芳野）　17「詩人・高群逸枝」月報
「苦海浄土」という問い（福元満治）　9「十六夜橋」月報
石牟礼さんの世界とケア（佐藤登美）　9「十六夜橋」月報
石牟礼さんの言葉を借りて（引用）石牟礼さんを語る（司修）　7「あやとりの記」月報
海への挽歌（桜井国俊）　13「春の城」月報
石牟礼さんとＴ君のこと（加々美光行）　14「短篇小説・批評」月報
水俣から、福島の渚へ（赤坂憲雄）『環』53号
言葉の巫女（加藤登紀子）　3「苦海浄土3」解説

〈椿の海の記〉
『椿の海の記』の巫女性と普遍性（金石範）　4「椿の海の記」解説
石牟礼道子の歌声。（藤原新也）　15「全詩歌句集」月報
不知火はひかり凪（立川昭二）　6「常世の樹・あやはべるの島へ」月報

〈西南役伝説〉
近代の奈落と救済としての歴史（佐野眞一）　5「西南役伝説」解説
救済としての歴史（阿部謹也）　5「西南役伝説」月報
至福の八年（赤藤了勇）　5「西南役伝説」月報
石牟礼道子管見（鶴見俊輔）　1「初期作品集」月報

〈常世の樹〉
蝶と樹々の回帰線（今福龍太）　6「常世の樹・あやはべるの島へ」解説

〈あやとりの記〉
私たちの間にいる古代人（鶴見俊輔）　7「あやとりの記」解説

〈おえん遊行〉

聞き書きと私小説のあいだ（赤坂憲雄） 8「おえん遊行」解説

〈十六夜橋〉

自分の内部に入りこんでしまった物語（志村ふくみ） 9「十六夜橋」解説

〈水はみどろの宮〉

詩の発生に立ち会う（伊藤比呂美） 11「水はみどろの宮」解説

〈天湖〉

不可能を可能にする魂（町田康） 12「天湖」解説

『天湖』との出会い（ブルース・アレン） 11「水はみどろの宮」月報

〈春の城〉

マリア観音様（河瀬直美） 13「春の城」解説

〈最後の人　詩人　高群逸枝〉

詩の母系（臼井隆一郎） 17「詩人・高群逸枝」解説

〈新作能「不知火」〉

能を超えた能（多田富雄）『環』20号

舞の手が出る――能『不知火』のこと（栗原彬） 2「苦海浄土1・2」月報

石牟礼道子の能と内海のモラル（土屋恵一郎） 16「新作能・狂言・歌謡」解説

『不知火』、それは猿楽の光（松岡心平）『環』20号

芸能の根源に立ち帰る――石牟礼作品のための演出ノート（笠井賢一） 10「食べごしらえ・おままごと」月報

新作能『不知火』に想う（梅若六郎） 8「おえん遊行」月報

不知火の海に牽かれて（櫻間金記）『環』20号

表現という希望（田口ランディ）『環』20号

秘蹟に立ち会う（紅野謙介）『環』20号

あの夜、ぼくは水俣の海辺へ加勢に行った（辻信一）『環』20号

民主的癒し（ジョナ・サルズ／尾鍋智子訳）『環』20号

石牟礼道子文学との「出会い直し」（能澤壽彦）『環』53号

はにかみと悶えが近代の闇を照らし出す（鈴木一策）『環』53号

文学としての映像空間――「石牟礼道子の世界」の映像制作（金大偉）『環』53号

『石牟礼道子全集』の校正を担当して（高村美佐）『環』53号

吉田優子（よしだ・ゆうこ）1942年熊本生。熊本大学教育学部卒業。無職。『原野の子ら』（葦書房）『旅あるいは回帰』（石風社）。

吉増剛造（よします・ごうぞう）1939年東京生。1963年慶應義塾大学文学部卒業。詩。主著に『黄金詩編』（思潮社）等。

米満公美子（よねみつ・きみこ）1956年熊本生。1975年熊本県立熊本商業高校卒業。石牟礼道子さん手伝い兼ヘルパー。

渡辺京二（わたなべ・きょうじ）1930年京都生。1962年法政大学社会学部卒業。主著に『北一輝』（朝日新聞社）『逝きし世の面影』（葦書房）等。

指定都市監査委員等を経験。

前山光則（まえやま・みつのり）1947年熊本生。1972年法政大学第二文学部卒業。無職。『この指に止まれ』『球磨川物語』『山里の酒』（葦書房）『山頭火を読む』（海鳥社）、編著に『淵上毛錢詩集』（石風社）等。

町田康（まちだ・こう）1962年大阪生。大阪府立今宮高等学校卒業。主著に『告白』等。

松岡心平（まつおか・しんぺい）1954年岡山生。日本中世文学・演劇。著書『宴の身体』（岩波書店）。

松岡正剛（まつおか・せいごう）1944年京都生。編集工学研究所所長・イシス編集学校校長。日本文化研究の第一人者として数々の私塾を開催する。2000年から続く書評サイト「千夜千冊」は1500冊を突破。主著に『知の編集工学』（朝日文庫）等。

松永伍一（まつなが・ごいち）1930年福岡生。2008年歿。八女高校卒。詩人・評論家・作家。主著に『日本農民詩史』（法政大学出版局）『一揆論』（大和書房）等。

三砂ちづる（みさご・ちづる）1958年山口生。ロンドン大学PhD.。津田塾大学教員。疫学、母子保健。著書『オニババ化する女たち』（光文社）『月の小屋』（毎日新聞社）、訳書にフレイレ『被抑圧者の教育学』（亜紀書房）等。

水原紫苑（みずはら・しおん）1959年神奈川生。歌人。歌集『びあんか』（現代歌人協会賞／雁書館）『客人』（駿河梅花文学賞）『くわんおん』（第10回河野愛子賞）『あかるたへ』（山本健吉文学賞・若山牧水賞／河出書房新社）等。

米良美一（めら・よしかず）1971年宮崎生。歌手。1994年洗足学園音楽大学卒業。CD「名曲集 vol.1」他。主著に『天使の声〜生きながら生まれ変わる』（大和書房）石牟礼道子との対談『母』（藤原書店）等。

安永蕗子（やすなが・ふきこ）1920年熊本生。2012年歿。歌人・書家。号は「春炎」。毎日書道展名誉会員。『棕櫚の花』（第2回角川短歌賞）、『朱泥』（第4回現代短歌女流賞）。『冬麗』（第25回迢空賞受賞）、『青湖』（第8回詩歌文学館賞）ほか。

家中茂（やなか・しげる）1954年東京生。関西学院大学大学院社会学研究科。砂田明一人芝居「不知火座」を経て、「沖縄食と工芸 真南風」創設。現在、鳥取大学地域学部准教授。村落社会学・環境社会学。主著に『地域の自立 シマの力』（コモンズ）『景観形成と地域コミュニティ』（農文協）。

山形健介（やまがた・けんすけ）1948年福岡生。1972年早稲田大学法学部卒業。筆耕舎代表。

環境文学。ASLE－Japan／文学・環境学会前代表。『交感と表象――ネイチャーライティングとは何か』（松柏社）、共著に『アメリカ文学の＜自然＞を読む』『概説アメリカ文化史』（ミネルヴァ書房）『岩波講座　文学 7　つくられた自然』（岩波書店）等。

羽賀しげ子（はが・しげこ）1953 年東京生。1976 年東京経済大学経済学部卒業。フリーライター。主著に『不知火記』（新曜社）。共著に『グラフィック・ドキュメント　スモン』（日本評論社）。

原田奈翁雄（はらだ・なおお）1927 年東京生。52 年筑摩書房へ入社、雑誌『展望』編集長、編集局次長、78 年倒産退社。80 年径書房創業、97 年退職。99 年金住典子と季刊『ひとりから』創刊、2013 年 53 号。『この国は道理も道徳も破壊しつくした』等。

原田正純（はらだ・まさずみ）1934 年鹿児島生。2012 年歿。医学博士。熊本大学医学部卒業。熊本大学医学部で水俣病を研究、胎児性水俣病も見いだす。『水俣が映す世界』（日本評論社）で大佛次郎賞。吉川英治文化賞、朝日賞受賞。

久野啓介（ひさの・けいすけ）1936 年熊本生。1960 年熊本大学法文学部卒業。元熊本日日新聞主筆・論説委員長。元熊本近代文学館館長。『北海夢譚――肥後人林田則友伝』『紙の鏡――地方文化記者ノート』（葦書房）等。

平田オリザ（ひらた・おりざ）1962 年東京生。1986 年国際基督教大学卒。劇作家、演出家、大阪大学教授。主著に『わかりあえないことから』『演劇入門』（講談社現代新書）『芸術立国論』（集英社新書）等。

福元満治（ふくもと・みつじ）1948 年鹿児島生。図書出版石風社代表。ペシャワール会事務局長。『伏流の思考――私のアフガンノート』『出版屋（ほんや）の考え休むに似たり』『石になった鯨（絵本）』（石風社）。

ふじたあさや（藤田朝也）1934 年東京生。早稲田大学文学部演劇専修中退。劇作家・演出家。アシアジ世界理事。主な劇作品に「日本の教育 1960」「ヒロシマについての涙について」「面」「さんしょう太夫」「しのだづま考」「日本の公害 1970」「臨界幻想」等。

藤本憲信（ふじもと・けんしん）1933 年熊本生。1957 年國學院大学文学部卒業。1997 年熊本大学大学院文学研究科修士課程修了。元高校教員。主著に『石牟礼道子作品にみる地域語の世界』（私家版）『熊本県方言辞典』（創想社）等。

藤原新也（ふじわら・しんや）1944 年福岡生。東京藝術大学美術学部絵画科油画専攻中退。写真家、文筆家、画家。『印度放浪』（デビュー作）『逍遙游記』（第 3 回木村伊兵衛写真賞／朝日新聞社）『全東洋街道』（第 23 回毎日芸術賞／集英社）『東京漂流』（情報センター出版局）、石牟礼道子との対談『なみだふるはな』（河出書房新社）等。

古川直司（ふるかわ・なおし）1936 年熊本生。1959 年京都大学経済学部卒業。同年通商産業省入省。北海道通産局長、大臣官房審議官を経て、特殊法人理事、民間企業専務、

筑紫哲也（ちくし・てつや）1935年大分生。2008年歿。ジャーナリスト。早稲田大学政治経済学部経済学科卒業。朝日新聞社記者、朝日ジャーナル編集長を経てTBSテレビ『筑紫哲也NEWS23』メインキャスター等。雑誌『週刊金曜日』編集委員。『筑紫哲也のこの「くに」のゆくえ』（日本経済新聞社）『メディアの海を漂流して』（朝日文庫）等。

司修（つかさ・おさむ）1936年群馬生。画家。『本の魔法』（第38回大佛次郎賞）『孫文の机』『絵本の魔法』（白水社）等。

辻信一（つじ・しんいち）1952年東京生。Ph.D.（1988年米国コーネル大学、文化人類学）。明治学院大学教員。主著に『スロー・イズ・ビューティフル』（平凡社）、主な映像作品に「ファン・デヴォンのLife is Peace」等。

土本典昭（つちもと・のりあき）1928年岐阜生。2008年歿。1952年早稲田大学第一文学部史学科西洋史除籍。記録映画作家。映画「水俣——患者さんとその世界」（東プロダクション、1971年）「不知火海」（青林舎、1975年）等。

土屋恵一郎（つちや・けいいちろう）1946年東京生。1969年明治大学法学部卒業。明治大学教授（法哲学）。著書『能』『正義論／自由論』（岩波書店）『怪物ベンサム』（講談社）等。

角田豊子（つのだ・とよこ）1944年熊本生。1968年東京教育大学文学部卒業。元高校教師。

鶴見和子（つるみ・かずこ）1918年東京生。2006年歿。比較社会学。『コレクション鶴見和子曼荼羅』全9巻（藤原書店）『南方熊楠』（講談社）歌集『花道』（藤原書店）等。

鶴見俊輔（つるみ・しゅんすけ）1922年東京生。1942年ハーヴァード大学哲学科卒業。文筆業。哲学。主著に『共同研究・転向（上・中・下巻）』（平凡社）『限界芸術論』（勁草書房）『不定形の思想』（筑摩書房）。

朝長美代子（ともなが・みよこ）1932年鹿児島生。熊本県立水俣高等学校卒業。主婦。私家版『夕陽』（土曜美術社出版販売）。

豊田伸治（とよだ・しんじ）1950年京都生。1974年熊本大学中退。英語講師。「井上岩夫の〈位置〉」（『暗河』）。

中村健（なかむら・たけし）1947年東京生。1969年順天堂大学卒。北里大学医学部准教授。寄生虫学。

能澤壽彦（のうざわ・としひこ）1947年東京生。神道史、古層文化論。論文「ヒメヒコ制の原型と他界観」。

野田研一（のだ・けんいち）1950年生。立教大学大学院教授。英語、アメリカ文学／文化、

白川静（しらかわ・しずか）1910 年福井生。2006 年歿。中国古代文学。著書『白川静著作集』（全 12 巻）『字統』『字通』（平凡社）『中国古代の民俗』（講談社学術文庫）

赤藤了勇（しゃくどう・りょうゆう）1943 年兵庫生。1966 年明治大学政治経済学部卒業。法政大学沖縄文化研究所客員所員。近代日本政治思想史。

鈴木一策（すずき・いっさく）1946 年宮城生。1983 年一橋大学社会学研究科博士課程修了。中央大学、國學院大学講師。哲学・宗教思想。主著『マルクスとハムレット』（藤原書店、近刊）、訳書にピエール・マシュレ『ヘーゲルかスピノザか』（新評論）。

瀬戸内寂聴（せとうち・じゃくちょう）1922 年徳島生。東京女子大学卒業。61 年田村俊子賞、63 年女流文学賞。73 年中尊寺で得度受戒。92 年谷崎潤一郎賞、96 年芸術選奨文部大臣賞、97 年文化功労者、98 年ＮＨＫ放送文化賞、『源氏物語現代語訳』全 10 巻刊行完結、2001 年野間文芸賞、06 年イタリア国際ノニーノ賞、文化勲章、08 年坂口安吾賞、11 年泉鏡花賞等。

高橋睦郎（たかはし・むつお）1937 年福岡生。詩人。福岡教育大学教育学部国語科卒業。「兎の庭」（高見順賞／書肆山田）『旅の絵』（現代詩花椿賞／肆山田）『姉の島』（詩歌文学館賞／集英社）『永遠まで』（現代詩人賞／思潮社）等。紫綬褒章。旭日小綬章。

高村美佐（たかむら・みさ）1963 年東京生。1986 年日本女子大学文学部史学科東洋史卒業。近代工芸史。校正者。『高村豊周文集』（文治堂書店）『東京藝術大学百年史』（ぎょうせい）編集、野間宏『作家の戦中日記』（藤原書店）校正他。

髙山文彦（たかやま・ふみひこ）1958 年宮崎生。法政大学文学部中退。主著に『火花　北条民雄の生涯』（飛鳥新社、角川文庫）『水平記』（新潮文庫）『エレクトラ』（文春文庫）『どん底』（小学館）、小説に『父を葬る』（幻戯書房）など。

田口ランディ（たぐち・らんでぃ）1959 年東京生。2000 年長篇小説「コンセント」を発表し、作家となる。『キュア』（朝日新聞出版）『マアジナル』（角川書店）『サンカーラこの世の断片をたぐり寄せ』（新潮社）『ゾーンにて』（文藝春秋社）等多数。

多田富雄（ただ・とみお）1934 年茨城生。2010 年歿。免疫学。能作者。『免疫の意味論』（大佛次郎賞／青土社）『寡黙なる巨人』（小林秀雄賞／集英社）『多田富雄全詩集 歌占』（藤原書店）等。新作能『無明の井』『一石仙人』等。朝日賞、文化功労者。瑞宝重光章。

立川昭二（たつかわ・しょうじ）1927 年東京生。早稲田大学文学部卒業。北里大学名誉教授。医療文化史。主著に『病気の社会史』（岩波現代文庫）『臨死のまなざし』（新潮文庫）『江戸病草紙』（ちくま学芸文庫）『愛と魂の美術館』（岩波書店）等。

谷川道雄（たにがわ・みちお）1925 年熊本生。京都大学文学部史学科卒。1973 年「隋唐帝国形成史論」で京大文学博士。東洋史学者・京都大学名誉教授。『隋唐帝国形成史論』（筑摩書房）『隋唐世界帝国の形成』（講談社学術文庫）等。

紅野謙介（こうの・けんすけ）1956年東京生。日本大学文理学部国文学科教授。日本近代文学・メディア論。主著に『書物の近代――メディアの文学史』（ちくま学芸文庫）、共編著に『女子高生のための文章図鑑』『男子高生のための文章図鑑』（ともに筑摩書房）等。

河野信子（こうの・のぶこ）1927年福岡生。女性学、哲学。『媒介する性』（藤原書店）『近代女性精神史』『シモーヌ・ヴェーユと現代』（大和書房）『火の国の巡礼』（工作舎）。

最首悟（さいしゅ・さとる）1936年福島生。1967年東京大学大学院理学系動物学博士課程中退、同教養学部生物学助手。和光大学名誉教授。水俣調査行。主著に『生あるものは皆この海に染まり』『星子が居る』（新曜社）等。

桜井国俊（さくらい・くにとし）1943年静岡生。1966年東京大学工学部卒業。沖縄大学教授。環境学。主著に『沖縄論』（岩波書店）『琉球列島の環境問題』（高文研）等。

櫻間金記（さくらま・きんき）1944年生。「櫻間金記乃會」主宰。シテ方金春流。『能と義経』（光芒社）。

佐藤登美（さとう・とみ）1941年東京生。筑波大学大学院教育研究科修了。元静岡県立大学看護学部学部長・前静岡県看護協会長。主著に『看護学概論』『ケアの本質を探る』（メヂカルフレンド社）。

佐野眞一（さの・しんいち）1947年東京生。1969年早稲田大学第一文学部卒業。主著に『東電OL殺人事件』（新潮社）等。

ジョナ・サルズ（Jonah Salz）1956年米国ニューヨーク生。1997年ニューヨーク大学パフォーマンス研究科博士。1996年龍谷大学国際文化学部教授。サミュエル・ベケット、狂言、演劇の国際交流についてなど論文多数。三島由紀夫、梅原猛、平田オリザの翻訳あり。『日本演劇史』（2014予定、Cambridge University Press）編集責任担当。

沢井一恵（さわい・かずえ）1941年京都生。箏曲家。沢井箏曲院。東京藝術大学卒業。各種現代音楽リサイタル等にて、国内、世界ツアー展開。伝統楽器、箏と西洋音楽、現代音楽、ジャズ、即興音楽などとの接点を探求。CD「THE SAWAI KAZUE」。

実川悠太（じつかわ・ゆうた）1954年東京生。認定NPO法人・水俣フォーラム事務局長。

島田真祐（しまだ・しんすけ）1940年熊本生。1967年早稲田大学大学院日本文学研究科修了。公益財団法人島田美術館館長。日本近世文化史、作家。主著に『身は修羅の野に』（葦書房）『二天の影』（講談社）『幻炎』（弦書房）他。

志村ふくみ（しむら・ふくみ）1924年滋賀生。染織家、随筆家。紬織の重要無形文化財保持者（人間国宝）。紫綬褒章。『一色一生』（大佛次郎賞／求龍堂）『語りかける花』（日本エッセイストクラブ賞／人文書院）。

上條恒彦（かみじょう・つねひこ）1940年長野生。松本県ヶ丘高等学校卒業。歌手・俳優。

河合隼雄（かわい・はやお）1928年兵庫生。2007年歿。臨床心理学者。京都大学名誉教授。京都大学教育学博士。『昔話と日本人の心』（大佛次郎賞）、『明恵　夢を生きる』（新潮学芸賞）等著書多数。紫綬褒章。日本放送協会放送文化賞、朝日賞、文化功労者。

河瀨直美（かわせ・なおみ）1969年奈良生。大阪写真専門学校（現ビジュアルアーツ専門学校）映画科卒業。映画作家。「萌の朱雀」（1997）「殯の森」（2007）「玄牝—げんぴん—」（2010）等。

川那部浩哉（かわなべ・ひろや）1932年京都生。1960年京都大学大学院理学研究科博士課程修了。京都大学名誉教授。近年の主著に『琵琶湖』（Springer）『生物学の「大きな」話』（農文協）『琵琶湖博物館を語る』（サンライズ出版）等。

川村湊（かわむら・みなと）1951年北海道生。1972年法政大学法学部卒業。法政大学国際文化学部教授。文芸批評。主著に『原発と原爆』（河出書房新社）『震災・原発文学論』（インパクト出版会）等。

金時鐘（キム・シジョン）1929年朝鮮元山市生。1945年旧制中学校中退。1949年来日。1950〜65年まで、民族学校教員、在日民族団体常勤活動家。主著に詩集『境界の詩』『失くした季節』（藤原書店）、エッセー集『在日のはざまで』（平凡社ライブラリー）他。

金石範（キム・ソクポム）1925年大阪生。1951年京都大学文学部卒業。作家。『火山島』（文藝春秋）『過去からの行進』（岩波書店）。

金大偉（きん・たいい）中国遼寧省撫順市生。音楽家、映像作家、美術家。映像監督作品「しゅうりりえんえん」「海霊の宮」（藤原書店）。音楽CD「龍」「新中国紀行」「TOMPA」等。

栗原彬（くりはら・あきら）1936年栃木生。1970年東京大学大学院社会学研究科博士課程満期退学。立教大学名誉教授。政治社会学。『「存在の現れ」の政治』（以文社）『歴史とアイデンティティ』（新曜社）等。

黒田杏子（くろだ・ももこ）1938年東京生。1961年東京女子大学文学部心理学科卒業。博報堂にて『広告』編集長などをつとめる。俳人。「藍生」主宰。日経俳壇選者。句集の他近著に『手紙歳時記』（白水社）。

桑原史成（くわばら・しせい）1936年島根生。1960年東京農業大学工学科卒業。主著に『報道写真家』（岩波書店）『桑原史成写真全集』（全4巻、草の根出版会）。郷里の津和野に桑原史成写真美術館がある。

小池昌代（こいけ・まさよ）1959年東京生。津田塾大学国際関係学科卒業。詩と散文を書く。主な詩集に『もっとも官能的な部屋』（高見順賞）『地上を渡る声』（書肆山田）『コルカタ』（思潮社）他。小説集には『自虐蒲団』（本阿弥書店）『弦と響』（光文社）『厩橋』（角川書店）などがある。

『うたげと孤心』（集英社）『ことばの力』（花神社）『折々のうた』（岩波書店）その他多数。

大倉正之助（おおくら・しょうのすけ）1955年室町時代より続く大小鼓の家に生まれる。能楽囃子大倉流大鼓、重要無形文化財総合認定保持者、日本能楽会会員。能舞台の他、世界各国の式典やイベントで演奏、幅広いジャンルのアーティストと活動多数。

大津円（おおつ・まどか）1985年熊本生。京都伝統工芸専門学校卒業。

緒方正人（おがた・まさと）1953年熊本生。漁師。『常世の舟を漕ぎて』（世織書房）『チッソは私であった』（葦書房）。

荻久保和明（おぎくぼ・かずあき）1953年埼玉生。東京藝術大学大学院作曲研究科修了。

加々美光行（かがみ・みつゆき）1944年大阪生。1967年東京大学社会学科卒業。愛知大学教授。主著に『中国の民族問題』（岩波書店）『鏡の中の日本と中国』（日本評論社）等。

笠井賢一（かさい・けんいち）1949年高知生。演出家、能狂言プロデューサー。アトリエ花習主宰。主な演出作品に新作能『不知火』『一石仙人』『無明の井』、『言魂』他。編著『花供養』『多田富雄新作能全集』（藤原書店）。

嘉田由紀子（かだ・ゆきこ）1950年埼玉生。滋賀県知事。京都大学大学院・ウィスコンシン大学大学院修了。農学博士。琵琶湖博物館総括学芸員、京都精華大学人文学部教授を経て、2006年に滋賀県知事に就任。現在2期目。主著に『知事は何ができるのか』（風媒社）等。

加藤タケ子（かとう・たけこ）1950年東京生。社会福祉法人さかえの杜「ほっとはうす」代表。共著『地域福祉と生涯学習』（現代書館）。

加藤登紀子（かとう・ときこ）1943年ハルビン生。シンガーソングライター。東京大学在学中、第2回日本アマチュアシャンソンコンクールに優勝しデビュー。「赤い風船」（レコード大賞新人賞）「ひとり寝の子守唄」「知床旅情」（レコード大賞歌唱賞）ほか。自叙伝『青い月のバラード』（小学館）、夫・藤本敏夫との獄中往復書簡『絆』（藤原書店）等。

金井景子（かない・けいこ）1957年大阪生。日本近・現代文学、ジェンダー論。『真夜中の彼女たち』（筑摩書房）。共編著に『女子高生のための文章図鑑』『男子高生のための文章図鑑』（筑摩書房）等。

金刺潤平（かなざし・じゅんぺい）1959年静岡生。1983年上智大学理工学部卒業。和紙職人。NPO植物資源の力理事長。本願の会事務局長。

鎌田慧（かまた・さとし）1938年青森生。ルポライター。『日本の原発危険地帯』（青志社）『六ヶ所村の記録』（岩波書店）『自動車絶望工場』（講談社文庫）。

学研究科博士課程単位取得退学。主著に『ハンナ・アレントと国民国家の世紀』（木鐸社）『〈共同体〉をめぐる政治学』（ナカニシヤ出版）等。

井上洋子（いのうえ・ようこ）1947年福岡生。1970年九州大学文学部卒業。福岡国際大学教授。日本近代文学。主著に『柳原白蓮』（西日本新聞社）「石牟礼道子初期短歌のころ　1～5」（『ガイア』）等。

今福龍太（いまふく・りゅうた）1955年東京生。現在、東京外国語大学総合国際学研究院教授。文化人類学。主著に『クレオール主義』（ちくま学芸文庫）『ミニマ・グラシア』『群島−世界論』（岩波書店）『レヴィ＝ストロース　夜と音楽』（みすず書房）等。

色川大吉（いろかわ・だいきち）1925年千葉生。1948年東京大学文学部卒業。東京経済大学名誉教授。歴史学。主著に『明治精神史』『明治の文化』（岩波現代文庫）等。

岩岡中正（いわおか・なかまさ）1948年熊本生。1976年九州大学大学院博士課程単位取得退学。博士（法学）。熊本大学名誉教授。政治思想史。主著に『詩の政治学』『ロマン主義から石牟礼道子へ』（木鐸社）『虚子と現代』『子規と現代』。編著に『石牟礼道子の世界』（弦書房）等。

宇井純（うい・じゅん）1932年東京生。2006年歿。環境学者、公害問題研究家。沖縄大学名誉教授。毎日出版文化賞、スモン基金奨励賞、国連環境計画(UNEP)「グローバル500賞」、第1回アジア太平洋環境賞。『公害原論』（亜紀書房）、石牟礼道子編『水俣病闘争　わが死民』（創土社）等。

上野朱（うえの・あかし）1956年福岡生。1975年東筑高校卒業。古本屋。『蕨の家——上野英信と晴子』（海鳥社）『父を焼く』（岩波書店）。

臼井隆一郎（うすい・りゅうちいろう）1946年福島生。1970年東京教育大学文学部卒業。東京大学名誉教授。ドイツ文学。主著に『コーヒーが廻り世界史が廻る』（中央公論社）『シュレーバー回想録の言語態』（沖積舎）等。

梅若六郎（現・梅若玄祥）（うめわか・げんしょう）1948年生。観世流シテ方梅若家当主。芸術院会員。『まことの花』（世界文化社）『梅若六郎家の至芸』（淡交社）。

永六輔（えい・ろくすけ）1933年東京生。元放送作家、作詞家、タレント。現在はラジオ番組パーソナリティをつとめる。『大往生』（岩波書店）が200万部超の大ベストセラーになったほかエッセイ多数。2000年菊池寛賞。作詞では「黒い花びら」（第1回日本レコード大賞）。坂本九の「上を向いて歩こう」が世界的ヒット。

大石芳野（おおいし・よしの）1944年東京生。写真家。日本大学芸術学部写真学科を卒業後、ドキュメンタリー写真に携わる。『無告の民』（日本写真協会年度賞／岩波書店）『ベトナム　凜と』（土門拳賞／講談社）。芸術選奨新人賞、エイボン女性大賞、紫綬褒章。

大岡信（おおおか・まこと）1931年静岡生。1953年東京大学国文学部卒業。東京藝術大学名誉教授。主著『記憶と現在』（詩集）『紀貫之』（筑摩書房）『岡倉天心』（朝日新聞社）

執筆者紹介

赤坂憲雄（あかさか・のりお）1953年東京生。民俗学、東北文化論。著書『東北学／忘れられた東北』（講談社学術文庫）『岡本太郎の見た日本』（岩波書店）『民俗学と歴史学』（藤原書店）。

阿部謹也（あべ・きんや）1935年東京生。2006年歿。歴史学者。ドイツ中世史。一橋大学名誉教授。『中世を旅する人びと』（サントリー学芸賞／平凡社）『中世の窓から』（大佛次郎賞／朝日新聞社 ）『ティル・オイレンシュピーゲルの愉快ないたずら』（日本翻訳文化賞／岩波文庫）。紫綬褒章。

新井豊美（あらい・とよみ）1935年広島生。2012年歿。音楽大学中退。詩人、評論家。主著に『夜のくだもの』『草花丘陵』『近代女性詩を読む』『シチリア幻想行』（思潮社）『苦海浄土の世界』（れんが書房新社）等。

新川明（あらかわ・あきら）1931年沖縄生。1955年琉球大学文理学部国文科中退。ジャーナリスト。主著に1978年『新南島風土記』（大和書房）『反国家の兇区』（社会評論社）『琉球処分以後』（朝日新聞社）等。

ブルース・アレン（Bruce Allen）1949年米国ボストン生。上智大学大学院外国語学研究科卒業。清泉女子大学教授。英文学。『Lake of Heaven』（石牟礼道子の『天湖』の英訳、Lexington Books）等。

池澤夏樹（いけざわ・なつき）1945年北海道生。作家・詩人。埼玉大学理工学部中退。主著に『スティル・ライフ』（中公文庫）、近著に『春を恨んだりはしない』（中央公論新社）、『双頭の船』（新潮社）などがある。

磯崎新（いそざき・あらた）1931年大分生。1954年東京大学工学部建築学科卒業。丹下健三に師事し博士課程修了。建築家。1963年磯崎新アトリエ設立。代表作に大分県立図書館（現アートプラザ）MOCA（ロサンゼルス現代美術館）。『磯崎新建築論集』（岩波書店）。

五木寛之（いつき・ひろゆき）1932年福岡生。作家。『さらばモスクワ愚連隊』（第6回小説現代新人賞／講談社）『蒼ざめた馬を見よ』（第56回直木賞／文藝春秋）『青春の門・筑豊編』（第10回吉川英治文学賞／講談社）『親鸞』上・下（第64回毎日出版文化賞特別賞／講談社）等。菊池寛賞、仏教伝道文化賞、NHK放送文化賞。

伊藤比呂美（いとう・ひろみ）1955年東京生。詩人・小説家。第16回現代詩手帖賞受賞、『ラニーニャ』（第21回野間文芸新人賞／新潮社）『河原荒草』（第36回高見順賞）『とげ抜き新巣鴨地蔵縁起』（第15回萩原朔太郎賞、第18回紫式部文学賞／講談社）等。

伊藤洋典（いとう・ひろのり）1960年大分生。熊本大学法学部教授。九州大学大学院法

石牟礼道子プロフィール

1927年、熊本県天草郡に生まれる。作家。

『苦海浄土――わが水俣病』は、文明の病としての水俣病を鎮魂の文学として描き出した作品として絶賛された。第一回大宅壮一賞を与えられたが受賞辞退。1973年マグサイサイ賞受賞。1986年西日本文化賞受賞。1993年『十六夜橋』で紫式部文学賞受賞。2001年度朝日賞受賞。『はにかみの国　石牟礼道子全詩集』で2002年度芸術選奨文部科学大臣賞受賞。

2002年7月、新作能「不知火」が東京で上演、2003年には熊本で、2004年8月には水俣で奉納上演された。

2013年3月、『石牟礼道子全集　不知火』(全17巻・別巻1)(藤原書店、2004年4月〜)本巻が完結。

花を奉る　石牟礼道子の時空

2013年6月30日　初版第1刷発行©

著　者　石牟礼道子ほか

発行者　藤　原　良　雄

発行所　株式会社　藤　原　書　店

〒162-0041　東京都新宿区早稲田鶴巻町523
電　話　03（5272）0301
FAX　03（5272）0450
振　替　00160‐4‐17013
info@fujiwara-shoten.co.jp

印刷・音羽印刷　製本・誠製本

Printed in Japan
ISBN978-4-89434-923-0